U0617640

本丛书出版获西南民族大学中国语言文学博士一级学科建设经费资助

Interweaving
of Language and Time

from Yale School
to Generative Poetics

戴登云 / 著

语言与时间的交织
从耶鲁学派到生成诗学

社会科学文献出版社
SOCIAL SCIENCES ACADEMIC PRESS (CHINA)

本书为国家社科基金项目"'耶鲁学派'诗学的隐性范式与当代文论创新研究"（18BZW007）结项成果

本书受西南民族大学 2021 年研究生教育成果奖培育项目"中文博士一级学科培养模式探索及专业共同课'文学理论专题'教材体系建设"（2021YJP001）资助

目　录

在语言与时间之间：

耶鲁学派文论①的生成及其思想史位置

一 语言与时间问题的首要性

在《形而上学导论》（1935）第一章中，马丁·海德格尔（Martin Heidegger）一开始就写道："究竟为什么存在者在而无反倒不在？这就是问题所在。这个问题恐怕不是个随意提出的问题。'究竟为什么在者在而无反倒不在？'显然，这是一切问题中的首要问题。"②

之所以一开始就引用海德格尔的这段文字，是因为我们不仅将重新介入海德格尔的相关论争，而且将"模仿"海德格尔，像他一样，③直截了当地摆出我们的问题意识：

究竟为什么语言和时间复杂地交织在一起？这就是问题所在。这个问题恐怕不是个随意提出的问题。"究竟为什么语言和时间复

---

① 根据需要，在本书的不同地方，我们有时将耶鲁学派叫作"耶鲁文论四家"，同时分别使用了"耶鲁学派批评""耶鲁学派文论""耶鲁学派诗学""解构主义批评""耶鲁学派的文学思想""耶鲁学派的文学观念"等不同名称。之所以如此，原因如下：一是"耶鲁学派"究竟在什么意义上可以叫作一个学派，还存在争议；二是耶鲁学派的文学批评与研究实践内在地包含了非常多的层次；三是本书是对耶鲁学派的思想史研究，而不是文论史研究。因此，在尚未对耶鲁学派做出准确的思想史定位之前，不能为它谋求一个本质主义的称名。
② 马丁·海德格尔：《形而上学导论》（新译本），王庆节译，商务印书馆，2017，第1页。
③ 事实上，由于笔者在这里所"模仿"的，仅仅只是海德格尔的中文译本，因此，它至多算得上是"模仿"的"模仿"，即"双重模仿"，与海德格尔的原话隔了"三层"。

杂地交织在一起？"显然，这是一切问题中的首要问题。

用耶鲁学派文论家的术语来讲，这样一种做法，就是后辈诗人在面对前驱者的强力影响时，所必然采取的一种"防卫—超越"策略，即通过"重复"前辈诗人（希利斯·米勒）的言说方式这样一种方式，来强力"修正"前辈诗人（哈罗德·布鲁姆）的问题意识。

暂且不去讨论为什么要修正海德格尔的问题意识，让我们先讲明，就我们的存在事实而言，"究竟为什么语言和时间复杂地交织在一起"才是所有问题中首要的。

为什么这个问题才是所有问题中首要的？对于文学研究来讲，我们的"首要问题"难道不是"文学的本质是什么"或"文学的审美自主性—政治功利性的二项对立"吗？对于哲学研究来说，我们的"基本问题"难道不是"思维与存在"或"自识与反思"（等等）的关系问题？难道说这样一些发问还不够彻底？究竟为什么语言和时间的复杂交织才是所有问题中的首要问题？

从经验上讲，我们一开口说话，就可能遭遇"可说/不可说"的窘境。而从生命的成长历程来看，从我们获得最初的自我意识的那一刻起，我们或许就"永远"地遭遇了"生/死""永恒/非永恒"的时间性困惑或难题。这种经验的直接性和时间序列上的优先性足以让任何运思者对"语言"问题和"时间"问题产生好奇。

然而，仅靠这种经验的直接性与时间序列上的优先性，连单独保证"语言问题"或"时间问题"的首要性都不可能，就更别说"语言和时间的复杂交织"这一问题的首要性了。究竟为什么"语言和时间复杂地交织在一起"才是所有问题中的首要问题呢？若继续以海德格尔式的腔调来说，个中原因就在于：首先，它是最本源的问题；其次，它是最深刻的问题；最后，它是最广泛的问题。

首先，语言和时间的复杂交织是最本源的问题。追问本源是人类思想的天命。然而，倘若我们将"本源"视为外在于追问者的一个时间序列上的最原初的点，那么，我们就把"本源"实体化、对象化了（"本源"成了"本原"）。由是，我们马上就会遭遇"第一性问题与第二性问题的断裂"的悖论：假如"本源"是先在的、第一性的（本原），那么，作为"本源"的受造者的我们对"本源"的追问，就必然会沦为后天的、第二性的，也就是会永远丧失其本源性。不仅如此，由于"本源"被实体化、对象化了，因此，当我们追问"本原"时，"本原"还会在被追溯的过程中无穷后退，从而陷入"恶的无穷"，最终使对本源的追问彻底丧失可能性。

然而，"本源"的"存在"似乎又是确定无疑的。因此，我们不仅要尽可能不带预设地追问它，而且必须为它确定一个恰当的位置。我们要如何努力才能完成这一使命呢？一方面，由于离开了"本源"的"追问者"和对"本源"的"追问"，"本源"问题将不可能被提出，更不可能成立，也就是说，"本源"存在与否根本毫无意义；另一方面，离开对"本源"的发问，换言之，缺乏"本源性"的思，人类思想必将丧失其根基。因此，"本源"就必然存在在——也只能存在在"本源的追问者"与"本源自身"的"交互关系"里，即存在在本源的追问者在对本源的"原初追问"中所形成的原初关系或所触发的原初境域里，用现象学的术语来讲，就是存在在其"意向性"关系所规定的存在境域之中。① 除此之外，不可能还存在在什么别的"哪里"。

然而，在这一"意向性"关系所规定的存在境域中，"本源"和"本源问题"究竟如何现形、存身，并迫使追问者向之发问呢？在本源的意义上，唯有借助语言，唯有依凭语言，唯有通过语言，这种情况才有现实的可能。因为对于思来讲，语言表面上是最外在的他者，但事实上却是最切己的自身。然而，由于"言说"从来就离不开"时间"，言说只能在时间中生成；"时间"也是一种"语言"，"时间"也

---

① 详细论述请参拙著《解构的难题：德里达再研究》第四章"解构与原初视域"，人民出版社，2013，第108~152页。

在"时间"自身之中"言说"自身；因此关于这个问题的答案，就必然要修正为：唯有借助语言和时间，唯有依凭语言和时间，唯有通过语言和时间，"本源"和"本源问题"才有现身的可能，并迫使追问者向它发问。正是在这个意义上，语言和时间的原初交织成了"本源"和"本源问题"的中介、通道和本身（自身）。

其次，语言和时间的原初交织这一事实的本源性不仅决定了该问题自身的本源性，而且决定了该问题的深刻性。内在于语言的本性，语言只能以某种"可说/不可说"的悖论姿态向我们展现自身。内在于时间的本性，时间只能以"永恒/非永恒"的难题向我们显形或敞现自己。内在于语言和时间的原初交织的本性，一方面，语言的"可说/不可说"悖论必然要表现为时间化的悖论；另一方面，时间的"永恒/非永恒"难题也必然表现为语言化的难题。不仅如此，语言和时间的原初交织的本源性，还使得时间化的"可说/不可说"悖论和语言化的"永恒/非永恒"难题必将加诸对"究竟为什么语言和时间复杂地交织在一起"这一问题的"追问"本身，由此决定了此问题必将触及"本源"问题的无底深渊，最终抵达人类思想史上最困难最深刻的时刻。

需要指出的是，此时我们所讨论的"语言"，当然不是那种工具意义上的自然/人工"语言"；此时我们所谈论的"时间"，当然也不是流俗意义上的物理"时间"。此时的语言和时间，已经经过了某种现象学的还原，而成了某种本体性的、如其所是的语言和时间（或大写的语言和时间）。这种语言和时间不仅使万事万物得以涌现和生成，而且使不断涌现和生成着的万事万物自身也成为一种时间和语言。进一步言之，这样一种如其所是的、相互交织的语言和时间，不仅使万事万物彰显出其悖论性的存在形态，而且使自身也成为某种不断涌现着的、生成着的存在，亦即某种不断自我肯定、自我驻足又不断自我否定、自我发生的悖论性存在。

最后，语言和时间的原初交织这一事实的本源性还决定了它自身的广泛性，从而使得该问题所涵盖的范围无远弗届、广泛无边。在本体的意义上，不仅所有的自然物和人造物（包括技术、制度、文化和观念等）在语言和时间面前无所遁形，就连那不可言说的"无"、从不言说自身的"沉默"、始终无法晤面的绝对"他者"、永远也无法触摸的"永恒"，以及开端之前的"开端"、未来之外的"未来"、边界之外的"边界"、总体之外的"无限"，直至这"不可言说"本身，都将借语言和时间隐匿和显现自身，从而成为一种发生着的、存在着的非存在，或非存在的存在。所以说，语言和时间的复杂交织这一问题，其范围笼罩一切，无边无界。

所有这些属性叠加在一起，不仅使"语言和时间的复杂交织"成了所有问题中的首要问题，而且使"语言和时间究竟是如何交织在一起的""语言和时间的复杂交织究竟有何意义"这样一些问题成了困扰人类思想史的永恒之谜。

二　在通往语言和时间的复杂交织的途中

事实上，确立了"语言和时间的复杂交织"问题的首要性，我们就确立了对海德格尔的修正的合法性。因为以上述理据为参照，我们将很快发现：一方面，将存在问题确立为首要问题的根本理由，并非像海德格尔所宣告的那样，获得了根本的本源性；另一方面，若非海德格尔的预先准备，或许我们至今也无法顺利走上通往人类思想的首要问题的必然路径。

众所周知，（形而上学的）"首要问题"必然涉及起源、整全和终极。因此，在西方思想史上，无数思想家便以他们所提出的问题是"最本源的"、"最深刻的"和"最广泛的"问题为由，纷纷宣称他们提出的问题才是所有问题中最首要的。然而，在现象学家看来，以往那些首要问题，从根本上讲，根本无法当得起首要的称谓。因为，根据严格的现象学直观，任何对原初起源或存在者整体或终极的追问，都永远处在某种"问之所问"与"问之所及"的意向性关系之中。然而，以往的思想们在确立他们的"首要"问题时，要么没有把握住这一意向性，从而根本不具备首要性的自明性；要么预先就假定了问题双方的某一方的优先性，从而使自己的首要性理据不是表现为个人的信仰，就是沦为独断的预设。以今之视昔的眼光看，他们都没有充分地意识到："意向性"不仅确定了首要问题的"隐秘位置"，而且还规定了通达首要问题的"方法路径"。

秉持某种严格的现象学还原精神，海德格尔发现，只有存在问题才有资格称得上是真正的首要问题。因为只有"存在"（问题）才同时具有"最广泛"、"最深邃"和"最源初"的（问题）属性。但是，思想史的实际却是，自"存在"问题被提出以来，整个西方形而上学的历史，不但未成为"存在"被敞开的历史，相反倒成了"存在"（的地位）被不断降解的历史。因此，为了恢复存在的本来地位，为了终止这一思的降解历程，海德格尔强力地修正了西方哲学的问题意识，提出了一种新的存在论。然而，海德格尔的存在论是否如其所愿，一举化解了困扰西方思想史两千多年的原初起源难题呢？从早期海德格尔遭遇了某种不可克服的"存在论差异"而不得不谋求某种思想的转向来看，答案不言而喻。

为了克服"存在论"所遭遇的困难，海德格尔做出了著名的"语言论转向"。此后，海德格尔一直致力于某种存在论的语言哲学。以致到后来，他干脆径直宣称：整个（西方）思想的历史，就是一段"在通向语言的途中"的历史。然而，在通向语言的途中，海德格尔似乎又遗忘了时间问题，从而盲视了语言的时间基底。由是，海德格尔便为我们将首要问题从"在通向语言的途中"调校为"在通往语言和时间的复杂交织之途"留下了可能和余地。

学界普遍认为，为化解原初起源的难题，早期海德格尔所提出的新运思方向，是不再从线性时间维度出发，去追溯某种事实上的或逻辑上的原初起源的点、或经验的或先验的原初范畴或概念，而是从一种"总体的原初"（这一维度）出发，去追溯某种本源性的存在。为此，海德格尔对"时间性的此在"做出了卓越的领悟，但也留下了

"存在者之存在"和"作为存在的存在"（存在本身）的"存在论差异"这一不可克服的疑难。这一疑难集中表现在如下两个方面：一是海氏通过"此在与世界—存在的原初统一"来化解"主体与世界的分裂"的努力，本来是想超越"唯我论"的独断论，却有沦为更彻底的唯我论的危险；二是海氏很难将时间性的此在之向死而生的张力结构植入超越性的时间—存在（即永恒）本身之中，从而使其从"时间性的此在"这一角度出发去追溯"存在本身"的思路遭到了彻底的失败。基于此，后期海德格尔才彻底改变思路，从"存在—语言—道说"的运思向度去领悟作为整体的原初的"存在"，从而将"存在论转向"推进到"语言论转向"的层面。这一语言论转向，从语言批判的角度看，即海德格尔前期将系词"是"名词动词化为"去是……"这一思路的纵深发展。

然而，海德格尔的语言论转向是否成功地破解了"原初起源的悖论"，并如其所是地把握住了这一问题的本来属性呢？表面上，通过"存在—语言"自身"道说"自身的思路转换，通过对"道说"自身的"召唤—聚集""澄明—隐蔽"的"二重性"或"原始的区分"机制的精巧"暗示"，后期海德格尔确乎成功地消弭了困扰着他的"存在论差异"。然而，事情果真如此吗？在此需要梳理一下他前后期思想转换的一个关键环节。

在《形而上学导论》一书中，海德格尔指出，如果要按照"究竟为什么存在者在而无反倒不在？"这个问题的本来意义来追问这个问题，我们就"必须摒弃所有任何特殊的、个别的存在者的优越地位"，包括追问这个问题的人在内。① 这里所谓本来意义，按海德格尔的意思，即指该问题所牵涉的乃是"存在者整体"、存在本身。而与此"本来意义"相对应的追问方式，就是"从问之所问与问之所及的东西那里，生出一种向着发问活动自身的反冲"，② 即存在者整体"自身

---

① 马丁·海德格尔：《形而上学导论》（新译本），王庆节译，商务印书馆，2017，第5页。
② 马丁·海德格尔：《形而上学导论》（新译本），王庆节译，商务印书馆，2017，第6页。

向自身的提问"发问。

表面上看，在这里，海德格尔不仅严格地遵循了现象学还原的方法和精神，甚至比埃德蒙德·胡塞尔（Edmund Husserl）还原得还更彻底、更超越，以致抵达了某种存在的原初境域。然而事实上，这一超越和推进存在严重的问题。这一问题即从对所有任何特殊的、个别存在者的突出地位的"摒弃"到对"存在者整体"的确认，海德格尔的"还原"来得如此"突然"，如此快捷，以致省却了"对存在的追问究竟何以可能"等诸多现象学还原的"中介环节"。①

海德格尔并没有如他所说的那样，严格地践履了胡塞尔的现象学还原方法，更别说穷尽了胡塞尔"意向性"理论的全部丰富的可能性。② 因为，海德格尔对所有任何特殊的、个别的存在者（包括人在内）的突出地位的彻底放逐和贬斥，在某种意义上，显然是彻底地斩断了"此在"这一扩大了的"个体"与"存在"本身的"意向性"关系。

然而，后期海德格尔对"存在"的限定，对"语言"的道说，全都是建立在这一前提之上的。由此表明，尽管表面上海德格尔确实实现了某种思想的转向，但实际上，其前后期思想在思路上根本一致。后期海德格尔"通过存在的追问来建立此在"的思路，不但没有表现出对其前期思想从"时间性的此在"到"存在本身"的非法的"致命一跃"的根本质疑，相反，倒通过其半诗性的独特言说，巧妙地隐藏了这一"致命的飞跃"。③

---

① 这些"中介环节"包括胡塞尔所讨论过的范畴直观、先验还原、内时间意识、主体间性、生活世界，以及后来塞尔所发现的集体意向性等。

② 海德格尔的缺失由来有自。在《时间概念史导论》（1925）中，海德格尔对"意向性"所做的如下规定：意向性即"意识行为与意向对象的相互共属"，以及海德格尔所下的"意向行为即自身—指向行为"这一定义，即明证（参海德格尔《时间概念史导论》，欧东明译，商务印书馆，2009，第57页）。至于这一规定和定义的内在缺失（即二者虽相互区分，却又本质同一、自我重复），笔者在第四章第一节讨论塞尔的集体意向性的缺失时再对此做间接的回应。

③ 早期海德格尔所保留的一系列本真/非本真、寻常的事物/超乎寻常的事物的二元对立，后期海德格尔"存在—神—逻辑学"一体化式的"道说"方式，从根本上来讲，都以这一"致命一跃"为前提。

在某种原初起源的意向性的交互存在之间，海德格尔仍独断地预设了其中某一个方面（即存在）的优先性。因此，与以往的西方思想家一样，海德格尔并没有真正超越"第一性和第二性问题的断裂"的悖论。

正是因为在意向性问题上的失察，海德格尔未能发现化解时间之谜的密匙。因为，若严格地遵守意向性的内在规定，我们不仅将领会到时间对于此在之切身性和他者性相交织的双重属性，而且将领会到时间对于原初和终极的双向发生性。① 然而，海德格尔所谓"向死而生"的时间结构，则几乎封闭了时间的开放性。如是，海德格尔试图通过批判西方哲学和神学对存在的遗忘而返回到古希腊哲学的伟大开端、返回到存在的原初起源的努力，就还缺乏某种思的彻底性。海德格尔尚未真正抵达人类思想的原初境域。

然而，毕竟是海德格尔，以一种超越现象学的姿态，发现了化解时间之谜的中介：语言。因为唯有语言，最好地体现了时间对于此在的切身性和他者性相交织的双重属性，从而可以成为时间的替补，成为一个可以分析的对象，而不至于将时间异化。

语言与时间复杂交织！这一问题将我们彻底地带进了最切己的自我与最陌生的他者相纠缠的存在境域。我们之所以能走到这一步，恰以海德格尔半诗性的言说为前提："在通向存在—语言的途中。"正因如此，我们说，在通往人类思想的必然之途中，海德格尔既成了我们绕不开的出发点之一，同时又成了我们必须予以强力修正的前驱。②

不只海德格尔，整个现代西方思想的语言论转向和时间哲学转向，其实都仍在途中，仍缺乏某种思的彻底性。比如，分析哲学虽然空前地突出了"语言"的本体地位，但其关注重心主要是语言的运算规则

---

① 胡塞尔的时间现象学对我们的启示，笔者将在本书的第三章中做详细讨论。
② 我们几乎忽略了学界的海德格尔研究。这一方面固然是因为本书篇幅有限，无法在此介入相关论争；另一方面则是因为我们的研究方法与学界流行的方法根本不一致。大体来讲，学界的海德格尔研究，大多属对象性阐释，而本书所采用的研究方法，则属寄生性改写。笔者认为，只有寄生性的改写，才能使我们真正获得与海德格尔乃至整个西方哲学的对话性。关于这一点，笔者将在本书的结语中做详细说明。

和语用学效应，而拒绝了对语言的原初起源之思；相应地，其对时间的哲学分析虽然澄清了以往形而上学的一些思维混乱，但也祛除了时间的本源地位。现象学虽然实现了对内时间意识的分层，却使时间意识陷入了无穷后退。伊曼纽尔·列维纳斯（Emmanuel Levinas）虽然突破了海德格尔的同一性预设，将时间之思推进到差异论的层次，但其对差异性的辩证思考本身却缺乏了某种时间性。解构哲学虽然追溯了"语言"（文字）的原初起源，并揭示了时间内部的差异错置性，但其"异延"式的起源似又瓦解了言说—存在的必要性及其可能……概言之，这些思想突破虽然极大地改变了人们对语言和时间的认知，让我们在意识到语言和时间的本体性的同时，还异常精微地感受到了语言的能指—所指、字面义—隐微义、镜像—隐喻的复杂纠缠，以及时间的前摄—滞留、同一—差异、自我—他者的错综交织；但是，从总体上讲，它们至今似还未找到某种整体超越的可能性。之所以必然如是，根本的原因在于，现代西方思想虽然把握住了问向原初的"问之所问"与"问之所及"的意向性通道——语言的现象学内涵，但尚未把握住语言本身的全部奥秘。它们虽然直观到了时间本体的复杂性，但至今尚未找到时间分析的正确路径。换句话说，西方思想至今对语言与时间之谜或语言和时间的复杂交织仍束手无策。由此便可以理解，为何当代西方思想必然要陷入种种反基础主义、视角主义、语境主义、历史主义和实用主义的后现代主义。

倘若上述分析还有一定的道理，倘若事情果真如海德格尔所预示的那样，人类思想必然要走向某种通往"语言和时间的复杂交织"之途，那么，当代学界究竟该如何努力，才能重新承担起这一思的必然命运呢？在具体地着手对这一问题的讨论之前，为了进一步阐明这一问题的急迫性，笔者将简要地指出，这一问题如何敞开了一种中西思想的比较视野。

以一种极简略的语言来说，众所周知，在其轴心时代之初，中国古典思想就直观到了语言和时间的复杂交织及其内在悖论，并对之展开了卓越的沉思。中国古典思想关于语言和时间的如下论述，"道隐无名""道可道，非常道；名可名，非常名"（《道德经》），"子曰：书不尽言，言不尽意"（《周易·系辞上》），"天地有大美而不言，四时有明法而不议，万物有成理而不说"（《庄子·知北游》）……即明证。中国古典思想不仅获得了对此问题的独到裁决（如《道德经》："正言若反"；《礼记·学记》："大时不齐"；《庄子·寓言》："寓言十九，重言十七，卮言日出，和以天倪"；王弼："得意忘象"……），而且还据此建构了一种独特的思想世界和文化体系。这一思想世界和文化体系的根本特点，就在于它发现了语言的相对相关性和时间的多线并进性与一个相对相关的、差异错置的世界体系的呼应性。这种呼应性巧妙地化解了世界的终极实在、宇宙的绝对的原初起源等一系列难题，从而显现出了一种相对于传统西方思想的超越性。传统西方思想主要基于一种语言实体论预设和时间线性化假定，这引申出一种绝对外在的、二元对立的神学超越性。[①]

然而，思想史的奇特命运在于，经过众多现代西方思想家的"反抗"和"修正"，当现代西方哲学开始重新走上通往语言和时间的复杂交织的途中的时候，现代中国思想的主流取向，却朝着西方传统形而上学"逆转"，去追求某种对象化的实体、客观存在的真理和实证化技术化的知。[②]

由此可见，在通往语言和时间的复杂交织的途中，从来都不可能一帆风顺。从某种意义上讲，或许，人类思想根本就逃不脱自我建构、自我拆解、多线并进、时代错位的复杂命运。

---

①　这么说并不是否定中国古典思想同样存在西方哲学那种"贬斥文字、祛除时间"的传统形而上学。思想史的复杂性是任何单维度的总结所无法概括的。

②　因论题所限，我们无法在这里详细讨论这一比较视野的有效性。为便于理解，我们不妨举一个例子，以做参证。在《期望中国——对中西文化的哲学思考》（学林出版社，2005）一书中，郝大维和安乐哲开启了一种中西跨文明对话的新范式。该范式的特点，是从中西文化思维和表意范型的层面入手，全方位地梳理中西文化的差异与对话的可能性。他们的核心观点是，西方文化是第二问题框架思维，即因果性或逻辑性思维；而中国文化则是第一问题框架思维，即类比的关联性思维或美学的隐喻性思维。毫无疑问，郝大维和安乐哲所建立的比较视野卓有所见，几乎就快推进到语言本体和时间本体的层次，但总体上讲，似仍缺乏某种思的本源性。

三　"耶鲁学派"的语言—时间诗学

幸运的是，对于困扰人类思想的语言和时间之谜，人们不只是只有科学的、哲学的和神学的这几种运思与化解方式。还有一种比它们的历史更悠久但至今仍有待深入思考的方式，那就是文学。文学以其与语言自身的天生的自反关涉性关系和与时间一同涌现又相互纠缠的本体化关联的先天优势，自它一诞生起，就以一种非对象化的、一种自我发生—展示自身的方式，异常奇妙地生发—展示了语言和时间本身。只可惜，由于与西方形而上学分享了同样的预设前提与思维方式，在长达两千多年的时间里，传统的西方诗学一直未能很好地洞穿"文学"的这一秘密。

与传统的西方哲学一样，传统的西方诗学也大多遗忘了语言和时间，从而遮蔽了"文学"。直到现代西方思想发生了"语言论转向"和"存在论转向"，语言问题和时间问题才成为现代西方诗学优先关注的核心问题之一。在此背景下，几乎所有重要的现代西方诗学理论家都对语言问题和时间问题表现出了浓厚的兴趣。其中，"耶鲁学派"（Yale School）文论家对语言和时间的复杂交织机制的全方位领悟，在笔者看来最富于启迪。

就像所有强力性的反叛诗人一样，在20世纪七八十年代之交，耶鲁大学的四位批评家保罗·德·曼（Paul de Man，1919－1983）、约瑟夫·希利斯·米勒（Joseph Hillis Miller，1928－2021）、杰弗里·哈特曼（Geoffrey Hartman，1929－）和哈罗德·布鲁姆（Harold Bloom，1930－2019），以某种"集体"的姿态，异军突起于"新批评"一统天下的美国文论界。人们纷纷惊诧于他们的"激进"姿态。于是，在尚未来得及推敲的情况下，学界便因他们与雅克·德里达（Jacques Derrida）的某种关联，匆匆地将他们归为"解构主义"的文论"流派"。然而，这种说法显然造成了对"耶鲁学派"的极大误解。因此，这理所当然地引起了"耶鲁学派"成员如哈罗德·布鲁姆的反感。今天有更多的学者意识到了这一点：由于"耶鲁学派"成员并非全都认同"解构主义"的主张，并非全都具有"解构"的特征，因此他们根本就不属于解构主义"学派"。然而，遗憾的是，由于这些辩解大多仍以某种未加反思的"解构主义"认知为立论的前提，因此并没有有效改善人们对耶鲁学派的误解。

之所以出现这种情况，可能的原因之一，就是人们似乎至今仍未超越"一个理论流派总是意味着某种具有统一性和同质性的观念主张"这样的研究预设，而去发现理论流派所具有的更复杂更多维的层次和侧面。事实上，只要我们走出狭隘的文学理论（史）的学科樊篱，超越那种理论研究即某种观念阐释的研究范式，将耶鲁学派文论放到整个现代西方思想的范式转型（或形而上学重构）的大背景中去考察，我们是不难发现其家族相似的范式特征的。

凭着自身对文学语言和文学时间的错综复杂性的独特敏感，耶鲁大学的四位文论家们，从不同的角度和层面，几乎"汇聚"起了自现代西方哲学的"语言论转向"和"时间哲学转向"以来的所有重要发现，一举打破了西方文论和西方哲学对象化的、单维度的思维定式，对语言的多维度和时间的多向度的本体属性及其错综交织做出了全方位的直观和领会。这种领会甚至抵达了某种思之原初起源的层次。从这样一个角度讲，耶鲁学派批评家们的文学研究，就具有了某种思想史的意义：凭着自身的独特优势，在新的历史语境下，几乎是不约而同地、毅然地走上了通往"语言和时间的复杂交织"之途，以一己之力重新承担起了人类思想的必然命运。

问题是，耶鲁学派的文论家们是如何做到这一点的呢？在全面地展开对这一问题的讨论之前，在此，我们只能预先给出一个简要的概括。

在反对批评总是依附、从属、寄生于作品这一二元对立的假定，文学文本总是具有某种同质性，文学史就是一些有关文学的历史事实的线性排列这样的预设的过程中，耶鲁学派的文论家们依据不同的思想资源，从不同的角度和层面，不约而同地发现了"文学"存在的某种"双重属性"，从而形成了"耶鲁学派"内在的"互文性"。

所谓文学存在的"双重属性"，具体而言，乃是指以下几方面。

第一，（文学）批评总是盲视与洞见并存，批评总是自我抵制（德·曼）；从不存在绝对外在的批评，批评总是与作品相交织（米勒）；阅读即误读（布鲁姆）；批评总是兼具理论性和文学性（哈特曼）。

第二，（文学）写作总是一种双重修辞——现实的修辞，修辞的修辞（德·曼）；写作总是通过摆脱前辈诗人对自己所产生的影响的焦虑而获得原创性（布鲁姆）；写作总是重复写作——所有伟大的作家毕生都只写一部作品（米勒）；写作总是自然与想象的对立统一（哈特曼）。

第三，（文学）文本即寓言——文本总是对它所不是的东西的指代（德·曼）；作品总是包含了自我阐释——作品总是具有多重叙事（米勒）；文本总是某种反映性的镜子和修辞性的迷宫的结合体（布鲁姆）；《圣经》阐释文本乃由原典与阐释、一代又一代的阐释和一代又一代对阐释的阐释的文本叠加而成（哈特曼）。

第四，上述文学存在的"双重属性"使得文学史也具有了一种双重性的生成机制：文学史并非既成的历史事实，文学史总是有其内在的悖论因而总是有待生成。

耶鲁学派文论不仅敞现了被传统的文学观念遮蔽已久的文学"实事"，更重要的是，在自觉地贯彻这种双重性的批评策略的过程中，他们几乎也是"不约而同"地发现了文学双重性的生成性基底：如果说批评的双重性来自文学文本，那么，文学文本的双重性则来自语言本身。

何以语言本身蕴藏了某种神奇的力量，使文学文本必然产生某种双重效应呢？耶鲁学派文论家们的回答是：由于语言与人间万象、语言与（操各种语言的）言说者、语言与语言之间（文本内部之间、文本与文本之间）的相互关系根本不在同一个层次却又错综复杂地交织在一起，因此，语言肯定不只有一个维度，语言自身同时具有多重"所指"。准确地说，语言具有三个维度：所指性维度、语言间性维度和自反关涉维度。这三个维度错综复杂地交织在一起，内在地遵循了修辞学所说的某种"转换生成"机制。①

而通过对文学作品中无处不在的时间流逝现象、重复现象和时空错乱现象的精微阐发，耶鲁学派文论家们发现，这种"转换生成"的动力，原来来自时间本体的三个向度或层次的错综交织：活生生的现时、分裂的绵延和自反的共在。这三个向度的内在分裂与交互发生构成了时间本体的内在结构。

从总体上讲，耶鲁学派对"语言三维"和"时间三矢"的发现，究竟具有什么原创性和超越性呢？

就语言方面而言，众所周知，自弗迪南·德·索绪尔（Ferdinand de Saussure）提出能指—所指的区分之后，人们就意识到了语言内部的多维性及其可分离性。随着路德维希·维特根斯坦（Ludwig Wittgenstein）"语法规则"论和约翰·奥斯丁（John Austin）"以言行事"论的提出，人们进一步发现，原来语言还有另外一个维度，即述行维度，我们也可以把它叫作主体间性之维。随后的解构理论，则以某种更加激进的姿态，敞现了语言的自我分裂、自我绵延的自反关涉性。所有这些思想前驱的存在，表面上，使耶鲁学派的语言论直观显得并无任何原创性。但是，一旦我们意识到，语言论转向之后，无论是英美分析哲学还是德法思辨哲学，它们在反对传统形而上学"语言—实在"——对应的单维度预设的同时，又将自身的思想建立在了某种新的单

---

① 就像其文学观存在明显的差异一样，耶鲁学派的语言之思，自然也存在区别。比如，德·曼是通过对语言的语法含义和修辞含义的张力关系的分梳来揭示语言三维的奇特交织的；布鲁姆对诗歌创作的"影响—误读"机制的分析直接以对语言三维的直观为前提；米勒通过融汇现象学批评的"主体间性"、结构主义文论的"文本间性"、奥斯丁的言语行为理论、德里达的文字学思想和后来更时髦的媒介诗学来描绘语言的秘密；哈特曼以"所有语言都具有一种内在的不透明性、中介性或调节性"这一理论主张破除了黏滞于语言的任一维度的迷执。

维度语言论预设之上（不是建立在述行性维度之上，就是建立在自反关涉维度之上），那么，我们也就不难发现耶鲁学派文论的独特意义了。

首先，与英美分析哲学只以词或句子为单位、将"语言"当成一种既成的事实或规则来分析不同，耶鲁学派文论从文学批评的"实事"本身或内在要求出发，将（文学）语言的全部丰富复杂性列为自身的考察对象，从而实现了对语言的全方位、多维度的领会。其次，与德法思辨哲学只喜欢探讨语言的原初起源、"语言"不过是一种变了形的上帝或总体存在有异，出于对（从文本细节到局部文本到整个文本再到文本与文本之间的）修辞现象的纤毫毕现般的敏感，耶鲁学派文论不仅实现了对（文学）语言本体的内在构成的"实证"分析，而且还揭示了语言生成的原初动力。耶鲁学派的语言论思想显然融通、超越了英美、德法传统，获得了某种对语言本体的更整全、更本源的知。

就时间方面来看，如前所述，为反对传统时间哲学的"过去—现在—未来"的线性预设，早期海德格尔困扰于如何将"时间性的此在"之向死而生的分裂结构植入超越性的时间—存在即永恒之中。后来，在列维纳斯的影响下，德里达在时间性的分裂结构中发现了"他者"——绝对的"他者"，从而化解了海德格尔所谓的时间性—时间的悖论，并揭示了时间内部的差异错置性。但是，由于无法找到这一时间的差异错置性与从海德格尔的语言之道说的原始区分中还原出来的异延逻辑的结合点，德里达最终未能揭示语言和时间的复杂交织。

与此不同，在对多重叙事的时空交错现象的精湛分析中，在对互文性文本的时空重叠现象的精微揭示中，在对开端和结局的追溯之不可能性的精彩思辨中，耶鲁学派文论家们不仅彻底解构了时间之"过去—现在—未来"的线性预设，同时又为各种层面的时间观念的合法性留够了余地。

总括起来说，尽管耶鲁学派文论家们的语言—时间诗学表现形态不同，深度不一，但稍加细究，我们便不难发现他们共同的核心。这一核心即从批评或解读的不可能性出发，追溯到言说本身的不可能性与起源和结局的追溯的不可能，从而导向对"可说/不可说""永恒/非永恒"这一原初（终极）悖论的文学性沉思。耶鲁学派文论家们"声气相应"地从一种本源性高度，揭示了（文学）世界的生成动力。从这样一个角度讲，所谓耶鲁学派文论，本质上就是一种"语言—时间诗学"；说得更准确些，则是一种"生成诗学"（generative poetics）。

必须指出的是，耶鲁学派的上述思想还是批评性的（或反思性的），带有很强的实践性和感悟性，还不完全具备理论的"体系性"。不过，考虑到耶鲁学派文论的核心宗旨之一，就是后辈诗人或文论家如要获得自己的原创性，就必须以强力的方式修正或对抗前辈诗人或文论家的"问题意识"或"思想体系"，因此，我们完全有理由从耶鲁学派文论家的"互文性"中，修正性地读出（或重构出）上述"体系"。

四　重申诗与哲学之争

诗人 S. 斯退芬·格奥尔格（S. Stefan George）曾预言说，语言破碎处，世界一无所存。[①] 这一预言道出了思想史的如下实情：整个人类的思想都是建立在各种语言论预设的基础之上的，只要拥有了整全的语言论基础，人类就将拥有世界的一切。

不幸的是，西方思想史还从未拥有过整全的语言论预设。不仅如此，当后现代思想家通过揭露哲学的文学性以宣称文学超越哲学之时，表面上，他们终于为长达两千多年的诗与哲学之争做出了终审裁决，诗人们赢得了诉讼，文学将统治世界；但谁曾想到，当某些后现代理

---

① 格奥尔格的原话是，"词语破碎处，无物可存在"。参马丁·海德格尔《在通向语言的途中》（修订译本），孙周兴译，商务印书馆，2004，第 216 页。

论家把这一主张推向极端，试图以一种碎片化的语言、视角化的表达来反抗传统的语言论预设和形而上学观念时，却反过来使他们自身失去了一切。

当代西方思想的状况似乎确实应验了格奥尔格的预言。由于发现了语言三维和时间三矢，耶鲁学派文论家们又使语言重新得以聚集。由是，根据格奥尔格的逻辑，我们是否可以断言：当语言重新聚集起自身的时候，按海德格尔的说法，诸神、万物、大地、天空、他者和自我是否必将响应语言的召唤，于隐匿中重新显形呢？

答案无疑是肯定的。第一，有鉴于语言与世界的本体同构性，当语言被揭示出具有多个维度时，也就等于揭示了世界的多维性和多层性。与此同时，由于文学世界与存在境域的本体同构性，因此，当文学文本被揭示为一种差异错置的话语触媒时，人类生存的存在境域也就被揭示为一种差异错置的存在体系。

第二，考虑到人类历史在本体上的书写性，因此，当揭示了文学书写、文学史的层垒地叠加的、时代错置的生成机制时，很显然，人们也就揭示了人类历史叙事的层垒地叠加的、时代错置的生成机制。

第三，揭示了存在境域的差异错置性，也就打破了那种同质化的、单维度的世界视野预设。揭示了人类历史的层垒地叠加的、时代错置的生成机制，也就打破了那种单向度的、线性发展的历史假定。而打破了同质化的、单维度的世界视野预设和线性发展的历史假定，也就打破了以往那种社会整合机制与个体精神救赎二元对立的思维定式，从而为重建人类社会的文化整合与精神救赎机制提供了新的可能性。

总之，语言三维和时间三矢的发现，为我们应对、超越当今这个"碎片化的世界"、"碎片化的历史"和"碎片化的心灵"提供了某种新的可能。而从文学书写和批评的角度看，所有这一切都必然要汇聚于新的表意范式的探寻和实践。明白了这一点，反过来也就明白了耶鲁学派之所以标举批评的文学性和双重性的深意：通过表意范式的转型推动世界体系和存在意义的范式转型。

耶鲁学派文论真正揭示了文学超越于哲学的秘密。这一秘密即文学的语言—时间本体远非传统诗学和哲学的语言学—时间哲学预设所能涵括。为了更好地说明这一点，不妨简要比较一下传统的语言—时间观与耶鲁学派的语言—时间观的差别。

让－弗朗索瓦·利奥塔尔（Jean－Francois Lyotard）在提到科学知识的语用学和叙述知识的语用学的对比时曾说：

1. 科学知识只专注于一种语言游戏，即指示性陈述，而排斥其他的陈述。

2. 科学知识就这样与其他那些组合起来构成社会关系的语言游戏分离了。

3. 在科学知识这一游戏中所要求的能力只涉及陈述者的位置，对受话者的能力和指谓的能力没有任何特殊要求。

4. 科学陈述不能从它被讲述这个事实本身获得任何有效性。

5. 因此，科学游戏意味着历时性。这种历时性以储存记忆和追求创新为前提，它显示的基本上是一种积累过程。①

仿照利奥塔尔，我们说：

1. 传统哲学、诗学只承认一种语言游戏，即语词—实在一一对应的指称性游戏，而尽可能否认其他的游戏。

2. 传统哲学、诗学就这样与语法、逻辑（或理性）结合在一起，获得了它自身的自主性和自律性。

3. 这种自身封闭的话语体系总是会指向一个整全的主体、绝对的精神或生命，而不是引发一系列生生不息的问题或问题谱系。

4. 这样，传统哲学、诗学就获得了它单向度的普遍性，从而

---

① 此处文字系转述。原文请参让－弗朗索瓦·利奥塔尔《后现代状态：关于知识的报告》，车槿山译，生活·读书·新知三联书店，1997，第54~56页。

为自身提供了合法性。

　　5. 最终，传统哲学、诗学实现了它所追求的永恒性和非历史性。

　　然而，耶鲁学派文论彻底地修正了这一切。因而，耶鲁学派文论就在一个更本源的层面上重新激发、反思了诗与哲学之争。

　　海德格尔反复强调思与诗的比邻而居。他说，在"与所有单纯科学思维对立的精神的本质优越性"的意义上，亦即，在可以言说"无"的意义上，"哲学及其运思唯独与诗享有着同等的地位"。①"诗人总是以存在者被第一次说出与说及的那个样子来诉说存在者。诗人的赋诗与思者的运思，总是汪洋恣肆，空间辽阔，在这里，每一事物，一棵树，一座山，一所房屋，一声鸟鸣，都开放出千姿百态，不同凡响。"②

　　耶鲁学派文论显然否定了这种让诗自身道说自身的思路，从而将文学的终极目的揭示为：通过洞悉和自觉地运用语言三维和时间三矢的错综交织及转换生成机制，不断地创造新的修辞和表意范式，挑战"不可说"的极限边界，为"可说"拓展出无穷无尽的新的可能。在这种从万丈深渊的悬崖边上纵身一跃而又永远也不会触及渊底的极致般的冒险中，在这种带着沉重的镣铐自由舞蹈的生命律动中，在这种义无反顾地踏过荆棘采摘带血的花朵的献祭仪式中，打破日常生活时间的单维度囚禁，绵延、持续、流畅地体验那从未体验过的时间的多维度的分裂结构，进而领会到那空明澄澈的万事万物此刻当下的生成情景。

　　当然，这里所说的"文学"，已经远不止是当今分科意义上的狭义的文学。柏拉图（Plato）、奥古斯丁（Augustine）、老子、庄子……尼采（Nietzsche）、海德格尔、德里达的哲学和神学著作以及所有的宗教经典之所以伟大，根本的原因，就在于当它们用哲学和神学的方式

---

① 马丁·海德格尔：《形而上学导论》（新译本），王庆节译，商务印书馆，2017，第30页。
② 马丁·海德格尔：《形而上学导论》（新译本），王庆节译，商务印书馆，2017，第31页。

来裁决人类思想的首要问题而遭遇有效性的极限边界时，极为智慧地诉诸了这广义的文学。

不过，哲学话语与文学话语各有所胜，诗与思必须保持必要的张力。在这样一个意义上，重提诗与哲学之争，其根本目的就不是强调文学对哲学的超越，或哲学对文学的超越，而是指出西方思想的必然命运：朝向世界体系和人类精神的整合机制的当代性（全球性）重构的范式转型！从这样一个角度讲，对耶鲁学派的"语言—时间"诗学的研究，也就有了介入当代西方学术思想的预流的可能性。

然而，对于早就因西方诗学的影响而焦虑不安的当代中国学界来讲，究竟该如何介入这一预流呢？

英国作家奥斯卡·王尔德（Oscar Wilde）曾辛辣地讽刺说，"一个人若要具有地道的中古遗风就应当没有肉体。一个人若要具有地道的现代风韵就应当没有灵魂。一个人若要具有地道的古希腊味就应当没有衣服"。[1] 因此，不管当代中国文论研究如何着手自身的范式转型，首要的任务，就是克服吸纳西方文论时的偏狭性、片面性和同质性。

---

[1] 奥斯卡·王尔德：《给受教育过多者的箴言（外一篇）》，多多译，《世界文学》1998 年第 3 期，第282页。

第一章

双重书写：

耶鲁学派批评与文学观念的重构①

第一节 作为双重书写的文学批评：
耶鲁学派批评的范式特征

一 无所不在的修辞

批评永远也无法逃避修辞。这不仅是因为批评的对象——文学文本总是充斥着大量的修辞；为了获得更好的表意效果，相当多的文学批评也自觉不自觉地诉诸修辞。

可是，在相当长的时期之内，修辞的重要性却始终未得到西方诗学和形而上学的承认。其中原因当然与柏拉图对修辞的贬斥有关。更主要的，是因为西方传统修辞学始终把"修辞"当成一种（政治化的）语言手段，一种（实用的）说服工具。② 基于这一认知和定位，西方传统修辞学、诗学和形而上学便从未如其所是地想过："修辞"是否还具有某种超越性的本体属性？"批评"与"修辞"是否有着某

---

① 本书是对耶鲁学派所做的思想史研究。因此，其问题意识、篇章结构与方法论策略，皆与通常的文论史研究不同。通常的文论史研究，一般都以揭示耶鲁学派的文学观念为其最终目的。而本书的研究，则以此为反思的起点或前提，去透视其思想史价值。相关解释请参本书结语及附录。

② 在古希腊，研习修辞和修辞学的主要目的，是在法庭诉讼和政治辩论中占据优势地位。

种非此不可的内在联系？直到"语言学转向"之后，现代修辞学才逐渐意识到：原来一切皆修辞！在批评中，修辞须臾不可或缺！其中，耶鲁学派就是秉持这一基本观点的代表性批评流派之一。

耶鲁学派文论"言说"的根本特征之一，就是对（文学）修辞的前所未有的关注和对修辞的无所不在的运用。耶鲁学派文论"思想"的核心，就是利用修辞的多义性，来消解传统的同质性形而上学。根据这一事实，学界通常认为，修辞批评就是耶鲁学派的学派特点和范式特征。然而，在指出这一事实之后，大多数学者都忘了深入考辨，耶鲁学派的修辞批评究竟涉及了文学、批评的哪些方面，又形成了什么样的谱系特征？这些谱系特征是否表征出了耶鲁学派文论家对修辞、对文学和对批评的某种超越性认识？更进一步，倘若在文学批评中运用修辞具有某种先天的必然性和合法性，那么，这种运用是否存在某种极限边界的限制？

除开那些单纯为了增强表达的文学色彩的修辞细节，耶鲁学派对修辞的无所不在的运用，涉及了文学和批评的方方面面，很好地体现出了耶鲁学派的理论自觉。

一是那些为批判传统的文学观而信手拈来的种种形形色色的比喻。比如，早在《乔治·布莱的文学批评》（1963）一文中，米勒就将乔治·布莱（Georges Poulet）所假定的那种封闭自足的现象学"意识"比拟为一个从不迸裂的"球形气泡"。作为这一意识气泡的有序和透明的表达，一个作者的全部作品于是就成了一个其各个部分、各个要素相互影响有机结合的充实思想的"水晶宫殿"（a palace of crystal）。①

---

① J. Hillis Miller, "The Literary Criticism of Georges Poulet," *MLN* 78：5（December 1963），p. 475. Also See J. Hillis Miller, *Theory Now and Then*, New York：Harvester Wheatsheaf, 1991, p. 34. 耶鲁学派诸家的文论著作，相当一部分是先以单篇论文的形式发表，后来才结集成书或论文集的。结集时往往又有所修订。为尊重思想发布的历史实际，本书在引用他们的原文时，一般以最早的版本为准，并在首次引用或提及该文献时，在括号内注明其最初发表的时间。但为方便读者查阅，所给文献出处，则大多为通行版本。这常常使在正文中注明的某文献的最初发表时间与在注释中标明的文献出版时间不一致。为节约篇幅，一般不再作烦琐的文献考辨。好在各家著述的文献目录对他们著作的版本情况通常都有所交代，感兴趣的读者可自行对照查阅。

在《探寻文学研究的依据》（1984）一文中，米勒又将马修·阿诺德（Matthew Arnold）笔下"靠一种内在的悬浮在深渊之上的魔力"自我支撑的、超然于作为事实的真实或虚假的诗歌形象，描绘成一座"高高地悬在混乱之上"的"浮桥"（like an aerial floating bridge over chaos）。① 显然，这些比喻带有一种反讽的意味。

到了《解读叙事》（1998）一书，米勒的批判则显得更加尖锐。他径直将用理性的形而上学预设来征服叙事的欲望——即假定叙事总是具有开端、中部和结尾，总是要刨根究底地追问叙事的"真相"的形而上学传统——命名为一种"亚里士多德的俄狄浦斯情结②"。

二是对传统批评观的精妙绝伦的揶揄。最典型者如德·曼。他在《阅读的寓言》（1979）一书的第九章"寓言（朱丽叶）"的开头，竟然这样挖苦和讽刺那种拘泥于字面意义的阐释倾向，亦即教条主义的阐释倾向："所有这一切有点像推测费希特的绝对自我究竟是骑在马背上还是站在山顶上，或是推测康德的先验图式究竟是蓝眼睛还是褐色眼睛"（All this is a little like speculating whether Fichte's absolute Self rides on horseback or stands on a mountain top，or whether Kant's Schemata have blue or brown eyes）。③ 对那种拒绝或抵制理论反思的研究倾向，他也毫不客气。早在《当代批评的危机》（1967）④ 一文中，他就曾把这种倾向类比为"就像历史学家因战争会威胁并扰乱他们为从事井然有序的研究工作所必不可少的安宁而拒绝承认它的存在一样"。⑤

三是对文学创造和文学史的生成过程的修辞性表达。代表者如布

① J. Hillis Miller，*Theory Now and Then*，New York：Harvester Wheatsheaf，1991，p. 266. 中译文参米勒《重申解构主义》，郭英剑等译，中国社会科学出版社，2011，第79页。本书所引耶鲁学派论著，凡已有中译文的，一般引用现有译文。如有修改或因特别需要，则同时给出原文和中译文出处。未标明中译文出处的，则由笔者所译。——笔者注
② 这是该书第一章的标题。详参米勒《解读叙事》，申丹译，北京大学出版社，2002，第1页。
③ Paul de Man，*Allegories of Reading*，New Haven：Yale University Press，1979，p. 189. 中译文参保罗·德·曼《阅读的寓言》，沈勇译，天津人民出版社，2008，第201页。
④ 该文最初发表于 *Arion* 6：1（Spring 1967），pp. 38－57. 收入《盲视与洞见》时做了修订，题目也改为《批评与危机》。
⑤ Paul de Man，*Blindness and Insight*，Minneapolis：University of Minnesota Press，1983，p. 8.

鲁姆。和米勒一样，布鲁姆也极善于营造有关"文学"的修辞意象。在为学界所津津乐道的《影响的焦虑》（1973）一书中，他所运用的修辞手段，如用典、类比、寓言、夸张、隐喻……其数量之多，其种类之繁富，让人眼花缭乱。这些修辞手段产生了惊人的表意效果。且不说人们早已耳熟能详的六种修正比，单是他将前辈诗人类比为阻挡新人的声音进入"诗人的乐园"的遮护天使，是后辈诗人朝着可能性（创造性）的道路上遇到的伪装的斯芬克斯，就足以让人惊骇于诗人与诗人之间的残酷竞争。更别说他将诗歌的影响—误读史解读为一出弗洛伊德所谓的家庭罗曼史，将强者诗人的创作视为俄狄浦斯式的弑父行为。这一有关文学史和文学创造的核心隐喻，前所未有地揭示了文学创造的崇高性和悲剧性：文学创造乃是"双目失明的俄狄浦斯的一场自我窒息的悲壮事业"。①

　　四是对文学本身的修辞性认知。在《阅读的寓言》中，德·曼将文学寓言的字面义和本义的不一致戏拟为字面义对它的本义的残酷虐待。在《阿尼阿德涅的线：重复与叙述线索》（1976）② 一文中，米勒用"阿尼阿德涅的线"这一意象来为那种打破形而上学单向度的线性预设的、错综交织的和双重性的叙述线索赋形。

　　在《解读叙事》中，米勒将文学文本中的异质成分比拟为火成岩的异类结晶体。在《论文学》（2002）中，他又将文学（的功能）比喻为一盏"马塞尔的魔灯"，③ 因为它能够在不同的时空中自由穿越。

　　五是对批评本身的修辞性领会。在《史蒂文斯的岩石与作为治疗的批评：为纪念威廉·K. 威姆萨特（1907—1975）而作》（1976）一文中，米勒曾将"批评"视为疗治那种追求超时间的永恒幻想的"医术"。而哈特曼"荒野中的批评"（1980）这一广为人知的说法，则很自然

---

① 哈罗德·布鲁姆：《影响的焦虑》，徐文博译，生活·读书·新知三联书店，1989，第9页。
② 该文经修订后成为米勒《阿尼阿德涅的线》（1992）一书的第一章。
③ 在普鲁斯特的《追忆逝水年华》中，主人公马塞尔小时候有过一盏魔灯。它能在他的墙上甚至门把手上投射出邪恶的哥罗（Golo）和不幸的吉涅维弗·德·布拉班特（Genevieve de Brabant）的形象，他们从墨洛温王朝被带到了他的卧室。

地令人想起：在一片荒凉的旷野中，批评家正在殷切地呼告一种新的文学命运和批评命运。

乔治·艾略特（George Eliot）的《丹尼尔·德荣达》（1876）中的女主人公葛温多伦·哈勒斯只要独处于任何旷野，就会突发某种歇斯底里的惊恐症。在《远古景象》（1976）一书中，莫里斯·布朗肖（Maurice Blanchot）详细描述了一个七八岁的孩童站在窗前观望户外冬日城市或乡村景色之上豁然敞开的天空（虚无）的情景。在《探寻文学研究的依据》一文中，经过巧妙的编织，米勒便将它们转化成"只要我们尚未确认能使文本言之有理、可以解释的法则，那么这就如同我们已面对面地与远离我们的无边无际的存在相遇"① 这一批评本身的存在处境的隐喻。

耶鲁学派文论家不仅赋予了"文学""批评"种种修辞意象和隐喻，有时，他们还将他们对有关"文学""批评"的种种修辞性认知，运用于自己的整篇文章或整本书的写作和架构本身，使得整篇文章或整本书本身也成了有关"文学""批评"的某种寓言、隐喻或象征。比如，布鲁姆的《影响的焦虑》就好似布鲁姆一个人在舞台上独白或朗诵的一出庄严的诗剧：剧情就是强力诗人们如何写出伟大的诗，同时配以序曲、插入章、尾声。

在《作为"寄主"的批评家》（1979）这篇为解构主义批评辩护的名文中，为了与"批评的寄生性"这一理论主张相对应，米勒也特意采用了一种寄生性的书写策略。他先是在文章的开头引用了 W. M. 萨克雷（W. M. Thackeray）的《亨利·艾斯芒德的历史》（1852）中的如下一段对话作为题记（作为提挈整篇文章的核心思想的反向的隐喻）：

"我宁死也不离开这里，"荷尔特先生文雅地一笑说，"那画

① J. 希利斯·米勒：《重申解构主义》，郭英剑等译，中国社会科学出版社，2011，第 72 页。

里的常春藤就是这么说的，这寄生物紧紧地攀附着橡树，真像是多情呢。"

　　"会杀死母本的啊，先生！"塔舍尔夫人大声嚷道。①

　　然后在正文的开头转述了 M. H. 艾布拉姆斯（M. H. Abrams）在《文化史中的理性与想象》（1976）一文中的一处引证。该引证说，韦恩·布思（Wayne Booth）断言，对某一部作品做"解构主义"的解读，"显而易见地要寄生"于"明显或单义性的解读"。在转引完这一引证后，米勒指出，在此处的引文中，前半句是布思的话，后半句则是艾布拉姆斯的。通过这种层层的引用和转述，米勒便将自己的文章"刻意地"编织成了一个"链锁结构"，以此体现出文本与文本之间的"寄生性"。这样一种写法无疑使文章的"形式"与其所主张的"理论观点"高度一致或相匹配。

　　比上述批评家更激进的是，德·曼不仅将修辞贯彻为一种本体化的批评策略，他甚至还试图以修辞的方式，给予这种修辞批评以一种理论的概括。按通常的做法，一本旨在"建构"一种阅读理论的书，应该叫作"何谓阅读"或直接叫作"阅读理论"；一本旨在对阅读的修辞属性做理论反思的书，应该叫作"阅读修辞学"。可是，德·曼却给出了修辞性的命名——"阅读的寓言"。通过此命名，德·曼便彰显了他的修辞批评的元修辞学属性。

　　在《阅读的寓言》第二章"修辞手段（里尔克）"②中，德·曼完整地引用了里尔克（Rilke）的一首诗：

　　　　我爱你，最温和的法则，

　　　　我们与它作斗争，但也因为它而成熟，

---

① 转引自 J. 希利斯·米勒：《重申解构主义》，郭英剑等译，中国社会科学出版社，2011，第111页。中译文另可参 W. M. 萨克雷：《亨利·艾斯芒德的历史》，陈逮、王培德译，人民文学出版社，1997，第43~44页。

② 该文最初用法文发表（1972）。收入《阅读的寓言》时，由德·曼翻译并做了修订。

> 我爱你，我们无法克制的强烈的怀乡病，
>
> 我爱你，我们永远走不到的森林，
>
> 我爱你，我们的沉默发出的歌唱，
>
> 我爱你，捕捉奔放的感情的神秘之网。
>
>
> 你为自己创造了一个如此巨大的开端，
>
> 从那时起你开始创造我们，——
>
> 在你的阳光普照下，我们已经成长得
>
> 如此成熟，如此根深叶茂，
>
> 从而此刻你才能在天使、人类、圣母
>
> 掌职期间非常宁静地实现你的意志。
>
>
> 让你的右手撑托住天国倾斜的宁静吧，
>
> 并默默地承受我们暗地里强加给你的负担。①

按传统的理解，完全可以将这首诗视为"向超自然的存在所做的祈祷"。诗歌向一个被赋予"上帝"名称的神祈祷时的狂热产生了一个以神为中心的结构问题。然而，当德·曼以"这首诗试图说出的实体是如此转弯抹角、如此多样，以致这个实体变得模糊不清、根本不可能为它找到一个共同的属性，甚至这个实体本身就从未要求一个严格属于它的属性"为由，将这首诗的"主题"转换为"创作本身的困难"和"语言自身的法则"的隐喻，或"挣脱语言的法则所造成的束缚而获得自由"的隐喻时，② 这种"转换"得以可能并具有合法性的隐秘动因，即德·曼不动声色地所诉诸的一种元隐喻的、元修辞学的

---

① 保罗·德·曼引用的是德文原文。目前大陆出版的各种里尔克诗歌的中译本，都没有收录该诗。这里引用的是沈勇的译文。参保罗·德·曼《阅读的寓言》，沈勇译，天津人民出版社，2008，第32页注释①。

② Paul de Man, *Allegories of Reading*, New Haven：Yale University Press, 1979, p. 31. 中译文参保罗·德·曼《阅读的寓言》，沈勇译，天津人民出版社，2008，第34页。

思维方式。

因为所有的存在都是一种修辞，因此，诗就成了一种修辞的修辞或隐喻的隐喻。由是，诗歌批评不仅应该用一种修辞的方式来看待修辞、一种隐喻的方式来看待隐喻，而且还应该用一种修辞的修辞或隐喻的隐喻——元隐喻的方式来看待一切（文本）。

二　解读的不可能性

"双目失明的俄狄浦斯在走向神谕指明的神性境界。强力诗人们跟随俄狄浦斯的方式则是把他们对前驱的盲目性转化成应用在他们自己作品中的修正比。"[1]

毫无疑问，耶鲁学派批评家们将自己视为强力诗人。他们跟随俄狄浦斯，用取自"对西方的想象力之生命起过核心作用"的各种术语、意象和典故，来重新命名他们所认识的文学、批评和修辞。问题是，耶鲁学派文论家的这种修辞化的批评策略，其意图仅仅只是让熟悉的事物陌生化，将新奇的思想变得更易理解和接受吗？抑或还有更深层的动因？

要辨明这一点，最好的办法，莫过于梳理一下传统批评所具有的特点，以及耶鲁学派文论家对批评这一事情本身的认知。

传统的文学批评观念总是认为，只要我们一阅读，就先天地假定了阐释的可能性。可是，诗无达诂——我们的阅读实践一再地与前述朴素的信仰相违背。在《阅读的寓言》第三章[2]中，德·曼是这样说的：从文本中阅读出的意义注定会与文本所表述的意义不一致。这一事实势必让人怀疑，"文学文本是否就是关于它描写、讲述或表达的东西？"[3]

---

① 哈罗德·布鲁姆：《影响的焦虑》，徐文博译，生活·读书·新知三联书店，1989，第 9 页。
② 该文最初也是用法文发表的（1972）。收入《阅读的寓言》时，由德·曼翻译并做了修订。
③ 保罗·德·曼：《阅读的寓言》，沈勇译，天津人民出版社，2008，第 63 页。

文学文本并不是单纯地指文本所描写、讲述或表达的东西。由此必然导致阅读或理解的障碍，即阅读的不可能性。反过来讲，如果在至今还是无限遥远的理想的阅读中，"阅读的意义注定与表述的意义相一致的话，那么事实上就不会存在真正的问题了"。① 换言之，即"阅读"就不再有任何必要和"意义"。

德·曼不只在一个地方谈到了阅读的不可能性。早在《盲视的修辞学：德里达对卢梭的阅读》（1971）这篇文章中，他就已经断言："在对文学进行任何概括论述之前，首先必须阅读文学文本，而阅读的可能性绝不应该被视为一件理所当然的事。它是一种理解行为，它无法被观察，也无法用任何方式来规定和证实。一个文学文本并不是一个能够被赋予任何形式的确定性存在的现象性的事件，既不能作为一种自然的事实，也不能作为一种思想的行动。它不导向超越性的感知、直觉或知识，但是却要求保持一种内在性的理解，因为它从自己的角度提出了自身的可理解性问题。"② 到了《阅读的寓言》一书，他对这个问题的揭示则更具个性色彩、更具系统性。

在《阅读的寓言》第九章中，德·曼描述道，按通常的方式，"小说的解释必须以消解指称和修辞手段之间的对立关系作为开始"。③ 然而事实表明，要做到这一点非常不容易。"一部分困难来自于'写作'和'阅读'的朴素区别，来自于把全部注意力集中于原作者的问题、排斥读者的方面的做法。……如果阅读就是理解写作……那么阅读便以可能认识所写的事情的修辞状况为先决条件。理解首先意味着确定一篇文本的指称模式，而且我们认为完全能够做到这一点。我们假定，谁有能力运用一种语言的词汇学代码和语法代码，谁就能理解指称话语。当我们遇到修辞格时，只要我们能够分清字面义和比喻义，我们就能恢复修辞手段的本来指称。……即使人们常常认为诗歌语言

---

① 保罗·德·曼：《阅读的寓言》，沈勇译，天津人民出版社，2008，第63页。
② Paul de Man, *Blindness and Insight*, Minneapolis：University of Minnesota Press，1983，p. 107.
③ 保罗·德·曼：《阅读的寓言》，沈勇译，天津人民出版社，2008，第213页。

就是这种情况，修辞手段是多义的，并且产生几种意义，某些意义甚至可能是相互矛盾的，但是字面义和比喻义的大量细分仍然普遍盛行。任何一种阅读总是涉及在含义和象征之间作出选择，而且只有在一个人假定可能区分字面义和比喻义的情况下，才能作出这个选择。这个决定不是任意作出的，因为它是建立在各种文本的和语境的因素基础之上的（语法、词汇学、传统、习惯法、语调、公开的陈述、发音符号等）。但是表示这个决定的必要性是不可避免的，否则话语的整个秩序就会瓦解。这种情况意味着，比喻的话语总是被与非比喻的话语形式相对比；换句话说，这种情况假定了作为一切语言的终结的指称意义的可能性。假定一个人能够轻松愉快地摆脱指称意义的强制，这是非常愚蠢的。"①

德·曼独具慧眼，认为这就是卢梭在《朱丽叶或新爱洛绮丝》的第二篇"序言"中虚构 N 不断地逼问 R 究竟是不是这些书信的原作者这一对话的隐喻意义：N 总是假定了一个文本的易读性。然而，经过德·曼的详细解读，卢梭的《第二论文》和《论语言的起源》中的语言理论却攻击、削弱了这个模式。德·曼认为，在卢梭的这些文本中，"对作为主要语言功能的命名的讨论实际上对指称语言的状况提出了怀疑。指称语言变成了将语言的根本比喻性掩藏在假象后面的反常的修辞手段。严格地说来，指称语言可能就是假象。结果，本身是语言的组成部分的易读性（可读性）的假设不仅不再被认为理所当然，而且被发现是反常的。没有阅读，写作就不可能存在，但是一切阅读之所以存在错误，是因为它们假设了它们自己的易读性。虽然所写下的一切必须被阅读，并且每一个阅读都可以得到逻辑证实，但是，需要证实的逻辑本身是无可证实的，因此在真理的权力方面逻辑是没有事实根据的"。②

德·曼从文本的字面义和比喻义的矛盾张力中发现了解读的不可

---

① 保罗·德·曼：《阅读的寓言》，沈勇译，天津人民出版社，2008，第 213 ~ 214 页。
② 保罗·德·曼：《阅读的寓言》，沈勇译，天津人民出版社，2008，第 214 页。

能性。殊途同归，在对批评与文学的各种肯定的、或然性的、可能性的、怀疑的、否定的、归属的和确信的悖论性关系或处境的反思中，布鲁姆也发现了同样的秘密。在《影响的焦虑》的"尾声·途中有感"中，他以诗体的形式写道：

> 奔波了三天三夜的他来到了这个地方，
>
> 但却肯定这个地方是不可到达的。
>
> 于是他停下来，思考着：
>
> 这一定是那地方。……
>
> 或者这不可能是那地方。……
>
> 或者这可能是那个地方。不过我也许没有到达那个地方。我也许一直在这儿。
>
> 或者这儿空无一人，我只是属于这个地方，在这个地方之中。并没有人能到达这个地方。
>
> 这也许不是那个地方。……
>
> 但这肯定是那个地方。……
>
> 奔波了三天三夜的他没有能到达那个地方，于是他又策马离去。
>
> 是这地方认不得他，或者找不到他？是他没有能耐吗？
>
> 故事里只是提到：人们应该达到那个地方。
>
> 奔波了三天三夜的他到达了这个地方，
>
> 但他肯定这个地方是不可到达的。①

　　解读是不可能的。然而解读又是如此必需甚至急迫。于是，"所有的解读都成了误读"。在《误读图示》（1975）一书的"导论"中，布鲁姆说，"阅读，如我在标题里所暗示的，是一种延迟的、几乎不可能

---

① 哈罗德·布鲁姆：《影响的焦虑》，徐文博译，生活·读书·新知三联书店，1989，第170页。

的行为，如果更强调一下的话，那么，阅读总是一种误读"。①

不仅如此，在该书的第四章，布鲁姆还进一步把误读的根源追溯到"言说"之不可能性，从而使自己的思考达到了前所未有的深度。

"要用语言开创任何事物，我们都必须借助于某种比喻，而那种比喻必须保护我们抵御一个居优的比喻。""要说、并要意指一新事物，我们必须使用语言，且必须比喻地使用。"②

"要看到，起源、诗歌和人类，不仅依赖于比喻，而且它们就是比喻。"③

总之，布鲁姆认为，由于诗歌（言说）在根本上是比喻性（修辞性）的，因此，诗的意义基本上是不确定的。"阅读，尽管有一切人道主义的教育传统，仍然几乎是不可能的，因为每一位读者同每一首诗的关系都是由一种延迟的比喻所支配。"④

和德·曼、布鲁姆一样，米勒也把解读的不可能性之最终根源归结为语言的修辞性。只不过，他的切入角度更加多样，思想演变的过程更加曲折。比如，在《阿尼阿德涅的线：重复与叙述线索》中，米勒关注的重点是叙述的多重性或迷宫。而在《作为"寄主"的批评家》中，他主要讨论的则是批评家与诗人完美融合的形而上学愿望（即某种同一性幻想）的不可能。

在《作为"寄主"的批评家》这篇文章中，米勒认为，在雪莱（Shelley）的作品中，"光明"与"阴影"、"自然、超自然和人完美结合的性爱"与"乱伦禁忌"、"理想主义"与"怀疑论"两种力量总是两极对立、交互寄生、彼此纠缠、相互瓦解、反复无穷的。雪莱祈求获得统一性。他无数次地叩击着这一复杂机制。但每次叩击都以失败告终，唯留下自己作为遗留物，留下语言这一使这种循环重新开始的

① 哈罗德·布鲁姆：《误读图示》，朱立元、陈克明译，天津人民出版社，2008，第 1 页。
② 哈罗德·布鲁姆：《误读图示》，朱立元、陈克明译，天津人民出版社，2008，第 68 页。
③ 哈罗德·布鲁姆：《误读图示》，朱立元、陈克明译，天津人民出版社，2008，第 68～69 页。
④ 哈罗德·布鲁姆：《误读图示》，朱立元、陈克明译，天津人民出版社，2008，第 69 页。

发生学印痕。

雪莱无力在不毁灭两者的情况下使两者融为一体。与此相似，批评家，如同那些明确地受到雪莱"影响"的诗人一样，作为后来之人，他也一次又一次地重复这种模式，一次又一次地无力"成功地做成此事"。由是，对于这条由重复组成的链锁所引申出的格式，批评家便可以得出这样的看法："批评家想解开他所阐释的文本中各种成分的疙瘩，却只会使这些成分在另一个地方再次扭结起来，始终会遗留下一团迷雾，或者说原有的迷雾未消，又增添了新的迷雾。批评家在叙述对这种决定诗人生涯的无止境的重复的看法时陷入了自己的叙述的窘境。批评家对此的感受就是无力彻底把自己研究的诗人搞清楚，找到一种最后的决定性的表述，一劳永逸地给这个诗人作出结论。"①

诗歌中的对立力量打破了批评家与诗人完美融合的幻想，小说中的多重叙述则为解读带来了更多的难题。对于后者，米勒的思考更持久，更系统。

如前所述，早在《阿尼阿德涅的线：重复与叙述线索》中，米勒就注意到，叙述的迷宫既表现为整体，又表现为局部或某个特定方面。从整体上讲，"没有任何一条线索（人物、现实关系、人际关系，或者其他任何东西）可以被追溯到一个能够提供某种纵览、控制和理解整体的方法的中心点。相反，它迟早要抵达一个交叉路口，犹如一把生硬的叉子，每一条道路都明白无误地通向一堵白墙。这种双重盲目既是想抵达迷宫中心的失败，事实上又是一种对某个无处不在、无处可在、任何线索或途径都可企及的错误中心的阐释"。②

从局部去看，迷宫又常表现为甄别比喻语言与字面语言（比喻义与字面义）、或文本与文本所反映的文本外现实（文本与现实）以及小说模仿外部事物的观念与小说使事物发生的观念（小说模仿生活与

---

① J. 希利斯·米勒：《重申解构主义》，郭英剑等译，中国社会科学出版社，2011，第 146 页。
② J. 希利斯·米勒：《重申解构主义》，郭英剑等译，中国社会科学出版社，2011，第 167～168 页。

生活模仿小说）的困难。"批评家也许不能确定在两种重复的因素之中哪一种是另一个的本源，哪一种是另一个的'描述'，或者是否它们事实上是一种重复、或是异类的、不能被兼容并蓄进一个模型，是双重中心的还是非中心的。"①

此外，叙述的多重性还使读者在阅读某个特定的段落时，无法判断到底是谁在说话，是作者、叙述者还是人物，是何时何地对谁说的。

"更令人疲惫不堪的是"，批评家还常遭遇将叙述形式问题的一部分从其问题症结的整体分离开来理解的不可能性。"他不能分离开一部分然后单独地研究它。部分/整体，内部/外部之分成为不可能。其结果是部分与整体不能区分，外部的早已在内部。"②

如果上述看法尚带有批评实践的经验总结性质，那么，在《小说与重复——七部英国小说》（1982）一书中，米勒对解读之不可能性的反思，则达到了形而上学的层次。在该书中，米勒先是指出了为作品提供一种"单一的、统一的、具有逻辑上的连贯性的解释"的不可能这一阅读中的常见现象：读者在努力地理解一部作品时，感受到许多因素经解释后便能趋于有序化。可是，真实的情况是，在任何有序化的过程中，总会遗漏掉一些重要的细节。为什么会产生这种情况呢？从真理的原初起源（之不可能性）的高度出发，米勒对这一现象做出了新的解释。

米勒指出，以往的阐释，总是会假定作品中存在唯一的隐秘真理。"这隐秘的真理将被描述为解释的唯一本源，它能说明这部小说中的一切。"③ 作品的"读者和叙述者一样，被引导着一步步深入文本，期待着迟早将最后一层面纱揭去，那时他将发现自己最终面对的不是失踪的事物的标记，而是完全真实的事物。这将是真实的源头、真正的起点"。④ 然而事情的真相毋宁是，"在一连串事件的开端或结尾的终点

---

① J. 希利斯·米勒：《重申解构主义》，郭英剑等译，中国社会科学出版社，2011，第168页。
② J. 希利斯·米勒：《重申解构主义》，郭英剑等译，中国社会科学出版社，2011，第169页。
③ J. 希利斯·米勒：《小说与重复——七部英国小说》，王宏图译，天津人民出版社，2008，第58页。
④ J. 希利斯·米勒：《小说与重复——七部英国小说》，王宏图译，天津人民出版社，2008，第67页。

处，你找不到能解释一切的依稀可辨的有序化的本原。对这一本原所作的任何系统化的阐述都将明显地残缺不全，它在许多重要之处留下了尚待说明的空白。它是残剩的晦涩，解释者为此大失所望，这部小说依旧悬而未决，阐释的过程依旧能延续下去"。①

要揭示隐秘的真理是不可能的，要抵达最初的起点是徒劳的。倒不是因为真理太神秘，起点太遥远，而在于修辞的本体属性所产生的效应，本来就是这样的。在《解读叙事》中，米勒是这样说的："倘若反讽构成故事的不可能性，那么它也标志着评论的不可能（这种评论意为可论证的解释性解码）。或者换个角度说，由于故事内在反讽的存在，对叙事的评论，犹如故事自身，总是在一根颤动不已的钢丝上被悬置，下面是由其自身的不可能构成的深渊。评论一旦遭遇身为永久悬置、无处不在的反讽，自己也会被悬置于因无法做出令人满意的阐释而形成的深渊之上，而决不会逐渐完全阐明文本的意思。情况之所以如此，是因为'做出令人满意的阐释'意味着将阐释收归一个单一的逻各斯（甚至是可以辨认的多重逻各斯），譬如，回归任何具有毫不含糊的确定意思（甚至是一种复杂意思）的片段，而评论或许可以将这一片段用作阐释旅程的起点站。"②

三　批评的双重纠结

在《文学与语言：一个评论》（1972）这篇文章中，德·曼指出，"文学语言的决定性特征确实在于其修辞性，某种更广泛意义上的修辞性。然而，因为这种修辞性远不足以构成文学研究的一个客观基础，所以就意味着时时存在误读的威胁"。③ "文学语言的特殊性存在于错

---

① J. 希利斯·米勒：《小说与重复——七部英国小说》，王宏图译，天津人民出版社，2008，第58页。
② J. 希利斯·米勒：《解读叙事》，申丹译，北京大学出版社，2002，第154页。
③ Paul de Man, "Literature and Language: A Commentary," *New Literary History* 4 (Autumn 1972), p. 188.

误阅读与错误解读的可能性之中。"① 或许正是由于此，在解读《爱弥儿》的"信仰自白"的那篇文章——《胆小的上帝》（1975）的结尾处，德·曼才要告诫我们说："阅读的不可能性不应等闲视之。"②

在笔者看来，德·曼的告诫至少包含三层意思。首先，他批判了传统的批评观对阅读的基本存在处境的遮蔽；其次，他揭示了阅读之所以具有价值的悖论性前提：正因为阅读的不可能性，才使得阅读成了一桩严肃的事；最后，他由此也暗示了阅读的不确定性：由于阅读的不可能，即由于表述的意义与对这个意义的理解究竟是否融汇一致还有待确定，"阅读不得不在这种不确定的混合状态中开始，一面是对字面义的忠实，一面是对这种阅读的怀疑"。③

阅读仿佛必须采取一种双重姿态。作为反省并实践这一双重姿态的著名文本之一，《阅读的寓言》第三章"阅读（普鲁斯特）"一开头，就直截了当地指出，由于普鲁斯特小说的基本特征乃是建立在前瞻和回顾活动的作用的基础之上的，这个交替活动如此类似于阅读活动，更确切地说，类似于重读活动，因此，我们完全可以将《追忆似水年华》视为一个有关阅读的隐喻。分析这个隐喻，或许将使我们领会到不少阅读的秘密。

具体而言，德·曼是将马赛尔沉湎于阅读的那一段情节④当作范例，来展开他的批判性反思的。在德·曼看来，马赛尔有关阅读的追忆表明，从一开始，阅读就意味着一种戏剧性的防卫机制：它必

① Paul de Man，"Literature and Language：A Commentary，" *New Literary History* 4 （Autumn 1972），p. 184.
② Paul de Man，"The Timid God （A Reading of Rousseau's *Profession defoi du vicaire Savoyard*），" *Georgia Review* 29：3 （Fall 1975），pp. 533－558. 此文后来成为《阅读的寓言》第十章，改题为"Allegory of Reading （Profession defoi）"。可参保罗·德·曼《阅读的寓言》，沈勇译，天津人民出版社，2008，第262页。
③ Paul de Man，*Allegories of Readjng*，New Haven：Yale University Press，1979，p. 58. 中译文参保罗·德·曼《阅读的寓言》，沈勇译，天津人民出版社，2008，第63页。
④ 中译文请参普鲁斯特《追寻逝去的时光·第一卷·去斯万家那边》，周克希译，华东师范大学出版社，2012，第83页第一段至第84页第一段；《追忆似水年华·第一卷·在斯万家这边》，徐和瑾译，译林出版社，2010，第83页最后一段至第84页末。

须躲在一个内部的、隐蔽的地方，以防止外部世界的入侵。这个地方被明确地肯定为比外部世界更可取，一系列富有魅力的一致的属性同它联系在一起。

然而，只有当这种幽闭的、与世隔绝的生活被证明是补偿一切似乎因此而牺牲的东西的最佳策略时，阅读才开始展现它真正的魅力："阴暗凉爽"的房间因它的对立面的特性而奇迹般地丰富起来，因此它获得了光明，这使阅读得以可能。它因此还获得了夏日的温暖，这使马赛尔由此可以前所未有地想象到夏日的全景。

在这一悖论性的处境中，阅读肯定了恢复一切被这内部的沉思冥想所抛弃的东西的可能性，肯定了恢复必然同沉思冥想的生活相对立的一切优点的可能性。"于是产生了两条明显不相容的含义链：一条含义链由'内部'空间的概念引发，并且受'想象力'的支配，它拥有凉爽、宁静、阴暗和总体的特性，反之，另一条含义链同'外部'相关。依赖于'感觉'，它以温暖、活跃、光明和零碎这些对立的特性为标志。这些最初静态的两极对立依靠一个多少有点隐蔽的中继系统投入循环，因为这个隐蔽的中继系统允许一些特性进入替代、互换和交叉，而交叉使内部世界和外部世界的不相容性变得和谐一致。"①

然而，这一"和谐一致"极其不稳定，因为这一"和谐一致"只不过是一种修辞的效应。它无法得到真理的检验，反过来，倒使文本的主题和修辞策略化为泡影，使隐喻的互补的、总体化的力量突然消失。"审美反应的阅读和修辞意识的阅读同样令人深信不疑，然而它们之间的分裂却消解了文本已经建立起来的内部和外部、时间和空间、容器和内容、部分和整体、运动和停滞、自我和理解、作者和读者、隐喻和换喻的伪综合。这种分裂的作用如同一个矛盾修辞法，但是由于它标志逻辑的不一致，而不是描写的不一致，因而它事实上是一个

---

① 保罗·德·曼：《阅读的寓言》，沈勇译，天津人民出版社，2008，第65页。

绝境。它指明至少不可避免地产生两种互相排斥的阅读，并断言在比喻和主题的层次上真正的理解是不可能的。"①

德·曼在字面义与比喻义的不可克服的矛盾张力中发现了阅读的双重性。与此不同，通过对"批评"对于"文本"的非从属性，批评对于他者的不可逾越性，文本线索自身的多重性以及批评对于文本线索的再组织、对文学再现之元再现机制的揭示，米勒从多个角度阐明了批评的双重纠结。

针对"文本"与"批评"的关系乃"寄主"与"寄生物"的关系的流行论断，在《作为"寄主"的批评家》一文中，米勒梳理了"parasite"和"host"这两个词的词源和词义的双重性对立或多义性，② 然后推出结论说，"明显或单义性的解读"与"解构批评"、"文本"与"批评"、"文本"与"引用文本、先前文本或其他文本"的关系并非简单的二元对立的"寄主/寄生物"关系，而是"彼此都为同桌食客，是主人兼客人，主人兼主人，寄主兼寄生物，寄生物兼寄生物"的三角关系。③ 由此，米勒便重新构想了"文本"的统一性概念，即"统一总保持着双重性，但在这种统一性的形象表述中，它却显示出两者能逾越寄生性隔墙合二为一、但又依然一分为二的可能性"。④

或许是为了增强其论战性，《作为"寄主"的批评家》特意地凸显了某种解构特征。这使它对批评的双重性的揭示过于程式化，即过于形式。与此不同，《阿尼阿德涅的线：重复与叙述线索》中的相关思考，则大多基于文本的实际。在该篇文章的开头，米勒引述约翰·罗斯金（John Ruskin）的话，点明要注意阅读的问题"似乎根本与进入无关，而再次与出来有关。……阿里阿德涅的线暗示着即使战胜怪

---

① Paul de Man，*Allegories of Reading*，New Haven：Yale University Press，1979，p. 72. 中译文参保罗·德·曼《阅读的寓言》，沈勇译，天津人民出版社，2008，第 76～77 页。
② 从词源上讲，parasite 包含如下义项：在食物旁边、食客、寄生者、生物学或社会学意义上的寄生物或寄生者；host 包含如下含义：圣饼，主人、客人，食客，被食者，陌生人、敌人等。See J. Hillis Miller，*Theory Now and Then*，New York：Harvester Wheatsheaf，1991，pp. 143－150.
③ J. 希利斯·米勒：《重申解构主义》，郭英剑等译，中国社会科学出版社，2011，第 119 页。
④ J. 希利斯·米勒：《重申解构主义》，郭英剑等译，中国社会科学出版社，2011，第 143 页。

物也徒劳无益，除非你能够同样从怪物的迷宫中解脱出来"。① 然后便在文章中作了引申："批评家遇到的不可能性可能不是企及某个指挥中心，而是从迷宫中脱身出来，从外部观之，赋予其法则或找到它的法则。任何分析或阐释的术语总是错综复杂地纠缠进批评家正试图观自外界的文本之中。这种情况关联到将批评和分析术语（即批评家需要用来阐释小说的术语）与小说本身使用的术语区分开来的不可能性。任何小说都已经阐释了它自身。它在其自身中使用了与批评家使用的同样的语言，遇到的是与批评家遇到的同样的困境。批评家可能以为自己安全、理性地外在于文本的矛盾话语，但他早已缠身于它的蜘蛛网之中。在企图建立起一套阐释小说的一般'理论'术语时，在企图避免理论而走向文本本身、不带任何理论预设地解释文本意义时，会碰到同样盲目的分叉，双重的障眼物，或者双重约束。"②

　　延续这样的思考，《小说与重复——七部英国小说》进一步揭示了文本自身所具有的错综复杂性，以及批评自身的内在要求。在该书的第二章中，米勒指出，"和地毯的图案不同，文学的文本没有一种一目了然的形式格局可供批评家从外部加以审察，并把它视为一种空间形式，……批评家必须进入文本，文本的丝线内外迂回编织、出没无定，与其他丝线交叉盘结，这一切批评家无不了然在胸。在这一过程中，他往丝线织物中添加进自己的阐释丝线，或者以这样或那样的方式对丝线织物加以切割，因而他不是成为织物组织的一部分，便是改变了织物。只有以这种方式，他才有希望识别出那闪烁不定的中心或根基，这中心并不是讲述故事时围绕着的、可见的、固定的标志，……它是自相矛盾的，作为事物的中心，它不是处于事物的内部，不是一个点状的中心，相反它外在于该事物，环绕着该事物"。③

---

① J. 希利斯·米勒：《重申解构主义》，郭英剑等译，中国社会科学出版社，2011，第 152~153 页。
② J. 希利斯·米勒：《重申解构主义》，郭英剑等译，中国社会科学出版社，2011，第 169 页。
③ J. 希利斯·米勒：《小说与重复——七部英国小说》，王宏图译，天津人民出版社，2008，第 26 页。

由于特别标举批评过程的想象性和原创性，布鲁姆在谈论批评家和诗人的关系时，不像米勒那样，主要批判批评家强制与诗人的意识同一的权力意志，而是强调二者既相互依存又相互对抗的对话性。他把这叫作逆反式（antithetical，又译"对偶式"）批评。在《影响的焦虑》第二章中，布鲁姆说，"在和诗人的关系上，我们并不是和死者角逐的新人。我们更像向亡魂问卦的巫师，竖着耳朵想听听死者的歌唱。这些强大的死者就是我们的塞壬女妖，不过她们的歌唱并非为了阉割我们。当我们聆听她们的歌声时，我们有必要记住塞壬们自己的悲哀"。①

如果上述说法过于修辞和隐晦，那么，如下说法就显得相当直接和显白："卢梭说过，没有他人的帮助谁也无法全部享受自己的个性。一种对偶式批评必须以此认识为基石，因为它是每一位强者诗人追求隐喻的最大动力。"②

"所有自称具有第一位重要性的批评流派不是在同义反复——诗就是诗，诗意味其自身——就是在还原——诗意味着某种自身并非是诗的东西。对偶式批评的出发点必须同时否定同义反复和还原。体现这一否定的理想说法是：一首诗的意义只能是一首诗，不过是另一首诗——一首并非其本身的诗。"③（着重号为原文所加）

仿佛这样说还不够，在《影响的焦虑》的"插入章"中，布鲁姆还专门发表了一份"逆反式批评的宣言书"："如果想象就是误释，就是使得所有诗篇对偶其前驱者，那么，模仿一位诗人而进行的想象就是为其自己的阅读行为而学会自己的隐喻。由是，批评就必然也变为对偶式——模仿创造性的误解的奇特行为的一系列转向。"④

"没有解释，只有误释。"⑤

---

① 哈罗德·布鲁姆：《影响的焦虑》，徐文博译，生活·读书·新知三联书店，1989，第66页。
② 哈罗德·布鲁姆：《影响的焦虑》，徐文博译，生活·读书·新知三联书店，1989，第71页。
③ 哈罗德·布鲁姆：《影响的焦虑》，徐文博译，生活·读书·新知三联书店，1989，第71~72页。
④ 哈罗德·布鲁姆：《影响的焦虑》，徐文博译，生活·读书·新知三联书店，1989，第99页。
⑤ 哈罗德·布鲁姆：《影响的焦虑》，徐文博译，生活·读书·新知三联书店，1989，第100页。

"批评是深刻的同义反复的话语——是一位唯我主义者的话语：他知道他意指的是正确的，但讲出口来的却是错误的。"①

所有这些说法，不过都是对批评之双重性带有差异的同义反复而已。这一"同义反复"在《误读图示》中表现得更为准确、有力："高明有力的读者，其阅读将关系到别人，也关系到他自己，因此，他被置于修正者的两难困境之中：他既希望发现他自己同真理的原始关系，究竟是在文本中，还是在现实（无论他是否把现实也当成文本）中；同时也希望向所接受的各种文本展露他自己的痛苦，或者展露他想要诉诸历史的痛苦之事。"②

与其他几位批评家主要从具体的阅读和批评实践中发现批评的双重性不同，哈特曼则通过对批评史的"神圣的丛林"的批判性分析，表达了他对批评的复杂性及其自主性的认识。在《荒野中的批评——关于当代文学的研究》（1980）一书中，他是这样来描述批评的发生学过程的：带着被指教、被令人惊异的事物所吸引的企盼和希望，我们试图进入一个禁区、一个未知的领域。这个领域就是作家所虚构的世界。作家用他那精巧而明显的虚构诱惑着我们，而我们竟然经常对此感到惊讶，并趋向于卷入这种诱惑的纠缠之中，或者完全耽于这种诱惑。

本来，我们希望通过此种卷入来全面理解这一世界。可诗人的意图是如此虚无缥缈、诗人的技巧是如此错综复杂、诗的主题和题材是如此多样，以致我们最初的希望完全变成了奢望。

在勾勒了批评的发生学处境之后，哈特曼指出，概括起来，批评必须处理的问题包含如下：如何看待真理和可传达性之间的关系；如何看待艺术的激进性；怎样评价关于艺术的纯正的理想；怎样评价文学艺术的社会政治影响。

---

① 哈罗德·布鲁姆：《影响的焦虑》，徐文博译，生活·读书·新知三联书店，1989，第102页。
② 哈罗德·布鲁姆：《误读图示》，朱立元、陈克明译，天津人民出版社，2008，第1页。

非寓言的阅读能够存在吗？解释是否不言而喻地是一个偏见的表达，是无意识或半无意识的文化政治？

如何看待文学史上不同文体的斗争？真的存在纯粹的民族语言吗？如何看待净化语言的理想？

究竟该如何看待对文本的细读，对理论的敌视？

心灵是如何被文本构造的？批评家的权威、诗人的权威为何总是与欺骗很接近？

批评如何才能创新？如何对待创造性的批评？批评需要读者来阅读，根本就没有纯粹的批评或纯粹的创造，批评家该如何面对这一事实？

这些棘手的问题使"批评家对作品的反应成了一种审慎的犹豫不决。我们似乎不能够预先说出，在哪里，一个作者的修辞会损害作品本身；或者在哪里，读者会陷入混乱"。① 由此所造成的困难局面就是："阅读仿佛必定是一种在神奇领域的旅行——并且又常常是对那种倾向的一种抵制。"② "就像一个异国习俗的观察者一样，批评家通常处在承认他所看到的东西的和谐性或富于吸引力的战栗与用自己的开明的习俗的名义反对它这两者之间。甚至不直接接触这种现象，它也可以使批评家处于左右为难的矛盾境地。同时，……如果批评家使他自身陷入破坏性的因素之中，那么，事实上，他仍然创造了去探究他的作者。批评家总是一个幸存者，或者某个来晚的人。因此，成为一个批评家的人物或者角色也就牵扯在掌握与奥秘或修辞学与解释学的含糊的冲突之中。"③

在《荒野中的批评：关于当代文学的研究》的第二章结尾处，哈特曼如是评论道："在莎士比亚的《皆大欢喜》中，罗瑟琳装扮成年

---

① 杰弗里·哈特曼：《荒野中的批评——关于当代文学的研究》，张德兴译，天津人民出版社，2008，第37页。
② 杰弗里·哈特曼：《荒野中的批评——关于当代文学的研究》，张德兴译，天津人民出版社，2008，第39页。
③ 杰弗里·哈特曼：《荒野中的批评——关于当代文学的研究》，张德兴译，天津人民出版社，2008，第42页。

轻的侍酒者，要未能认出她的情人奥兰多把她作为罗瑟琳向她求婚，说这样她就可以治愈他的相思病。这种求婚具有的那种复杂性，正是布鲁姆要归还给阐释的关系的。一个隐蔽的文本要我们以它本身的名义去追求它，而这个文本显现在我们面前的却不是它本然的样子。得到的报答是与种种真正的心灵的结合，尽管是一个延误了的结合，这种结合产生了一种两重性，而这种两重性有助于把希望插进对于它的无缘无故所作的更深奥微妙的描述之中。"① 这无疑是哈特曼为批评的含糊性所找到的最精妙的比喻之一。

四 修辞批评的范式特征

哈特曼认为，在批评所遭遇的所有难题中，批评家的心灵的公开展示是最令人迷惑不解的和应该被努力加以领会的。而"在遏制这种迷惑不解方面，有效的批判性的评论与虚构本身并非截然不同。在其自身之内，虚构也带有一种解释学的困惑：存在着一种中心的转移、一种能够加以改变的前景或者一种辨别'被感受到的意义'的詹姆士式的努力"。②

在这里，哈特曼表明，为克服解读的不可能性，虚构是最佳的策略。因为虚构自身也带有一种解释学的困惑，正好与批评的双重性的存身处境相互吻合。只有"虚构"，才能使评论"越过界限，并成为像文学那样被需要：它是一种无法预言的或者不稳定的类型，这种类型并不能够服从于它的参考的或者评论的功能"。③

"可见，批评家就是这样的一个人，他使我们有效地了解虚构所具

---

① 杰弗里·哈特曼：《荒野中的批评——关于当代文学的研究》，张德兴译，天津人民出版社，2008，第72~73页。

② 杰弗里·哈特曼：《荒野中的批评——关于当代文学的研究》，张德兴译，天津人民出版社，2008，第23页。

③ 杰弗里·哈特曼：《荒野中的批评——关于当代文学的研究》，张德兴译，天津人民出版社，2008，第230页。

有的令人迷惑的特征。书本是我们的第二次堕落，也是一种来自知识的诱惑的重演。它们所激起的最内在的希望，可能就是海因利希·冯·克莱斯特所表现的那种东西；只有通过第二次尝到智慧之果，我们才能重回伊甸园。"[1] 而这就是哈特曼坚持"事实上，应当把批评看作是在文学之内，而不是在文学之外"[2] 这一观点的原因。

虚构是最强有力的。是虚构带着灵魂在杰作中冒险，是虚构使批评成为修辞的修辞、文学的文学。同样地，哈特曼是强有力的。是他的论证，揭示了超越解读之不可能性的秘密路径。是他的论证，揭示了耶鲁学派之所以采用修辞批评这一书写策略的根本原因。

问题是，究竟该如何为耶鲁学派的修辞批评命名呢？继续把它叫作"解构"吗？在《阅读的寓言》一书的"前言"中，当提到"解构"一词时，德·曼是这样说的："没有任何其他词语如此言简意赅地表述了无论是肯定地还是否定地评价由它所暗示的那种不可避免的评价之不可能性。"[3] 可见，在德·曼的心目中，他主要是在与批评的不可能性高度契合的意义上来使用"解构"一词的。从这样一个角度讲，用"解构"来命名耶鲁学派的修辞批评实践，就是不全面的。

依笔者看，用"双重书写"或"生成诗学"来命名耶鲁学派，最恰当不过。因为，耶鲁学派毕生致力于具体文本的解读实践，自身却从属批评理论的范畴。在解读文本的过程中，他们不仅区分了文本的字面义和隐喻义，还把隐喻的结构视为文本（语言）的本体结构。在为解读文本所形成的批评文本中，他们不仅处处玩弄字面义和隐喻义的张力，而且常常将整个文本营构成一个核心隐喻：字面义指向所批评的文本，隐喻义则指向自身的批评、一般意义上的批评、写作和文本、文学

---

[1] 杰弗里·哈特曼：《荒野中的批评——关于当代文学的研究》，张德兴译，天津人民出版社，2008，第 23 页。

[2] 杰弗里·哈特曼：《荒野中的批评——关于当代文学的研究》，张德兴译，天津人民出版社，2008，第 1 页。

[3] Paul de Man, *Allegories of Reading*, New Haven：Yale University Press, 1979, p. X. 中译文参保罗·德·曼《阅读的寓言》，沈勇译，天津人民出版社，2008，第 2 页。

史的生成机制本身以及人类的根本存身处境（的内在悖论），等等。

德·曼说，"隐喻通过运用它自己的寓言将自己普遍化，似乎转移了它的本义"。① 通过隐喻的隐喻，耶鲁学派便不再致力于发现文学的本质，而致力于文学意义的生成。从这样一个角度讲，此处的"双重书写"便与艾布拉姆斯的"双重书写"具有了不一样的含义。艾布拉姆斯较早地注意到了德里达的解构策略具有一种"双重书写"的特征（《如何以文行事》，1979）。但是，仔细辨析他的"双重书写"，可以发现，他的论述仍然是建立在某种"逻辑或观念实体/修辞或隐喻"的二元论述框架之上的，② 因而有将德里达所指向的发生性本原降解为某种绝对稳固基础的嫌疑，与此处所述奠基于"修辞—隐喻"的一元关系上的"双重书写"观念似不属于同一个层次。

艾布拉姆斯的"双重书写"含有贬义。与此不同，保罗·戈登（Paul Gordon）的《批评的双重：美学话语的比喻意义》（1995）一书则将耶鲁学派所主张和追求的"双重性"视为整个西方经典美学话语中早已客观存在的一个"事实"，一个美学话语内在地具有的本体属性。

早在 2500 年前，希腊哲人和智者普罗泰戈拉曾宣称，"每个问题都有两个相互对立的答案。包括这一说法本身"。戈登认为，这一说法"建构了审美/修辞话语的基本原则"。③ 围绕这一原则，戈登以部分西方经典著作为例，详细分析了在隐喻、修辞、寓言、悲剧、精神分析、批评、解构和比较中广泛存在的双重性，并揭示了双重性的四个不同维度或特征："第一个是两个双重要素之间相似中的不相似之联系。第二个是每一个双重要素内部的双重性。第三个是对双重化事实和双重性要素具有一个统一的起源这一假定的追问。第四个是使用一种非逻

---

① 保罗·德·曼：《阅读的寓言》，沈勇译，天津人民出版社，2008，第 78 页。
② 艾布拉姆斯：《以文行事：艾布拉姆斯精选集》，赵毅衡、周劲松等译，译林出版社，2010，第256～257 页。
③ Paul Gordon, *The Critical Double*: *Figurative Meaning in Aesthetic Discourse*, Tuscaloosa: The University of Alabama Press, 1995, p. 12.

辑的语言来描述批评的双重及其效应的必然性。"①

戈登进一步论证了"双重批评"作为一种批评范式的普遍性、复杂性和合法性。但是，我们现在更关心的是，在方法论的层面，耶鲁学派的双重批评究竟具有什么样的值得效法的范式特征。

关于这一问题，在《符号学和修辞学》（1973，后经修订成为《阅读的寓言》第一章）中，德·曼是这样夫子自道的：在批评史上，批评家同时具备技术的原创性和推理的雄辩力的愿望从来就没有实现过。正因为此，追求形式和意义的和谐，才永远具备了一种不可抵挡的吸引力。然而，不管是形式主义的内在研究也好，还是其他非形式主义的外在研究也罢，从修辞学的角度讲，他们其实都是建立在内部/外部这一二元对立的修辞的基础之上的，都受这一内部/外部隐喻的庇护。由于以往的争论从未认真探究过这一点，因此，分析/拆解一下这一隐喻的内部结构，或许不失为一种有效推进文学批评的突破口。由于当代法国和其他一些地方实践的文学符号学已从能指与所指的区分出发，对这一问题做了深入的探讨，因此，德·曼只好另辟蹊径，从语法义与修辞义的区分出发，来着手对这一隐喻的解构。

"语法/修辞这对范畴当然不是二元对立的，因为它们决不互相排斥，但它破坏和扰乱了内部/外部样式的整齐对称。我们可以把这个图谋转变为阅读和解释的行为。如同我们所说，通过阅读，我们进入了一个文本，这一文本起先外在于我们，而现在却通过理解的行为变成了我们自己的。但是这个理解立刻变为文本外的意义描写；用奥斯丁（Austion）的术语来说，以言行事的行为变成以言取效的行为——用弗雷格（Frege）的术语来讲，含义（bedeutung）变成了意义（sinn）。我们一再产生的疑问是，从语义学上看，这个转变是沿着语法线路还是沿着修辞线路发展的。阅读的隐喻确实将外部意义和内心理解、行为

---

① J. Hillis Miller, "Foreword," in Paul Gordon, ed., *The Critical Double: Figurative Meaning in Aesthetic Discourse*, Tuscaloosa: The University of Alabama Press, 1995, pp. xiv – xv.

和反思统一成单一的总体吗？"①

在这一疑问的引导下，德·曼的批评实践，大都遵循了如下线索：首先是提炼文本的关键概念和核心主题；其次便是从修辞的层面裁决这些主题的两极对立概念框架和逻辑假定，以及其不可克服的内在困难、术语的混乱等；再次将其修辞结构本体化；然后便着手修辞的转化、交叉；最后将修辞作为隐喻，为某种修辞性的存在赋予新的修辞。

不只是德·曼，可以说，耶鲁学派的所有文论家，都自觉地体现出了为批评探索一种新的范式的问题意识。就米勒的实践而言，这一范式意识是以如下方式体现出来的：为了避免重犯传统批评所犯的错误，不再为了同一性假定而遗漏掉作品的许多重要的细节，米勒主张，一个好的读者应该"尤其注意文本中的特异之处、差异点、不连贯的句子、无根据的结论和明显不相干的细节，简而言之，所有无法解释的标志，所有不可理解的、也许是疯狂的标志"。② 米勒身体力行，为我们写下了如下大量的米勒式批评或写作：首先将作品中的某个修辞细节或典范性片段"修辞化"；然后再将之转换成读者与作品、批评家与文本、作家与文本、作家与人物、人物与人物之间的关系，文本的内部结构，部分与整体的关系，文本与文本之间的关系，作家昔日之我与今日之我的关系，相互对立事物的平行关系，文本的象征化寓意，文本的终极喻指或本原之不可能性等的本体化的象征，寓言或隐喻；最后致力于揭示文本的错综复杂性。

深究起来，米勒式批评提出了以下几个要求。

第一，回到文本本身："每一位读者都要亲自从事艰苦、审慎的慢读工作，力图发现文本实际上说些什么，而不是将他或她想要它们说的或希望它们说的强加于文本。文学研究的前进并不是靠随意地发明新的概念或历史方案（这在任何情况下都不过是旧方案的改头换面），

---

① Paul de Man, *Allegories of Reading*, New Haven：Yale University Press, 1979, pp. 12 – 13. 中译文参保罗·德·曼《阅读的寓言》，沈勇译，天津人民出版社，2008，第 14 页。

② J. 希利斯·米勒：《重申解构主义》，郭英剑等译，中国社会科学出版社，2011，第 72 页。

而是靠每一位新的读者都必须重做的那种与文本的格斗。"①

第二，追溯隐秘的预设前提："我所要求的那种质问既不是进行'纯理论'的工作，也不是从事纯实践的工作，即一系列的论证。它是介于这两者中间或为两者作准备的工作，是清理地基或一种挖掘地基的尝试。它是在批评的根本意义上的'批评'，即区分性的验证，在这里是对构成理论与实践之间桥梁的媒介的验证。"②

第三，奠基之不可能性，或深渊之下还有深渊，即在根基处自我颠覆、自我构建、自我破坏："这种取代基础的颠倒、自我构建、自我破坏性的语言形式，提出没有坚实基岩的桥梁，是我所称的批评的根本特点。"③

经过这些努力，批评最终便必然成为一种双重性写作。因为批评必须通过采取传统的术语来间接地描述自己的企图，从而使自己成为"寄生性的写作"："我所称作的批评讲述一个有开头、中间、结尾的故事，支撑着逻各斯或基础，同时又打断或解构那个故事。"④ 这就是米勒所反复强调的转义修辞学。

与莎士比亚总是将自我隐含在作品之中的策略不同，布鲁姆总是在自己的批评话语中直接地凸显自我。为了摆脱前辈诗人如莎士比亚、弗洛伊德等对他造成的影响的焦虑，他不仅把原创性的精神力量及其审美特质、人性的丰富性及其艺术特征以及强力诗歌的文学史影响列为自己考察的重心，而且还竭力使自己的批评体现出强力诗人的原创性及人性力量。

用他自己的话来说，他的批评遵循了他在《如何读，为什么读》一书中所提出的"恢复阅读的五个原则"。

第一个原则，清除你头脑里的虚伪套话。这里所说的虚伪套话

① J. 希利斯·米勒：《重申解构主义》，郭英剑等译，中国社会科学出版社，2011，第81~82页。
② J. 希利斯·米勒：《重申解构主义》，郭英剑等译，中国社会科学出版社，2011，第85页。
③ J. 希利斯·米勒：《重申解构主义》，郭英剑等译，中国社会科学出版社，2011，第87页。
④ J. 希利斯·米勒：《重申解构主义》，郭英剑等译，中国社会科学出版社，2011，第89页。

"是指洋溢着道貌岸然的陈腔滥调的讲话"。①

　　第二个原则，不要试图通过你读什么或你如何读来改善你的邻居或你的街坊。"自我改善本身对你的心灵和精神来说已是一个够大的计划：不存在阅读的伦理学。心灵应留在家中，直到它的主要无知被清洗干净。"②

　　第三个原则，一个学者是一根蜡烛，所有人的爱和愿望会点燃它。"你作为读者的发展的自由，是自私的，不过这点你大可不必害怕，因为如果你变成一个真正的读者，那么你的努力所引起的反应，将证实你会成为别人的启迪。"③

　　第四个原则，要善于读书，我们必须成为一个发明者。R. W. 爱默生（Ralph Waldo Emerson）意义上的"创造性阅读"，即布鲁姆本人一度形容的"误读"。"我们阅读，往往是在追求一颗比我们自己的心灵更原创的心灵，尽管我们未必自知。"④

　　第五个原则，寻回反讽。虽然这个原则会让人濒临绝望，不可传授，但"反讽的丧失即是阅读的死亡，也是我们天性中的宝贵教养的死亡"。⑤

　　"反讽要求某种专注度，以及有能力维持对立的理念，哪怕这些理念会相互碰撞。把反讽从阅读中剔除出去，阅读便失去所有的准则和所有的惊奇。……反讽将清除你头脑中那些空头理论家的虚伪套话，并帮助你像那位蜡烛似的学者那样炽烈地燃烧起来。"⑥

　　概括来讲，在耶鲁学派文论家中，德·曼开创了修辞批评的基本格局。在这一基本格局中，布鲁姆植入了想象的原始场景和创造的辩证法，米勒持之以恒地消解传统批评的同一性预设，哈特曼则

① 哈罗德·布鲁姆：《如何读，为什么读》，黄灿然译，译林出版社，2011，第 8 页。
② 哈罗德·布鲁姆：《如何读，为什么读》，黄灿然译，译林出版社，2011，第 8 页。
③ 哈罗德·布鲁姆：《如何读，为什么读》，黄灿然译，译林出版社，2011，第 9 页。
④ 哈罗德·布鲁姆：《如何读，为什么读》，黄灿然译，译林出版社，2011，第 10 页。
⑤ 哈罗德·布鲁姆：《如何读，为什么读》，黄灿然译，译林出版社，2011，第 10 页。
⑥ 哈罗德·布鲁姆：《如何读，为什么读》，黄灿然译，译林出版社，2011，第 12 页。

终生致力于对批评本身的现象学直观和文化研究。他们都探讨了一种新的文论言述的表意范式的可能，他们的"学派"特征不是本质主义的。他们的问题意识相互交织，他们的运思路径交互去蔽，以致生发出了一个共同的问题域，并获得了一定程度的重叠共识。由于这种共识的生成机制还如此隐蔽，揭示它们，就成了当代文论研究的应有命题之一。

第二节　双重书写与文学观念的重塑：
耶鲁学派的文学观念

一　同质性文学观念批判

如果要在耶鲁学派有关"文学"的众多精妙比喻①中挑选一个最充分、最恰当地暗示了文本的错综交织状况这一特征的隐喻，我将毫不犹豫地选择布鲁姆对博尔赫斯的短篇小说所做的如下评论："一面镜子和一部百科全书，再加上一个迷宫，你就拥有他的世界了。"②

我几乎是不假思索地要将这里的"他"扩展为所有伟大作家的伟大创作或全部文学作品：文学就是一面想象的镜子映照出的一个百科全书般的迷宫。每一个方面、每一个层面都充满了双（多）重性力量的交叉冲突和奇特融合。

如果上述说法道出了文学的某些真相，那么，在学界至今尚未对耶鲁学派的文学观做出很好总结的情况下，我们是否有必要重新追问：耶鲁学派成员为什么要持这样的"文学"观呢？这种文学观究竟具有

---

① 这些比喻包括德·曼的"虚拟实体的挂毯"；米勒的"悬空的意义震动装置""文本中含文本的中国套匣""双重镜像""代达罗斯的迷宫""激进的多方聚谈""地毯中的图案""马塞尔的魔灯""全新的世界""绝对的他者"；布鲁姆的"白日梦""一片无人踏过的雪原上的脚印""纯语言的译作""完美的谎言""塞壬的海妖之歌"；等等。

② 哈罗德·布鲁姆：《如何读，为什么读》，黄灿然译，译林出版社，2011，第47页。

哪些方面的深刻内涵？在什么意义上它们可以被称为新奇洞见？耶鲁学派是否也像其他理论流派一样，存在某种无法逃避的盲视与失察？尤其是，今天的文学批评或理论研究，又该如何以它为参照，来建构自己的文学观念？

种种证据表明，耶鲁学派的"新"文学观，发端于对传统的同质性文学观念的反思和批判。比如，早在《形式主义批评的终结》（1956）一文中，后来的耶鲁学派的领头羊德·曼就已指出，对于新批评的创始人 I. A. 瑞恰兹（I. A. Richards）来讲，"批评的任务就在于正确地理解指称价值或作品的意义，即正确地理解在作者的原初经验和他的表达交流之间的精确的符合一致。对于作者来讲，精雕细琢的辛劳就在于结撰一个与其初始经验尽可能紧密一致的语言组织"。① 根据这一看法，一首诗就是"由经验的簇丛组成的系列经验"。

然而，在德·曼看来，这一"诗的外表形式由普通感觉所主宰"的理论隐含了极成问题的本体论预设。"其中最基本的，毫无疑问，就是语言、诗或其他概念能够言说任何经验，不管它属于哪一类，甚至一个单纯的知觉。"② 这一本体论预设盲视如下一系列要素之间的大量困难。这些要素包括：对对象的知觉意识、对这一意识的经验、对这一经验的言说，或在艺术中，这一经验的形式，等等。如果我们将这些要素的存在论地位及其复杂关系考虑在内，我们是很难假定"在符号与它所指的事物之间具有完美的连接性"的。

事实上，由于在先被给予和出现在批评家面前的，不是作者的反思经验和内容，而是代替它出场的语言织体或结构，因此，批评家的任务，除了要关注符号的指称，更主要的，是要关注诗的结构。而从理论上讲，"一个结构形式的理论是完全不同于一个指称形式的理论的"。因为"语言不只是两个主体之间的中介，而且还是存在和不存

---

① Paul de Man, *Blindness and Insight*, Minneapolis: University of Minnesota Press, 1983, p. 231.
② Paul de Man, *Blindness and Insight*, Minneapolis: University of Minnesota Press, 1983, p. 232.

在的中介。批评的问题也不只是去发现形式所指的经验，而是去发现它如何构成了一个世界、一个存在的总体，没有它也就没有经验。它不再是一个模仿的问题，而是一个创造的问题；不再是一个交流的问题，而是一个参与的问题。当这一形式成为一个旨在寻找他的知觉经验的陈述的第三者思考的对象的时候，我们至少可以说，这一进入语言的最新冒险已经离原初的经验十分遥远"。①

德·曼认为，瑞恰兹和形式主义者的失察在于，他们假定了符号与所指、符号所指与意识的完美连接，假定了诗歌是连续的经验的统一，假定了形式是透明的，假定了文本是被很好地定义了的同一体。将形式主义的这一系列假定放到整个西方批评史的背景中，不难发现，它不过是西方传统的同一性文学观的种种形而上学预设在现代的变体。②

众所周知，尽管现代意义上的"文学"观念起源很晚，③ 但早在柏拉图时代，西方思想史就为好的文章或"文学"文本确立了如下几个基本的评价标准：首先，好的文章总是好的模仿，不管它模仿的是行动还是相型；其次，好的文章总有好的形式，即好的开头、中段和结尾；最后，好的文章总有好的效果，不管它取悦的是观众还是神明。这些好的标准的核心，就是认为一篇好的文章总是一个有着自身同一性、统一性和独特性的生命体。不管是署名的，还是匿名的（或佚名的），它总有一个好的"父亲"，即文本的同一性、独特性和完整性的赋予者，是他把文章的每一个成分安排妥当，并保证文章的"意义"不被误解、扭曲。

---

① Paul de Man, *Blindness and Insight*, Minneapolis：University of Minnesota Press, 1983, p. 232.
② 《形式主义批评的终结》不只批判了新批评的同一性预设，它还批判了形式主义、田园诗、马克思主义的乌托邦幻想（同一性预设的另一种表现形式）等。
③ 在西方批评史上，"文学"（literature，littérature）这一概念出现得比较晚。在早期英语的习惯用法中，它意指"学问"（learning）或"博学"（erudition），尤指拉丁文知识。在法语中，则指"一批作品"。18 世纪后期，这一词语才被广泛使用，但其含义常常相互矛盾。19 世纪以后，人们才普遍认为，"文学"是"真实"的写作、美的写作、虚构的写作，与虚假的写作、功利的写作、真实的写作相对，形式上包括戏剧、韵文、散文等。根据哈贝马斯的考察，这一现代意义上的文学，与现代资产阶级的公共领域的形成有着非常紧密的关系。参哈贝马斯《公共领域的结构转型》，曹卫东等译，学林出版社，1999，第 32～67 页。

要实现这一好的标准，最好的办法，就是文章的"父亲"必须保证自己亲自在场，并将文章写到听众（观众、读者）的心灵里。然而，这样一种看似合理的要求其实隐含了如下一系列信仰、假定或预设，即（最高）意义总是（会）在场的、意义自身是一个完满的（连续的）统一体、意识和意义之间具有透明的对应性、语言（或符号）将这一对应性完美地连接在一起、意识和意识（应该）可以绝对同一，等等。

以如此预设为前提，自古希腊以降，"文学文本"这一文类就被批评史轮番地简化为一种模仿物、一种（意义或意识的）载体、一种有机物、一种本质、一种寓言、一种语境、一种传记或历史的由来、一种形式的图解、一种心理分析的样板、一件政治事务，等等。

然而，具有如此悠久传统的文学法则真的就具有天然的合法性吗？在各种反传统形而上学的欧陆现代思潮的启发下，德·曼对此表示了深刻的怀疑。在《美国新批评的形式与意图》（1966）中，他进一步把新批评的前述假定统统归结为"自主性"或"有机体"预设，并给予了更加深入的解构与剖析。他说，奠基于文学作品的这类自主性确实远不是自明的。因为它从未讨论过形式与意图的关系本质这一问题。它假定了作家原初的主体经验与语言的表层维度的特征（包括声音、量度甚至想象的属性，以及所有属于感觉经验范围内的东西）之间的一致性。可事实上，两者属于两个完全不同的领域：前者属于人类主体性的黑暗领域，后者则是一个其属性可以被清楚、精确地观察和测量的领域。"我们能认可这种在深处和表面、风格和主题之间的连贯性预设吗？它们之间的关系难道不是诗歌理论必须要应对的最具问题性的问题？"①

不只如此，由新批评的健将 W. K. 韦姆萨特（W. K. Wimsatt）和门罗·比厄斯利（Monroe C. Beardsley）所提出的，意在防范历史和心理的外部入侵的"意图谬误"理论，还完全误解了意向性的本质。通

---

① Paul de Man, *Blindness and Insight*, Minneapolis：University of Minnesota Press，1983，p. 23.

过一种物理模式的类比，它把"意图"视为将存在于诗人头脑中的心灵或精神内容转移到读者的头脑中的外部能量。然而事情的真相是，根据胡塞尔的现象学，意向性既不是物理的，也不是心理的，而是结构的。它虽然卷入了主体的行为，但排除了经验的内容。它否定了作者与读者的（意识的）先天同一性假定，而只承认他们是彼此相关的，相互之间充满了互动。

新批评的另一个失误，是将意义的整体等同于（诗歌语言的）感性外观的整体，把文学语言当成了一个自然对象，从而混淆了意向对象和自然对象的区别。事实上，与自然对象很不相同，"意向对象要求指向一个建构它的存在模式的特殊行动"。① 比如，当我们说出"椅子"这个词时，在我们意识到它是如何使用的、它的功能之前，即使最纯粹的直觉意识也绝不可能构想出它的对象的符号意义。

《美国新批评的形式与意图》较好地发挥了现象学和存在论的潜能。《当代批评的危机》一文则更进一步，从修辞论的层面对现象学、存在论和结构主义本身的单维度语言论预设做了反戈一击。

在该文中，德·曼指出，胡塞尔曾表明，哲学只有转向自身时才可能产生真正的洞见。但在接下来的讨论中，胡塞尔很快就走向了自己的对立面。比如，在《欧洲科学的危机与超越论的现象学》中，胡塞尔虽然批判了科学语言的特权地位，但是，在是否将这一批判应用于自身——哲学作为一种真实语言的特权地位——时，胡塞尔马上就退缩了。而根据一种现象学化的和存在论化的修辞论，德·曼发现，语言不只指向对象，它还指向存在论意义上的时间和空间境域；语言不只指向个体意识，它还指向主体意识与意识之间的复杂关系。以今之视昔的眼光看，德·曼的上述反思和批判，无疑为后来的修辞性文学观预备好了理论的依据。

---

① Paul de Man, *Blindness and Insight*, Minneapolis：University of Minnesota Press，1983，p. 24.

二 线性文学观念解构

德·曼是从作家的原初经验与他的表达交流之间的裂隙入手，逐步深入地解构传统文学观念的同一性预设的。同归而殊途，米勒的出发点却是，发现了西方文学（叙事）的单一性线性观念与实际的文学书写相冲突。

跟任何批判性写作一样，米勒对西方传统文学观念的批判，也是以承认其在"一定程度上"的合法性为前提的。比如，在《小说与重复——七部英国小说》的开头，他就肯定了小说具有"这样的作用：将众多不可重现的事件的前后发展顺序依照一定的程序组织得脉络清晰可辨。在这种程序内，众多的事件发生着、被复述着，这类事件环环相扣、情节性很强的故事常能激起人们感情上强烈的共鸣"。[①] 面对这样的作用，人们假定每一部作品都有着自身的独特性，作品的每一个细节都不可重复，小说是每个细节都和谐一致的"有机整体"，"在一定程度上"就是合理的。

与此同时，人们也的确可以这样认为，就像亚里士多德所说的那样，作家"深思熟虑、精心安排并展现在读者面前的事件发生的先后次序是一个有着开头、中间、结尾的线性系列"。"任何读者都能感受到这一线性次序的存在，并且它为对发生的一切，甚至是发生的一切所具有的意义达成一致的见解确立了一个广阔的背景。"[②] 换句话说，正是因为这一先后次序的存在，叙事才产生了明确的意义。

再者，"绝大多数对散文体小说的分析，都以这种或那种方式以这一假设为基础：每一部小说都有居于中心地位的结构，如果能识别那中心，便可对中心结构作出解释。这一中心将处于作品中各个因素相

---

① J. 希利斯·米勒：《小说与重复——七部英国小说》，王宏图译，天津人民出版社，2008，第1页。
② J. 希利斯·米勒：《小说与重复——七部英国小说》，王宏图译，天津人民出版社，2008，第39页。

互作用的范围之外，它将解释这些因素，并将它们组合为从这一中心脱胎而来的某个明确的意义图案"。[1] 而我们往往也无法对此表示异议。因为我们很难否认某个独一无二的中心的存在，并把它当作某种原始的、开创性的力量。否则我们便无法将文本视为一个"以任何事物自然发展的某种主要原则为起始点的总体化的过程"。[2]

由于小说在形式结构上所固有的特点：固定的开端、因果律贯穿的前后顺序、明确的结尾、独一无二的中心、有机的整体……小说自然便"有力地强化了对故事背后潜藏的某种形式的形而上的根源、某种理由（或逻辑）的信念"。[3]

然而事情的真相毋宁是，第一，在作品的独特性假定视域之外，还有着大量的"重复"现象存在。这些"重复"现象是如此众多，以致我们完全可以总结出一个分类谱系来。[4] 事实上这件事情早就有人做过。[5] 代表性的论断有两种：一种是柏拉图式的重复——所有作品不过是对作为根基的最高原型的重复性模仿；一种是尼采式的重复——所有作品不过是缺乏源头的强力意志的永恒轮回。我们把前一种重复叫作同质性重复，把后一种重复叫作差异性重复。[6]

第二，尽管故事或叙事的（单向度的）线性进程本身是确实的，但同样确实的是，当事件的线性发展顺序"由众多的叙述者显现在读者面前时，它已从根本上重新组合，偏离了事件实际发生时的年

[1] J. 希利斯·米勒：《小说与重复——七部英国小说》，王宏图译，天津人民出版社，2008，第159页。
[2] J. 希利斯·米勒：《小说与重复——七部英国小说》，王宏图译，天津人民出版社，2008，第160页。
[3] J. 希利斯·米勒：《小说与重复——七部英国小说》，王宏图译，天津人民出版社，2008，第178页。
[4] 米勒将小说中不同的重复现象分成三类：第一，细小处的重复，如词、修辞格、外形或内在情态的描绘，以隐喻方式出现的隐蔽的重复等；第二，事件或场景层面的重复，如围绕同一组主题的"相同"事件的复现、同一衍生主题在同一文本的另一处复现等；第三，作品层面的重复，如作者在一部作品中对其他作品中的动机、主题、人物或事件的重复等。详参J. 希利斯·米勒《小说与重复——七部英国小说》，王宏图译，天津人民出版社，2008，第2页。
[5] 柏拉图对模仿早有论述。《圣经》阐释学认为《新约》重复着《旧约》。现代有关重复思想的历史发展经历了由维科到黑格尔再到德国浪漫派，由克尔凯郭尔的"重复"到马克思，由尼采的永恒轮回到弗洛伊德的强迫重复。当代论述过重复的各路理论家则有拉康、德勒兹、伊利亚德和德里达等。详参米勒《小说与重复——七部英国小说》，王宏图译，天津人民出版社，2008，第6页。
[6] J. 希利斯·米勒：《小说与重复——七部英国小说》，王宏图译，天津人民出版社，2008，"序言"，第1～2页。

代顺序"。①

第三，尽管我们很难克制要为一部作品赋予一个中心结构的欲望，但是，哈代作品的网状结构表明，"假定必然有一个独一无二的、说明性的理由，这在原则上是错误的。在哈代看来，这个图案没有源头。它产生了，它并不存在于作为其他图案模式的这一图案的任何变体中。并不存在所谓'原初的形式'，有的只是它们无穷的系列；它们排列成行行列列，被记载下来——仿佛这个图案'存在于古旧的书籍中'，总是由人们从先前留存的样本中复制出来"。②

基于上述理由，米勒认为，对于维多利亚小说来讲，批评史上的许多阐释之所以都是错误的，根本的原因就在于，它们都"假设了意义是单一的、统一的、具有逻辑上的连贯性"。"我的看法是：最好的解释是这样一些解释，它们最能清晰地说明文本的多样性——这种多样性表现为文本中明显地存在着多种潜在意义，它们相互有序地联系在一起，受文本的制约，但在逻辑上又各不相容。"③

《小说与重复——七部英国小说》主要通过读解 19 世纪和 20 世纪七部较为重要的英国小说中两种类型的重复的共存，以及它们间一种与另一种不对称的相互冲突的情形，来批判西方传统文学观念的形而上学预设。《阿尼阿德涅的线》（1992）则通过重新提出批评家在解释、展现或解开叙事的症结时应该遵循什么样的线索这一问题，对（故事或叙事进程本身的）单向度的线性预设做了进一步的解构。在该书中，米勒意识到，由于词句的主题、意象、概念或形式模型根本不能成为破解迷宫的"线索"，相反其本身就是个迷宫，因此，试图通过因循词句本身的线索穿越迷宫般的叙述形式，不但不会使盘根错节的叙述形式简单化，反倒会以某个入口为起点折回到整个错综复杂的迷宫之中。

换言之，叙事的症结不仅是局部的，往往还与叙述的整体重叠在

---

① J. 希利斯·米勒：《小说与重复——七部英国小说》，王宏图译，天津人民出版社，2008，第 39 页。
② J. 希利斯·米勒：《小说与重复——七部英国小说》，王宏图译，天津人民出版社，2008，第 160 页。
③ J. 希利斯·米勒：《小说与重复——七部英国小说》，王宏图译，天津人民出版社，2008，第 57 页。

一起。因此，从总体上讲，"借助于小说人物，或人际关系，或叙述者，或时间结构，或象征语言和神话参照的作用，或作为小说基本转义的反讽，或现实主义，或多重情节"，诸如此类的线索来探究叙事形式问题，"同样的事情会以不同的方式发生"。①

而就叙事的线索——阿尼阿德涅的线本身来讲，情况常常是，现实主义小说那"简单"的线性术语和线性形式总是通过变得"复杂"——盘根错节的、重复的、复制的、打断的、幻境般的——来颠覆自身。于是，米勒便选择了从解构西方文化传统的线条意象的形而上学性入手，以探索穿越迷宫的线索。

米勒的选择是有道理的。因为"线的模式是西方形而上学的传统语言中强有力的一部分"。② 在西方文化中，线的意象弥漫于一切领域，且都趋向于独白化和一个逻各斯中心。最终，米勒列举了九个领域的线性术语③，揭示了这些术语的比喻性质或根深蒂固的修辞属性。

大体而言，在《解读叙事》之前，米勒主要通过具体的批评实践来实现他对故事或叙事进程本身的单向度线性预设的批判。在《解读叙事》中，这一持久的批判最终被提升成了较纯粹的理论思辨。

在《解读叙事》的第五章中，米勒说，按传统的观点，"无论是在叙事作品和生活中，还是在词语中，意义都取决于连贯性，取决于

---

① J. Hillis Miller, *Ariadne's Thread*: *Story Lines*, New Haven: Yale University Press, 1992, p. 4.

② J. 希利斯·米勒：《重申解构主义》，郭英剑等译，中国社会科学出版社，2011，第 164 页。

③ 这九个领域的线性术语包括：①书写和印刷书籍的物质方面：letter（字母）、sign（符号）、hiero-glyph（象形文字）、fold（雕刻文字）、binding（浅浮雕）等；②包含叙述线索的所有词语：dénouement（结局）、curve of the action（行为的欺骗）、turn of event（事件的转折）、broken or dropped thread（中断或失落的线索）、line of argument（论证线索）、story line（故事线索）、figure in the carpet（地毯上的图案）等；③人物描写：life line（生命线）、character（性格、文字）等；④人际关系：filiation（父子关系、分支）、affiliation（附属关系）、marriage tie（婚姻关系）、liaison（私通关系）、genetic or ancestral line（遗传或祖先系谱）等；⑤经济领域：circulation（流通）、binding promise or contract（具有效力的诺言或合同）、recoup（偿还）、coupon（联票）、margin（边缘）、cutback（削减）、line your pockets（中饱私囊）、on the line（在线支付、即刻付款）等；⑥地形学：road（道路）、crossroad（岔路）、frontier（边疆）、turning（拐角）、journey（旅行）等；⑦小说的插图；⑧小说文本的形象语言：trope（转义）、topoi（传统主题）、chiasmus（交错配列）、ellipsis（省略）、hyerbole（夸张）等；⑨再现问题：Mimesis in a "realistic" novel is a detour from the real world（"现实主义"小说中的模仿是对现实世界的绕道而行）等等。

由一连串同质成分组成的一根完整无缺的线条。由于人们对连贯性有着极为强烈的需求，因此无论先后出现的东西多么杂乱无章，人们都会在其中找到某种秩序"。① 殊不知，当人们把线性连贯性视为理所当然，"将之强加于一组从另一角度看上去杂乱无章、支离破碎的叙事片段"时，人们完全没有意识到，原来"线条"这一贯穿西方文化史的核心意象，这一用于描述时间性语言序列的空间性比喻，竟然是一个修辞学的词语误用，其本身就是时空错乱的。更别说在叙事中随处可见的模仿、单一语词中出现的对话、错格、卷首引语、引言、信件、日记、错格的谎言（虚构）、同一叙事线索的分叉、插曲、多重叙述、复合情节、转义、隐喻以及反讽了。其中每一个要素的存在，都足以消解作者身份的确定性和文本作为独白叙事的统一性。

　　"摹仿使原本单一的叙事线条掺入了杂质，而且不可能再使其回归单一的逻各斯。""摹仿不可挽回地渗入任何叙述，使原本简单的东西双重化，三重化，四重化。"②

　　"《伊利亚特》和《奥德赛》开篇之处对缪斯的呼唤难道没有提醒我们：所有诗篇都是通过假扮的声音说出来或者唱出来的？诗人的声音始终是一个假扮的角色。诗人呼唤缪斯给予帮助，使他能够用另一个声音来说话。摹仿——这种诗人习以为常的谎言——从一开始就不可避免地成为诗歌的内在属性。无论作家如何真心实意地力争保持简单叙述，力争保持单一的心灵所带来的安全感，都无法改变这一状况。"③

　　"对话的比喻毁灭了独白的比喻，并通过将叙事线条双重化，毁灭了线条的统一性。但与此同时，它也毁灭了自身。它毁灭的是其自身模式对意识的指涉和现象学上的暗含意义。剩下的只有处于模糊状态的反讽之颤动、不受任何逻各斯控制的语言机器之运作，以及反射不

---

① J. 希利斯·米勒：《解读叙事》，申丹译，北京大学出版社，2002，第 59 页。
② J. 希利斯·米勒：《解读叙事》，申丹译，北京大学出版社，2002，第 125 页。
③ J. 希利斯·米勒：《解读叙事》，申丹译，北京大学出版社，2002，第 126 页。

出任何脸像的一面镜子。"①

　　无论以什么样的方式来使叙事线条双重化，"它都会颠覆逻各斯的秩序，将偏心、离心、非理性或无理性、对话性或非逻辑性的因素引入中心化的、逻辑的、独白性的因素之中"。②

　　而如果叙事真的获得了那种直线般的单向性，叙事就将失去它的全部魅力。就像米勒所说，"在《项狄传》的那段文字中，③ 只见形形色色的线性比喻松散地汇聚在一起，重叠相加，相互缠结，互为干扰，犹如一组同时用震荡波形来图示的相互矛盾的多重符号。《项狄传》中的那段文字使线条脱节，分解成零散的线段。它表明了线条的任意和比喻性质，并揭示出线条这一比喻的戏剧性无能：无法说明或者划分它意在表现的生活经验的方方面面。线条越直，越符合阿基米德的假定，它在表述人类经验方面的意义就越小，作为一个可以辨认的符号而得到重复的可能性也会越小（因为所有的直线都一模一样），它就越不会像美人轮廓曲线那样，引起人们摹仿的兴趣。另一方面，线条所传递的信息量越大，越弯曲缠结或者越像象形文字，它就越难保持'线条'这一名称，也就越像一团断纱残线或者布朗运动中的一团尘埃，很难用任何线条来图示"。④

　　概括来讲，"时间的转换，叙述者的成倍增多和叙述者中套叙述者，双重的情节发展，作者的隐退，缺乏一个可靠而又富有见识的叙述者（他分明是作者的代言人）"，所有这些要素都增加了文学文本本身的双重性（多重性）和不可阐释性。然而，作家正是利用它们来"诱使读者通过展示事实真相，一步步、一间房到另一间房地行进"，最后进入作者所营造的"奇特的生活幻想世界的'最深处'"的。⑤

---

① J. 希利斯·米勒：《解读叙事》，申丹译，北京大学出版社，2002，第171页。
② J. 希利斯·米勒：《解读叙事》，申丹译，北京大学出版社，2002，第47页。
③ 指米勒引用的《项狄传》第6卷第40章的一段文字。该段引文见米勒《解读叙事》，申丹译，北京大学出版社，2002，第63～65页。
④ J. 希利斯·米勒：《解读叙事》，申丹译，北京大学出版社，2002，第67页。
⑤ J. 希利斯·米勒：《小说与重复——七部英国小说》，王宏图译，天津人民出版社，2008，第51页。

三　文学书写的双重属性

同样是为了打破传统形而上学的同质性、线性化的文学书写观的迷思，布鲁姆所找到的切入口，却是重新考察文学书写（创造）的过程本身。

如前所述，传统的文学观念认为，作家是作品的"父亲"，是他"凭空"创造了作品。他既是作品的最初源泉，也是作品的最高权威。考察文学作品是如何产生的，必然要以作家的创作为中心。

作家是如何创作的呢？通常来讲，神启、想象和自然是三个最重要的动因。作家的创作要么来自圣灵的凭附，要么来自想象的虚构，要么来自自然的启迪。如是，考察作家的创作奥秘，通常就以神言与信使、想象与自然的关系为重心。这一传统的创作观统治了西方批评史两千多年，它究竟有什么局限呢？从创作的过程来讲，究竟有哪些要素本身对它构成了挑战呢？

作为文学史上的迟来者，布鲁姆发现，考察文学的创作过程，不应该继续以传统的关系结构为重心。因为传统的创作观忽略了创作的如下重要事实，即创作总是在前辈（或其他）作家的创作的参照中进行。作为文学史上的迟来者，面对文学史的在先存在，接受前辈诗人的影响，几乎成了不可避免的宿命。然而，基于原创性的渴求，所有真正的强力诗人，必然要竭力摆脱这种影响，或对这种影响加以抗拒。由此产生了一种"影响的焦虑"。

从文学史或作家与作家之间必然要产生的"影响关系"这一关系结构角度看，文学创作具有什么样的特征呢？布鲁姆所观察到的情形是："既要达到精神上的纯粹，却又自知受到愚钝不清晰性的限止；既要声称自己的历史可以追溯到'创世—堕落'之前，却又不得不屈从于数字、重量和丈量单位；所有这些代表着面对着诗的宇宙——已经写出来和将要写出的诗——即文化遗产的灿烂光辉时具有丰富想象力的强者诗人的处境。"[1] 真正的强力诗人如何面对这种处境？唯一的选择，就是像撒旦那样，修正与挑战前辈的权威，将前辈诗人置于死地。从这样一个角度讲，"没有任何一位现代诗人是一元论者。现代诗人必然是痛苦的二元论者，因为这种痛苦和贫乏乃是他们的艺术出发点"。[2]

由此形成了前辈诗歌与后辈诗歌的复杂关系。一方面，没有绝对"原创性"的言说，言说必须遵循某种现成的规则或先在的典范性。另一方面，"诗的影响——当它涉及两位强者诗人，两位真正的诗人时——总是以对前一位诗人的误读而进行的。这种误读是一种创造性的校正，实际上必然是一种误译"。[3]

这就是基于书写传统所形成的双重性。用布鲁姆在《诗歌与压抑：从布莱克到史蒂文斯的修正论》（1976）中第一章的一段话来说，就是"诗歌不过是一些词，这些词指涉其他一些词，这其他的词又指向另外一些词，如此类推，直至那个无比稠密的文学语言的世界。任何一首诗都是互文性的诗，对一首诗的任何阅读都是互文性的阅读。（写作）一首诗不是创作，而是再创作。就算一首强力诗歌是一个新的开端，亦只是再次开始"。[4]

就诗人具体的想象或书写的过程而言，它是如何体现出这种双重性的呢？

从创作心理学的角度讲，布鲁姆认为，诗歌创造要经过六个心理阶段，依次是：入选、达成协议、对抗、体现、阐释和修正。诗人在最后一个阶段确立自己的天才地位。

从书写策略的角度讲，布鲁姆认为，诗人要采用六种修正方式，它们依次是："克里纳门"即对诗的误读，"苔瑟拉"即续完和对偶，

---

① 哈罗德·布鲁姆：《影响的焦虑》，徐文博译，生活·读书·新知三联书店，1989，第33页。

② 哈罗德·布鲁姆：《影响的焦虑》，徐文博译，生活·读书·新知三联书店，1989，第36页。

③ 哈罗德·布鲁姆：《影响的焦虑》，徐文博译，生活·读书·新知三联书店，1989，第31页。

④ Harold Bloom, *Poetry and Repression: Revisionism from Blake to Stevens*, New Haven: Yale University Press, 1976, p. 3.

"克诺西斯"即打碎与前驱的连续，"魔鬼化"即朝向个人化了的逆崇高，"阿斯克西斯"即达到孤独状态的自我净化或唯我主义以及"阿波弗里达斯"即死者的回归。

从修辞学的角度看，上述诗人修正前人的六种方式，分别对应于六种修辞格：（1）纠偏法（反讽）；（2）镶嵌法（借代）；（3）神性放弃法（转喻）；（4）魔鬼化（夸张）；（5）苦行法（隐喻）；（6）逆反法（再喻）。阐释一首诗就是要找出作者为对抗或回避前人的作品所用的策略及自卫性修辞方法。

上述六种修正比的存在，使得布鲁姆认为，用一个修辞学的术语来讲，所有的写作都是对偶式（antithetical，又译"逆反式"）的。所有后辈诗人的写作，都好似用平衡对仗的结构、短语或词语把相对的意义与前辈诗人的写作并置在一起。所有的后辈诗人，都成了寻求自身之对立面的探索者——对偶式写作的诗人。

该如何理解这一"对偶式"写作的内在机制呢？尽管这早已为学界所熟悉，但是，基于本文的立意，仍有必要重述一下布鲁姆从"对西方的想象力之生命起过核心作用的各种传统"中借用的六个著名典故，以及布鲁姆为它们赋予的新义。

第一个就是克里纳门（clinamen）：借自提图斯·卢克莱修（Titus Lucretius）。原指原子的"偏移"，使宇宙可能起一种变化。布鲁姆说，"每一次阅读难道不都是一次'克里纳门'吗？"[1]

第二个是苔瑟拉（tessera）：借自雅克·拉康（Jacques Lacan）。在早期神秘宗教里，其意义是一块陶瓷片被打碎成可以吻合的两块碎片，交给新入教的人作为信物。布鲁姆借此认为，"作为这一意义上的一个'续完环节'，'苔瑟拉'代表着任何一位迟来者诗人的一种努力——努力使他自己相信：如果不把前驱的语词看作新人新完成或扩充的语

---

① 哈罗德·布鲁姆：《影响的焦虑》，徐文博译，生活·读书·新知三联书店，1989，第 44 页。

词而进行补救的话，前驱的语词就会被磨平掉"。① 因此，苔瑟拉意味着将前驱的原创性继续向前推进。

第三个是克诺西斯（kenosis）：取自圣·保罗（St. Paul）。原意是指基督自我放弃神性，接受从神到人的降级。布鲁姆用它来指诗人通过倾空自己的灵性来成就自己。

布鲁姆说，"强者诗人之所以能够生存下去是因为他的生活是一种不连续性—— 一种'收回性'和'分离性'的重复，但是，如果他不能保持生活中的'向前回忆'的连续性——迸发出令人耳目一新而又重复前驱之成就的连续性——那他就将不再是一位诗人"。② 因此，克诺西斯意味着通过否定自己、成为别人来成就自己。它使前辈诗人和后辈诗人形成了相互否定又相互依赖的复杂关系。"曾经有过前驱者的地方就会出现新人——但其出现的方式是以不连续方式倒空前驱本人的神性，而表面上似乎在倾倒自己的神性。"③

第四个乃魔鬼化（daemonization）：取自新柏拉图主义的一种用法。原指一个既非神亦非人的中间存在凭附到新人身上来帮助他。布鲁姆认为，每个"迟来者"身上都有一个魔鬼。因为饱受压抑，"当新涌现出来的强者诗人转而反对前驱之'崇高'时，他就要经历一个'魔鬼化'过程，一个'逆崇高'过程，其功能就是暗示'前驱的相对虚弱'。当新人被魔鬼化后，其前驱则必然被凡人化了。一个新的大西洋便从新诗人转变了的存在中涌溢出来"。④

魔鬼化就是将自己凌驾于前驱之上。"在'魔鬼化'这一修正过程中，扩张了的诗的意识看到清清楚楚的轮廓，并将已经完全付诸于同情的东西收回再加以描写。然而，这种'描写'已经成了一种修正比，成了一种魔鬼眼中的景象——在这种景象里，伟大的原作继续保

---

① 哈罗德·布鲁姆：《影响的焦虑》，徐文博译，生活·读书·新知三联书店，1989，第 68 页。
② 哈罗德·布鲁姆：《影响的焦虑》，徐文博译，生活·读书·新知三联书店，1989，第 85 页。
③ 哈罗德·布鲁姆：《影响的焦虑》，徐文博译，生活·读书·新知三联书店，1989，第 94 页。
④ 哈罗德·布鲁姆：《影响的焦虑》，徐文博译，生活·读书·新知三联书店，1989，第 106 页。

持其伟大，但却失去了其独创性，进入了超自然世界——亦即其光辉的归宿地——魔鬼的势力范围。'魔鬼化'或逆崇高是两个骄子之间的战争：新生力量暂时领先。"①

魔鬼化是自我的阴影与前驱的阴影的交叠部分。"'魔鬼化'的公式是：在我的诗的父亲之'我'曾经存在的地方就应该有'它'。更确切一些说就是，在我的诗的父亲之'我'曾经存在的地方就应该有我之'我'——更密切地和'它'混合在一起。"②

魔鬼化是分离的前夜。"使'魔鬼化'就是达到心理组织的先期阶段，在那个阶段的一切具有激情的都是模棱两可的。但是，使'魔鬼化'在达到这个阶段的同时形成一种差别，这种差别使得诗歌成为可能，即获得一种双重意识的有意识的悖理性，它完全围绕着诗的存在价值：使一切已经过去的畸形化。"③

第五个被称作阿斯克西斯（askesis）：借自恩培多克勒（Empedocles）。如果说，"克里纳门"和"苔瑟拉"的目的在于纠正和续完已逝者，"克诺西斯"和"魔鬼化"努力压抑对已逝者的记忆，"阿斯克西斯"则是竞争本身——与已逝者的殊死搏斗。

"在精心雕刻我们的自我时我们变成了普罗米修斯和那西索斯（Narcissus）的两位一体。更确切地说，只有真正的强者诗人才能不断地保持这种两位一体的身份，创造出自己的文化，并全神贯注地观照着他自己在这一文化中所占据的中心地位。"④ 因此，阿斯克西斯是原创性勃发的时刻。

第六个曰阿波弗里达斯（apophrades）：取自雅典城邦的典故，原指每年中间死人回到他们原先居住过的房屋中居住的那一段不祥的日子。布鲁姆用它来指诗歌创作的最后阶段，诗人再一次全然彻底地向

---

① 哈罗德·布鲁姆：《影响的焦虑》，徐文博译，生活·读书·新知三联书店，1989，第107页。
② 哈罗德·布鲁姆：《影响的焦虑》，徐文博译，生活·读书·新知三联书店，1989，第116页。
③ 哈罗德·布鲁姆：《影响的焦虑》，徐文博译，生活·读书·新知三联书店，1989，第116页。
④ 哈罗德·布鲁姆：《影响的焦虑》，徐文博译，生活·读书·新知三联书店，1989，第127页。

前驱的作品敞开，从而创造了他们的前驱。死者是怎样回归的？"如果他们毫无缺损地回归，这样的回归会使迟来者陷入穷困境地，使他们在人们的记忆中必然成为最终的贫困者——永远无法克服想象的贫困。"①

因此，死者的回归带上了新的面具。它是死者的重生，几乎使死者成了一个新人。"强有力的死者回归了，但打着的是我们的旗号，发出的是我们的声音——至少是部分地如此，至少在某些时刻如此。这些时刻证明了我们的坚毅，而不是他们的坚毅。"②

"强者诗人窥视着他那堕落了的前驱者的镜鉴，但在里面既看不到前驱者，也看不到他自己。他看到的是一个诺斯替式的重影——是他和他的前驱者久已渴望，但又害怕变成为的黑森森的'他性'或'对偶性'。"③ 由是，阿波弗里达斯就是一种双重镜像，从中我们看到了前驱者与后来者的相互窥探、相互映照、互换面具、相互消隐。

概括起来讲，通过一种陌生化的、唯我主义的和（对前驱者的）幽灵式想象的书写策略，布鲁姆将新批评形式下的心理焦虑、作家创造的主体精神之精神分析和文学史上的自我—他者的存在辩证法杂糅在一起，在主体精神冲突的层面，深刻地揭示了"影响—误读"这一书写（创造）的双重机制。布鲁姆把这种辩证法式的、悖论性的精神存在本体化了。尽管在《影响的焦虑》中，这种本体化的策略还没有被回溯到原初起源的层次，但它的批判力量，已足以振聋发聩。随着《喀巴拉与批评》（1975）、《误读图示》一系列作品的发表和出版，布鲁姆进一步把他对西方文学史的"影响—误读"机制的考察从荷马—弥尔顿传统推进到《圣经》的 Midrash 传统（口头阐释传统），从而一举超越了传统西方诗学的"诗与哲学之争"的视野——作为整体的诗或全部的文学对西方哲学或精神传统的同质性父亲的反抗视野，在原初起源

①　哈罗德·布鲁姆：《影响的焦虑》，徐文博译，生活·读书·新知三联书店，1989，第 153 页。
②　哈罗德·布鲁姆：《影响的焦虑》，徐文博译，生活·读书·新知三联书店，1989，第 153～154 页。
③　哈罗德·布鲁姆：《影响的焦虑》，徐文博译，生活·读书·新知三联书店，1989，第 161 页。

的高度，重新探讨了书写（起源）的双重机制。

其实，在《影响的焦虑》的结尾处的一句话——"把影响的焦虑作为潜在主题的诗歌当然是新教诗歌；因为新教的上帝似乎总是把他的孩子们双重禁锢在他的两句诫语里：'要像我'而又'不要装得太像我'"[1] ——已经清楚地暗示出，布鲁姆的"影响—误读"诗学与某种《圣经》传统的联系。

四 （文学）文本是一种错综交织的话语触媒

如果文学创作遵循一种前辈诗人和后辈诗人之间的"影响—误读"机制，如果作家的原初经验与他的表达交流之间存在根本的裂隙，如果文学形式不是一个自然客体而是一种意向性的相关物，如果文本叙事的线索不是单一的而是多重的，那么，以如此方式"创作"的文学文本，究竟是一种什么样的存在呢？耶鲁学派文论家们对此做了详尽的分析。

比如，在《形式主义批评的终结》中，德·曼就指出，事实上，新批评和形式主义所假定的那种同质性文学观，在瑞恰兹最杰出的学生威廉·燕卜逊（William Empson）那里就遭到了深刻的质疑。在《歧义的七种类型》中，通过对莎士比亚等人的诗歌实例的分析，燕卜逊就已经表明，通常来讲，诗歌隐喻所唤醒的普遍经验不是一种而是很多种。诗歌文本意义的这种不确定性现象瞬间就把一个被完美地定义了的统一体转化成了一个其意义数量尚有待确定的多重性文本。由于这些意义并不能被完美地融合为一，而常常相互排斥，以致我们完全可以认为，"真正的诗的歧义来自存在本身的深度分裂，诗不过是这一分裂的陈述和重复而已"[2]。

---

① 哈罗德·布鲁姆：《影响的焦虑》，徐文博译，生活·读书·新知三联书店，1989，第 166 页。
② Paul de Man, *Blindness and Insight*, Minneapolis: University of Minnesota Press, 1983, p. 237.

在《美国新批评的形式与意图》中，借助于意向性理论，德·曼又论述道，文学形式不是一个自然客体，而是另一个完全封闭和自主的结构，一个由阐释的循环所建构的意向性相关物。

诗、诗的理解的阐释的循环，不仅牵涉阐释的主体，而且牵涉语言的一般结构。在某种程度上，所有语言都卷进了阐释之中，尽管并非所有语言都得到了理解。比如，诗歌形式是有机统一的整体这一说法，就依赖一个大的隐喻：在语言和有生命的有机物之间的类比。

将现象学、阐释学和修辞学的观点融合在一起，就可以看到，"文学形式是阐释的前见的前比喻结构和处于总体的阐释进程中的意图之间辩证的相互作用的结果"。①

而在《批评与危机》中，德·曼则从文学虚构的角度，进一步指出了文学文本的双重镜像特质。他说，"当我们指出文学是一种虚构的时候，我们就拥有了文学的真正本质，这是在前知识状态中涌现出的真理。所有文学，包括古希腊文学，都把它们指定为一种虚构的存在了。在《伊利亚特》中，当我们第一次遭遇海伦时，她就成了叙事者将真实的战争编织成一个虚拟实体的挂毯的象征。她的美预示了作为整体的所有将来的叙述的美，这一整体指出了它们自身的虚构本质。凭借一部虚构的作品所作的断言，凭借其特定的存在与经验现实的分离、其作为一个符号与依靠这一符号的建构活动而存在的意义的分歧，自我反思的镜像效应成了文学作品最具本质性的特点"。②

文学虚构的这种双重效应，根本上来自文学语言的指称性和施为性的分离与交织。在《文学史和文学现代性》一文中，通过作家与历史学家的不同功能的比较，德·曼做了进一步的解释："历史学家，在发挥其历史学家的功能时，能够与他所记录的人类行为保持着十分遥远的距离；他的语言与他的语言所指称的事件明显是不同的对象实体。

---

① Paul de Man, *Blindness and Insight*, Minneapolis: University of Minnesota Press, 1983, p.31.
② Paul de Man, *Blindness and Insight*, Minneapolis: University of Minnesota Press, 1983, p.17.

但是作家的语言在某种程度上却是他自身行为的产物；他既是历史学家又是自己的语言的代理人。写作的模棱两可状况就是这样：它既可以被看作一种行为，又可以被看作紧跟在这一行为之后的、与之无法一致的阐释过程。这样，它就同时既肯定又否定了自身的性质或特性。不像历史学家，作家与他的行动难分难解，以致他绝不可能摆脱要去破坏任何站在他和他的行动之间的东西的冲动，特别是使他依赖更早之过去的时间距离。"①

由于文本总是充满字面义与隐喻义的张力，因此，文本的结构就是修辞的结构。文本本身即修辞、隐喻、寓言。文本对自身的阐释，就是对修辞结构的修辞化表达。它是修辞的修辞，隐喻的隐喻，因而自身也会遭遇字面义与本义的分裂，最终成为双重的双重。"所有文本的范例都是由一个修辞手段（或一个修辞手段系统）及这个修辞手段的解构构成的。但是由于这个模式不可能由一个最终的阅读来封闭它，所以它接着便产生一个补充的比喻叠加，这个补充的比喻叠加叙述前一个叙述的不可阅读性。由于这个叙述与最初的集中于各种修辞手段和基本上总是集中于隐喻的解构叙述不同，所以我们可以称这样的叙述为二（或三）度寓言。"②

德·曼不只是在理论的层面揭示了文学文本的双（多）重性，和耶鲁学派其他理论家一样，他还分析了大量的文本实例。兹仅举一例。

在《符号学和修辞学》中，德·曼分析了叶芝（Yeats）《在学童中间》这首诗的著名结尾：

> 栗树啊，根子粗壮的花朵开放者，
>
> 你就是叶子、花朵或树身？
>
> 啊，随乐曲晃动的躯体，啊，明亮的眼神，
>
> 我们怎能分辨舞蹈和舞蹈着的人？

① Paul de Man, *Blindness and Insight*, Minneapolis: University of Minnesota Press, 1983, p. 152.
② 保罗·德·曼：《阅读的寓言》，沈勇译，天津人民出版社，2008，第218页。

德·曼说，这一结尾充满了强有力的、献祭式的从局部到整体的连续的形象化比喻。从传统的修辞学的立场上看，这种连续性使提喻（借代）变成最有诱惑力的隐喻：以类似反诘的平行句法描述树的有机美，或者以舞蹈来描绘性欲和音乐形式的交融。特别是最后那行诗，从比喻义的角度讲，更是直接否定了符号和指称之间的不一致。

然而，正是因为舞蹈和舞蹈者这两个本质上根本不同的要素非常错综复杂地交织在一起，我们才无法对之加以区分。因此，若从字面义的角度来读解最后一行诗，那从比喻义的角度所读解出的整个框架就可能被暗中破坏或解构：正是因为符号和意义是不同的，那么将它们区别开来可能就是有用的，也许甚至还是非常必要的。换言之，符号和意义的交融是以二者在先的区别为前提的。两个完全一致但又完全对立的意义竟然被结合在一行诗中，这就是德·曼所做的修辞学解读。根据这种解读，即使诗的语法结构十分清晰，但它的语气和意蕴也会被它的修辞方式所颠覆。这就是德·曼所揭示的文本的（双重性）真相：因为一种读解恰恰是被另一种读解所斥责的罪过，并且不得不被它所消解，因此，两种意义不得不互相直接对抗，以致我们不能说它们是并列存在的。又因为没有哪一种读解能够缺少另一种读解而存在，因此，我们也不能以任何方式就两种读解的优越性做出有效的决定。总之，一方面，没有舞蹈者就不可能有舞蹈，没有指称就不可能有符号；另一方面，语法结构所产生的意义权威性又被修辞手段的两重性搞得含混不清，从而昭示了被意义的权威性所遮蔽的差异。①

从创作的角度讲，如果前辈诗人和后辈诗人的"影响—误读"关系确实存在，那么，作为其结果，所有的诗歌（文本）就必然是双重性的。正因为此，布鲁姆才呼吁说，"让我们放弃那种企图把一首孤立的诗当作一个自在实体而'理解'的徒劳吧。让我们开始这种追求吧：学会把每一首诗都看作是诗人——作为诗人——对另一首前驱诗

---

① 参保罗·德·曼《阅读的寓言》，沈勇译，天津人民出版社，2008，第12～13页。

或对诗歌整体作出的有意的误释"。①

"使得互相竞争的诗篇既联系在一起又彼此分开的，乃是一种对偶式关系，这种关系首先来自诗歌中的原生因素。"②

换句话说，"一首诗的意义只能是一首诗，不过是另一首诗——一首并非其本身的诗"。③ 因为诗是双向对话的交织体，它总要对单向交流的恐怖提出抗议。

"一首诗的意义只能是另一首诗。这不是同一反复，甚至也不是深层的同义反复。因为两首诗不是同一首诗，就像两个生命不是同一个生命一样。"④

因此，只有从诗与诗的关系维度出发，才能把握单首的诗。诗是诗与诗的关系的互涉、交错、植入、差异错置。

布鲁姆在《影响的焦虑》之后，便很少对文学文本的总体性特征做理论的反思，而更多地致力于揭示西方文学的正典传统，以及伟大作家的经典作品所体现出来的所有原创性要素。与此不同，米勒则一如既往地，对究竟何谓"文学"尝试做某种总体化的概括。

在《史蒂文斯的岩石与作为治疗的批评：为纪念威廉·K. 威姆萨特（1907—1975）而作》一文中，米勒认为，所有的文本都是一个宏大的互文性系统，一个许多音符的复调和音。在《小说与重复——七部英国小说》中，他又指出，"文学作品有着潜在的多样性"，作品是"一个没有开端、没有外在于自身的根基，仅仅作为一张自我衍生的网而存在的结构"。⑤

在《阿尼阿德涅的线》中，他将打破形而上学单向度的线性预设的、错综交织的、双重性的叙述线索描述为一条"阿尼阿德涅的线"，就已经认定叙事性文本是一个错综交织的"迷宫"："那条线描绘了整

---

① 哈罗德·布鲁姆：《影响的焦虑》，徐文博译，生活·读书·新知三联书店，1989，第45页。
② 哈罗德·布鲁姆：《影响的焦虑》，徐文博译，生活·读书·新知三联书店，1989，第59页。
③ 哈罗德·布鲁姆：《影响的焦虑》，徐文博译，生活·读书·新知三联书店，1989，第72页。
④ 哈罗德·布鲁姆：《影响的焦虑》，徐文博译，生活·读书·新知三联书店，1989，第100页。
⑤ J. 希利斯·米勒：《小说与重复——七部英国小说》，王宏图译，天津人民出版社，2008，第28页。

个迷宫，同时它又是迷宫的重复。"①

阿尼阿德涅的故事交织了如下几方面的线索：阿尼阿德涅的线与代达罗斯的线的重合；② 阿尼阿德涅的线这一意象及其隐喻本身的含义；③ 有关阿尼阿德涅故事的两条交叉线索，即狄奥尼索斯的和阿尼阿德涅的；④ 不同历史时期不同作家对阿尼阿德涅故事的反复再现与阐释。⑤ 通过对这些线索的详细梳理，米勒具体地展示了叙事线索是如何盘根错节地交织在一起的。

在《解读叙事》中，米勒先是重申了叙事的重述性，认为"任何叙事都属于第二手性质，而且以其所讲述之事的不在场为前提"，⑥ 小说的时序、速度、时间结构、叙事时态和语态等方面的复杂性，都是由它带来的。然后，便着重分析了叙事线条额外的复杂性：各种形式的双重——"叙述者的双重、叙述者的层层相嵌、间接引语中谜一般的双重、多重情节里的重复；还有各种形式的置换，其原因在于采用了引言、卷首引语、序言、插入信件和招牌（即字面意义上的布告牌）、题词、墓碑上的标志"，⑦ 等等。米勒认为，这些形式的双重性使不同层次的话

---

① J. 希利斯·米勒：《重申解构主义》，郭英剑等译，中国社会科学出版社，2011，第165页。

② 其实，是代达罗斯告诉阿尼阿德涅如何用线去救助忒修斯。代达罗斯为了隐藏帕西法厄与白公牛生下的人首牛身怪物儿子而修建了迷宫。结果，他被弥诺斯囚禁在了自己建造的迷宫之中，靠飞翔才和儿子一起逃了出来。后来，代达罗斯又化解了弥诺斯当众悬赏设置的一个难题：如何用线穿过海螺里所有的内腔和迂回曲折的螺线？代达罗斯在海螺壳中间钻了个孔，把一根线系在蚂蚁身上，把蚂蚁放入小孔，蚂蚁便带着线穿过了整个海螺。

③ "线和迷宫，在探查迷宫的过程中，线被其复杂地绕来绕去，最终战胜了迷宫，但同时也造就了另一张复杂的网——这里图案置于图案之上，如同那两个类似的故事本身一样。"详参米勒《重申解构主义》，郭英剑等译，中国社会科学出版社，2011，第157~158页。

④ 阿尼阿德涅遭到背叛之后，用自己的线上吊自尽。结果被狄奥尼索斯解救并成了他的妻子。忒修斯逃脱了代达罗斯的迷宫，却始终无法逃脱阿尼阿德涅的影响，不管他如何努力试图忘掉她。狄奥尼索斯诱奸了艾里高里，然后用酒来回报她的父亲伊卡里厄斯。伊卡里厄斯将酒赏赐给了伊卡里厄斯人。当伊卡里厄斯人以为自己中了酒毒时，就把他杀死了。艾里高里被那条狂吠的狗领到她父亲未埋葬的尸体旁，就在附近一棵树上上吊自杀。狄奥尼索斯为了报复，使雅典所有女子都发疯上吊。艾里高里变成处女星座。

⑤ "就像无论哪种讲述都无法清楚表达其意义一样，它必须被探索了再探索，就如同在迷宫中的线上叠加了线一样……每次讲述都再次显示了那迷宫般的关系模式，而同时未能掀开其'真正'的意义面纱。"详参米勒《重申解构主义》，郭英剑等译，中国社会科学出版社，2011，第159页。

⑥ J. 希利斯·米勒：《解读叙事》，申丹译，北京大学出版社，2002，第45页。

⑦ J. 希利斯·米勒：《解读叙事》，申丹译，北京大学出版社，2002，第106页。

语穿插在一起，使得叙事就好像一种"激进的多方对谈"："就讲故事而言，或许存在一种'激进的多方聚谈'（radical polylogism）的内在可能性。它可以是语言自身无意中产生的一种效果，也可以是人类想象力的一种效果，将自己想象为另外的人，并代表那个人说话。'激进的多方聚谈'意指在文本中存在无数互不相容的逻各斯。无论采用什么规约法，都无法将它们归至一个统一的单一视点，或单一大脑。这些逻各斯将永远互不相容，互为异类，犹如具有不同大气层、不同生活原则和不同植物区系和动物区系的星球。我们不妨将这种双重（当仅存在两个逻各斯时）视为一个具有两个焦点的椭圆。这些并存的两个或者两个以上不可调和的声音或者表意手段，也许会表现为两种或两种以上语言表达方式的并置：序言与叙述、章首引语与该章正文、脚注与正文；也可能表现为在一种叙述中出现另一种性质相异的叙述……此外，还可表现为在一段话语中，出自两个不可调和的大脑的语言相互交叠，譬如，在间接引语中，一个意识叠加在另一个意识之上。在所有这些情况下，读者都无法将语言归至一个单一的无所不包的一元化阐释。可能会有两种以上互为矛盾的阐释，每一种都被拉向它自己的视角具有的引力中心。采取其中任何一种阐释都会遗漏一些东西，譬如一小块文本，一些无法收入该阐释的细节。这样文本犹如一块火成岩，在主体岩石中夹杂着未完全融化的其他种类的小块碎岩，它们是含于主体岩内的外来物质，异类晶体。"① 凡此种种，都旨在说明所有的叙事（文本）都是错综复杂的。

　　总之，不管从现象学、存在论、解释学和修辞学的角度看，还是从创作论、叙事学、文学史和原初起源的角度看，文学文本都是一个双重意义空间的交织体。言说的困境本身就表明，言说总是往返于意识—对象、想象—物象、叙述—解释、表达—反思、真实—虚构、模仿—原创、原创—重复、字面义—修辞义、指称—施为、独白—对话、

① J. 希利斯·米勒：《解读叙事》，申丹译，北京大学出版社，2002，第117～118页。

主体—主体、可说—不可说之间的。

然而，悖论的是，文学是如何表达出这一切的呢？当然通过文学自身。从这样一个角度讲，一个更具有本源性的说法是，文学（文本）是一种使无数意义错综复杂地交织在一起的话语触媒。

第三节　双重书写与文学史的生成：耶鲁学派的文学史理论

一　终结还是生成：全球化时代文学的命运

许多人因米勒的反复引用和阐释而熟悉了德里达在《明信片》（1980）一书中借主人公之口说出的如下一段（当初让人觉得）"耸人听闻"的话：

> ……在特定的电信技术王国中（从这个意义上说，政治影响倒在其次）整个的所谓文学的时代（即使不是全部）将不复存在。哲学、精神分析学都在劫难逃，甚至连情书也不能幸免……①

重温这句话，今天的人们或许已不会像当年那样在心中产生强烈的恐惧、焦虑、担心、愤慨、反感和疑惑了；也不再怀有如下一个急迫的愿望：想看一看一个没有了文学、情书、哲学和精神分析的世界，到底会怎么样。但是，由这句话及米勒的引用和阐释在中国学界所引发的持久的反响和"论争"，作为一个学术史现象或思想史"症候"，其间所表征的"疾象"及其所隐藏的问题，却颇值得人们思考。

有感于电信技术对文学生产和传播的广泛影响、全球消费主义对传统审美趣味和价值秩序的颠倒以及（传统意义上的经典）文学被日

---

① J. Derrida, *The Post Card*, transtaled by Alan Bass, Chicago：University of Chicago Press, 1987, p. 197.

益边缘化的状况，当米勒（通过援引德里达）作出"文学即将终结"的预言和警告时，确实引起了相当多的中国学者的共鸣与反响。很多学者很快参与了论争。他们纷纷从不同立场出发，调动（包括中西古今的）各种理论资源来论证自己的看法和感想。然而奇怪的是，面对这一波由米勒的演讲所引发的论争，学者们在这么做的同时，竟然没有人或几乎没有人去梳理米勒自己的"真实所想"，即将米勒的"文学终结论"放到他的整个语言观、文学（形式）观、历史本体论和文学史观中，去做系统的考察。如此学术"论争"，如何叫人不产生浮想联翩的感慨呢？难怪有学者指出，"此次'争鸣'与其说是'争鸣'，倒毋宁说是在两条平行线上互不交锋的'共鸣'"。①

有鉴于此，重新梳理一下米勒有关"文学终结论"的看法，并把它放到米勒乃至整个耶鲁学派在修辞性的语言观、意向性的文学"形式"观和悖论性的历史本体论基础上所建构出的文学史观中，全面地考察其丰富的、隐微的互文性内涵，或许就将有助于我们厘清真正的"问题"之所在，并为今后的"对话"建立更有效的前提。②

应该说，米勒很早就开始表现出对文学（研究）的未来命运的忧虑。但是，只有当感受到全球化对文学研究所带来的影响时，才直接触发了他对文学可能终结的担心。只不过，在《"全球化"对文学研究的影响》（1997）一文中，他对文学研究在全球化时代的必要性，还有着充分的自信。③ 只是到了《全球化时代文学研究还会继续存在

---

① 金惠敏：《超零距离与文学的当前危机——"第二媒介时代"的文学和文学研究》，吴子林选编《艺术终结论》，中国社会科学出版社，2011，第202页。

② 本书无法在此一一评述国内学者对米勒的"文学终结论"的各种回应，只想概略指出，这些回应不管处于经验感悟的层次、批判理论或知识社会学的层次，还是哲学思辨的层次，它们大都是"理论"式的、"思辨"式的，尽管不乏深刻的洞见，但几乎都未涉及某种具体的文学史，尤其是从"形式"本身出发去考察的"文学史"。这与米勒经过了形式化洗礼和语言论转向的思考方式、融文化研究与文本分析为一体的分析策略有不少距离。

③ 在该文中，米勒相信，无论发生了多大的变化，文学（研究）的三种价值是必不可少的。第一，它是我们了解过去的一种必不可少的方式；第二，它是我们交流的主要方式和理解语言的主要手段；第三，它是我们正视陌生性和达到他人的他性的必不可少的途径。详参易晓明编《土著与数码冲浪者——米勒中国演讲集》，吉林人民出版社，2011，第125～126页。

吗?》（2000）一文，① 其态度才变得有些犹疑。

在该文中，在引述了德里达的话并描述了自己阅读它的种种不适之后，米勒开始冷静地自问：仅仅是发生在这最主要的信息保留和传播媒介身上的某种技术的、表面的和偶然的变化怎么会导致文学、哲学、精神分析学和情书的终结呢？通过采用在某种程度上已经过时的形式（如大量的电话谈话，正在迅速消逝的手写、印刷和邮政体系这些旧时尚的残余——明信片等），对这个新时代进行讽喻性的描写，德里达在《明信片》中可能想说的是，"新的电信时代的重要特点就是要打破过去在印刷文化时代占据统治地位的内心与外部世界之间的二分法（inside/outside dichotomies）"。②

在德里达的基础上，米勒在概要地指出"印刷技术使文学、情书、哲学、精神分析，以及民族独立国家的概念成为可能。新的电信时代正在产生新的形式来取代这一切"③ 之后，接着具体地阐述和分析了建立在印刷文化时代的种种边界或二元对立的解体。他说，"印刷业的发展鼓励并且强化了主客体分离的假想；自我裂变的整体（separate unity）与自治；'作者'的权威；确切无疑地理解他人的困难或者不可能性；再现或者一定程度上的模仿的体系……；民族独立国家的民族团结和自治的设想……；法律法规通过印刷得到了强制执行；报纸的印发使一定的国家意识形态得到了连续的灌输；最后，现代研究型的大学获得了发展，成为向未来公民和公务员灌输国家道德观念的基地"。④ "所有这些印刷文化的特色都依赖于相对严格的壁垒、外界和高墙；人与人之间、不同的阶层/种族或者性别之间、不同媒介之间、一个国家与另一个国家之间、意识与被意识到的客体之间、超语言的现实与用语言表达的现实的再现，以及不同

---

① 该文是米勒 2000 年在北京语言大学演讲的内容。中译文发表于《文学评论》2001 年第 1 期。
② 易晓明编《土著与数码冲浪者——米勒中国演讲集》，吉林人民出版社，2011，第 103 页。
③ 易晓明编《土著与数码冲浪者——米勒中国演讲集》，吉林人民出版社，2011，第 108 页。
④ 易晓明编《土著与数码冲浪者——米勒中国演讲集》，吉林人民出版社，2011，第 109 页。

的时间概念……"①

　　然而，新的电子传媒使这些原先比较稳固的界限日渐模糊起来：自我裂变为多元的自我；主客体之间的二元对立被削弱；再现与现实之间的对立产生了动摇；现在、过去和未来的分野被破坏；大学不再是自我封闭的、只服务于某个国家的象牙塔；民族独立国家之间的界限也被打破；不同媒体之间的界限也日渐消逝；精神分析的基础——意识与无意识之间的区别也不复存在……总之，新的电信技术，以及那么多以新的方式与鬼魂接触的新设施，产生了一种新的意识形态母体。面对这种前所未有的新形势，我们该怎么办？

　　对此，米勒的回答是，正如德里达已指出过的那样，新的电信时代可能形成于资本主义，但是它已经超出了它的缔造者，并且注入了新的力量，开始了自己独立的旅程。"这也正是我们的机会所在：新型电信通信的开放性，它可以促进我们的流动或者康复，以及新的同盟的形成。"②

　　此外，"新的通信技术还可以用来促进政治责任感的施为行为。那些行为作为一种可能的不可能性，是对未来前卫要求的'未来民主'的回应"。③

　　在这种情况下，文学研究又会怎么样呢？它还会继续存在吗？米勒的判断充满了十分复杂的感情，包含多重意蕴，或肯定，亦怀疑；或拒斥，亦迎接；或怀恋，亦正视；或豁达，亦悲壮；或反讽，亦辩证："文学研究的时代已经过去了。再也不会出现这样一个时代——为了文学自身的目的，撇开理论的或者政治方面的思考而单纯去研究文学。那样做不合时宜。我非常怀疑文学研究是否还会逢时，或者还会不会有繁荣的时期。这就赋予了黑格尔的箴言另外的涵义（或者也可能是同样的涵义）：艺术属于过去，'总而言之，就艺术的终极目的而言，对我们来说，艺术属于，而且永远都属于过去'。这也就意味着，

---

① 易晓明编《土著与数码冲浪者——米勒中国演讲集》，吉林人民出版社，2011，第 109 页。
② 易晓明编《土著与数码冲浪者——米勒中国演讲集》，吉林人民出版社，2011，第 112 页。
③ 易晓明编《土著与数码冲浪者——米勒中国演讲集》，吉林人民出版社，2011，第 112 页。

艺术，包括文学这种艺术形式在内，也总是未来的事情，这一点黑格尔可能没有意识到。艺术和文学从来就是生不逢时的。就文学和文学研究而言，我们永远都耽在中间，不是太早就是太晚，没有适宜的时候。"①

最后，米勒以宣告的方式结束了论证："文学研究的时代已经过去，但是，它会继续存在，就像它一如既往的那样，作为理性盛宴上一个使人难堪、或者令人警醒的游荡的魂灵。文学是信息高速公路上的沟沟坎坎、因特网之神秘星系上的黑洞。虽然从来生不逢时，虽然永远不会独领风骚，但不管我们设立怎样新的研究系所布局，也不管我们栖居在一个怎样新的电信王国，文学……作为幸存者，仍然急需我们去'研究'，就是在这里，现在。"②

这就是在中国文论界引起了轩然大波的"文学终结论"。此后，米勒还多次提起过这一问题，但都没有更深入的论证，只是重复了一些类似的分析。比如，在《论文学》（2002）这本小册子中，米勒指出，学术界有两个互相矛盾的论断，一个是"文学就要终结了"，另一个就是"文学虽然末日降临，却是永恒的、普适的"。这种矛盾的局面是如何出现的呢？为了回答这一问题，根据德里达在《死亡：虚构与见证》中的相关论述，米勒重新梳理了使（现代西方）文学得以产生的历史条件和观念前提："西方文学属于印刷书籍以及其他印刷形式（如报纸、杂志、各种报刊）的时代。"③

从历史的角度看，印刷术的发明使国民有了获取出版物和出版新书的条件和便利，从而打破了上层贵族对文化、教育、出版和传播（一言以蔽之，意识形态）的垄断。印刷媒介时代的到来导致了在17世纪后西方民主制的逐渐出现。民主制的现代民族国家鼓励民族、语

① 易晓明编《土著与数码冲浪者——米勒中国演讲集》，吉林人民出版社，2011，第 113 页。
② 易晓明编《土著与数码冲浪者——米勒中国演讲集》，吉林人民出版社，2011，第 113 页。
③ J. Hillis Miller, *On Literature*, London：Routledge, 2002, p. 2. 中译文详参 J. 希利斯·米勒《文学死了吗？》，秦立彦译，广西师范大学出版社，2007，第 9 页。

言上的统一，慢慢发展出了比较普及的教育，从而逐渐实现了几乎人人识字的局面。伴随民族国家的出现，出现了民族文学的观念，即用某国语言和俗语所写的文学。由是，印刷术、民主制度、识字率、俗语、现代民族国家这些历史前提，导致了现代西方文学的出现。

现代西方文学观念强烈地体现在现代大学的文学研究中。一方面，大学凭借研究性图书馆和善本收藏实现文学的储存、编目、保护、评论和阐释（大学追求"知识"和真理的功能）；另一方面，大学把文学当成最好的教化工具，从而实现大学培养国家公民的使命。

西方民主制使得文学具有如下最重要的特征：言论自由。即说、写、出版几乎一切的自由。言论自由允许每个人批评一切、质疑一切，又不承担指称的责任。

与印刷文化、民主制和现代文学的发展相伴，现代意义上的"自我"也被发明了出来。"文学的整个全盛时期，都依赖于这样那样的自我观念，把自我看成是自知的、负责任的主体。"[1] 这种自我观导致了新的作者观和作者权观。

可是，经济、政治、技术全球化的力量正多方削弱着民族国家的边界、内部的统一和完整。多数民族国家是多语的、多民族的。新媒体技术的发展（印刷统治时代的结束、文学研究者的转向、大学的传统功能被数据库取代、文学本身也促成了"自我"的碎片化），正在使现代意义上的文学逐渐死亡。由是，作为一种西方文化机制的（现代）文学就要寿终正寝了；可作为一种普遍的、运用可视为文学的文字或其他符号的能力的文学或"文学性"必将永在。因为第一种意义上的文学不过是第二种意义上的文学在一种特定历史状况和特殊历史阶段下的具体表现。[2]

回顾一下，在德里达的启发下，米勒在新的历史条件和语境下提

---

[1]　J. 希利斯·米勒：《文学死了吗?》，秦立彦译，广西师范大学出版社，2007，第14页。

[2]　J. 希利斯·米勒：《文学死了吗?》，秦立彦译，广西师范大学出版社，2007，第21页。

出的"文学终结论"，究竟有什么新的内涵呢？它仅仅是传统话题在新的历史情况下的老调重弹，还是蕴含了太多的新问题，以致学界至今尚未做好相应的知识储备，难于回应？

从米勒谈论这一问题的方式中，我们或许能获得一些启示。与黑格尔从一种哲学预设出发，思辨地谈论"艺术的终结"不同，米勒（包括德里达）谈论"文学终结"的方式，则以（现代）文学存在的媒介条件的变迁为前提。这些媒介条件包括技术的、物质的、制度的、感知方式的、观念的、意识形态的和文明形态或体系的，等等。重新表述一下这些媒介条件的变迁历程，那就是：一种新的信息传播技术或媒介的兴起，不仅会极大地拓展人类的知识视野，还会改变人类的感知方式、人与人之间的交往方式、人类社会的组织形态、人类文明的历史进程，等等。一言以蔽之，改变人与人、人与自然的关系。

印刷术的发明促进了西方现代信息传播体系、知识生产体系、"自我"的观念体系、民族国家疆界、资产阶级意识形态……的诞生。与此类似，电子时代的来临，也将改变这一切。在这个意义上，建基于印刷术及与印刷术相伴生的社会的、历史的、政治的和审美的制度之上的现代西方文学这一奇特的建制，就将随着新的传播技术的、社会的、历史的、政治的、审美的制度条件的急剧变迁而急剧转型，从而使建基于传统的社会建制之上的那种文学必然终结。

然而，文学不只体现为一种历史性的、奇特的"建制"，它还有着自身的各种各样的"语言"形式。如果说，它的某一种建制形态必将随着历史条件的变迁而转型或终结，它的"形式"所形成的互文性链条，却永远不会消失。从这样一个角度讲，米勒的"文学终结论"与前人的不同之处，就是它带出了如下新的问题意识。

一种传播媒介的兴起或变迁必将改变与这种媒介相适应的表意范式的存身形态甚至瓦解它的有效性。不仅如此，它还会改变与之相对应的感知方式、文化制度、民族国家疆界、世界体系乃至文明类型等。随着这些文明建制的改变，一个文化共同体的文化整合与精神救赎的共生机制也必将断裂和转型，直至我们改变看待整个人类历史的方式。

以一种简化的语言来说，就是所谓"文学的终结"，并不只是文学这一学科范围或场域范围之内的事，而是文明史的重构与转型。从思想史的层面看，它必然涉及一种表意范式的失效与重寻问题、世界视野的瓦解与重构问题、文化整合与精神救赎的共生机制的断裂与转型问题、总体历史叙事的坍塌与重建问题，等等。正是由于这些问题的难于回答，米勒才始终无法给出正面的结论，而只能欲言又止。

然而，这么说并不意味着米勒没有做出任何努力和尝试。事实上，早在 20 世纪 70 年代，米勒就已着手探讨某种新的文学史观或文学史哲学。尽管这一新的文学史观念一直未获得某种系统的形态，但这并不妨碍它为思考文学的终结问题提供了一种理论的预备。接下来，我们就将仔细地梳理并勾勒出这一文学史哲学。

需要提前说明的是，从理论上讲，成功地化解前述由"文学的终结"所引发出的系列思想史问题的外在标志之一，就是成功地建构出某种新的文学史观；而其真正内在的、核心的挑战，则是重建出某种新的语言哲学和时间哲学。在这两方面，米勒和整个耶鲁学派都做出了一些前瞻性的思考，只不过至今尚未引起学界足够的重视。

同时，由于前述问题实在牵涉太广，因此，在本节中，我们只讨论耶鲁学派的文学史理论。再次申明，这一新文学史理论已经不是某种现成的文学学科意义上的文学史理论，而深入到了文明史的转型与重构这一思想史的层次。从这样一个角度讲，与黑格尔从一种总体历史的哲学预设出发来谈论"艺术的终结"完全不同，对米勒、耶鲁学派和我们来讲，这一总体历史叙事还有待建立、有待论证。

二　线性文学史观的解体

在后来引发了与艾布拉姆斯的激烈争论①的《传统与差异》（1972）这篇文章中，米勒指出，艾布拉姆斯的《自然的超自然主义》（Natural Supernaturalism）一书精确地表达了一种模棱两可的愿望："一方面，艾布拉姆斯希望申明浪漫主义文学和它的基督教与古典前驱之间的连续性；同时他又想争论布莱克（Blake）、荷尔德林（Hölderlin）、华兹华斯（Wordsworth）和其他浪漫派作家把柏拉图和基督教传统的超自然主义'翻译'成了人文主义。"②

米勒认为，作为接续了现代人文学术的伟大传统的当代范例，像它的先辈们一样，《自然的超自然主义》也假定了西方文化是一个不断改进的统一体。这一统一体，在艾布拉姆斯看来即"以柏拉图的论述为典范的原初整体经过分裂最终又再次回归为整体的历程"。这一历程即"一个从创造到堕落再到最终的启示的'迂回旅程'"。③就像一个浪子离家出走、漂泊海外最终又回归故里一样，这一旅程是一个封闭的循环，一种螺旋式的上升。在这一进程中，所有作家的所有作品都被假定与其前辈具有一种父子般的血缘关系。"对艾布拉姆斯来讲，最好的维多利亚和20世纪文学本质上都是浪漫主义传统的延续。对他来讲，我们依然在浪漫主义传统的内部。"④"在浪漫主义传统的内部"，按艾布拉姆斯的见解，即"我们依旧在从基督教和新柏拉图主义那里继承的隐喻和概念的统治之下。我们依旧在西方形而上学的光影之中"。⑤

---

① 艾布拉姆斯的回应文章包括《文化史中的理性与想象》（1976）、《解构的安琪儿》（1977）、《行为主义与解构主义》（1977）、《如何以文行事》（1979）、《理解与解构》（1986）等。相关中译文请参文布拉姆斯《以文行事：艾布拉姆斯精选集》，赵毅衡、周劲松等译，译林出版社，2010。
② J. Hillis Miller, *Theory Now and Then*, New York：Harvester Wheatsheaf, 1991, p. 79.
③ J. Hillis Miller, *Theory Now and Then*, New York：Harvester Wheatsheaf, 1991, p. 80.
④ J. Hillis Miller, *Theory Now and Then*, New York：Harvester Wheatsheaf, 1991, p. 81.
⑤ J. Hillis Miller, *Theory Now and Then*, New York：Harvester Wheatsheaf, 1991, p. 81.

然而，让米勒不太认可的是，如此确定无疑的信仰果真是确定不移的吗？在艾布拉姆斯所说的"从一个作家到另一个作家的叙述模式或动机的重复"中，究竟卷进了什么呢？说拥有文学或哲学的"祖先"或"后代"，究竟是什么意思？在艾布拉姆斯所谓的神学模式的人文化的过程中，到底又发生了什么？艾布拉姆斯所使用的"神话""观念""主体""客体""上帝""隐喻"这些术语，到底又有什么意义？

由于所有这些问题对艾布拉姆斯来讲都未成为问题，换言之，由于艾布拉姆斯对这些问题的回答都是基于某种假定而未看到另一种可能，因此，究竟何谓（文学）传统、时期、革新、"源头"、"父子关系"等这样一些问题，在艾布拉姆斯那里，就成了"失踪"的问题。进一步言之，在艾布拉姆斯的整部著作中，都缺乏对究竟什么是文学史、文学史书写的一般原则、传统的文学史观的理论预设等这样一些基本问题的反省。

艾布拉姆斯假定整个西方文学或哲学传统都是形而上学的或浪漫主义的（它的最大优点就是它认可了生命、爱、自由、希望和快乐的价值）。而完全忽略了它还有另一个传统，即自我颠覆的传统。通过复活、重新安排、再强调或颠倒旧的材料，作家们创造了这一传统。我们需要一个比革新概念复杂得多的重复概念（重复作为移位或解构），才能描述这一传统。

艾布拉姆斯假定了一部作品和它的"源头"之间的关系是直接的、一对一的。因此，作品从中所获取的意义就是相类似的、同源的和协调一致的。但是，像尼采、德勒兹（Deleuze）和其他作家则持相反的观点。他们认为，"所有模仿都是自我颠覆的。它转换或破坏它所复制的原本。一部文学作品真正的'后代'都是杀死他父亲的坏儿子，或倾向于绝对回头的浪子"。①

---

① J. Hillis Miller, *Theory Now and Then*, New York: Harvester Wheatsheaf, 1991, p. 84.

艾布拉姆斯认为，浪漫主义作家实现了西方神学传统良性的世俗化。与此不同，尼采和其他作家则提出了一个更加复杂的双重观念："一方面，当一个人把神言变成人言时，他依然完全在形而上学的传统里。比如，主体的概念就是上帝、'唯一'、'存在'概念的形而上学的一部分。……形而上学的人文化依然是形而上学。另一方面，……在抛弃了上帝信仰之后，试图在'人文主义'中继续维持神学价值本质上是不稳定的和临时性的，就像割断了一朵花的根茎之后还想让它永不枯萎一样。人的观念和神的观念是内在地纠缠在一起的，没有后者就不可能维持前者。"①

然而，由于艾布拉姆斯对尼采等人所反对的一切是如此深信不疑，这就产生了一个难于回答的问题。这一问题即浪漫主义作家为什么会决定他必须成功地"创造一个系统"，一个延续了 2500 年的、经过分离最终又重新复合的原初整体神话的另一个版本，或"被另一个大写的人奴役"呢？"为什么从这一特定的梦魇中醒来是如此困难呢？为什么这一计划具有如此大的力量，穿过若干个世纪之后还能重复它自身？"② 这一计划就是人类历史本身的结构吗？如果这一计划是虚构的，为什么是这一虚构而不是另外的虚构在统治一切呢？它是如何从它的多样性的重生中获得力量的？为什么就没有几种或无数种其他的替代性选择？

如果说，对这些问题的一个可能回答是，通过概念、隐喻、神话和叙述模式，西方历史的计划就像演出进程一样被安排进了我们西方语言的大家庭，那么，这就又引出了一个新的问题。这一问题即语言被假定为一面模仿性的镜子，它直接映照出精神与自然，或精神、自然与上帝的交互转换。然而，像尼采、德里达、德·曼这样一些作家却认为，我们的语言并不是模仿性的，而是修辞性的。它并不只是一

---

① J. Hillis Miller, *Theory Now and Then*, New York：Harvester Wheatsheaf, 1991, pp. 85 - 86.

② J. Hillis Miller, *Theory Now and Then*, New York：Harvester Wheatsheaf, 1991, p. 86.

些"符号的惯例"，可以与它所体现的思想相分离。相反，它就是思想的身体，是它所化身的概念的秘密生产者。

语言在本质上是修辞性的意味着，文本的意义从根本上来讲就是多重的、变动的和模棱两可的。它永远也不能被简化为一个单一的、意义明确的陈述，而通常是"双声部的"或"多声部的"。因此，与艾布拉姆斯认为文本最终只有一个单一的意义不同，尼采等人则认为，文本总是多重意义的交织体。

艾布拉姆斯认为，一个文本与其他文本、一个时期的作品与其早先时期的前驱之间的关系总是协调一致的。与此相反，尼采等人则认为，一个文本和它的源头的关系是相同性和差异性的交互作用，是差异的重复。他们甚至认为，"源头"并不比它的后代单纯，原初的文本也包含自身的矛盾要素，与它自己的"源头"具有一种模棱两可的关系。文本之内、文本之间和文本之外的关系绝不是符号与某些安全的外部的交互作用，而是符号和另一符号、文本和另外的文本的关系，即德·曼所说的"寓言"。

正因为此，艾布拉姆斯坚持认为原初起源是统一的，西方历史的进程就是从原初的统一经过漫长的分离后在千禧年重新复合的历程，尼采等人则认为，"那分离的、隔绝的处境和无法抑制的欲望，是人类'原初的'和永恒的困境。那原始的和最初的总体之梦总是延迟的，绝不在这里和现在在场。它由原初和原初的差异生成，开端就是区分"。① 西方历史的这一替代模式"将否定把原初整体的碎片部分作为对立面的存在，将否定历史具有重新统一的目的"。历史进程就是内在的重复状况，没有起源或终结。

概括地讲，米勒之所以要花如此大的力气解构艾布拉姆斯，根本的原因之一，就是二者秉持了完全不同的文学史假设。不过，《传统与差异》仅只达到了一个目的，即解构支撑传统的文学史观的三大支柱

① J. Hillis Miller, *Theory Now and Then*, New York: Harvester Wheatsheaf, 1991, p. 92.

之一——文学史的统一性和连续性预设。几年之后，在《当前修辞研究的功能》（1979）一文中，米勒才发起了对传统的文学史观的第二根支柱——文学史的分期观念的攻击。

在《当前修辞研究的功能》中，米勒指出，"'阶段划分'一词建议了一种行为，即将文学史分成片段，把它框架化或鸽笼化，然后再言说它。于是我们便有了中世纪、新古典主义时期、巴洛克时期、18世纪、浪漫主义、维多利亚时期、前拉斐尔时期、后维多利亚时期、现代主义、后现代主义，等等。但是实施这种框架化行为的根据是什么，其程度如何，指导或支撑它的理由又是什么？是什么使它具有正当性，就像一个人将铅字排成行，控制它、保持它而不至于满纸散落所具有的正当性一样？'阶段划分'是自由安排还是一种知识的参照记录？它是一种施为行为，以制造它所命名的东西；还是一种科学的认知，以命名已存在的东西？它是一种召唤、命令（"让维多利亚时期来吧！"）还是一种中性的描述（"维多利亚时期是？"）？"①

很显然，阶段划分的困难是一种特别复杂的命名困难。"阶段命名的复杂性部分在于：被认为可归到一个名称之下的'史实'之间存在明显的异质性。'维多利亚文学'怎么可能像'丁尼生'或'尤利西斯'一样标示一种整体性呢？……两部各自有自我封闭的独特性的作品怎么可能有同样的标题？按年代顺序后出的题名是不是一定暗指先出的并引用它？"②

阶段命名的特殊复杂性在于：还要在它本身的困难之中再加进历史和文学史的问题。这些问题包括："文学史是这样一种存在，即因想象性的理由而叙述井然、遵循因果关系、具有可读性和可理解性的一种存在吗？抑或仅只是历史学家根据史实而编撰的、一部巨大的改头

① J. Hillis Miller, *Theory Now and Then*, New York：Harvester Wheatsheaf，1991，p. 207. 中译文参米勒《重申解构主义》，郭英剑等译，中国社会科学出版社，2011，第 100 页。

② J. Hillis Miller, *Theory Now and Then*, New York：Harvester Wheatsheaf，1991，p. 208. 中译文参米勒《重申解构主义》，郭英剑等译，中国社会科学出版社，2011，第 101 页。

换面了的作品？文学史的存在是因某些独特的自我封闭的文学阶段而获得其独特性的，还是由某种超时间的神秘的精神力量所强加的？抑或它是由前一阶段秩序井然地发展而来的、不可避免的结果，由其前辈所决定，或由某些可预见的反作用所预言的，就如儿子杀死父亲但依然是在父亲的统治下才做出这一切一样？"① 文学时期的更迭是否像日夜的交替一样，或像某些历史学家所争论的，具有一种自然节奏？文学阶段真的是自然的一部分，就像日月轮回、四季转换、潮起潮落一样？

显然，以往的文学史就是按照生命从一个时期到另一个时期发生、成长、发展的隐喻模式来写作的。然而，文学史的每个阶段的特殊性难道不也是特定的社会结构所导致的事件，一种交流、生产、分配、消费等物质方式的特殊集合？比如，维多利亚文学很可能就是铁路和印刷期刊激增的一个结果，或者换句话说，是电视机尚未出现时代的产物。

总之，历史阶段的命名问题是一个彻头彻尾的形而上学问题。因为阶段划分涉及整个有关开端、因果性和结局的预设体系，涉及整个西方形而上学大厦的地基。因此，对这些问题的质疑必然关涉文学史乃至历史的另一种可能。

除了上述疑问，历史阶段命名还牵涉如下一些问题。比如，谁有权来为一个历史阶段命名？一个真正的阶段名称应该由生活在该阶段内的人来确定，还是只能在事后才能被认识和命名？一个阶段名称是处在该阶段的边界之内还是之外？它能否显示该阶段的内在本质和特定存在，或者只是为了讲述历史的方便而杜撰的一个概念？如果一个历史阶段的特定存在必然要呼唤一个命名，那么，这一命名是植根于给予这一历史或文学史以秩序的超验的或超自然的力量，还是根植于该历史本身的固有存在？等等。

---

① J. Hillis Miller, *Theory Now and Then*, New York: Harvester Wheatsheaf, 1991, p. 208.

我们要如何思考这些问题才能摆脱那些根深蒂固的预设呢？如果我们彻底否定历史分期的可能性，那么，我们又该如何看待阶段命名在制度化的文学研究中所具有的复杂功能？

说到底，所有对历史的阶段命名都不过是一种修辞，它们都应该被放在隐喻—提喻—换喻所组成的轴线上去分析。不仅如此，现有的阶段名称往往还是一种修辞的集锦，令人惊叹不已。比如，有关历史分期的做法本身就依赖一个生命诞生、成长和发展的线性的、周期性的隐喻。比如，每一个阶段名称都是一个提喻，以部分代表整体。它们遭遇的问题常常是：那被选中的部分到底是否真的与整体相似，或它是否是从异质的混合中任意选出的一部分，被用来代表全部，使毫无内在统一性的大杂烩看起来像一个整体，等等。

具体而言，不同的阶段名称往往又包含着不同的修辞策略。比如，有的阶段命名把自己的特殊性限定为或被限定为先前某一阶段的重现（如"文艺复兴""新古典主义""前拉斐尔时期"）；有的阶段命名隐含着分类或鸽笼化（如"古典主义"）；有些阶段名称看起来是中性的或仅表示时间性，但事实上仍是一种形而上学，因它不可避免地会唤起对历史的因果关系的联想（如"18世纪"）；有些阶段名称借象征描绘一种风格特征（如"巴洛克"）；有的阶段名称隐含着本阶段与自然的同化（如"巴洛克""文艺复兴"）；还有些阶段名称则采取换喻，以君主之名命名（如"维多利亚时期"）；甚至，有些阶段命名还包含对前阶段的复杂解释，并申明自己的矛盾主张：该阶段既有独特性和新颖性，又有普遍性和重复性（如"浪漫主义""现代主义"）。

总之，"阶段名称是一种档案归类，一种必要的假说和杜撰，一种策略性的表述行为，它在自己所标示的文学内部运作，但同时它又是人们为了'夺权'而从外部强加的"。①

在解构了支撑传统的文学史观的两大支柱——文学史的统一性、

① J. 希利斯·米勒：《重申解构主义》，郭英剑等译，中国社会科学出版社，2011，第105页。

连续性预设和分期观念之后，除了强调了一下"按功能而非形式来定义文类的必要性"① 之外，米勒似乎对传统文学史观的第三根支柱——关于文类划分的原则缺乏解构的兴趣。其中原因或许在于，关于文类的同一性预设，似乎已无解构的必要。因为按照通常所说的解构逻辑来重新考察文类划分的合法性，我们必将得出如下结论：一种体裁既确认又解构自身的边界。

但是，更重要的原因在于，不同文类的区分确实有某种实效性。在我们的文明结构中，不同的文类发挥了极其不同的功能。比如，小说在维护自我之虚构性的可能性方面，就具有其他文类所不可替代的作用。在真实性和虚构性之间，历史对真实性总是有更严格的要求。因此，尽管某种旧的分类标准完全可能被摧毁，但某种分类标准的存在，总有其必要性。

需要提前指出的是，当米勒指出，应该从功能的角度而非形式的本质同一性的角度来看待文类划分的必要性的时候，支撑他的分析的语言论基础，已经从本体性的修辞论或模仿性语言与比喻性语言的二元对立悄然地转化成了语言的模仿性、述行性和修辞性的三分。否则，我们就无法解释，为何不同的文类会发挥不同的功能。

三　文学史的悖论性

不只米勒解构了传统的文学史观的同一性、统一性和连续性预设，整个耶鲁学派文论家都对传统的文学史观念的基本假定提出了深刻的疑问。比如，在旨在探讨"一般意义上的文学现代性"这一问题的《抒情诗与现代性》（1970）一文中，德·曼指出，在 18 世纪，如下一种语言观和文学观曾经流行一时：原始语言是诗性的、非再现的和音乐的，而现代语言是反思的、再现的和散文的。"从这样一个角度

---

① J. Hillis Miller, *Theory Now and Then*, New York：Harvester Wheatsheaf, 1991, p. 207.

讲，谈论抒情诗的现代性，无疑就显得有些矛盾。因为准确地讲，抒情诗与现代性是相对立的。"①

但是，在 20 世纪，现代性的社会规划却因先锋艺术而闻名。这些先锋艺术家绝大部分是诗人。20 世纪最激进的现代文学运动——超现实主义和表现主义绝不会认为，散文的价值要高于诗歌，戏剧或叙事的价值会高于抒情诗。这种诗学事实的逆转现象使得如何评价抒情诗的问题，成了一个"现代性的悖论"。

究竟该如何看待"抒情诗"这一"现代性的悖论"呢？许多杰出的诗人和批评家提出过有价值的分析。比如，叶芝就认为，真正的现代诗是这样一种诗，即尽管它已经意识到了与自我相对立的冲突是持续不断的，但依然义无反顾地从现实的、再现的和生活的白昼世界走向黑暗的灵魂世界。这意味着，现代诗所使用的意象，既是象征的，又是寓言的。它所再现的自然客体，实际上来自纯粹的文学资源。现代诗就来自这两种语言模式之间的张力。现代诗就是在语言发挥再现的功用下和语言作为自主的自我的行动的概念下对前述冲突的有意识的表达。

又比如，对乌戈·弗里德里希（Hugo Friedrich）这一研究浪漫派的杰出德语学者群体中的最后一位代表来讲，现代诗歌的特殊阅读障碍的根源，在于现代诗歌既丧失了再现性功能，也丧失了对自我的感知。二者是同时发生的。

然而，不管人们对现代诗持什么样的看法，在人们的心目中，现代文学的演进线索都是一个范围更广的历史模式的一部分。这一历史模式赋予了文学史一种代际更迭的连贯性。这一连续的代际遗传的链条把波德莱尔（Baudelaire）和他的后继者们及其他欧洲同行连接起来，并向两个方向扩展：一是向后去发现它的祖先，一是向前去发现它的后代。它们形成了历史的连续性。其中，不同历史阶段的区别只是程度性的，而非

① Paul de Man, *Blindness and Insight*, Minneapolis：University of Minnesota Press，1983，p. 168.

种类性的，或只是某种外在的、伦理的、心理学的、社会学的或纯形式的。

"这一历史演进的计划是如此餍足于我们内在的历史秩序感，以至于它几乎从未受到过挑战，甚至未受到那些丝毫不同意它潜在的意识形态内涵的人的挑战。"① 这一点在汉斯·罗伯特·尧斯（Hans Robert Jauss）身上就表现得特别明显。尧斯对中世纪和巴洛克文学的理解深受瓦尔特·本雅明（Walter Benjamin）的寓言观的影响。早期的本雅明认为，"知觉和知识要素之间的交互关系所产生的张力"是诗歌阐释者主要关切的内容。这一说法暗示了在意义和客体之间所假定的符合一致成了问题。从这一观点出发，任何外部客体的特定在场的假定都是多余的。受这一观点的影响，尧斯把寓言的风格特征概括为：对任何外在现实的指称的缺席。"客体的消隐"成了主要的论题。这一发展被看作一个多少可被精确地确定其日期的历史进程：在抒情诗的领域，波德莱尔至今仍被视为开创者。

此外，斯蒂尔勒（Stierle）也认为，从波德莱尔到马拉美（Mallarme）的历史连续性遵从了一种渐进的寓言化和去个人化的代际遗传运动。

这样，19世纪和20世纪抒情诗之自我的危机和再现的危机就被阐释为一个渐进的过程。诗歌的现代性是作为一个连续的历史运动而发生的。"这一现代性和历史在一般的代际更迭过程意义上的协调一致是极其令人满意的。因为它允许一个人同时既当祖先又当子孙。儿子理解父亲并把他的工作往前推进一步，然后成为父亲，成为未来的子孙的源泉。"②

然而，当人们这么做的时候，却没有意识到，自己已然深深地陷入了一个"现代性的悖论"。这一悖论，一方面，人们不约而同地强调现代抒情诗对再现的超越，或其指称性的丧失（缺席），从而颠倒

---

① Paul de Man, *Blindness and Insight*, Minneapolis：University of Minnesota Press, 1983, p. 173.

② Paul de Man, *Blindness and Insight*, Minneapolis：University of Minnesota Press, 1983, p. 183.

了 18 世纪流行的语言观和文学观，将抒情性或诗性重新植入了现代；但是另一方面，当他们这么做时，他们却没有意识到，他们评价现代诗所诉诸的历史模式，却全都是建立在意义与客体的指称性符合这一语言学假定之上的。他们都分享了"记忆与行动的符合一致"这一所有（编年史的和形而上学的）历史学家的梦想。

可是，假若语言既不单纯是模仿性的，也不单纯是寓言性的；假若文学现代性或文学史也不是建立在单纯的模仿性的或寓言性的语言学假定基础之上的；那么，文学史还会是连续性的吗？文学史将会是一副什么模样呢？德·曼的回答是，文学史就是文学阐释。

《抒情诗与现代性》批判了那种基于社会学的思考而建构出的历史学模式，将文学史观的建构奠基于语言和修辞学的思考之上。在同年发表的《文学史与文学现代性》（1970）一文中，德·曼将这一思考进一步推进到时间本体的悖论性体验的层次。他先是批判了那种实证主义的历史，然后指出，文学史的历时性叙述，只能是隐喻意义的。最后，他提出了这样一个问题，即"能否设想出一个像文学那样自我矛盾的实体的某种历史来呢？""严格区分隐喻语言和历史语言，阐明文学现代性及其历史性的文学史，这样的文学史难道是可以想象的吗？"① 德·曼的回答依然是，"通常称之为文学史的东西，同文学便极少或者根本没有什么关系。而叫作文学释义的东西，只要是出色的释义，事实上，也就是文学的历史"。②

与德·曼着力从语言修辞、时间体验的内在悖论出发反思文学史的本体形态不同，布鲁姆则始终从后辈诗人为了获得原创性而与前辈诗人所形成的相互关系这一角度来看待文学史。在《影响的焦虑》一书中，开宗明义，他就直陈了他的文学史观：文学史就是诗歌的误读史。

---

① Paul de Man, *Blindness and Insight*, Minneapolis: University of Minnesota Press, 1983, p. 189.
② Paul de Man, *Blindness and Insight*, Minneapolis: University of Minnesota Press, 1983, p. 189.

"本书认为，诗的历史是无法和诗的影响截然区分的。因为，一部诗的历史就是诗人中的强者为了廓清自己的想象空间而相互'误读'对方的诗的历史。"①

"诗的影响并非一定会影响诗人的独创力；相反，诗的影响往往使诗人更加富有独创精神……诗的影响是一门玄妙深奥的学问。我们不能将其简单地还原为训诂考证学、思想发展史或者形象塑造术。诗的影响——在本文中我将更多地称之为'诗的有意误读'（misprision）——必须是对作为诗人的诗人的生命循环的研究。"②

由是，《影响的焦虑》便从诗歌的创作机制走向了诗的历史的生成机制。

诗的历史的生成究竟具有什么样的特点呢？布鲁姆的看法是，"诗的影响——当它涉及两位强者诗人，两位真正的诗人时——总是以对前一位诗人的误读而进行的。这种误读是一种创造性的校正，实际上必然是一种误译。一部成果斐然的'诗的影响'的历史——亦即文艺复兴以来的西方诗歌的主要传统——乃是一部焦虑和自我拯救之漫画的历史，是歪曲和误解的历史，是反常和随心所欲的修正的历史，而没有所有这一切，现代诗歌本身是根本不可能生存的"。③

为了更好地阐明自己的观点，布鲁姆还批判了两种具有偏向的文学史观。其中一种观点认为，诗的历史完全是继承前人或传统的结果，完全来自前人的影响，代表人物如 T. S. 艾略特（Thomas Stearns Eliot）；另一种观点认为，诗的历史完全是个人的独创，完全没有前人的影响，代表人物如 W. 史蒂文斯（Wallace Stevens）。不管是强调哪一方面，两种倾向都把诗人与诗人的各种复杂关系简单化了。而布鲁姆要强调的则是其间的复杂性。

布鲁姆说，"我们和布莱克一样都清楚：诗的影响既是'得'又

---

① 哈罗德·布鲁姆：《影响的焦虑》，徐文博译，生活·读书·新知三联书店，1989，第 3 页。
② 哈罗德·布鲁姆：《影响的焦虑》，徐文博译，生活·读书·新知三联书店，1989，第 6 页。
③ 哈罗德·布鲁姆：《影响的焦虑》，徐文博译，生活·读书·新知三联书店，1989，第 31 页。

是'失'，它们不可分割地交织在历史的迷宫中。这种'得'是什么性质的'得'？布莱克将'状态'和'个人'作了区分。'个人'们经历了'存在'的各个'状态'之后仍然是'个人'；但是'状态'却在不断地前进，不断地从一种状态转入另一种状态。可能受到指责的只是'状态'，而不是具体的'个人'。所谓'诗的影响'指的就是'个人'或'各别事物'在各种'状态'中的通过。跟一切修正思潮一样，诗的影响是一种精神赋予；这种精神赋予只能通过我们或许可以不偏不倚地称为'精神反常'（布莱克将其更精确地称为'状态反常'）才能为我们所获得"。①

从这样一个角度看，前辈诗人和后辈诗人的关系，究竟是怎么样的呢？一方面，对于后辈诗人来讲，把诗的过去看作对新的创作的主要绊脚石是不对的。前辈诗人不仅仅是遮护天使，是自己在返回本源的道路上遇到的斯芬克斯。相反，只有当自己被传统所接纳、被追认为传统时，自己才真正诞生。另一方面，对于前辈诗人来讲，"强者诗人并没有生出他自身；他必须等待他的'儿子'，等他来为自己作出定义，就像他自己曾经为他的父辈诗人作出定义一样"。②

"新诗人本身决定了前驱的特殊规律。假如因为这一缘故而创造性的解释必须是一种误释，那末我们就必须接受这种表面上的荒谬。这种荒谬乃是最高形式的荒谬，是贾利的启示录式的荒谬，是布莱克竟毕生之精力而成就了的荒谬。"③

仿佛只说一遍还不够，布鲁姆继续强调说，"基尔凯郭尔在《恐惧和战栗》中以庄严而荒诞的启示录自信宣称：'愿意工作的人将生下他自己的父亲。'我亦感到尼采的格言具有超越就事论事的正确性：'当一个人缺少好的父亲时，就必须创造出一个来'"。④

---

① 哈罗德·布鲁姆：《影响的焦虑》，徐文博译，生活·读书·新知三联书店，1989，第30页。
② 哈罗德·布鲁姆：《影响的焦虑》，徐文博译，生活·读书·新知三联书店，1989，第38页。
③ 哈罗德·布鲁姆：《影响的焦虑》，徐文博译，生活·读书·新知三联书店，1989，第44页。
④ 哈罗德·布鲁姆：《影响的焦虑》，徐文博译，生活·读书·新知三联书店，1989，第57页。

总之，透过其修辞性的帷幕，布鲁姆所表达的是，传统不是现成的，传统是不断地再生发着的；诗人不能靠现成的事物进入传统，只能靠重新书写（重构）传统而成为新的传统。传统与新创具有相互否定、相互拒斥又相互确认、相互创生、相互植入的关系。所谓诗歌的历史，不过是这种相互关系所形成的互文性链条而已。

"布莱克在《思想旅行家》里为我们描写了诗人和缪斯之间的爱到底是怎么一回事。再进一步：诗人那真实的乡愁在这种爱中又占据什么样的地位呢？他的错误在于去追求潜在的双亲意识——缪斯从来就不是他的母亲，前驱诗人也不是他的父亲。他的母亲是他关于自己的'升华'的想象中的精神或概念，而他的父亲的诞生则要等到他本人找到他自己的主要新人；这位新人将会逆序地通过缪斯而生下他，那时候——只有那时候——缪斯才最终成了他的母亲。这中间可说是重重叠叠的幻想……"①

在《误读图示》中，布鲁姆再次确认了这种关系："诗必然是关于其他诗的。一首诗是对一首诗的反应，就像一位诗人是对一位诗人的反应，或一个人是对他父母双亲的反应一样。想要写一首诗，就把诗人带回到对他来说一首诗最初是怎样的起源上去了，同样，也超越快乐原则，把诗人带回到他出道的决定性的最初遭遇与反应上去了。……只有诗人才能向真正的诗人挑战，所以只有诗人才能培养诗人，对诗人中的诗人而言，诗总是另一个人，即前辈，所以一首诗总是一个人，是某人的再生之父。为着生存，诗人就必须对前辈进行重写，凭借这至关紧要的误解行为来误释前辈。"②

除了将后辈诗人和前辈诗人的关系比拟为亚当和撒旦的结合体与（已死了的）上帝的关系之外，在《影响的焦虑》的再版前言《玷污的苦恼》（1997）一文中，通过把莎士比亚一首"情真意切、爱意跃然

---

① 哈罗德·布鲁姆：《影响的焦虑》，徐文博译，生活·读书·新知三联书店，1989，第62页。
② 哈罗德·布鲁姆：《误读图示》，朱立元、陈克明译，天津人民出版社，2008，第17页。

纸上"的情诗（十四行诗第 87 首）"误读"为一首关于作家与传统之间关系的讽喻诗，布鲁姆又将文学史上的前辈诗人与后辈诗人的关系解读为一种"情人关系"：就像热恋至极却又极端敏感自尊的情人那样，彼此之间对对方既谦卑至极、俯首称臣，又孤芳自傲、高高在上———一种反讽式的（后辈诗人对前辈诗人的）过度尊敬和对自己的过高估计。①

总之，如果要为文学史的复杂关系找到一个恰当的命名，我们说，在与单线性相对立的意义上，文学史具有一种复杂的双重性；在与同质性相对立的意义上，文学史具有一种内在的悖论性。不只如此，由于文学史不只是一种"形式"的历史，一种现成的学科范围内的历史，它还牵涉文明史的机制，因此，这种双重性和悖论性就还涉及或弥漫到了文学的"外部"：社会、历史、政治、意识形态，等等。

比如，在《当前修辞研究的功能》一文的一个注释中，米勒就指出："任何典律都不是绝对的。每一个典律都是特定的历史、意识形态、政治环境的一个方面，它既是起因又是结果，既创造历史又被历史所创造。然而，改变典律可以两种方式：一方面是增加新作品筛除旧作品，另一方面是对旧的典律作品进行新的非传统的阅读。"②

显然，与后来要为西方经典确立最基本的原则的布鲁姆稍微不同，米勒的这一经典观就在文学内部的双重性之外，为文学史又增加了一个社会历史的双重性维度。对于如此复杂的文学史的生成机制，用米勒所特别关注的"同质性的重复"和"差异性的重复"的"交错叠加"来描述它，或许最好不过。

四　文学史的生成机制

《影响的焦虑》开启了一种审视文学史的模式，这一模式把文学

---

① 哈罗德·布鲁姆：《影响的焦虑：一种诗歌理论》，徐文博译，江苏教育出版社，2006，"再版前言"，第 3 页。

② J. 希利斯·米勒：《重申解构主义》，郭英剑等译，中国社会科学出版社，2011，第 92 页。

史视为一出弗洛伊德的家庭罗曼史的悲剧。《误读图示》则借助于一种神学创世模式的隐喻，集中力量探讨了诗歌的原初起源，从而进一步深入地揭示了文学史的原初发生机制。在该书的导论中，以16世纪神学思辨大师依撒格·卢利亚（Isaac Luria）的创世故事为例，布鲁姆就简要地概述了这一发生机制。

布鲁姆认为，要研究在诗歌影响的永恒冲突中，诗人们是如何互相开战的，卢利亚的故事是难得的最佳范例。无论在什么版本中，卢利亚的故事"都有三个主要阶段：Zimzum，Shevirath hakelim，Tikkun。Zimzum是造物主的后退或收缩，以便有可能创造不是他自身的宇宙万物；Shevirath hakelim是各种容器的分崩离析，这是对焕若大灾变的创世图景；Tikkun是复原或回复——人对上帝劳作的奉献"。①

前两个阶段类似一个超级读者，他既有点儿消极地实现自身，同时却又充满活力地超越自身。他既是盲目的，又是理智的；既是自我解构的，却又充分了解他同文本、同自然分离的痛苦。更准确地说，第一个阶段接近于"限制"，第二个阶段就是一个替代过程，第三个阶段几乎已是表现自身的一个同义词。

以这一隐喻模式为总体框架，接下来，布鲁姆便着手详细讨论诗的原初发生。在该书第一章"诗歌的起源与最近几个阶段"中，他以"真正的诗人是怎样诞生的？是什么使诗的特性的显现成为可能？文学传统又是如何形成的？"这几个问题为导引，然后追溯道，"诗歌的力量独来自于战胜最伟大的死者，来自更是自鸣得意的唯我独尊。……在这个意义上，诗歌的力量源于一种特殊的大灾变，诚如一般的心智必然会将这等可怖的道成肉身看作灾变，它能够造就一位像老哈代或老斯蒂文斯那样的诗人"。②

布鲁姆把诗歌的原初发生类比为宇宙的原初起源，把诗歌获得原

---

① 哈罗德·布鲁姆：《误读图示》，朱立元、陈克明译，天津人民出版社，2008，第3页。
② 哈罗德·布鲁姆：《误读图示》，朱立元、陈克明译，天津人民出版社，2008，第7页。

创性的瞬间视为一场原始大灾变，把诗的最初的赋形活动等同于道成肉身。布鲁姆认为，"在诗歌显形之际，在一个人再生为诗人的可怕过程中，大灾变是一个核心因素"。① 按恩培多克勒的假定，"宇宙万物的爱与恨的辩证法统治着诗歌的显形：'在某一时刻，它们全部被爱凝聚成一种秩序；在另一时刻，它们又因为冲突的排斥力量，各自被导向不同的方向。'对前辈诗歌最初的爱，迅速地被改造为修正的冲突，若无这种修正的冲突，个性化就没有可能"。② 恩培多克勒坚持认为，冲突引起了最初的大灾变，分解了各种元素，点燃了意识的普罗米修斯圣火。

诗歌起源于一场大灾变，其意思就是指诗歌起源于意识向最初的原创性的升华和回归。这意味着，诗歌的原初起源并非诗歌的开端，而是重新塑造它的前驱。从这样一个角度讲，诗歌的原初发生就是对原始诗歌的重新占有。"布莱克称为'精神形式'的东西，既作为原始诗歌本身，又作为真正的主体，乃是少男儿为了哪怕占有它，而如此冒险感激前辈的东西。"③ 而对原始诗歌的重新占有，当然并非指一种遣词造句的相似性，而是指最初的原创性获得了一种道成肉身变形。因此，诗歌最重要的发生学原理，就在于它是原创性的转换生成。

诗歌的转换生成机制遵循着自身的辩证法。对于这一辩证法，如果我们要提前给出一个过分简化的总结，那就是：我们选择传统，传统也选择我们。"如果有人没有传统感而来写作、教学、思考，或甚至阅读，那会发生什么呢？哦，压根儿什么事情都不会发生，什么都不会。倘若没有模仿，你就不可能写，不可能教，也不可能思，甚至不可能读，而你所模仿的就是另一个所作的，即那个人的或写或教或思或读。你同那个人的东西所获的信息的关系就是传统，因为传统是延伸到过去一代的影响，一种影响的超载。'传统'，拉丁文是 traditio，

---

① 哈罗德·布鲁姆：《误读图示》，朱立元、陈克明译，天津人民出版社，2008，第 8 页。
② 哈罗德·布鲁姆：《误读图示》，朱立元、陈克明译，天津人民出版社，2008，第 8 页。
③ 哈罗德·布鲁姆：《误读图示》，朱立元、陈克明译，天津人民出版社，2008，第 18 页。

在辞源学上是一种递交或给予，一种传递，一种让与，同样，甚至是一种投降或一种背叛。"① 它深深地植根于希伯来语 Mishnah，即一种口头的递交，或口头先例的传递，传递被发现在运作的东西，也传递被发现成功教导下来的东西。

"当新作者不仅认识到自己在与某一位前辈的形式和影响作斗争，而且同时也被迫意识到那位前辈在他以往事业中的地位，文学传统就开始了。"② 由是，传统就既是前定的，又是生成的。这意味着，"所有连续性（在）起源上都有绝对的任意性，（在）目的论上则有绝对（的）不可避免性，这是一个二律背反"。③

为了对这一二律背反做出详细的说明，布鲁姆将修正诗学、想象理论、修辞学、心理学和他独创的影响诗学（其实还包括《圣经》神秘主义诗学）集于一身，分为"修正辩证法""诗歌想象""修辞性转义""心理防御机制""修正比"五个方面，勾勒出了一幅诗歌的误读图示。

其中，与《影响的焦虑》中揭示的六种修正比"克里纳门⟷苔瑟拉""克诺西斯⟷魔鬼化""阿斯克西斯⟷阿波弗里达斯"相对应的六种修辞手段分别是："反讽⟷提喻""转喻⟷夸张或曲言法""隐喻⟷比喻的比喻"。它们两两为组，互相转化，在各组内部或各个阶段均遵循一种"限制、替代、表现"的修正主义辩证法。

而与第一组或第一阶段相对应的心理防御机制是"反应—形成⟷反对自我或颠倒"，想象阶段是"在场与不在场⟷部分代替整体或整体代替部分"；与第二组或第二阶段相对应的心理防御机制是"破坏、孤立与回归⟷压抑"，想象阶段是"圆满与虚空⟷高与低"；与第三组或第三阶段相对应的心理防御机制是"升华⟷内投和投射"，想象

---

① 哈罗德·布鲁姆：《误读图示》，朱立元、陈克明译，天津人民出版社，2008，第31页。
② 哈罗德·布鲁姆：《误读图示》，朱立元、陈克明译，天津人民出版社，2008，第31页。
③ 哈罗德·布鲁姆：《误读图示》，朱立元、陈克明译，天津人民出版社，2008，第32页。

阶段是"内部与外部←→先前与后来"。①

最终，布鲁姆将这一复杂的辩证法统统归结为一种修辞学的属性。他说，"我所指的'影响'，是一首诗与另一首诗关系的所有方面，那意味着我对'影响'一词的使用本身是一个高度自觉的比喻，事实上是一个复杂的六重比喻，它有意把六种主要比喻归类：反讽、提喻、转喻、夸张、隐喻和代喻，正如这个顺序排列"。② 在稍早些时候，他还说过，"要看到，起源、诗歌和人类，不仅依赖于比喻，而且它们就是比喻"。③

而比喻的比喻，就是文学史自身的延迟。这就是布鲁姆所揭示的文学史的生成机制。

与布鲁姆从原创意识在原初起源处的裂变机制入手，将文学史解读成一出原创性的错综复杂的转换生成的历史不同，哈特曼则从文学家的"形式"意识入手，将文学史看成有关文学自身的形式"意识"的相互响应的历史。

在《超越形式主义：文学散文，1958—1970》（1970）一书中，哈特曼指出，文学史"源于文学而非知识"。④ 换句话说，就是文学史不是一门关于文学知识的实证学科，而是一门关于文学的艺术的意识学科。据此，哈特曼认为，文学史应该特别"关注人们赖以生存的历史的概念，尤其关注诗人们已经经历的历史的概念"。"还没有人从诗人的角度，即从诗人对艺术的历史使命的意识内部来写一部历史。"⑤

但这么说并不意味着文学史只存在在作家的"意识"里。从现象学的角度看，"意识"是主体间的。正因为此，文学才会发挥社会功能。"文学形式是功能性的，其功能在于让我们发挥功能，帮助我们解

---

① 哈罗德·布鲁姆：《误读图示》，朱立元、陈克明译，天津人民出版社，2008，第84页。
② 哈罗德·布鲁姆：《误读图示》，朱立元、陈克明译，天津人民出版社，2008，第70页。
③ 哈罗德·布鲁姆：《误读图示》，朱立元、陈克明译，天津人民出版社，2008，第68~69页。
④ Geoffrey H. Hartman, *Beyond Formalism*: *Literary Essays 1958—1970*, New Haven and London: Yale University Press, 1970, p. 358.
⑤ Geoffrey H. Hartman, *Beyond Formalism*: *Literary Essays 1958—1970*, New Haven and London: Yale University Press, 1970, p. 357.

决某些问题，将生活带进与自己的和谐之中。"① 因此，文学永远处于形式与社会之间。文学史"必须有助于恢复艺术家对形式和自己历史天命的信念"。② 对艺术的防卫意味着既要保存艺术的形式，又要保留其人性内容。

从这种主体间性的"形式"意识出发，在《历史写作的应答风格》（1970）一文中，哈特曼具体地描述了他心目中的文学史。

哈特曼认为，文学想象是意识与自然共振的存留物，重要的不是这些想象来自自然或来自意识，重要的是意识与自然形成的联盟的性质到底如何。由于这一联盟的方式是如此多样，因此，要将艺术的关系概念化是很困难的，对它的阐释没有尽头。

对艺术的阐释尚且如此，艺术史就显得更加困难重重了。什么是艺术史呢？艺术史虽然和艺术作品的"存留物"、艺术作品抵抗观念的风格紧密地联系在一起，但它显然也保存了历史，以及历史意识所发挥的功能。因此，好的艺术史除了要描述艺术的形式之外，也必须寻找形式与艺术家的历史意识的性质之间的联系。

批评家正确地担心观念（解释、真理、信仰）与艺术的适当关系。说某些信仰或它们的象征（如异教徒的诸神）对文学来讲是本质的是一回事，说它们是真实的则是另一回事。

这一区别被历史意识不断侵蚀了。我们生活在一个各种真理——过时的或不会过时的——相交会的时代。历史意识的增强将各种不相干的模式汇集在一起，由此产生了一个特别的现代负担，一个个体头上的重担，就像一种新的神学。

"意识到过去就是意识到被各种抽象的潜在性、各种不可能全都被关注到的必然性以及各种耗尽了选择的权能的选择所包围。……自由，既不

---

① Geoffrey H. Hartman, *Beyond Formalism*：*Literary Essays 1958—1970*，New Haven and London：Yale U-niversity Press，1970，p. 366.
② Geoffrey H. Hartman, *Beyond Formalism*：*Literary Essays 1958—1970*，New Haven and London：Yale U-niversity Press，1970，p. 358.

属于男人也不属于女人，而属于想象。它创造了一个世界舞台（theatrum mundi），其中过去与现在、文化与文明、真理与迷信之间的距离被一个准神圣的同步上演（a quasi‑divine synchrorism）悬置起来了。一部活生生的电影包围了我们，一个充满了绚丽阴影的柏拉图的洞穴。"①

历史的多维并举、同步上演给艺术的纯粹性带来了压力。通过发现新的形式并不能解决危机。已经有太多的形式了。如今它们直接地涌进生活，不需要任何伟大著作的特殊中介。"艺术的纯粹性？它不再可能通过新的形式来获得，而倒可能通过新的媒介。这一媒介允许各种存在形式去保存因历史或意识形态的冲击而被污染了的意义。"② 比如，在文艺复兴时期，将各种古代经典翻译成"新媒介"的方言，就具有这样一种纯化的过程。而如今，我们又将它翻译成电影的"语言"，其中充满了各种意义与想象的重叠与并置（蒙太奇）。

在这种意义上，历史写作，或与它们紧密联系在一起的历史阐释，也能成为一种新的媒介，一种超级的虚构吗？这一虚构不会减少意义的存在而只是在"事物自身之所是的困难"状况下给予一事物以鲜明的定义？除了道德的障碍，我看不出有什么别的阻拦的可能性。

概括一下哈特曼的观点，可以看出，哈特曼认为，史实性、阐释的可能性、阐释的特定压力所创造的虚假的存留物、各种新的媒介形式的相互累积，使得历史内部产生了一种奇特的交错叠加效应。"历史，反映在历史中，既是一系列的行动，又是一系列的意图行为，其中的意图已被篡改或至少被修正。后来的认知把它们看作奠基于神话或不完善的预设之上。因而，历史写作，就只能是内在的'批评'，而不可能是内在的'判断'：只有声称人类存在者能够毫无盲视、毫无有限性地行动，它才可能是判断。但是当历史是由历史学家、批评

---

① Geoffrey H. Hartman, *The Fate of Reading and Other Essays*, Chicago: University of Chicago Press, 1975, p. 104.

② Geoffrey H. Hartman, *The Fate of Reading and Other Essays*, Chicago: University of Chicago Press, 1975, p. 104.

家而不是上帝讲述时，是不可能做出这样的声明的。人类通过远眺一定的可能性或有限的沉思来行动，因而历史表现为一个错误的阐释进程。"①

在《自我、时间与历史》（1974）一文中，哈特曼认为，历史意识的交错叠加性使得文学史具有了一种相互回荡的"回声结构"。在《幽灵效应：现实主义小说中的文本间性》（2003）一文中，米勒则把这一"回声结构"称作一种"幽灵效应"。

通过乔治·艾略特的《米德尔马契》（1871）、托马斯·哈代的《卡斯特桥市长》（1886）和亨利·詹姆士（Henry James）的《金碗》（1904）这三个与古典文学、《圣经》及浪漫主义文学具有文本间的指涉关系的例子，米勒总结说，"文本间性"（intertextuality）意指这样一种关系："两个文本并非真正地交织在一起，而是通过使它们分开的间距产生着共鸣。"② 通过对先前文本的不停指涉，文本与文本之间便形成了反讽、颠覆、"难以预料"、带有差异的重复以及没有固定原作等相互关系。

除此之外，文本间性还意指着文本自身的双重性：一个文本既具有对先前文本的指涉所形成的线索，又具有文本自身的叙述线索。两条线索错综复杂地交织在一起，使已逝者反复重现，使现在倒恍如隔世。"文学作品中的形象，就像其他任何可以存储于印刷物，或留声机录音，或现今的一些数码形式中的东西一样，在它们成为幽灵并进入已死者的居所之前，必须在字面意义或比喻的意义上先行死去。当存储的文件被取回时，它们就可以被从那虚无缥缈的地方召唤出来。已死者的居所的一个宽敞的房间，便是布朗肖所说的'文学空间'，这一空间挤满了文学的幽灵。……栖息在所有书架上的这些书中的幽灵总是能够被唤起，召唤进一种奇怪的对于活着的读者来说并不在场的

---

① Geoffrey H. Hartman, *The Fate of Reading and Other Essays*, Chicago：University of Chicago Press, 1975, p. 106.

② 易晓明编《土著与数码冲浪者——米勒中国演讲集》，吉林人民出版社，2011，第56页。

存在中去。"①

"现实主义小说中的'文本间性'——它是对于以前文本的指涉，是一种幽灵效应。"② 这样，文学史就不是 T. S. 艾略特有点华而不实、天真和排他性地所说的"一个共时性的整体"，而是差异的、异质的、重复的幽灵谱系。这一幽灵谱系对过去、对未来，都允诺了一种不可能的可能性。

耶鲁学派的文学史观大体如是。如果从这一立场出发，对当代文论界有关文学终结论的论争做出回应，会得出什么样的结论呢？显然这超出了本文的范围。不过，为了表示一种姿态，我们不妨重述一下伊塔洛·卡尔维诺（Italo Calvino）在《未来文学千年备忘录》中解释过的那个神话故事。

传说谁也没有办法躲避女妖美杜萨（Medusa）那种令一切化为石头的目光。唯一能够砍下她的头的英雄是柏修斯（Perseus），因为他穿了长有翅膀的鞋而善飞翔。柏修斯不去看美杜萨的脸，而只观察映入他青铜盾牌的女妖形象。

柏修斯砍下美杜萨的头后，从美杜萨的血里诞生出了飞马佩加索斯（Pegasus）。佩加索斯的马蹄踩上赫里肯山（Mount Helicon），便引发出一股清泉，这就是司文艺的众女神饮水的地方。

我们认为，美杜萨神话打开了文学起源的所有想象空间，但又将秘密隐匿在了其中。兹姑做一强解。

存在一种事物（比如真理、上帝、死亡、现实、美杜萨），她难以直视、难以躲避。柏修斯（比如作家、批评家）之所以能战胜她，乃是因为他穿了长有翅膀的鞋（比如语言）而善飞翔，并且只观察映入他青铜盾牌的女妖形象（比如艺术形象）。而当他砍下她的头之后，一件奇妙的事情发生了：从美杜萨的血里诞生出了飞马佩加索斯——

① 易晓明编《土著与数码冲浪者——米勒中国演讲集》，吉林人民出版社，2011，第 73 页。
② 易晓明编《土著与数码冲浪者——米勒中国演讲集》，吉林人民出版社，2011，第 73 页。

时间的隐喻。佩加索斯的马蹄踩上赫里肯山——自然的隐喻，便引发出一股清泉——生命的源泉，这就是司文艺的众女神饮水的地方。

于是，文艺的起源便成了这样：借助于一种轻盈的东西（是它使我们超越沉重的肉身）和间接形象（克服难以直视的困境），人们制服了那种人眼不可直视的又难以躲避的事物。在这一事物的鲜血中，诞生了一种可以奔跑的意象（时间的核心），这一意象的脚蹄一踏上土地（时间的载体），就引发了生命的源泉。从此，司文艺的众女神便被滋养了。从此，文学便克服了那不可讲述的困境，骑上了一个健伟的灵魂，点化了这沉重的世界，让生命永不止息。

如果文学的起源与神秘事物、轻盈的东西、间接形象、不可讲述者的鲜血、时间的核心、大地与自然、生命的源泉具有如此复杂的关系，那么，我们怎么可能轻易地就相信，米勒真的认为文学会终结呢？

第二章

语言三维：

耶鲁学派的语言诗学及其思想史内涵

第一节　语言三维：耶鲁学派的语言论直观

一　作为文学之生成性基底的语言

学界对"耶鲁学派"的"学派属性"的看法，往往尖锐对立，但学界对"耶鲁学派"的理论原创性的论断，却体现出了相当程度的共识。这一"共识"表现为：几乎都意识到了耶鲁学派成员的"语言"观的独特性；并指出，这些新的语言观念对传统的语言理论构成了严峻的挑战；它们决定性地主宰了耶鲁学派文学理论的生成。

然而，让人稍感不足的是，所有这些论断，大都是以一种对象化的方式，只言片语地提及"耶鲁学派"成员的新"语言"观对于其文论思想的生成与批评实践的至关重要性这一"事实"；而从未将之课题化，把它视为一个理论"问题"，对之做专门的深入讨论。就更别说将之放到现代西方语言学、修辞学、叙事学、符号学、语言哲学、欧陆哲学，乃至整个西方思想史的背景中，去分析其超越性的内涵了。至于说以此为契机，去重新检视人类语言的本体属性，并在此基础上，去重新审视中西思想的现有格局，进而开掘出某种新的可能，则更是闻所未闻。因此，将耶鲁学派成员的"语言"观课题化，全面、系统、深入地分析他们各自的独创性及彼此之间的"互文性"，并在此基础上重新领会"语言"的本体属性，对于重新认识"耶鲁学派"文论的价值、重新构建更加有效的文学观念来讲，无疑就极具诱惑力、极富挑战性。

问题是，与西方传统的或流行的语言观比起来，耶鲁学派文论家的语言观究竟具有什么样的特点呢？这些语言观如何对以往的语言观构成了挑战？又如何决定了耶鲁学派文论家的文论思想的生成？要回答这些问题，显然，有必要先行地梳理一下，在耶鲁学派文论家的心目中，"语言"究竟占据了什么样的位置。

耶鲁学派文论家是从什么时候开始表现出明确的、自觉的语言学意识的呢？传记学的、文献学的考证无疑会为我们提供许多丰富的细节，但也可能使本书的篇幅变得难以容忍。因此，在这里，我们只列举几个关键的时刻。

从理论上讲，语言论转向之后，任何人都难以否认语言对于文学的基础性地位。在这样的背景下，意识到语言的极端重要性，并将"语言究竟是如何成为文学的生成性基底的"这样的问题确定为自身的文学批评的核心问题，对于受过良好的新批评训练的耶鲁学派文论家来讲，或许就是再自然不过的事。

比如，在《小说与重复——七部英国小说》第一章的结尾处，当米勒回顾他的批评历程的转向时，便明确地指出，随着从新批评到"意识批评"再到"解构批评"的转向，他的理论关注的重心也相应地经历了从"语言"到"意识"再到"语言"的转折。而此后，米勒更是多次重申了语言的本体属性及其核心地位。比如，在《解读叙事》第一章"亚里士多德的俄狄浦斯情结"的开篇引语中，他便摘录了赫拉克利特（Heraclitus）的一句话："特尔斐之神既未解释也未隐藏，而是给出了一个符号。"① 在《论文学》这本小册子中，他又反复申言说，在文学乃是"回应或记录一个事先已经存在的、永恒的另一世界、一个绝对的他者"这一意义上，"文学作品的作者写该作品，就是回应施加于他的无法违抗的义务，就是把'故事的基础'变成那另一个奇怪的非实体的实体：词语"。② 因此，可以将文学定义为"一种奇特的词语运用，来指向一些人、物或事件，而关于它们，永远无法知道是否在某地有一个隐性存在。这种隐性是一种无言的现实，只有作者知道它。它们等待着被变成言语"。③

　　在《土著与数码冲浪者》（2003）这篇既承认全球资本主义、美国大众文化和新的电传技术对本土文化的毁灭性入侵，又意在揭示"土著"这一概念的西方起源及其虚构性（建构性）、神话性（意识形态性）从而消解"土著"与"数码冲浪者"、"本土文化"与"全球化"的二元对立的演讲中，米勒又从本体论的高度出发，进一步论述了"语言"这一"事物"所具有的政治学内涵："一个本土社区不仅仅是由共有的生活方式、建筑和在特定土地上的农业劳动所创造的。它也是从语言中、通过语言创造的，是属于那个地方的那种特定语言创造的。"④ "一种本土语言创造了家园，给人以呼吸的空间，呼吸的地方，因此也给人提供了交往的场所。"⑤

　　与米勒侧重从理论的层面论证语言的基础性地位不同，哈特曼则从批评史入手，揭示了一种本体性的语言意识在当代批评史中的展开过程。在《荒野中的批评——关于当代文学的研究》一书中，当论及艺术和批评史上"语言的纯化"运动时，哈特曼评论道："民众的歌谣是否真正地是大众化的起源，这可以被怀疑，但是无可怀疑的是它体现了

① J. 希利斯·米勒：《解读叙事》，申丹译，北京大学出版社，2002，第 1 页。
② J. 希利斯·米勒：《文学死了吗?》，秦立彦译，广西师范大学出版社，2007，第 117 页。
③ J. 希利斯·米勒：《文学死了吗?》，秦立彦译，广西师范大学出版社，2007，第 66～67 页。
④ 易晓明编《土著与数码冲浪者——米勒中国演讲集》，吉林人民出版社，2011，第 8 页。
⑤ 易晓明编《土著与数码冲浪者——米勒中国演讲集》，吉林人民出版社，2011，第 9 页。

一种可以感受到的正在衰退的语言的力量。"① "现在，语言问题已经触及了批评本身，批评知道它已放弃或者压制了多少东西。批评被古代的债务所纠缠，纠缠在稀奇学术或者热情和桀骜不驯中它的所有寓意阐释的异常丰富性里。对于批评家来说，我们根本没有神奇的角。"②

在评论肯尼斯·伯克（Kenneth Burke）的《文学形式的哲学》一书时，哈特曼又认为，透过伯克的批评著作，"语言"不仅已开始正式地展露出其本体的面容，而且还释放出了某种不可抗拒的魔力："写作批评论著本身就是建立对于言语的直接关系的一种方式：这是其他事物的言语，它们仍然是关于言语的言语，这是某人自身的言语，它们也仍然是关于言语的言语。"③ "是语言而不是政治，成为命运；政治是一种虚伪的伟大传统的一部分，这种传统假冒具有执行性质的语言的非强加性的力量。"④

到了《拯救文本：文学/德里达/哲学》（1981）一书，哈特曼以一种更加精练的语言指出，"一切不同学科的性质都归结于相同的语言问题"。⑤ 在《易朽集》（1985）的"序言"里，他更直截了当地认为，"改变世界也就是改变世界的语言"。⑥

在早期的几部浪漫主义研究著作中，布鲁姆认为，诗的原创性的秘密主要在于普罗米修斯的复兴、精神的内在化、在内心克服自我中心的诱惑、在外部转向战无不胜的想象力……在这一阶段，"语言"在布鲁姆的诗学中，几乎是没有位置的。即使无意中偶尔提及，也不

---

① 杰弗里·哈特曼：《荒野中的批评——关于当代文学的研究》，张德兴译，天津人民出版社，2008，第99页。
② 杰弗里·哈特曼：《荒野中的批评——关于当代文学的研究》，张德兴译，天津人民出版社，2008，第100页。
③ 杰弗里·哈特曼：《荒野中的批评——关于当代文学的研究》，张德兴译，天津人民出版社，2008，第107页。
④ 杰弗里·哈特曼：《荒野中的批评——关于当代文学的研究》，张德兴译，天津人民出版社，2008，第126页。
⑤ Geoffrey H. Hartman, *Saving the Text：Literature/Derrida/Philosophy*, Baltimore：The Johns Hopkins University Press, 1981, p. 23.
⑥ Geoffrey H. Hartman, *Easy Pieces*, New York：Columbia University Press, 1985, p. xii.

过是在密闭的一片汪洋的意识之海中冒出的一个气泡而已。① 然而，到了《误读图示》，布鲁姆毕生所推崇的想象力，则呈现出了一种与"语言"相结合的可能。因为，到了这一时期，布鲁姆笔下所谓的想象力，已不再单纯地意指一种心理学意义上的精神力量，而变成了一种修辞性的"自然语言"。布鲁姆说，"要用语言开创任何事物，我们都必须借助于某种比喻，而那种比喻必须保护我们抵御一个居优的比喻"。又说，"要说、并要意指一新事物，我们必须使用语言，且必须比喻地使用"。② 因此，"就想象联系着以往一切想象形态而言，比喻或防御是想象的'自然'语言"。③

到了《竞争：走向一种修正理论》（1982）这本旨在对自己的阐释观念进行解神秘化的著作中，在表明"我坚持认为批评语言和诗歌语言没什么区别，不论是在程度上还是在性质上"④ 之后，布鲁姆很快便转向了他的主题："批评语言知道什么、是如何知道的，它又是如何与诗歌语言所知道的东西发生关系的。"⑤

所有这些例证都表明，耶鲁学派文论家对语言的本体地位有着充分的自觉。不过，由于他们没有接受任何现成的各种西方哲学的语言论预设，而是以一种直面事实本身的方法和精神，从语言本身的错综复杂性入手透视语言，因而相对独立地得出了自己的原创性认识。

对这一方法论的问题，米勒做过较自觉的反省和总结。还是在《小说与重复——七部英国小说》第一章结尾的地方，米勒指出，由于新批评的"作品是一个有机整体"的假设诱使人忽视作品中不协调

---

① 比如，在《先知派诗人——英国浪漫主义诗歌读解》（*The Visionary Company*：*A Reading of English Romantic Poetry*，1961. 国内有学者将此书名译为《幻想伴侣》或《幻想集成》，金雯将之译为《先知派诗人》。本书采用金雯的译法）一书中，布鲁姆曾提到语言对于华兹华斯想象力的释放或拯救，但这里的"语言"只是指诗歌中某些具体的"词语"，还不是作为理论反思对象的一般性的诗歌"语言"。在《塔内鸣钟者：浪漫主义传统研究》（1971）一书中，他对雪莱的语言原创性的评价也处于具体的语言现象的层次。

② 哈罗德·布鲁姆：《误读图示》，朱立元、陈克明译，天津人民出版社，2008，第68页。

③ 哈罗德·布鲁姆：《误读图示》，朱立元、陈克明译，天津人民出版社，2008，第69页。

④ Harold Bloom, *Agon*：*Towards a Thory of Revisionism*，London：Oxford University Press，1982，p. 16.

⑤ Harold Bloom, *Agon*：*Towards a Thory of Revisionism*，London：Oxford University Press，1982，p. 18.

的成分，"意识批评"的"意识总是整体的意识"这一预设使一个作家作品中异常的因素被忽视，因此，当他从"意识批评"转向"解构批评"之后，"从'意识'到'语言'这一反向的变换"原则上允许他"更为细致地观察纸页上实际存在的一切以及使意义得以产生的读者和语词间的特定机制"。"我想与其谈论读者本身和他的反应，还不如谈论作品的语词和修辞特征……所有读者共有的东西是纸页上的那些语词，就有关文学作品意义展开的彬彬有礼的对话甚至争论而言，最大的帮助莫过于紧扣这些语词，将它作为有待解释说明的事物。"①意识到这一点，他产生了新的文学研究的动机，即"设计一整套方法，有效地观察文学语言的奇妙之处，并力图加以阐释说明"。②

这一套方法的第一条原则，就是"拆除有关语言的所有假设"。比如，在《作为"寄主"的批评家》一文中，米勒就自觉地实践了这一原则。在那里，他说，"为了拆除雪莱的理想主义，就必须拆除语言上的种种假设，但是，这样做绝不能凭借还原理想主义的办法，绝不能诉诸把两者都包括在内的某种'元语言'，而只能通过修辞分析、转喻分析及诉诸词源这样一种运动，从而触及到某种'超越'语言的东西，而达到这一步则只能通过承认在这一运动的反理想主义或反逻各斯中心形而上学的反向动量中的语言学契机才有可能。所谓'语言学契机'，我指的是一件文学作品在自身的媒体受到质疑的时候所出现的瞬间"。③

这一套方法的第二条原则，就是"牢牢地把握住对语言的质疑所形成的'自我'与'语言'的'意向性关系'"。上述论断已经内在地包含了这一法则。

这一套方法的第三条原则，就是直面错综复杂的语言本身。对此，

---

① J. 希利斯·米勒：《小说与重复——七部英国小说》，王宏图译，天津人民出版社，2008，第22～23页。
② J. 希利斯·米勒：《小说与重复——七部英国小说》，王宏图译，天津人民出版社，2008，第23～24页。
③ J. 希利斯·米勒：《重申解构主义》，郭英剑等译，中国社会科学出版社，2011，第148页。

在《小说与重复——七部英国小说》的第八章，米勒说得异常明白。在评论弗吉尼亚·伍尔夫（Virginia Woolf）的《幕间》这篇小说的那一章中，米勒指出，作品是不确定的或作品具有其独特的"过分确定性"这些阐释模式"将人引入歧途之处在于：它们暗示人们，文学作品由固定的部件构成，它们像拼板玩具一样，可结合成一体。既然文本由语词而不是由空间上相互邻近的客体组成，因而它便不是这样一种玩具。文学作品和一长串静止的点也不相同。甚至连小说或诗歌中最小的单位也是既过分确定又不确定。文本单元间的空缺不能由某种流动的媒介物——作为统一者的意识——来填补，心灵既不是空间，又不是实体，只是它自身的符号形成、符号制作活动的功能。不经具体显现的节奏并不存在，因此节奏本身——脱离现实的节奏，并不是填补符号间（或最后一个符号之外）空白的手段。语词间的空缺只能用更多的语词来填补。事实上，空缺完全不是在语词之间，而是在它们之中，例如潜在的文字意义和潜在的比喻意义，某个特定语词的直接意义和反讽意义间的交替轮换中。这样的空缺不可能由任何推断的行为来填补。放入缺口的任何东西只能是更多的语词，这些语词包含着自身的空缺和不确定性。没有一部文字作品能向人们充分准确地提供一切，这样一种理想的文本将是'完满'的，但又不是太完满；由于这样纯然地明确无疑，它的意义便能准确地固定下来。即使是最短的诗提供的东西既不太多又不太少，结果是它实际上成了批评用之不尽的源泉"。①

　　由于有了上述方法论的自觉，耶鲁学派文论家们所看到的"语言"，便再也不是通常意义上的"语言"，而是本源性的"语言"。比如，早在《盲视与洞见》（1971）一书的"前言"中，德·曼就雄心勃勃地作出了宣告，"我的尝试性归纳的目的不是要建立一种批评理

───────────

① J. 希利斯·米勒：《小说与重复——七部英国小说》，王宏图译，天津人民出版社，2008，第243～244页。

论，而是要建立一种通用的文学语言"。①

米勒也有类似的看法。在《探寻文学研究的依据》一文中，他指出，现行的文学批评主要为文学研究寻找了四种（终极）依据：社会学的、心理学的、语言学的和形而上学的（宗教的或本体论的）。任何一种都具有排他性和扩张性。不仅如此，在它们被付诸实践时，彼此之间还会产生强烈的对抗性。这种对抗使诗歌或文学所获得的角色总是处于不可思议的矛盾中。人们通常将这种矛盾上溯到康德的批判哲学和 18 世纪的美学理论。一方面，文学被假定为是无功利性的、无目的性的、中立性的和自主性的；另一方面，文学又被赋予了不堪重负的文化政治功能——如康德所说，艺术或审美经验是沟通纯粹理性和实践理性的唯一可能的桥梁。问题是，文学能担此重负吗？"这儿谈论的问题不是关于文学作品的主题内容或其主张，而是关于文学载体的负重特性。这是一个诗歌语言是什么或做什么的问题。"②

究竟何谓诗歌语言或文学语言呢？由于这一问题既不能从先验的角度来回答，也不能从经验的角度来回答，因此，"我所要求的那种质问既不是进行'纯理论'的工作，也不是从事纯实践的工作，即一系列的论证。它是介于这两者中间或为两者作准备的工作，是清理地基或一种挖掘地基的尝试。它是在批评的根本意义上的'批评'，即区分性的验证，在这里是对构成理论与实践之间桥梁的媒介的验证"。③由于这一验证只能是对这一或那一特定文本中的语言基础的检验，而不是在抽象中或脱离特定实例来进行验证，因此，在文学研究中，无论是把对语言的考虑置于括号中（存而不论），还是想当然地接受文学语言，凡此种种极端的企图，最终都会回到语言研究中去。因为"在文学或关于文学的话语中，任何可以想到的与事物或主观现象的遭遇，一定已经用词语、数字或其他符号表现了事物与主观意识。任何

① Paul de Man, *Blindness and Insight*, Minneapolis: University of Minnesota Press, 1983, p. viii.
② J. 希利斯·米勒：《重申解构主义》，郭英剑等译，中国社会科学出版社，2011，第 84 页。
③ J. 希利斯·米勒：《重申解构主义》，郭英剑等译，中国社会科学出版社，2011，第 85 页。

对词与事物、权力、人、生产交换方式、司法或政治制度（或无论什么可能的非语言会给出的名称）的关系可以想到的描述，到头来都将是一种或另一种修辞格"。[①]

不仅德·曼和米勒，事实上，布鲁姆也明确地意识到，他所看到的"语言"，已经完全不能从常规的角度来加以理解。他说，"说语言本身知道一切，这完全是一个转义，是时下流行的法式海德格尔主义和单子论的一句行话的反射，它不过是另一种攫取，即用语言造物主来取代地狱般的自我甚或耶和华般的自我"。[②] 又说，"我是在转义上使用'语言'一词的，……我的转义是取自雪莱和爱默生，它告诉我们，语言只是死的文学，是诗的化石，是被遗弃了的循环往复的诗的残骸"。[③] 因此，布鲁姆的理想是，"为批评窃取一种与任何诗歌语言和爱洛斯的语言同样的粗犷和善辩的语言"。[④]

二　语言三维

"在语言中，究竟是什么使得它晦涩模糊"[⑤] 的呢？这句话的潜台词是，如果"晦涩模糊"就是"语言"的本来面目，那么，这种状况究竟是什么原因造成的呢？从这一状况中，耶鲁学派究竟看出了什么样的、由通常的语言论预设所看不到的语言的"秘密"？

按学界流行的看法，耶鲁学派文论家最初所看到的，就是一种修辞性的语言。然而，由于耶鲁学派文论家对修辞的定义明显不同于常规，因此，离开了某种错综复杂的具体阅读，恐难以把握住"修辞性语言"的真正内涵。

[①] J. 希利斯·米勒：《重申解构主义》，郭英剑等译，中国社会科学出版社，2011，第86页。

[②] Harold Bloom, *Agon: Towards a Thory of Revisionism*, London: Oxford University Press, 1982, pp. 18 - 19.

[③] Harold Bloom, *Agon: Towards a Thory of Revisionism*, London: Oxford University Press, 1982, p. 22.

[④] Harold Bloom, *Agon: Towards a Thory of Revisionism*, London: Oxford University Press, 1982, p. 24.

[⑤] 保罗·德·曼：《解构之图》，李自修等译，中国社会科学出版社，1998，第70页。

在耶鲁学派文论家眼里，"修辞性语言"究竟具有什么样的内涵呢？为更好地回答这一问题，显然，有必要简要地梳理一下耶鲁学派文论家对传统语言论预设的批判。

在《阅读的寓言》第二章中，当谈到对里尔克诗歌的传统解读时，德·曼指出，尽管传记—心理学的和主题—释义学的解读模式有一定的合法性，却始终无法有效解释里尔克从《祈祷书》到《图像集》的飞跃这一事实，无法回应里尔克的诗歌文本是否不顾自己的断言而对这种断言的权力和确信提出了挑战。

传统的解释模式之所以具有如此缺陷，是因为他们从未对自己的语言论预设提出过怀疑和批判。他们对自我与其语言关系的矛盾缺乏最起码的警觉。他们对意义和用来传达意义的语言手段的融汇可能性从来不质疑。他们假定了表述和词汇、表述的内容和表述方式之间的亲密无间。他们认为，表述的内容和表述的方法之间永远也不会产生冲突和对立。用德·曼的话来讲，就是"充满里尔克诗歌的反省的自知之明的高级层次与对他的诗歌创造力的控制并不抵牾。陈述的意义完全与表现方式相吻合，并且由于这个意义具有相当的哲学深度，诗歌和思想在这里似乎完美地融为一体"。①

"于是里尔克如此具有说服力地唤起的本体论的孤独在任何方面都不包含在语言中。语言是不幸意识的无中介的表达，但它不会引起不幸的意识。这意味着，语言与基本经验（痛苦和存在的感情）的关系完全是从属的关系，语言仅仅反映基本的经验罢了，但也意味着，语言完全是真实的，因为它忠实地再现了这个感情的真实。因此，诗人可以毫无惧色地沉湎于他的语言，甚至沉湎于语言的最形式、最外在的方面：语音的逻辑唯有在为真实服务时才具有意义；诗人在他允许他自己受他的语言力量的支配时才服从语音的逻辑；而这个语言运用真实是为了保存真实。唯有在诗歌对语言的信赖——这个信赖不限于

---

① 保罗·德·曼：《阅读的寓言》，沈勇译，天津人民出版社，2008，第27页。

听觉的共鸣，而是通常包括语言的结构，包括词源关系——的确同这个语言存在的合法性相协调时，诗才可能是真实。语言在其真正的起源领域内永远处于使这个语言存在的合法性公式化的过程中。"①

归纳起来，传统批评模式的根本缺陷，就是"将意义的深度固定在一个指称中，这个指称被设想为是一个客体或一种意识，在这种意识看来，语言或多或少是可靠的反映"。② 在这种语言论预设的主导下，传统的隐喻也暗示"要旨和媒介物的潜在一致，强调固有的意义或意群的可能复原"。③ 最终，它允许人们把语言看作一个为超越语言本身范围的、可重新复原的存在服务的工具。

然而，里尔克的诗歌充满了太多的"能指的解放"或"指称性的丧失"。这种语言现象似乎远远超越了"能指—所指"——对应的分析框架所能解释的范围。因此，若要真正洞穿里尔克诗歌的实际，我们就必须重新反省"语言"内部的构成要素，重新领会它们的结构性关系。

德·曼重新发现了有关"语言"的什么样的秘密呢？通过对语言的语义功能、语音功能和修辞功能的区分，首先，德·曼重新肯定了语言的所指性。德·曼说，"一种完全脱离所指束缚的语言是完全难以想象的。任何言辞总可以理解为具有一定的语义。在转瞬之间，同时涉及某一主体或某一客体的假设处境的理解亦是不可回避的"。④

其次，德·曼还肯定了语言的主体间性。早在准备着手分析里尔克的修辞手段之前，德·曼就已指出，许多人阅读里尔克的作品，"感到他仿佛表达了他们的自我的最隐秘的部分，揭示了他们深信不疑的内心奥秘，或是让他们分担他帮助他们领悟和克服的种种苦难。许多

---

① Paul de Man, *Allegories of Reading*, New Haven：Yale University Press, 1979, p. 26. 中译文参保罗·德·曼《阅读的寓言》，沈勇译，天津人民出版社，2008，第 28～29 页。
② 保罗·德·曼：《阅读的寓言》，沈勇译，天津人民出版社，2008，第 50 页。
③ 保罗·德·曼：《阅读的寓言》，沈勇译，天津人民出版社，2008，第 50 页。
④ Paul de Man, *Allegories of Reading*, New Haven：Yale University Press, 1979, p. 49. 中译文参保罗·德·曼《阅读的寓言》，沈勇译，天津人民出版社，2008，第 53～54 页。

传记、回忆录、信件都证明了这个高度个人的接受方式"。① 尽管德·曼非常反对对里尔克作品的传记—心理学式的接受方式，但他并没有否定在里尔克与他的读者之间的这种共同体验或"同谋关系"。

然而，德·曼强调得最多的，依然是语词的"能指—所指"的分离性。德·曼有时把它叫作"语言的游戏"："文本宣布的允诺是建立在语言的游戏的基础上的，只有因为诗人已经放弃了对于文本外的权力的任何要求，语言的游戏才能产生。依据整个文学固有的悖谬，诗恰恰在放弃对真实的任何要求时获得最大的说服力。"② 有时又把它视为语言自身所具有的一种本体力量："文本的可怕功效在于修辞的模式，而文本是修辞模式的一种形式。这个模式是卢梭本人所无法控制的一个语言事实。正像其他任何一个读者一样，他也必然会将他的文本误读为一个政治变革的诺言。错误并不在于读者身上；语言本身将认识同行为相分离。语言允诺（自己）；语言必然是骗人的，正像语言必然传达它自己的真实的诺言一样。这也是文本的寓言在这个复杂修辞性层次上形成历史的原因所在。"③ 如果要用一个更简洁的术语来概括这一特点，笔者倾向于用"语言的自反关涉性"。

所有这三个维度以一种错综复杂的方式汇聚、分离、交织在一起，就形成了德·曼所谓的修辞。就这样，在否定了"意义和用来传达意义的语言手段"的统一性之后，德·曼又重新肯定了存在于修辞结构的统一性。只有准确地把握住了这一点，我们才能理解，为何德·曼说，"语言的范式结构是修辞性的，不是对一个指代的、恰当的意义的再现或者表达……对于这一观点的毫不含糊的肯定标志着，必须彻底推翻那些既定的重点，因为这些重点习惯性地把语

---

① 紧接着，德·曼还说，"有那么一些人，他们揭示了我们意识的隐秘层或情感的微妙之处，对于这些有能力发现情感微妙之处的人来说，这个情感的微妙之处反映了他们自己关心的令人放心的形象。里尔克似乎就具有这些人的治愈感情的力量"。详参保罗·德·曼《阅读的寓言》，沈勇译，天津人民出版社，2008，第22～23页。
② 保罗·德·曼：《阅读的寓言》，沈勇译，天津人民出版社，2008，第55页。
③ 保罗·德·曼：《阅读的寓言》，沈勇译，天津人民出版社，2008，第295页。

言的权威建立在对于语言以外的意思或者指代的满足上，而不是语言内部的修辞资源上"。① 也只有在这样的意义上，我们才能承认，"一种修辞手段在选择上的必要性，不仅关乎事物本身，而且关乎主体经验和个人命运"。②

语言三维的存在，使得语言的典范样式必然是修辞性的。这就是德·曼对语言的本体属性的全新领会。德·曼之所以坐上了耶鲁学派的头把交椅，最根本的原因无外乎就在于：一、他的这一发现后来几乎成了耶鲁学派所有成员的共识；二、从这一新的语言观出发去分析作品，他率先做出了示范性的实践。

以布鲁姆为例。在《影响的焦虑》第二章"'苔瑟拉'或：续完和对偶"中，在交代完"苔瑟拉"这一术语借自心理分析学家拉康时，布鲁姆说了这样一段话："在他的《罗马论》（1953 年）中，拉康引用了马拉美的一句话。这句话'把语言的日常用途比作一枚其正反面的图案已被磨损不清的硬币之交换，人们"默默无声"地传递着这枚硬币'。把这一观点应用到分析性主题的话语（不管还原到何种程度）时，拉康说道：'这个隐喻足以使我们记起，即使是几乎完全磨光了的"语词"（逻各斯）也还保持着其作为一种"苔瑟拉"的价值。'拉康的译者安东尼·威尔登评论道，'这是暗指"苔瑟拉"作为承认持有者之身分的标记——或"口令"——的功能。在早期神秘宗教里，"苔瑟拉"的意义是一块陶瓷片被打碎成可以吻合的两半块碎片，交给新入教的人作为信物'。作为这一意义上的一个'续完环节'，'苔瑟拉'代表着任何一位迟来者诗人的一种努力——努力使他自己相信（也使我们相信）：如果不把前驱的语词看作新人新完成或扩充的语词而进行补救的话，前驱的语词就会被磨平掉。"③ 这段话不仅揭示了语言三维的客观存在，而且还从创作的角度触及了这三个维

---

① Paul de Man, *Allegories of Reading*, New Haven：Yale University Press, 1979, p. 106.
② Paul de Man, *Allegories of Reading*, New Haven：Yale University Press, 1979, p. 50.
③ 哈罗德·布鲁姆：《影响的焦虑》，徐文博译，生活·读书·新知三联书店，1989，第68页。

度的错综复杂的转换生成机制。

如果说，即使在其正反两面的图案已被磨光的情况下，"语言"这枚硬币对于其持有者来讲仍意味着一种身份的标记，仍具有其流通的价值这一现象表明了语言的所指性的超稳定性的话，那么，作为新人入教的信物，"语言"这两块被打碎又可吻合的陶片不仅意味着新人与教会的约定和契约，更意味着"语言"的一种主体间性的属性。而"词语"的图案的可磨损性、可扩充性和可补救性则说明了"语言"的某种"能指—所指"的可分离性、可生成性。所有后辈诗人的叛逆式写作，一方面，既要以对前辈诗人的语词的所指稳定性和自己与前辈诗人的相互关涉性（主体间性）为前提；另一方面，又要对彼此之间的对抗性高度敏感，并异常自觉地运用语词的能指—所指的分离性，重建某种新的能指—所指契约关系。布鲁姆说，"按照我的设想，影响意味着压根儿不存在文本，而只存在文本之间的关系，这些关系取决于一种批评行为，即取决于误读或误解———位诗人对另一位诗人所作的批评、误读或误解"。①

作为最具解构锋芒的耶鲁学派文论家，米勒介入语言三维的角度与方式，不仅与其他三位明显不同，而且不断在演进。在耶鲁学派的早期阶段和鼎盛时期，米勒所有写作的主要诉求之一，就是要斩断语言与其所指物之间的对应性或必然联系，从而颠覆语言的指涉性。比如，早在 20 世纪 70 年代初期的《自然与语言的时刻》（1970）一文中，他就强烈地主张，"语言与它命名的事物之间的关系，也是通过跨越它与所指之间难以弥补的差异的空隙而发生关系"。② 因而，"文学研究断然不可继续把文学的模仿指涉性看成一种理所当然。这样一种彻底的文学学科将不再仅仅只是观点、主题和各种各样的人类心理学

---

① 哈罗德·布鲁姆：《误读图示》，朱立元、陈克明译，天津人民出版社，2008，第 1 页。

② J. Hillis Miller, "Nature and the Linguistic Moment," (1970) in U. C. Knoepflmacher and G. B. Teanyson, eds., *Nature and the Victorian Imagination*, Berkeley: University of California Press, 1977, p. 450.

的一个组合科目。它将再次成为哲学、修辞学，成为一种比喻认知学的探索"。① 在《传统与差异》一文中，他又说，"所有的语言从一开始就是比喻性的，而不是相反，即修辞格出自语言的恰当用法，或者由其'转化'而来。那种认为语言有其字面或者指涉功用的观念，只是忘记了语言的比喻'根本'而产生的一种幻想"。② 此类例子简直不胜枚举。

到了 20 世纪 90 年代，在文化研究的刺激下，米勒也增强了其解构批评的政治关怀，从而开始大力关注语言的述行性。在《土著与数码冲浪者》这篇演讲中，米勒说道，"据 J. L. 奥斯丁，以及普遍的标准言语行为理论，言语行为的得体取决于有生命力的社区的存在。有生命力的社区拥有全体成员都接受和执行的固定法律、制度和习俗。在《言语何为》中，奥斯丁说，要让一个述行言语发生作用，'必须存在一个被共同接受的约定程序，这个程序具有一定的约定效果，包括在特定环境下特定的人说出的特定的话'"。③ 根据这样的论断，所谓语言的述行性，不过就是语言的主体间性的别名。

在现实生活中，米勒当然极力维护这种交互主体性。为此，他还专门区分了两种共同体：有效用的共同体和无效用的共同体。"如果第一种社区保证了适当的述行表达——诺言，婚誓，合同，遗嘱等；第二种社区里的言语行为又怎样呢？把完全异己的'一组或一群暴露的独体'联合起来的一个社区是不能有坚实的言语行为基础的。奥斯丁在《言语何为》中为适当的言语行为规定的条件，在'无效用的社区'中无一得到满足。社区成员并不是能对自己所言负责、通过时间而保持昨天许下的诺言的封闭性自我。能够确立功能性法律或制度的社会契约或宪法并不存在。不能指望任何透明

---

① J. Hillis Miller, "Nature and the Linguistic Moment," (1970) in U. C. Knoepflmacher and G. B. Teanyson, eds., *Nature and the Victorian Imagination*, Berkeley: University of California Press, 1977, p. 451.

② J. Hillis Miller, "Tradition and Difference," *Diacritics* 2 (Winter 1972), p. 11.

③ 易晓明编《土著与数码冲浪者——米勒中国演讲集》，吉林人民出版社，2011，第 15 页。

的'互主'性交往来向我证明另一个人的言语行为的真诚。这样一个社区是'不可明言的'，不可公开的。"①

在《论文学的权威性》（2001）一文中，米勒进一步指出，语言的这种交互主体性还赋予了文学的权威性。他说，"文学的权威性源于对语言的艺术性的述行使用（a performative use of language artfully），对语言的这种使用使读者在阅读一部作品的时候对它所营造的虚拟世界产生一种信赖感"。②"作品极力打开一个除此之外没有别的办法可以进入的虚拟世界，而且作者的设计或者阅读语境的其他特点都不能予以完满的解释。文学作品自成权威。"③

然而，由于语言的述行功能往往明显与其认知功能互不相容，因此，语言何以能摆脱其认知功能，而抵达一个虚拟世界并产生述行功能呢？除非语言与其所指物之间存在分离的可能。于是，语言的认知功能、述行功能便和米勒在七八十年代之交竭力论证的自我颠覆功能重新汇聚在了一起。至此，语言的所指性维度、主体间性维度和自反关涉维度便在米勒那里实现了自身的统一。④

三　语言三维论的超越性

德·曼曾说，"修辞学是一种修辞手法和说服手段——这两者根本不具有同一性——或认知语言和述行语言的具有破坏性的相互纠缠"。⑤假如德·曼的这一说法曾让绝大多数读者感到晦涩难解，那么，如今我们便为它找到了一种更加准确清晰的表达。所谓修辞，不过就是语言的所指性维度、主体间性维度和自反关涉维度既相融合又

---

① 易晓明编《土著与数码冲浪者——米勒中国演讲集》，吉林人民出版社，2011，第24页。
② 易晓明编《土著与数码冲浪者——米勒中国演讲集》，吉林人民出版社，2011，第49～50页。
③ 易晓明编《土著与数码冲浪者——米勒中国演讲集》，吉林人民出版社，2011，第51页。
④ 随着电子传媒时代的到来，21世纪初，米勒进一步从媒介这一角度来反思文学语言，从而将语言的本体属性统一归结为语言的媒介性。
⑤ Paul de Man, *Allegories of Reading*, New Haven: Yale University Press, 1979, p. ix. 中译文参保罗·德·曼《阅读的寓言》，沈勇译，天津人民出版社，2008，第1页。

相分离，既相互印证又相互冲突的话语进程。这一话语进程使任何言说都不可避免地产生双重内涵，既言在此，又意在彼；既有字面意义，又有隐微意涵；既肯定自身的所指，又将这一所指悬置起来，从而为我们呈现一个错综复杂、迷离恍惚的意义世界。因此，语言三维的发现，其首要的意义，就是发现了言说、书写和批评会产生双重效应的原因之所在。

然而，语言三维论的意义，绝不只是发现了言说、书写和批评之所以会产生双重效应的根源。在一个更广阔的背景下，可以说，语言三维的发现，其真正的意义在于，为我们重新审视西方思想史提供了一个具有本源性的参照点。从这一参照点出发，我们将更深刻地看出西方思想史的优长及其局限。

众所周知，尽管早在古希腊，西方学术就建立了"语法、修辞、逻辑"的分科格局，但若从哲学的角度看，在长达两千多年的历史里，西方思想史其实一直都未对语言做过系统的反思。其中原因自然与传统西方哲学对"永恒性"的追求有关。西方哲学一开始就把自己的最高任务视为获得对这个世界的永恒性认知。殊不知，当西方哲学这么做的时候，反过来已经导致了一种形而上学的预设，即世界是具有终极实在性的，宇宙是具有绝对的原初起源的。基于这种预设，西方哲学便很自然地发展出了一种对象化的、分科化的思维模式，然后通过各种方式、途径和手段，竭力去发现个别背后的一般、现象背后的本质。这种对象化的、实证化的和形而上学的思维方式盲视对实在的终极实在性和（人的认知）逻辑的终极可能性的质疑，因此也就盲视了从认知到终极的各种中介环节对于二者的本体可能性和本体制约。这样，语言便成了"哲学和自然"的透明镜像。换言之，"语言"从本体沦为"工具"，结果便导致了西方形而上学对语言的（本体属性的）彻底遗忘。

然而，对世界的终极实在的追问始终要以追问者与世界的终极实在之在先存在的"相关性"（意向性）为前提。这一"相关性"（意向性）的本体表现，就是"语言"，且只能是"语言"。因此，不管西方哲学对语言的遗忘有多久，当西方哲学意识到自身的形而上学传统走到穷途末路的时候，终有一天，会重新走上"通向语言之途"。

索绪尔就是重新走上"通向语言之途"的现代探索者之一。他从共时性的角度出发对"语言/言语""能指/所指""任意性/差异性"所做的区分彻底地颠覆了传统的语法、修辞、逻辑学对语言的历时性考察。从此，西方思想对语言的反思便有了新的方法论出发点和新的概念框架体系。西方思想眼中的语言，不再是各自独立的客体或现象，而成了一个受各种规范限制的系统和关系网。西方思想的世界也不再是语言（符号）与指称物一一透明对应的世界，而是语言的整体系统与现实世界的整体结构相对应（同构）的世界。

索绪尔将语言符号划分为"能指"与"所指"，实际上就在方法论上为排除实在事物本身、排除所指涉的"真实世界"中的那个对象提供了可能。在这一时代氛围下，西方思想终于可以把目光集中在"语言"身上，从而发生了影响深远的"语言论转向"。

从最初的逻辑实证分析到后来的日常语言分析、从开始的对象化的语言到后来的行为化的语言、从早期的原子主义到后来的整体主义、从最先的反形而上学到后来的一定程度上的回归、从早期与现象学—解释学传统的隔绝到后来的合流，百余年来，分析哲学传统（语言哲学）极大地改绘了我们的思想世界的地图。

然而，在经过了语言论转向之后，当西方思想重新把目光聚焦于世界之时，换言之，当西方思想纷纷往外转，重新关注某种更具人本性的"实践哲学"时，出乎意料地，当代西方思想并没有如其所是地重新得到"世界"，相反，倒使"世界"彻底瓦解，从而陷入了某种碎片化的状态。

这种状况让人惊愕不已。人们纷纷开始反省，这究竟是语言论转向误入歧途，过早地耗尽了其思维革命所带来的理论潜能呢？还是真的如语言哲学所说，人类思想只能做概念思辨，而根本不能思及"整体"的"世界"？如果是前者，那我们便可很超然地看待现代西方思想的这一段历史，即作为一个运动，现代西方思想的语言论转向已偃旗息鼓。如果是后者，那我们便只能无奈地接受如下事实，即语言论转向已完成了其历史使命，它再一次清晰地向世人证明，人类思想的处境必然是混乱不堪的。不管是哪一种，其潜台词都意味着，相对于人类思想史的长河来讲，语言论转向不过是又一场徒劳的游戏。

我们只能接受上述具有悖论性的结论吗？事实上，仔细梳理各种反思和总结，我们发现，它们大都是从哲学的立场上做出的。也就是说，没有把文学家和文学批评（理论）家的思考纳入反思的范围。这自然有学科隔绝的客观因素在内，但更多的则是一种学科的傲慢、一种新形式的哲学与文学之争：只有哲学才能为文学批评提供理论基础（而且从来如此），没有文学批评为哲学提供理论基础的。然而凡事都有例外，例外之一，就是耶鲁学派从文学批评的角度，对语言做出的直观和沉思。如果我们将它纳入现代西方的语言论转向的脉络中，那么，我们就将从语言论转向的内部，看到西方思想史的另一种情形。

事实上，已经有学者指出，"我们有三种类型的'语法'：一、语言学家研究的语法，或实质性语法，在这里，语法主要是一种机制；二、形式语法，即数理逻辑学层面上的语法；三、哲学语法，主要探索我们怎样理解语言并怎样通过语言理解世界"。[1] 如果这一划分是有道理的，那么，我们完全有正当的理由，将文学（批评）家对语言的直观纳入哲学语法的范围。

具体而言，耶鲁学派文论家的语言论直观究竟有什么超越性内涵呢？

首先，他们严厉批判了西方思想传统的"符号与所指、符号所指与意识的完美连接"的单维度语言论预设，发现了意识和符号所指的差异与断裂。德·曼不但没有把这一断裂视为语言的一个缺陷，相反，

---

[1]　陈嘉映：《语言哲学》，北京大学出版社，2006 年重排版（2003 年首版），第 365 页。

倒把它视为一个独特的权能。比如，在《批评与危机》一文中，德·曼发现，"在人类的交互主体的阐释活动中，一个基本的差异总是会阻止观察者与他所观察的意识取得完全的一致。同样的差异也存在于日常语言中，存在于实际的表达与它所表达的东西、实际的符号与它的意义的符合一致的不可能性中。能够把意义隐藏在一个误导性的符号后面，这是语言最突出的权能，就像我们把愤怒和仇恨隐藏在一个微笑后面那样。但是这也是对所有语言最刻骨铭心的诅咒，只要它卷进了各种阐释关系，它就会被迫采取这种自我隐藏的行动。如果没有隐藏在语言的屏幕后面，即使最简单的愿望也表达不出来。语言构建了错综复杂的交互主体的世界，它们全都具有潜在的不真实性。在日常交流的语言中，没有任何先天的特权地位标明符号高于意义或意义高于符号，阐释活动总是必须根据手头的实际情况重新建立这一关系。日常语言的阐释是一个西西弗斯的任务，没有终结，没有进步。因为他者总是自由地使他所想的东西不同于他说他所想的东西"。①

语言是自我隐藏的。言说者只有将欲望隐藏在语言的屏幕后面，才能形成正常的表达。文学语言同样如此。"文学语言不是私人语言，而是一种欲望的表达。像所有欲望一样，沉迷于祈求表达的心口不一。文学'唯心主义'因而就显示为一种偶像崇拜，一种虚假想象的幻觉。在这种想象中，模仿被假定为是真实的属性，实际上它不过是一件虚空的伪装而已，它阻挠、破坏意识与它自身的否定性联系。"②

现象学、结构人类学的方法论和后索绪尔语言学由于盲视了这一建基于交互主体关系之间的差异性，因而试图构想一种没有言说者、没有作者的元语言。然而，假如语言的符号与意义能够符合一致，彼此自由联系，无须隐藏就能在透明和模糊之间维持一个协调的平衡，那"就像允许圣火无须燃烧就能发光一样"了。事情的真相是，"符号与意

---

① Paul de Man, *Blindness and Insight*, Minneapolis：University of Minnesota Press, 1983, p. 11.
② Paul de Man, *Blindness and Insight*, Minneapolis：University of Minnesota Press, 1983, p. 12.

义绝不可能符合一致。这一说法对文学语言来讲是理所当然的。……文学语言是唯一免于无中介表达幻觉的语言形式。所有人都知道这一点，虽然是通过希望去断言它的对立面这一误导方式知道它的"。①

不只德·曼，米勒也对西方文学理论的单维度透明性语言论预设做出了自己的反思。众所周知，西方诗学的模仿论和表现说虽然在理论主张方面截然对立，但其语言论基础却高度一致，即都分享了如下预设：一是将存在的优先性和语言的次要性视为理所当然；二是将语言文字能真实地表达存在经验视为理所当然；三是把作品的语言当作一个绝对透明的媒介。因此，文学批评无须特别地关注和探究作家的语言。

在《乔治·布莱的"认同批评"》（1971，第二版）一文中，通过援引现代西方思想家对现实或存在优先性的攻击，米勒颠倒了上述模仿论和表现说的存在/语言的等级关系预设，重申了语言的本体地位，并指出差异性才是意义的源泉。

其次，耶鲁文论家还牢牢地把握住了"自我"与"语言"的"意向性关系"，以一种返本穷源的姿态，直面错综复杂的语言本身，最终发现了语言三维的复杂交织，从"整体"上提出了对语言的全新直观。

德·曼曾指出，西方文化一直被分成对语言的文学的使用与常识的、科学的和哲学的使用两个方面。在前一种使用中，语言具有一种真实的、关系的和自我颠倒的性质。而在后一种使用中，这种性质则被遮盖了。问题是，西方文化一直标举后一个方面，而贬斥和放逐前一个方面。事实上，只有将两个方面统一起来，才有"完整"的语言。

米勒非常认同德·曼的看法。在《传统与差异》一文中，他说，"语言在根本上是隐喻性的，在其开端处就是隐喻。不是比喻性的言说来自或'翻译'自对语言的恰当使用，而是所有语言从一开始就是比

---

① Paul de Man, *Blindness and Insight*, Minneapolis：University of Minnesota Press, 1983, p. 17.

喻性的。对语言的字面性或指称性使用的观念仅只是一个遗忘了语言的隐喻性'根基'之后才产生的幻觉，语言的开端来自虚构、幻觉，来自对任何它们自身之所是的事物的直接指称的移置。人类状况由言词的网所捕获。这张网是通过神话、概念、隐喻性类比，简言之，整个西方形而上学系统的相同丝线，经由若干世纪为人类编织和再编织而成的"。①

从耶鲁学派的上述立场反观现代西方哲学的语言论转向，便不难发现后者的缺陷。确实，现代西方哲学的语言论转向极大地颠覆了传统的形而上学。但是，由于始终把自己的研究对象局限在语言的某一层面——比如，或形式语言的层面，或日常语言的层面，或修辞性语言的层面——而拒绝承认其他层面，现代西方哲学虽然发现了语言的交互主体性维度（社会性、公共性和文化性维度）和自反关涉性维度，却仍然持一种激进的单维度语言观，从而使语言最终散落成碎片，始终无法重新聚集起来。

耶鲁学派文论家的语言论直观以语言的"整体"为分析对象，从语言的错综复杂性中发现语言三维的存在。由是，耶鲁学派语言论直观的价值，就不只是将现代西方哲学的语言论发现简单地综合起来，而是在一个更本源的层面发现了思想的真正的语言论地基，因而也就发现了思想的未来。

以此为前提，我们就更加理解，哈特曼为什么要对现代西方哲学和批评的"纯化语言"冲动做尖锐的批判了。在《荒野中的批评——关于当代文学的研究》中，哈特曼从语言本体论的高度梳理了现代西方批评史上"纯化语言"思潮的演变历程，并揭示了其意识形态色彩。他说，"存在着如此多关于纯正的理想——人类学的、宗教的、人种的、科学的、文学的——这些关于纯正的理想倾向于互相交叉，并创造一种不可能完全被理清的纯正。人们只能显示它的力量、它的持久性。

---

① J. Hillis Miller, *Theory Now and Then*, New York：Harvester Wheatsheaf, 1991, pp. 88 – 89.

纯正可以是一个比存在更基本的范畴。叶芝常常以'只想象'开始——'只'这个词指出了对同一事物的矛盾心理。它们表面上的纯正或者非传达的、非反省的特性支持了对于存在的幻觉，但是，诗的节奏则揭示了它们是作为种种虚幻事物：不可思议的程式、被替换的或者被掺杂了的神话的形式"。①

哈特曼分析了批评家对语言的衰败现象的种种焦虑，并进一步追溯了那种试图在文体上追求纯粹的民族语言或净化的理想/自然语言主张在哲学上的根源。哈特曼指出，"语言是作为一种变动性的媒介物出现的，这种媒介物既超越，又否定了它对于现象世界的关系——因此也超越和否定了它对于恐惧的关系——可是，它仍然追求着一种黑格尔从来没有完全抛弃的可能性：在一种绝对、即哲学作品中统一古希腊的美和现代的精神性"。②

问题的复杂性在于，从语言论的角度看，现代西方思想并没有真正克服和超越黑格尔的这种追求简单的统一，纯粹的、无限的统一性理想和神话。比如，海德格尔就假定了一种被遗忘了的"存在的语言"。"这种语言是如此的疏远、如此奇特地不同，以致它接近了一种无声启发的性质。"③ 海德格尔希望通过恢复这种被遗忘的关于存在的语言来治疗我们的形而上学。"可是，他并没有自称把'纯粹的诗'本身赋予我们：他把某种解释的和解构的技术运用于伟大的诗人们和哲学家们的语言，在向着真正的言语前进的道路上，他仍然只处在'言语的中途'。"④

不只海德格尔，早期维特根斯坦也如是。尽管他使我们认识到我

---

① 杰弗里·哈特曼：《荒野中的批评——关于当代文学的研究》，张德兴译，天津人民出版社，2008，第168~169页。
② 杰弗里·哈特曼：《荒野中的批评——关于当代文学的研究》，张德兴译，天津人民出版社，2008，第174页。
③ 杰弗里·哈特曼：《荒野中的批评——关于当代文学的研究》，张德兴译，天津人民出版社，2008，第193页。
④ 杰弗里·哈特曼：《荒野中的批评——关于当代文学的研究》，张德兴译，天津人民出版社，2008，第193~194页。

们并没有拥有语言，但是，对于他所祈求的那种原始的不会消亡的语言而言，根本不存在具有历史意义的主题，就像海德格尔把这种语言归于前苏格拉底时期那样。"然而，如果哲学是一个被种种假问题所困扰的语言使用问题的话，那么，它就可以通过说它能够说的和它不能够说的东西而纠正它自身。可能存在着某种不能够被说出的东西或者不能用语词说出的东西。可是，显而易见，这种什么也不是的能够被说出的东西就是德里达所担心的东西，德里达不希望它把我们所做的词语工作幻象化。是否最好不要假定所有的文本都是不确定的？是否最好不要假定校订、再解释、重写不是有限的缺点，而是我们所具有的这样一种在时间中的存在？"①

如是，解决语言之谜的希望，决不能寄托在哲学的"理想语言"或维特根斯坦的"日常语言"身上，而只能直面错综复杂的语言整体本身。

四 语言三维与发生性真理

任何思想都以某种语言论直观或预设为前提。有什么样的语言论直观或预设，就会有什么样的思想类型。当人们对语言"实事"的洞察发生重大变革的时候，相应地，其思想类型也会发生剧烈的转型。反过来也如是。当人们的思想类型发生了重大变化，最终也会改变其对语言的最基本的认识。

比如，长时段地看，在长达两千多年的时间里，语言与指称物的关系总是具有某种确定性的朴素信仰就支撑了一种客观主义的和本质主义的真理观，一种在场形而上学和同一性幻象。晚近以来，对语言的主体间性或话语间性维度的发现，使人们提出了一种言语

---

① 杰弗里·哈特曼：《荒野中的批评——关于当代文学的研究》，张德兴译，天津人民出版社，2008，第194页。

行为理论或交往行为理论。而解构主义理论之所以支撑起了多元异质的后现代主义，最主要的原因，是它发现了语言的差异性的先天可能，即发现了语言的自反关涉性。从这样一个角度讲，当耶鲁学派汇聚起语言的三个维度并领悟到了其错综复杂的关系时，是否必然意味着，某种以之为前提或预设的新思想观念或真理论，必将随之应运而生呢？

在《误读图示》的第三章"原始的教导场景"中，布鲁姆比较了"语词"一词在希伯来和希腊两种口头传统中的原初内涵。他说，"犹太人的口头传统，以它显见的扬言语、轻文字的倾向，在我看来，似乎与同一地区的柏拉图主义传统大相径庭。托莱夫·鲍曼（Thorleif Boman）在其《希伯莱思想与希腊思想的比较》的研究中，把希伯莱语中相当于'语词'的 davhar 与希腊文相当于'语词'的 logos（逻各斯）加以对照。Davhar 既是'语词'、'事物'，又是'行为'，它的根本意义涉及把原本在后台的东西推向前台。这是作为一种道德行为的语词，一个既是对象或事物，又是行动或行为的真实语词。于是，一个语词若不是指一个行为或一样东西，它就是谎言，是留在后台而没有被推向前台的什么东西。与这个动态的语词恰成对照，logos 是一个理智的概念，它的词根意义可以回溯到收集、安排、整理的根本意义。davhar 的概念是：说话、行为、在场，而 logos 的概念是：说话、估算、思考。logos 整理安排说话的来龙去脉，使之合理，但究其最深层意义而言，logos 并不涉及说话的功能。davhar 在揭示被自我掩藏起来的东西方面，与口头的表达有关，使一个词、一个事物、一个行动表露出来而得到阐明"。① 如果我们把这段话视为布鲁姆对语言三维的语源学考察，便不难明白，为何布鲁姆后来会热衷于对犹太神学做美国式的实用主义阐释。

显然，布鲁姆试图从犹太思想的本源处，重新为西方思想挖掘出

---

① 哈罗德·布鲁姆：《误读图示》，朱立元、陈克明译，天津人民出版社，2008，第 41~42 页。

另一种潜能来。他甚至暗示，这本该是德里达的解构思想（文字学、符号学或文迹学）的隐秘根源。可惜的是，德里达并没有回到《圣经》口头阐释传统，而是走向了一种对希腊语音中心主义、逻各斯中心主义和在场形而上学的激进反叛。①

不只如此。由于希伯来思想和古希腊思想不只是两种思想观念，而且还是两种文明形态，因此，布鲁姆所举的例子便意味着，倘若以语言三维论为出发点，或许我们将开创出一种新的文明形态。

布鲁姆的抱负不可谓不宏大，寄意不可谓不深远。不过，考虑到他的这一寄托和抱负过于强烈的犹太神秘主义和美国实用主义的色彩，因此，我们更倾向于认为，语言三维的复杂纠缠所支持的，将首先是一种发生性的真理观，其次才是一种全球性的新文明形态。

什么是发生性的真理观呢？为了更清晰地描绘出这一真理观的大致轮廓，有必要比较一下传统的指称性单维度语言论预设与客观主义真理观的关联。

根据乔治·莱考夫（George Lakoff）和马克·约翰逊（Mark Johnson）的研究，标准的语言学和哲学的意义理论假定：

1. 意义是客观的、无实体的，不依赖于人的理解。
2. 真理就是使言语吻合世界。
3. 意义是独立于使用的。
4. 意义是合成的。
5. 句子是具有内在结构的抽象客体。
6. 句子的意义可以从其各部分的意义和句子结构中获得。

---

① 哈罗德·布鲁姆说，"教导场景的第一个用途，便是提醒我们，如果我们放弃口语传统而向文字的坚决支持者们，诸如德里达、福柯等人让步的话，我们将因为他们暗示对全部语言就靠它自身写诗和思考，而蒙受人文损失。是人在写作，人在思考，并总是追随着他人和防御着他人，虽然幻想过他成为后来者强烈想象之中的人物"。详见哈罗德·布鲁姆《误读图示》，朱立元、陈克明译，天津人民出版社，2008，第59页。

7. 语法独立于意义和理解。

8. 理解就是理解一个句子客观真伪的条件。

9. 意义交流就是说话者给听话者传递具有固定意义的信息（反讽的是，这一说法恰依赖于一种"管道"隐喻）。①

这一奠基于语言的指称性单维度预设的"意义"理论与如下客观主义的"真理"神话相互支持、相互呼应。通常，客观主义神话认为：

1. 世界是由客体组成的。客体的存在与否不以人（或其他生物）的主观意志为转移。

2. 通过体验世界中的客体和了解客体的属性以及客体之间的关系，我们获得关于这个世界的知识。

3. 我们依据概念范畴了解世界中的客体，这些概念范畴对应于客体本身（固有）的属性和客体之间的关系。

4. 尽管我们的认识具有主观局限性，但通过不断完善其方法论，科学最终将为我们提供一个关于现实的正确的、确定的、普遍的解释。

5. 词语有固定的含义。词语与我们赖以思维的概念和范畴一一对应。

6. 人能够做到客观。但前提是我们使用的语言必须是明晰且精确界定的、直截了当的，与现实相吻合的。

7. 在客观表达中，人们总是能够避免使用隐喻和诗意的、新奇的、修辞的或比喻类的语言。

8. 一般来说，客观是好事。只有客观知识才是真正的知识。只有客观的、无条件的视角才能真正了解我们自己、了解他人、

---

① 乔治·莱考夫、马克·约翰逊：《我们赖以生存的隐喻》，何文忠译，浙江大学出版社，2015，第173～184页。

了解外部世界。客观性允许我们超越个人偏见和偏好，做到公平、公正地看待世界。

9. 客观就是理性，主观就是非理性。

10. 主观性可能很危险，它会导致脱离现实。主观性是个人偏见，是自我放纵。①

在此，我们暂不提及莱考夫和约翰逊没有论及的而其他思想家花了巨大精力来批判的客观主义的真理神话的意识形态性和文化效应；而只想从形而上的层面指出，如果说，语言与实在、能指与所指的同一性预设带来了指称的困境、共识的难题和意义创生之谜，而现代西方思想的语言转向所带来的结果，并不是化解了这些难题，而是使这些问题的难度进一步加大；那么，从语言三维的直观出发，我们将全方位地看到化解前述难题的可能。

因为，与奠基于语言的指称性单维度语言论预设的客观主义真理观不同，奠基于"语言三维"论直观的意义（或真理）理论，认为话语的最高"意义"必然是多层面的、多维度的"真实"之交织。它既包含所指性层面的事实之真，也包括主体间性层面的认同之真，还包括自反关涉层面的本体之真。它是与人相互归属的、总是与人处于某种意向性关系之中的、发生着的存在性真理。

这就是发生性真理论的基本要义，它具有如下一些特征。

首先，发生性真理承认并包含了传统的符合论的合理要素。传统的真理符合论认为，陈述具有客观意义，这种客观意义是判定该陈述是否为真的条件。真理就是指一个陈述和世界上的一些事态之间的符合或一致。

发生性真理观认为，真理总是要有所指，否则，我们就将不知所云。然而，这一"所指"不仅包括自然万物，也包括人自身的存在事

---

① 乔治·莱考夫、马克·约翰逊：《我们赖以生存的隐喻》，何文忠译，浙江大学出版社，2015，第166～167页。

态，还包括处于言说的极限边界之外的不可言说的"非所指"或"天外"。因此，那种作为现成的客观对象而存在的"所指"仅是所有这些"所指"的一小部分，它只能充当我们理解世界的经验性的前提，而不能充当一个陈述是否为真的条件。真理不只是一个陈述和世界上的一些事态之间的符合或一一对应；否则，真理就只是一些现成的事实了。真理还意味着一个陈述和世界上的一些事态之间的既定的符合或对应关系的颠覆或瓦解；否则，我们就不可能建构新的真理了。

其次，发生性真理也承认并包含了传统的经验论的合理内容。真理总是与人相关的，不存在不与人相关的真理。真理总需要人的理解。由于人对真理的理解总是首先来自我们对自我、对他人和对周围环境的理解，因此，我们对真理的理解和陈述就总会带上一定的经验论色彩。然而，人与自我、与他者、与周遭环境的关系不仅只是经验性的，还包括先验性的方面；否则，我们对"一种经验性理解究竟何以可能"的理解，就始终只能停留于生物学的本能反应层面。

同时，由于我们对真理的理解总要依赖现有的经验和文化传统，因此，我们对真理的理解就要受到理解能力和历史条件的制约。理解总是不完全的，理解总是历史性的理解。但是，这不是理解的无能，而是理解的必然要求或真理的召唤。因为人与真理的关系不是现成的、永恒不变的，而是发生着的、演化着的。

最后，发生性真理还承认并包含了存在论的合理方面。由于不同文化传统中的人理解世界的方式很可能截然不同，因此，存在不同的"真理"，甚至是不同的真理和现实标准。但是，这并不意味着真理是相对主义的。相反，真理是绝对的。这一绝对性在于：对真理的不同理解以理解和共在为前提。在这些理解的内部，真理或表述具有自我否定或颠覆的潜能；在这些理解之间，真理具有一种交互去蔽、交互发生的趋势。因此，它不只是一种重叠共识，也不只是一种交往理性，而是一种存在论的真理。只不过，这一存在是发生着的存在而已。

总之，发生性的真理论意味着，人与真理总是处于一种错综复杂的意向性关系之中。这些意向性关系相互纠缠、相互激荡，其范围至大无外、至小无内，其状态变动不居、生生不息。

第二节 转换生成：言说的动力机制

一 语言三维的转换生成

1970～1972 年在《新文学史》上发表了几篇文章，[①] 在评论这些文章的《文学与语言：一个评论》（1972）中，德·曼较为细心地批判了亨利克·马凯维奇（Henryk Markiewicz）对文学（语言）属性的区分。

在《文学的诸限度》一文中，马凯维奇认为，"文学"必然包含如下属性：第一，虚构性（在文学话语中，经验性所指的可能的缺席）；第二，比喻性（表征或非表征的转义的在场）；第三，"叠加的秩序"，即由非指称的考量所引导的语言选择的规则。[②] 比如，当一个词更倾向于语声的相似而不是语义的相同时，情况就是如此。与传统的表达或文学的审美特征这样一些说法比起来，这三个术语的明显好处，就在于它至少为文学这一从可靠的指称到可识别的语言学事实的幻想的客体提供了一个精确的描绘。

马凯维奇明确地把三种属性看作语言的三种区分明晰的特征，并且认为，它们当中任何一个的单独存在都足以保证任何话语的一定程度的文学性。三者的同时在场并不是必然的。然而，德·曼却认为，这三个术语不过是三种修辞手段的概念化而已。如果把它们都翻译回去，我们便不难看到，"虚构"的另一术语即模仿，"比喻"可直接被

---

① 这些文章的作者包括 Seymour Chatman, Michael Riffaterre, Stanley Fish, George Steiner, Josephine Miles, Henryk Markiewicz 等。

② Henryk Markiewicz, "The Limits of Literature," *NLH* 4 (1972): 5–14.

看作隐喻，双关即"叠加的秩序"的典型例证。这三种属性的公分母，即修辞或修辞性。

从修辞的层面上讲，每个人都很容易证明，要严格地区分开各种转义和比喻，是多么困难的事。我们很难精确地指出，词语误用在什么时候就变成了隐喻，隐喻又在何时变成了换喻。因为，从一种修辞手段到另一种修辞手段、从隐喻到换喻的转换是流动的。这种"流动性"在三种修辞手段身上体现得尤其明显。比如，"双关可被认为是一种特殊的基于声音的隐喻事件。在这一隐喻中，声音的相似至少最接近实质性替代的可能性。隐喻则可被看作一种模仿。在这种模仿中，意旨模仿手段，字面意义模仿比喻意义。这一比喻意义奠基于与第三个比较的术语普遍相似的基础上。……这三种属性如此错综复杂地叠加在一起，以至于说它们当中的任何一个可以单独存在，几乎已毫无意义"。①

"更重要的是，就其本身而言，每一个术语都是高度模棱两可的。每一个术语都具有被误读的可能性，这一可能性构成了它自身的内部法则。可以说，实际上它们就是对这一可能性的概念化阐释。"② 据此，德·曼的结论是，就像模仿既暗示了所指的真实，又暗示了所指的回避一样，像书信与小说、记忆与想象、模仿与虚构、真相与谎言之类的二元对立（即真实与虚构、直言与修辞、文学与非文学的二元对立），其界限并不是截然分明的。它们往往相互纠缠、相互转化、相互交织、相互叠加在一起。

因此，唯一可以肯定地说出的事，就是它允许了在两种选择之间的举棋不定。隐喻这一狡诈的潘多拉盒子打乱了一切。它公然反抗通过几个词语就想唤起记忆这一话语实践的挑战。从这个意义上讲，马凯维奇的分类术语为我们反思字面的再现和比喻的表征、想象和事实、

---

① Paul de Man, *Blindness and Insight*, Minneapolis：University of Minnesota Press, 1983, p. 284.
② Paul de Man, *Blindness and Insight*, Minneapolis：University of Minnesota Press, 1983, p. 284.

真理性阅读与修辞性阅读之间的混乱认识提供了可能，但他的结论却是一个幻觉。他的所谓精确的分类事实上揭示了不可避免的混乱性。

表面上，上述评论只是揭示了要清晰地区分开各种修辞手段的不可能性。但是，考虑到德·曼的整个修辞性语言论思想的语境，我们马上就可意识到，上述评论其实也暗含了这样一种思想，即精确的修辞分类之所以不可能，乃是因为语言三维的错综交织及转换生成机制所致。这一转换生成机制，根据德·曼的相关说法，就是指：从能指—所指关系的确立到指称的丧失，从主体间性维度的建立到该维度的瓦解和重建，从自反关涉的语言游戏到能指—所指关系的回归。尽管语言的这三个维度可以相互分离，以致有时竟相互冲突、彼此错位，但是，语言三维的任何一个维度的存在，都为另外两个维度的存在提供了基础——相应地，语言三维的任何一个维度的存在，都以另外两个维度的存在为前提。不仅如此，语言三维的任一维度的存在，不仅意味着另一维度的功能的自我瓦解，同时还意味着这一维度向另一维度转化的可能。在我们实际的文学性（修辞性）言说中，语言三维的任一维度，彼此都具有向对方转化的可能。

之所以这么说，是因为一方面德·曼认为，从比喻语言的观点看，指称的不可避免的丧失表现为一种能指的解放。"它引发了修辞颠倒的活动，并允许它们自由嬉戏，而不受意义的指称强制力的妨碍。"[1] 但是另一方面，与卢梭一样，德·曼并不认为"语言的指称功能在任何情况下都可以被废除、括在括号内或者使之变为仅仅是一种偶然的语言特性"，悬置的意义不是令人乏味的游戏，而永远是一种威胁或挑战。"对指称意义的可靠性失去信任并没有使语言摆脱指称的强制和比喻的强制，因为对于失去信任的肯定本身受真实和虚假的思考的支配，因此这些思考必然是指称的。"[2]

---

[1] Paul de Man, *Allegories of Reading*, New Haven：Yale University Press，1979，p. 47. 中译文参保罗·德·曼《阅读的寓言》，沈勇译，天津人民出版社，2008，第 52 页。

[2] 保罗·德·曼：《阅读的寓言》，沈勇译，天津人民出版社，2008，第 221 页。

语言三维的转换生成机制具有本源性和隐蔽性，通常来看，它具体地体现为语法、逻辑和修辞的转换生成。由于这一发现牵涉西方思想史上众多重大的理论问题，因此，有必要花些篇幅，对之做专门的讨论。

德·曼认为，传统的西方修辞学之所以未能超越单维度语言论预设的樊篱，原因在于，它也分享了西方思想所预设的两个隐蔽的前提。这两个隐蔽的前提为：一、符号与指称是一致的；二、思想或表达依赖一个内部/外部的隐喻。基于这一前提，在语法、修辞、逻辑三分的学科格局中，语法和逻辑便占据了绝对优势的地位，修辞学则因修辞的地位低下（修辞乃一种组织语言的技巧和说服的手段）而跟着屈居于一个从属的位置。[①]

在《阅读的寓言》第一章中，德·曼指出，通过诸如能指与所指的区分，现代西方的文学符号学虽然"破除了符号与指称相一致的语义学神话"，[②] 但仍将语法（尤其是句法）结构和修辞结构联合使用，而没有意识到它们之间可能存在的区别。换句话说，就是符号学将修辞还原到语法中，将之视为语法模式的一个特殊的子集，从而使语法和修辞功能保持了某种完美的连贯性。之所以如此，是因为在符号学家看来，修辞仍只被设想为对他人起实际作用的说服手段，而非一个语言自身内部所固有的属性。这样，"语法上的以言行事范畴和修辞学上的以言取效范畴的连续性便不证自明。这个不证自明的连续性成了新修辞学的基础，这个新修辞学也就是新语法学"。[③]

然而，如果我们提及肯尼斯·伯克（Kenneth Burke）和查尔斯·S. 皮尔斯（Charles S. Peirce）等人对语法和修辞所做的区分，那么，我们将马上明白，这种连续性依然不过是缺乏理论思考和哲学证明的

---

① Paul de Man, "The Rhetotic of Temporality," (1969) *Blindness and Insight*, Minneapolis：University of Minnesota Press, 1983, pp. 187 – 228. 中译文参保罗·德·曼《解构之图》，李自修等译，中国社会科学出版社，1998，第 3 ~ 49 页。

② Paul de Man, *Allegories of Reading*, New Haven：Yale University Press, 1979, p. 6.

③ Paul de Man, *Allegories of Reading*, New Haven：Yale University Press, 1979, p. 8. 中译文参保罗·德·曼《阅读的寓言》，沈勇译，天津人民出版社，2008，第 8 页。

假设。众所周知，由于符号不是事物，而是在表现事物的过程中引申出来的意义，因此，在符号与客体的关系之间，皮尔斯引入了一个叫作解释者的第三者：我们若想要理解符号传达的观念，就必须解释符号。特别是，皮尔斯坚持认为，对符号的解释不是给出一个意义，而只不过是另外一个符号。它只是一种读解，而不是一种译码。这种读解接着不得不被解释成另一个符号，以致无限。皮尔斯将这从一个符号产生另一个符号的过程叫作纯粹的修辞，以与纯粹的语法和纯粹的逻辑相区别。纯粹的语法假定确定的、双重意义的可能性，纯粹的逻辑假定了意义的普遍真实的可能性。只有当符号以客体产生符号的相同的方式产生意义时，才无须区分语法和修辞。

在援引了皮尔斯的主张之后，德·曼接连举了两个有关反诘的例子来说明这种语法和修辞之间的张力关系。其中第一个例子来自大众媒体，第二个例子是叶芝的诗《在学童中间》。在第一个例子中，当阿尔奇·邦克反问他的妻子从鞋孔上面系他的保龄球鞋和从鞋孔下面系究竟"有什么区别"时，单纯的妻子耐心地给予解释，而一点没有意识到丈夫的真正意思是"我根本不在乎它的区别"。"同一个语法形式产生了两个互相排斥的意义：字面义询问概念（区别），比喻义却否定了这个概念的存在。"① 德·曼由此指出，邦克对妻子的愤怒不仅仅表示他的不耐烦，而更多地表示了他遇到一个他无法控制的语言学的意义结构时的绝望。这一无法控制的语言学的意义结构即符号学的谜，德·曼依俗称它为"修辞学"。"并不是在我们一方面懂得了字面义，另一方面懂得了比喻义的时候，而是在我们无法通过语法手段或其他语言学手段来确定（可能完全不相容的）两个意义究竟哪一个占优势的时候，疑问句的语法模式才变成修辞模式。修辞从根本上将逻辑悬置起来，并敞开了指称反常的变化莫测的可能性。虽然这样做与

---

① Paul de Man, *Allegories of Reading*, New Haven: Yale University Press, 1979, p. 9. 中译文参保罗·德·曼《阅读的寓言》，沈勇译，天津人民出版社，2008，第10页。

通常的习惯有点相去甚远，我仍将毫不犹豫地将语言的修辞的、比喻的潜在性视为文学本身。"[1]

阿尔奇·邦克的例子展示了比喻义反对字面义的语言学机制。叶芝的诗《在学童中间》则刚好相反——它展示了字面义如何反对比喻义。通过这两个例子，德·曼不仅证明了修辞的本体地位，而且还证明了语言本身的双重属性。用德·曼的话来说，就是"语法/修辞这对范畴当然不是二元对立的，因为它们决不互相排斥，但它破坏和扰乱了内部/外部样式的整齐对称"。[2]

邦克和叶芝的例子是语法修辞化的生动实例。普鲁斯特描述年轻的马赛尔为了阅读而躲进他屋子的封闭处的情节，[3] 则体现出了语法与修辞的另一种反向转换机制。

马赛尔的阅读情节完全依赖封闭的空间与室外夏日景象的错综复杂的关系。因此，德·曼认为，与其说这是一个具有修辞功能的语法

---

[1] Paul de Man, *Allegories of Reading*, New Haven：Yale University Press，1979，p. 10. 中译文参保罗·德·曼《阅读的寓言》，沈勇译，天津人民出版社，2008，第 11 页。

[2] Paul de Man, *Allegories of Reading*, New Haven：Yale University Press，1979，p. 12. 中译文参保罗·德·曼《阅读的寓言》，沈勇译，天津人民出版社，2008，第 14 页。

[3] 为便于读者参阅，这里抄录的是沈勇的译文（德·曼：《阅读的寓言》，沈勇译，天津人民出版社，2008，第 14~15 页）。读者也可参阅普鲁斯特《追寻逝去的时光·第一卷·去斯万家那边》，周克希译，华东师范大学出版社，2012，第 83 页第一段至第 84 页第一段；《追忆似水年华·第一卷·在斯万家这边》，徐和瑾译，译林出版社，2010，第 83 页最后一段至第 84 页末。

"我呆（待）在屋里，伸展肢体，躺在床上，手里拿着一本书。我的屋子颤抖地遮蔽了午后的太阳，保持着它透明而虚弱的凉爽；尽管如此，略微的日光仍就（旧）透过几乎封闭的百叶窗，把它黄色的羽翼投进我的房间，就像一只保持平衡的蝴蝶一样，停在一个角落的木头和镜子之间纹丝不动。几乎没有光亮可以看书，只有加缪……敲击满是灰尘的木板箱发出的响声才使我感觉到日光的光辉；环境中响亮的回声是炎热的天气所特有的，它们似乎飞溅出鲜红的火星；还有苍蝇举行的小型音乐会，演奏着夏日的室内乐：这种感觉不是以夏日期间偶尔听到的、以后使你回想起它的人类曲调的方式唤起的，而是由于另外一个必然的联系而同夏日相关：这种感觉是阳光明媚的日子所唤起的，唯有当包含着阳光明媚的日子的某些本质的时日再度来临时，这种感觉才会再度被唤起，它不仅在我们的记忆中唤起阳光明媚的日子的形象；它还保证它们的光临，保证它们的现实的、持久的、直接的存在。

我的房间的阴暗凉爽同街上强烈的阳光有关系，如同房间的阴暗部分同射进来的太阳光线有关，就是说，阴暗正像光明一样，它赋予我想象力去想象夏日的整个景色，反之，如果我在街上行走，我便只能零碎地欣赏夏日的景色；阴暗凉爽与我的平静相适合（幸亏我手里的书叙述的冒险故事搅乱了我的宁静），就像川流不息的小河中间的一只不动的手的平静一样，我的平静经受着一条活跃的湍流的冲击和流动。"

（《斯万的道路》，名人丛书，1954，第 83 页）

结构，旨在颠覆内部/外部相互一致的假定，倒不如说它是为这一隐喻的修辞结构赋予了一种语法形式。因为，它按照一个主体的经验来描写这个修辞结构，并使之戏剧化了。

从这个角度看，这段叙述就呈现了如下引人注目的特征。

首先是比喻语言和元比喻语言的并用。因为这段叙述不仅充斥了各种各样的比喻，而且还相当规范地评论了获得这些比喻效果的最佳方式。"正是在这个意义上，叙述是元比喻的：它用比喻的手法来描写修辞手段。"①

其次是隐喻的审美优势胜于换喻。这段文字不仅对比了唤起夏日的自然经验的两种方式，而且还毫不掩饰地表达了对其中一种的偏爱——一种是通过苍蝇演奏的夏日的室内乐所唤起的，一种是在夏日期间偶尔听到的曲调所唤起的；一种是通过室内的阴暗与凉爽所唤起的，一种是通过在大街上行走所唤起的。由于这一区分与隐喻和换喻、必然和偶然的区分相一致，亦即，与区分相似性和相近性的合法方式相一致，因此，普鲁斯特的偏爱表明，构成隐喻的同一性和整体性的推论缺乏完全相关的换喻的连接。

最后是一种明显的存在论假定。文本中夏日的隐喻保证了一种不可言传的存在。这一"存在的隐喻不仅表现为认识的基础，而且表现为行动的表现，从而允许最相悖的矛盾的和谐一致"。②

然而，若再加观察，我们便可发现，文本并没有实践它所宣扬的东西。因为，当我们意识到，文中"非常形象化的比喻事实上却依赖于对半自动的语法模式的欺骗运用"时，我们便明白，"比喻的实际运用和元比喻理论不会相聚，对隐喻胜于换喻的优势的肯定将它的说服力归之于对换喻结构的运用"。③

---

① Paul de Man, *Allegories of Reading*, New Haven：Yale University Press, 1979, p. 14. 中译文参保罗·德·曼《阅读的寓言》，沈勇译，天津人民出版社，2008，第15页。

② Paul de Man, *Allegories of Reading*, New Haven：Yale University Press, 1979, p. 14. 中译文参保罗·德·曼《阅读的寓言》，沈勇译，天津人民出版社，2008，第16页。

③ 保罗·德·曼：《阅读的寓言》，沈勇译，天津人民出版社，2008，第16页。

　　由是，我们便可看出，语法的修辞化和修辞的语法化的区别："语法的修辞化以非确定性、以在两种阅读之间无法做出抉择的一种悬置的非肯定性而告结束。反之，修辞的语法化似乎达到了真实，尽管是通过暴露一个错误的、虚假的借口的否定道路达到的。"[①]

　　语法和修辞的这种复杂关系颠覆了传统的内部/外部隐喻预设，为我们重新领会语言的奥秘提供了一个机遇。这一机遇就是让我们清晰地看到了在语法、逻辑和修辞之间所存在的一种相互依存、相互冲突又相互转换的机制。德·曼一再地提到了这一机制。

　　"但是正如没有语法，文本是不可想象的一样，没有指称意义的悬置，语法也是不可想象的。"[②]

　　"没有语法就不可能有文本：虽然语法逻辑只有在指称意义不存在的情况下才产生文本，但是每个文本又产生颠倒语法规则的指称，尽管文本将他的构成归功于语法规则。"[③]

　　"一篇文本是根据把一个陈述同时看作既是行为的又是表述的这样一种必要性来确定的，因而修辞手段和语法之间的逻辑张力是在不可能区分两个不一定和谐一致的语言功能中得到重复的。"[④]

　　德·曼的上述分析看似晦涩难解，事实上，只要我们意识到，语言三维的存在从本体论的高度决定了语言的修辞性，语言在本体论上的修辞性又决定了：不仅语言对客观事物的表达必然是修辞性的，语言在表达自身时，更离不开修辞；那么，我们马上就会领悟到，一种修辞性的言说，它必然还会产生一种内在的双重性。这一双重性即修辞的修辞。它的最高表现形式，就是元修辞，或隐喻的隐喻。

　　换言之，就是德·曼用一种双重性的修辞性的言说思路，来揭示双重性的修辞性言说的语法和逻辑。因为，语言三维的转换生成是与

① Paul de Man, *Allegories of Reading*, New Haven：Yale University Press, 1979, p. 16. 中译文参保罗·德·曼《阅读的寓言》，沈勇译，天津人民出版社，2008，第18页。
② 保罗·德·曼：《阅读的寓言》，沈勇译，天津人民出版社，2008，第287页。
③ 保罗·德·曼：《阅读的寓言》，沈勇译，天津人民出版社，2008，第287页。
④ 保罗·德·曼：《阅读的寓言》，沈勇译，天津人民出版社，2008，第289页。

语法、修辞和逻辑的转换生成内在地交织在一起的。语言三维的转换生成机制内在地嵌入了语法、修辞和逻辑的转换生成机制之中。这就是德·曼所看到的言说的全部奥秘。

由是，我们便可以总结出语言三维的转换生成论所具有的现实意义了。

如果说，语言的所指性维度为命名事物（或世界）提供了可能，语言的主体间性（或话语间性）维度保证了对话和交流的发生并促成了一个话语（文化）共同体，语言的自反关涉维度划定了语言自身的极限边界并激发出了一种自我颠覆的游戏；那么，语言三维在多个层面的交织和转换生成，其首要的功能在于：为言说提供了一种发生性动力，使言说获得了一种持续的力量或前后相续的效应，从而获得了自身的语法和逻辑。

二　文学文本的转换生成

语言三维与语法、修辞、逻辑的转换生成为言说提供了一种发生性的动力，使言说获得了一种持续的力量或前后相续的效应，使书页上的词句由想象的虚构转变成了真实的现实。

语言三维的转换生成是如何为真实—虚拟的转换生成提供了可能呢？为破解这一谜团，米勒花费了不少的精力，以致该问题几乎成为他后期批评所关注的最核心的问题之一。

米勒之所以对文学书写的真实—虚拟转换机制特别感兴趣，这或许与他的研究对象主要是现实主义小说不无关系。从形式主义的立场看，真实与虚拟的矛盾，无疑是现实主义小说必须处理好的最至关紧要的矛盾之一。

或许正因为此，早在《叙事与历史》（1974）一文中，米勒就从"叙事"这一话语形式本身入手，分析了言说内部的某种转换生成机制。尽管当时他还只是把这种转换机制视为一种具体的"语言学策略"。

他说，"从许多方面看，一部小说都是一条置换的链条——将作者置换成虚构的叙事者的角色，再将叙事者置换进想象中的角色的生活，……然后故事（在历史事件或是作者的生活经历中）的'本源'又置换成了叙事的虚构事件"。①

叙事通常包含多个层面的转换机制。"在这里，从各种蹊径进入虚构空间的方法被淡忘了，与此同时得以秘密显示的是一种奇妙的传统，那就是，一部小说传统上并不被看作是小说，而是被当作语言的另一种形式。它差不多已经成为某种'再现的'形式，深深植根于历史与'真实的'人类经验的直接报告之中。小说似乎耻于把自己描述为'自己是什么'，而总爱把自己描述为'自己不是什么'，描述为是语言的某种非虚构的形式。小说偏偏要假托自己是某种语言，而且标榜自己同心理的或是历史的现实有着一对一的对应关系，以此来体现自身的合法性。"②

根据米勒的总结，写作一部小说时，各种置换的具体方法与形式有：将小说写成一部书信集、回忆录或文献集，或在箱子底或水瓶中发现的手稿，自传，一篇法律证词，新闻报道，旅行指南，一幅逼真的图画，一篇社会学或是科学论文，等等。其中还有一种最重要最特殊的方法，就是干脆将它称为历史。当然，当这样做时，作家还必须为它假定一个"真实的地方"（来作为背景或场景），同时嵌入一种有开始、中间和结尾的，连续的、首尾一致的逻辑。

然而，事情的悖论之处在于：恰恰因为小说不是历史，所以它才要特别地宣称自己是历史；恰恰因为它不是历史，所以它才必须小心翼翼地保持住它虚构的本质。小说家必须坚持虚构，他的人物才会变得更为真实。"最严肃的讲故事的人"就是最真实地虚构、最真诚地说谎的人，说的就是这个意思。

不仅小说的书写遵循了一种真实—虚拟的转换机制，历史的写作

---

① J. 希利斯·米勒：《重申解构主义》，郭英剑等译，中国社会科学出版社，2011，第49页。
② J. 希利斯·米勒：《重申解构主义》，郭英剑等译，中国社会科学出版社，2011，第49页。

也同样如是。因为，为了克服历史写作的疑难，"所有的历史学家都有意识地戴上了'历史的面具'，就像演员穿上戏装、粉饰化妆一般"。这么说并不意味着历史学家相信某个历史人物是个神话，或某个历史事实是个虚构，"而是说他们已经意识到，用这样或那样的方式叙述历史的先后顺序，实际上涉及了一个建构性的、阐释性的和虚构的行为。历史学家早已知道，在历史和叙述历史之间，从来就不可能完全吻合"。[①]

小说与历史、真实与虚构之间的那种相互需求、相互依赖、相互交织又相互转换的辩证性和双重性，不可思议地趋向于把自己编织成一种新的形式，一种无休止更新、无休止破坏的解—织形式，就像佩内洛普的网一样，晚上被拆散之后，早上重新编织而成。

总体上讲，《叙事与历史》对小说的真实—虚拟转换机制的分析，还处在经验总结的层次。到了《小说与重复——七部英国小说》，米勒则更加深刻地意识到（现实主义）小说中真实与虚拟的奇特矛盾。他说，每一部现实主义小说都通过如下方式给读者以致命诱惑：一、经由书页上的词句走进一个真实的世界；二、展现大量丰富的感性材料，吸引人们加以解释。许多细节都具有社会学一般的精确描绘，这些细节包括自然景象、情感体验、宗教或形而上寓意，等等。它们的目的就是不遗余力地增强小说的真实性。然而事实上，每个典范性的细节其实都不过是"一个没有明确所指对象的符号"而已。无论你选择什么样的标记来作为它们的中心，结果都将是它根本就不处于中心的位置。"事实上这是一个不可能企及中心的标记，每个范例都将引导人们注意小说中大量其他相似的细节。每个这样的系列都是一个重复的结构，……每一个外观形式都标志着某种缺失的事物，某种早先或晚近或将来出现的事物。每个细节以这种或那种方式可成为人们行进的路径。它是一丝踪迹，需要人们追溯回顾，以便能找回到那些失踪

[①]　J. 希利斯·米勒：《重申解构主义》，郭英剑等译，中国社会科学出版社，2011，第 55 页。

的事物。"①

与德·曼一样，米勒此时对真实与虚拟矛盾的思考，也抵达了能指与所指的分离或指称的丧失层次。由此他也发现了语言的所指性维度、文本间性维度和自反关涉维度的复杂纠缠。只不过，或许是因为在小说中发现了大量的具有差异性的、重复性的修辞现象，米勒未经对传统的语法和修辞关系的系统性批判，就直接进入了对文学的修辞性语言的转换生成机制的分析。

从这样一个角度出发看问题，米勒认为，语言内部的某种转换生成机制，首先就体现在各种修辞手段之中。因为"这些修辞手段是实现沟通交流的主要媒介物"。②

米勒所分析的第一种典型的修辞手段是反讽。众所周知，有多种表现手法都可以产生反讽的效果。一是滑稽模仿，二是语言和事件的不匹配，三是表达意与话语意的不相吻合，或字面义和比喻义的疏离与对立。在滑稽模仿中，模仿者——不管是模仿别人还是模仿自己——一方面将自己装扮成另一个人，采用另一个人的姓名，用另一种风格行事，用另一种腔调说话，让人们注意到被模仿者的那些特征；另一方面又通过各种方式——如夸张、戏拟、旁白、评论等——竭力将被模仿的"对象"转变为被"展示者"，从而使那些被模仿者的特征遭到嘲弄和瓦解，并暗示人们，根本就不存在所谓（被模仿者的）自然的或真正的特征。

由是，我们便可以看出反讽的转换生成机制。首先，反讽以某种伪能指—所指关系的确立为前提。其次，反讽遵循了一种双重逻辑。由于这一伪关系，由于这一双重逻辑，读者很快就会发现能指和所指关系的分离和断裂。弗里德里希·施莱格尔（Friedrich Schlegel）说反讽是一种永久的间离效果，或许指的就是这个意思。

---

① J. 希利斯·米勒：《小说与重复——七部英国小说》，王宏图译，天津人民出版社，2008，第 67 页。
② J. 希利斯·米勒：《小说与重复——七部英国小说》，王宏图译，天津人民出版社，2008，第 136 页。

最后，反讽还体现出了一种自反关涉的强力。反讽总会波及反讽自身。这使得任何反讽者，无论他采取什么方式，都有可能使自身反过来成为被反讽的对象，从而损害自己的反讽事业。"反讽是一种无法驾驭的语言样式，它不是能为人们操纵的工具，试图控制或摆布它的人总是被它制服。"① 换言之，反讽具有一种强力的转换机制，一旦你开始操纵它，你就被它控制。

除了反讽，米勒所分析的第二种典型的修辞手段是隐喻。关于它，我们无须花费太多篇幅，即可看出它是如何淋漓尽致地体现出与反讽一样的转换生成机制的。

一提及隐喻，几乎所有人都知道亚里士多德的名言，"隐喻的创造，有赖于捕捉相似特征的慧眼"。② 可现代语言学家和哲学家却认为，无论是用其本意还是隐喻之意，一个词自身没有固定不变的意思。一个词的意思来自它所处的句子，以及该句所处的语言的及超语言的环境。一个词在其他句子和语境中的其他可能用法，构成该词的阴影或者幻影。"无论我想说什么，我所表达的东西都很可能具有反讽性、戏剧性或者带有危险的差异。"③

隐喻最常见的危险是，"隐喻总是超出其所指物的有限适用范围，因为它置换了本义上的词，而所借用的词则会引入更为广阔的反响共鸣。人们在采用隐喻时，总有可能表达出超出自己本意的意思"。④ 因此，隐喻就是"词语置换的代名词，它就像原本属于某一物之物移动到了另一个不适宜之地"。⑤ "与乱伦一样，隐喻违反了'不相矛盾'

---

① J. 希利斯·米勒：《小说与重复——七部英国小说》，王宏图译，天津人民出版社，2008，第 121 页。
② 此为米勒的概括。亚里士多德的原话是："隐喻应当来自与原事物有固有关系的事物，但这种关系又不能太明显，就好像是在哲学中一样，只有眼光敏锐之人才能看出相距甚远的事物之间的相似来。"（《修辞术》第三卷 1412a）详见亚里士多德《修辞术·亚历山大修辞学·论诗》，颜一、崔延强译，中国人民大学出版社，2003，第 190 页。
③ J. 希利斯·米勒：《解读叙事》，申丹译，北京大学出版社，2002，第 21 页。
④ J. 希利斯·米勒：《解读叙事》，申丹译，北京大学出版社，2002，第 23 页。
⑤ J. 希利斯·米勒：《解读叙事》，申丹译，北京大学出版社，2002，第 27 页。

这一逻辑轨则。"①

与德·曼一样，除了善于通过理论分析来揭示反讽、隐喻之类的修辞手段内部的某种转换生成机制，米勒还特别擅长用修辞的手段来揭示修辞本身的内涵，用隐喻的方式来转渡隐喻的意义，用转换生成的手法来敞示语言的转换生成。这表明，米勒不仅意识到了文学性言说的转换生成机制，而且还自觉地实践了这一机制，将之转化成自己的思考方式。

然而，或许是因为意识到这一方式的解构色彩太过浓厚，也或许是因为感觉过往分析与文学的某种"事实"本身仍不尽"相合"，在后来的《论文学》这本小册子中，通过引入奥斯丁的"以言行事"理论，米勒重新反思了"文学终结论"，对言说的转换生成机制又作了进一步的论述。

在米勒看来，文学的如下魅力将是永恒的。

首先，"文学利用了人是'使用符号的动物'这一特殊潜质。符号，比如一个词，是在某物不在场时来指代该物的，用语言学家的话说就是'指称'该物。'指称'是词语一个不可或缺的方面。当我们说，词语在某物不在场时来指称该物，自然会假定被指称之物是存在的。它的确存在于某处，可能并不遥远。当事物暂时缺席时，我们需要词语或其他符号来替代它们"。② 换句话说，就是通过某种能指—所指关系的建立，语词使不在场的在场成为可能。"文学利用了文字的这个奇特力量——当根本不指称现象世界时，仍能继续具有指称能力。"③

文字的这种不在场的在场性使得文字获得了极大的自由，使它几乎可以表述（指称）一切，不仅包括虚构，还包括什么也不表述（指称），只表示自身。如果说，传统哲学和现代科学曾极力想否定文字的

①　J. 希利斯·米勒：《解读叙事》，申丹译，北京大学出版社，2002，第 28 页。
②　J. 希利斯·米勒：《文学死了吗?》，秦立彦译，广西师范大学出版社，2007，第 24～25 页。
③　J. 希利斯·米勒：《文学死了吗?》，秦立彦译，广西师范大学出版社，2007，第 26 页。

这种自由，那么，文学则极力地彰显了这种自由。用萨特的话来说，就是文学利用了文字的"非超越"（non - transcendent）特点——一部文学作品中文字并不超越自己，而是指向它们提到的现象界事物。这种用作"能指"而没有所指的词语，极为轻易地就创造出了有内心世界的人、事物、地点、行动。"文学力量的最奇特之处在于，创造这一虚拟现实何等容易。"①

即使是最简单的词句，只要它按一种虚构的方式运作，它就凝聚了文学的全部力量。这意味着，"文学作品并非如很多人以为的那样，是以词语来模仿某个预先存在的现实。相反，它是创造或发现一个新的、附属的世界，一个元世界，一个超现实。这个新世界对已经存在的这一世界来说，是不可替代的补充。一本书就是放在口袋里的可便携的梦幻编织机"。②

文字不仅可以虚构，文字的奇妙性还在于，即使文字什么也不表述（指称），文字只表示文字自身之时，文字依然有某种具体的"所指"。文学大幅度、大规模地利用了词语所具备的这个特质："甚至在没有任何可确认、在现象界中能够证实的所指，词语仍有意义。文学常常具有迷人的具体性。"③

文学充分地利用了文字的多方面潜能。它将它们错综复杂地交织在一起，进而呈现了一个虚实相生的意义世界。一方面，"使用真实的地名，常常会强化一个幻觉：文本叙述的是真人真事，不是虚构的创造"。但是，另一方面，文学又明明"把语言正常的指称性转移或悬搁起来，或重新转向。文学语言是改变了轨道的，它只指向一个想象的世界"。④ 因此，尽管文学作品中所用词语的指称性是永远不会丧失的，永远也无法剥离的，读者可以通过它来分享该作品的世界，但是，

① J. 希利斯·米勒：《文学死了吗？》，秦立彦译，广西师范大学出版社，2007，第 27 页。
② J. 希利斯·米勒：《文学死了吗？》，秦立彦译，广西师范大学出版社，2007，第 29 页。
③ J. 希利斯·米勒：《文学死了吗？》，秦立彦译，广西师范大学出版社，2007，第 29 页。
④ J. 希利斯·米勒：《文学死了吗？》，秦立彦译，广西师范大学出版社，2007，第 30 页。

在作品中，所有这些历史的和"现实主义"的细节"都换位了、改变了。它们成了一种手段，神奇地把读者从熟悉的、现实的地方，带到了另一个奇怪的地方"。① 这个地方即便在"真实世界"中最长的旅行也到不了那里。

然而，文学并不仅仅只是靠文字的指称性和自由性所形成的真实—虚拟的双重效应把读者从书本上的词句带入真实的世界的。文学还利用了文字的一种施行功能。否则，文学就只能生产出一个虚实相生的意义世界，而不会对读者产生实际的效应。

文学作品以施行的而非纯粹记述的方式使用语言，意味着文学是通过指称真实的现实，通过阅读之类的躯体活动，通过言说所产生的实际效应的镶嵌，来创造或揭示其他现实的。"然后，这些现实经由读者，又回到正常的'真实'世界：这些读者的信念和行为被阅读改变了，有时变好，但有时也许变坏。"② 从这样一个角度讲，"文学是通过读者发生作用的一种词语运用"。③

文学作品以施行的而非纯粹记述的方式使用语言，其最典型的标志就是对修辞的运用。文学用无所不在的修辞来说明此物与彼物之间的类似性。这种类似性常是由词语创造出来的，而非事物本身的特征。"大自然中不存在着暗喻、明喻、借代、呼语或拟人，它们只存在于词语的组合中。"④

"一部文学作品就是一个能够开启新世界的咒语、戏法。"⑤ 文学作品以施行的而非纯粹记述的方式使用语言，意味着这一新世界的生成必然是不确定的、未知的。因为"既然文学作品被看成施行的，而不是记述的，它就必须服从控制着言语行为的普遍规律：非认知性。阅读作品时会发生一些事，但真的会发生什么，是无法完全预测、预

---

① J. 希利斯·米勒：《文学死了吗?》，秦立彦译，广西师范大学出版社，2007，第 31 页。
② J. 希利斯·米勒：《文学死了吗?》，秦立彦译，广西师范大学出版社，2007，第 31 页。
③ J. 希利斯·米勒：《文学死了吗?》，秦立彦译，广西师范大学出版社，2007，第 32 页。
④ J. 希利斯·米勒：《文学死了吗?》，秦立彦译，广西师范大学出版社，2007，第 63 页。
⑤ J. 希利斯·米勒：《文学死了吗?》，秦立彦译，广西师范大学出版社，2007，第 33 页。

知或控制的"。①

　　保罗·利科（Paul Ricoeur）在《活的隐喻》一书中论文学的转换生成时指出，"文学"是一种只有"内涵"而无"外延"的话语。在文学创作中，"意义"与"指涉"间的固有联系被"悬搁"起来了，即"意义"拦截"指涉"并终止了现实，同时营建起指向文本的"二级外延"或作用于意义间的"二级指涉"，于是文学作品乃成为自洽自足的整体。② 在某种程度上，米勒的文学生成观与利科的这一看法可谓异曲同工。

三　文学批评的转换生成

　　耶鲁学派文论家不仅论述了语言三维的转换生成和文学世界的转换生成，他们还将相关思考推进到了文学史的生成机制这一层次。其代表者就是布鲁姆。

　　布鲁姆认为，前辈诗人与迟来者之间的复杂关系，若用一种修辞性的语言来表达，就是一种"转义"关系。

　　何谓转义（trope）？在通常的修辞著作中，"转义"一般指一种愿望的修辞，一种非认知的比喻。可是，在《竞争：走向一种修正理论》中，布鲁姆却将它定义为："转义是一种负载永恒的缺陷渡过生成之河的方式，这时，我们自认我们是负载着一位女神。"③

　　布鲁姆为何要为"转义"这一修辞赋予一种如此具有修辞性的定义呢？众所周知，布鲁姆认为，为了获得自身的原创性，后辈诗人必须摆脱前辈诗人给自己带来的影响的焦虑。然而，由于前辈诗人的影

---

① J. 希利斯·米勒：《文学死了吗？》，秦立彦译，广西师范大学出版社，2007，第164 页。
② 保罗·利科：《活的隐喻》，汪堂家译，上海译文出版社，2004，"第三研究第4 节：文学批评与语义学"，第122～135 页。
③ Harold Bloom, *Agon：Towards a Theory of Revisionism*, London：Oxford University Press, 1982, p. 32. 中译文参哈罗德·布鲁姆《批评、正典结构与预言》，吴琼译，中国社会科学出版社，2000，第255 页。

响是如此强烈，如此具有决定性，以致后辈诗人摆脱焦虑的过程，势必为一场艰苦卓绝的征战，由此与前辈诗人形成一种错综复杂的关系。把这种关系放到存在论或本体论的层面上去讨论，我们将发现，"存在就是迟来者，转义的行为就是为了颠倒这种迟来性"。①

布鲁姆认为，"影响或转移是在三个首要的概念之间交易的一个过程：力量、权威和传统。在这一情景中，力量可被定义为伤害的能力；权威则被认作使我们丧失对世界的所有感觉的东西；而传统在此则表现为攫取和强夺的转义"。② 与此相对应，后辈诗人摆脱影响的焦虑，主要依赖如下三种图式："灾难性的创造、对抗性的冲突和矛盾心理的转移。"③

由于前辈诗人与迟来者之间的"对抗—转移—创造"关系不只是一个个案、一个偶然事件，而是一个文学史的序列，因此，"在爱默生的历时意义上说，转义的关键点就是他所说的'它不会停止'。一次转换就是一次流变，一种生成，一个俄耳甫斯式的转喻，其绝境的方面恰能产生'一种快乐的自由感'"。④ 处于这样一种转义机制中的原创性书写，"它不仅反对过去的转义，……而且反对转义本身的过去性，还反对传统修辞学的局限"。⑤

由于极为看重诗人在原创性的文学书写和文学史的转换生成过程中的主体作用，布鲁姆对修辞学或反讽的非个性化主义十分警惕。他说，"不论是传统主义者还是解构主义者，他们的那种冷漠的腔调乃是对力量的个体追求的一种防御性的反应结构。实用主义者的自我戏剧化是诗歌持久的他性更为真实的表现。'阐释的无政府主义'是对误读的必然性做的一个焦虑的命名"。⑥

---

① Harold Bloom, *Agon*: *Towards a Theory of Revisionism*, London: Oxford University Press, 1982, p. 32.

② Harold Bloom, *Agon*: *Towards a Theory of Revisionism*, London: Oxford University Press, 1982, p. 49.

③ Harold Bloom, *Agon*: *Towards a Theory of Revisionism*, London: Oxford University Press, 1982, p. 45.

④ Harold Bloom, *Agon*: *Towards a Theory of Revisionism*, London: Oxford University Press, 1982, p. 33.

⑤ Harold Bloom, *Agon*: *Towards a Theory of Revisionism*, London: Oxford University Press, 1982, p. 32.

⑥ Harold Bloom, *Agon*: *Towards a Theory of Revisionism*, London: Oxford University Press, 1982, p. 41.

当然，布鲁姆试图摆脱解构主义对他所产生的影响的焦虑，似还有更深层更正当的理由。这一理由即"解构主义和其他后海德格尔主义的范式倾向于所谓的语言学模式，把一切都还原为一个造物主的整体的某个稀奇古怪的转义，并将其命名为'语言'，认为它能像尤尼瓦克（Univac）那样行动，永不止息地为我们提供写作的动力。我找不到任何有说服力的理由来为这种转义辩护，如同传统主义的想象力转义也无力把自己辩护为一种能永无止息地激发我们的创造力的凡间神祇一样"。①

基于上述理由，布鲁姆认为，"文学既是一种语言学模式，也是一种推论模式，呜呼，没有任何话语是自主的。其实，一些强力诗歌对另一些强力诗歌的爱憎事实上远远甚于它们的话语模式彼此间的相互作用。一首诗歌在同事实性的战斗中，在反对以前的诗歌的限制性力量的过程中，除了自由的姿态和立场，没有别的武器；并且，对于一首诗歌来说，这些姿态和立场必定都是一些转义"。②

布鲁姆不只是在理论上主张文学创作和文学史的生成遵循一种转义模式。与耶鲁学派其他成员一样，由于强调文学批评也是一种文学书写（创作），因此，在自己的批评写作中，布鲁姆也自觉地实践了这一模式。换言之，就是布鲁姆的理论创造，也完全遵循了这样一种转换生成的机制。

众所周知，整个布鲁姆"影响诗学"的理论体系，都是由一个核心隐喻支撑起来的。这一核心隐喻即将诗歌的影响—误读史解读为一出弗洛伊德所谓的家庭罗曼史，将强者诗人的创作视为俄狄浦斯式的弑父行为。然而，由于普遍采用了一种本质主义的研究方式，学界在谈论这一理论时，大多只是关注了其内容，而根本没有关注其修辞，

---

① Harold Bloom, *Agon*: *Towards a Theory of Revisionism*, London: Oxford University Press, 1982, p. 43. 中译文参哈罗德·布鲁姆《批评、正典结构与预言》，吴琼译，中国社会科学出版社，2000，第267页。

② Harold Bloom, *Poetics of Influence*, New Haven: Henry R. Schwab Inc., 1988, p. 416. 中译文参哈罗德·布鲁姆《批评、正典结构与预言》，吴琼译，中国社会科学出版社，2000，第110页。

就更别说关注其理论的生成机制了。事实上，布鲁姆在援引弗洛伊德的理论时，对弗洛伊德理论的某些侧重点和俄狄浦斯神话的某些含义做了强力的修正。如果不是这样，很难想象，几乎已成常识的弗洛伊德理论，还会产生如此大的轰动效应。

确实，在被学界评价为"震动了所有人的神经"的那本薄薄的小书中，通过确认前辈诗人与后辈诗人之间的"强力影响—强力反叛"关系，布鲁姆将诗人之间的关系比拟为"接近于弗洛伊德称之为家庭罗曼史的案例"，"将诗人之间的关系看作现代修正派历史中的一个个章节"，将制约诗人之间内部关系的"修正比"类比于弗洛伊德的心理防卫机制。但事实上，由于语境的挪移，由于问题领域的变更，布鲁姆绝不可能将二者完全等同，而是有意地凸显了二者相通的某些方面，排斥或隐藏了某些相冲突的部分。

比如，在后辈诗人反叛前辈诗人、挑战以往的权威这出家庭罗曼史中，好像就没有了"母亲"的位置。与此同时，这出家庭罗曼史也没有了弗洛伊德式的乐观主义。

弗洛伊德特别看重欲望的升华，乐观地认为快乐的替代是可能的，第二机会能使我们免于对原始信念的孜孜追求。弗洛伊德把情感的成熟等同于发现被压抑的欲望的可接受的替代物。弗洛伊德还用文学来替代创作家的白日梦。然而，在布鲁姆看来，这种"替代"或"升华"等于放弃了人类的一种梦想——"这种梦想体现了人类最伟大的幻想——对不朽的幻想"。[①] 但是强力诗人们不会放弃这种梦想。不但不会放弃，他们还会以一种悲愤的笔调指出这种追求的注定失败，并继续抗争。这种抗争既朝向自然秩序的"优先"，又朝向精神秩序的"权威"。在这样一种意义上，这诗歌领地上的年轻公民，雅典城邦的"新人"，如果他要成为诗人的诗人，就必然要成为逆反式的人物，一个反叛者。因此，艺术家与自然之间的针锋相对的关系，艺术家对艺

---

① 哈罗德·布鲁姆：《影响的焦虑》，徐文博译，生活·读书·新知三联书店，1989，第8页。

术（家）展开的斗争，将是永恒的，它不会终结，不会有任何形式的替代物。

此外，尽管布鲁姆也将强者诗人的创作视为俄狄浦斯式的悲剧——"双目失明的俄狄浦斯的一场自我窒息的悲壮事业"，但是，在诗歌创作的这出家庭罗曼史中，明显不存在俄狄浦斯式的自我流放的情节——尽管后辈诗人竭尽全力想要杀死前辈父亲，但他从来不会因此而忏悔，更不会以一种自我流放的方式赎罪。

因此，从弗洛伊德的家庭罗曼史到布鲁姆的影响—误读诗学，有着明显的距离和变形、断裂和修正。这一切是如何得以可能的呢？用布鲁姆自己的"转义"理论或耶鲁学派的转换生成理论来解释，恰好若合符契！

第一，在发现了弗洛伊德的家庭罗曼史中的父—子关系与诗歌创作史中的前辈—新人关系之间的某种对应性之后，布鲁姆马上就对弗洛伊德所假设的心理学机制做了一种精神史的改造。这种人为的语境转换和适应领域的挪用，使弗洛伊德的"旧理论"马上就产生了某种"新意义"。

第二，布鲁姆还采用了一种典型的双重书写策略——布鲁姆的理论表述完全是修辞性的。这种修辞性表述使得布鲁姆的"影响—误读"诗学恰到好处地保持了一种语义的张力，使其理论内涵的非确指性、非体系性、感发性表现得更自然。

第三，尽管布鲁姆后来也对弗洛伊德的理论做了直言式的、理论化的阐释，但这种阐释已被系统地做了一种语言本体论的置换。比如，在《竞争：走向一种修正理论》的第四章中，在简要指出了几种对弗洛伊德的强力误读之后，布鲁姆也提出了自己的误读："弗洛伊德的文本既可作为表现语言局限的例证，同时也探索了语言的这些局限，因此也证明和探索了文学的局限，因为文学既是一种推论模式，也是一种语言学模式。"①

　　然后，他就用字面义和比喻义的双重语义模式来比拟弗洛伊德所谓欲望的压抑与升华、替代之间的关系。他说，"弗洛伊德在《超越快乐原则》中的话语之被压抑的修辞学公式可表述如下：字面意义等同于在先性、等同于意义的早先状态、等同于事物的早先状态、等同于死亡、等同于字面意义。要逃离这个公式，只有一种可能，那就是一个更简单的公式：爱洛斯等同于比喻的意义"。②

　　接着，他将修辞的修辞之双重性言说机制置入弗洛伊德的本我之运行机制中，揭示了不同审美风格的产生原因："本我感知本我，这就是对崇高的滑稽模仿，而自我最初的防御，它的原发性的压抑，乃是崇高的真正根源。"③

　　后来，他将言说的转换生成机制与本能的压抑—防御转换机制融为一体："在弗洛伊德看来，防御本身的根源就是原发性的固着，这几乎一开始就是本能的灾难性根源。我们能解释弗洛伊德的这一过分不可思议的理论原则吗，在那里，本能被组织起来之前就有了对本能的逃离？这一模式就是：防御，接着是灾难，再接着是本能。或者，我们可以以转义的形式表述这个三合一的公式：限制或收缩，接着是替代，再接着是表现或恢复。"④

　　最后，他干脆夫子自道，"本能和防御理论仿照的是诗人的修辞学，不论我们是否相信无意识像语言那样是以某种方式被结构起来的。爱洛斯或利比多是比喻的意义；死亡本能是字面的意义。防御是各种转义，因而构成了爱洛斯和死亡本能两者相互影响的方面。爱洛斯和死亡本能是交错地形成的，但这是因为语言中比喻意义和字面意义之

①　哈罗德·布鲁姆：《批评、正典结构与预言》，吴琼译，中国社会科学出版社，2000，第 278 页。
②　Harold Bloom, *Agon: Towards a Theory of Revisionism*, London: Oxford University Press, 1982, p. 107. 中译文参阅哈罗德·布鲁姆《批评、正典结构与预言》，吴琼译，中国社会科学出版社，2000，第 294 页。
③　哈罗德·布鲁姆：《批评、正典结构与预言》，吴琼译，中国社会科学出版社，2000，第 298 页。
④　哈罗德·布鲁姆：《批评、正典结构与预言》，吴琼译，中国社会科学出版社，2000，第 327 页。

间的关系总是交叉存在的"。①

第四，就是布鲁姆还对弗洛伊德理论做了最出人意表的、最戏剧性的翻转，即将弗洛伊德的弑父理论应用在了弗洛伊德本人身上，从其影响—误读诗学的角度来重新阐释了弗洛伊德与其前辈诗人——莎士比亚的关系。要知道，弗洛伊德正是通过阅读莎士比亚而提出他的家庭罗曼史理论的。

在《西方正典：伟大作家和不朽作品》（1994）第十六章中，布鲁姆一开始就断言，"弗洛伊德实质上就是散文化了的莎士比亚"。莎士比亚是"他的隐密权威，是他不愿承认的父亲"。因此，"莎士比亚诱发了弗洛伊德内心极度的焦虑"。②

弗洛伊德是如何反抗莎士比亚的呢？首先他坚持认为，那些假莎士比亚之名的戏剧和诗作，其实是牛津伯爵的作品。换言之，莎士比亚始终只是一个演员，而不是一个作家。因此，莎士比亚是一个冒名顶替的骗子。

其次就是竭尽所能地要将那些伟大的悲剧作品解读为自传体的启示。而莎士比亚只是一个皮货商的儿子。

最后就是将俄狄浦斯情结强加给哈姆雷特。

弗洛伊德之所以要这么做，其实是因为他自己具有哈姆雷特情结或莎士比亚情结。他对莎士比亚的原创性和影响力心知肚明，却因其危及自己的地位而拒不承认，相反，要无情地加以揭露、贬抑甚至诋毁。

然而，就像所有反抗莎士比亚的人一样，弗洛伊德"所遇到的是莎氏最独特的力量中不可超越的障碍：不管你是谁和身在何处，他总是在观念上和意象上超过你。他使你显得不合时宜，因为他包含你，

---

① Harold Bloom, *Agon*: *Towards a Theory of Revisionism*, London: Oxford University Press, 1982, p. 139. 中译文参哈罗德·布鲁姆《批评、正典结构与预言》，吴琼译，中国社会科学出版社，2000，第328页。

② 哈罗德·布鲁姆：《西方正典：伟大作家和不朽作品》，江宁康译，译林出版社，2011，第305～306页。

而你却无法包括他。不论是用马克思主义、弗洛伊德主义还是德·曼的语言学怀疑主义，你都无法以新的信条来阐释莎士比亚。相反，莎氏却以自己的后识而不是先知来阐释信条：所有弗洛伊德思想的精粹已存在于莎剧之中，此外还有莎氏对弗氏的有力批判。弗洛伊德的心灵地图是莎士比亚的，前者似乎只是对后者的肤浅解说。换个角度说，对弗洛伊德的莎士比亚式阅读可以阐明并压倒弗氏的文本；而对莎士比亚的弗洛伊德式阅读只会削弱莎氏的力量，或者如果我们可以容忍的话，将是某种达到荒谬程度的损失"。[1]

问题是，布鲁姆为何要如此解构弗洛伊德呢？一个可能的解释，就是要摆脱弗洛伊德给自己带来的"影响的焦虑"。

四　转换生成的思想史效应

在《我们赖以生存的隐喻》（1980）一书中，乔治·莱考夫和马克·约翰逊指出，大量的语言学证据表明，我们的思想和行为所依据的概念系统大都是隐喻性的。因此，隐喻并非像通常所以为的那样，只是一种诗意的想象或修辞策略，而是我们的思想和行动的基础。我们自己和周围的人大都依赖隐喻而生活。人们只有通过其他的隐喻才能看清隐喻之外的东西。隐喻是我们感知和体验这个世界的绝大部分事物的唯一途径。如同视觉、触觉和听觉一样，它是我们身体机能的一部分。

通过当前的事物来理解和体验另一种事物，或者，通过另一种事物来理解和体验当前的事物，隐喻建构了我们感知、思考和行动的方式。之所以必然如此，是因为我们的感知、思考和行动总是以我们的自然经验（包括身体经验、物体和物质经验等）和文化经验（包括人类交往经验等）为前提的。根据我们的自然经验，如果我们不将我们

---

[1]　哈罗德·布鲁姆：《西方正典：伟大作家和不朽作品》，江宁康译，译林出版社，2011，第20页。

的身体、身体与物体的关系以及物体与物体的关系投入某种空间化的关系体系中，我们是无法为我们的自然经验赋形的。换言之，就是我们将不再具有理解我们的自然经验的可能。根据我们的文化经验，如果我们不将那些无形的、抽象的事物物质化或实体化，我们也无法为它们赋形。换句话说，就是如果我们不将诸如情感、思想、观念、真理、事件、活动、社会关系、文化制度之类的事物看成某种物质或实体，那么，我们就无法"指称它们，将其归类、分组以及量化，从而通过此途径来进行推理"。[①] 由是，便导致了隐喻性的思维（概念）和思维体系（概念体系）的生成。

根据莱考夫和约翰逊的论述，可以认为，所有我们赖以生存的隐喻和隐喻体系，大体可分为三类：一是空间性隐喻，二是实体性隐喻，三是二者的结合所产生的复杂隐喻。空间隐喻最常见的例子是方位隐喻。实体隐喻最典型的例子有两个类型：一是将非人类的事物人化或身体化，如各种拟人和身体隐喻；二是将非物质的事物物体化或物质化，比较常见的有关于思想、时间和关系的隐喻。而将二者结合在一起的复杂隐喻，则种类繁多，最典型的有容器隐喻（如"在森林中""理论视野"）、管道隐喻（如"时光隧道"）、建筑隐喻（如"理论地基"）、线性隐喻（如"生命是旅程"），等等。

隐喻的实质是用一种我们所熟悉的、切身的事物的术语来建构、理解、实施和谈论另一种陌生的、难以理解的事物。反之也若是。这种概念化事物的方式之所以可能，是因为这两种事物之间本身具有某种结构的相似性（这一点与大多数人的意见一致）。或者，更准确地说，是可以为这两种事物建构出某种结构的相似性。

通常而言，任何事物的关系结构都是多维度的、系统性的，这使得描绘它的语言和概念也必然是多维度的、系统性的。由是，当我们

---

① 乔治·莱考夫、马克·约翰逊：《我们赖以生存的隐喻》，何文忠译，浙江大学出版社，2015，第23页。

将一种事物的结构映射到另一种事物身上去的时候，自然地，我们也会将这一事物的结构多维性、系统性映射到另一事物身上去。这种多维度的、系统性的映射使得"隐喻概念能够超越思维和语言的普通字面方式的范围，延伸到被称为比喻性的、诗意的、多彩的、新奇的思想和语言的范畴"。①

然而，隐喻所涉及的两个事物毕竟属于不同的范畴、不同的领域，因此，它们二者之间是不可能具有绝对的结构相似性的。它们之间必然存在无数绝对的差异。因此，当我们用一个系统性的隐喻来谈论一个事物时，在这一谈论中，有关此事物的概念系统性就不可能与彼事物的概念系统性完全对称一致。隐喻是如何克服这一不对称性的呢？通常的办法，就是通过系统性地隐藏一些方面，凸显另一些方面，从而使二者部分协调一致。比如，在"争论是战争"这一隐喻中，当我们全神贯注于争论的战斗一面时，我们便忽略了争论中合作的一面。又比如，在"理论是建筑"这一隐喻中，我们通常用"建筑"这一概念中的基础和外壳部分来建构"理论"这一概念，而其屋顶、房间和楼梯等部分则通常被忽略。

隐喻中的这种凸显和隐藏现象（非绝对相似现象）如何使隐喻自身获得连贯性呢？特别是，当隐喻描绘的不是一种单一经验，而是一种经验的多个方面或一组经验时，换言之，就是当隐喻不再是一个简单隐喻，而是一个混合隐喻、重叠隐喻或交叉隐喻时，隐喻性地表达自身是如何获得某种连贯性的呢？

对此，莱考夫和约翰逊的看法是，经验完形就是结构化一个整体。对经验的多维度完形，就是结构化一个多维度的复杂整体。这一整体（概念）将与同一个事物相关的各种不同的隐喻——其中每一个都部分地建构了一个概念——全部关联起来、统一起来，从而产生一种系

---

① 乔治·莱考夫、马克·约翰逊：《我们赖以生存的隐喻》，何文忠译，浙江大学出版社，2015，第10页。

统性的隐喻蕴含（在这一系统性的隐喻蕴含内部，各种局部蕴含相互交叉、重叠，从而表现为一种蕴含网络）。通过某种线性化的表达形式，这一隐喻蕴含（蕴含网络）就使各种单一隐喻的内部、单一隐喻的不同方面、复杂隐喻（包括混合隐喻、交叉隐喻、重叠隐喻）、多重隐喻（隐喻中套着隐喻）、形式隐喻（表述形式本身的隐喻）以及本体论式的隐喻（隐喻之隐喻）自身连贯了起来。

通过强调某些事情，隐藏其他事情，提供连贯的结构，人类不仅创建了各种常规隐喻，而且还创造了各种新兴隐喻，特别是文学创作中那些富于想象力的新奇隐喻。由于这种新隐喻创造了新的相似性，因而也就创造了一种新经验、新现实、新意义。

总之，通过大量的实证分析，莱考夫和约翰逊最终阐明，"第一，隐喻存在于概念之中而非词语当中。第二，隐喻通常不是基于相似性，……相反，它通常是基于我们经验中的跨域关联，这导致隐喻中两个域之间的感知相似性。……第三，即使我们最深切和最持久的概念，如时间、事件、因果关系、道德和心灵本身，也是通过多重隐喻得以理解的，并通过多重隐喻来推理的。……第四，概念隐喻系统不是任意的，也不是历史偶然，而是在极大程度上由我们身体的共同性质和我们在日常世界中运作的共同方式所塑造的"。①

"简而言之，隐喻是一种自然现象。概念隐喻是人类思维的自然组成部分，语言隐喻是人类语言的一个自然组成部分。此外，存在哪些隐喻以及它们的意思是什么这些问题取决于我们身体的本质，我们在物理环境的相互作用，以及我们的社会和文化实践活动。任何关于概念隐喻的本质及其在思想和语言的角色的问题都是一个经验问题。"②

莱考夫和约翰逊的（隐喻的）"转换生成"理论就暂时概述到这里。

---

① 乔治·莱考夫、马克·约翰逊：《我们赖以生存的隐喻》，何文忠译，浙江大学出版社，2015，第212~213页。
② 乔治·莱考夫、马克·约翰逊：《我们赖以生存的隐喻》，何文忠译，浙江大学出版社，2015，第214页。

将它们与耶鲁学派的"转换生成"论并置在一起，究竟有什么意义呢？

其意义就在于：两相比较，我们将不难看出，如果说莱考夫和约翰逊通过大量的实证案例，发现了隐喻（即人类的思维方式）的转换生成机制；那么，耶鲁学派则通过自觉的理论反思，进一步揭示了转换生成机制的本源性理据——语言三维及其转换生成。换句话说，就理论深度而言，耶鲁学派的转换生成论显然比莱考夫和约翰逊的转换生成论更具本源性。正因为此，耶鲁学派的理论才具有更超越的思想史意义。

莱考夫和约翰逊的隐喻理论不仅彻底地颠覆了西方传统的隐喻观念，① 极大地凸显了隐喻在人类事务中的基础性地位；而且还将批判的触角伸入到了西方传统隐喻观念的思想根源——西方传统哲学的真理观的层面，从一个独特的角度极大地动摇了西方思想传统的根基。

西方传统的客观主义神话认为，"世界由具有内在特性和相互间任何时候都有固定关系的不同物体组成"。② 因此，有关"世界"的"真理"，就是客体自身所固有的性质，是独立于任何体验者的、客观的和绝对的真理。这样的真理观意味着真理就是使话语和世界相吻合，与人和人类的理解无关。基于这样的真理观，西方传统哲学认为，隐喻是不能直接陈述真理的。如果说能陈述真理，那也"只能是间接地通过一些非隐喻的字面意思的解释"。③

与客观主义相对，西方传统的主观主义神话则完全"否认对人类现实进行任何科学'定律'似的解释的可能性"。④

---

① 西方传统的隐喻观念，其错误主要有四：①隐喻是词语的问题，而非概念的问题；②隐喻基于相似性；③所有的概念都是字面的，无一是隐喻的；④理性思维绝不是由我们的大脑和身体的性质塑造的。参乔治·莱考夫、马克·约翰逊《我们赖以生存的隐喻》，何文忠译，浙江大学出版社，2015，第212页。

② 乔治·莱考夫、马克·约翰逊：《我们赖以生存的隐喻》，何文忠译，浙江大学出版社，2015，第185页。

③ 乔治·莱考夫、马克·约翰逊：《我们赖以生存的隐喻》，何文忠译，浙江大学出版社，2015，第145页。

④ 乔治·莱考夫、马克·约翰逊：《我们赖以生存的隐喻》，何文忠译，浙江大学出版社，2015，第195页。

　　然而，根据自己的观察，莱考夫和约翰逊却发现，世界其实是由我们与之互动的"实体"（包括我们的身体、与我们交互的物质环境和与我们互动的其他人）构成的。这些"实体"通过我们的经验、体验和理解发挥作用。因此，任何有关世界的真理，都是一种（人与世界）互动的属性，而不是客观事物的内在属性。任何对真理的追求，都是通过我们的理解，来把握住这种互动。

　　我们之所以能做到这一点，是因为我们的经验、我们的思维、我们的概念系统本身是隐喻性的。我们以隐喻来理解世界、来思考、来行动。而隐喻的本质，恰恰不是通过事物的内在属性来定义的。"相反，它们主要依据互动属性被定义。"①

　　基于上述分析，莱考夫和约翰逊认为，要抛开人类理解来对真理本身做出解释，是根本不可能的。相反，理解是真理的基础，隐喻是最主要的理解手段。隐喻是真实的，真理也是真实的。无论是客观主义还是主观主义，都不足以为人类提供真理。真理只能是经验主义的。

　　莱考夫和约翰逊不只发现了隐喻的概念性质和思维本身的隐喻性，揭示了隐喻性在抽象思维和象征性表达中的中心地位，而且还实现了哲学研究的重心位移：哲学研究的真正对象不应该是某种对象化的"实体"，而应该是某种关系性的"事体"（即"关系"）。从这样一个角度讲，莱考夫和约翰逊的隐喻研究所产生的影响，就不仅表现为为当代修辞学研究重新奠定了根基，② 更表现为为西方思想重新确定了一个运思的方向。

　　有了上述背景，再回过头来看耶鲁学派的语言论思想，我们便不难发现其奠基意义了。

---

① 乔治·莱考夫、马克·约翰逊：《我们赖以生存的隐喻》，何文忠译，浙江大学出版社，2015，第116页。

② 众所周知，自古希腊以来，西方文化中的真理与艺术的关系一直非常紧张。随着实证科学的崛起并成为真理的模型，对诗歌和修辞的质疑更成为西方思想的主流，隐喻和其他修辞手段因其非真理性而再次成为嘲讽的对象。鄙视比喻语言，认为它是一种修辞工具，是真理的敌人，就成了西方思想的流行时尚。从这个角度讲，莱考夫和约翰逊的隐喻研究彻底还原了事情的真相。

对于"永恒不变的真理世界与变化无常的现实世界的鸿沟"这一古老的形而上学难题，现有的各种形而上学，大体提供了两种思考。一种思考假定，二者是两个完全不同的世界。一种思考认为，两个世界同源一体。两种思考都遭遇了不可克服的难题。因为，若假定二者是两个完全不同的世界，那么，它就会面临世界的统一性的分裂：与真理世界完全不同的现实世界，如何可能分有或显现真理世界的真理呢？然而，若假定两个世界同源一体，它又无法解释两个世界为什么会有差别。

为了解决上述困难，形而上学提出了许多思路。一种思路假定世界建基于虚空，一种思路假定世界建基于某种基本的物质实体，还有一种思路假定作为虚体的真理世界与作为实体的现实世界相互奠基。

然而，无论从哪一种假定出发，都会遭遇一系列新的问题。假定世界建基于虚空，那么，虚无怎么会生出实体呢？假定世界建基于某种基本的物质实体，那么，我们只需这些物质实体的相互作用的规律就可以了，何需那高于这个现实世界的必然性真理？假定作为虚体的真理世界与作为实体的现实世界相互奠基，那么，它们的发生性动力又来自何处呢？

在上述种种艰难困境中，耶鲁学派的语言论思想终于为我们提供了如下一种独到的思路或裁决。这一思路和裁决不仅契入了现代西方思想从"实体主义"到"关系主义"乃至发生哲学转向的预流，而且还初步地为这一转向提供了本源性的理论地基：如果将世界看成一个巨型文本，那么，那些构成这个世界的最基本的"物质质料"，无疑就是构成这一巨型文本的基础语料和语法或修辞形式。它们遵循语言三维的转换生成机制，持续不断地生成一个又一个的小文本（或具体存有形式）。整个世界的巨型文本，就是由这些不同层级的小文本，通过无穷无尽的转换生成形成的。这样，这一巨型文本就内在地具有了"沟通""永恒不变的真理世界与变化无常的现实世界"的可能。

归根结底，文学文本本来就是这样一个双重性的文本：作为具体存有形式的语言质料和作为形而上学的意义文本。两个文本（世界）既同源一体，又相互区别，且生生不已。

第三节　说不可说：对语言的本源性之思

一　言说的终极悖论

起初，深得众神宠爱的坦塔罗斯（$Τάνταλος$/Tantalus）统治着吕狄亚的西庇洛斯。他不但拥有参加奥林匹斯山众神集会的特权，还享有和父亲宙斯同桌用餐的恩宠。他因此变得极为虚荣，骄傲自大，专以捉弄诸神为乐。①

坦塔罗斯因此犯下了滔天罪行，被打入地狱，在那里备受折磨。神祇们把他囚禁在一池深水中间，虽然波浪就在他的下巴下翻滚，可是，当他口渴了想弯下腰去喝口水时，水就立刻从他身旁流走。他身后的湖岸上长着一排果树，累累果实压弯了树枝，吊在他的额前。可是，当他饥饿了想伸手采摘时，那些悬挂着的果子就都退到了他的手够不着的地方。除此之外，他的头顶上还吊着一块大石头。这块大石头随时都可能掉下来，把他压得粉身碎骨……②

当笔者在布鲁姆的《影响的焦虑》中再次读到坦塔罗斯神话时，

---

① 他泄露诸神生活的秘密；从他们的餐桌上偷取蜜酒和仙丹，并把它们分给凡间的朋友。他把别人在克里特的宙斯神庙里偷走的一条金狗藏在家里，据为己有。有一天，他邀请诸神到家中做客。为了试探一下神祇们是否通晓一切，他让人把自己的儿子珀罗普斯杀死，然后煎烤烧煮，做成一桌菜，款待他们。在场的谷物女神德墨忒尔因思念被抢走的女儿珀耳塞福涅，在宴席上心神不定，只有她出于礼貌稍微尝了一块肩胛肉。别的神祇早已识破了他的诡计，纷纷把撕碎的男孩的肢体丢在盆里。命运女神克罗托将他从盆里取出，让他重新活了过来，可惜肩膀只缺了一块，那是被德墨尔忒尔吃掉的，后来只好用象牙补做了一块。See Jenny March, *Cassell's Dictionary of Classical Mythology*, London: Cassell & Co, 2001, pp. 718 – 720.

② 参荷马《奥德赛》，陈中梅译，花城出版社，1994，第 215 页。

豁然开悟，所谓坦塔罗斯的苦难，那一定是古希腊人为言说的原初困境所找到的一个最绝妙的隐喻：那真相或真理仿佛就在眼前、嘴边，可是，一旦你试图言说它，它就变得遥不可及。

作为言说的终极悖论，"可说—不可说"的矛盾与关联一直困扰着文学史和思想史上的神祇们。它几乎已成为阻挡文学史和思想史上的新人们走上神圣之路的斯芬克斯，也就成了决定这些新人们最终能否成为新的神祇的试金石。作为祈望成为文学史和思想史的新一代神祇的耶鲁学派文论家们，当他们开始致力于裁决批评或解读的不可能性的时候，当他们开始自觉地追求言说的双重效应的时候，毫无疑问，他们很快就意识到了，他们所面对的真正难题，就是这一斯芬克斯之谜。比如，作为耶鲁学派的领头羊，德·曼至迟在《批评与危机》一文中，就已明确地要求，批评应该具备某种本源意识："忙于自我审查的批评对自己的反思抵达了它的原初起源了吗？这对批评行为的发生来讲是否是必需的呢？"[1] 在语言论转向的启发下，德·曼很快就将这一本源问题确定为言说的原初悖论或言说的终极难题。他说，"我们知道我们整个社会的语言是一个错综复杂的修辞系统，这一装置是为了避免直接地表达欲望而设计的。这一欲望，在该术语的最充分的意义上，是难以名状的——这不是因为它在伦理上让人感到羞耻（如果是这样问题就简单了），而是因为无中介的表达在哲学上根本就是不可能的"。[2] 所谓无中介的表达，即传统语言学的基本假定：语言与欲望的透明对应。这也是传统哲学的终极梦想。然而，从语言论的角度看，这不过是毫无语言自觉的虚幻预设；离开了本身极为不透明的语言，欲望的表达如何可能？

语言从其本性来讲，就是可说—不可说的。耶鲁学派的另一位健将希利斯·米勒，在追寻意识的原初起点的不可能性的过程中，也很快发现了

---

① Paul de Man, *Blindness and Insight*, Minneapolis：University of Minnesota Press, 1983, p. 8.

② Paul de Man, *Blindness and Insight*, Minneapolis：University of Minnesota Press, 1983, p. 9.

言说的这一悖论属性。在《乔治·布莱的"认同批评"》一文中，他发现布莱就已遭遇了类似的困境："在批评中，通过重新经历别人的经历，他一次又一次地体会到意识无法回到出发点。他发现思想中存在一个无底的深渊，每个底部之下还有更深的底部。布莱对作家之我思的探索导致他认识到我思是一种没有开始的经验、是一种无法弥补的思维不稳定性的经验。追求开始的结果是发现不可能达到起源。"① "这种中心的超越性是任何可能达到的起源的缺失。无论探究得多深多远，中心仍然躲着探求者。在最深处之下还有更深处，文学的真实性即由这种无法到达底部的体验所构成。"②

遵循现象学还原的思路，对（作家或批评家）意识的原初起源的追溯，必将遭遇无穷后退的悖论。由是，米勒引申说，"一旦认识到这一失败，意识和语言的关系就不再被视作以文字被动地反映先在的思想。语言就成了思想赖以探索自身深度的工具，思想会借此发现自身内部没有可以企及的起点，并会最终认识到语言本身必须是一种途径，思想可以通过这条途径在自身内部无底的鸿沟上构成连续性和持续性"。③

意识的无穷后退打破了意识的在先性和语言的反映性预设，从而彻底地颠倒了意识与语言的等级关系。然而，语言的优先性或本体地位的获得，必然使语言自身也陷入无穷后退的窘境，从而导致语言无法言说自身。

"布莱对文学的所有研究都旨在证实，在逐渐展开的创造性行为中，意识和语言之间互相补偿、互相依存。在永远不会静止的起点，思想和文字摇摇晃晃地互相平衡着、支撑着。"④ 换句话说，就是意识和语言之关系的颠倒意味着，言说的原初悖论与意识的原初起源之不

---

① J. 希利斯·米勒：《重申解构主义》，郭英剑等译，中国社会科学出版社，2011，第 43 页。
② J. 希利斯·米勒：《重申解构主义》，郭英剑等译，中国社会科学出版社，2011，第 43 页。
③ J. 希利斯·米勒：《重申解构主义》，郭英剑等译，中国社会科学出版社，2011，第 45 页。
④ J. 希利斯·米勒：《重申解构主义》，郭英剑等译，中国社会科学出版社，2011，第 46~47 页。

可能性，具有同样的本源性。

言说何以总会遭遇某种有效性的极限边界、遭遇一种终极的不可能性呢？最根本的原因在于，本源是不可指的。本源是不可指的，这不仅是因为本源不可能成为一个所指的对象（即成为本原），更因为本源是源发生成的、反身相关的。本源既是"在先的"又是"在后的"，因而是不可还原的。本源随语言对本源的追溯而生成，既在语言之中又在语言之外。而要追溯语言的起源，本身是不可能的。

在《小说与重复——七部英国小说》中，米勒是这样来谈论本源的不可言说性的。他说，以往的文学批评或阐释，总是会假定作品中存在唯一的隐秘真理。"这隐秘的真理将被描述为解释的唯一本源，它能说明这部小说中的一切。"① 基于这一假定，作品的读者就和叙述者一样，"被引导着一步步深入文本，期待着迟早将最后一层面纱揭去，那时他将发现自己最终面对的不是失踪的事物的标记，而是完全真实的事物。这将是真实的源头、真正的起点"。② 然而事情的"真相"果真如此吗？事实上，"在一连串事件的开端或结尾的终点处，你找不到能解释一切的依稀可辨的有序化的本原。对这一本原所作的任何系统化的阐述都将明显地残缺不全，它在许多重要之处留下了尚待说明的空白。它是残剩的晦涩，解释者为此大失所望，这部小说依旧悬而未决，阐释的过程依旧能延续下去"。③

本源是残缺不全的，是空白。它始终下落不明，悬而未决。"这下落不明的中心便是依旧在标志到标志、故事到故事、一代人到一代人、……叙述者到叙述者之间蜿蜒曲折行走的那首要的所指物。"④ 人们无从观察它，或对它加以命名。因为它既无法作为现存的事件，也无法作为发生过的往事，更无法作为将要出现的远景而单独存在。"它总是

---

① J. 希利斯·米勒：《小说与重复——七部英国小说》，王宏图译，天津人民出版社，2008，第 58 页。
② J. 希利斯·米勒：《小说与重复——七部英国小说》，王宏图译，天津人民出版社，2008，第 67 页。
③ J. 希利斯·米勒：《小说与重复——七部英国小说》，王宏图译，天津人民出版社，2008，第 58 页。
④ J. 希利斯·米勒：《小说与重复——七部英国小说》，王宏图译，天津人民出版社，2008，第 74 ~ 75 页。

已经发生过，又总是被人遗忘。它古老得令人无法追忆，无论人们追溯得多么久远，记起的只能是些蒙着面纱的影子。在另一个时间向度上，它作为一个永远不会真正来临的结局总是即将出现，或者说它真出现的话也转移到另一个地方，留下的仅仅是又一个僵死的符号……'它'突然间从永远还未成为现实的将来一下跳到永远已经发生、但难以追忆的往昔。……这一切使将起着解释作用的原因公诸于众的企图再一次归于无效。"①　你永远也无法把本源凝固下来，给它确定一个静止不变的原点。本源是持续的断裂，是一再的重复，是时空的逆转和交错，已经出现而又永远也不会到来。

不仅本源是不可指的，换一个角度看，整体与无限同样也不可指。这种情况极大地加剧了言说（或创造）的终极疑难。因为整体之外是否还有更大的整体，无限之外是否还有更没有边界的无限，这些问题使所有对它的言说都必然会遭到自我颠覆、自我瓦解。用布鲁姆在《误读图示》中的话来说，就是它必然会遭遇不在场、外在性和双重的空无与缺乏。

布鲁姆说，"一首诗总是追求完整、高超和成熟，希望充满了在场、丰富性和内在性。但是，需求的限制迫使（反抗和防御的）比率也要去想象不在场、空无和外在性。我要假定，当限制和表现两种比率用来互相替代之时，限制就从一个失落的或所哀痛的客体，转向替代或哀痛者主体，而表现则转回到恢复种种渴望并占有客体的力量。表现指向一种缺乏，就像限制一样，但是是以重新发现充填之物的方式。或者更简单地说，限制的各种比喻当然也在表现，但这些比喻倾向于限制需求，限制那些由于指向语言和自我的双重缺乏，而被置于语言之上的需求，所以，限制的真正意思是这一语境中的认识。表现的各种比喻也承认某个指向缺乏的界限，但它们倾向于既强化语言，

---

① 　J. 希利斯·米勒：《小说与重复——七部英国小说》，王宏图译，天津人民出版社，2008，第 75 页。

也强化自我".①

在这一段话中，布鲁姆暗示，一首诗的整体不仅会遭遇在场不在场的辩证法，而且会遭遇语言的表现和限制的悖论。言说之所以时时处处都会遭遇一种可说—不可说的悖论，根本的原因就在于语言只能在有限的言说中去言说无限的意义。

不只布鲁姆，德·曼常常也感到语言本身的不可说性最为棘手。比如，在揭示了《追忆逝水年华》中马赛尔为了阅读而躲进阴暗凉爽的房间那一段文本的双重性之后，他并未感到满足，而是接着指出：批评的话语不能就此止步！因为他明确地意识到了一个新的问题，即就修辞性的一面而言，普鲁斯特的这段文本的修辞方式究竟是隐喻的还是换喻的？他以一种假装推测的、委婉的语气指出，恐怕我们很难得出肯定的结论。"在一个其句法是换喻的一般从句中，像明暗对比效果或蝴蝶这样的独特隐喻被证明是次要的修辞手段；从这个观点看，似乎修辞被解构它的语法所取代。但是由于这个换喻从句具有主体的语态，因而这个语态同这个从句的关系便再次成为隐喻的关系。"②

布鲁姆认为，言说自身就是一个充实与缺乏的悖论。德·曼认为，尽管修辞或隐喻极大地扩展了言说的表意空间，甚至塑造了有言者最基本的思维方式，但是，在很多时候，我们仍可能遭遇修辞或隐喻的不可能性。与之相较，米勒发现的一个更具挑战性的事实是："本源"之所以不可指，是因为它本来就不是一个所指（对象），而是一种修辞格（的创造物）！以《呼啸山庄》这部小说为例，显然，该小说繁复多样的叙述和富于象征意味的图式预先就假定了某种原初的整体统一。"这幽灵般的闪光是某个由内在的两元状态衍生的整体在外界的投影，这种两元性存在于自我之中，存在于自我和另一个人的关系之中，存在于自然之中，存在于社会之中，还存在于语言之中。这一分裂的

① 哈罗德·布鲁姆：《误读图示》，朱立元、陈克明译，天津人民出版社，2008，第103页。
② 保罗·德·曼：《阅读的寓言》，沈勇译，天津人民出版社，2008，第20页。

情形导致了在某个时刻想必有一种原初的整体统一的情形存在这一观念的产生，这一观念作为萦绕于心的悟性，永远位于人们的眼光难以企及的视野的角落或隐秘的中心部位。既然经验、语言和符号仅仅存在于一个事物与另一个事物的相互对立和相互分化中，那这一悟性就永远不能以语言或其他符号予以恰当的表现，它也不能'直接地感受'。但对我们来说，这一悟性依旧仅仅存在于语言之中。意识到'下落不明的事物'可说是文本自身以及那些将自身附丽在原有文本之上的批评文本产生的效果。这意味着它或许是语言陈述实际行为产生的效果，而不是语言所指涉的对象。《呼啸山庄》中的叙述语言便有着这种开创性的、陈述实际行为的效果。在叙述作品互不相容的异质多样性里，这一叙述不仅导致了单一的本原直觉的产生，而且为这事实（本原也许是语言产生的效果，并不是这个世界里或世界外先前就存在的某种情形或某个'场所'）提供了诸多线索。这种或那种修辞格（替换、同义、描写性的转换、举隅、富于整体意味的象征）创造了这一错觉。这一叙述顺序，由于它永远无法变得透明晶莹，由于它的那些不完全匹配的重复词的不和谐，显示了那些修辞格的种种缺陷。"①

总之，本源不可指（本源不是本原），本源是语言的创造物。语言与本源互为本源。语言是异质多样的、自我区分的、自我施效的。语言在先地陷入了整体的聚合与自我分裂的辩证法中，本源也在先地陷入了整体的聚合与自我分裂的悖论之中。

二　对言说之终极悖论的文学性裁决

尽管言说从一开始就遭遇了可说—不可说的原初悖论/终极难题，

① J.希利斯·米勒：《小说与重复——七部英国小说》，王宏图译，天津人民出版社，2008，第75～76页。

但有言者却始终在不断地言说，以探寻克服这一悖论的终极可能性。伟大的文学家之所以伟大，或许就是因为他们明知自己已身处绝境，却依然要满怀希望地做出绝地反击。

批评家也如是。不过，与作家比起来，他们所置身的险境好像只有过之而无不及。因为他们只能躲在作家身后，借作家之言而反抗言说的不可能性，因此，他们常常遭遇双重的不可能：言说的不可能本身和解读的不可能。他们的心肠也比作家更冷酷更硬：作家常常通过虚构的故事来掩饰这一言说的不可能，批评家却一定要将这一不可能性给揭示出来，然后指出，所有的裁决都不过是一种修辞（所产生的效应）。耶鲁学派就可谓这种硬心肠的文论流派之一。耶鲁学派文论家从多个角度揭示了言说的不可能性。这种不可能性不但没有阻止他们继续言说，相反，倒进一步激发出了他们的勇气和智慧，在某种"可说"的极限边界之处，竭尽所能地揭示了文学（家）挑战、把玩和超越"可说—不可说"悖论的独特方式。这些方式是如此奇特、如此出人意表，以致揭示了它们，在某种程度上，也就等于揭示了文学家之为言说家的伟大，以及文学之为文学或艺术之为艺术的终极秘密。

概括起来，可以将这些方式和策略命名为：审美的精致化。就像德·曼在《阅读的寓言》第二章中所说的那样，"对于里尔克来讲，跟《恶之花》的作者一样，审美的精致化是一个允许他讲述其他不可言说的事物的阿波罗式的策略"。[1] 这里所谓审美的精致化，即指通过完全有准备的、精湛的技巧和幻想，将美和丑的范畴纳入普遍令人感兴趣的主题，赋予其一个处理得体的形式，使美和丑的美学不再互相有别的那样一种策略。

而实现审美精致化的具体手法，首先是奇异性、扭曲或变形。奇异性也就是陌生化。在新批评和形式主义者那里，陌生化仅指一种语

---

① Paul de Man, *Allegories of Reading*, New Haven: Yale University Press, 1979, pp. 22 – 23. 中译文参保罗·德·曼《阅读的寓言》，沈勇译，天津人民出版社，2008，第25页。

言表达的形式手段。通过重新阐释，布鲁姆则逐步把它心理学化、体验化、内在化、历史化和本体化了。布鲁姆认为，陌生化是原创性最为核心的要素；而渴望原创性，就是渴望置身他处，渴望置身于自己的时空之中。

除了布鲁姆，米勒在评论让－吕克·南希（Jean – Luc Nancy）时也提到，由于遭遇了"言说的不可能性"，南希的言说风格呈现了一系列相应的特征。其中之一就是，扭曲了某些关键词的正常的或随意的用法，终止了其在日常话语中的使用方式。它们仿佛毫无牵挂地悬浮在空中，与其他关键词进行着不同句法的重复组合。

接着是悖论式表达。米勒指出，南希反抗"言说的不可能性"的第二种手法，就是诉诸明显的矛盾。比如，在同一个句子中否定刚刚说过的话，等等。

再次就是空间化。南希反抗"言说的不可能性"的第三种策略，就是对所讲故事的奇怪的隐含的空间化。在这个空间里，有关形态的术语一提出来就马上被收回。比如，界限不是边缘、疆界或边界，因为超越了界限就遇不到什么东西了。①

何以借助陌生化、悖论式表达和空间化的策略，就可以使审美变得精致起来呢？根本的原因在于，它们扭曲或打破了日常言说在能指和所指之间的僵化连接，激发了语言内部蕴藏的自我颠覆的潜能，从而重构了一种新奇的时空化情景。用语言论的术语来说，就是它们重新打开了语言的内部空间，从而出人意表地实现了语言三维的分离、变形、重组和转换生成。

然而，说不可说不只是一个局部的难题，只在一些细节层面困扰人们，它还是一个总体性的问题，是每一部作品、每一个作家的全部创作乃至整个人类的文学书写一不小心就会掉入的深渊和绝境。为跨越此深渊和绝境，作家们还发明了如下一些策略。

---

① 易晓明编《土著与数码冲浪者——米勒中国演讲集》，吉林人民出版社，2011，第20页。

重复。普鲁斯特有一个看法，就是认为一个伟大的作家或艺术家，在一生中总是一再地创造着同一部作品："伟大的作家们从来没有创作出一部以上的作品，或者毋宁说，它们在形形色色的环境中折射出了将他们带到世上来的那种独一无二的美。"① 在《小说与重复——七部英国小说》中，米勒引用了这一观点，以为他的"作家总是通过重复来克服言说的不可能性"这一主张提供佐证。

在《小说与重复——七部英国小说》中，米勒分析了各种层面的重复样式。这些重复样式大体可分为三个层次：一是细小处的重复，包括语词、修辞格、外观、内心情态等；二是一部作品中事件和场景的重复，规模比第一类大；三是一部作品与其他作品在主题、动机、人物、事件上的重复，它超越了单个文本的界限，与文学史的广阔领域相衔接、交织。

所有这些重复，在本源的层面上，又可以分为两种最基本的类型："柏拉图式的重复"和"尼采式的重复"，或同质性的重复与差异性的重复。它们的具体表现形态有：作为颠覆有机形式的重复、"神秘莫测"的重复、反讽式的重复、作为内在构思的重复、被迫终止的重复、使死者复生的重复和作为推断的重复等。

由于发现了作家的重复策略，米勒进而认为，批评家也应该如法炮制。他说，如果"无法识别可被证实的、独一无二的意义或意义的本原"是许多文本所传达的最根本的意蕴，那么，最好的阐释策略也许就是和作者创作文本一样，在作品"自身反逻辑的关系中重复着文本的不足之处"，以此来解释"同样不能满足精神对具有一个可证实基点的逻辑秩序的向往"。②

隐藏或沉默。在《奥德赛》中，永远无法知道海妖们对尤利西斯唱了什么歌。据此，米勒指出，"我认为，掩藏秘密，永不揭示它们，

①　此为米勒的译文。参 J. 希利斯·米勒《小说与重复——七部英国小说》，王宏图译，天津人民出版社，2008，第 173 页。

②　J. 希利斯·米勒：《小说与重复——七部英国小说》，王宏图译，天津人民出版社，2008，第 59 页。

这是文学的一个基本特征"。① 作品的整个意义都依赖读者永远无法了解的东西。布朗肖的《海妖之歌》就将"海妖之歌"视为遭遇想象之物的寓言：歌之源是一个空白的、不祥的沉默。

米勒还说，对于文学作品来讲，隐藏或沉默几乎是本体性的。因为，当我们阅读作品时，我们所能了解到的，只能是文字所揭示出的这部分虚拟现实。"当作者把小说中的某些人物放到一边的时候，我们便永远无法知道他们到底在说什么、想什么。正像德里达所强调的，每一部文学作品都会隐藏一些事实。（德里达《激情》）"② 因此，"隐藏起一些永远不为人知的秘密"，是文学作品获得自身权威的一个根本性策略。

在隐藏某种秘密或对某种秘密保持沉默的具体策略方面，布鲁姆发现，伟大作家的手法异常众多。它们包括：隐藏自己的创作意图、秘而不宣、欲言又止、留白，等等。所有这些手法表明，文学的真正奥秘在于，不是极力地要说那不可说的东西，而是通过有意将那不可说的隐藏起来而说出了那不可说的。

给出符号。秘密总是自我隐藏或被作家人为地隐藏。如是，文学如何可能显现秘密或让秘密自身显现呢？对此，米勒的看法是，给出符号。"在《俄狄浦斯王》中，天神的动机根本让人无法捉摸。索福克勒斯与赫拉克利特看法一致：'特尔斐之神既未解释也未隐藏，而是给出了一个符号。'《俄狄浦斯王》的全文可以看成这样一个符号。通常的叙事也可能是这样一个符号。或许，我们之所以需要讲故事，并不是为了把事情搞清楚，而是为了给出一个既未解释也未隐藏的符号。无法用理性来解释和理解的东西，可以用一种既不完全澄明也不完全遮蔽的叙述来表达。我们传统中伟大的故事之主要功能，也许就在于提供一个最终难以解释的符号。"③

---

① J. 希利斯·米勒：《文学死了吗？》，秦立彦译，广西师范大学出版社，2007，第60页。

② 易晓明编《土著与数码冲浪者——米勒中国演讲集》，吉林人民出版，2011，第51页。

③ J. 希利斯·米勒：《解读叙事》，申丹译，北京大学出版社，2002，第14页。

通过重复、隐藏和沉默，通过给出符号，作家让那些不可说的神秘在可说和不可说之间自行显露，作品成为那不可说之神秘的具身化形式。不只如此，高明的作家还会通过一种修辞性的手段，实现对这一形式的再现和反思。其中两种典型的手法，就是隐喻的隐喻和将不可说主题化。德·曼的如下一段话揭示了隐喻的隐喻内部的自反关系："将隐喻的不可能性呈示于我们面前的叙述者是他自己或者隐喻本身，是语法组合段的隐喻。而语法组合段的意义否定了在它之前用反语表述的隐喻。于是这个主体—隐喻反过来便开始了这种二度解构。"①

至于将不可说主题化。由于作家不可能通过理论思辨，而只能通过文学创作本身来裁决可说不可说的悖论，因此，高明的作家常常将可说不可说的悖论问题转变成创作的创造性想象与先验起源的关系问题，通过对这一关系的反复呈现来暗示读者，假如存在"不可说"这一"事情"本身，那么，对这一"事情"本身的言说就是通过对"不可说"的艺术呈现来实现的。托马斯·哈代（Thomas Hardy）的最后一部小说《心爱的》就是这一手法最经典的例证之一。② 米勒指出，"和许多伟大作家一样，哈代作品的中心主题是文学本身，它的特性和力量，这在他早期小说中表现得多少有些隐晦，在他最后一部小说《心爱的》中，这一主题显露出来。它以对性爱的魅力、创造力和柏拉图的形而上学间关系探询的形式出现——正是这一探询使《心爱的》成为 19 世纪一组重要的有关艺术小说中的一员"。③

隐喻的隐喻和将不可说主题化使文学作品表现出了高度的反思性和自我阐释的张力。文学言说的这种双重性或对话性有效地克服了单

---

① Paul de Man, *Allegories of Reading*, New Haven：Yale University Press, 1979, p. 18. 中译文参保罗·德·曼《阅读的寓言》，沈勇译，天津人民出版社，2008，第 20 页。
② 《心爱的》讲述了这样一个故事：雕刻艺术家乔瑟琳·皮尔斯顿从年轻到年老，一生共三次爱上了他心目中的女神的化身——20 岁时爱上的是他的表妹艾文斯，40 岁时爱上的是艾文斯的女儿，60 岁时爱上的则是艾文斯的孙女。每一次他都痴狂地追求他所爱的人，可正当他要拥有她时，他的创作灵感便告枯竭，由此爱情也告终结。参托马斯·哈代《心爱的》，王柏华、周荣胜译，哈尔滨出版社，1994。
③ J. 希利斯·米勒：《小说与重复——七部英国小说》，王宏图译，天津人民出版社，2008，第 169 页。

向度表达的缺陷，使意义在某种居间或关系状态中发生。然而，可说与不可说不只是一个技术层面上的难题，而且是我们的本体存身处境。为唤醒人们对这一本体存身处境的自觉，作家通常还会采用如下策略。

悬而未决。尽管神秘的本原是不可直接讲述的，但是，几乎所有的伟大小说都"展现了由小说的语词产生的那种诱惑力——它使人相信：在本文重复因素的系列之外，存在着某个独一无二的解释源泉或理由，但随之而来的便是以这种或那种方式阻挠由那一信念激发起来的探索"。[①] 伟大作品的这种奇特的悖论结构表明，"一部特定的小说最重要的主题很可能不在于它直截了当明确表述的东西之中，而在于讲述这个故事的方式所衍生的种种意义之中"。[②] 高明的作家很早就领悟到了这一点，因此他总是会让最终的结局延迟到来，他会采取种种拖延的策略，让那最终的秘密或真相总是处于延宕之中。这种有意或无意的悬而未决几乎成了所有文学作品的基本特征。这种特征抗拒任何对作品的单一明确的解释。它让我们意识到所有杰出的文学作品都具有一种双重的言说效果。以《呼啸山庄》为例，这种双重性就体现在：一方面它诱使你相信所有事件背后都存在一种超自然的、先验的"原因"，但另一方面，当你想明确识别它，甚至只是肯定它的存在时，你却不可能办到。因此，《呼啸山庄》的隐秘真理就在于：不存在这样一种批评得以用这种方式系统阐释的隐秘真理。

生成性。所有的文学世界都是"作家"创作的甚或虚构的。对于这一虚构的世界，它"是早就存在只是现在才被作者揭示出来的，还是由作者精心选择或碰巧使用的语言所创造出来的，这一点，目前还无法给出确定的回答"。[③] 我们唯一所能做的事，就是对多重性质的神秘他者向我们提出的要求做出一种回应（我们永远也无法直接面对这一

---

① J. 希利斯·米勒：《小说与重复——七部英国小说》，王宏图译，天津人民出版社，2008，第 162 页。
② J. 希利斯·米勒：《小说与重复——七部英国小说》，王宏图译，天津人民出版社，2008，第 200～201 页。
③ 易晓明编《土著与数码冲浪者——米勒中国演讲集》，吉林人民出版，2011，第 51 页。

他者，无法给它一个确切的名称）。"这是一种硬性的、难以完成的要求，要求我们，也要求俄狄浦斯，获得确切的真相并根据它来行事。"①

总之，言说是不断生成着的，存在的悖论处境是不断延伸着的。我们之所以永远也无法直面神秘的他者，无法给它一个确切的名称，就是因为生成始终具有一种未完成性、不可究诘性。

见证。那么文学言说究竟说出了什么呢？由于我们只能通过阅读纸上的言辞进入每一部作品揭示的独特世界，关于那一世界，文字告诉我们多少，我们就能知道多少，我们无法去什么地方寻找更多信息，因此，"一部小说、一首诗或一个戏剧，就是一种证言。它做出见证。不论叙述的声音说了什么，都伴随着一个潜台词（有时甚至是明说的）：'我发誓这就是我之所见，这真的发生了'"。②

在法庭上，"真实"的证人说的话，至少从理论上来说，可以通过其他证人的证言，或通过别的途径来进行验证。且这样的验证并不悖于证人所说的自己之所见。即使证人在某种情况下自以为真地在说自己所看到的东西但实际情况又并非如此，只要它是真实世界中的证言，其缺陷和空白也常常可以弥补。文学见证却与此不同。你永远也无法证实或者补充一个虚构叙述者所说的话。因此，文学总是保守着自己的秘密，文学总是自己见证自身。

自我赋予。自己见证自身的文学是如何获得自身的力量和权威性的呢？如所周知，经过苏格拉底的去魅和柏拉图的驱逐，文学的权威性不再来自某种神圣的力量，经过文化批评家的解构，文学确实也不能再为世界立法（文化批评家认为这不过是另一种意识形态）。与此同时，文学的权威性来自其作者或来自其社会功能这样的说法今天虽然仍有效但又显得暧昧不明，如是，文学的权威就必然（也只能）"来自'施行地'运用语言，在读者身上巧妙造成一种'去相信'的倾

---

① J. 希利斯·米勒：《解读叙事》，申丹译，北京大学出版社，2002，第38页。
② J. 希利斯·米勒：《文学死了吗？》，秦立彦译，广西师范大学出版社，2007，第59页。

向"。① 这种倾向就是当读者阅读文学作品时，全面接受其所进入的虚拟现实。"作品发生了效果。它打开了一个超现实，通过其他途径都无法达到，也无法用作者意图或阅读行为语境的其他方面来完全解释。文学作品是自己赋予自己权威的。"②

三　文学言说的超越性权能

自柏拉图以来，文学便因其与理式隔了三层而不受城邦欢迎，作家也因其滋长人的欲望和感伤而失去了城邦公民的资格。尽管在不同的历史时期，都有理论家或思想家试图为文学正名，但其理由不外乎文学能模仿真理，或文学能模仿现实（自然、行动），而现实比理式更真实，等等。观点虽然相反，但其思维方式和理论预设则一致，即判断的最高标准都在理性或哲学手里。

只是到了现代哲学时期，因哲学终于承认自己在言说终极真理方面也常常力不从心，现代西方思想才真正在一定程度上认可了文学和哲学的对话性——诗与思比邻而居。

然而，就现代西方哲学自身内部所发动的革命而言，现代西方哲学对传统哲学的局限性的批判，要么过于怀旧，要么过于激进，大都处于一种偏至状态。其极端竟至沦为一种碎片。③ 在这一背景下，耶鲁学派对言说的原初或终极悖论的思考，有什么超越性的意涵呢？

首先，在现代欧陆思潮的启发下，耶鲁学派极大地提升了自己对批评的本体属性的理论自觉，从而使自己对批评（或言说）的不可能性的思考，获得了一种哲学式的本源意识。相关的例子举不胜举。比

---

① J. 希利斯·米勒：《文学死了吗？》，秦立彦译，广西师范大学出版社，2007，第 162 页。
② J. 希利斯·米勒：《文学死了吗？》，秦立彦译，广西师范大学出版社，2007，第 164 页。
③ 比如，索绪尔就将"语言"仅仅看成是"名词的聚集"；维特根斯坦在"语言"的"可说""不可说"之间画了一条绝对的界线；海德格尔的"语言"道说自身仍然是一种形而上学的独断；德里达的"异延"观使"语言"丧失了"聚集"的可能；……显然，这些思想的语言论预设都过于狭隘。

如，在《传统与差异》一文中，米勒就论述过，"那分离的、隔绝的处境和无法抑制的欲望，是人类'原初的'和永恒的困境。那原始的和最初的总体之梦总是延迟的，绝不在这里和现在在场。它由原初和原初的差异生成，开端就是区分"。① 这一替代的模式"将否定作为原初整体的碎片部分的对立面的存在，将否定历史具有重新统一的目的"。米勒为此得出的结论是，历史进程就是内在的重复状况，没有起源或终结。

如果说，米勒的这一本源意识与解构理论有较深的联系，布鲁姆的本源意识则更多地来自某种宗教神秘主义。在《误读图示》的第三章"原始的教导场景"中，布鲁姆先是承认，"对起源的怀旧支配着每一个主要的传统"；② 然后便从他的立场出发指出，就像米尔恰·伊利亚德（Mircea Eliade）所论证的那样，起源"是一个有意义、有价值事物的首次展现，而不是它的后继显灵"。"最初的时间既是强有力的，又是神圣的，而它的再生则逐渐变得比较虚弱、比较不那么神圣了。"③

接着，他便提出了从"起源"到"持续地生成"这一难题："但是，我们如何从起源向重复和连续性过渡，进而向那标志着一切修正性的不连续性过渡呢？难道不存在一个我们需要恢复的失落了的比喻，即我们勉强敢于正视的原始场景吗？"④ 事实上，这一难题就是哲学史上最著名的原初起源的难题。对于这一难题，布鲁姆从文学（批评家）的角度所做出的回答是，"是什么使一个场景成为原始的？场景是作为被观者观照的地方，是无论真实还是虚构的动作发生或上演的地方；每一个原始场景必然是一场舞台的演出或一部幻想的小说，而当这一场景得到描绘时，必然是一个比喻"。⑤

① J. Hillis Mille, *Theory Now and Then*, New York: Harvester Wheatsheaf, 1991, p. 92.
② 哈罗德·布鲁姆：《误读图示》，朱立元、陈克明译，天津人民出版社，2008，第 46 页。
③ 哈罗德·布鲁姆：《误读图示》，朱立元、陈克明译，天津人民出版社，2008，第 46 页。
④ 哈罗德·布鲁姆：《误读图示》，朱立元、陈克明译，天津人民出版社，2008，第 46 页。
⑤ 哈罗德·布鲁姆：《误读图示》，朱立元、陈克明译，天津人民出版社，2008，第 47 页。

布鲁姆认为，弗洛伊德所论述的原始场景（俄狄浦斯的幻想场景和逆子弑父场景）和德里达的原始场景（文字表演行为）都还不是充分原始的；本我（一个强力前驱）与超我（另一个强力前驱）的冲突，才是更充分的原始场景。在这一原始冲突中，须加以重视的首要性因素，就是它的绝对第一性。是它确定了先在性，然后确定了上帝拣选之爱，即上帝对犹太人的爱。"上帝拣选之爱，希伯莱语'ah-bah'，由诺曼·斯奈士（Norman Snaith）追溯到一个词根，意思是'燃烧或点燃'；而在另一个词根中，则指除了家庭爱之外的一切种类的爱。这样'ahbah'就是无条件给予、但是有条件被动接受的爱。在这种爱里，施与必然剥夺接受者。接受者被点燃了，然而，火只属于施与者。"[1] 据此，原初起源就产生了一种辩证法，即接纳与同化。这种辩证法让人产生一种爱恨交织的矛盾心理。

"在我们看来，接纳与同化间的相互作用，取决于文本间的契约，这些契约或隐或显地是由较后的诗人与较早的诗人一起制订的。"[2]于是，原初起源便进入第三个阶段，即"一种个人灵感或缪斯原则的升起，对诗歌起源的进一步接纳，以达成新的诗歌目标"。[3]

接下来，一个个体语词（davhar）产生了。"davhar是一个人自己的语词，它也是一个人的行为和一个人真正名副其实的在场。由于这个阶段，诗的赋形本身就发生了。"[4] 这就是（诗歌）的原初起源的第四个阶段。

第五阶段"依然保存着这样一个深刻的意义，在此意义上，新的诗篇或诗歌是对起源诗篇或诗歌的总的解释或lidrosh（解释）"。[5]

第六阶段"是修正性本身，在此，种种起源都被重新创造了，或者至少是在尝试着重新创造，正是在这一阶段里，一个更新的实践批

---

① 哈罗德·布鲁姆：《误读图示》，朱立元、陈克明译，天津人民出版社，2008，第50页。
② 哈罗德·布鲁姆：《误读图示》，朱立元、陈克明译，天津人民出版社，2008，第52~53页。
③ 哈罗德·布鲁姆：《误读图示》，朱立元、陈克明译，天津人民出版社，2008，第53页。
④ 哈罗德·布鲁姆：《误读图示》，朱立元、陈克明译，天津人民出版社，2008，第54页。
⑤ 哈罗德·布鲁姆：《误读图示》，朱立元、陈克明译，天津人民出版社，2008，第54页。

评能够在各个层次上、包括在修辞学层次上开始"。①

这样，原初起源的过程就被布鲁姆揭示为：绝对在先性的拣选的爱→立约的爱（chesed）→求助于《旧约》中的"神灵"或"上帝气息的力量"（ruach）→个体语词（davhar）的产生→对起源诗篇的总的解释（lidrosh）→希伯来神秘哲学的创造辩证法。

布鲁姆指出，"被提升意识和被强化的需求心理位置，是教导场景上演的场所，这必然是由新到者在他自己身上所开拓的地方，由一个最初的收缩或撤退所开拓，从而使得所有进一步的自我限制和所有自我的恢复方式成为可能。上帝拣选之爱的最初的极度过剩，以及立约之爱中某种不当回应遭致的猛烈反击，两者都被新的诗人加诸他身上，所以，两者都是他的解释，而如果没有这两种解释，就一无所出"。②然后又说，"原始教导场景的终极真理是这一目的或目标，即意义越是密切依恋于起源，它就越是强烈地尽力拉开它自己与起源的距离"。③

原来，在布鲁姆看来，本源的确是不可返回、不可展示的。正因为此，伟大的言说和伟大的作品才要以迟来者的强力意志，重新创造本源！

耶鲁学派的上述回答直接颠覆了我们对本源问题的惯性期待，颠覆了形而上学传统。正因为此，它才充分揭示了文学言说所具有的超越性潜能。

众所周知，像死亡、罪恶、暴力这样一些令人厌恶和恐怖的事情，是人们常常遭遇但又最不愿直视且不能直视的东西。因此，你根本无法谈论。但是，若将它与无数美丽的和光明的客体结合在一起，就可能被赋予一种纯粹外在的、优雅得体的形式。审美的精致化就能做到这一切。从这样一个角度讲，文学就远比哲学有潜力，它能将哲学无能为力的事情讲述得栩栩如生，从而能够更充分地发挥批判效应。

---

① 哈罗德·布鲁姆：《误读图示》，朱立元、陈克明译，天津人民出版社，2008，第 54 页。
② 哈罗德·布鲁姆：《误读图示》，朱立元、陈克明译，天津人民出版社，2008，第 55 页。
③ 哈罗德·布鲁姆：《误读图示》，朱立元、陈克明译，天津人民出版社，2008，第 61 页。

又比如，在现代生活中，庸常性是最普遍的但也是人们最难忍受的存在体验之一。它几乎已成了一个根本的恶或至少也是许多人生命中不可承受之轻。面对庸常性，哲学可以提供尖锐的批判，可以让我们的思想深刻，但却永远也无法驱散这一存在体验。通过虚构或幻想，通过将自己置身于他处，通过自我的扭曲、变形或陌生化，文学至少能让我们获得些许救赎甚至永恒。

人世间许多事之所以难以说、不可说，是因为人世间的许多事情，往往是微妙复杂、自相矛盾的。可是言说却常常无视这一事实，而一定要将之说清楚，于是便犯了一个方法论的谬误或目的谬误。好在言说自身往往也是自相矛盾的。因此，通过自觉地追求一种悖论性的表达，反倒与某种悖论性的事情对应了起来，从而使该事情具有了被表达的可能。

当然，哲学也并非不可诉诸一种悖论式的表达。但是，这种悖论式的表达毕竟不是哲学的主流。更何况，哲学的悖论式表达往往只是在逻辑层面上的，远不如文学在修辞性层面上的悖论性表达更丰富、更灵动。

万物皆流。言说自身也在不断的流变中。言说如何挣脱时间的束缚，为时间中的万物赋形？通过时空转换，使流动的时间暂时呈现静止的空间维度。这无疑是文学的特权，它能使永恒与流变获得完美的结合。而哲学却因过于急迫地想进入超时空的领域，而使永恒与流变断为两截，处于永远的分离与对立中。

人事一言难尽。因此，言说只有不断地借助于重言，才能使言说得以延续。言说必须重复自身，才能使言说可以被猜度、被阐释、被理解、被质疑。因为事物必须不断地显现自身，才可能使自身存在。只出现一次的事物是不存在的；只说过一次的话是不成其为话的。原初起源的法则之一，就是不断地自我重复。哲学总想实现"吾道一言以蔽之"，就只能说是一个形而上学的迷梦。

然而，不管言说（文学）如何使尽浑身解数，它总会遭遇言说的极限边界，即那隐藏着的事物或沉默。对于这一隐藏着的事物或沉默本身，（言说）除了将自己隐藏起来，或保持沉默，又能做什么呢？哲学曾想毅然地做到这一点，然而终究不甘心，因此继续言说。文学的处境就好多了。通过故意地说或不说，它居然把玩起了隐藏和沉默。

当哲学为隐藏和沉默所苦恼的时候，文学却玩起了隐藏和沉默的游戏。文学（言说）为何会如此从容？只因它可以不像哲学那样，总是奢望某种超越于语言之外的对象性的东西，而只是给出符号，就已完成了自身。

文学（言说）尤其能捕捉住某种"言外之意"。换言之，就是通过对对象化的实在的表述，总是能够表述出某种非对象化的东西。哲学言说断断不能。因为它不敢像文学那样，可以大胆地玩弄字面义和修辞义的张力，更不敢玩修辞的修辞、隐喻的隐喻。因此，它往往缺乏文学那种以言取效的功能，无法像文学那样仅仅通过形式本身就能产生影响力。

哲学最喜欢将不可说主题化，但这并不意味着哲学最擅长处理这一问题。事实上，文学在处理这一问题时，通常远比哲学更有韵味。

人间万事最富于魅力、最牵动人心之处，就是事情本身的似知未知、悬而未决。然而，哲学言说却与此背道而驰，它总是期望一种裁决。

言说问题之所以如此复杂，一切都根源于，言说本身是生成性的，万物是生成着的，世界是生成着的。试图把握住这一生成着的世界的本质，也就摧毁了这世界的无限可能。

万事皆空，无物留存。然而，空无为何需要世间万物来见证自身呢？只能说，空无不是物，但也不是虚无。它颠覆了世间万物的实存性，但也正因为此，它否定了虚无。在既不是实存物也不是虚无这一意义上，文学这一想象的奇幻客体，是这世界的最好见证。

说到底，文学（言说）之所以具有如此权能，只因它是自我赋予的，它自己创造了自己。只有它，才有如此自由。只有它，才能创造一切。

四　重构语言诗学

耶鲁学派语言诗学的思想史意义，不只在于它重新彰显了文学言说的超越性权能，更重要的是，它为我们重新审视古今中西的思想冲突提供了一把全新的奥卡姆剃刀，为我们着手有效的思想史反思提供了一种隐秘线索和形式指引。

众所周知，中西思想存在一系列根本的歧异，由此产生了纷繁复杂的冲突，以致中西思想的比较、对话和交流面临一系列的障碍，困难无比。其中之一，就是无法为比较、对话和交流找到普遍有效的平台、路径和方法，更别说达成普遍有效的共识。

根据郝大维（David L. Hall）和安乐哲（Roger T. Ames）的研究，中西思想在如下五个方面存在根本歧异。第一，西方（古典）思想认为万物起源于"混沌"的分离，而中国思想从未设想出一种初始的发端，更缺乏宇宙进化论意识；第二，西方思想将"世界"视为一个单一秩序的整体，而中国思想则认为圆中有圆，方外有方；第三，西方思想断言静止比变化和运动更具优先地位，而中国思想则坚持认为世界生生不已；第四，西方思想相信宇宙秩序为某个超越性的主宰者所创造，而中国思想则认为宇宙秩序由境域中的各种力量"协同"生成；第五，西方思想认为"世界"的变化由一个终极原因所左右和决定，而中国思想则认为变化是一个关联性的过程。①

郝大维和安乐哲认为，西方思想遵从一种因果性思维，其核心特征是具有一种"超越性的诉求"；而中国思想则遵从一种关联性思维，其核心特征是倾向于审美的感悟。这种根本性的歧异极大地妨碍了中西之间的跨文化理解和交流。

---

① 详细论述请参郝大维、安乐哲《期望中国——对中西文化的哲学思考》，施忠连等译，学林出版社，2005，第6~7页；安乐哲《和而不同：中西哲学的会通》，温海明等译，北京大学出版社，2009，第11~38页。

在语言论转向的启发下，当代中国学者进一步意识到中西思想范式的歧异，从根本上来讲，来自又体现为中西表意范型的差异。比如，有论者就指出，"西方的宇宙是一个实体宇宙，其语汇也是实体的"。其语言论预设的核心，是假定语言与世界（心灵）具有对应性和对等性，因而其表达方式体现出了如下特征：一、用概念去对应特定的事物；二、用"定义"去把握事物的本质；三、用"命题"对事物进行陈述；四、用形式逻辑和辩证逻辑去把握诸事物的关系；五、句式（语法）精确。

而"中国的宇宙是阴阳和合、虚实相生的"，因而其话语也是"阴阳和合、虚实相生的"。它的基本信念是：语言与事物和世界是不对等的，因而其表达方式体现出了如下特征：一、概念与事物不对应，因为言不尽物、言不尽意；二、事物的本质不可定义，但可表现、可体悟；三、标举诗性叙事；四、遵从阴阳相成、虚实相生的逻辑；五、句子简洁、空灵，实断虚连。①

应该说，论者对中西表意范式特征的把握，非常准确、到位。但是，若将它与耶鲁学派的语言诗学并置在一起，我们便不难看出其中缺失。

首先，论者的整个论述，都以"哲学"言说为范本，从未提及文学言说这一独特的类型。其次，论者只是揭示了中西表意范式的根本差异，而未揭示其内在的生成机制。事实上，参照耶鲁学派的语言诗学，我们将不难发现，西方思想之所以偏好"直言"式的表意范式，中国思想之所以标举"忘言"式的表意范式，其根本原因，就在于中西思想对语言三维及其转换生成机制有着不同的领会。② 从这样一个角度讲，耶鲁学派对语言三维及其转换生成机制的阐发，就为我们重新审视古今中西的思想冲突提供了一把全新的奥卡姆剃刀，为我们有

————————————

① 详细论述请参张法《走向全球化时代的中国哲学》，北京大学出版社，2011，第 642～651 页。

② 在"直言"式（科学式）的表意范式之外，西方思想还开创出了一种"圣言"式（神学式）的表意范式：道成肉身。

效反思中西思想的歧异提供了一种隐秘的路径。

由于偏执于一种单维度的语言论预设，西方哲学根本无法化解说不可说的原初难题；由于天然地遵从了语言三维的转换生成机制，西方文学不断地发现和实践着各种化解说不可说之悖论的修辞策略，从而体现出了一种超越性的权能。与此相对照，中国思想虽也强调"名实之辨"，认为"名不正则言不顺"，或"名为实之宾"，但中国思想的主流范型，却是"意寄予象，象寄予言"，因而"忘言得象，忘象得意"。在言、象、意交互依存、交互生发的关系中，我们不难领会到，其中所蕴含的语言三维的转换生成机制。① 若再作拓展，在一种表意范式与一种思想类型、文明范式具有紧密关联的意义上，当我们揭示了一种表意范式的局限性，而彰显了另一种表意范式的超越性的时候，我们是否也就发现了建构另一种思想类型和文明范式的理论依据和可能路径呢？这一理论依据和可能路径，在笔者看来，即对语言三维及其转换生成机制的透彻认知和完美践履。

只不过，在对中西语言论思想做出系统的比较之前，在对中西表意范式的生成机制做精细的梳理之前，我们尚无力讨论如此宏大的问题。因而，这里只能简要地指出，立基于语言三维及其转换生成理论，重建语言诗学的可能性。

就当代西方诗学而言，主要有两种重建语言诗学的路径。一种是"由语言通向沉默"，一种是"由沉默通向语言"。如果说，后一种以雅克·朗西埃（Jacques Rancière）等人为代表，那么，前一种则以乔治·斯坦纳（George Steiner）等人为标志。而就当代中国学界而言，也有不少学者开始探讨建构汉语哲学和汉语诗学的可能性。限于篇幅，这里无法讨论如此广泛的议题，只简要地提示一下乔治·斯坦纳的语言诗学之思与耶鲁学派诗学的"互文性"。

在《语言与沉默：论语言、文学与非人道》（1970）一书中，乔治·

---

① 详细论述可参楼宇烈校释《王弼集校释》，中华书局，1980，第 609 页。

斯坦纳一开始就以一种相当沉重的语调指出，在一个灾难性的时代，说不可说这一原初悖论遭遇了新的历史处境，具有了独特的表现形式。这些处境和形式包括："在极权主义制度下，语言与它讴歌的危险谎言之间是什么关系？在大众消费者的民主制度下，语言与它重载的庸俗、模糊和贪婪之间是什么关系？语言，这种传统意义上用来表达有效关系的笼统用语，面对精确话语（如数学和象征符号）日益迫切的全面要求，将会怎样反应？我们是否正在走出词语至上的历史时期，走出文字表述的古典阶段，进入语言衰败、'后语言'形式，甚至局部沉默的时代？"[1]

斯坦纳认为，现代世界的野蛮和政治暴行（19 世纪和 20 世纪的殖民大屠杀、土著居民灭绝、纳粹的犹太大屠杀、斯大林的政治大清洗、动物灭绝，等等）并非某些个别极权独裁者引发的不幸，而是理性人文主义本身的危机。面对这一危机，我们的文学、教育和语言究竟该采取一种什么样的姿态和策略，才能维护自身的尊严呢？是对暴行主动投怀送抱，欢呼礼赞？还是继续坚守自柏拉图以来人们就怀抱的一个希望——"希望文化是一种人性化的力量，希望精神力量能够转化为行为力量"，以对野蛮和黑暗进行充分的抵抗？

不幸的是，作为大屠杀时代的产物，我们当中的许多人（特别是学院派批评家）所选择的立场却是：无视它的存在，假装什么都没有发生，对它保持冷漠与沉默！这种状况究竟是如何发生的呢？在高雅文化的魅力和非人化的诱惑之间，在文化交际理想与历史现状之间，在语言和现实之间，究竟发生了什么，使得在我们还未到来之前，人文价值和希望就遭到了前所未有的毁灭？又是什么原因使我们对文学中的悲伤异常敏感，却对现实中邻人的苦难麻木不仁，竟至丧失了最基本的道德判断力和批判能力？

斯坦纳指出，自古希腊以来，西方思想史的主导信念是："一切真

---

① 乔治·斯坦纳：《语言与沉默：论语言、文学与非人道》，李小均译，上海人民出版社，2013，第 1 页。

理和真相，除了顶端那奇怪的一小点之外，其余的都能够安置在语言的四壁之内。"① 因此，在长达两千多年的时间里，在人们的心目中，语言几乎是可以讲述一切的，语言的疆界无远弗届。可是，17 世纪之后，数学语言（科学语言）逐渐从语词语言（日常语言）中分离出来。人们对现实的经验和认知分裂成不同的空间。越来越多的知识领域接受了数学模式的统治，真理、现实和行为的诸多重大领域开始退出语言描述的疆界。宇宙间的真相，究其本质而言，至此已开始处于语词之外。语词的世界急剧萎缩，能够由语词给出必要而充分阐释的现实的数量也急剧锐减。

当历史学、经济学和社会学也设法把数学的方式和程式嫁接到语言的母体中，甚至哲学、艺术也开始用数学的方式来分析语词语言的时候，语言的危机便彻底到来。从此，"语言不再视为通向可证真理的途径，而是像螺旋或镜廊一样，将思想带回到原点"。②

科学语言的扩张使日常语言失去了真理的力量，大众传媒的普及则使语言浅薄化。经典形式的叙述和比喻被复杂而短暂的方式取代，人们的阅读能力和真正能够识文断字的能力也急剧退化。语言似乎失去了部分精确性和活力，随着陈词滥调、未经省察的定义和残余的语词而僵化。传统价值的共同体随之解体，词语变得扭曲而廉价。

在这样的背景下，政治暴行和谎言对语言的利用就无所顾忌、肆无忌惮了。它们将语言从道德生活和感情生活的根部斩断。语言从此便变得异常苍白、贫瘠、极度贬值、非人化。

总之，不管是因为语言内部的堕落，还是因为语言外部的挤压，我们时代的语言都感受到了死亡的威胁。语言的生命力下降了，溃败

---

① 乔治·斯坦纳：《语言与沉默：论语言、文学与非人道》，李小均译，上海人民出版社，2013，第21 页。

② 乔治·斯坦纳：《语言与沉默：论语言、文学与非人道》，李小均译，上海人民出版社，2013，第28 页。

了，彻底失去了真理和道德的光辉。

然而，语言与人类是有着某种本体的关联的。作为有言者，人类一方面虽是语言的创立者和守护士，但另一方面又是语词庇佑和统治下的臣民。因此，语言和人类的生命是一而二、二而一的。语言的生命即人类的生命，语言的衰败即人类命运的衰败。那些弄残语言的人，必将弄残自己。面对此情此景，人类必须重新担当起语言的守护者的重任，必须将语言的魔力归还给语言。

首先，"人类拥有了语言，或者说，语言拥有了人类，人类就挣脱了沉寂"。① 换句话说，就是在拥有语言之前，人类是处于寂静之中的。拥有语言使人类与无言的动物世界陡然割裂。

其次，语言"是人类反叛诸神的核心力量。借助语言，人类可以模仿或者挑战诸神的特权"。② 换句话说，就是自从有了语言，人类就敲开了诸神之门，就可以建造一切，可以传布流言，可以将诸神的秘密带到大地上。

这一点在诗人身上体现得最为明显。"正是诗人守卫并繁衍着语言的活力。在诗人那里，古老的语词保留着共鸣，新生的语词则从个体意识活跃的黑暗中提升到集体的光明中来。诗人危险的行动与诸神相仿。他的诗歌是城市的建设者；他的语词具有诸神不想承认的人类所有的力量，馈赠永生的力量。"③

然而，语言毕竟是有边界的。当语言遭遇自身的极限边界的时候，人类生命和语言的本体同构性，使得人类命运也必将遭遇自身的极限边界。

语言的边界有三种表现形式：光线、音乐和沉默。

---

① 乔治·斯坦纳：《语言与沉默：论语言、文学与非人道》，李小均译，上海人民出版社，2013，第44页。
② 乔治·斯坦纳：《语言与沉默：论语言、文学与非人道》，李小均译，上海人民出版社，2013，第45页。
③ 乔治·斯坦纳：《语言与沉默：论语言、文学与非人道》，李小均译，上海人民出版社，2013，第45~46页。

语言无法充分捕捉光线。"在诗人语言的尽头，强光开始照亮。"①这一强光即超验的存在。

语言无法充分表现音乐的理想境界。"当语言到了尽头，或者发生了根本性的演变，语言就见证了一种更柔软、更深邃的难以表达的现实和语言。"② 这一语言就是音乐。音乐是比语词语言更深层、更神秘的语言。

语言无法超越沉默。沉默是语言的内在成分。当"语言到了尽头，精神运动不再给出其存在的外在证据。诗人陷入了沉默。在此，语言不是接近神光或音乐，而是比邻黑夜"。③ 因此，沉默是语言的极致。

归根结底，语言是悖论性的。人类的命运也若是。

比如，尽管拥有语言使人类摆脱了寂静，但同时也意味着人类开始自我流放，脱离了原初的无言的有机生存状态。

又比如，假如上帝的"逻各斯"意味着完全的交流，意味着创造出自身的内容和真实存在，那么，在神言和人言（人类所创造的碎片化的鲜活语言）之间，就必然存在相互折磨与背叛。

诗人们的如下存在境遇充分说明了这一点：一方面，诗人们能将语言的活力发挥到极致，能够创造出新的神祇，能够保护人类——阿喀琉斯和阿伽门农永远活着，埃阿斯在巨大的黑暗中仍在生气，能够用语言筑就的堤坝来阻挡遗忘，能够用语言铺就的将来挫伤死亡；但另一方面，诗人们也为此付出了惨重的代价——从未停止过欢唱的荷马双目失明，无畏地接近太阳的伊卡洛斯玩火自焚……

再比如，尽管诗人可以通过进入前所未有的语言，进入诗人自己发现的、他此前并不知道是他能力所及的类比与修辞来表现灿烂的光

---

① 乔治·斯坦纳：《语言与沉默：论语言、文学与非人道》，李小均译，上海人民出版社，2013，第48页。

② 乔治·斯坦纳：《语言与沉默：论语言、文学与非人道》，李小均译，上海人民出版社，2013，第56页。

③ 乔治·斯坦纳：《语言与沉默：论语言、文学与非人道》，李小均译，上海人民出版社，2013，第56页。

辉；尽管诗歌和音乐同源，语言可以和音乐合流；尽管诗人可以通过选择沉默来进入沉默，以暗示超越语言之物；甚至，诗人可以通过转向更高贵的语言——行动来超越沉默；但是，我们仍不得不指出，沉醉于沉默的诱惑，是极其危险的。

因为，沉默的双重性似乎是不可克服的。一方面，沉默的确并不意味着对言说的否定，相反，在某种意义上，倒是对言说的展开和延伸。沉默是诗人创造力的基本要素之一。沉默象征着语言超越了自我，象征着语言并不需要另外一种媒介，就能在与语言相呼应的对立面和对语言进行明确的否定中实现自身。没有说出的语词，没有被听到的声音，往往比说出的、被听到的更加丰富有力。

特别是，当我们的世界充满了野蛮、谎言和暴行时，再没有什么比保持沉默更有尊严、更有力量的了。但是，在另一方面，此时的沉默往往又在瞬间翻转为放任语言的贬值和衰败，对人间苦难无动于衷，对非人道行为无能为力。因此，在此时，放弃言说无疑就是选择了一种自杀性的修辞。

面对这样一种存在的悖论，有言者究竟该如何应对，才能永葆语言鲜活的生命力呢？斯坦纳的建议是：向另一种语言开放（学习至少一种非欧洲语言）！

托马斯·曼（Thomas Mann）曾说，"语言是一个巨大的秘密，维护一种语言及其纯洁性的责任，是一种带有象征性的精神责任，这种责任不仅仅有一种美学意义。对语言的责任，从本质上说，就是对人类的责任……"[1] 斯坦纳深以为然。因此，为了"更深地理解我们文化中作为特殊遗产的荒芜部分，更深地理解那些已经暗中削弱的东西、那些或许能够恢复对现代社会进行洞察的资源"，[2] 我们必须重建一门

---

[1]　转引自乔治·斯坦纳《语言与沉默：论语言、文学与非人道》，李小均译，上海人民出版社，2013，第117页。

[2]　乔治·斯坦纳：《语言与沉默：论语言、文学与非人道》，李小均译，上海人民出版社，2013，第4页。

新的"语言哲学"。这门哲学将带着与生俱来的惊奇，重新回到如下这个事实："语言是人独特的技艺；只有依靠语言，人的身份和历史地位才尤其显明。正是语言，将人从决定性的符号、从不可言说之物、从主宰大部分生命的沉默中解救出来。如果沉默将再次莅临一个遭到毁灭的文明，它将是双重意义的沉默，大声而绝望的沉默，带着词语的记忆。"①

乔治·斯坦纳对语言的衰败现象异常愤慨和忧虑。将他的文字与耶鲁学派诗学并置在一起，牢牢地把握住其"互文性"，将为我们打开语言诗学的无限可能性。

如前所述，耶鲁学派揭示了言说的典范形态——文学语言是如何化解说不可说悖论的。与之相对，斯坦纳则关注了言说的另一极端现象——语言的死亡或衰败。表面上，这两种语言诗学毫无关联，然而，若我们把握住了语言三维的转换生成机制及其奥秘，我们将不难发现，两种语言诗学在事实上紧密相关。如果说，典范性的文学语言最充分地展现了语言三维的转换生成的无限可能，那么，受权力、暴力、欲望与资本所操控和污染的谎言，就是将语言三维单维度化、将发生性真理本质化的极端状态。由此必然产生政治灾难、审美灾难和意义灾难。

由是，在耶鲁学派语言诗学和斯坦纳语言诗学的交互参照下，我们便看出了重建语言诗学的如下可能。一方面，我们可以大胆地摆脱语言诗学的形式主义束缚，去讨论传统的语言诗学所无法讨论，而斯坦纳却念兹在兹的语言与政治、语言与文学的未来、极权主义的谎言和文化衰败对语言所产生的压力、语言与其他意义符号（如音乐、翻译、数学）、语言与沉默的相互关系以及语言的内在悖论等问题；另一方面，我们又可为这样的讨论提供全新的理论依据。因为，乔治·斯

---

① 乔治·斯坦纳：《语言与沉默：论语言、文学与非人道》，李小均译，上海人民出版社，2013，第5页。

坦纳认为，要摆脱言说的终极困境，要挽救语言自身的衰败命运，我们必须把希望寄托于"历史"，寄托于某种新的表意范式的兴起或转型。而在耶鲁学派看来，这一新的表意范式，即对语言三维及其转换生成机制的全新领会、全新实践、全新创制。

对此，斯坦纳似乎充满了信心。在《在毕达哥拉斯文体》（1965）一文中，他说，"我们的文化见证了史诗和'高雅'戏剧的兴衰，见证了诗歌从社会核心记忆功能或议论功能中撤退。现在，它正见证着小说放弃根本目标。但是，可能有其他文体，其他表述形态，在暗中生效。在我们混乱的生活中，用于书写洞见的新表述模式，新语法或诗学正在出现"。①

总之，耶鲁学派的语言论直观，为一种新的人本主义语言诗学提供了理论基础；而斯坦纳等人的语言诗学，则提前为这一语言诗学勾勒了理论前景。

或许，由于与特定政治经济社会有内在关联，语言在任何时候都有可能被污染，可能感染上腐蚀肌体的致命病菌，可能退化，可能吸纳谎言，可能为罪恶辩护，可能为毒气室制定杀人的操作规范，可能为极端的暴行提供合法性论证；但语言之所以为语言，是因为它在退化与堕落的同时，也必然为我们提供了逃离旧语言、开创新语言的先天可能。

必须重新学会倾听原初起源处的寂静和终极无限处的沉默！

---

① 乔治·斯坦纳：《语言与沉默：论语言、文学与非人道》，李小均译，上海人民出版社，2013，第100页。

第三章

时间三矢：

耶鲁学派的时间诗学及其形而上意义

第一节 时间三矢：耶鲁学派的时间直观

一 作为语言之生成性基底的时间

如果要为 20 世纪西方思想的理论转向提供一个精准的修辞性命名，我将毫不犹豫地选择米勒的这样一种说法："语言的时刻！"[1]

"语言的时刻！"——这一短语的意义不仅在于，它以略带独断和夸张的姿态凸显了语言论转向在整个西方思想史上的位置；更重要的是，它还一语中地地揭示了存在的一个深层秘密：语言与时间的交织！从这样一个角度讲，"语言的时刻"这一说法的有效性，就不只是在于它为现代西方哲学的语言论转向提供了一个精确的历史坐标，而更在于它以其特有的语义张力，揭示了现代西方思想转向更复杂更深层的秘密：语言论转向与时间哲学转向的交错重叠。

现代西方哲学认为，从思想史的实际看，语言和时间的秘密已被遮蔽太久。因此，现代西方哲学的根本任务之一，就是从不同角度出发，重新揭示它们的秘密。然而，经过了半个多世纪的努力，至迟在

---

[1] 这是米勒 1985 出版的一本书的书名：*The Linguistic Moment*：*From Wordsworth to Stevens*。

20 世纪 60 年代，现代西方哲学发现，与传统哲学相比，究竟该如何解开语言和时间之谜，自身同样也无能为力。正是在这样的背景下，耶鲁学派文论家从文学批评的角度出发，对（文学）语言和（修辞）时间的错综复杂关系的天才直观，才具有了特别的价值。

耶鲁学派不只是简单地在文学批评的领域再次印证了现代西方思想走向的合法性——语言终于走向了现代西方思想的前台，语言终于占据了人类思想的中心位置；更重要的是，为了彻底揭示文学的发生性动力，他们还将反思的触角推进到了语言的生成性基底——时间本体的层次，从而使语言论转向获得了更深刻的本源性。不仅如此，由于牢牢地把握住了语言和时间的复杂关联，他们还在有意无意间为时间之谜的裁决找到了最佳的切入点或媒介前提，从而将时间哲学转向推向了新境。

耶鲁学派文论家几乎都表现出了对语言和时间的错综复杂关系的敏感与痴迷。在语言论转向和时间哲学转向的时代背景下，耶鲁学派文论家是如何打通二者的阻隔，获得这一有关"语言"的时间诗学顿悟和"时间"的语言论直观的呢？首要的动因，就在于他们对批评的阐释学处境的本体自觉：批评不只是一种修辞的策略，更是一个时间的进程。比如，早在《美国新批评的形式与意图》一文中，德·曼就已敏锐地意识到，阐释的循环不仅牵涉语言本身，更牵涉时间的本体结构。这一被如此长久地遗忘的事实提醒我们，形式除了是完成它自身的进程之外，绝不是任何东西。

对批评的阐释学处境的本体自觉使德·曼很快就意识到了批评的本体存身状况：语言和时间的交织！作为这一本体存身状况的产物，已经完成的批评文本或文学作品的"形式"，就不再是新批评所意指的那种对象化的"客体"，而成了一种意向性的、主体间性的和体验性的"完形过程"。用德·曼的话来说，就是，"已完成的形式绝不会作为一个可能与语言的感觉或语义维度相一致的作品的具体方面而存在。它是作为为回应自身的问题而自我揭示的作品、在阐释者的头脑中建构出来的。不过，这种在作品和阐释者之间的对话是无止境的。……只有当它意识到它自己的时间困境并认识到产生总体性的境域就是时间本身的时候，理解才可以叫完成"。[1]

"形式"不是一种对象化的东西，而是一个意向性的、主体间性的和体验性的"完形过程"。这一时间本体化的新形式观意味着，语言与时间的交织不只是批评家在从事阐释时的本体存身处境，更是文学存在的最基本的事实！基于这一直观，在《阅读的寓言》第二章"修辞手段（里尔克）"中，德·曼直截了当地说，"一旦我们聆听到隐藏在语言中的歌声，歌声便将自然而然地引导我们达到时间和存在的和谐"。[2]

为了进一步阐明这一观点，在该书的第三章"阅读（普鲁斯特）"中，德·曼对普鲁斯特《追忆似水年华》中关于阅读的那个核心文本[3]展开了详细的分析。德·曼认为，普鲁斯特的"这段文本具有一部文艺作品的所有外表，它的结构如此牢固，以致它不断地吸引对它自身系统的注意力，并招致一种对观图表式的再现。文本追随着在读者的'意识中由内到外同时并存的多层活动'。通过一根从最私密的内部空间到外部世界的轴线，它及时扩展了单一时刻的复杂性。这个结构不是时间性的，因为它不包含持续性。当叙述从中心移向边缘时，该段文本的历时分析除了是一个单一时刻范围内的补充连接外，它还是对差别的空间呈现。对一部声称是对回忆的单一时刻的叙述扩展的小说而言，这段叙述无疑具有典范性的意义。从当前时刻到连续序列的转变，与作为瞬时叙述的小说写作行为相一致。此刻，通过叙述者和作者的合为一体，这个行为将同自我的阅读行为并存。在这一过程中，通过对当前处境的发生过程的重演式回顾，叙述者和作者充分地

---

① Paul de Man, *Blindness and Insight*, Minneapolis: University of Minnesota Press, 1983, pp. 31 – 32.

② 保罗·德·曼：《阅读的寓言》，沈勇译，天津人民出版社，2008，第35页。

③ 中译文请参普鲁斯特《追寻逝去的时光·第一卷·去斯万家那边》，周克希译，华东师范大学出版社，2012，第83页第一段至第84页第一段；《追忆似水年华·第一卷·在斯万家这边》，徐和瑾译，译林出版社，2010，第83页最后一段至第84页末。

理解了他们的当前处境（包括这个处境的一切否定的方面）。这种情况与读者对《追忆似水年华》的适当反应相同。以普鲁斯特的小说为媒介的读者把叙述的表达理解为也包括他在内的真正认识的施与者。'时刻'和'叙述'是互相补充的、对称的，彼此可以相互替代而又不会混淆的镜子般的反射。通过一个回忆或预期行为，叙述可以恢复瞬息时刻的丰富经验。我们回到了总体化的隐喻世界。叙述是时刻的隐喻正如阅读是写作的隐喻"。①

德·曼的上述看法显然得到了耶鲁学派其他文论家的支持与响应。比如，在《小说与重复——七部英国小说》中，米勒就曾这样说，"小说中对叙述语态的处理与人类时间或人类历史的主题（它们看来是小说形式中固有的东西）紧密联系在一起"。② 在《阿尼阿德涅的线》中，他说"讲故事，即将人们的生活'经历'用语言表达出来，在写作或阅读过程中就是那种经历的中断。叙述就是沿着一条永远移植于直接经验的时间线索的寓言化"。③ 我们完全可以把这一说法视为米勒对叙事的基本定义。

对语言和时间的复杂关系的敏感，不仅仅来自对批评的阐释学处境的本体自觉。时间本身对诗人的原创性写作所带来的焦虑和压力，乃是更令人感伤、更刻骨铭心的诱发因素之一。对这一焦虑和压力的直观，集中表现为布鲁姆的"影响诗学"。在《影响的焦虑》中，布鲁姆指出，渴望不朽之所以是人类最伟大的幻想，乃因为速朽是人类生存最基本的现实。这一基本的现实困扰着世间最敏感最脆弱的诗人，"每一位诗人的发轫点（无论他多么的'无意识'）乃是一种较之普通人更为强烈的对'死亡的必然性'的反抗意识"。④

布鲁姆认为，为了反抗死亡，具有创造力的天才诗人必须向时间

① Paul de Man, *Allegories of Reading*, New Haven: Yale University Press, 1979, pp. 67 - 68. 中译文参保罗·德·曼《阅读的寓言》，沈勇译，天津人民出版社，2008，第72页。
② J. 希利斯·米勒：《小说与重复——七部英国小说》，王宏图译，天津人民出版社，2008，第201页。
③ J. 希利斯·米勒：《重申解构主义》，郭英剑等译，中国社会科学出版社，2011，第167页。
④ 哈罗德·布鲁姆：《影响的焦虑》，徐文博译，生活·读书·新知三联书店，1989，第8页。

暴君发起抗争。抗争的途径通常有两种：一种是在诗中直接发起对时间暴君的进攻，这是一种注定会失败的悲剧；另一种就是通过原创性写作以获得不朽的声名，以一种非时间性来超越有限时间的囚禁。从这样一个角度讲，要（成功地）反抗时间暴君，语言或语言的原创性，就成了不可或缺的媒介之一。换言之，反抗时间的唯一可能性，就是语言和时间的交织！

如果说，德·曼和米勒更多地关注了语言和时间的和谐性，布鲁姆则更多地纠结于二者的冲突和竞争。在《竞争：走向一种修正理论》中，他继续强调说，人类生存的基本事实就是"有限的男人和女人在时间中相互争斗且与时间争斗"。"诗歌，无论多么强劲有力，都是对时间的抵御和对空间的抗拒，且只有通过嵌入时间和空间来捍卫自己的领地。"①

"诗人意志是对时间的对抗，是报复性地寻求用'它应当如此'来替代'它就是如此'。不过，这一对抗总是分裂为两个东西，因为诗人意志必须让另一个令人难以忍受的替代物'我就是'来替代'它应当是'。对立的双方都渴求优先性。"② 而诗歌创作，就是为这一交互替代寻找一种心理学的防卫机制或修辞学的转换机制。

"就诗人而言，防御始终都是一种转义，而且始终都是针对先前的转义的。而本能，在诗人看来，则是对不朽的冲动，并且可以称之为是所有诗歌转义中最大的转义，因为它甚至把死亡——文字的死亡，我们的死亡——都变成一种比喻，而不是现实。"③

布鲁姆始终认为，诗人的意志或者说诗人的崇高渴望具有与利比多或死亡本能同样的神话学本质。而唯一能承载这一神话学本质的，只有原创性的语言或语言所体现出来的原创性品质。在《西方正典：伟大作家和不朽作品》的"序言与开篇"中，他还坚持这样说，"文

---

① Harold Bloom, *Agon*: *Towards a Theory of Revisionism*, London: Oxford University Press, 1982, p. 30.
② 哈罗德·布鲁姆：《批评、正典结构与预言》，吴琼译，中国社会科学出版社，2000，第312页。
③ 哈罗德·布鲁姆：《批评、正典结构与预言》，吴琼译，中国社会科学出版社，2000，第312页。

学不仅仅是语言，它还是进行比喻的意志，是对尼采曾定义为'渴望与众不同'的隐喻的追求，是对流布四方的企望。这多少也意味着与己不同，但我认为主要是要与作家继承的前人作品中的形象和隐喻有所不同：渴望写出伟大的作品就是渴望置身他处，置身于自己的时空之中，获得一种必然与历史传承和影响的焦虑相结合的原创性"。①

在该书的第一篇《经典悲歌》中，他又说，"文学最深层次的焦虑是文学性的，我认为，确实是此种焦虑定义了文学并几乎与之一体。一首诗、一部小说或一部戏剧包含有人性骚动的所有内容，包括对死亡的恐惧，这种恐惧在文学艺术中会转化成对经典性的企求，乞求存在于群体或社会的记忆之中。即使是莎士比亚，在其最有感染力的十四行诗中也徘徊于这一执著的愿望或冲动。不朽的修辞学也是一种生存心理学和一种宇宙观"。②

总之，耶鲁学派的上述观点表明，语言与时间的交织不仅是批评家在从事阐释的时候的本体存身处境，也是诗人在创作和书写时必然要卷入的自我救赎之旅，更是文学存在（事实上它很快就会扩展为人类存在）的本来状态或原初事实。

二 时间的修辞化

语言与时间错综复杂地交织在一起，时间乃语言的生成性基底。对这一基本事实的发现意味着，任何对文学或语言的发生学讨论，如果未能深入时间本体的层次，那么，在任何时候，这样的讨论都不可能获得某种基础性的地位。耶鲁学派文论家既然对语言和时间的错综交织如此敏感，这注定了他们对语言之谜的探讨，必然会转变为对时间之谜的叩问。

---

① 哈罗德·布鲁姆：《西方正典：伟大作家和不朽作品》，江宁康译，译林出版社，2011，第9页。
② 哈罗德·布鲁姆：《西方正典：伟大作家和不朽作品》，江宁康译，译林出版社，2011，第15～16页。

　　转变的标志或中介环节之一，就是"时间"或"时间性"成了耶鲁学派文论家自觉运用的分析视角或概念框架之一。比如，在《时间性的修辞学》（1969）一文中，德·曼就已很娴熟地从时间性的本体高度出发去看待象征和讽喻的区别。德·曼认为，"在象征的领域里"，实体与意象（再现）的关系"是一种同时性关系"。"然而在讽喻的领域中，时间却属于原初性的构成范畴。"讽喻符号"必须涉及先于它的另一种符号。于是，讽喻符号所形成的意义，就只能由前一符号的重复（在此术语的克尔凯郭尔意义上）构成，而且，它在本质上既然与前一符号相同，而前一符号又具有纯粹的先在性，那么，它就永远不能与前一符号相吻合"。①

　　米勒敏锐地指出了德·曼的上述分析所具有的理论深度。在《幽灵效应：现实主义小说中的文本间性》一文中，他指出："无论如何，德·曼所谈的有两个显著特征值得强调。一个是'构成的'一词的重现，这个词是德·曼在表征关系的讽喻符号中说明时间的权力时才使用的。该词预示了德·曼对言语行为理论的修正：在此向度上他声称言语自身述行式地运作，不受发出言语行为的'我'或自我的干涉。在讽喻里，时间是独立述行式的、构成型的。它自动运行，以安置意义，而不受人类的干涉。时间就是那种'源始'感。起源之点不在于最初的符号，而是在暂时性之中，……"②

　　米勒接着说，"德·曼论述的另一显著特征是表征关系的讽喻符号的否定性，这与在象征中意象与实体的理想吻合正好相反。因为前一符号具有'纯粹先在性'，讽喻符号永远不能跨过他们之间的时间间隔与前一符号达至吻合。……前一符号之所以具有'纯粹先在性'，因为对于作为一个纯粹的存在的它，你是无法通过回溯时间之河的历程而达至的。因此，它不曾也不会作为一个有形之源头而存在，正是在其基础

---

① Paul de Man, *Blindness and Insight*, Minneapolis: University of Minnesota Press, 1983, p. 207.
② 易晓明编《土著与数码冲浪者——米勒中国演讲集》，吉林人民出版社，2011，第58页。

之上，后一个（我不说'现存的'）讽喻符号的意义得以构成"。[1]

由于有了上述"时间性"维度的理论自觉，这使得耶鲁学派文论家在面对文学或文学作品时，很自然地便将"时间"或"文学中的时间"确认为批评所应关注的最核心的主题之一。

然而，这一表面上看起来十分"自然"的转变在实际上却面临一个巨大的困难。这一困难即时间言说的难题或时间本身的悖论。

众所周知，时间之所以成为困扰西方形而上学的永恒之谜之一，原因之一，就在于时间不是一个认识或反思的对象，而是一个本体存在的过程。对于这一本体存在的过程，一旦我们将之课题化，我们也就永远丧失了言说其秘密的可能。道理很简单：一旦将时间转换成一个认识或反思的对象，这一对象便从时间中分离了出来，从而远离了时间本身，马上衰变成一个对象化的"物体"或"颗粒"。

然而，问题的复杂性在于，在体验、思考和谈论时间的过程中，如果我们不将时间抽离出时间之流本身，将之对象化、课题化，那么，我们又不具备反思和把握时间的前提。两千多年以来，西方形而上学就一直深陷在这种两难困境之中，不可自拔，始终未能破解时间之谜。

因为，一旦我们将时间对象化、课题化，我们就势必要将时间实在化。这种实在化倾向与人们对时间的线性感知结合起来，很自然地就会产生过去、现在、未来的区分。然而时间是不可实在化的。由此便必然导致"现在"的虚无，也就是导致时间的抹除。可是，如果我们不将时间对象化、课题化而又要谈论时间，那么，我们就只能将时间视为一种先天必然的形式。一种先天必然的形式是远离我们的具身化时间体验的，由此必然导致时间的消失。

这就是西方形而上学所一直面临的"永恒—非永恒"的时间之谜。面对如此情形，耶鲁学派的时间之思，提出了什么样的应对之道，得出了什么样的开创性结论呢？基于对语言与时间的错综交织这一基

---

[1]　易晓明编《土著与数码冲浪者——米勒中国演讲集》，吉林人民出版社，2011，第58页。

本事实的直观，耶鲁学派发现，时间反思的唯一突破口，就是彻底地摒弃传统的将时间对象化、线性化的思维方式，自觉地介入时间的生成性力量之中，牢牢地把握住时间的修辞化进程或转化机制。耶鲁学派是如何实现这一转向的呢？细绎其文本，我们认为，其中最关键的一步，就是发现了某种时间性存在和文学性存在的内在悖论的同构性。在这方面，德·曼对文学现代性的反思，最富有启示。

在《文学史与文学现代性》一文中，德·曼指出，"现代性"和"历史性"的冲突，从根本上来讲，不过是尊今与崇古这两种价值取向之冲突在各领域的一种外在表现形式。而之所以会产生尊今与崇古之价值取向冲突，根源又在于，人们预设了"现在"与"过去"的断裂及其二元对立。事实上，"过去"与"现在"的划分、"历史性"和"现代性"的冲突，具有深刻的悖论性。它们本身不过是时间自身内部的悖论结构的外在体现而已。由于这一悖论结构与文学现代性的悖论结构具有某种本体的对应性，因此，只要我们把握住了文学现代性的悖论结构，我们也就具有了谈论时间之谜的可能性。换言之，就是我们只要把握住了时间的修辞化进程，也就可能把握住时间进程本身。

德·曼的分析是这样开始的：深入地反思一下现代性，我们马上就会发现，这一术语的有效性极有疑问，特别是将它应用或失败地应用于文学的时候。在作为一种行动或行为方式的现代性，与作为在文学或历史上扮演了重要角色的"反思"或"观念"的现代性之间，可能存在内在的固有矛盾。成为现代性的自发性与声称对现代性作反思相冲突。文学与现代性是否协调也不确定，更别说历史与现代性的关系。

德·曼写道，"现代性"一词最近频繁地出现。它看起来既是一个意识形态的武器，又是一个理论问题，甚至还是使文学理论与文学实践的联系得以部分恢复的方式。然而，"在历史上的其他时期，'现代性'这一话题可能只是被用作一种自我界定的尝试，一种诊断自己目前状况的方式"① ——在那样的时代，现代性通常并不是其自身内部的一个价值，相反，倒是特指独立地存在于现代性之外的一系列价值。因此，要全面地描述文学现代性的多种表现形式显然是不可能的。我们只能通过追问现代性何以成为一个问题，以及这一问题对于文学或文学的理论思考来讲何以如此急迫，来接近问题本身。

现代性何以会成为一个问题呢？根本的原因在于，它意味着一种要与"古代的""传统的""经典的""浪漫的"，一言以蔽之，"历史的"相决裂的强烈愿望和冲动。尼采虽然表面上没有以"现代"的名义来攻击"历史"，但他攻击"历史"的理由，却把握住了真正的现代性精神。这一理由即"生命"。②

在尼采那里，"生命"不仅是生物学的，同时还是一个时间性的术语，意指一种遗忘任何先在于现在境况的事物的能力。尼采认为，以一种非历史的方式来经历生命，是最重要和最原初的经验。它是所有权利、健康、伟大和人性的基础。相反，历史是囚禁人性的锁链。因此，从根本上拒绝历史，就是实现人类命运的必需，是人类行动的必要条件。

根据尼采的上述看法，德·曼总结说，"现代性就存在于渴望荡涤一切先来的东西的形式中，存在于抵达至少可以叫作真正的现在的地步的希望中，即抵达一个标志了新出发点的原初起源"。③

现代性把自己的信仰全都投注于作为原初起源的现在。然而，由于任何现在都是一种正在消逝的经验，这种经验使过去变得难以挽回又无法忘怀，因此，当现代性这么做的时候，它到头来必然会发现，在它脱离过去的同时也脱离了现在。

被视为一项生命原理的现代性变成了一项起源原理。现代性的这

---

① Paul de Man, *Blindness and Insight*, Minneapolis：University of Minnesota Press, 1983, p. 143.
② 尼采之所以要攻击"历史"，恰因为"现代"太沉溺于"历史"。因此，在尼采笔下，"历史"和"现代"是一伙的，都对立于"生命"。
③ Paul de Man, *Blindness and Insight*, Minneapolis：University of Minnesota Press, 1983, p. 148.

一悖论结构表明，挣脱历史的链条是不可能的。"只有通过历史才能征服历史。现代性于是只是作为一场冒险的历史过程的地平线而出现。"① 历史和现代性相互毁灭又相互依赖。

根据上述分析，德·曼指出，"所有本质上是时间性的概念，当被用来指称本质上是语言学的事件的时候，其疑难未定的结构都会获得特别繁复的复杂性"。② 文学现代性就是这样一个被"误用"或被"转换"的典型概念。

文学现代性具有什么特别丰富复杂的内涵呢？一方面，假如我们认可了德·曼对现代性的诊断，我们马上就会发现，文学同行动，同没有历史的、未经调节的自由行为具有某种构成性的密切关系。文学天生就对作为一切审美经验之构成要素的现在极其敏感。文学对即刻性有一种不可遏制的欲望，文学总希望在瞬息之间完成自身。因此，文学天生就很现代。

然而，假若我们真的公开地表达了这种现代性诉求，我们马上也会发现，这样一种承诺根本不可能实现。因为，从一种连续的瞬时性这一角度看，对现在的再现根本就是不可能的。我们不可能把一种重复的和一种瞬间的模式结合在一起。除非我们实现了对连续的时间性预设的逃离，让更加广阔的时间意识参与进来，把现在的开放性和自由同所有其他时间维度——过去的重负与未来的关注结合起来，从而产生了对时间的一种总体性和完整性的意识。只有这样，我们才能将即刻性和完整性、纯粹流动与形式结合在一起。

在哪里可以发现这种成功的案例呢？在《文学史与文学现代性》这篇文章中，德·曼指出，就在波德莱尔评论康斯坦丁·纪斯（Constantin Guys）的绘画的那篇名文中，就在波德莱尔本人的创作里。

在《现代生活的画家》中，波德莱尔把由即刻性和完整性、纯粹

---

① Paul de Man, *Blindness and Insight*, Minneapolis：University of Minnesota Press，1983，pp. 150 – 151.

② Paul de Man, *Blindness and Insight*, Minneapolis：University of Minnesota Press，1983，p. 144.

流动与形式的结合所产生的综合体视为一个"精灵"，把文学的现代性诉求视为一个无法餍足的非自我的自我（向着文学起源的原初时刻）的回归。而波德莱尔的创作历程，从早期诗歌的感觉的丰富性到晚期散文的持续的讽喻化，恰与这一"背离—回归"的进程相对应。从这样一个角度讲，我们说，所谓现代性的悖论，并非不可描述。它只不过是躲到了语言的修辞手段的背后而已。相应地，那现代性悖论背后的时间性悖论，也如是。

回顾德·曼的整个分析，可以看到，他之所以能够从文学现代性的分析中使时间分析得以可能，原因在于，从一开始，他就摒弃了对文学现代性做编年史的和实证主义义式的考察，摒弃了那种社会学的和本质主义式的思考方式；再也不把现代性看成一个对象、一种现成的历史事实、一种本质不变的属性；而是将它纳入一种时间本体论的层次，将之视为一种存在论的行动和事件来谈论，从而发现了言说的悖论结构与时间的悖论结构的本体同构性，进而找到了言说时间的可能——将时间修辞化。从此，不仅时间本体和时间对象的分离不再是一个难题，即便是时间与超时间、流变与永恒的对立和断裂，也有了裁决的可能。因为，时间的修辞化使得对时间的总体化把握不再遥不可及。诗人们早就洞悉了这一切并做出了原创性的尝试。里尔克就是其中最杰出的代表之一。

里尔克的诗《祈祷的码头》开头是这样的：

> 清澈的黄昏的河水……
> 映着……
> 镜像的悬浮世界
> 它比任何时候的事物更真实。①

---

① 此处译文采用的是沈勇的版本。参保罗·德·曼《阅读的寓言》，沈勇译，天津人民出版社，2008，第44页。

德·曼认为，在这一开头里，河水所反射出来的镜像世界与白天的普通世界的颠倒产生了一种新的总体化。根据诗歌的下文，"这个新的总体本质上是时间性的：组钟的声音，这个依旧保存着的现实的音调还具有衡量时间推移的作用。通过不再把布鲁日看作稳定不变的现实，而是看作时间消逝和被侵蚀的形象，消失在不反射的表面的日常世界中的现实被发现了：活着的布鲁日比'死去的布鲁日'更缺乏真实。最后在结论性的分析中，时间的星座像声音一样具有回答疑问的作用。当时间被按照它的变化无常的真理被领悟之后，时间就成为一个听得见的现实"。①

德·曼指出，"对时间的这个体验是非常自相矛盾的。它对通常作为永恒和持久的对立面出现的一切加以默许。这个证实被保留在对时间消逝的富有魅力的，但又丧葬似的形象化的比喻中，这个形象化比喻令人喜爱，仿佛是一种感官的快乐，'一串组钟的/甜蜜葡萄'，而这种感官的快乐实际上是使城市变为幽灵般记忆的死亡的丧钟。同样，这个新的时间性的声音将具有它的对立物的一切属性：在诗的结尾，一个新的交叉使寂静和喧闹的属性相互交叉，并用寂静的特性来标示组钟的声响：

> 河水的上面留存什么？——我相信，唯有寂静，
>
> 寂静休闲地品味着，
>
> 悬挂在天空中的一串串，
>
> 由组钟串成的葡萄。②

时间的比喻化赋予了时间另一种总体性。这一总体性具有了时间的对立物的所有属性。无论如何，德·曼的这一洞见都与布鲁姆通过原创性写作以反抗时间暴君的诗学主张相印证。

---

① 保罗·德·曼：《阅读的寓言》，沈勇译，天津人民出版社，2008，第46页。
② 保罗·德·曼：《阅读的寓言》，沈勇译，天津人民出版社，2008，第46~47页。

三　时间三矢

文学现代性的悖论性表明，文学的特性是由它持久地保持自身的特性的无能为力来定义的。自文学存在的原初时刻起，情况就是如此。这一事实很快就显示出，"文学并不是作为一个自我否定的单一时刻而存在的，而是一个多重时刻（相叠加）的实体。如果你愿意的话，这一实体可以被当作一连串的瞬间或持续的一段时间来再现——不过仅只是再现而已。换句话说，文学可以被当作一个运动来再现，并且本质上是这一运动的虚构的叙述"。①

如果上述判断属实，那么，从时间本体的角度看，文学就并不是在单维度的时间向度上生成的，而是由多重的时间向度相交而成的织体。这一多重的时间向度的交织，构成了时间或文学时间的千古之谜。如果"现在、过去和未来的交错叠加"这一说法并不是对它的最好的描述，那么，我们该如何打破流俗的划分方式，重新划分时间的内在构成呢？从耶鲁学派的文本中，我们所能读出的一种可能的回答是：时间实际上具有三个维度，一是经验的线性之维，二是先天的差异之维，三是存在的共在之维。与这三个维度相对应，我们可以把时间重新划分为：活生生的现时、分裂的绵延和自反的共在。我们将以具体的例子来阐明这一洞见的含义。

如前所述，在耶鲁学派文论家中，德·曼较早地发现了时间的多重叠加性。在《阅读的寓言》第三章"阅读（普鲁斯特）"中，他一开头就提到，对于《追忆逝水年华》，乔治·普莱（Georges Poulet）教导我们，要思考其"不同时间层的并置"。然而，究竟该如何评价普莱的这个观点呢？在接下来的讨论中，他没有直言式地直接回应这一问题，而故意采取了一种修辞性的迂回策略。

---

① Paul de Man, *Blindness and Insight*, Minneapolis：University of Minnesota Press, 1983, p. 159.

在接下来展开的对《去斯万家那边》中关于阅读的那段核心文本的讨论中，德·曼指出，这段叙述是围绕着"我的生命的一切力量的专一而坚定的喷涌"这个核心的、统一的隐喻展开的。在这个隐喻中，阅读的各个层次被说成是构成了"似乎静止不动的彩虹色喷泉的不同层面。"这个修辞手段的目的在于获得最大限度的和谐，即运动和静止的和谐，以及在作为单一时刻的历时形式的叙述样式中至关重要的综合。叙述的不断涌出（'喷涌'）把超越感觉和时间之上的同一性描写成某种易于看见和感觉因而能够理解和清楚描绘的东西，就像阅读的无与伦比的、永恒的魅力可以按照一棵树干的一圈又一圈的年轮的样子来划分一样。在一个局部和整体的封闭系统中，垂直并置和水平连续的互补性被牢固地建立起来。对于叙述来说，对这个互补性的证明将不会中断、不会参差不齐。这种参差不齐允许将小说的叙述结构的特征看作一个既碎片化的又重新统一的即可以称作'融化'或'熔合'的游戏。连续性不仅明显地表现在转变的流畅或无数的对称布局中，也明显地表现在意义和结构的严格一致中。"①

如果我们的阅读足够细心，我们就会向这段文字提出如下一个疑问：小说叙述本身是如何围绕着一个核心的时间隐喻（"喷涌"）而次第展开并获得了运动和静止的和谐、单一时刻的历时形式和总体时间的共时形式的综合、叙述的碎片化与整体性的统一、垂直并置和水平连续的互补以及连续与转变的一致的呢？

文本所能给予的回答就是：通过单一时刻的修辞化，把超越时间的同一性转化成一个具有循环性的时间过程，从而使时间重新获得某种统一性和完整性。

表面上看，在文本所给予的这一回答中，我们只看到了时间的两个维度：单一时刻和整体性的、同一性的共时。但是，如果我们考虑到，

① Paul de Man, *Allegories of Reading*, New Haven: Yale University Press, 1979, pp. 68 – 69. 中译文参保罗·德·曼《阅读的寓言》，沈勇译，天津人民出版社，2008，第 73 页。

德·曼写作此文的目的，乃是要解构文本的同一性，而文本的字面义与隐喻义相互瓦解的机制，恰与某种时间的差异绵延的维度相对应，进而考虑到，这一解构乃以被解构的维度的事先存在为前提，那么，我们便不难发现，从时间本体的角度讲，使叙述最终成为文本的秘密，乃是时间三维的交错并置。

德·曼只是较为隐蔽地打开了重新划分时间的可能。真正对时间三维做出了较为细腻的分析的，当数米勒。在《小说与重复——七部英国小说》中，米勒注意到，"小说由众多的重复现象组成"。故事的各个部分在读者首次接触到它时，就已经在一些人的生活中、一些人的头脑中、一些人的叙述中，在先前的文本中、在其他的文本中、在同一个文本中反复地发生着。由此决定了"小说的时间结构是开放的，……每个事件都可回溯到其他事件，它解释它们，又被它们所解释，与此同时，它又预示那些将会发生的事情。每个事件都作为无穷无尽的回归、前行这一过程的一部分而存在，在这一过程中，小说的叙述在整段时间中断断续续地来回推移，在它的流动变异中徒然地追寻着某个稳固的基点"。①

通过这一简短的总结，米勒就简明扼要地告诉了我们小说的时间结构的奇妙之处：首先，小说时间的开放性结构预示了一个无限性的维度；其次，在这一开放性的内部，无数次地回溯过去、前瞻未来的可能性意味着时间的不断重临、重复，以及重复的重复或重复的叠加；最后，每一个稳固的基点都是无望的。

小说叙事是如何呈现这一奇妙的时间结构的呢？主要有三种策略。其中第一种就是对某些活生生的瞬间现时的把握。以萨克雷的《亨利·艾斯芒德的历史》为例，表面上，该作品中老年亨利对青年亨利的生平经历的追忆"似乎证实了这样一种理论（和普鲁斯特的学说大致相同）：心灵和心灵产生的富于感染力的记忆都存在着间歇，因此我们能记住一些事情，但绝大多数被遗忘了；记忆是一连串鲜亮、璀璨

---

①　J. 希利斯·米勒：《小说与重复——七部英国小说》，王宏图译，天津人民出版社，2008，第39页。

的光亮，其间是人们束手无策的遗忘的黑洞——事实上这里萨克雷有关回忆的学说和普鲁斯特有着很大的不同。每个琐碎的细节都预示着艾斯芒德和瑞切尔关系中某个决定性的时刻，每个细节都是时间向前流动过程中的一次停顿，可说是一次心跳未能起搏——它徘徊不前，与前后奔涌的巨流相隔绝。每个细节都是一个静态的影像，它牢牢地印在记忆中，这儿空间代表了时间。琐碎的细节，通过某种形式的举隅，代表了小说的整体场景，并使亨利得以进入这个场景。而整体场景——空间上的全景通过另一种举隅手法，代表了时间的前后顺序，使他得以充分拥有他的全部生活。空间是记忆、是总体记忆的贮藏器。像对每一个这样的场景和下一个场景间的种种情形所作的详尽叙述暗示的那样，总体记忆包揽无遗，准确无比"。①

　　根据哲学史的经验，瞬间现时不可谈论。因为我们一旦谈论它，它就面临被无限分解的可能，由此变为一个"空无"。然而，在文学时间的奇妙结构中，尽管这一瞬息的现时仍无法获得其稳固性，但是，它却可以作为奔涌的时间过程的一次停顿和某个决定性时刻，被再现和记忆，并通过举隅法，代表小说的整体场景和对时间的总体记忆。因此，不管这些停顿和决定性时刻的中间是否隔着一道鸿沟，是否有距离，是否会中断，也不管它们彼此之间是否有必然的逻辑联系，是否能够连缀起活生生的时间之流，我们都可以把它从时间之流中分离出来，并加以确认。由是，所谓琐碎的细节或活生生的瞬息现时，就成了可以识别的时间的第一个向度或特征。

　　在解读《德伯家的苔丝》时，米勒提出了这样的问题：究竟该如何理解哈代"想用艺术的形式表现出一连串真正互相连贯的事情"这样的创作意图呢？又该如何看待小说中"众多事件的连续出现，首尾依次衔接"？"苔丝的活动轨迹横贯英格兰南部的道路，最终这些事件在时间中排成了一行，清晰地映现出来。苔丝生活中的每个事件当它

---

①　J. 希利斯·米勒：《小说与重复——七部英国小说》，王宏图译，天津人民出版社，2008，第 104 页。

出现时，它本身便加入到先前事件的序列中去；当它们积聚起来时，瞧！它们构成了一幅图案。它们构成的图案凸现在时间和英格兰的大地上，与雕刻在白垩丘陵上的史前时代的马群很相像。在叙述者、读者，最终甚至是主人公自己追溯往昔的眼里，突然间图案便出现在那里。恰巧每个事件都脱离了自身，被聚拢到图案中。"①

为了解释小说中的这一时间连续现象，传统的理论假定，"每一部小说都有居于中心地位的结构，如果能识别那中心，便可对中心结构作出解释。这一中心将处于作品中各个因素作用的范围之外，它将解释这些因素，并将它们组合为从这一中心脱胎而来的某个明确的意义图案"。②

根据这一假定，人们提出种种认为是独一无二的理由——包括社会的、心理的、遗传的、物质的、神话的、玄学的或巧合的，等等——来解释"为什么苔丝要受如此多的痛苦"。每一种解释都将文本视为"以任何事物自然发展的某种主要原则为起始点的总体化的过程"。

然而，假若我们意识到，一大批互不相容的理由（或解释）存在于同一部小说中，它们不可能都是对的；那么，我们就有可能怀疑，继续假定作品必然有一个独一无二的、说明性的理由，是否是对的。与此同时，当我们意识到小说叙述线条的多重性后，继续假定小说的叙事线条是单一的，就很可能是一个错误。

于是，米勒认为，小说中的事件并不是围绕着一个中心按自然发展的顺序被组织起来的。后来的事件加入先前事件的序列，只意味着事件与事件之间产生了共鸣，而非线性地递进。每个事件只是指涉先前事件和未来事件的符号，是其他事物的参照物。

不仅如此，由事件产生的图案没有源头。"并不存在所谓'原初

①　J. 希利斯·米勒：《小说与重复——七部英国小说》，王宏图译，天津人民出版社，2008，第159页。
②　J. 希利斯·米勒：《小说与重复——七部英国小说》，王宏图译，天津人民出版社，2008，第159页。

的形式'，有的只是它们无穷的系列；它们排列成行行列列，被记载下来——仿佛这个图案'存在于古旧的书籍中'，总是由人们从先前留存的样本中复制出来。"① 这种奇特的重复是"非人格化的、内在的、自我增生的"，它不受外在力量的操纵。它是差异的重复，是分裂的绵延，是我们可以从时间中识别出的第二个向度。

通常认为，小说叙述中的异延力量消解了文本的中心，消解了文本的统一性。然而事实上，它只不过是消解了单一叙事的同一性预设而已。对文本中心的消解并非必然走向虚无，相反，而是引导叙事走向叙事自身。"许多叙事方式，通过吁请注意一个事件重复另一个事件的方式，而不是它作为事件的明显的时序推进，因而打破了年代的次序，并诱使读者将它看作同时存在的一系列相互重复的事件，像地图上的村庄或山峰在空间上向外伸展。"②

这一自反关涉的力量把时间的过去朝向和未来朝向的散漫无边封闭了起来，并调转了它们的方向。它可以完全不顾及现实时空的囿限，自由地把不同时空的时间并置起来。它可以彻底地打破年代学上的先后顺序，把同一时空的不同时间倒错起来。它创造了一个又一个虚构的世界，并把这些世界安置于同一世界。因而，它揭示了时间的最后一个向度：自反的共在。

四　"时间"的祛魅与返魅

众所周知，西方形而上学的线性时间观强烈地暗示和支持了一种单一的、均质的时间想象，因而从始至终都不是在揭示时间的奥秘，相反，倒是竭尽所能地遮蔽和祛除了时间的魅力。尽管有不少哲学家曾试图通过赋予过去、现在、未来以独特内涵，来破除这种对时间的

---

① J. 希利斯·米勒：《小说与重复——七部英国小说》，王宏图译，天津人民出版社，2008，第 160 页。
② J. Hillis Miller, *Fiction and Repetition*: *Seven English Novels*, Oxford: Basil Blackwell Publisher Limited, 1982, p. 35.

贫瘠理解，但总体上丝毫未能动摇西方时间观的基本格局。

产生这种状况的原因有很多，其中之一，就是传统西方形而上学未能把握住时间的意向性品质。尽管人们早就区分了现实时间和想象时间、经验时间和先验时间、主观时间和客观时间等，但是它们并非意向相关的，而是断为两截。在这一背景下，胡塞尔的时间哲学所取得的重大突破，就在于他率先发现了意识和时间（意识）的意向性关系，然后从此关系出发，去追溯时间的原初起源。只不过，由于未能发现意识和时间之意向性关系的中介——语言，使得胡塞尔的时间哲学之思，始终局限在意识哲学的范围之内。

胡塞尔的时间哲学也经历了一个演变的过程。在《内时间意识现象学》（1905）中，胡塞尔尚未彻底挣脱传统形而上学的束缚，仍然把主观的时间意识如何构造出客观的时间这一难题视为时间现象学的首要疑难："我们所有人都知道，时间是什么；它是我们最熟悉的东西。但只要我们试图说明时间意识，试图确立客观时间和主观时间意识之间的合理关系，并且试图理解：时间的客观性，即个体的客观性一般，如何可能在主观的时间意识中构造出来，甚至只要我们试图对纯粹主观的时间意识、对时间体验的现象学内涵进行分析，我们就会纠缠到一堆最奇特的困难、矛盾、混乱中去。"①

尽管《内时间意识现象学》并没有解决上述时间构造的困难，但是，由于这一疑难隶属一般客体构造的困难，因此，当胡塞尔在意向性理论和一般现象学还原方法方面取得了重大突破之后，这一困难似乎也随之烟消云散。于是，到了《关于时间意识的贝尔瑙手稿（1917—1918）》时期，胡塞尔的时间现象学所关注的焦点，便不再是主观的时间意识如何构造出客观的时间，而是时间对象本身是如何流动衍化或原初发生的，从而把他的时间现象学反思从本质现象学（时间的内部构造）的层次推进到了发生现象学（时间的原初起源）的阶段。

---

① 埃德蒙德·胡塞尔：《内时间意识现象学》，倪梁康译，商务印书馆，2009，第 33~34 页。

胡塞尔首先区分了时间中的对象和时间对象。与大多数人一样，他也把现象学的时间对象即时间—意识进程或内时间意识比拟为一条不断涌动着的河流，然后便着手分析这一河流的起源。

胡塞尔指出，时间的原初给予是从一个原体现的点开始的。随着这一原体现被指向、被感知、被注意，这一过程的起始点、原体现的点便逐渐变为滞留。而新的原体现则持续地为自身添上了一小段。

原体现在持续地起源。但是，目光、把握是如何到达新的现在自身的呢？胡塞尔认为，是通过对空乏的将来意向的充实。这一空乏的将来意向即前摄。作为两种"当下化"行为（滞留和前摄）的分界点，现在（或原体现）不仅具有朝向过去的意向性，也不断地具有敞开的将来视域，具有可能的现时期待的视域。从这样一个角度讲，时间的原过程就是滞留与前摄在当下的交叠。胡塞尔是这样来描述这一交叠的："以前的＜意识＞是前摄（即正是'指向'以后意识的意向），并因此随后到来的滞留是以前滞留的滞留，这个以前滞留同样具有前摄的特征。"① 若想更加准确地凸显它的悖论结构，则是：当下被给予之物同时被意识为一个在过去已经被预期为将来的曾在之物。

但是，究竟何谓滞留、何谓前摄呢？如果滞留不是想象或再回忆，而是感知本身的一种样式、原初当下的一个变异，如果前摄本身是一种空泛的预期，是尚未被充实的时间进程的后续片段；那么，对滞留和前摄的感知是如何可能的？换句话说，就是对一个同样当下的感觉的一个当下的立义是如何成功地滞留性地（或前摄性地）感知一个过去（或将来）的当下的？已经过去的（或还未到来的）不在场的现象怎么成了在场的呢？整个《关于时间意识的贝尔瑙手稿（1917—1918）》，就是对这一难题的裁决。

暂且不去讨论胡塞尔的具体裁决。这里仅满足于指出，胡塞尔

---

① 埃德蒙德·胡塞尔：《关于时间意识的贝尔瑙手稿（1917—1918）》，肖德生译，商务印书馆，2016，第61页。

将时间重新区分为原体现、前摄和滞留，并揭示了它们彼此之间错综复杂的交互关系，无论从哪个角度看，这都是西方时间哲学的重大发现。

只不过，以今之视昔的眼光看，胡塞尔的时间现象学真的找到了谈论时间之谜的最佳切入点吗？从《关于时间意识的贝尔瑙手稿（1917—1918）》的具体讨论来看，情况恐怕比预想的要复杂。因为，不管我们把时间体验流放到哪个层面去讨论，我们都逃不脱时间反思的悖论：不断流动着（发生着）的时间意识如何对流动着（发生着）的时间意识本身进行分析呢？如果能，则必然意味着时间意识自身已经分裂，而不再是本源性的时间意识。胡塞尔把这一悖论概括成"一个延续的感知行为如何实现对一个延续对象的感知"；《关于时间意识的贝尔瑙手稿（1917—1918）》的编者之一 R. 贝耐特（Rudolf Bernet）则把它描述为："一个当下的行为是否以及如何能够感知到一个逾越现实当下的时间的延展。"①

尽管胡塞尔相信"只要时间对象先行的和现在过去的被给予性同时与当下的时间对象被一同把握，一个延续就能被当下地把握"，但就像贝耐特所指出的那样，人们有理由对这一确信表示怀疑。因为流动是不可重复、不可离析、不可对象化的。

众所周知，时间必须借心灵或意识才可能被体认到。但是，由于心灵或意识过程在本体上的时间性，自身也内在地归属于流逝的时间，于是便产生了这样的悖论现象：我们的心灵或意识一旦对时间展开直观，心灵、意识、时间甚至直观本身就在这直观的时间体验中流逝。由是，尽管离开了心灵或意识，时间就不可能被把握，但是，心灵或意识活动本身却不可能充当时间分析的最佳对象、载体或形式。必须找到一个与心灵或意识具有本体的一致性、对应性和同构性的，其生

---

① 埃德蒙德·胡塞尔：《关于时间意识的贝尔瑙手稿（1917—1918）》，肖德生译，商务印书馆，2016，"编者引论"，第16页。

成既归属于时间，其结果又暂时超越了时间的笼罩和统治的表征、载体或媒介，借助于它，我们的时间分析才可能找到最佳的切入点、突破口而不至于陷入悖论。

有没有这样一种可能呢？有，那就是语言。语言既是时间中的对象，又是时间对象本身。语言既是意识的绝对他者，又是意识的具身化显现。只有语言，才能成功地充当意识和时间的中介；只有语言，才能将时间中的对象和时间对象本身融为一体而不至于产生时间反思的疑难。语言充当了时间的最佳表征、载体或媒介。内时间意识现象学尽管准确地勘定了时间反思的对象并精确地表述了时间分析的难题，但由于没有找到时间分析的最佳载体或媒介，这使它必然会遭到一系列的困难。其中之一，就是尽管胡塞尔已经直观到，时间的原过程是滞留和前摄在原印象的此刻当下的点中的相互嵌入和交错叠加，但他仍无法超越"过去、现在、未来"的时间三分法和线性分析框架，因而时时会遭遇无限后退的危险。

从这样一个角度讲，尽管耶鲁学派的时间直观还不够系统，但是，若我们把它们与胡塞尔的时间现象学放到一个共通的问题场域中，那么，我们就有可能做出如下重要发现：在现象学所开辟的道路上，时间的修辞化转向不仅使对时间的谈论真正成为可能，而且使现代西方哲学的两大思潮——现象学和分析哲学的融合成为可能。从此，那被祛魅的时间就将迎来复魅的时刻；已经碎片化的后现代思想便将迎来重新整合的契机。

总之，为了竭尽所能地祛除"时间"给人类生存带来的紧迫感和压力，西方传统形而上学把必然性视为自身追求的最高目标之一。因为只有必然性才意味着超经验性、超变化性和永恒性。而永恒则意味着自身同一、完满、确定不变。能够达到这一理想标准的事物是什么呢？只有理性（当然还有神或上帝）。于是，西方传统形而上学的最高目标，就是超越经验世界，进入理性世界。

然而，从来就没有一个孤悬在天边或天外的理性世界。即使有，也可能只是一个与经验世界紧密相关、与经验性的人紧密相关的世界。这一相关性即有限的人与无限的理性的意向性关联。它的本体体现，就是"时间"，且只能是"时间"。而时间的最佳体现，则是"语言"，且只能是"语言"。因此，不管西方传统形而上学将本源性的时间遗忘多久，将世界倒置多久，一旦它意识到自身走到穷途末路的时候，它就会摆脱客观化的时间迷执，重新走上某种本体化的"通向时间之途"，或"通向语言和时间的交织之途"。

从这样一个角度讲，耶鲁学派对时间三矢的发现的意义，就不只是在传统的时间三分法之后，发现了时间的另一种划分方式；而在于它找到了一个切入口，由此出发，我们不但可以进入时间的内部，以一种诗学的态度坦然地面对"时间"本身带给我们的紧迫感和压力，还可以"跳出"时间，将时间总体化，走向另一种通往永恒之途。

第二节　差异错置：时间的多维度交织

一　时间三矢的错综交织

德·曼和米勒在小说的叙述进程中发现了时间三矢。殊途同归，布鲁姆从诗歌创作的时间体验中也发现了同样的秘密。如果说，德·曼和米勒的发现彰显了（文学）时间的奇特魅力，那么，布鲁姆的发现则揭示了诗人获得永恒的终极法则。这一法则对于每一个个体的生命安顿来讲，都是同样有效的。

通常认为，布鲁姆是从弗洛伊德的家庭罗曼史和创伤心理学的假说出发来讨论诗歌创作的，因此，布鲁姆的"影响诗学"就主要是一种心理诗学。可事实上，由于从一开始就洞穿了书写作为一种文化史现象和存在现象的时间属性，这使布鲁姆的"影响诗学"很快就转换成了一种时间本体论意义上的创世诗学。

　　布鲁姆认为，每位强力诗人都体现出了人类最伟大的幻想——对不朽的渴望。每位强力诗人都清醒地意识到，这种幻想是一出注定要失败的悲剧。但是，强力诗人的伟大性就在于，他不仅要以一种悲愤的语调讲述这一悲剧，而且还要积极参与对时间暴君的抗争。由是，"每一位诗人的发轫点（无论他多么的'无意识'）乃是一种较之普通人更为强烈的对'死亡的必然性'的反抗意识"。①

　　强力诗人是如何反抗时间暴君的统治的呢？在《影响的焦虑》第二章"苔瑟拉或：续完和对偶"中，当布鲁姆谈到 G. 维科（Giambattista Vico）的诗性智慧时，他说："对维科来说，诗性智慧是建立在预言力的基础上的；而'歌唱'的本义从词源角度上说也就是预言。诗性的思维是预期叙述式的思维，在'记忆'的名义下召来的缪斯是受请求来帮助诗人记住'未来'的。"②

　　由此我们体认到，诗人反抗时间的第一步，就是将自己从单向度的线性时间的囚禁中解放出来，积极投身到文学时间的内在结构中，使自身的体验结构与时间的内在结构本体同构。什么是时间的内在结构？根据维科的看法，即以记忆的名义预期未来。

　　投身于时间体验的本体结构，并不是对时间压力的逃避，相反，倒是更深刻地去体会时间内部的张力结构。这一张力结构，即让死亡延迟到来。"诗人由于焦虑而要求缪斯来帮助作出预言：既预告也尽量地延缓诗人自身的死亡——作为一个诗人的死亡，以及（也许是第二位的）作为一个人的死亡。"③

　　但是死亡的到来总是如此急迫，这使诗人难免产生对先驱者的嫉妒。因为"嫉妒得以形成的心理基础乃是我们内心对时间的紧迫感而产生的惧怕——没有足够的时间了，而我们的爱要比时间所能包容的

---

① 哈罗德·布鲁姆：《影响的焦虑》，徐文博译，生活·读书·新知三联书店，1989，第 8 页。
② 哈罗德·布鲁姆：《影响的焦虑》，徐文博译，生活·读书·新知三联书店，1989，第 60 页。
③ 哈罗德·布鲁姆：《影响的焦虑》，徐文博译，生活·读书·新知三联书店，1989，第 61 页。

多得多"。①

对前驱的嫉妒使诗人跨出了反抗时间的第二步：表面上，修正前驱是摆脱前驱所开创的修辞传统，并强制性地将前驱纳入自己的传统——将前驱转化成自己的史前史；可实际上，修正前驱乃是反抗前驱在他的时间王国里的独尊地位，从而建立属于自己的时间国度。"修正前驱者就是编造谎言——针对的不是生命之存在，而是时间。而'阿斯克西斯'恰恰就是针对时间真理的谎言——在时间里，新人希望取得自主，那已被时间玷污了被'他者'破坏了的'自主'。"②

或许，在新的时间王国里的自主性还不一定就能保证诗人的不朽。因此，布鲁姆才要引用雪莱在《诗辩》里的话说，"不管诗人作为普通人犯了多大错误，他们已经经历了时间这中介者和拯救者之血的洗礼"。③然而诗人究竟能否战胜时间呢？在《误读图示》中，布鲁姆还无法给出肯定的答复，因而只能重复说，"写诗是为了逃避死亡。确实，诗人们拒绝必死性，所以，每一位诗人都有两个造就者：前辈和少男儿所拒斥的必死性"。④

"谁或者什么样的人是诗的前辈？另一个人的声音，恶魔的声音，总是在说话；这声音已不可能死了，因为它已经比死还长命——已故的诗人以一种声音活下来了。强劲的诗人们在其最后阶段，总是企图活在已活在他们身上的已故诗人的身上，来加入永生的行列。"⑤

但是，到了《竞争：走向一种修正理论》，布鲁姆显然获得了重大的突破，因而指出了诗人反抗时间的第三步：将自己的时间体验提升到原初起源的高度。他是以爱默生为例来阐明这一点的。"爱默生为他的比喻确立了三个时间维度作为基础：真实的源头、自那以来所有

---

① 哈罗德·布鲁姆：《影响的焦虑》，徐文博译，生活·读书·新知三联书店，1989，第89页。
② 哈罗德·布鲁姆：《影响的焦虑》，徐文博译，生活·读书·新知三联书店，1989，第140～141页。
③ 哈罗德·布鲁姆：《影响的焦虑》，徐文博译，生活·读书·新知三联书店，1989，第141页。
④ 哈罗德·布鲁姆：《误读图示》，朱立元、陈克明译，天津人民出版社，2008，第18页。
⑤ 哈罗德·布鲁姆：《误读图示》，朱立元、陈克明译，天津人民出版社，2008，第17页。

虚假的事物和永恒当下的真理。"① 至此，布鲁姆的时间诗学建构，就直接绕过了诗歌创作乃是过去与未来的错置性交叠这一直观，而抵达了原初起源的"先天"或"背后"。

布鲁姆说，"创造性或崇高的'时刻'是一个否定的时刻"。"这一时刻总是产生于同某个他人先在的否定时刻的相遇，接着它会转而回到那一先在的时刻。因此，'创造力'常常是一种重复模式或记忆模式，也是尼采称作意志报复时间或时间的称述'它就是这样'的模式。"② 不过布鲁姆的意思并非尼采的"永恒轮回"观的简单重复。与尼采的论断相较，某种更复杂的时间运行机制早已充盈在其中。这一更复杂的时间生成机制的关键词有三，那就是：否定的时刻、与先在的否定时刻的相遇、向着先在的否定时刻的回复。如果否定的时刻充当了时间活生生的源头，与先在的否定时刻的相遇乃真实的时间进程本身，那么，向着先在的否定时刻的回复即向着当下永恒之物的真理回复。从这样一个角度讲，布鲁姆的"影响诗学"建构，就从诗人的创作动机始，至时间的生成机制终。

而所谓"真实的源头、自那以来的所有虚假的东西和当下永恒之物的真理"，换一个角度看，不过是"活生生的现时、分裂的绵延和自反的共在"这一哲学化表述的修辞性别名。由此看来，耶鲁学派成员对时间的直观和体认，不仅旨趣相通，其对时间三矢的修辞性命名，还异常多样而丰富。

从理论上讲，发现了时间三矢，也就发现了时间的内部构成；发现了一种新的区分时间的方式，也就发现了一种新的时间总体性。如果说，由传统的"过去、现在、未来"三分的单向度、线性化的时间观，不可避免地要将时间的总体性导向"虚无"或"分裂"，那么，由时间三矢的错综交织所形成的时间总体性，将会是什么样子的呢？

---

① Harold Bloom, *Agon*: *Towards a Theory of Revisionism*, London: Oxford University Press, 1982, p. 34.
② 哈罗德·布鲁姆：《批评、正典结构与预言》，吴琼译，中国社会科学出版社，2000，第 285 页。

对此，哈特曼的回答是：交错叠加，差异错置！

早在《历史写作的应答风格》一文中，哈特曼就开宗明义地指出了（现代）历史意识所具有的本体特征：不同维度、不同时空的事物的同时上演、同步涌现、错综交织。考虑到历史意识不过就是时间意识的一种表现形式，因此，我们完全可以将哈特曼所说的（现代）历史意识直接类同于（现代）时间意识。

哈特曼说，我们生活在一个各种真理——过时的或不会过时的——相交会的时代。历史意识的增强将各种不相干的模式汇集在一起，由此产生了一个特别的现代负担，一个个体头上的重担，就像一种新的神学。

历史意识的增强之所以成为一种负担，是因为"意识到过去就是意识到被各种抽象的潜在性、各种不可能全都被关注到的必然性以及各种耗尽了选择的权能的选择所包围。一个人无须成为历史学家就可遭受这种前定状况。自由，既不属于男人也不属于女人，而属于想象。它创造了一个世界舞台（theatrum mundi），其中过去与现在、文化与文明、真理与迷信之间的距离被一个准神圣的同步上演（a quasi‑divine synchrorism）悬置起来了。一部活生生的电影包围了我们，一个充满了绚丽阴影的柏拉图的洞穴"。①

历史意识和想象为什么会形成这样一种时代错位、交错叠加又同步发生的生成机制呢？在与《历史写作的应答风格》形成呼应性的《自我、时间与历史》一文中，哈特曼做出了深入的解释。他说，"我发现若不借助世界舞台这一庄严的隐喻，将无法给自己一个准确的定位。我站立其中。它被概略地定义为是同时发生的，但给予我的语词以回声的背景却是如此古老，以致可以将它定义为是进步论者和反进

---

① Geoffrey H. Hartman, *The Fate of Reading and Other Essays*, Chicago：University of Chicago Press, 1975, p. 104.

步论者的历史哲学之间的论争"。①

在申明了上述观点之后，哈特曼接着指出，像文化与启蒙、进步与反进步这样一些词，其实都是来自不同经验领域的隐喻，而非来自对客观的历史事实或规律的总结。因此，反思历史（意识）的最佳方式，不是去批判进步主义与反进步主义的思想偏见，而是径直将历史视为一部艺术作品，把历史的存在形式类比为艺术作品的存在形式，去把握其生成机理。

哈特曼认为，由于历史的存在形式不能片面地被看作文化特性的或物质性的历史，因此，这些形式问题就与叙述方式更相关，而不是与某种形而上学地理解世界历史的方式更一致。然而，有关历史的存在形式的流行看法，却是把诸如此类的文学特征当作离题和暗示，把如此这般的主题当作迷宫，务必驱除殆尽。而仅当涉及历史人物、观点、个性和隐喻的再现时，才有限地承认诗学问题在历史叙事中的合法性。

毫无疑问，这是特定时代的思想偏见之一。这些偏见不仅反对感伤情绪，而且对历史叙述的"自我"和"时间"这样一些常规概念也缺乏感知。然而，没有了这些概念，我们将一事无成，包括无法进行历史的沉思。

该如何看待历史叙述者（创造者）的自我呢？在诗人那里，自我与人物角色相区别。"诗人的禀赋"，通常就是指这样一些特质：特别敏感，独立于阶级或社会环境，拥有"童真一般的感知力"这一"伟大的与生俱来的权利"，但不幸又未完全发展，甚至被压抑和破坏，等等。这样的特性使诗人的自我与人物角色总是不和谐，从而导致自我发展的断裂和分裂。

不可能说出诗人的自我居住在哪里。自我和人物角色不可能协调

---

① Geoffrey H. Hartman, *The Fate of Reading and Other Essays*, Chicago: University of Chicago Press, 1975, p. 284.

在一起。"诗人没有身份"，"诗人没有个性特征"——他的自我想象永远卷进了梦的要素或自我倾空的移情力量之中。

诗人想象的一个特征，就是诉诸视觉隐喻。在这些视觉隐喻中，诗人总是看见了一切或梦见他看见了一切。这一常规意识的幽灵般的中断瞬间就赋予了他的作品的幻觉氛围。这样的转换场景可以上溯很远，或会在不同历史时期的作品中反复出现。这样，时间——文学史的时间或凡俗的时间——"便立刻变得出奇的轻便和果断，无辜和有罪了"。

最典型的转换场景或真正的想象性瞬间，就是穷人的小屋突然变成宫殿，从地狱转眼就到了天堂之类的情节，如《失乐园》第一卷快结尾的地方。从形式上考虑，这些细节完全游离于作品的主线，它不仅创造了一个丰富的瞬间、明显的甚至不相干的前景，同时也带来了一个从行动到旁观者的幽灵般的、空间维度的转换。它减缓了叙述的流动节奏，即使因丰富的听觉暗示而加快了读者的大脑的运转速度。

"因此，这里就有了一个新奇的转折，或转义，或迂回——无论你怎么叫它都可以。无论如何，其结果都是，那已被规律的，甚至主导性的叙述进程消退的各种各样的时间都感觉重返了。"①

而如果要为自我的分裂进程找到一个听觉隐喻，分裂的自我的内部结构，就好似分裂的声音的回声结构。这一回声结构是悲剧性的，因为它会不断内在化，直到回应的可能性被彻底地埋葬。

最深刻的、自然天成的分裂是童年和成年的断裂、诗人的自我与人物角色的分离。在你触及它们彼此的相互回应（回声结构）之前，很难设想它们栖居在同一个人身上。

此外，自然和想象、想象和反思、前辈诗人的想象和后辈诗人的重复，是更具文化性和历史性的回声结构。它们形成了回声的河流、

---

① Geoffrey H. Hartman, *The Fate of Reading and Other Essays*, Chicago: University of Chicago Press, 1975, p. 287.

山坡、岩石或与田园牧歌和挽歌的转义相类似的东西。

更高层次的回声包括文学暗示，作者与读者、沉默与声音的关系等。"时间通过读者而扩展为一个潜在的、无限的回声系列。"① 读者给予作品以回应，不管是置入还是埋葬作品的声音，总之，他从沉默中召唤出声音。通过这一"错综复杂的转换"，"回忆的力量便不再是单纯的模仿，而成了创造性的回应，一个不断扩张和更新时间的冒险"。②

经过上述修辞的滑动，哈特曼表明，在本体论的层面上，历史叙述者的自我，既不是创造历史的伟大人物，也不是叙述历史的历史学家，更不是创造历史的上帝（上帝不创造历史，上帝只创造世界）。历史叙述者的自我只能是历史本身。而历史本身也就是时间或时间本身。由是，所谓自我的分裂或回声结构，实际上就是历史或时间的回声结构。

这样，通过历史哲学和历史诗学的思路转换，哈特曼就从一个独特的角度，揭示了时间内部的交织结构：时间总是自我断裂和分裂的，不可能说出它居住在哪里；时间总是自我转换的，这一转换把不同时空的事物/时间交错叠加在一起。这一交错叠加产生了时间的回声结构。这一回声结构不断地内在化，直到任何回应的可能性被彻底埋葬。

二　时间的分层及其重叠

时间的回声结构已经涉及时间的重叠现象。用传统的分析框架来讲，这一重叠现象既包括共时轴的，也包括历史轴的。因此，时间就既是分层的，又是叠加的。概括起来说，就是时间是层垒地叠加的。

然而，时间的回声结构只是以一种极为新奇的方式揭示了时间的

---

① Geoffrey H. Hartman, *The Fate of Reading and Other Essays*, Chicago: University of Chicago Press, 1975, p. 291.

② Geoffrey H. Hartman, *The Fate of Reading and Other Essays*, Chicago: University of Chicago Press, 1975, p. 291.

总体性，它还远未充分揭示时间内部的复杂性，即语言三维和时间三矢的错综交织所形成的交互关系。从语言三维和时间三矢的交织角度看，在时间的回声结构的内部，究竟还藏着什么样的未知秘密呢？

从理论上讲，由于言说必须采用一种线性递进的时间形式，这使"过去、现在、未来"的时间三分法就永远具有合法性。可是，由于语言三维的存在，又使得这一表面的线性形式马上就分裂成三个维度：所指对象的时间关联、主体间性的时间涌动和作为媒介的时间本身。所指对象的时间关联和主体间的时间关系完全由具体的对象或主体彼此之间的关系来确定，而具体的对象与对象之间、主体与主体之间和主体与对象之间的关系又是如此繁多（它几乎涵括了世界的所有关系类型），使得时间就像一根由三条或千万条不同的丝线交织而成的缆绳，总揽着万事万物，沿着自身的节奏在同一条河流中泅渡。

通过不断的场景转换，这条总揽一切的缆绳向前涌动不息。它是如何获得如此神奇的动力的呢？靠时间三矢。时间自身的分裂性指向为自身提供了动力。如果说，活生生的现时既是充实的此刻当下，又是过去与未来的虚空的分界点；那么，分裂的绵延则为所有此刻当下得以可能的一般先天，自反的共在则使时间在任何一个时刻都向着自身复返，使任何时空、任何维度的事物，都在此刻当下共在。时间三矢既使时间成为一个持续涌动的总体，又保证了每一个活生生的现时的真实存在。只不过，这一存在已经不是一个实体的存在，而是一种错综复杂的关系的存在。

问题是，时间三矢并不只是在总体上与语言三维交织在一起。从理论上讲，由于语言三维是可分离的，也就是说，语言的不同维度具有不同的存在形式，那么，时间三矢的涌动，就必然会与语言的不同维度分别结合在一起。换句话说，就是每一种语言维度都体现出了时间三矢。反过来，由于语言三维和时间三矢的紧密交织，任何一个时间向度，也都结合了语言三维。

该如何概述时间这一空前复杂的交织情形呢？一种稍显堆砌的说

法是，时间是自我发生的、多向度的、非匀质化的、非同步的、时空转换的、层垒地交错的、差异共在的流动衍化的关系总体。更简洁的表达，就是时间大时不齐、并行不悖、差异重叠、错综交织。

当然，耶鲁学派并没有现成地给出上述结论，但是，从其具体的批评文本中，我们不难找出相应的例子，从中引申出上述结论。比如，在《阅读的寓言》"第三章：阅读（普鲁斯特）"中，德·曼评述马赛尔反思自己的审美经验的那一段落，就是很好的一例。

小说中，马赛尔回忆到，随着时间的推移，自己对同一幅壁画竟产生了不同的审美态度。德·曼敏锐地抓住了这一细节，深入地剖析了审美经验背后的时间本体结构。德·曼先是指出，"虽然年轻的马赛尔最初由于寓言的字面义和本义的不一致而不快，但是他后来开始赞美这个不一致，表明他的文学才能已经成熟：'后来，我认识到，神秘的诱惑力，这些壁画的独特的美，是由于象征占有突出的地位，认识到，壁画的独特的美并不是以象征的方式描绘出来的（因为象征的概念不曾被表现出来），而是像某种真实的经验或物质地把握的东西一样，赋予作品以某种更实际、更明确的意义……'（第82页第7—14行）"。① 根据马赛尔的回忆与反省，德·曼马上评论道，"这个'后来，我认识到'的公式，《追忆似水年华》的读者是非常熟悉的，因为它像咒语一样不时在整部小说中施加强调。文学批评习惯上将这个'后来'解释为文学和审美才能臻于完美的时刻，解释为在叙述者马赛尔和作者普鲁斯特的融合过程中从经验过渡到写作的时刻。实际上，叙述者，这个寓言的、因而作者隐没于其中的人物同普鲁斯特之间的不可逾越的距离在于，前者可以相信这个'后来'可能永远被置于他自己的往事当中。马赛尔绝不像普鲁斯特要他说下面这段话时那样远离普鲁斯特：'在死之前已经获得真理的人是幸运的，对他们来说，无论死期多么邻近，在死期到来之前获得真理的钟声已经敲响。'作为一

---

① 保罗·德·曼：《阅读的寓言》，沈勇译，天津人民出版社，2008，第82～83页。

个作家，普鲁斯特是一个知道真理的时刻像死亡的时刻一样永远不会按时到来的人。因为我们所说的时间恰好像真理不能与它本身相一致一样。《追忆似水年华》叙述了意义的逃遁，但是这并不阻止它自己的意义处于不断的逃遁之中"。①

很明显，像德·曼的大多数文本那样，这一段评论的语义所指和论题属性，也处于不断的流动和自由转换之中：先是在修辞本体论的层面上谈论问题，接着马上便转换到了时间本体论的层次，最后又悄然转回修辞本体论中。德·曼之所以能如此转换自如，显然是因为修辞本体论与时间本体论本就处在同一层次。

然而，正因为此，德·曼的评论具有了多重所指。首先，从时间本体论的角度看，审美体验、小说写作都是一种（审美）预期与（审美）回顾相交织的活动。由于这一预期—回顾的结构在审美体验和小说写作中一再重复地发生，因此，在这一总的预期—回顾的结构性活动的流逝和转换过程中，就嵌入了层层叠叠的、逐层深入的、错综复杂的"预期—回顾"结构：预期总有可能是回顾中的预期，回顾总镶套着预期中的回顾。

其次，从叙事本体论的角度看，由于小说叙述者和作家的分离或非同一性，叙述者的时间体验和作家的时间体验有可能处在完全不同的层次。这样，前述预期—回顾的时间体验结构就成了双重性的：它既是小说叙述者的，也是作家本人的。它们有时相互分离、相互冲突，有时又相互交错、相互融合。

最后，从修辞本体论的角度看，所谓字面义和隐喻义的张力，其实不过就是言说者自觉地运用语言三维的转换交织机制，有意识地突出某些方面、压抑另一些方面的结果。修辞本体论和时间本体论的本体同构性，使得语言三维的转换交织机制，必然会嵌入时间本体的原初生成。

---

① 保罗·德·曼：《阅读的寓言》，沈勇译，天津人民出版社，2008，第83页。

如是，尽管德·曼没有明确地提出时间的分层及其多维进程这一问题，但他的相关评论，已为我们打开了一个分析时间内部的分层、重叠、错置现象的切入口。

或许主要是因为研究叙事，米勒对时间的错置结构与多层并进现象的感知最为丰富，其对理论关注的兴趣也最为持久。在集中研究重复现象的《小说与重复——七部英国小说》中，他就反复体会到，"在一部传统的小说中，一切都被贴上了'过去'的标签。叙述者表现的一切和已经成为过去一部分（从叙述者和读者的角度来看）的那些事物处于相同的时间平面上"。电影的时间结构与此完全不同。如果说电影中没有过去（因为电影的画面总是现实的），那么小说中便没有现在——"或者说有的仅仅是由叙述者使往昔复活（不是作为客观真实，而是作为语词形象）的才能创造出来的一种似是而非、幽灵般的现实"。①

"现在"不仅被转换成"过去"来讲述，它同时还被转换成"未来"。在小说中，对于已经或正在发生的事件（或场景），叙述者可以虚拟地设想在未来自己将不断地回忆这一事件（或场景），以及由此衍生出的体验或情景。而对于尚未发生或即将发生的事件（或场景），叙述者也可以提前反复地预述它并推断此事发生后所可能产生的效应。"一个特定事件在时间先后顺序中不断重复出现，形成了漩涡状的重复格局。如果说叙述者中有叙述者，那么时间中同样蕴含着时间——时间的转折、时间的停顿、预见、逆行、复述以及在讲述故事某一部分前经常出现的暗示。"②

这种"过去""现在""未来"的相互转换、相互嵌入、相互重叠之所以能营造一种幽灵般的非现实的现实，是因为它打破了单维度的时间幻象，而触及了时间的本来结构。时间或小说叙事就是在这种错

---

① J. 希利斯·米勒：《小说与重复——七部英国小说》，王宏图译，天津人民出版社，2008，第212页。
② J. 希利斯·米勒：《小说与重复——七部英国小说》，王宏图译，天津人民出版社，2008，第39页。

置结构中层层递进的。在评论《亨利·艾斯芒德的历史》的那一章中，米勒在列举了亨利所回忆的一些令人难忘的场景之后指出，"每一个场景作为印在亨利总体记忆屏幕上的一个自我封闭的固定影像单独地存在着，每一个场景贴近着其他场景，就像意大利文艺复兴时期以圣徒生平为题材的场景壁画，那些画面比肩接踵地排列在一起。同时，正如记忆要通过时间来积聚，每一个场景在它出现的那一刻便蕴含着以前同类场景的回声。亨利现时的记忆是一种记忆中套记忆的记忆。它不仅将现在和过去并置，而且还将现在、过去、过去的过去并列在一起——当过去成为现实时，便记起了过去的过去"。①

这种不同维度的交错叠加既使时间形成了一个令人惊异的整体，又使其内部不断分层，产生了多重线索。米勒接着是这样说的："如果说亨利的记忆是一幅由许多比肩接踵的画面构成的空间全景图，那它同时又是一把乐器，众多弦音高不同，但又能调拨出和谐的乐声。拨动了一根弦，便会使它们一齐颤动。"②

最终，米勒注意到，这种多重线索的交错并置使时间成了一个流动着的、迷宫般的网状结构。在《美国的文学研究新动向——兼为纪念威廉·李玎斯而作》（1994）这篇20世纪90年代的新作中，他指出，"普鲁斯特的《追忆逝水年华》在将近结束时有这么一段，马赛尔为自己将要写的伟大作品采用什么形式陷入沉思，他发现，与一个人的相遇必将包含导致这一相遇的其他一切事情，因此，马赛尔说，他认识到他需要一种新的技法，一种与今天的超文本没有太大区别的三维技法：'我已说了，要描述我们与任何一个人的关系，哪怕只有点头之交，我们也无法避免回忆起一幕又一幕千差万别的生活场景。于是，每一个人——我自己也是这些个人中的一分子——对我来说，就是一种时间延续的度量，他像既自转、又绕着其他星体公转的天体，

---

① J. 希利斯·米勒：《小说与重复——七部英国小说》，王宏图译，天津人民出版社，2008，第105页。
② J. 希利斯·米勒：《小说与重复——七部英国小说》，王宏图译，天津人民出版社，2008，第105页。

于是就按照这一圈一圈的运转，当然首先是按照他相对于我的各个位置，加以度量。因为在这最后的时刻，在这个晚会上，我意识到了自己正置身于这些各不相同的行星之中，时间似乎正在对我的生命的各个不同成分作出安排，这一意识使我想到，这部试图讲述一个人生平故事的书不应该用我们通常所用的那种二维空间心理学，而应该换一种非常不同的三维空间的心理学，这一意识为我独自在图书馆冥想时复活的记忆增添了一种新的美感，因为当记忆把过去不加修饰地引到现在——当现在就是现在，而过去仅仅是过去的时候，记忆是会把时间中的一个很重要的层面——生命度过的层面克制的'"。①

总之，米勒的上述评论表明，伟大的作家从来就不认为意义是一种单线性的连续递进，相反，倒认为它处于时空交错、多维并进的本体进程之中。

三　对时间多维并进的现象学论证

耶鲁学派的时间诗学与德里达的"时代错置"论，与稍年轻些的雅克·朗西埃（Jacques Rancière）的"年代错位"说，与广大高明作家的文学创作，与叙事学的时间线索研究、历史叙事的叙事进程研究，与中西时间形而上学，等等，形成了广泛的呼应关系。只可惜，由于论题所限，我们无法在此触及这些迷人的话题，而只能借助耶鲁学派与胡塞尔的互文性，对时间的多维并进稍做进一步的讨论。

如前所述，尽管胡塞尔的时间分析有可能使时间分裂，但是，只要找到了语言这一意识和时间的中介，只要发现了语言和时间的交织，那么，胡塞尔对时间的分层，就有可能转换为对时间多维并进的现象学论证。在《关于时间意识的贝尔瑙手稿（1917—1918）》的第一编第一篇中，胡塞尔就已证明，时间的原过程就是滞留与前摄在当下的

---

① 　易晓明编《土著与数码冲浪者——米勒中国演讲集》，吉林人民出版社，2011，第146页。

交叠。接下来，为了详细地阐明这一交叠结构的生成机制，胡塞尔对时间的原初给予的起始点又给出了这样一些命名：原体现、原现前、原感知、原当下、充实瞬间，等等。

对滞留的脱实过程，又做了如下更精细的区分：原滞留、当下化的变异了的具体感知、生动的直观滞留、空泛的总体滞留、空泛的具体滞留、回忆、再回忆、再当下化，等等。所有这些环节，都属于对滞留肯定的注意。此外，胡塞尔还设想了是否有对滞留的否定的注意直至无注意力的可能，尽管他没有明确地回答这一问题。

对前摄到充盈的当下化过程，他又将它细分为如下几个阶段：期待、想象、空泛的期待、从空泛到充实的变异、充盈、充实瞬间，等等。

而关于时间的本体化进程，他则给出了这样一些别名：原过程、原体验、原河流、连续统一体、原在场、原素材、原流逝、原变异，等等。

此外，除了将原过程或原河流视为没有任何"注意力参与"、没有任何对纯粹自我的把握就流逝地构造自身的最基础层次之外，胡塞尔还详细地分析了前述各环节的原初给予—意识立义的意向性关系进程。

在做了上述准备之后，胡塞尔便用一种悖论式的表达，逐一揭示了时间的各环节的交叠情形。

原体现就是被充实的期待或前摄。

滞留自身照此也一定承载着充实的期待要素。这种承载具有两种方式。一是滞留性变异，意思就是说滞留是一个原体现的变异，这个原体现曾是被充实的前摄或期待。二是滞留的过程本身。意思是说滞留的过程自身恰恰是过程，其中过程作为进程构造自身，并且"期待"不仅朝向新的素材，而且也朝向未来的滞留与滞留的滞留。

这种两维性（双重性）也一定在空泛的期待中存在，只要这个空泛的期待也是指向将来的滞留的前摄。

"因此，每一个中间相位（都）有一个双重面孔，或者毋宁说有一个三重面孔，只是起始相位与结束相位或者毋宁说接着结束相位的相位除外。每一个中间相位就原素材的已流逝的系统而言是滞留，而且也是与已流逝的意识立义有关的滞留，并且是与此联系在一起的被充实的期待，以及是由此发出地未被充实的期待，＜这就是说＞，是一个完整的线性视域，即一个意向的片段连续性，但它是空泛的。"①

这些悖论性环节持续不断地推进，就形成了时间的原过程。但是，由于各个环节的具体内容有所不同，以致在时间的推进过程中，也形成了不同的特征。其中，前摄形成了连续性的期待或前摄性行为统一体。这一行为统一体一方面从期待向期待前行；另一方面，又同时朝向总是新被充实的期待。

由于前摄是空泛的意识，因此，连续性的前摄就是空泛意识的持续延伸。在延伸的每一瞬间，以前前摄都变异为新的前摄，并朝向当下拥有的变异，从空泛变为充实。由于前摄的悖论结构，每一个先行的前摄与在前摄性连续统一体中的每一个接着的前摄相比，正如每一个后面的滞留与同一个系列的先前的滞留相比。

胡塞尔说，"前行的前摄意向地包含所有以后的前摄（蕴含它们），后面的滞留意向地蕴含所有以前的滞留"。② 换一种表达，就是后续的前摄总是蕴含预期的滞留，后续的滞留总是蕴含先前的前摄。将两者合在一起，就是每一个将来的过去此刻预先存在。

本来，分析至此，已经足够表明时间的内部结构的奇妙复杂了。但是胡塞尔似乎还显得意犹未尽。他说，上述分析还仅仅只是一阶层次的，即最初给予的原印象的滞留和前摄的充实层次的。除了这第一层次之外，显然还有二阶层次的，即滞留的滞留中滞留与前摄的交叠。而此时，在最初给予之后接着给予的新的原印象的滞留和前摄的充实又已产生，因而又产生了新的悖论结构，如此以致无穷……

---

① 埃德蒙德·胡塞尔：《关于时间意识的贝尔瑙手稿（1917—1918）》，肖德生译，商务印书馆，2016，第41~42页。
② 埃德蒙德·胡塞尔：《关于时间意识的贝尔瑙手稿（1917—1918）》，肖德生译，商务印书馆，2016，第44页。

如此看来，时间的内部构成，就不只是其自身内部不断变异分裂的滞留和前摄在单一层面的相互嵌入和交错叠加。时间是多层的和多重的。从理论上讲，对时间层次的划分可以达到无限的程度。由是，时间就是多层交错、无限叠加、无限转换的。不同层次的时间同时运行、跨时空共在却又有着完全不同的起点和节奏，这样，时间就是多线并进、节奏参差、前后颠倒、上下错位、累积叠加的。

然而奇怪的是，胡塞尔并没有从他的现象学分析中得出上述结论。在整部贝尔瑙手稿中，他重点防范的，就是避免陷入无限后退的窘境。之所以产生这样的失误，在我看来，表面的原因在于，在揭示了滞留和前摄的交错叠加的悖论结构之后，胡塞尔的全部努力，只是对这一悖论结构的内部构成要素做了更精细的划分、更准确的说明，却遗忘了需进一步揭示时间自身的发生动力，并对交错叠加的时间"总体"做总体性的沉思。

而深层的原因则是，尽管胡塞尔的初衷是对时间做发生现象学的分析，但事实上，他的整个论证的基础都是建立在形而上学地、静态地切割出来的（时间）点之上的。换句话说，就是胡塞尔的整个论证都依赖"时间是由点构成的线"这一隐喻。由是，胡塞尔的时间现象学尽管触及了时间的各构成要素，却从一开始就在整体上丧失了时间本身。

如下一些例子表明，胡塞尔的现象学分析确实可能存在上述缺失。比如，在讨论回忆和期待当下化的方式时，为了维护自我的同一性，胡塞尔不惜否定了在意识的最基础层面存在意向性关系，由此导致了自我同一性和意向性关系的断裂。根据同样的思路，胡塞尔对原体验、原过程的分析，虽然看到了时间意识的本体性层面，看到了其自我同一和自我发生，但却以否认意向性关系的原初被给予性为前提。或许，始终让胡塞尔为难的是，假如承认了在时间的原河流的河床底部存在意向性，就等于承认了（时间）第一性和（反思）第二性的矛盾的永恒性，也就等于承认了本源意识（时间）的不可解读性。

然而，根据现象学直观的内在规定，原过程、原体验只可能存在于意向性关系的张力结构中。因此，这到底是因为意向性理论并未达到胡塞尔所宣称的严格科学的程度，还是因为胡塞尔自身也未穷尽意向性理论的所有潜能？

根本的症结仍在于，尽管胡塞尔原创性地发现了意识和时间（意识）的意向性关系，但并没有发现沟通二者的中介桥梁——语言，或没有赋予语言以如此基础的地位，更没有发现语言和时间的交织，因此仍将自己局限在了意识哲学的藩篱之内。

从这样一个角度讲，将胡塞尔的时间现象学与耶鲁学派的时间诗学并置，我们便不难发现其交互发生的意义：如果说，耶鲁文论家的时间诗学为现象学乃至形而上学的时间哲学找到了确实可靠的地基，那么，胡塞尔的时间现象学，则在实现语言论或修辞论转向之前，就前摄性地或错位性地为半个世纪之后的耶鲁学派的多线并进、差异错置的时间本体直观提供了预备性的哲学论证。在一定意义上，可以说，耶鲁学派的时间诗学，比胡塞尔的时间现象学还原得更本源、更彻底。这一事实再次表明，诗与思总是比邻而居，而非相互对立。

四　时间的转换生成与新历史哲学

耶鲁学派的时间诗学不只为诗人个体的生命安顿提供了终极依据，它还触及一种新历史哲学的生成问题。这一问题的实质，即时间的多维并进究竟具有什么样的历史哲学的效应？

在《文学史与文学现代性》一文的结尾处，德·曼就提出了这一命题，即能否设想出一个像文学那样自我矛盾的实体的某种历史来呢？对文学现代性的研究表明，文学最显著的特征就是摆脱那种让人感到难以忍受的状况的无能为力。然而，以往的实证主义的或编年史式的文学史，好像完全没有触及这样的实质。

"对现代性的持续不断的吁求，打破文学的樊篱而走向即刻现实的愿望，战胜了文学的重复和延续，反过来又使自己产生了这种重复和延续。因此，从根本上背离文学、拒绝历史的现代性，同时又充当了使文学得以永久、历史得以存在的准则。"① 因此，真正的文学史书写，必须把握住文学现代性这一核心，充分呈现文学现代性诉求的内在悖论。这样，一部真正的文学史，就必然如康斯坦丁·纪斯的马车速写那幅画所表现的那样，把文学的历史写成在表面的、隐喻的连续性之中，文学借以首先摆脱自身，然后又回归自身的那种运动。

这样，真正的文学史书写，就必然意味着必须打破那种线性化的、连续性的历史预设。"从现代性这一概念的立场出发，将文学描述为某一实体既背离又朝向自身的存在方式的稳定摆动，就是在不断地强调，这一运动并不是按照时间的先后顺序产生的。那样一种再现仅仅是一种隐喻，是在实际上共时并置地发生的事件中，创造出一个先后顺序来。"② 在这种表面的秩序背后，文学史真正所着意的，是呈现文学自身的背离、回归、从背离变为回归的转折点——反之亦然——的复杂运动。这三个时刻同时存在在意义的层面上，它们是如此紧密地交织在一起，以致不能把它们分离开来。从这样一个角度讲，继续说文学史就是对我们试图去描述的那种摆脱的历时性叙述，那就不对了。这样一种叙述只可能是隐喻意义上的，而历史不是虚构。

"就其自身的特性而言（也就是说，作为一个易于做历史描述的存在实体而言），文学同时存在于真理与谬误的方式之中，既背叛又遵从其存在方式。"③ 本乎此，文学史书写就成了这样一种活动："误导性地把我们带进或走出文学而又不削弱文学；自始至终保持文学的困境，同时能够解释文学就其自身所传递出来的知识当中的真理和谬误；严格地区分隐喻语言和历史语言；阐明文学现代性及其历史性；……"④

---

① Paul de Man, *Blindness and Insight*, Minneapolis：University of Minnesota Press, 1983, p. 162.
② Paul de Man, *Blindness and Insight*, Minneapolis：University of Minnesota Press, 1983, p. 163.
③ Paul de Man, *Blindness and Insight*, Minneapolis：University of Minnesota Press, 1983, pp. 163 – 164.
④ Paul de Man, *Blindness and Insight*, Minneapolis：University of Minnesota Press, 1983, p. 164.

　　"这样的文学史是可以想象的吗？"德·曼自问道。然后他马上正面回答说，"显而易见，这一观念暗中修正了以往的历史观念。除此之外，也暗中修正了为我们的历史观念奠基的时间观念"。①

　　这一历史观念是什么？即作为代际传承过程中那种事先假定的历史概念。说得更明确些，即进步主义和反进步主义的历史观念。② 这一时间观念是什么？即"过去、现在、未来"单维度线性演替的时间哲学预设。德·曼说，"弥漫于文学中的那种真理与谬误之间的关系，是不能从遗传学的意义上来再现的。因为真理与错误同时存在，从而不能够厚此薄彼"。③

　　不只如此。由于文学现代性的悖论对应着时间本体的悖论，因此，对文学现代性的本体论阐发，就不只是为一种新的文学史观的建构提供了理论基础，它同时还为一种新的历史观或历史哲学的建构提供了理论地基。对此，德·曼说得非常委婉，但也说得非常明白："修正文学史基础的必要，仿佛是一项巨大而又孤注一掷的事业。如果我们争辩，既然人类自身也像文学一样，可以界定为能够使自身存在方式成为问题的一个实体，文学史在事实上就是一般历史的范例；那么，这一任务就将更加令人不安了。"④

　　可以预料，这么做将面临无数的质疑和巨大的挑战。但是，"要成为出色的文学史学家，就必须牢记，我们通常称之为文学史的东西，

---

① Paul de Man, *Blindness and Insight*, Minneapolis: University of Minnesota Press, 1983, p. 164.
② 在《自我、时间与历史》一文中，哈特曼简要论述了进步主义和反进步主义的理论论争。他认为，赫尔德虽然留下了历史进步的问题这一纯理论性问题，但他仍然坚持某些文化比另一些文化更具启蒙性，因而期待黑格尔式的从东方到西方的宏伟计划不在颓废中终结，而是在"人性"中得以完成。克尔凯郭尔因极为精微与颠覆性地使用了"重复"这一概念，从而抓住了黑格尔的要害，率先触及这一论争的核心。尼采的"永恒轮回"概念和他对"世界历史就是世界判断"这一席勒式的口号的无情批判，使论争处于更富张力的状态。而维科、叶芝、斯宾格勒、波普尔、本雅明等人的思想，则进一步推进了人们对进步主义的局限的认识。哈特曼本人，则通过历史书写的回声结构这一观念否定了"自我（历史）的发展"这样一种进步论者的观念和自我的同一性预设，通过交错叠加的共时状况颠覆了时间的同一性和连续性预设。See Geoffrey H. Hartman, *The Fate of Reading and Other Essays*, Chicago: University of Chicago Press, 1975, pp. 284 – 293.
③ Paul de Man, *Blindness and Insight*, Minneapolis: University of Minnesota Press, 1983, pp. 164 – 165.
④ Paul de Man, *Blindness and Insight*, Minneapolis: University of Minnesota Press, 1983, p. 165.

和文学极少或者根本没有什么关系；而我们叫作文学释义的东西——只要是出色的释义，实际上就是文学的历史。将这一观念扩展于文学之外，它就只是证实了这样一点：历史知识的基础不是经验的事实，而是书写出来的文本，即便这些文本披着战争或革命的伪装"。①

即便耶鲁学派的修辞性文本披着解构或后现代的伪装，真相毋宁是，耶鲁学派文论家的时间哲学直观不仅消解了传统的时间哲学预设，而且还洞穿了时间的差异错置的秘密，从而为新历史哲学的建构准备好了理论的地基。尽管耶鲁学派没有正面对新历史哲学做出论证，但这并不妨碍我们从新的时间哲学直观出发，简要地勾勒出其主要特征。

概要地说，首先，与传统的历史哲学不同，新历史哲学不再单纯地以追求历史知识的客观性为旨归，相反，倒将"主观"的存在体验摆到突出的位置。

传统的客观性的历史将人的存在性事件降解为客观化的事实，从而削弱了历史的存在论深度，历史蜕变成一系列"重要"史实的排列。新历史哲学则将历史视为历史主体的意识世界与客观历史进程的意向性关系的显现与转化史，从而特别注重梳理处于特定历史语境和主体间关系之中的有限性的历史主体对自身历史的认识、把握和开掘。

其次，与传统的历史哲学不同，新历史哲学不再以揭示历史的必然规律为己任，而更看重各种关系要素在特定历史机缘中彰显出来的人类历史的多样性和"时机"。

传统的必然性的历史在贬低人的存在论地位的同时，却树立了一个又一个的最高主宰和外在权威。历史就是这一主宰和权威的意志的展开过程。新历史哲学则更看重历史主体如何在自己所置身的关系境域中开创出新的历史可能。

再次，与传统的历史哲学不同，新历史哲学不再将历史发展的最

①　Paul de Man, *Blindness and Insight*, Minneapolis: University of Minnesota Press, 1983, p. 165.

高目标视为一个可预期的目标，人类历史的使命，就是朝着这个目标前进。相反，它认为历史是多线并进的，最终形成一个生生不息的差异错置的关系总体。

传统的进步性的历史预设了一个历史发展的最高目标。而一旦实现了这个最高目标，人类历史便必然终结。新历史哲学不相信任何终结论叙事，而只把它视为一个可无限临近的绝对尺度、一种反思历史和现实的参照系。新历史哲学以时间的分层递进、时空错位、层垒叠加为自己的理论前提，因此，新历史哲学将历史视为一个差异错置、生生不息的关系总体的创世或生成。

总之，客观性的历史的重大失误，在于迷信只有一个最真实的历史，即事实性的历史，从而忽略了历史的书写性。而否定了历史的双重性，也就否定了对历史做多重叙事、多重想象和多重时间体验的可能。

因为，本体论的历史不只牵涉过去，它更关乎未来。如果历史学只关注事实性，也就无法谈论历史的生成，更放弃了想象未来的多重可能性的权能，从而无法为未来的历史发展留下充足的余地。

必然性历史的根本缺失，就是把历史主体区分成两类人——必然性的和非必然性的，历史的和现代的，自我的和非我族类的，有价值的和没有价值的，从而遗落了那些处在历史必然规律之外的"皱褶"。历史成了光滑的胜利者、幸存者的历史，而那些失败者、受难者的历史，则成了虚无与沉默。

事实上，对于幸存者来讲，已逝者既是某种缺失，又是某个活生生的绝对他者，他们身上肯定存在某种神秘莫测的秘密。幸存者总是要通过追踪、探究他们的秘密来建构自身的存在，他们又必须通过幸存者的叙述而继续幸存。然而，对于已逝者来讲，正因为他们已经死去，所以也就永远地隐藏了自身的秘密。而对于幸存者来讲，正因为自己是幸存者，正因为他还要活着，并继续讲述已逝者的故事，也就决定了他根本无法领会死亡，亦即无法领会已逝者的绝对秘密。

新的历史书写，则必须把握住这一存在的张力。

进步性历史的致命问题，就是彻底颠倒了人与历史的关系，把具有千思百虑的人当成了实现终极目的的工具，把具体的、活生生的历史本身抽象成了一个具有理性意志的普遍主体。这样的历史如何能写出历史主体创造历史又深陷历史困境的本体体验呢？又如何能呈现心灵连续延伸、在自身内确立有效秩序的能力，亦即心灵自我建构的能力以及相伴而生的创造艺术杰作的能力？这样的历史也把握不住历史自身的连续性，即其自我更新、延续和重复过去的能力。

新历史哲学在客观性的、必然性的、进步性的单一现代性历史霸权之外，打开了另一种历史想象的可能。但是，这么说绝不意味着我们就可以对多线并进的历史真实抱一种浪漫主义的乌托邦幻想。相反，倒是提醒我们，要时时对历史的自我矛盾性保持高度警惕。

斯坦纳在谈到被关进纳粹集中营的犹太人的生命体验时指出，"我无法理解的一件事情就是时间关系。尽管我经常写到它们，设法将它们纳入某种可以忍受的视野。在疯狂岁月来临之前的某一刻，在某个周五的晚上，梅林教授坐在他的书房里，与他的孩子们说话，读书，手伸过洁白的桌布。被活活抽死的兰格纳，'鲜血慢慢地从他的头发里溅出'，在某种意义上，是同一个人：一年前，也许还不到一年，他还走在阳光下的街道上，做生意，期待吃一次大餐，读一份知识分子月刊。但是，在哪种意义上呢？就在梅林教授或兰格纳被迫害至死的那一刻，绝大多数的人，无论是近在两英里之地的波兰村庄，还是远在五千英里之遥的纽约，都在吃饭、睡觉、看电影、做爱或忙着看牙医。这正是我想像不下去的地方。相同的时间，却有着两套不同的经历，无法调和达成任何共同的人类价值准则；它们的共存是个可怕的悖论……以至于我对时间感到迷惑。难道真的如科幻小说和神秘主义所暗示，在同一个世界上，有不同的时间体系，既有'美好时代'，也有层层包裹的野蛮时代，在其中，人类落入了活受罪的魔掌？如果我们拒绝这样的模式，那么，要理解寻常的生存和这一刻之间的连续性就变得十分困难"。①

"同一时间，却有着不同的时间体系，它们之间不存在有效的类似或沟通。"② 斯坦纳的质疑、批判和控诉不只针对非人道的野蛮暴行和对这一暴行的沉默，他还深入了这一暴行和沉默背后的时间本体的异化情形：在多线并进的时间或历史中，人类同样存在某种非人性的时间处境！或者，以某种神圣理想为由，将某些人强制性地驱除到某种非人性的时间处境中，人为地制造了多重时间，人为地制造时间本体的分裂和对立。

无论如何，这种情境都让人震惊不已……

第三节　永恒—非永恒：对时间的本源之思

一　"原初起源"的悖论

在《土著与数码冲浪者》这一讲稿中，通过对史蒂文斯的引用和阐释，米勒一方面阐明了西方诗人所描绘的土著社区（共同体）所具有的共同特征——共同的历史，共同的起源和终结，共同的乡土，共同的语言、制度、法律、习俗、家庭结构、婚姻和财产制度、性角色等：一言以蔽之，共同的时间，共同的一切；另一方面又揭示了这一共同体思想所遭遇的阴影。

米勒认为，给"本土社区"这一颂歌带来阴影的第一个事实是，"本土社区是一个神话，它总是指曾经存在而现在不再存在的东西"：③

总要有一个天真时代。

---

① 乔治·斯坦纳：《语言与沉默：论语言、文学与非人道》，李小均译，上海人民出版社，2013，第178～179页。
② 乔治·斯坦纳：《语言与沉默：论语言、文学与非人道》，李小均译，上海人民出版社，2013，第179页。
③ 易晓明编《土著与数码冲浪者——米勒中国演讲集》，吉林人民出版，2011，第9页。

> 从来没有一个地点。或如果没有时间，
>
> 如果那不是时间，也不是地点，
>
> 只存在于时间或地点的观念中，
>
> 在抵制灾难的感觉中，
>
> 那同样真实。（《诗集》418）①

米勒评论说，"本土社区是再真实不过的了，但是，它的现实是它只存在于社区的观念之中，在时间之前，在一切地点之外"。② 因此，它的存在就只是一种天真的幻想，一种纯真的期待。

除此之外，"给这一思想带来阴影的另一个威胁是：甚至这个神话般的天真社区也总是受到侵略的威胁。它存在于'抵制灾难的感觉中'，但那个灾难总是迫在眉睫"。③ 那个灾难总是以极端恐怖的形式，即死亡的形式突然出现。

米勒的上述评论一语中的地道破了西方形而上学思想的实质：一切同质性的、自我封闭的、纯粹的"本土社区"——永恒不变的本质领域，都是一种非时间非空间的存在，"在时间之前，在一切地点之外"。与此同时，他又异常尖锐地指出了这一天真幻想的解构力量：它总会遭遇迫在眉睫的死亡——时间性的威胁。从这样一个角度讲，米勒对西方思想的永恒幻想的解构，就远远超越了乌托邦批判的层次，而抵达了时间本体论的高度。米勒再次把永恒与非永恒的对立冲突这一难题主题化了。这一难题即时间的起源悖论或终极悖论。

米勒的这一问题意识其来有自。早在《史蒂文斯的岩石与作为治疗的批评：为纪念威廉·K. 威姆萨特（1907—1975）而作》一文中，他就将"史蒂文斯的岩石"一语用作那种追求超时间的永恒幻想的隐

---

① 　转引自易晓明编《土著与数码冲浪者——米勒中国演讲集》，吉林人民出版社，2011，第 10 页。

② 　易晓明编《土著与数码冲浪者——米勒中国演讲集》，吉林人民出版社，2011，第 10 页。

③ 　易晓明编《土著与数码冲浪者——米勒中国演讲集》，吉林人民出版社，2011，第 10 页。

喻。再往前，我们还可在《乔治·布莱的"认同批评"》一文中发现
这一隐喻的踪迹："要逃脱流动性就必须在变化中找到静止的岩石。"①

其实，早在《乔治·布莱的"认同批评"》的第一版（1963）中，
通过追溯布莱的"起源之思"，米勒就触及了原初起源的悖论：假如
一个作者的作品就像一颗透明的水晶，假如一切都能从一开始就自然
地表现出来，那么究竟从哪里开始才合适呢？② 布莱认为是作者的我
思。对布莱而言，我思的时刻"基本上是原始的、创造性的"。因为
"完全指向意识的批评不会允许意识有其自身之外的原因和来源。意识
的发生没有什么源头。它就是开始，在它之前无路可走"。③ "批评家
要再经历、再建构作者的内心体验，适当的开始一定总是我思。"

布莱的观点带有意识哲学的典型特征。对于布莱来讲，思想的球
状气泡的"中心是我思，即一切之源头，在意识的各个地方，意识之
所有客体皆处于一种动态的总体状态，这一总体有时扩展至无限，有
时缩小至一点，但总是自我封闭的。"④ 这就是意识哲学所固守的"整
体共时"梦想：生命由意识包围，这种包围超越时间和空间的无限
延伸。

但是，布莱同时又意识到，不论意识有多纯粹与完满，人类意识
总有一种"不充分存在"之感。每个人都"受一种巨大的需求召唤，
但又在自身内发现巨大的缺陷"。"除非有什么力量支撑着自我，否则
自我无力带来自己的未来。"⑤

布莱的这一洞察在1963年之后的著作中表现得越来越明显，尽管
在这些著作中，追求某种现在或存在的优先性仍是他写作的出发点。
米勒在《乔治·布莱的"认同批评"》（第二版）中，就重点关注了这
一复杂的两面。一方面，米勒指出，布莱的时间意识深受亨利·柏格

① J. 希利斯·米勒：《重申解构主义》，郭英剑等译，中国社会科学出版社，2011，第33页。
② J. 希利斯·米勒：《重申解构主义》，郭英剑等译，中国社会科学出版社，2011，第19页。
③ J. 希利斯·米勒：《重申解构主义》，郭英剑等译，中国社会科学出版社，2011，第20页。
④ J. 希利斯·米勒：《重申解构主义》，郭英剑等译，中国社会科学出版社，2011，第23页。
⑤ J. 希利斯·米勒：《重申解构主义》，郭英剑等译，中国社会科学出版社，2011，第25页。

森（Henri Bergson）的影响。从柏格森那里，他继承了不可信的空间化时间与可信的时间持续之间的区别。在他的著作中，这一思想表现为转瞬即逝的流动的人世时间和包罗万象的固定的神性时间的裂隙。"布莱文学探索的主导原则就是寻求一条出路，逃脱短暂的人世时间以达到完全充分的时间。"① 布莱在许多作家身上发现了这种追求的变体。因此，与其说布莱批评的主要关注点是作家们所体验的人世时间，倒不如说是作家们为摆脱流动而无常的日常时间所做的种种努力——基督教作家的方式是发现时间之外的超验力量，而某些现代作家的方式则是排斥现时瞬间之外的一切时间。不管其方式如何，其常量都是以这种或那种方式的空间来逃避时间的过渡性。

"这种寻求逃避时间流动的企图也可以说成是寻求真正的出发点，寻求引发其他一切的坚实的起点。"② 从这样一个角度讲，不管布莱如何长时间地思考文学中的时间主题，他终究还是继承了时间性的空间模式，一种由基督教—柏拉图主义所传承的西方形而上学传统所决定的模式。这种关于时间的空间意象是西方传统形而上学的一个基本的常量，在哲学家及作家中以数不清的形式出现。"这种时间意象的空间性系统地联系着对存在的接受，即认为存在是一种原始范畴，其他范畴都由它派生出来。"③ 这种时间模式的特点是：全都将时间意象建立在现在的优先权之上，将过去和将来都看成现在，虽然一个业已发生、一个即将发生。这种时间观在传统上总是与人类时间的流动之现时和上帝永恒的无穷之现时这一对矛盾相联系。就一般传统而言，所有人都希望以某种即时存在的方式达到像上帝无穷之现时一样的境界。

但是另一方面，米勒发现，越到后来，布莱越是意识到，想在稳固的出发点中发现逃出时间流动的出路，这一欲望终究会失败。"除非在一时的幻觉之中，布莱没有在任何作家身上找到他所寻求的东西。

---

① J. 希利斯·米勒：《重申解构主义》，郭英剑等译，中国社会科学出版社，2011，第32页。
② J. 希利斯·米勒：《重申解构主义》，郭英剑等译，中国社会科学出版社，2011，第33页。
③ J. 希利斯·米勒：《重申解构主义》，郭英剑等译，中国社会科学出版社，2011，第35~36页。

在批评中，通过重新经历别人的经历，他一次又一次地体会到意识无法回到出发点。他发现思想中存在着一个无底的深渊，每个底部之下还有更深的底部。……追求开始的结果是发现不可能到达起源。"① 就像尼采在《善恶之彼岸》中所描述的那种坚信一切开始背后总有更先的开始的激进思想家那样，"他怀疑每个岩洞后面还有一个更深的岩洞，表面之外还有一个更广阔、更奇异、更丰富的世界，每一个'底部'之外、'基础'之后还有一个无底的深渊"。②

在发现文学创作和批评必然要遭遇时间的起源或终极悖论之后，米勒一方面尝试对这一悖论进行裁决，一方面致力于揭示这一悖论在文学本体身上的具体表现。在《解读叙事》的第八章中，他提纲挈领地指出了这一点："叙事线条的问题来自开头难，结尾难和连贯性的打断。"③ 而"开头"，按亚里士多德的定义，"是指该事与其他事情没有必然的因承关系，但会自然引起其他事情的发生"。至于"结尾"，恰恰相反，"是指该事在必然律或常规的作用下，自然承接某事但却无他事相继"。"中部"则"既承接前事又有后事相继"。④ 可是，"真的有哪部剧的开头与其他事情没有必然的因承关系吗？结尾之后是真的无他事相继吗？中间的成分又都是通过一目了然的因果必然律与其前后成分相连接吗？"⑤ 从剧情上讲，《俄狄浦斯王》中真正的行动要么发生在该剧开场之前，要么就是在"发现"之后发生在舞台之外。戏剧开场时，真正的行动早已发生。戏剧结束时，行动还在延续。

具体地讲，小说的开头为什么很困难呢？因为"开头涉及一个悖论：既然是开头，就必须有当时在场和事先存在的事件，由其构成故事生成的源泉或支配力，为故事的发展奠定基础。这一事先存在的基础自身需要先前的基础作为依托，这样就会没完没了地回退。小说家

---

① J. 希利斯·米勒：《重申解构主义》，郭英剑等译，中国社会科学出版社，2011，第43页。
② J. 希利斯·米勒：《重申解构主义》，郭英剑等译，中国社会科学出版社，2011，第39页。
③ J. 希利斯·米勒：《解读叙事》，申丹译，北京大学出版社，2002，第106页。
④ J. 希利斯·米勒：《解读叙事》，申丹译，北京大学出版社，2002，第6页。
⑤ J. 希利斯·米勒：《解读叙事》，申丹译，北京大学出版社，2002，第6~7页。

甚或不得不一步步顺着叙事线条回溯，但永远也找不到任何线外之物来支撑该叙事线条"。① "从中间开始叙述"这一传统的权宜之计只能暂时延缓必不可少的扼要重述。

叙事作品以各种方式来遮盖开头的不可能，它也意味着故事不可能真正开始。"开头既需要作为叙事的一部分身处故事之内，又需要作为先于故事存在的生成基础而身处故事之外。这种生成基础是父子关系的源头，或是吐丝织网的母蜘蛛。当身处故事之内时，开头就不成其生成基础或者源头，而是任意的开场，就像是在缺乏岸上支撑点的情况下，从河流中间开始架桥。当身处故事之外时，开头就不会真正构成叙事线条的一部分。它与叙事线条相分离，就像是一个与架设这座桥梁无关的塔桩或者桥台。任何叙事的开头都巧妙地遮盖了源头的缺失所造成的空白。这一空白一方面作为基础的缺失而处于文本的线条之外，另一方面又作为不完整的信息所组成的松散的线股而处于文本的线条之内。这些松散的线股将我们引向尚未叙述的过去。"②

故事的开头会遭遇源头的缺失，故事的结尾也会遭遇终结的悖论。尽管自亚里士多德以降，批评家就用打结或解结来描述故事的结尾。但是，"这一组成复杂症结或者缠结线条的过程究竟在何地结束，而解结的过程又究竟在何地开始呢？"有的叙事过程有可能自始至终都在解结，在这样的叙事作品中，正文一开始就是从打结到解结的"转折点"，复杂症结只是作为前提存在于行动开始之前。"十分奇怪而且颇含矛盾意味的是，故事结尾开始之际在这里变成了开头开始之始。整出剧都是结尾，因此开头之时就是结尾之际。这一既是开头又是结尾的开端必然要以前面发生的事件为前提，否则无法开始结尾。在这一模式中，很难显示或者辨认由缠结到解结的转折，因为这两个过程相互交织，合为一体。"③

---

① J. 希利斯·米勒：《解读叙事》，申丹译，北京大学出版社，2002，第 54 页。
② J. 希利斯·米勒：《解读叙事》，申丹译，北京大学出版社，2002，第 55 页。
③ J. 希利斯·米勒：《解读叙事》，申丹译，北京大学出版社，2002，第 49 页。

"任何叙事都无法显示其开头或者结尾。它总是'从中间'开始和结束，将处于自身之外的自身的一部分视为'未来的先前'。"① 任何小说都无法毫不含糊地结束，也无法毫不含糊地不结束。这就是小说叙事"囚禁于笼"或者封闭的不可能性。

二 对原初起源悖论的文学性沉思

在《乔治·布莱的"认同批评"》第二版的结尾处，米勒指出，"布莱对文学的所有研究都旨在证实，在逐渐展开的创造性行为中，意识和语言之间互相补偿、互相依存。在永远不会静止的起点，思想和文字摇摇晃晃地互相平衡着、支撑着。这种观点使布莱超越了空间化的时间概念而面对这样一个事实：如果依然可以保留始源之概念，那么主观性和语言的真正开始便是人类时间性的动摇不定，是在时间之内为人类洞开的裂缝和错位"。②

这一总结性的论断表明，尽管在《乔治·布莱的"认同批评"》中，米勒还无力就原初起源的问题做出自己的沉思，但他无疑已找到了反思这一问题的切入口：语言与时间的交织。单是《小说与重复——七部英国小说》这样的标题，就体现出了这种交织。

众所周知，《小说与重复——七部英国小说》对两种重复做了区分。但是，却很少有人将这一区分视为在文学领域中做出的对世界起源的两种发生学解释。尽管米勒说得非常明白："德勒兹所说的'柏拉图式'的重复根植于一个未受重复效力影响的纯粹的原型模式。其他所有的实例都是这一模式的摹本。"③ 与此不同，"尼采的重复样式构成了另一种理论的核心，它假定世界建立在差异的基础上，这一理论设想为：每样事物都是独一无二的，与所有其他事物有着本质的不

---

① J.希利斯·米勒：《解读叙事》，申丹译，北京大学出版社，2002，第50页。
② J.希利斯·米勒：《重申解构主义》，郭英剑等译，中国社会科学出版社，2011，第46~47页。
③ J.希利斯·米勒：《小说与重复——七部英国小说》，王宏图译，天津人民出版社，2008，第7页。

同。相似以这一'本质差异'的对立面出现，这个世界不是摹本，而是德勒兹所说的'幻影'或'幻象'"。①

米勒没有简单地偏向哪一种重复，而是强调，两种重复既相互对立又相互缠绕在一起。"如果说合乎逻辑的、光天化日之下的相似有赖于一个第三者，有赖于一个先于它们存在的同一性，那么梦中不透明的相似则无根无基，如果说有，也建立在两事物差异的基础上。它们在差异的裂缝中创造了一个第三者，本雅明称之为意象（image）。两种不相同的事物在重复的第二种形式中相互重复，衍生了这意象的内涵，它既不存在于第一种形式中，也不存在于第二种形式以及先于两者存在的某种根基中，它存在于它们之间，存在于不透明的相似涉足的空寂的所在。"②

由此，"在构成小说的一系列前后顺序互不关联的事件里，没有一个事件堪称源头，堪称小说主题最重要的范例，每个事件，由于它和其他事件相似，重复着它们，每个例证和所有其他所有例证一样，都显得高深莫测。小说的时间结构有着相似的复杂关系"。③

同一性重复和差异性重复的纠缠表明，时间没有本源。如果一定要给它找一个本源，我们只能说，它们互为本源。《阿尼阿德涅的线》表达了这一内涵。在该书的第一章中，米勒在论及叙述线索自身的重复时指出，"两条叙述线索（狄奥尼索斯的和阿里阿德涅的）汇聚于狄奥尼索斯和阿里阿德涅的婚姻，其传统的象征是狄奥尼索斯给了她闪闪发光的王冠。在她死后这项王冠成了金牛星座区域的不灭的冕。它也由狄奥尼索斯套在阿里阿德涅手指上的戒指来象征。缠结了两个故事的婚姻纽带的戒指，星星之环，每一种环状物都把事件的碎片化的线性的序列神化成一个圆圈或循环，一个可以永远返回的圆圈。……这种双圈，即婚戒和众星之冠，其实是盘旋的，螺旋状的，迷

① J. 希利斯·米勒：《小说与重复——七部英国小说》，王宏图译，天津人民出版社，2008，第 7～8 页。
② J. 希利斯·米勒：《小说与重复——七部英国小说》，王宏图译，天津人民出版社，2008，第 11 页。
③ J. 希利斯·米勒：《小说与重复——七部英国小说》，王宏图译，天津人民出版社，2008，第 38 页。

宫状的和耳朵状的。假如只是因为它是第二个而非第一个，那么即使精确的重复也从来不会完全一样。第二个作为起源、模型或原型形成第一个。第二个，即重复之物，是第一个的起源性的起源"。①

这种互为本源使得时间自身分裂成双重镜像，相互映照，以致无穷。米勒把它叫作"互为迷宫"。米勒说，当狄奥尼索斯对阿尼阿德涅说出"我是你的迷宫"时，"这种双方成为对方的接纳者或迷宫的相关性"不仅意指着"两性之间人际关系的双重性"，更意味着"线，即阿里阿德涅的线，既是迷宫又是安全探索迷宫的方法。线和迷宫各自成为对方的本源又成为对方的摹本，或者说是产生对方的摹本，原本就在那儿的一个本源：我是你的迷宫……"②

除了没有本源、互为本源，原初起源的另一个特点就是突如其来、任意武断。用米勒的话说，就是所有的作品的"开始的时刻"常常是突然的或侵入性的、常常比较暴力。"这些开篇突兀的、侵犯的暴力"，"它们突兀地开始于事情中间"，对整个作品起着前瞻的、奠基的作用：确立了一个地点，用一句话就确立了一个人物，确立了作家独特的讽刺、戏仿的声音（作家的风格）、叙述的人称和角度……

倘若叙述者可以任意武断地开场，那他就可以突然停止讲述。这一特权并不意味着，每部作品真的有一个终点，恰恰相反，它意味着结尾是不可能的。哈代的《心爱的》就呈现了两种截然不同的结尾，每一个结尾都导向一个可信的结局，但又不准读者在解释这部小说时自然而然地赋予它一个独一无二的结局。

哈代的创作实践表明，"他不能给这部小说提供一个能阻止它不由自主地重复自身的倾向延续下去的明确的解释，批评家所说的也以其特有的方式使这一生殖力生机盎然。这或许可被称为'无穷性之谜'（无穷性的难题）。它并不是遇上了人们无法逾越的没有门窗的墙，只

---

① J. 希利斯·米勒：《重申解构主义》，郭英剑等译，中国社会科学出版社，2011，第160页。
② J. 希利斯·米勒：《小说与重复——七部英国小说》，王宏图译，天津人民出版社，2008，第161页。

是永远找不到阐释长廊的尽头。既然在正文编织而成的线路行列中向后运行不能抵达。具备横贯整个系列的解释能力的某个起始点，那么在其他方向上也永远不可能达到某个明确的解释端点。当源头变得模糊不清之际，终点也就消失了。每一个解释一面掩饰一面又显露了这一事实：具有充足理由的解释并不存在，而作为西方形而上学思维基础的'理性原则'则遭到了失败"。①

在耶鲁学派文论家中，不只米勒对原初起源问题做出了独到的文学性沉思，特别祈望不朽的布鲁姆也意识到，要反抗时间的暴君，就必须回到起源问题，并对之做出原创性的裁决。在《误读图示》中，他先是以直言的方式说，"作为真正的诗人，特别是最强劲有力度的诗人，最终是回到起源，或者说每当他们觉察到终点迫近时，便回到起源。批评家可以留意起源问题，或者也可以轻蔑地把起源问题委诸于那些有学问的迂夫子、那些原始资料的搜寻者，但是，诗人中的诗人，一般是身不由己被诗的起源问题紧紧缠住，如同人中之人，被人的起源问题缠住一样"。②

不只个别诗人，事实上，从荷马到弥尔顿，从《旧约》到《新约》，"对起源的怀旧支配着每一个主要的传统"。③ 就像米尔恰·伊利亚德所论证的那样，起源"是一个有意义、有价值事物的首次展现，而不是它的后继显灵"。"最初的时间既是强有力的，又是神圣的，而它的再生则逐渐变得比较虚弱、比较不那么神圣了。"④

稍后，布鲁姆又通过一首诗，来表达了相同的疑惑：

……谁看见

这宇宙万物出在什么时候？你记住

你的创造吗？当上帝赋予你存在之时？

① J. 希利斯·米勒：《小说与重复——七部英国小说》，王宏图译，天津人民出版社，2008，第197页。
② 哈罗德·布鲁姆：《误读图示》，朱立元、陈克明译，天津人民出版社，2008，第16页。
③ 哈罗德·布鲁姆：《误读图示》，朱立元、陈克明译，天津人民出版社，2008，第46页。
④ 哈罗德·布鲁姆：《误读图示》，朱立元、陈克明译，天津人民出版社，2008，第46页。

> 我们不知道时间，那时我们还不像现在这样，
>
> 我们不知任何前人，自我诞生，自我生长，
>
> 凭着我们自己激活的力量，当命运的过程
>
> 包围了他丰满的眼球，诞生的成熟
>
> 属于这，我们本土的天堂，天之骄子们，
>
> 我们的权力是我们自己的，我们自己的右手
>
> 将教会我们最高的行为，靠证据来尝试
>
> 谁是与我们相同的人……①

布鲁姆是如何化解这些疑惑的呢？在众多伟大的作家中，他找到的前驱性先知是约瑟夫·史密斯（Joseph Smith）。

布鲁姆认为，作为美国最主要的本土宗教之一②——摩门教的创立者，约瑟夫·史密斯虽然"算不上是一个伟大的作家，但却是《圣经》的一个伟大读者"，或者说是一个创造性的误读者。由他创立的摩门教，"就是对早期犹太教历史杰出的强力误读，或者说创造性的误读"。③

摩门教对《圣经》的误读是如此强而有力，以致突破了一切正统的教义，返回到了传说中的《圣经》的第一位作者 J 或耶和华主义者所直觉到的"原初起源的难题"：如果宗教的历史责任就是引导和生产特殊的或另类的人民以组成自己的上帝之国，那么，这个上帝之国的王是如何登基的呢？又是谁来为他加冕的？进一步质疑之，这个上帝之国是如何起源的呢？上帝本身又是怎样诞生的？

对此，史密斯以其"巨大的创造神话的想象力"，给出了令人惊惧的裁决。

"上帝之国的意思"，布鲁姆概括说，就是指"假定通过拥有国王

---

① 哈罗德·布鲁姆：《误读图示》，朱立元、陈克明译，天津人民出版社，2008，第62页。

② 在布鲁姆看来，另一种就是南方的浸礼宗。

③ Harold Bloom, *The American Religion: The Emergence of the Post - Christian Nation*, New York: Simon & Schuster Inc., 1992, p. 84.

般的权力而成为一个神，并因此意味着成为天使的统治者"。①

而上帝的特征，引用史密斯的原话，那就是："上帝本身曾经就是我们现在所是的样子。他是一个被提升的人，他就坐在天庭的宝座上！这就是那个伟大的秘密……我大胆地站在屋顶宣告，上帝根本没有力量去创造人的精神。上帝本身不能创造他自己……"②

史密斯的上述观点如何体现了一种强力误读的原创性呢？

关于上帝的起源，或宇宙存在之前的神或人的起源，正统犹太教和其后的基督教会有一种解释：神的拟人化——把上帝看作人上人。可史密斯却宣称，"上帝一开始就是作为人来到我们人世的，他渴望通过他自己的努力达成神性"，③"我们和上帝一样，都是最早的和本源性的"。④ 因此，上帝只是"组织了我们和我们的世界，而不是创造了世界"。⑤ 如果"要在我们内部观照到上帝竭尽全力的事，就要把人提升到天上"。⑥

布鲁姆转述道，"约瑟夫·史密斯的上帝是有限的，是受制于时间和空间的，这对于物质存在——其实是对于有情感的和动力的存在——来说是必要的。就人本身而言，史密斯的上帝受到各种局限的制约，而且不幸地要有赖于他自身之外的各种智能"。⑦

史密斯的摩门教大胆地复兴了犹太教喀巴拉主义和诺斯替主义，断定自己回到了耶和华或耶畏的真正宗教，回到了早于摩西五经的古代的或原始的犹太人的宗教对神的诞生的另一种解释：人的拟神

---

① Harold Bloom, *The American Religion*：*The Emergence of the Post – Christian Nation*，New York：Simon & Schuster Inc.，1992，p. 89.

② 哈罗德·布鲁姆：《批评、正典结构与预言》，吴琼译，中国社会科学出版社，2000，第19页。

③ 哈罗德·布鲁姆：《批评、正典结构与预言》，吴琼译，中国社会科学出版社，2000，第38页。

④ 哈罗德·布鲁姆：《批评、正典结构与预言》，吴琼译，中国社会科学出版社，2000，第27页。

⑤ Harold Bloom, *The American Religion*：*The Emergence of the Post – Christian Nation*，New York：Simon & Schuster Inc.，1992，p. 101. 中译文参哈罗德·布鲁姆《批评、正典结构与预言》，吴琼译，中国社会科学出版社，2000，第27页。

⑥ 哈罗德·布鲁姆：《批评、正典结构与预言》，吴琼译，中国社会科学出版社，2000，第27~28页。

⑦ 哈罗德·布鲁姆：《批评、正典结构与预言》，吴琼译，中国社会科学出版社，2000，第27页。

化——将人提升为天使，甚至神。

史密斯英勇地想消除上帝与人之间的区别，否定了原罪的教条，提出了新的奉献法则：精神和时间性将共存一处。

史密斯的上帝在一开始是以人的形象出现的，且一直在时间和空间中英勇地同时间和空间做斗争。由此引申出一种新的对起源的理解："源头并不存在于创世之中，不论是世界还是人。世界，尽管是荣耀的，但却是一场灾难，而人根本就没有被创造，他自身就是自己的起源。"①

摩门教的上帝是隶属空间和时间的。"在犹太教、基督教和伊斯兰教的语境中，提出一个如此有限和偶然的上帝当然是对上帝的亵渎。"②

在复辟了唯一真正的原初教义之后，随即产生了一个问题，即在神诞生之前已经活过和死去的千千万万的人如何才能得到拯救呢？这就是史密斯最大胆至极、最值得称道的创新：给死者施洗。"为死者施洗乃是使众父亲和孩子的心相互转换的手段。"③ "把众父亲的心变成孩子的心，把孩子的心变成众父亲的心。"由此，布鲁姆便从史密斯的教义中推测出一种有关诞生的形而上学，"这种形而上学把诞生看作精神为得救赎而建造的临时居所，是为未来者提供精神的伟大教义"，使未来者的精神进入生命中。史密斯说："我们的精神或智能的历史与上帝或诸神一样久远，因此根本不需要别人来生殖。"④ 换句话说，我们将起源追溯得有多久远，起源就诞生得有多久远。起源诞生于我们的目力所穷之处。

《美国本土宗教：后基督教国家的非常时刻》（1992）主要讨论了起源问题，《千禧年的预兆：诺斯替主义的天使、梦和复活》（1996）集中处理的则是时间的终结（末日来临）。在该书中，布鲁姆问道，"把天使、先知的梦和永生希望与千禧年的渴望——不论是弥赛亚的还

① Harold Bloom, *Agon*: *Towards a Thory of Revisionism*, London: Oxford University Press, 1982, p. 34.

② Harold Bloom, *The American Religion*: *The Emergence of the Post - Christian Nation*, New York: Simon & Schuster Inc. , 1992, p. 115.

③ Harold Bloom, *The American Religion*: *The Emergence of the Post - Christian Nation*, New York: Simon & Schuster Inc. , 1992, p. 120.

④ Harold Bloom, *The American Religion*: *The Emergence of the Post - Christian Nation*, New York: Simon & Schuster Inc. , 1992, p. 52

是恐惧的——最强有力地联结在一起的究竟是个什么奇怪的东西？我的回答是：一个意象。这个回答决不意味着在那个意象中且由那个意象决定着的东西就不是一种实在。这是一个人之始祖的形象，它既是男性又是女性，它比亚当和夏娃还要早，它没有堕落，是半神的形象，它像天使，却又比天使更高一级，它是一个怀旧的梦，但也是千禧年或弥赛亚的光辉的一个预言，它散发着火一般的光芒。这个形象有许多称名，最本色的一个——就我所知——就是人类，或者说人（再一次说明：它既是男人，也是女人）。不论有多么异端，这个人之始祖的形象都可能是正统犹太教的、基督教的和伊斯兰教的，它也可能是所有这些宗教最终的基础"。①

布鲁姆认为，如果有末日来临，那么，这既不是超越于人之外的上帝的重临和审判，也不是独立于上帝之外的恶成功地造了反，更不是世界历史进入了新的循环，而一定是人类的原始形象的复活，是人类的自我更新。布鲁姆表白说，"我不是一个荣格主义者，因此，我不相信所谓集体无意识的原型。但是，我是一个文学批评家，也是一个宗教批评家，一个古代和现代诺斯替主义的虔诚信徒，我对人类灵性中的复活形象怀有深深的敬意，不管它们是怎样传递的。那些形象有自己的能动性和持久性；它们不仅见证了人类的需要和欲望，而且见证了一个超越性的边界，那个边界既标志着人类的局限，也标志着可能超越于人类的无限"。②

三　耶鲁学派原初起源之思的超越性

如果事情真的如哈特曼所说的那样，自我、时间和历史具有一种

---

① Harold Bloom, *Omens of Millennium: The Gnosis of Angels, Dreams, and Resurrection*, New York: Riverhead Books, 1996, pp. 9 – 10. 中译文参哈罗德·布鲁姆《批评、正典结构与预言》，吴琼译，中国社会科学出版社，2000，第 154 页。

② Harold Bloom, *Omens of Millennium: The Gnosis of Angels, Dreams, and Resurrection*, New York: Riverhead Books, 1996, p. 11.

自我分裂、自我复制、自我叠加、自我响应的回声结构，那么，男人与女人、过去与未来、古代政体与新型政治、缓慢的演进与激进的断裂、文化与教化、革命与保守、世俗与神圣……终有一死与不朽、世界末日化与去世界末日化、诞生与重生的无限可能的关系，是否也如是呢？从米勒和布鲁姆所描绘的有关起源和终结的原始图景来看，答案似乎不言而喻。

问题是，究竟该如何阐发耶鲁学派原初起源之思的具体内涵，又该如何看待其思想史意义呢？

众所周知，追本溯源不仅是人类思想的天命，也是人类思想的根本路径。然而，世界（存在）有其起源，思想也有其起点。世界的起源和思想的起点是否必然协调一致呢？由此便产生了一系列思想的困难。

困难之一，就是世界的起源和思想的起点是否是同步发生的呢？如果是，那么我们就预设了思想的同源性和同质性，而这明显与思想的多样性和矛盾性相违背。除非世界的起源就是多样性的和矛盾性的，而这是一个更加荒谬的假定。

但是，如果世界的起源和思想的起点不是同步发生的，我们又会面临更多的难题，即究竟何者为第一性、何者为第二性？不管答案如何，我们都会遭遇经验和先验的断裂。因为，假若世界的起源在先，思想的起点在后，我们将永远也无法追溯到世界的起源。但是，假若思想的起点在先，世界的起源在后，我们又无法化解这样一个疑难：思想如何化身为世界？

更麻烦的是，假若思想的起点在先，那么，思想的起点又在哪里呢？不管如何回答，我们都会重新遭遇经验与先验无法沟通的麻烦。

化解这些难题的根本之道在哪里呢？不在认识论、不在信仰，在于我们究竟该如何看待时间。因为所谓起源问题，不过是时间的原初发生或开端。

然而，究竟什么是时间呢？时间是永恒不变还是永恒流变？由于假定了时间是流动变化的，西方思想又产生了"时间"始终无法触及的困难。一方面，时间是流动变化的，因此，我们所能把握住的时间就只能是"现在"；但是，正因为时间是流动变化的，因此我们又把握不住"现在"。另一方面，由于时间是流动变化的，而人又处于时间之中，因此，人永远也无法跨越"时间"的边界。由此，人永远也无法把握住时间的整体，因而永远也无法把握住时间之外的超时间存在。这就是人类思想所面临的永恒/非永恒的疑难。

从这样一个角度讲，西方传统思想所思及的永恒存在就不过是一种逻辑预设，误把愿望当一种终极的实在，错把尚未实现的目标当成运思的出发点了。

好在人类沉思"时间"的方式不止一种。除了哲学，还有文学；除了逻辑，还有语言；除了理性，还有想象。从文学的角度看"时间"，往往能看到从哲学的角度看不到的"模样"。

从文学的角度看时间，"时间"呈现一种什么样态呢？首先，由于言说与时间的本体同构性，言说一展开，时间就发生了，因此，言说或语言就是时间的肉身化。

时间的肉身化使无形无影的时间得以现形。凭借语言，无可把捉的时间成了可以分析的对象。表面上，言说按一种线性时间模式向前递进，但是，这不过是语言的一种物质化表现形式而已。实际上，语言的生成、意义的生成遵循一种更复杂的机制。这一机制即意义在语言三维的时空转换中差异错置地生成。之所以必然如此，是因为言说是双重性的。在言说的字面义和隐喻义的分离、对立、转换、逆转、交错、叠加、镶套、累积的过程中，言说很轻易地就做到了义在言外、义生象外。从这样一个角度讲，语言永远都是一种境域中的语言，语言永远都不应该沦落为一种工具性的存在。

语言的境域性表征了时间的境域性。作为一种境域中的时间，你不能假设它有一个绝对实在的、自然发生的、线性的和一去不复返的起点，也不能想象它有一个戛然而止的、自我实现的、自然衰退的和绝对虚无的终点。换句话说，你不能给时间划定一个绝对的界限。如果一定要为时间划定一个开端，就像言说总是突然开始那样，这个开端也只能是缘起缘灭的开端。如果一定要为时间确定一个起点，就像故事之前还有故事、故事往往从中间甚至结局开始一样，这个起点之前一定还有起点，这个起点以中间或终点为起点。

与此同理，如果一定要为时间划定一个终点，就像言说总是突然停止那样，这个终点只是一个突然的中断，一个沉默的时机，一种不表达的表达。如果一定要为时间确定一个末日，就像故事结束之后还有故事，一个故事的结束意味着另一个故事的开端一样，这个末日只意味着时间的自我复活、自我更新，以致无限。

因为，境域中的时间意味着，时间总是与自身之外的一切相互映照、交互生发、互为起源。

之所以必然如此，是因为作为语言发生的原初动力，时间也必然伴随着语言、推动着语言的多维度演进，从而使自身也表现出多维度的指向，在不断的时空转换中多线并进、交错重叠以致差异错置地生成着过去、现在、未来的本体共在。换句话说，就是既可以以现在为本源，也可以以过去和未来为本源，而更多的是以它们的交错叠加为本源。由是，时间就可以同时以回溯和前瞻的形式，向前和向后无限追溯而不至于陷入恶的无穷，相反，倒是发生着更原初的本源。

只有这样，时间才可能真正成为发生着的时间；只有这样，不同的时间类型（物理时间、自然时间、宇宙时间、生物时间、心理时间、意识时间、想象时间、神话时间）和不同性质的时间存在（非时间的存在、时间中的存在和超时间的存在），才可能在时间一般中共在。

从这样一个角度讲，那要将时间祛除殆尽的西方传统形而上学的同质性永恒理想，就并非只是一种需要解构的意识形态，一种思想不彻底的幻想，一种虚假的乌托邦，同时也是人类思想所能领会到的最遥远的、发生着的边界，一个绝对的参照，一个永远的期待。

上述这一切，就是耶鲁学派的时间诗学直观所带来的启示，也是它相对于西方思想史的超越性所在。它一举廓清了谈论时间的可能性，并以一种修辞的方式，揭示了时间内部的生成机制，从而化解了困扰西方思想史两千多年的原初起源的悖论。

不只如此，耶鲁学派文论家还利用了其文论家的特权，以特别细腻的笔触，揭示了哲学家通常难于论证的时间与死亡——一种特殊的非时间——之间的关联。

毫无疑问，作为时间的对立面，死亡是人类通往无限和永恒的最大障碍。作为终有一死者，人始终要面临的一个困惑就是，死亡究竟是一种什么样的存在？存在着另一个世界吗？在死亡的国度里，幽灵之间的交流究竟可否实现？

尽管这些问题始终让人念念不忘，但是，作为一个绝对的界限，人却始终无法深入死亡中。对于终有一死者来讲，死亡成了一个无法亲身经历和体验的黑洞，一个无法加以直视的恶事件。唯一的例外就是文学，它可以将死亡转化成生者可以理解的语言，让死者复活。在《小说与重复——七部英国小说》讨论《达罗卫太太》的那一章中，米勒就详细地分析了这一重复。

米勒说，讲述故事就是让过去在记忆中重现，让往昔通过叙述而复活。因此，"小说中对叙述语态的处理与人类时间或人类历史的主题紧密联系在一起。在许多小说中，过去时态的运用使叙述者成了这样一个人：他在故事中的事件发生以后依然活着，他准确无误地知道往昔的一切。叙述者以现在时态讲述故事，现在的时间通过往事的再现或重演，向将来推进，这一复述将过去作为完整的统一体带到现在，或者说，它朝着这样的完满境地进发。这种不完整圆圈的形式（时间向一个能将过去、现在、未来融合为一个完满整体的闭合点行进着）是许多小说的时间形式"。①

这种时间形式使小说产生了一种奇特的重复结构：一方面，小说

---

① J. 希利斯·米勒：《小说与重复——七部英国小说》，王宏图译，天津人民出版社，2008，第201页。

中的所有人物都依赖叙述者。"叙述者将他们转瞬即逝的思绪、感觉、精神意象、内心话语保存了下来，她将这一切从往昔的时光中解救出来，重新用语言展现在读者面前。"① 另一方面，"叙述者的头脑也依赖人物角色的头脑，没有它们，它便不能存在"。② 对沃尔夫来讲，这种双重的重复"拯救了时间，在它重复不停的反向切割中，它获得了拯救。它冉冉升入了死神的王国。……这是一个空虚的地带，除了语词，什么都不存在。这些语词创造出它们特有的实在"。③

米勒指出，"尽管《达罗卫太太》看来似乎以一种虚无主义的态度尽情渲染着死亡的魅力，尽管它的作者事实上最终毅然投入了死亡的怀抱；然而，和沃尔夫的其他作品一样，事实上它也表现了心灵相反的运动。……作为一本书，它外面是卡纸版封皮，里面是印有黑色符号的白纸。这一制成品和它的符号（克莱丽莎的聚会）不同，它们分属于两个世界。如果在一种意义上它仅仅是加工制成的自然客体，在另一种意义上它由语词构成——语词标志的并不是它所指事物实体的存在，而是它们在日常世界中的空缺，它们的生存领域位于日常的时间、地点之外（即文学的时空世界）。作为它的目标，沃尔夫的作品将语言中这一交流沟通的领域引入了白昼的阳光中。对沃尔夫来说，小说是死亡变得清晰可见的场所。写作是这样一种独一无二的活动——它同时生存于镜子的两面，即同时存在于死亡和生命中"。④

最后，米勒总结说，《达罗卫太太》的"不确定性"（而非虚无主义）在于："从正文中你不可能知道死神冥国中联合的领域对沃尔夫来说是否仅仅存在于语词之中；或者换句话说，语词表现的超语言的领域对那些人物、对叙述者、对沃尔夫本人来说是否'真的存在'。然而，和其他作家相比，沃尔夫更加严肃认真地考虑死亡的王国（无

---

① J. 希利斯·米勒：《小说与重复——七部英国小说》，王宏图译，天津人民出版社，2008，第 203 页。
② J. 希利斯·米勒：《小说与重复——七部英国小说》，王宏图译，天津人民出版社，2008，第 204 页。
③ J. 希利斯·米勒：《小说与重复——七部英国小说》，王宏图译，天津人民出版社，2008，第 225 页。
④ J. 希利斯·米勒：《小说与重复——七部英国小说》，王宏图译，天津人民出版社，2008，第 227 页。

论在现实生活还是在小说中）真实存在的可能性。和英国小说中她的大多数前辈相比，弗吉利亚·沃尔夫更为直截了当地揭示了这样一种可能性：叙述中的重复展现了和谐、储存这样先验性的精神王国，展现了死者永久复活的王国。"[1]

而唯因文学有如此功能，人们才会由衷地感叹，"所有的伟大写作都源于'最后的欲望'，源于精神对抗死亡的刺眼光芒，源于利用创造力战胜时间的希冀"。[2] 并对诗人充满敬仰："诗人创造出新的神祇；诗人保护着人类：阿基琉斯和阿伽门农永远活着，埃阿斯在巨大的黑暗中仍在生气，因为诗人用语言筑成堤坝来阻挡遗忘，诗人的语词挫伤了死亡锋利的牙齿。我们的语言中有将来时——这本身就是一件光辉的事，是对死亡的一种颠覆——所以，先知，预言家，那些能把语言的活力发挥到极致的人，能够看透未来，用语言来超越死亡。"[3]

四　从时间诗学到发生哲学

因发现了前摄、滞留，前摄中的滞留、滞留中的前摄在原当下的交错叠加机制，在《关于时间意识的贝尔瑙手稿（1917—1918）》中，胡塞尔一举化解了不在场如何在场的矛盾。但是，由于这一化解方式仍然以线性隐喻为前提，因此仍旧留下了无限后退的可能。整部贝尔瑙手稿，都在力图避免陷入这样的困境。

胡塞尔是在处理现在意识和一个新事件的原体现之间的关系或连续性时，最先遭遇这一难题的。他说，（作为时间对象的）现象学进程的起始点出现了。但是，根据"每一个原现前都是被充实的前摄的滞留"这一直观，人们肯定要问，在这一起始点出现之前，是否还有

---

① 　J. 希利斯·米勒：《小说与重复——七部英国小说》，王宏图译，天津人民出版社，2008，第 228 页。

② 　乔治·斯坦纳：《语言与沉默：论语言、文学与非人道》，李小均译，上海人民出版社，2013，第 9 页。

③ 　乔治·斯坦纳：《语言与沉默：论语言、文学与非人道》，李小均译，上海人民出版社，2013，第 46 页。

一个指向它、指向其内容的前摄呢？如果有，这是否意味着，我们就将面临无限后退的困难呢？换句话说，就是那原初给予的点其实并没有原初性，我们其实还没有把握住时间的起源。

可是胡塞尔却说，根本就不存在这样的困难。因为前摄是空泛的，它通过空泛的意向得到先示，通过充实而成为原现前，即原初给予的点。

胡塞尔的直观具有明见性吗？如果在原当下之前，并没有一个更原初的点，那么，从空泛的前摄到原当下的充实，是从何处获得最原初的动力的呢？为了化解这一疑难，胡塞尔重新启用了他的意向性概念。根据"意识总是指向……的意识"这一公式，胡塞尔详细分析了空泛的前摄被充实的原现前的瞬间，（意识中被）原初给予的内容与意识（对它）的立义活动之间的意向性关联。通过这一意向性关联，原初被给了的点自然就生发了出来。

然而，意识到这一意向性关联，就必然意味着，那被原初激活的立义活动已经被反思到了。按现象学还原的逻辑，这就意味着意识的目光已经落到了意向性关系的原初显现之前。由是，又导致了新的无限后退的困难。为了规避这一麻烦，胡塞尔提出了构造时间的意识滞留性地回涉自身这样的论断，甚至还假定了一个无时间与无意识的原过程的存在。通过这一努力，无限后退的危险得以暂时中断。

然而，由于存在对滞留性和前摄性的充实过程无限划分的可能，这也就必然意味着，时间意识具有无限后退的可能。为了克服这一困境，胡塞尔又提出了原过程、原河流之类的概念；并且认为，时间的原河流是"没有任何'注意力参与'、没有任何对纯粹自我的把握就流逝地构造自身"的连续统一体，是一个内在地包含了被感知之物的存在的自身—本身—感知。换句话说，就是时间自身构造自身、时间自我发生自身。在时间自我发生自身的层面，已没有意向性关系的存在。

但是，或许胡塞尔自己也难以接受这种自相矛盾的说法，因此才极不放心地自问道，"但是，不是对象之物如何能够成为对象，非对象之物、超时间之物以及在把握中确实只能作为时间之物被发现之物，如何能够成为可把握的?"①

为了化解这一困难，胡塞尔又从原体验中区分出（还原出）无时间的自我极，然后试图通过这一自我极以保证时间最终不至于分裂。然而，无时间的自我极仍可能被进一步还原，因此，胡塞尔最后又回到了纯粹自我与时间的同一性直观："回到纯粹体验的河流与这些体验的纯粹自我，回到内在的存在，这个内在存在的形式必然是'现象学时间'。"②

然而，这一纯粹自我与时间的同一性直观是否意味着又要否定意向性关系的存在呢？为了避免这一诘问，胡塞尔又不得不假定了两种时间形式的相合性："对一个自我应该能够不假思索或反思性地存在的所有东西，必须具有时间形式，这个时间形式是直接或反思性地可把握的形式，并因此作为形式其实存在着一个双重的时间：非反思性的时间与反思性的时间，两个形式'相合'，并且作为自我可把握之物的一个唯一的秩序构造自身。"③

然而，这两种时间形式的"相合"就真的能够保证时间的原初起源不至于无限后退吗？谁能保证，这两种形式的"相合"必然走向统一而不至于分裂？根据前面的勾勒，可以看到，胡塞尔之所以留下这些难题，根本的原因就在于，为了化解原初起源的悖论，他最后也不得不诉诸了纯粹自我的同一性预设，由此造成了他的时间（发生）现象学与意向性理论的断裂。从这样一个角度讲，如果意向性理论真的具有彻底的明见性，那么，胡塞尔本人就还没有洞见到意向性理论的全部潜能。

胡塞尔再一次把时间之谜留给了后来者。为了完成现象学的未竟

① 埃德蒙德·胡塞尔：《关于时间意识的贝尔瑙手稿（1917—1918）》，肖德生译，商务印书馆，2016，第 340 页。
② 埃德蒙德·胡塞尔：《关于时间意识的贝尔瑙手稿（1917—1918）》，肖德生译，商务印书馆，2016，第 343 页。
③ 埃德蒙德·胡塞尔：《关于时间意识的贝尔瑙手稿（1917—1918）》，肖德生译，商务印书馆，2016，第 344 页。

之业，海德格尔拟订了一个庞大的写作计划，准备彻底重新梳理时间概念的历史。但是，海德格尔并没有完成他的计划，只是通过此梳理，发现了与西方形而上学的历史相伴随的时间概念史的一些路标而已。这些路标即整个西方形而上学的时间概念的历史，就是时间从其存在论的高度逐渐降解为一个（反思）对象的历史，以致时间完全蜕变成了一个可无穷划分的实体。摆脱时间反思困境的根本之道，就在于重新恢复时间的存在论地位，把时间的历史领会为随存在自身展开的历史。

然而，要领会存在的历史，就必须领会存在者的历史。更准确地说，是必须领会存在—存在者之意向性关系的历史。通观海德格尔的全部存在论建构，尽管他一开始就牢牢地把握住了存在者（是者）—存在（是）的意向性关系，但最终却忽略了对存在者之发问—对发问之发问的彻底的现象学追问。由此也就未能把握住，在此还原的过程中，随着每一次还原的发生，存在者—存在（是者—是）之意向性关系也随之不断还原或生成。二者紧密伴随，须臾不可分离。

从这样一个角度讲，海德格尔的存在论建构，似乎只是在存在状态的层面把握住了存在—存在者的辩证关系，而并没有把握住其意向性的发生性。让－吕克·马里翁（Jean－Luc Marion）敏锐地注意到了这一点。在《还原与给予：胡塞尔、海德格尔与现象学研究》中，他指出，"从一开始，因而也就是从与胡塞尔意义上所理解的还原进行较量开始，海德格尔便只有一个意向：通过对存在者的存在的发问来追问存在者，以便仅仅使存在——'存在的意义'——成为至关重要的东西"。[①] 但也正因为此，海德格尔未能把握住存在者的重要性。

为了推进海德格尔的未竟之业，在解构理论的启发下，马里翁将海德格尔的存在论差异进一步还原为"呼声—被吁请者"（召唤—回

---

① 让－吕克·马里翁：《还原与给予：胡塞尔、海德格尔与现象学研究》，方向红译，上海译文出版社，2009，第 114 页。

应）的原初差异。但是，就马里翁对这一原初差异的具体裁决而论，马里翁虽然牢牢地把握住了现象学面向实事本身的意向性关系的形式结构，即还原与给予，但依然没有揭示这一意向性关系所具有的终极潜能：交互去蔽或交互发生。

从这样一个角度讲，对于困扰人类思想史的时间难题，哲学的化解方式似乎已进入绝境。除了从同一性形而上学和虚无主义这两种极端中任选一种，面对时间，人们似乎已别无选择。

然而，倘若我们将耶鲁学派的时间诗学直观放到现象学的时间哲学的谱系中，并发现它们之间的互文性，或许，我们就将在山穷水尽之后发现新的可能性。

根据耶鲁学派的直观，假若我们一定要以线性隐喻为前提，那么，我们就完全可以说，时间根本没有开端！它只能突然开始、自我分裂、自我绵延，并在自我重复中互为起源！这一观点不仅彻底化解了原初起源的悖论，而且还为我们提供了一种新的哲学——发生哲学的理论基点。

因为，从发生现象学的角度看，时间的原初起源只能在时间的原初给予与意识的原初立义的意向性关系中交互起源。然而，这一交互起源何以不会重现无限后退的悖论呢？因为时间同时朝向三个向度而存在。时间的活生生的现时维度使时间内部呈现前摄—滞留相交叠的镶套结构和多重进程，这一时空交错的结构与进程使过去、现在、未来均可能差异错置地成为时间的本源。时间的分裂的绵延为时间的这一内部结构的生成提供了原初的动力，它使时间可以同时向着过去和未来无限延展。而自反的共在则是作为总体的时间在每一个此刻当下的变动中的永恒存在，正是它使多线并进、节奏不匀的时间不至于无限分裂而始终成为自身的存在。由于意向性的存在，可以说，时间既在自身内部的无限重复中相互起源，也与时间之外的黑洞相互起源。人类的返本穷源之路能追溯到多远，时间的起源就有多远。

通过本质还原，胡塞尔把现象学要研究的"实事"划分成两个领域，即时间性领域与无时间或超时间性的领域，由此便继承了西方哲学史关于一/多、永恒/变动、普遍性/时间性、本质一般/个别殊相、同一性/差异性、在场/不在场等一系列困难。胡塞尔试图通过两种时间形式（非反思性的时间与反思性的时间）的"相合"来沟通两个不同的领域，为作为本质的类与作为延展和充盈的个体找到一个赋形或转换的中介，从而彻底克服这些困难。然而，由于胡塞尔所做的努力不过是对道成肉身这一信念所做的现象学解释，它并未破解时间的原初发生之谜，因此，其发生现象学的根基就有待重建。对耶鲁学派时间哲学直观的现象学阐释，就是这种努力之一。

有时间的开端，从理论上讲，就有时间的终结。然而，胡塞尔似乎认为没有必要讨论这一问题，因为时间的原河流是无限向前延伸的。但是，只要时间有开端，那么，无论时间自身向前延伸有多远，它始终也只是在自身的整体范围之内，永远也无法触及整体之外的无限。也就是说，时间永远都是自我封闭的，不具备向无限开放的可能性，就像一条最终断流的内陆河一样。时间现象学如何化解这一潜在的悖论呢？对耶鲁学派时间哲学直观的现象学阐释，已经提供了思的理论依据。

从这样一个角度讲，未来的发生哲学，就不仅必然会超越必然性、否定永恒不变性，同时也会肯定朝向未来的开放性。但是，这一对未来的开放性又并不意味着它只是在未来的众多可能性中随随便便选择一种可能，并使之成为现实，而是必然会带上早先的预期与历史的滞留所交叠的内在规定性。它意味着时间在任何时候都是既不合时宜又与此刻当下契合无间或正逢其时的。它会不断地面向他者，从而使自己的每一次选择都具有决断的意义，都是一次生死抉择！

第四章

世界构成：

耶鲁学派诗学的理论效应

第一节　世界的文学性

一　世界视野的重构难题

我们所栖居于其间的这个"世界"或"世间"的真相到底怎样？这个问题所问及的乃是：如果我们不可避免地要将我们所归属的这个"意义空间"或"存身境域"当作一个"整体"来把握，那么，它的"整体性"究竟怎样？存在一个整体性的"世界"或"世间"吗？如果有，那么，我们到底该拥有什么样的"世界观"或"世界视野"，才能尽显我们所栖居于其中的这个"世界"或"世间"的真相？①

---

① 在希腊文中，*κόσμος*（cosmos，宇宙）一词最初指"建筑"和"建造"，后来指最大可能意义上的"事物的秩序"。在《新约》中，该词具有了"世界"（world）的含义。《新约》中的宇宙（世界）的第一个含义与古典用法相一致，指作为整体的天和地。第二个含义指特定的人类生活地点或领域，尤其指与神为敌的堕落的人类领域。这种意义上的"世界"被形容为是人类的虚构之物。它的本性就在于它阻止我们承认存在任何超越感官和时空法则之上的事物（参纪克之《现代世界之道》，刘平、谢燕译，北京大学出版社，2010，第 4~8 页）。尽管西方思想史很早就有了对"世界"的认识，但直至 18 世纪末期，德语中才出现了"世界观"（Weltanschauung）一词，其意思是指对世界的感性知觉或对感性世界的直观（康德：《判断力批判》，1790）。谢林之后，这一概念的主要含义才由对宇宙的感性直观转化为对它的理性知觉。英语的"worldview"一词源自对德文的翻译。其意思通常是指"对世界的深入思考，人生观"或"对世界的总的看法，涵盖一切的一种哲学"。参大卫·K. 诺格尔《世界观的历史》，胡自信译，北京大学出版社，2006，第 60~74 页。

　　之所以要提出上述问题，原因在于：据说，随着后现代思潮的兴起，那个曾经是如此确定无疑的世界的整体性问题，已经被瓦解了。"世界"早已经成了碎片，世界的确定性早已经烟消云散。① 即使有人认为这一说法过于夸张，但也无法否认，随着知识领域的不断分化，随着知识信息的不断爆炸，继续追问世界的整体性问题，实际上也已经不可能、不合时宜了。学术研究早已被"具体"的、实证的和技术化的方法和路径所主导。

　　然而，即使有关"世界"的真相真的如后现代思想所表达的那样，已经变成了碎片，我们同样无法否认的是，不仅作为一个整体性的"世界"至今依然确定无疑地"存在"在那里，对于当今世界颇为棘手的全球治理问题，更是亟须我们重构出一个更加有效的"全球或世界"视野来加以审视和处理。于是，"世界"的整体性究竟怎样以及我们究竟当如何努力，才能尽显这个整体性的世界的真相这些问题，就始终让人念念不忘。比如，当代美国分析哲学家约翰·R. 塞尔（John R. Searle）就是这样认为的。在《人类文明的结构：社会世界的构造》（2010）一书中，他再一次指出，当代哲学的根本问题，或当代哲学唯一的首要问题，乃是："如果可以统一的话，我们如何能将物理学、化学和其他基础科学所描述的世界的观念与我们对于人类自身的知识或我们以为如此的知识统一起来呢？在一个完全由力场中的物质微粒所构成的宇宙中，怎么可能有意识、意向性、自由意志、语言、社会、伦理、审美及政治义务的存在呢？"② 在塞尔眼里，这一问题始

---

① 在《后现代主义的承诺与危险》（2001）一书中，艾利克森认为，后现代主义思想的正面价值，在于它让我们看到了：①我们对于真实性的看法，受时间、地点和文化因素的限制；②预设前提不同，效果也就不同；③试图从某一绝对的、不容置疑的基点出发导出结论的基础主义是行不通的；④所有体系内部都具有某种不可克服的矛盾，都带有一定程度的自我解构性；⑤知识乃是一种权力的运用，再说明白点，就是真理有可能被作为手段来操纵，以达到个人目的；⑥持一种怀疑的解释学立场是必要的；⑦克服我们个人偏见的一种办法，就是与他者分享自己的视角；⑧叙事具有重要价值。参米勒德·J. 艾利克森《后现代主义的承诺与危险》，叶丽贤、苏欲晓译，北京大学出版社，2006，第 227～249 页。

② 约翰·塞尔：《人类文明的结构：社会世界的构造》，文学平、盈俐译，中国人民大学出版社，2015，第 1 页。

终令人心醉神迷。①

在《人类文明的结构：社会世界的构造》一书中，塞尔总结性地论述道，"世界"的统一性（整体性）问题之所以成为一个难题，最根本的原因，就在于哲学史上那个由来已久的"主/客体"之分。正是因为有了这一"主/客"二分，才产生了这样的疑难，即同一样东西，比如，我们所栖居于其中的"世界"，或人类的制度性建构，怎么可能既是主观的又是客观的呢？或者，"对于凭借主观意见而被创立起的实在，我们如何可能有事实上的客观知识呢？"② 由于这些问题难于回答，于是产生了"世界"的"整体性"（或世界观）的分裂。

塞尔认为，之所以出现这种状况，根本的原因是人们混淆了两类"主/客观"之分。塞尔发现，"至少存在两种不同意义上的主观性与客观性的区分：一种是认识意义上的，一种是本体论意义上的。认识意义上的主观性/客观性与知识有关，本体论意义上的主观性/客观性与存在有关"。③ 换句话说，"本体论上的客观性和主观性与存在物的存在方式有关。认识上的客观性和主观性与断言的认识状态有关"。④ 基于这一直观，塞尔认为，应该从两个不同的层面去看待事物或世界的主客二分。从认识论的角度讲，的确存在对事物或世界的主观或客观的断言；从存在论的角度讲，的确可以将事物区分成主观性的或客观性的存在。但这两种主客之分所属的层次、性质和所起的作用及其范围，其实是不一样的。它们不具有对应性。不能把"主观性的"存

---

① 早在《社会实在的建构》（1995）一书中，塞尔就已明确地指出："我们完全生活在同一个世界，而不是生活在两个、三个或十几个世界之中。就我们目前所知道的，这个世界最基本的特征就是物理学、化学或其他自然科学所描述的那些特征。但是许多现象明显不是物理的或化学的现象，这些现象的存在使人们产生了困惑。"言语行为理论的部分意图，就是化解这一困惑。参约翰·R. 塞尔《社会实在的建构》，李步楼译，上海人民出版社，2008，第1页。

② 约翰·塞尔：《人类文明的结构：社会世界的构造》，文学平、盈俐译，中国人民大学出版社，2015，"序言"，第1页。

③ 约翰·塞尔：《人类文明的结构：社会世界的构造》，文学平、盈俐译，中国人民大学出版社，2015，"序言"，第17页。

④ 约翰·塞尔：《人类文明的结构：社会世界的构造》，文学平、盈俐译，中国人民大学出版社，2015，"序言"，第17页。

在简单地等同于认识论上的"主观"断言，也不能把"客观性的"存在简单地当成认识论上的"客观"知识。因为，从存在论的意义上讲，"主观性的"存在与"客观性的"存在一样，其实都是客观"实在"的。从这样一个角度讲，那些我们通常认为是主观性的东西（认识），从存在论的角度讲，其实是客观存在的；而那些我们通常认为是客观性的东西（认识），从存在论的角度讲，往往又是"主观性"的。长期以来，由于人们总是从一个单一的角度，即认识论的角度去看待主观性和客观性的分别，从而未加反思地将两个不同层面的主客混同了起来，自然就导致了"世界"的分裂。事实上，"世界"本身就是统一的。这种统一性即"主观性"的现象同样"客观"地"实存"于此。因此，世界是统一于"实在"的。问题的实质和要害就"不是如何可能有主观的客观实在，而是对于本体论上的主观实在，如何可能有一套认识上的客观陈述"。[①]

塞尔始终坚持认为，身、心是具有统一性的。为了加深和扩展对这种统一性的理解，在《人类文明的结构：社会世界的构造》一书中，他系统地解释了人类社会的制度性建构——"因而也是人类文明所独有的特征"是"如何产生和维持的"。

众所周知，人类自身的生活受人类社会的制度性建构规范和引导，因此，人类社会的制度性建构是有其特定的地位功能的。而"功能发挥要求相应的人和物具有集体承认的地位，只有凭借这地位，相应的人和物才能发挥其功能"。[②] 因此，凭借此事实，我们发现，从本体论上讲，人类存在是"集体意向性的"。

具有集体意向性的人类创立了人类社会的制度性事实。这些制度性事实发挥着特定的地位功能。这些地位功能承载着一定的道义性权

[①] 约翰·塞尔：《人类文明的结构：社会世界的构造》，文学平、盈俐译，中国人民大学出版社，2015，第17页。
[②] 约翰·塞尔：《人类文明的结构：社会世界的构造》，文学平、盈俐译，中国人民大学出版社，2015，第5页。

力，即它们承载着权利、职责、义务、要求、许可、授权和资格，等等。一旦我们承认这些道义性权力，它们就为我们的行为提供了独立于我们的自然倾向和欲望的理由。"因此，地位功能是社会得以团结在一起的黏合剂。"①

问题是，人类何以凭借其集体意向性创立人类社会的制度性事实呢？对此，塞尔的主张是，"所有制度性事实，因而所有地位功能，是借由……'宣告式'的那类言语行为而被创立起来的"。② 而所谓宣告式言语行为，用塞尔的话来说，其具体含义是指：有些言语行为，它们成功地表征了世界上的事物是什么样子的，因而具有"语词向世界"的适应性指向。而有些言语行为，则试图改变世界，使其与言语行为的内容一致，因而具有"世界向语词"的适应指向。还有些言语行为，它们在同一个言语行为中就同时具有双重适应指向，即既具有"语词向世界"的适应指向，又具有"世界向语词"的适应指向。这种言语行为即"宣告式"言语行为。"这种言语行为通过宣告某种事态存在而使得那事态得以存在，从而改变世界。"③ 奥斯丁所说的"施事话语"，就是这类言语行为。④

"除开语言本身这个重要的例外，所有的制度性实在，因而在某种意义上说，全部人类文明，都是通过与宣告式言语行为有相同逻辑形式的言语行为而创立起来的。"⑤ 为了更好地阐明这一点，为了更自明地揭示"语言"创立制度性实在的秘密，接着，塞尔重新分析了"意

---

① 约翰·塞尔：《人类文明的结构：社会世界的构造》，文学平、盈俐译，中国人民大学出版社，2015，第 7 页。
② 约翰·塞尔：《人类文明的结构：社会世界的构造》，文学平、盈俐译，中国人民大学出版社，2015，第 9 页。
③ 约翰·塞尔：《人类文明的结构：社会世界的构造》，文学平、盈俐译，中国人民大学出版社，2015，第 11 页。
④ 塞尔认为，宣告式（declarations）言语行为是奥斯丁所说的五种以言行事的言语行为类型之一。除此之外，还有四种以言行事的言语行为，它们分别是：断言式（assertives）、指引式（directives）、承诺式（commissives）和表情式（expressives）。
⑤ 约翰·塞尔：《人类文明的结构：社会世界的构造》，文学平、盈俐译，中国人民大学出版社，2015，第 11 页。

向性"的一般结构、"集体意向性"的内涵和"语言"的创立机制。

"意向性"在塞尔的著作中，即"表示心灵借以指向或关涉世界中的对象和事态的能力，而这些对象或事态通常是独立于心灵自身的"。① 据此，"意向状态"，就包含两个部分：意向类型和命题内容，用符号来表示即"S（p）"。它们二者的关系是：如果命题内容满足意向类型，那么，意向状态便获得了满足条件。由是，"意向性的一般结构"，简单一点说，就是"在我们想要事物如何与它们事实上如何之间获得了一种一致性"，② 反之也若是。

在澄清了"意向性"的一般结构之后，塞尔接着分析了集体意向性。塞尔指出，虽然与个体意向性一样，"集体意向性"也存在于个体意识之中，但是，这并不意味着，通常所理解的"集体意向性"就是正确的。通常以为，"集体意向性"，就是指某种意识的集体"同一性"，即每个人都在意图什么，且每个人都知道他人在意图什么，且每个人都知道他人正知道，且每个人都知道每个人知道他人正知道，如此等等，以至无穷。与此不同，塞尔的看法是，"集体意向性"乃是指处于团队协作和集体行为中的每一个人都相信"他们分享了同样的集体目标，并打算在实现集体目标的过程中尽他们自己的职责"。③

厘清了"集体意向性"的内涵，塞尔便着手分析"语言"这一最基本的制度性实在的创立机制。用塞尔的话说，这一问题即 S（p）如何进入了 F（p）（在这里，"F"代表言语行为类型）？

依塞尔的意见，从前语言性的意识出发，通往语言的道路要经过四个关键性的步骤。首先是创造说话者意义，即将满足条件赋予意向状态的满足条件。在这一阶段，意识已经能够区分开语言的两个层

---

① 约翰·塞尔：《人类文明的结构：社会世界的构造》，文学平、盈俐译，中国人民大学出版社，2015，第 25 页。
② 约翰·塞尔：《人类文明的结构：社会世界的构造》，文学平、盈俐译，中国人民大学出版社，2015，第 40 页。
③ 约翰·塞尔：《人类文明的结构：社会世界的构造》，文学平、盈俐译，中国人民大学出版社，2015，第 47 页。

面——物质性的层面和表征（世界）的层面。其次是创造通用的规约工具，即规约性意义。再次是开始分辨句法要素及其组合性和生成性。最后就是对真理性的承诺，即对言说承担一种道义。

从这样一个角度看，虽然语言是由前语言形式的意向性衍化而来的，但通过此衍化，语言提供了某种在前语言性的意向性中没有的东西，即公开设定了由规约产生的承诺。正是由于这一新产生的东西，我们明白了人类创立社会制度或社会实在的实质，即借助语言将一定的事实表征为实际存在，从而创立起那事实。

具体而言，语言性的制度性事实创立和维持非（超）语言性的制度性事实，遵循了如下逻辑。通过具有双重指向的宣告式言语行为，地位功能 Y 在 C 中存在成为事实，并且 Y 与某个人或某些人 S 建立起一种关系 R，从而 S 有权实施行为 A。而这一地位功能的赋予是集体地创立的，并得到了人们的集体承认。因此，它的简化表达式就是"人们集体地承认 Y 在 C 中存在并因 SRY，S 有权做 A"。它的更简化更典型的逻辑形式是"X 在 C 中算作 Y"。

总之，"全部的人类社会制度都是借助可一再反复运用的语言逻辑运算而得以存在并维持其存在的"。[1] 由是，塞尔便揭示了"语言"这一最基本的社会制度在人类的社会制度建构中的本体地位："一旦你有了一种共同的语言，你就已经有了一种社会契约；实际上，你已经有了社会。如果'自然状态'的意思是一种没有人类制度的状态，那么对于讲语言的动物而言，就根本没有自然状态这种东西。"[2]

重述一下，凭借宣告式言语行为，集体意向性的人类为自身创立了客观的制度性事实——人类文明。可问题是，这一制度性事实——人类文明是如何与那个哲学所关注的总课题——存在的整体世界融为

---

[1]　约翰·塞尔：《人类文明的结构：社会世界的构造》，文学平、盈俐译，中国人民大学出版社，2015，第67页。

[2]　约翰·塞尔：《人类文明的结构：社会世界的构造》，文学平、盈俐译，中国人民大学出版社，2015，第66页。

一体的呢？对此，塞尔重申了一种层级性的依存论。这一层级性的依存论即制度性实在的创立依赖语言（有时还依赖书写）；语言的创立依赖意向性；意向性的存在依存于人；人的存在依存于基本事实。

它更具体的内涵可以表述如下。首先，语言同前语言的心智具有某种共同特征，即都拥有命题内容、满足条件和适应指向。"言语行为的结构同心灵状态的结构一样，……语言设定的界限就是心灵设定的界限。"[1]

其次，语言是生物学上基本的、前语言形式的意向性的延伸；心灵（所有的心灵现象，包括有意识和无意识的）又是大脑的神经生物过程的延伸；而神经元过程本身又表现着并依赖分子、原子、亚原子这些更基本层面的活动过程。换言之，我们的意识和其他心灵现象的能力都是长期生物进化的结果。像意识和意向性这些较高层面的现象，都是依赖并源自生物和物理现象这些较低层面的。

人类世界的"制度性事实最终实现于原初事实之上，但在这些情形中，原初事实是现实的人类和构成语言表征的声音和标记"。[2] 这样，塞尔的解释便满足了他从一开始就提出的两个基本要求。"第一，我们绝不允许自己预设有两个世界或三个世界或诸如此类的东西存在。我们的任务是要解释我们如何正好生活在一个世界……第二，我们的解释必须尊重宇宙结构的基本事实。这些基本事实是由物理学、化学、进化生物学和其他自然科学提供的。我们需要表明实在界的其他部分如何依赖于基本事实，如何以各种方式源自于基本事实。对我们的目的而言，物质原子论和生物进化论是最根本的两套基本事实。"[3]

总之，塞尔所揭示的世界的统一性就是这样的：心灵（语言）凭

---

[1] 约翰·塞尔：《人类文明的结构：社会世界的构造》，文学平、盈俐译，中国人民大学出版社，2015，第 14 页。

[2] 约翰·塞尔：《人类文明的结构：社会世界的构造》，文学平、盈俐译，中国人民大学出版社，2015，第 116 页。

[3] 约翰·塞尔：《人类文明的结构：社会世界的构造》，文学平、盈俐译，中国人民大学出版社，2015，第 2 页。

借集体意向性建构了我们的制度性实在。这些制度性实在既是主观的建构，也是客观的存在。作为一种依赖心灵的现象，亦即与意向性相关的（intentionality – relative）的现象，它们与心灵的现象和独立于心灵的现象一起，共同构成了我们整体的"世界"。

二　现代世界视野的语言论预设

以各种前现代思想、现代主义思想和后现代主义思想的"世界观"为参照，① 总体上看，塞尔所重构的新世界视野，又具有什么样的特征呢？

塞尔认为，以是否依赖心灵而存在为标准，可以将世界的事实（实在）区分为原初事实和制度性事实。而在他有关心灵哲学的早期著作中，塞尔早就指出，从本体论上讲，创立制度性事实的集体意向性是不可还原的。从这样一些判断出发，可以认为，塞尔所揭示的"世界"是双重性的。如果说，现代主义思想的"世界"观主要是一元论的或知识论的，那么，塞尔所建构的"世界"观，就确实与现代主义有了区别。

塞尔认为，尽管从本体论上讲，创立制度性事实的集体意向性是不可还原的，但是，若从因果论上讲，它必然要还原为宇宙存在的基本事实。② 正因为此，塞尔才认为，从因果论上讲，人类存在的各层级是具有依存性的。正是因为这一依存性，"世界"才不致分裂而始

---

① 在《后现代主义的承诺与危险》一书中，艾利克森认为，西方前现代思想的特征，主要在于：①以全面综合的方式解释事物，包罗一切；②实在具有理性特征，历史遵循某种可被人辨知的模式；③在自然背后还有真实且重要的实体；④无形的实在是意义之源，或者说是生命之源；⑤生命还有一个存在于时间之外的向度；⑥永恒不变的才是最重要的（参米勒德·J. 艾利克森《后现代主义的承诺与危险》，叶丽贤、苏欲晓译，北京大学出版社，2006，第53页）。与此不同，西方现代主义思想的特征，则在于大都分享了如下假设：①知识可被无限探寻，对人类来说是一种福祉；②客观性不仅是好的，也是可能的；③基础主义的知识模式；④认知个体是认知过程的典型主体；⑤实在的结构具有理性，遵循某种有序的型式（参米勒德·J. 艾利克森《后现代主义的承诺与危险》，叶丽贤、苏欲晓译，北京大学出版社，2006，第81页）。

② 相关论述请参《意向性：论心灵哲学》（*Intentionality：An Assay in the Philosophy of Mind*）、《心灵的再发现》（*The Rediscovery of the Mind*）、《心灵导论》（*Mind：A Brief Introduction*）等著作。

终统一。从这样一些论断出发，如果说，后现代主义思想的"世界观"主要是怀疑论的或多元论的，那么，塞尔所建构的"世界"观，就确实是具有超越性的。

塞尔所建构的新世界视野看起来完美地兼具了现代世界视野的客观性、确定性和后现代世界视野的语境性、历史性、视角性和修辞性，因而，在某种程度上，塞尔似乎就确实有理由相信，他所建构的新世界视野已不再是一种断言，而成了一种科学。然而，事情果真如此吗？假若有人向塞尔提出这样的问题，比如原初事实的依存性基础又是什么，或原初事实又是如何起源的，对此，塞尔该如何回答呢？

或许，根据塞尔朴素的自然主义的态度，我们是不应该提出这样的问题的，或提出这样的问题是不合法的。然而，这样的回答并不具备逻辑的说服力。对此，俞吾金一针见血地指出了塞尔的缺失。塞尔坚持认为，"自然实在"（原初事实）优先于社会实在（制度性事实）。在俞吾金看来，这一观点面临严峻挑战。塞尔没有区分开"时间上在先"与"逻辑上在先"这两个不同的视角。确实，自然实在在时间上是优先于社会实在的，但这并不意味着在逻辑上也同样如此。事情正好相反，在逻辑上，对自然实在的发现，恰以发现者——人类的先行存在为前提。[①]

俞吾金正确地指出了塞尔的局限，却未指出产生这一局限的原因。在笔者看来，导致这一局限的根本原因，即塞尔对意向性的错误解释。

塞尔认为，人类社会的制度性建构必然是集体意向性的。而集体意向性是意向性的一种。根据这一论断，我们起初可能会以为，塞尔将分析哲学与现象学传统融汇在了一起。可实际上，塞尔所谓的意向性，与现象学意义上的意向性是完全不相同的。从其日常语言分析的哲学立场出发，塞尔将现象学意义上的"意识总是关于……的意识"

---

① 俞吾金：《塞尔：一个批判性的考察》，载文学平《集体意向性与制度性事实——约翰·塞尔的社会实在建构理论研究》，法律出版社，2010，第2~3页。

这一认识之何以可能的自明性地基彻底日常经验化了。他将"意向状态总是关于或指向某种事物的状态"转化成了日常意义上的信念、欲望、希望、打算和意图。然后根据其言语行为理论，将意向状态规定为"一般是对其满足条件的表征"。① 如是而论，塞尔所说的"意向性"，其实就是指在"心灵向世界"的适应指向和"世界向心灵"的适应指向之间的某种一致性。塞尔说，"对于在先意图和行为中意图，我们在我们想要事物如何与它们事实上如何之间获得了一种一致性，因而，只有凭借心灵向世界的因果指向，才能实现世界向心灵的适应指向"，② 反之也若是。

从这样一个角度讲，塞尔对意向性理论的改造，就可以视为在胡塞尔对意向性的先验证明之后，对意向性理论所补充的一种经验说明。在胡塞尔那里，意向性乃是意识得以可能的先天可能性。在塞尔这里，"意向性"却成了一种"心灵向世界"和"世界向心灵"的适应指向之间的"满足条件论"。从某种意义上说，这只不过是传统的"符合论"或塞尔早期的"成真条件论"的一种变体。

可以断言，塞尔对意向性理论的改造几乎限制了意向性理论的所有潜能。因为，从理论上讲，只要我们意识到，意向性（意识活动和意向对象之间的关系）不只存在于心灵活动与原初事实之间、（自我的）心灵活动与（他者的）心灵活动之间、心灵活动与建构性事实或规则之间，意向性还存在于心灵活动与意向性之间，而不同层面的意向性的性质又是如此的不同；那么，我们是很容易提出这样的疑问来的，即如此多层次多维度交错叠加的"意向性"关系，是如何获得自身的"整体性"的呢？显然，简单地诉诸某种满足条件论和集体意向性理论，根本无法解决这一难题。片面地主张一种"意向性"的先天

① 约翰·塞尔：《人类文明的结构：社会世界的构造》，文学平、盈俐译，中国人民大学出版社，2015，第30页。
② 约翰·塞尔：《人类文明的结构：社会世界的构造》，文学平、盈俐译，中国人民大学出版社，2015，第40页。

给予理论或生物神经学理论，也会陷入逻辑悖论。

因为，若我们主张一种"意向性"的先天给予理论，我们就有可能遭遇无限后退。若我们主张"意向性"是生物脑神经的一种功能，我们又可能无法解释从神经运动到观念意识的飞跃。既然两种取径各有道理又各有局限，或许，解决这一难题的唯一方法，就是一方面承认意向性对大脑神经的依存性，另一方面又承认在意向性和对意向性的反思之间，的确存在一种意向性关系，然后以此为前提，去深入地领会二者间的意向性关系。

换言之，就是在"意向性"的先验维度和经验维度之间，存在一种"意向性"关系。正是因为这种"意向性"关系的存在，世界的原初事实与观念事实（包括制度性事实）的交互发生才得以可能。只不过，由于这种交互发生超越了通常的自然科学或观念科学的范围，因此，它需要一种更加彻底的本体论才能加以解释。

或许是因为担心自己陷入无穷后退，塞尔选择了对"意向性"的一种彻底自然主义的解释。塞尔坚持认为，意向性是具有有趣逻辑特征的一种自然的生物现象。"自然的大脑过程在一定的描述层面具有逻辑的语义特征。它们具有诸如真值条件的满足条件以及其他逻辑关系；这种逻辑特征是我们自然生物体的组成部分。"[①] 塞尔的这一主张一方面固然使他的"世界（观）"获得了整体性，但另一方面却导致了一些致命的缺失。

首要的缺失，就是在他的基本事实本体论（依存论）与"自由意志"之间，存在阐释的断裂。

塞尔勉为其难地将从理由到决定之间（形成在先意图）、从决定到行为开始之间（行为中意图）、从复杂行为的开始到持续至行为完成之间的因果空隙预设为"自由意志"，然后为自由意志的存在必然

---

① 约翰·塞尔：《人类文明的结构：社会世界的构造》，文学平、盈俐译，中国人民大学出版社，2015，第44页。

性给出了如下论证。如果机器人具有了自由意志，我们对机器人的程序设计就失去了意义。如果人被赋予了一套适合于机器人的规则，这套规则也不会起作用，因为人们可能会违反这套程序。塞尔的论证的确体现了一种逻辑的必然性。但是，他只是揭示了自由意志的"存在"，却没有告诉我们自由意志的"来历"。或许，塞尔自己也意识到，若继续宣称"自由意志"是大脑中的一种神经生物过程，显然有些自欺欺人，于是只好让它保持"神秘"。

之所以如此，原因在于，塞尔没有看到或明确否认在"意向性"的先验维度和经验维度之间存在的"意向性"关系。事实上，只要我们承认的确存在这样一种"意向性"关系，那么，我们便不难明白，所谓自由意志，不过是"意向性"所牵涉的双方"交互生发"出的一种发生学动力。从这一角度讲，塞尔对"意向性"理论的改造，其首要的失误，就在于阻断了"意向性"的发生动力学机制。

而阻断了"意向性"的发生动力学机制，实际上也就阻断了语言自身的发生动力。塞尔敏锐地意识到，尽管语言与前语言性的心智具有共同的特征，但它们仍存在至关重要的差别。这一差别，一方面，意识具有直接的统一性，而语言却不具备这种属性。意识不仅直接看到物体，而且还看到整个事态。对于语言来讲，这却成了一个难题。另一方面，语言具有离散性（词语在组合中仍保持它们的同一性）、组合性（句法成分可以被随意操作）和生成性（宣告式言语行为特有的双重适应指向的表征），而前语言性的意识则不具备这样的特征。塞尔说，"对宣告式言语行为而言，不存在前语言性的相似物。前语言性的意向状态不能通过将事实表征为已经存在从而创立起相应的事实。这种异乎寻常的壮举依赖于语言"。[①]

尽管塞尔正确地指出了语言和前语言的意向性的根本区别，但是，

---

① 约翰·塞尔：《人类文明的结构：社会世界的构造》，文学平、盈俐译，中国人民大学出版社，2015，第73页。

由于已经预设了对语言的彻底自然化的解释，塞尔在讨论语言这一根本的社会制度的创立时，只是将它视为一种集体意向性的功能赋予，而从未想到还应去追问集体意向性创立这一制度的先天可能性。

塞尔的这一失误导致了他对语言的一系列失察。比如，尽管塞尔区分了言语行为的三种适应性指向（"语词向世界"的适应性指向，"世界向语词"的适应性指向，同时具有上述两种指向的双重适应性指向），但他没有意识到，这种区分并没有超越语言的"能指—所指"的单维度预设。事实上，当塞尔指出，"语言"这一制度性事实由集体意向性创立时，他应该意识到，"语言"还具有另外一个维度，即"主体间性"维度或"话语间性"维度。没有这一维度，任何制度性事实的创立，都不可能。

塞尔特别强调了对于所有的制度性事实，语言这一制度性事实本身的例外性。他说，所有制度性实在都是通过语言性表征而创立的。但有一个有趣而关键的例外：语言现象本身。语言的创立本身作为一项制度性事实，不再需要另一个宣告式言语行为来宣告它的创立。之所以如此，原因在于，语言性的制度性事实与非（超）语言性的制度性事实存在根本的区别。语言性的制度性事实只需要创立意义的规约，而非（超）语言性的制度性事实除此之外，还须要创立某种外在的规约。语言性的制度性事实所要求的一切就是意义，而非（超）语言性的制度性事实则要求使用语言的语义创立超越语义的权力。

塞尔正确地指出了语言性的制度性事实与非（超）语言性或超语言的制度性事实之间的区别。但是，他却忘了进一步追问，为什么只有语言性的制度性事实被赋予了如此例外的特性呢？对于语言来讲，为什么有了意义就有了一切？

究竟是什么原因，使得语言无须指向语义之外的社会实在，即可成为一种制度性实在呢？沿着塞尔的论证，我们意识到，其实，在通常的制度性事实与语言这一制度性事实之间，还存在一种区别。这一区别是如此根本，以致没有了它，语言就失去了一切。这一根本的区别即与通常的制度性事实相比，语言这一制度性事实多了一个维度。这个多出来的维度，即语言总是可以（只）指向语言自身。语言自身见证自身！这才是使语言获得自身的本体地位的根本秘密。

综上所述，从塞尔的论证中，我们可以发现有关语言的如下基本事实，即语言具有三个维度。它们分别是：与"语词—世界"的双重适应性指向相对应的所指性维度，与"语词—集体意向性"的双重归属性关系相对应的语言间性（立体间性）维度，和与"语词—语词"的反向性指向相对应的自反关涉维度。正是语言三维的存在及其交互运动，才为语言自身的创立、维持、颠覆和重构提供了发生性的原初动力和基础。

问题是，语言自身的这一特性是如何与意向性协调一致的呢？按塞尔的意见，前语言性的意识是具有直接的统一性的，而语言则不具有这种特性。殊不知，人类的意识一旦创立了语言，其马上就会被语言化，也就是被语言所切分。从这样一个角度讲，我们不仅可以像塞尔那样，对语言和意向性做一种彻底的自然化的解释，我们也可以反过来，将意向性和自然语言化，坚持一种更加彻底的语言本体论：语言不仅是构成制度性实在的本质要素，语言还是所有原初事实的本质要素。换言之，不止是全部人类制度，就连全部的原初事实本身，在本质上都是语言性的。因为语言自身就是一切！

由是，语言、意向性和自然才真正获得了一种本体同构性：正是因为遵循了语言三维的交互发生机制，多层次多维度交错叠加的"意向性"才成为世界的原初发生的几微。

如果上述论断是成立的，那么，以此为参照，反观整个西方思想史，我们能看出一幅什么样的图景来呢？

塞尔认为，从亚里士多德到福柯，他所知道的西方所有政治和社会哲学家都将语言视为理所当然。他们都假定我们是讲语言的动物，然后着手解释一切。虽然他们都认识到了语言对其哲学/社会学研究的重要性，但他们都没告诉我们什么是语言。"他们理所当然地认为，我们已经知道了语言是什么，并以此作为出发点继续前进。"①

在传统西方思想家那里，语言究竟意味着什么呢？标准的教科书告诉了我们一切。标准的教科书将人类的自然语言分成三个部分：音位、句法、语义。但显然，这一定义完全没有揭示语言的真正意义。即使是在分析哲学之后，人们为语言的定义加上了第四个部分——语用，也仅只是使解释稍精致了一点而已，根本无济于事。因为"语用论"也没有超越分析哲学的根本缺失，未能将语言揭示为一种自然的生物现象。

根据塞尔的分析，结合我们彻底的语言本体论立场，可以认为，塞尔所说的真正意思是，传统西方思想之所以遗忘了语言的本体地位，究其实质，乃是因为它们大都分享了如下语言学预设：将语言当作一种对象化的实体，从而将语言当成了一种不言自明的工具。但是，从塞尔根本没有领会到分析哲学的"语用学"转向所具有的潜在意义②来看，塞尔的世界视野的语言论预设，仍是单维度的。

由是，我们便可以得出结论说，大体上，到目前为止，西方思想的各种世界视野，大都是建立在某种单维度的语言论预设之上的。新世界视野的重构，还需要重新奠基。

三　世界是一个差异错置的体系

然而，这么说并非意味着塞尔的探索毫无价值。事实上，塞尔的探索极具启迪。

如前所述，塞尔区分了两种主客观之分——本体论的和认识论的。从这一区分中，我们完全可以引申出这样的结论：世界首先是双重性

---

① 约翰·塞尔：《人类文明的结构：社会世界的构造》，文学平、盈俐译，中国人民大学出版社，2015，第66页。

② 这一潜在意义即在否定了传统西方思想语言论预设的所指性维度之后，发现和肯定了语言的另一个维度——语言的集体意向性或语言间性维度。

的。由于这一双重性同时体现在认识论、存在论和构成论（生成论）等多个层面，① 换句话说，就是两种主观性和客观性在认识论、存在论和生成论等多个层面交错叠加在一起，从这一事实出发，我们完全可以进一步推论出：世界是差异错置的，或世界呈现了一种差异错置的格局。如果这一推论是成立的，那么，我们就完全有理由认为，新的世界视野的统一性，就既不在某种同一性中，也不在某种依存性中，更不在某种差异性中，而在于某种差异错置交互生发的发生性中。

不仅如此，从塞尔的语言论中，我们还发现了语言三维。根据这一发现，一旦我们着手分析语言的三个维度的转换生成机制，并将这一分析溯源至原初起源的悖论的高度，那么，我们将进一步发现，所谓世界是一个差异错置的体系，就不再是一种理论的直观，而将获得某种本源性的论证。

然而，与大多数理论家一样，在通往世界视野的重构的途中，塞尔也因自己朴素的信仰，而较早地中断了某种返本穷源的进程，从而未能及时发现语言的三个维度及其错综复杂的交织。之所以会产生这样的失误，这与他的语言哲学只关注日常语言或真理性语言，而从未给予文学语言（修辞）以足够的重视有一定关系。或许，在他的心目中，与日常语言一样，文学语言根本就没有什么特别。因此，像"文学"这样一种制度性建构，也就没有什么值得特别分析的价值。

正是在这一意义上，耶鲁学派文论家对"语言三维"的直观、对意义的转换生成机制的论证和对言说的原初悖论的裁决，就更加彰显出了某种思想史的超越性意义：为我们重构整体性的世界视野提供了一种新的理论可能。假如语言的内部具有三个不同的维度，那么，任何在时间本体内的言说，就必然会在言说的内部产生多个

---

① 在《集体意向性与制度性事实：约翰·塞尔的社会实在建构论研究》一书中，文学平对塞尔的"客观性"做了比塞尔更细致的区分。它们包括：独立于人类心灵的存在，具有物质性质的客观性；独立于单个个体心灵的存在，客观精神性质的客观性；独立于个体主观幻想的存在，真实无妄意义上的客观性。详参文学平《集体意向性与制度性事实：约翰·塞尔的社会实在建构论研究》，法律出版社，2010，第 240 页。

维度的矛盾张力。由于这些维度在时空的转换生成的过程中具有完全不同的存在形态而彼此又错综复杂地交织在一起，因此，任何言说所构成的意义世界，其内部就必然是差异错置的。而言说所形成的意义世界的差异错置性，必将映现出人类生存的这个世界本身的差异错置性。

总之，人类存在的世界是一个差异错置的体系。只不过，单凭耶鲁学派的语言论直观，我们很难为这一观点提供很好的论证。必须将耶鲁学派的文论思想与塞尔的社会本体论放在一起，亦即，必须看到耶鲁学派与塞尔的"互文性"，我们才能发现重构世界视野的可能性。如果说，塞尔揭示了世界的差异错置性，那么，耶鲁学派就为这一差异错置性提供了本源性的理据。

耶鲁学派与塞尔的"互文性"生发出了一种新的世界视野。从这一新的世界视野出发，许多始终困扰我们的理论问题，或许都将涣然冰释。

塞尔认为，制度性实在如海洋，人们如水生动物，整天置身其中又浑然不觉。制度性实在的形式有着惊人的多样性，但其所有结构都潜藏着一个单一的逻辑原则。塞尔的社会本体论建构的重心，就是揭示这一原则。但是，塞尔太急于想揭示这一原则了，以致他竟忘了一个问题，即所有这些不同的社会制度，它们是如何构成一个内在协调的"整体"的？也就是说，塞尔虽然关注了不同社会制度的创立与维持所共同遵循的逻辑形式，但却忘了追问这些不同形式的社会制度的相互关系，以及它们又是如何被颠覆与重构的？

事实上，在很多地方，塞尔都是有机会提出这一问题来的。比如，塞尔区分了集体中的个体成员参与集体行为的两种逻辑方式，一是因果性手段关系（通过个人的 A 引起集体的 B 的行为中意图），二是构成性方式关系（通过个人的 A 构成集体的 B 的行为中意图）。在这里，如果我们意识到，"集体"本身作为一种制度性建构，也要发挥其地位功能，那么，我们就可能要追问，我们要建构一种什么样的集体，才能使其发挥理想的地位功能呢？换言之，就是我们要建构一种什么样的理想共同体，才能使其发挥良性的地位功能？

比如，塞尔曾从不同角度简要地区分了一些典型的制度性实在类型，如政府制度、体育制度、特定目的的制度（医院、学校、大学、工会、饭店、剧院、教会）、经济制度、通用结构的制度（货币、私有财产、婚姻、政府）、无固定结构的非正式的非规范的制度（友谊、家庭、恋爱、聚会）、人类活动的一般形式所包含的制度（科学、宗教、娱乐、文学、性行为、吃饭）、不是制度但包含制度的专业性活动（法律、医药、学术、戏剧、木工、零售）等，但他却没有讨论所有这些制度的理想关系及构成规则。

又比如，塞尔揭示了制度性实在的三个特征。一是主客交错的实存性。制度性实在虽然是主观创立的，但一经创立，便客观存在。二是发生（创生）性。制度性事实之最奇怪和最引人注目的特征之一，就是制度性事实创立之前没有任何制度性的东西。制度因创立而发生。三是双层性。制度性实在的创立依赖语言的如下表征能力——将某物当作并非其本来就是的某事物。

塞尔指出，因为有了上述特征，制度性实在在总体上获得了如下特质：一方面，制度性事实的存在给人类生活范围极广的授权，给我们创造了巨大的可能性；另一方面，制度性事实也以制度的方式约束着人们的行为，使自由的人们理性和规则地行事。然而，塞尔却忘了追问，我们要如何安顿各种各样的制度性实在，才能让制度性实在的整体最大可能地既给予我们自由，又给予我们规则？

尽管塞尔没有明确地提出上述问题，但他的具体讨论，仍给我们指示了一些可能的路径。比如，关于权力问题，塞尔的看法就极具启示。塞尔认为，创立制度性实在的整个目的，就是创立和调整人与人之间的权力关系。而所谓的权力关系，从经验的层面看，可以分为三个层次：最高的是道义性权力，中间的是垄断性暴力，普遍感受到的是背景习俗。从权力的三个层次的区分来看，人类社会的权力体系，必然是一个差异错置的体系。

从历史的维度看，如果说政治的、经济的、文化的和原始宗教的权力一度是一体化的，但随着文明的分化，这种一体化的权力格局早已解体。特别是随着现代民族国家的兴起，政治的世俗性、多样性和宗教的一元性、终极性更是产生了尖锐的冲突和悖论。而随着跨国资本主义的兴起，对于民族国家来讲，经济权力的边界和政治权力的边界也不再相等。因此，从历史的维度看，人类社会的权力体系，也必然是差异错置的。

或许是对这一真相有所直觉，塞尔才既认可"政府是终极的制度性结构"，[1] 又肯定成功而稳定的民主制国家所具有的特征。[2]

除了权力问题，人权问题也是当今世界制度性建构的核心问题之一。从他的社会本体论出发，塞尔认为，人权问题的实质，就是我们到底该赋予人什么样的地位功能？因而，对这一问题的谈论，就必然与我们心目中"人是什么"或"究竟何谓人"这些问题联系在一起。由于人们对这一问题存在不同认识，因此，对究竟是否存在普遍人权问题，学术界就产生了一些争论。

按杰里米·边沁（Jeremy Bentham）和阿拉斯代尔·麦金泰尔（Alasdair MacIntyre）的意见，根本不存在普遍人权，普遍人权的存在是启蒙运动时期才有的事。但是，经验告诉我们，普遍人权是一种地位功能，它们有其道义性权力。因此，究竟该如何回应边沁和麦金泰尔的怀疑论传统呢？

塞尔的看法是，确实如边沁和麦金泰尔所说，"权利像其他地位功能一样，仅在它们得到承认的范围内发挥作用。没有承认，就没有道义性权力"。[3] 但是，这并不意味着，当你的权利被否认或没有得到承

① 约翰·塞尔：《人类文明的结构：社会世界的构造》，文学平、盈俐译，中国人民大学出版社，2015，第 170 页。
② 塞尔认为，政府通常有两个相互联系的独特特征：有组织的暴力垄断和领土控制。而成功和稳定的民主制国家的特征，则包括：①宽容不同意见；②政治冲突得到显著的克制；③生活中的少许重要问题通过选举来决定；④理性的状态；⑤大多数人从来不会进入政治舞台。
③ 约翰·塞尔：《人类文明的结构：社会世界的构造》，文学平、盈俐译，中国人民大学出版社，2015，第 193 页。

认时，你就失去了你的权利。"你有权让已经存在的权利获得承认。"[1]

尽管边沁的看法不尽合理，但是，我们也不能不承认，一方面存在普遍权利，另一方面，基本人权的清单又在不断变化，至今没有达成普遍的同意。究竟该如何看待其中的矛盾呢？

对此，塞尔的化解思路是：权利与义务相对应。普遍人权与普遍义务相匹配。但是，只见人谈论普遍人权，却从未见人谈论过普遍义务。这无疑是人权理论的重大缺失。

"权利陈述的逻辑形式总是蕴涵着其他人的相应义务。"[2] 比如，当我们说"X 享有一项做 A 的权利"时，其便意指着"Y 负有一项让 X 做 A 的义务"。当"Y 让 X 做 A 的义务"仅仅意味着"Y 不得妨碍 X 做 A"时，对于普遍人权来讲，不会产生什么问题。可是，如果"Y 让 X 做 A 的义务"意味着"Y 必须保证让 X 做 A"时，那么，普遍人权的主张便会遭遇难题。因为若主张这样的普遍人权的存在，便给所有人课予了义务。而我们是很难为这样的主张找到正当的理由的，即每个人都被课予了让他人享有自己所主张的权利的义务。

因此，塞尔说，必须区分消极权利和积极权利。消极权利即"不需要政府或其他任何人的任何积极的作为"的权利，亦即其他人不得妨碍我去做某事的权利。属于这一权利的最低限度的人权清单有：生命权、私有财产权、言论自由权、交往自由权、信仰自由权、迁徙权、隐私权等。积极权利即对所有人都课予了义务，这义务要求其他人必须实施这样那样的积极行为。毫无疑问，这种积极权利是非常少的。除非在其他人的生存受到威胁而又无力自我救助这种特殊情况下，我们确实有帮助他们的普遍义务，但很难说我们有让每个人都达到适足的生活水准和享有住房的普遍义务。

---

[1] 约翰·塞尔：《人类文明的结构：社会世界的构造》，文学平、盈俐译，中国人民大学出版社，2015，第 193 页。

[2] 约翰·塞尔：《人类文明的结构：社会世界的构造》，文学平、盈俐译，中国人民大学出版社，2015，第 187 页。

　　为了进一步澄清消极权利的正当理由，塞尔特别地讨论了"言论自由"这一权利。

　　在许多人心目中，言论自由仿佛是天经地义的。实际上，这只不过是源自法律的一种规定而已。从理论上讲，对它的论证是相当脆弱的。其中一种说法是上帝的赐予，另一种就是功利主义的。

　　功利主义的言论自由观认为，行使言论自由权有助于大多数人的最大幸福。但在塞尔看来，恰恰是这一主张，使其自身陷入悖论：如果行使言论自由明显不能给大多数人带来最大的幸福，我们就会失去言论自由。之所以出现这种悖论，原因在于，功利主义者没有接受这样的事实，即"权利的真正存在是一种独立于欲望的行为理由，使其独立于欲望的特征也使其独立于功利或独立于后果"。[1]

　　基于此，塞尔认为，言论自由的真实理由是：首先，人是实施言语行为的动物，自我表达的能力是人天生固有的；其次，人能理性地实施言语行为。在言论自由的行使中，有某种我们认为特别有价值的东西，这种东西有助于我们发挥我们作为人的全部潜能。

　　除了伸张言论自由的正当理由，塞尔还反驳了几种反言论自由的不当理由。其中一种观点认为，言语行为作为一种行为，像任何其他行为一样，也能伤害其他人。因此，正如我们有权规范任何其他种类的行为一样，我们也有权规范言语行为。

　　塞尔认为，这种论证的错误在于：首先，它没有意识到身体上受到的伤害与心理上受到的伤害具有不同的性质；其次，它没有意识到以言取效对听者的效果在很大程度上取决于听者。人不仅是实施言语行为的动物，而且是理性的动物。如果某人的言语行为冒犯了你，你可以对它做理性的评价，或决定不理睬它。[2]

---

[1]　约翰·塞尔：《人类文明的结构：社会世界的构造》，文学平、盈俐译，中国人民大学出版社，2015，第199页。

[2]　当然，塞尔也承认，确实有那种没有任何理性考虑的言语行为，对于这种行为，对它的规范就应该强化了。

总结塞尔的论证，可以看到，尽管他对少数积极权利的谨慎肯定避免了对权利相对人课予不可承担的义务，防止了权利主张者或享有者自身的不作为，但他却没有看到，他对消极权利的主张极有可能导致集体的政治冷漠或不作为。尤其是他对言论自由的正当性的论证，不管是正面主张，还是反面反驳，都难以让人信服。究其原因，就在于他没有彻底地贯彻他所谓的权利与义务相对应的原则。从权利与义务相对应的原则出发，由于言论自由牵涉公共领域或公共事务，因此，任何公共领域或公共事务的言论自由，必须为自己厘清一个"相对"语境，即允许该公共领域或公共事务所牵涉的各方有言论自由。由是，言论自由便必然要演变成话语论争的自由。为使这一自由发挥积极的地位功能，让论争双方都享有对话的基本权利并承担对话的基本义务，就成了一项必要的制度设计。否则，言论自由马上就会演变成言论（独断）专制。

从这样一个角度讲，言论自由根本就是不能成立的，所成立的只能是"对话"的自由、义务和权利。唯有对话，才可能使一个充满矛盾冲突的、差异错置的世界获得一种良性的运转秩序。只不过，对话本身就是差异错置的，它同时在三个维度产生效应。它将对话各方引入一个差异错置的意义世界中，或让对话各方领悟到一个差异错置的存身处境。然而，这一点却不为当今许多西方政治理论家所承认。

四　文学世界与生活世界的本体同构性

耶鲁学派与塞尔的"互文性"不仅为人类社会的制度性建构与语言的内在结构的某种本体同构性提供了一种显白的论证，也为文学世界与生活世界的本体同构性提供了一种隐微的论证。

如前所述，从语言三维这一基本直观出发，耶鲁学派的文论家们证明了文学文本乃是一差异错置的话语触媒，从而证明了文学世界的差异错置性。比如，在《论文学的权威性》一文中，米勒指出："每一部文学作品都会创造或者揭示一个世界，在这一世界里活动着拥有躯体、言语、情感和思想的主人公，他们栖居在特定的公寓大厦、大街小巷或者某个风景如画的地方，总之，是一个虚拟中的世界。似乎这一世界一直存在于某个地方，等待着人们去发现、挖掘，并通过书页上的文字揭示或者传播给读者，这一点与更为现代的科学技术在屏幕上或者在接收装置上创造的虚拟现实颇为相像。"①

但是，与通常所理解的虚拟世界不同，作为集体意向性的人类语言的创造物，这一世界一经创造，它就已客观存在，就成了真实的世界。正因如此，它才让我们感觉到，"每一个这样的世界都是与众不同的、独特的、个别的、自成一体的（sui generis, unique, individual, singular）。你不能随随便便就从一个世界直接进入到另一个世界。一种无法穿透的障碍把它们彼此隔开了"。②

然而奇妙的是，它们又属于同一个（文学）世界。因此，（文学）世界是一个彼此隔绝的、又层垒地叠加的、交互生发的多重世界。

文学世界从来就是一个多重性的、差异错置的意义世界。将这一观点与塞尔的实在世界的差异错置性联系起来，显然，我们很容易发现两个世界的本体同构性。它们相互区分、相互疏离、相互参照、相互型构、相互印证。

文学世界与生活世界是本体同构的。早在20世纪七八十年代之交，哈特曼对此就已有所领会。在《荒野中的批评——关于当代文学的研究》一书中，他说，"艺术，作为对于表现的一种根本性批判——作为对于习俗的一种根本性批判，已经成为一种第二自然，我们通过它理解了我们所看到的东西；我们通过它来处理我们的生活事务——艺术仅仅受到那些生存在艺术死亡之际的人们的挑战，艺术死亡也就是指作为一种反表现的媒介的完善。是他们被迫坚持认为，艺

① 易晓明编《土著与数码冲浪者——米勒中国演讲集》，吉林人民出版社，2011，第51页。
② 易晓明编《土著与数码冲浪者——米勒中国演讲集》，吉林人民出版社，2011，第33页。

术增加了而不是毁灭了表现。艺术创造了知觉的新鲜模式。艺术为了像布莱克那样真实而又虚构的思想提供了'脚'"。①

我们借助文学世界这一途径进入生活世界，反过来也若是。随着电信时代的到来，人们更加敏锐地意识到了两个世界的互为途径关系，甚至预感到了两个世界的界限的消弭。比如，在《对雄辩有力的问题进行的有限答复》（2003）这篇学术访谈中，米勒又指出，印刷是使文学、精神分析学、哲学或爱情信件得以产生的根本条件之一。"印刷鼓励和强化了一种分离的假定，包括主客体的分离，自我的分离的统一性和自律性；作者的'权威'：实证地认识他者精神和心灵的难度或不可能性；再现或某种模仿；关于民族—国家的种族统一和自治的假定，这种统一和自治将受到阿尔都塞所列的全部国家机器的强化……通过报纸而对特定民族意识形态的不断强化；现代研究大学的发展，在这里，特定民族—国家的精神哺育了那个国家未来的公民和公仆。"②

"印刷文化的所有这些特征相对依赖于严格的界限、边界和隔墙：它们存在于一人与另一人之间，一个阶级、种族和性别与另一个阶级、种族和性别之间，一种媒体与另一种媒体之间，一个民族—国家与另一个民族—国家之间，意识和意识的客体之间，语言外实际存在的事物与语言中对这些事物的再现之间，一种时间与另一种时间之间。"③

然而，新传媒技术改变了这一切。新技术侵入了家庭和民族，侵入了自我。它们混淆了所有这些内外界限。新传媒技术的一个特征，就是颠覆主宰旧的印刷文化的内外二分法。在电话上或互联网上，我变成了另一个自我，自我化解成了由许多自我构成的一个多元体。电视、电影和因特网的屏幕既不是客观的，也不是主观的。从笛卡儿到胡塞尔的整个哲学所依赖的主客二分法消失了，再现和现实的对立消

---

① 杰弗里·哈特曼：《荒野中的批评——关于当代文学的研究》，张德兴译，天津人民出版社，2008，第131页。
② 易晓明编《土著与数码冲浪者——米勒中国演讲集》，吉林人民出版社，2011，第199～200页。
③ 易晓明编《土著与数码冲浪者——米勒中国演讲集》，吉林人民出版社，2011，第200页。

失了，虚拟与真实的区别被打破了，现在、过去和未来的区别被打破了，大学的自我封闭的边界被打破了，不同媒体之间的界限被消弭了，不同民族—国家的界限也被抹除、消除，直至意识和无意识的区别也几近消失。

新的媒介技术产生了如下三个方面的结果："民族—国家自治性的衰落或削弱，新的电子社区在电脑空间中的发展，具有新的人类感性的一代人的可能产生。"① 因此，新传媒技术超越了创造者而具备了自己的力量和生命。它"把既非现在又非非现在、既非化身又非非化身、既非此又非彼、既非死者又非非死者的成群的鬼魂灌注于眼耳"。② 因此，与其说新媒介技术营造了一个虚拟的世界，不如说新媒介技术以一种空前的姿态，揭示了世界本身的"真实—虚拟"的本体属性。而"真实—虚拟"的属性，也就是文学世界的本体属性。

文学世界与生活世界的本体同构性不仅揭示了文学世界塑造生活世界的潜能，它还意味着文学乃是维系差异错置的世界体系的良性运转的最佳制度性建构之一。比如，在不止一个地方，米勒指出，"在西方，文学的概念与笛卡尔的自我观、与印刷制度、与西方民主和民族—国家观念、以及与这些民主国家中的言论自由的权利错综复杂地交织在一起"。③ 换言之，就是特定时期的文学，总与特定历史时期的文化整合—自我救赎的共生机制紧密地联系在一起。印刷时代的文学，就与现代资产阶级民主体制这一文明史形态具有时代同构性。

因此，尽管到了电子传媒时代，世界被新的媒介技术脱域化了，被连根拔起，失去了根基，但这并不意味着文学就失去了维系差异错置的世界体系的共生机制的功能。因为在电子传媒时代，世界又按照文本的样式，被转化成了一个超文本。

由是，我们将进一步领会到"世界是一个差异错置的体系"这一论

① 易晓明编《土著与数码冲浪者——米勒中国演讲集》，吉林人民出版社，2011，第205页。
② 易晓明编《土著与数码冲浪者——米勒中国演讲集》，吉林人民出版社，2011，第211页。
③ 易晓明编《土著与数码冲浪者——米勒中国演讲集》，吉林人民出版社，2011，第192页。

断的现实意义：它不仅为我们批判当今世界体系理论建构中任何单维度的同质性霸权或多样性的相对主义主张提供了一种锐利的思想武器，也为我们超越统一性和多样性的辩证统一之类（类似的两相对应的对子还有：一和多、同一性和矛盾性、一般和个别、必然性和偶然性、决定性和非决定性、确定性和不确定性、简单性和复杂性、线性和非线性、主体性和客体性，等等）的形而上学式的抽象讨论提供了可能。

第二节　历史的生成机制

一　叙事的总体历史

《叙事的本质》[①] 一书的第二版新增了一章"叙事理论，1966—2006：一则叙事"。在这一章中，詹姆斯·费伦（James Phelan）指出，过去 40 年来，西方叙事理论始终处于不断发展的态势之中。叙事理论家们不仅将叙事理论研究的聚焦范围从文学叙事扩大到叙事，提出了"三种突出的总体叙事概念：作为形式系统的叙事、作为意识形态工具的叙事，以及作为修辞的叙事"；对叙事诸元素的研究也更加细致和精微，衍生出了一系列新的术语和理论。[②] 这些理论进展不仅对文学叙事研究产生了极大的影响，而且极大地改变了我们对叙事与叙事理论的关系的认识，使我们对叙事的本质有了全新的领会。

按理说，当代叙事理论的这些最新进展应该极大地凸显出传统的叙事研究的局限性才是。可是，对于罗伯特·斯科尔斯（Robert Scholes）和罗伯特·凯洛格（Robert Kellogg）的《叙事的本质》一书来讲，这些进展不但没有让它显得"过时"，相反，倒日益显示出了它

[①] 罗伯特·斯科尔斯和罗伯特·凯洛格合著的《叙事的本质》一书的第一版于 1966 年问世，40 年后的 2006 年出版了第二版。第二版增加了费伦撰写的一章："叙事理论，1966—2006：一则叙事"。

[②] 罗伯特·斯科尔斯、詹姆斯·费伦、罗伯特·凯洛格：《叙事的本质》，于雷译，南京大学出版社，2015，第 297 页。

对于当代叙事理论演进的某种预表性或超越性。

《叙事的本质》一书的与众不同之处，用作者的话来说，就是该书旨在"探讨叙事文学的一些种类，寻找叙事形式在历史发展中的模式，研究叙事艺术当中连贯的或反复出现的要素，并借此探究这五千年传统中一些具有连续性的线索脉络"。① 这一追求在今天看来，具有如下两个方面的超越性。

第一，与那些"小说中心论"（即以"小说"为西方叙事发展的最终目的和最高阶段）式的西方文学叙事传统的研究著作相比，该书以更具历史性的眼光，将西方世界的各种叙事形式回归原位，从它们如何产生及相互作用的内在机制中发现了西方叙事形式在历史发展中的模式；第二，与那些旨在分析叙事的形式结构、意识形态预设和修辞特性的当代"经典"或后经典叙事学著作比起来，该书的侧重点则是研究西方五千年叙事传统中一些具有连续性的线索脉络，从而为西方文学叙事的传统建构了一种总体叙事。

之所以获得上述超越性，这与《叙事的本质》一书所选取的理论视角和方法论有紧密的关系。在该书中，斯科尔斯和凯洛格是以对所有西方世界的叙事形式"在其发展过程中所共有的要素——口头和书面、韵文与散文、事实与虚构"② 的发生学考察为纵轴，以对叙事诸构成要素③的结构性分析为横轴，来结撰其对西方叙事传统的总体叙述的。将这一纵横交错的坐标运用到不同历史时期的不同叙事形式身上，就呈现了一个西方叙事形式衍化发展的错综复杂而又脉络清晰的谱系。

---

① 罗伯特·斯科尔斯、詹姆斯·费伦、罗伯特·凯洛格：《叙事的本质》，于雷译，南京大学出版社，2015，第7页。
② 罗伯特·斯科尔斯、詹姆斯·费伦、罗伯特·凯洛格：《叙事的本质》，于雷译，南京大学出版社，2015，第4页。
③ 按斯科尔斯和凯洛格的意见，叙事的必要及充分条件，即一个说者（teller）和一则故事（tale）。若再进一步细分，则可分为视角、人物、情节和意义。而一部戏剧则是一个没有讲故事者的故事，剧中人物对我们在生活中的行动直接进行模仿。与此相仿，抒情诗也是一种直接展示，但只有单个演员在其中吟唱、沉思，或有意无意地讲话给我们听。若再给抒情诗增加一个说话者，我们便接近了戏剧；若让那个说话者着手讲述某一事件，我们便走向了叙事。

　　然而，《叙事的本质》一书的超越性远不止是为我们勾勒了一种
有关西方（文学）叙事传统的总体历史（叙事）。事实上，在一个据
说"历史"已经语境化、碎片化的后现代时代亦即"历史"的总体化
已经不再可能或总体的历史叙事已经彻底瓦解的时代，《叙事的本质》
一书的真正意义在于，潜在地为我们呈现了一种新的有关"历史"的
总体叙事，或者说，为我们重新讲述总体的历史提供了一种新的叙述
模式。只不过，要阐明这一点，需要我们提供许多背景性的甚至异常
曲折的论证。我们对斯科尔斯和凯洛格所建构的西方文学叙事传统的
总体叙事的重述，就是为这种论证提供的铺垫或准备。

　　具体而言，斯科尔斯和凯洛格为我们建构了一种什么样的有关西
方文学叙事传统的总体历史呢？概言之，"在西方，书面叙事文学往往
出现于相似的条件之下。它源自口头传统，有一度曾保留了许多口头
叙事的特点"。[1] 也就是说，整个西方叙事传统，到目前为止，可以划
分为两个阶段：口头叙事阶段和书面叙事阶段。口头叙事阶段的最高
成就，是在不同地区不同步地形成了早期叙事综合体：史诗。书面叙
事传统形成之后，文艺复兴以来，西方世界涌现了新的叙事综合体：
小说。史诗是由宗教神话、准历史传奇和虚构性民间传说等口头叙事
融合而成的一种传统叙事，即神话、历史和虚构的混合体。它讲述的
是一个传统故事。在古希腊，"神话"这个词的精确含义，即一个传
统故事。而小说作为新的叙事综合体，其根本特征也是，在传统的史
诗综合体衰落近两千年之后，力图在经验性叙事与虚构性叙事两种强
大的趋向之间，找到某种新的平衡。在西方文化中，"小说"这个词
所包含的一种原初意义即"一种新事物"。

　　作为口头叙事与书面叙事的最高典范，史诗和小说最为典型地体
现了两种叙事传统的巨大差异。

---

[1]　罗伯特·斯科尔斯、詹姆斯·费伦、罗伯特·凯洛格：《叙事的本质》，于雷译，南京大学出版
　　社，2015，第9页。

口头叙事只有歌者或表演者，而在书面创作中，"作者"的存在乃是天经地义。

口头诗人完全依赖其传统，而书面文学则追求创新与个性。

口头叙事到处充斥着高度程式化的诗歌语汇，而书面文学则力图赋予每一行诗以独特性。

口头叙事总是采用一位权威性的可靠叙述者，而书面叙事越往后则越趋向于采用多重叙述或不可靠叙事。

口头叙事的母题与情节在主题意义上总是保持某种一致性，[①] 而在书面叙事中，作者和故事的讲述者之间常存在反讽式差距。

在原始性的口头故事中，人物总是单一的、"扁平的"、"静止的"，而且相当"晦暗"。除了假扮某种角色外，他们基本上没有什么变化，也不会变老；而在书面故事中，人物则是复杂的、变化的、发展式的和时间性的，其核心要素是都具有了自己的内心体验。

在口头文化中，吟唱者与听众总是分享同一个世界，并且以同样的方式去看待这个世界；在书面文化中，一个固定的文本通常会脱离其原初语境，而被迫进入一个异质语境（作者的世界和读者的世界产生了分离），从而遭遇不同的理解。

从史诗到小说，西方叙事传统为何发生了如此大的变化呢？最根本的原因，就在于随着城市文明的推进，哲学思辨传统（包括理性主义、怀疑论及经验主义的思维模式等）的兴起以及艺术的剥离和科学的转向，西方传统叙事综合体的诸构成要素发生了持续而漫长的分化与互动，直至在小说中重新汇聚。

如果我们意识到，叙事的含义由两个基本的层面构成，一是对于

---

① 斯科尔斯和凯洛格将口头叙事诗中经常出现的同一程式化观念群或修辞元素称为"论题"（topos），然后将它进一步区分为"母题"（motif）和"主题"（theme）："如果一则论题指示的是外部世界，那么，其含义就是一个母题；如果该'论题'指示的是无形的观念和概念世界，那么，其含义就是一个主题。"（罗伯特·斯科尔斯、詹姆斯·费伦、罗伯特·凯洛格：《叙事的本质》，于雷译，南京大学出版社，2015，第26页）换言之，"母题"即对于外部世界的再现，"主题"即针对我们思维中的观念和概念进行的阐释。

外部世界的再现，二是针对我们思维中的观念和概念进行的阐释，那么，我们就会发现，在史诗赖以创造的文化母体中，人们还没有意识到这两个层面之间的区别。原始史诗叙事运用具体的历史人物、地点和事件，将其和源自神话的人物进行虚构性组合，进而创造出自身的叙事手法与技艺。可是，随着书面文化的兴起，[①] 史诗综合体中的这种幼稚化理解便开始瓦解，史诗所建构的那种强烈的艺术统一性便难以为继。真实（再现，母题）与虚构（阐释，主题）之间的差异变得泾渭分明，故事的讲述便不得不选择其各自借以运作的标准：或求真，或唯美。其结果便是分化出了事实性叙事传统与虚构性叙事传统这两大分支。

史诗综合体分化出两大背反的叙事类别：经验性叙事和虚构性叙事。"经验性叙事用对现实的忠实取代对神话的忠实。"[②] 它分为两个主要的类型，即历史性叙事和模仿性叙事。历史性叙事忠实于事实之真和具体的历史，属于这一分支的叙事形式有艺术化与修辞性的历史（希腊史）、整体性的通史、年鉴史及编年史（罗马史）、早期歌颂性演说、回忆录、"身世"作品、传记等。模仿性叙事"忠实的对象不是事实之真，而是感受与环境之真；它依赖于对当下的观察，而不是对历史的调查"，[③] 属于这一分支的有书信、备忘录、旅途叙事、心灵旅途叙事——自传（包括辩护性自传与忏悔录）之类的见证性叙事（第一人称叙事）等。

[①] 从口头叙事到书面叙事，西方的叙事传统经历了漫长的演变历程。其最初的一步自然是口头叙事传统的书面化。口头叙事转化为书面形式的原因和方式可能有很多，但主要的应该是应采风者的要求，或是为应对外来书面传统对本土口头叙事传统所形成的压力。口头叙事书面化之初，叙事艺术家们还沿习惯运用传统的程式及"论题"去表达全新的情节与观念。但是，随着新的经验性内容和思想观念的逐渐增加，传统的神话与"论题"便逐渐让位于代表理性及世俗现实的主题、情节及母题。相应地，传统本身也被要求做出某种适应性调整。

[②] 罗伯特·斯科尔斯、詹姆斯·费伦、罗伯特·凯洛格：《叙事的本质》，于雷译，南京大学出版社，2015，第10页。

[③] 罗伯特·斯科尔斯、詹姆斯·费伦、罗伯特·凯洛格：《叙事的本质》，于雷译，南京大学出版社，2015，第11页。

虚构性叙事"以对理想的忠实取代对神话的忠实"。① 它也由两种主要的类型构成：传奇性叙事和教寓性叙事。传奇性叙事受美学趋向操控，属于这一分支的有希腊"故事"、伪史诗、乌托邦叙事、传奇、书面史诗（合成化史诗）、历史小说等。教寓性叙事由知识及伦理趋向所控制，属于这一分支的有寓言、讽刺文学、仿游历体（奇幻讽刺叙事）等。

史诗综合体的分化，并不意味着口头传统与书面传统从此决裂，也不意味着各种叙事趋向与要素从此分道扬镳。相反，在不同的文化背景和历史条件下，这些不同叙事趋向与要素快速渗透到各个独立的叙事类别中，彼此错综复杂地搭配组合在一起，形成了各种各样新奇的样式。

比如，史诗综合体分化之初，将新经验叙事的内容与旧虚构叙事的风格加以综合，产生了一种叫"纪事性诗歌"（或曰"格律化传记"）的文类。这种文类便介于史诗传统的解体而产生的两极——散文体历史与格律化传奇之间。

而以散文体形式复述早先口头诗体叙事传统（即英雄和神话故事）的"古代萨迦"与经过翻译的法国传奇的融合所衍生出的"奇幻萨迦"以及通过神话与模仿的融合而产生的一种新家族萨迦——现实主义的虚构叙事，则是将新经验叙事的风格与旧虚构叙事的内容加以综合的结果。

比如，寓言式解剖本来斡旋于哲学推论与传奇之间，但寓言与传奇的结合产生了中世纪和文艺复兴时期的叙事寓言，寓言与反传奇的结合产生了梅尼普讽刺。

比如，作为一种见证性叙事，中世纪流浪汉文学本来接近模仿，却主要以喜剧和讽刺为目的，从而成为传奇的喜剧化预表形态。

---

① 罗伯特·斯科尔斯、詹姆斯·费伦、罗伯特·凯洛格：《叙事的本质》，于雷译，南京大学出版社，2015，第11页。

而就其总的趋向看，如果说，在中世纪，叙事艺术家们一般都是在某个方面做得比其他方面更好的话，那么，到了文艺复兴之后，艺术家们则越来越能够做到兼收并蓄，并最终创造出了新的叙事综合体。通过分析这些新的叙事综合体对意义的操控方式，可以清楚地看出，在新的时代背景下，叙事的各种趋向与构成要素重新汇聚在一起的复杂情形。

如前所述，由于叙事的含义包含两个基本的层面，即对外部世界的再现和对我们思维中的观念和概念的阐释，因此，对叙事意义的操控，就是对如下两个世界之间的关系的操控："一是作者创造的虚构世界；二是'真实'世界，也即那个可为人们理解的宇宙。"①

与叙事趋向及其主要构件的划分相对应，虚构世界与现实世界之间的关系，其"纯粹"类型也可以分为四种：再现性的（representational）、例释性的（illustrative）、美学性的和思想性的。前两种属于经验性叙事，后两种属于虚构性叙事。

再现性叙事旨在复制现实，例释性叙事则仅暗示现实的某一层面。② 在艺术中，例释性类型总是程式化的、规约化的，高度依赖传统和常规。而再现性类型则不断寻求用重塑性和革新化方式去把握现实。

通常来讲，再现性叙事是模仿性的（其模仿的对象可以是心理性的，也可以是社会性的），其着眼点在于复制现实的方式，且不断发生变化。而例释性叙事则是象征性的（其象征的属性可以是正统性及传统性的，亦可以是非正统及个性化的），所涵盖的范围几乎处于纯粹的意义（如象形文字）和纯粹的愉悦（如非再现性设计）这两极之间。其着眼点在目的，不在方式。

---

① 罗伯特·斯科尔斯、詹姆斯·费伦、罗伯特·凯洛格：《叙事的本质》，于雷译，南京大学出版社，2015，第86页。

② 不管是再现性叙事，还是例释性叙事，其所关涉的"现实"均可以是具体的现实（个人和事件）、具体现实的相似物和现实的泛化类型（典型性或普遍性现实）。

"将生活纳入艺术以寻求真与美之间的和谐"是一永远也无法解决的难题，再现和例释不过是解决这一难题的其中两种途径。另外两种途径，美学性的和思想性的，则意指虚构世界与现实世界之间的关系已经弱化，甚至近乎失去了联系。换言之，美学性操控不再再现真实的个体和类型，也不例释各种本质或概念，而只是借用人类的美学形态或特征（如反派、须眉、巾帼等类型人物），来强烈地感染读者的情绪。而思想性操控则以教寓性为宗旨，以求真（伦理的和形而上学的）为目的。

现实世界和虚构世界的上述"纯粹"关系只是理论上的。实际上，相当多的作品通过模糊和跨越例释与再现之间的显著边界来获得独特的效果（比如霍桑是模糊法的典型，乔叟、乔伊斯和劳伦斯是跨越性的典型）。而更多的现代作品，则自觉地追求再现性、例释性、美学性和思想性的交相辉映与流动平衡。特别是像传奇这样的叙事形式，天生就极易与其他叙事形式结合在一起（其杰出代表有菲尔丁、理查逊）；而伟大的寓言和讽刺，本身就是一种混杂的形式（前者的伟大代表有但丁、斯宾塞、弥尔顿、普鲁斯特等，后者的伟大代表有塞万提斯、斯威夫特等）。

总之，通过综合或融汇再现性、例释性、美学性和思想性等意义操控方式，小说最终在真实和虚构之间、在直接的话语者（或抒情诗的作者）与戏剧对行动的直接展现之间、在对现实和对理想的忠实之间，实现了某种新的平衡。而这一切，一方面与史诗、传奇和宗教经典的例释性寓意阐释传统①紧密相关，一方面又以西方叙事在人物塑造、情节设置和视角选择等方面的技术进化为前提。

从人物塑造的角度看，从原始叙事文学中永恒不变的英雄人物到

---

① 在西方，对史诗、传奇和宗教经典的例释化意象的阐释形成了三大传统：希腊哲学化寓意阐释（allegoresis）传统、犹太教—基督教经文阐释（exegesis）传统、凯尔特和日耳曼神话与英雄史诗这一异教性意象的基督教化再阐释传统。它们逐渐累积了众多常规的、具有文化归约性和象征意义的经文意象及古典意象体系、经典主题和经典母题，为后世的文学创作提供了一个庞大的象征储备。

现代叙事文学中发展式的世俗人物，西方叙事文学中人物的内心体验样式经历了如下发展阶段：从直接叙事性叙述→超自然模式的楔入（比如神启或梦）→内心独白或分析性叙事→直接窥视人物心理→对人物思想而非对言语和行为加以戏剧化处理或分析→从逻辑性和连贯性的句法模式转向联想性的语言模式，最终实现了意识流的连贯性，使人物独白获得真正的现代性特征。而导致此变化的关键，即基督教的线性时间观念和个体救赎观念的引入，以及西欧诸方言的书面化和心理科学的发展。

　　从情节设置的角度看，原始性史诗叙事的情节处于一种过渡阶段：一方面是民间传统的简单构思，一方面是传奇和历史的艺术性的或经验性的情节。随着传统的史诗分化形式分解出经验性与虚构性因素，与它们相匹配的情节构思类型也开始得以发展和完善。其中，经验性叙事主要分化出了两种情节形式，即历史化形式和传记体形式。而虚构性叙事则从古希腊戏剧中发展出典型的悲剧性或戏剧性情节设计。逐渐地，当叙事艺术家们意识到艺术中的纯粹性所包含的危险时，便开始尝试将那些不同的情节模式以最为有效、最为丰富的方式组合起来。

　　最后，从视角选择的角度看，由于视角的单一，传统故事的作者和讲述者之间不存在反讽式差距。随着自省式讲述者在非传统书面叙事中的发展，这样的反讽情景不断增加。而"作者"观念的引入，则使书面叙事的视角变得空前复杂。①

　　总之，叙事艺术在其发展过程中所衍生出来的新的技术方法能够迅速与旧的方法融合，并借此得到进一步的完善。随着叙事艺术日趋复杂，艺术家们不断力求将不可能转化为可能——将经验性叙事与虚构性叙事的优长融为一体，从而最终产生了新的叙事综合体。

---

①　视角的选择与叙述者的权威有紧密关系。在神话性或传统性叙事中，传统本身即具备其固有的权威性。召唤缪斯女神的做法使得权威从传统向诗人的创造力转移。此后，希腊历史学家们采用一种新的权威，即"博学家"。而见证者之所以获得权威则是因为他能保证故事的真实。但是，随着见证者权威的瓦解，叙述者的权威问题本身便成了现代叙事探讨的主题。

从史诗到小说，从口头传统到书面传统，从古典到现代，通观西方叙事形式进化的复杂运作过程，的确如斯科尔斯和凯洛格所说："文学的进化在某些方面要比生物的进化更为复杂。它是生物过程与辨证过程的混合体；在这个过程中，不同的物种有时会组合为新的杂交体，而该杂交体又会与其他旧的或新的形式进行组合；而且，一种原型（type）会衍生出其预表性类型（antitype），而该预表性类型又会与其他形式进行组合，或与预表性类型的母体进行合成。"①

二　历史的总体叙事

斯科尔斯和凯洛格对西方叙事传统的总体历史建构，大体如是。这一建构在什么意义上超越了诗学的边界范围，而具有了某种潜在的历史哲学的内涵，值得我们在今天重新讨论呢？为了澄清这一问题，在此，我们还需要稍做迂回，简要地梳理一下当代西方学界"历史"观念的变更。

在《元史学：十九世纪欧洲的历史想像》（2004）一书的"中译本前言"中，海登·怀特（Hayden White）谦逊而自信地指出，《元史学》（1973）对更具综合性的历史著述理论的贡献，就在于"它认认真真地考虑了历史编纂作为一种书面话语的地位，以及作为一门学科的状况"。② 历史学或历史编纂并未像人们所想象的那样，自 19 世纪以来，就变成了一门科学。事实上，"只要史学家继续使用基于日常经验的言说和写作，他们对于过去现象的表现以及对这些现象所做的思考就仍然会是'文学性的'，即'诗性的'和'修辞性的'，其方式完

---

① 罗伯特·斯科尔斯、詹姆斯·费伦、罗伯特·凯洛格：《叙事的本质》，于雷译，南京大学出版社，2015，第 9 页。
② 海登·怀特：《元史学：十九世纪欧洲的历史想像》，陈新译，译林出版社，2004，"中译本前言"，第 1 页。

全不同于任何公认的明显是'科学的'话语"。① 正是在这一意义上，海登·怀特把他的理论建构称为一种"历史诗学"。

在《元史学：十九世纪欧洲的历史想像》中，海登·怀特建构"历史诗学"的第一步，就是将历史作品视为"叙事性散文话语形式中的一种言辞结构"。然后将这一结构分解成若干不同的层面：本体论的和认识论的、伦理的和意识形态的、美学的和形式的。然后将它们的统一性归结到由语言学、文学和符号学的比喻理论所揭示的几种修辞模式中：隐喻、转喻、提喻和反讽。这样的分析，使得海登·怀特"在如何区分事实和虚构、描述和叙事化、文本和情境、意识形态和科学等方面"，就显出了与其他史学理论家的不同。

海登·怀特认为，历史话语在最初的描述和紧随而来的解释之间所获得的一致性，永远都是形式上的，而不是逻辑上的。它不过是一种话语的一致性而已。从显性的层面看，它始终包含如下三个维度：认识论的、美学的和道德的。与这三个维度相对应，史学家通常会采用三种最典型的策略，来克服种种历史编纂的困难，同时获得不同类型的"解释效应"。这三种策略分别是：情节化、形式论证和意识形态蕴含。

所谓情节化，指这样一种方式，"通过它，形成故事的事件序列逐渐展现为某一特定类型的故事"。② 相应地，所谓情节化解释，即"通过鉴别所讲述故事的类别来确定该故事的'意义'"。③ 根据诺斯罗普·弗莱（Northrop Frye）的小说理论，海登·怀特认为，史学家编撰历史情节的方式，主要有四种原型，它们分别是：浪漫剧、悲剧、喜剧和讽刺剧。浪漫剧以"英雄相对于经验世界的超凡能力、征服经验世界、最终摆脱经验世界而获得解放"为象征，从根本上来讲，它

---

① 海登·怀特：《元史学：十九世纪欧洲的历史想像》，陈新译，译林出版社，2004，"中译本前言"，第1页。
② 海登·怀特：《元史学：十九世纪欧洲的历史想像》，陈新译，译林出版社，2004，第9页。
③ 海登·怀特：《元史学：十九世纪欧洲的历史想像》，陈新译，译林出版社，2004，第9页。

是一种"自我认同的戏剧"。讽刺剧的原型主题恰好与此针锋相对。"事实上，它是一种反救赎的戏剧，一种由理解和承认来支配的戏剧。"① 它以一种反讽的态度理解人类最终乃是世界的俘虏而非征服者，承认有关死亡的黑暗力量是人类永远也战不胜的敌人。而喜剧和悲剧则显示出一种可能性，"即人类至少从其堕落的情形下得到部分解脱，以及从他在这个世界中发现自己处于分裂状态的情况中获得暂时的解放"。② 只不过，喜剧通常是通过人与人之间、人与世界和社会之间暂时的妥协而使人们保持着希望；悲剧则从惨烈的争斗走向屈从、陨落和毁灭。

所谓形式论证，指"通过运用充当历史解释推定律的合成原则，……就故事中所发生的事情提供一种解释"。③ 一般可以将它分解成一个三段论。形式论证有多种形式。根据斯蒂芬·佩珀（Stephen Pepper）的"世界构想"理论，海登·怀特认为，我们可以从林林总总的史学思想中，辨别出四种有关世界的真实性理论，相应地，我们也就可以辨认出四种典型的形式论证，即形式论、机械论、有机论和情境论。其中，"形式论的真理论旨在识别存在于历史领域内的客体的独特性"。④ 有机论则承诺了一种微观—宏观关系范式。机械论假定了一种实际上支配着历史行为的规律。情境论的预设前提则是：只要将事件置于其发生的"情境"中，它就能得到解释。在佩珀看来，形式论对材料的分析本质上是"分散的"，而有机论者则努力从一组明显分散的事件中描绘出某些综合实体的统一和整合。虽然都具有"整合的"特点，但与有机论不同，机械论的世界构想倾向于还原，而非综合。而情境论由于注重历史事件的功能性相互关系，因而倾向于分散与整合的结合。

---

① 海登·怀特：《元史学：十九世纪欧洲的历史想像》，陈新译，译林出版社，2004，第11页。
② 海登·怀特：《元史学：十九世纪欧洲的历史想像》，陈新译，译林出版社，2004，第11页。
③ 海登·怀特：《元史学：十九世纪欧洲的历史想像》，陈新译，译林出版社，2004，第14页。
④ 海登·怀特：《元史学：十九世纪欧洲的历史想像》，陈新译，译林出版社，2004，第17页。

　　在 19 世纪的史学思想中，形式论和情境论常攻击机械论是一种激进或保守的意识形态。事实上，在上述每一种有关实在的历史记述中，都显示出了一种不可消解的意识形态成分。根据卡尔·曼海姆（Karl Mannheim）的意识形态理论，海登·怀特假设了四种基本的意识形态立场，即无政府主义、激进主义、保守主义和自由主义。这四种立场都承认社会变革不可避免，只不过对变革的可取性及其最佳幅度有不同看法而已。

　　海登·怀特认为，在不同的史学家和历史哲学那里，上述各种模式的一种特定组合形成了该史学家或历史哲学的编纂"风格"。不过，各种模式的组合并不是任意的，在有些模式之间，有着某种可选择的亲和性。而有些史家则故意将一些不协调的模式组合在一起，以获得一种辩证的张力。

　　然而，上述不同层面只不过是各种历史著述的表层结构而已。在这一表层结构下面，各种历史著述还隐藏了一种深层结构。这些结构"一般而言是诗学的，具体而言在本质上是语言学的，并且充当了一种未经批判便被接受的范式。每一种特殊的'历史'解释都存在这样一种范式"。①

　　因为，从一定数量的"材料"到"解释"这些材料的理论概念，再到表述这些史料所形成的叙述结构，历史编纂总是"为有关过去的纯粹的事实性记述增添了"某些东西。这些东西可能是一种有关事件为何如此发生的伪科学化解释，但更多的则可能是"文学性"。因为归根结底，是语言提供了多种多样建构对象并将对象定型成某种想象或概念的方式。史学家所起的作用，不过是在诸种语言或修辞模式中进行选择，用它们将一系列事件情节化以显示其不同的意义。

　　因此，历史书写本质上是一种诗性的行为。它包含了四种主要的

①　海登·怀特：《元史学：十九世纪欧洲的历史想像》，陈新译，译林出版社，2004，"序言"，第 1 页。

诗性话语模式：隐喻、转喻、提喻和反讽。这些意识模式中的每一种都为一种与众不同的语言学规则提供了基础。史学家通过它预构了历史领域，并将它设置成施展其特定理论的场所。他正是用这种理论来说明在该领域中"实际发生了什么"。比如，隐喻以一种表现式的方式来预构历史领域"实际发生了什么"，如同形式论所采取的方式。而转喻则是还原式的，有如机械论。提喻是综合式的，一如有机论。而反讽则是否定式的，它充当了一种"感伤的"对应物，其故事形式是讽刺剧。

　　"简而言之，我的看法是：占主导地位的比喻方式以及与之相伴随的语言规则，构成了任何一部史学作品中那种不可还原的'元史学'基础。"①"在任何尚未还原（或提升）到一种真正科学地位的研究领域中，思想依旧是语言模式的囚徒，在这种模式中，它设法把握住栖息在其感知领域的对象的轮廓。"②

　　海登·怀特的历史诗学大意如此。将它与斯科尔斯和凯洛格的西方叙事传统的总体历史建构并置在一起，究竟有什么样的意义或内在的合法性呢？

　　如前所述，在当代西方的语言论转向和修辞学复兴的背景下，海登·怀特重新确认了历史书写的修辞性或文学性，从而极大地改写了西方学界流行的史学观念。然而，海登·怀特的历史诗学建构所具有的意义显然不只是在历史编纂的层面。在某种更深刻的意义上，可以认为，海登·怀特重新建构了一种对"历史"本身的一般性认知，或一种新的历史哲学。

　　因为，只要我们意识到，"历史"绝不像通常所认为的那样，是某种外在的实在史；"历史"还是书写"历史"的人自身也内在地置身其中，并为之千思百虑、操劳不已的本体性的存身史；那么，我们便不难

---

① 海登·怀特：《元史学：十九世纪欧洲的历史想像》，陈新译，译林出版社，2004，"序言"，第 3 页。
② 海登·怀特：《元史学：十九世纪欧洲的历史想像》，陈新译，译林出版社，2004，"序言"，第 4 页。

领会到，"历史"本身所具有的文学性或修辞性。在把自然、人类的存在行为本身以及人类的所有制度性建构（文明构造）均视为一种话语的前提下，"历史"还是一种处于某种关系境域中的话语史或话语交织史。由是，我们便领会到了书写的（学科意义上的）"历史"和"历史"本身的本体同构性。而这就是海登·怀特所建构的历史哲学。

在《元史学：十九世纪欧洲的历史想像》的"中译本前言"中，海登·怀特是这样论证的：首先，他区分了作为在尘世的时间和空间中发生的"事件"、有关事件的"文献"档案、以判断形式出现的对事件的"陈述"和从文献档案中提取的"事实"。然后根据此区分，得出了如下结论：历史事实固然以对文献和其他类型的历史遗存的研究为基础，但是，它仍然是"构造出来的：它们在文献档案中并非作为已经包装成'事实'的'资料'而出现"。[1] "换句话说，如果历史说明或解释是一种构造物，是依具体情形观念地并且/或者想像地构成的，那么，运用了这些解释性技巧的对象也是构成的。当谈到历史现象时，它也从来都是构成物。"[2]

海登·怀特进而认为，"只要历史实体在定义上隶属于过去，对它们的描述就不会被直接的（受控的）观察所证实或证伪"。[3] 即使那些文献档案来自直接观察，但只要这些直接观察与历史实在有了距离，它就须要解释。换句话说，历史实体自始至终都与历史的讲述者联系在一起。它被内在地嵌入到了一种阐释学的本体结构中。它与历史中的主体在先地具有了一种本体性的意向性关系。事实上，在拉丁语的词源学意义上，"事实"（fictio）这一词本来就是指"一种语言学上的

---

① 海登·怀特：《元史学：十九世纪欧洲的历史想像》，陈新译，译林出版社，2004，"中译本前言"，第6页。
② 海登·怀特：《元史学：十九世纪欧洲的历史想像》，陈新译，译林出版社，2004，"中译本前言"，第6页。
③ 海登·怀特：《元史学：十九世纪欧洲的历史想像》，陈新译，译林出版社，2004，"中译本前言"，第6~7页。

或话语的虚构，即把它视为某种人工制成的或制作的东西"。①

由是，海登·怀特便实现了从早期的历史诗学到后期的历史本体论的转换。早年的那种被称为"历史的"思想模式的一般性结构理论便被转换成了有关历史本身的一般性叙事或历史哲学。

正是在对历史的"叙述"和"历史实在"本身具有一种本体同构关系的意义上，我们看出了海登·怀特的元史学和斯科尔斯与凯洛格的叙事的总体历史叙事的互文性或交互发生性。

由于文学叙事充当了所有叙事特别是历史叙事的理想范型或元叙事，因此，斯科尔斯与凯洛格所建构的有关文学叙事的总体历史，也就必将成为历史叙事的总体历史的一种理想范型，进而成为历史本身的总体叙事，即总体历史的一种理想范型或元叙事。

然而，斯科尔斯与凯洛格仅只是完成了一种有关文学叙事的总体历史叙事而已，他们并没有为这一总体历史叙事提供某种理论的反思或哲学的论证。真正完成这一论证的，是海登·怀特的元史学。是海登·怀特，为斯科尔斯与凯洛格所描述的文学叙事的总体历史提供了一种修辞学的地基，一种一般哲学的本体论证。

因此，将海登·怀特的元史学嵌入斯科尔斯和凯洛格所建构的西方叙事传统的总体历史中，无疑就内在地为我们呈现了一种新的有关"历史"的总体叙事，或者说，为我们重新讲述总体的历史提供了一种新的叙述模式。这种总体历史叙事不仅对"过去"有效，而且还为"未来"预表了一种新的可能性。

如果说，人类历史是受各种制度性规范操控的人与自然、人与人的互动史（关系史），而这些制度性规范又缘于人类自身的建构（书写），那么，人类历史的根本任务或难题，就是如何协调我们周遭的现实世界和我们所建构的规范世界之间的关系。

---

① 海登·怀特：《元史学：十九世纪欧洲的历史想像》，陈新译，译林出版社，2004，"中译本前言"，第 8 页。

　　由于这种关系的"纯粹"形态有若干种，因此，在人类历史的早期阶段，因这些"关系"要素的侧重点的不同，不同的区域便会形成不同的文明类型。然而，不管这些文明类型的差异有多大，任何一个相对稳定的文明形态，其文明构造肯定都在现实世界和规范世界之间达致了某种综合的平衡。

　　然而，随着新的媒介要素或历史生成要素的引入，前一文明综合体的各关系要素必然发生分化与重组，从而形成各种各样各有偏至的过渡文明样式，直至在新的历史条件下，形成某种新的人类文明综合体。

　　就人类的总体历史而言，全球化无疑是使人类历史进入现代阶段的最重要的媒介要素之一。在全球史形成之前，不同文明体对自身历史的阐释传统是最重要的历史生成要素之一。各区域史以不同的文明形态不同步地演进着，但大体会经历一些性质相同的阶段，并遵循一种相通的生成机制。

　　如今，电子传媒无疑是人类历史引入的最新的生成要素之一。因此，正如在文字书写的时代所发生的那样，在电子传媒的时代，新的数字化叙事必将使人类的各种叙事模式不断发生分化、互动与重组，最终形成一种新的文明综合体。

三　叙事与历史的语言论基础

　　在《元史学：十九世纪欧洲的历史想像》的"中译本前言"中，海登·怀特总结说，他"一直感兴趣的问题是，修辞性语言如何能够用来为不再能感知到的对象创造出意象，赋予它们某种'实在'的氛围，并以这种方式使它们易于受特定史学家为分析它们而选择的解释和阐释技巧的影响"。[①] 海登·怀特的这一问题意识不仅道尽了所有

[①]　海登·怀特：《元史学：十九世纪欧洲的历史想像》，陈新译，译林出版社，2004，"中译本前言"，第3页。

历史书写的困难，也触及了所有历史书写的可能性。如果说，海登·怀特对这一问题的回答为一种新的总体历史叙事提供了一种理论基础，那么，海登·怀特对这一问题的回答是否抵达了某种存在的本源性呢？

海登·怀特发现，与科学性语言不同，文学性语言的根本特征在于，它允许以不同类别的间接性或比喻性话语来表述客体。比如，在隐喻（metaphor）（该词的字面义为"转移"）中，"诸现象能够根据其相互间的相似性与差异，以类比或者明喻的方式进行描述"。在转喻（metonymy）（该词的字面义为"名称变化"）中，"事物某部分的名称可能取代了整体之名"。在提喻（synecdoche）中，"人们用部分来象征假定内在于整体的某种性质，从而使某种现象得到描述"。在反讽（irony）中，"各种实体能够通过比喻层面上的否定，即字面意义上的积极肯定得到描述"。明显荒唐可笑的表述（用词不当），或明显的悖谬（矛盾修辞法），皆属此类。[①]

每一种比喻都促成了一种独一无二的语言规则的形成。比如，隐喻促成了一种同一性语言规则的形成，转喻促成了某种外在性语言规则的形成，提喻促成了一种内在性语言规则的形成，而反讽则充当了一种辩证性语言规则的基础。"人们指出，反讽本质上是辩证的，因为它代表着为了使言辞自我否定而自觉地运用隐喻。"[②]

进一步看，文学性语言的奇妙之处不仅在于，它可以形成不同的比喻，进而形成不同的语言规则；而更在于，在这些不同的比喻和语言规则之间，所蕴藏的错综复杂的关系。比如，隐喻、转喻和提喻这三种比喻就明显地承诺了对语言的正确运用，承诺了在语言的字面义和隐喻义之间具有一种确定的联系或所指关系。而反讽最基本的修辞方式则是用词不当（从字面上说是"误用"）。"明明是荒唐的隐喻，

---

① 海登·怀特：《元史学：十九世纪欧洲的历史想象》，陈新译，译林出版社，2004，第 44 页。
② 海登·怀特：《元史学：十九世纪欧洲的历史想象》，陈新译，译林出版社，2004，第 47 页。

用来激发反讽式反思，它针对的是被描述事物的本质或该描述本身的不充分性。修辞上的疑虑（aporia，字面上是'疑难'）姿态，即作者对自己所陈述之事的真实性表现出一种真真假假的不信任，可以看成是反讽式语言偏爱的风格上的构思。"① 从这样一个角度讲，隐喻、转喻和提喻就是一种"朴素的"修辞，而反讽则充当了一种"感伤的"对应物，充满了对前三种比喻的质疑。

"反讽式陈述的目的在于暗中肯定字面上断然肯定或断然否定的东西的反面。它假定读者或听众已经了然于胸，或有能力识辨就某种事物所做的描述的荒谬性，而该事物通常由隐喻、转喻或提喻赋予其形式，并在其中被指定。"② "由此马上可以看到，反讽在一定意义上是元比喻式的，因为它是在修辞性语言可能误用这一自觉意识中被使用的。反讽为一种有关实在的'现实主义'看法预留了空间，这是可能提供一种有关经验世界的非修辞性表现的前提。这样，反讽就代表着意识的一个阶段，在其中语言本身那种成问题的性质已经被认识到了。它指向的是所有关于实在的语言描述之潜在的愚蠢性，就如其拙劣模仿的信念一样荒谬绝伦。"③ "在反讽中，修辞性语言折返回自身，并带回了自身的潜能，以便在问题中歪曲感知。"④

"于是，反讽规定了一种思想模式的语言学范式，不仅就某个特定经验世界的概念化而言，而且就以语言尽可能记录事情真相的热切努力而言，它根本上是自我批判的。"⑤

深入揣摩隐喻、转喻、提喻和反讽的这种"对立性"关系，我们能发现什么呢？无疑，我们将发现，以能指—所指的关系形态为分析的视角，在语言内部（或语言的实际运用中），呈现了一种能指—所指从异常亲密到逐渐疏远的渐行渐远的层级衰退。

---

① 海登·怀特：《元史学：十九世纪欧洲的历史想像》，陈新译，译林出版社，2004，第47~48页。
② 海登·怀特：《元史学：十九世纪欧洲的历史想像》，陈新译，译林出版社，2004，第48页。
③ 海登·怀特：《元史学：十九世纪欧洲的历史想像》，陈新译，译林出版社，2004，第48页。
④ 海登·怀特：《元史学：十九世纪欧洲的历史想像》，陈新译，译林出版社，2004，第48页。
⑤ 海登·怀特：《元史学：十九世纪欧洲的历史想像》，陈新译，译林出版社，2004，第49页。

如果说，科学性语言预设了能指—所指的单维度的、透明性的一一对应，那么，文学性语言则呈现了这种能指与所指的对应性逐渐分离的诸般形态。比喻的各种模式便处于这一分离趋势的不同节点上。从隐喻、转喻到提喻，语言的所指性不断被悬置、扭曲和重建，使得能指和所指的分离程度不断加剧。而到了反讽，这种分离的趋势则抵达了它的临界点：语言的所指性开始自我否定，语言（的表达）获得了一种彻底的双重性（效果），直至语言只指向语言。

在《元史学：十九世纪欧洲的历史想像》中，海登·怀特异常简练地描述了这一逐渐分离的趋势。他说，"反讽意识的语言学模式反映出一种疑虑，即对于实在的本质方面，感知赋予的和思想建构的东西，语言本身是否有能力充分地表现出来。反讽发展的情境是，人们认识到实在的过程和任何对这些过程的言辞描述之间存在严重的不对称。这样，像弗莱指出的那样，它倾向于某种象征主义，与浪漫主义的方式一样。但是，反讽不同于浪漫主义，它并不寻求一种终极隐喻，即种种隐喻的隐喻，借此来表明生活的本质。因为，既然反讽被剥夺了一切'幻想'，它也就失去了对'本质'自身的一切信念。这样，反讽最终倾向于文字游戏，倾向成为语言的语言，以便使语言自身造成的意识符咒得以化解。所有的公式化表述都是可疑的，并且，反讽乐于揭示每一种用语言来表述经验的企图中存在的矛盾。它往往除去格言、警句和箴言表述中的意识成果，这些成果会反过来依赖自身，并且消解他们自己显然的真实性和恰当性。最后，反讽把世界想像成陷入了一个语言制成的牢笼，想像成一个'符号之林'。它看不出有什么道路可能走出这个森林，因此它满足于为了纯粹的'沉思'和返回'事物如其所是'的世界而毁掉一切规则、一切神话"。①

从一一对应到逐渐分离、对立和逆反，语言的能指—所指关系的

---

① 海登·怀特：《元史学：十九世纪欧洲的历史想像》，陈新译，译林出版社，2004，第317～318页。

每一次重构，都需要某个他者和集体意向性来确认（才能生效）。考虑到这一点，我们便可从比喻的四种模式的相互关系中，辨识出语言本身所具有的三个维度：所指性维度、话语间性维度和自反关涉维度。所谓语言的各种比喻模式，从根本上来讲，就是对这三个维度的不同组合关系的自觉不自觉的修辞学领悟和运用，从而获得了不同的表意效果。

语言三维的不同组合模式形成了不同的比喻模式，语言的不同比喻模式形成了不同的语言规则。语言的不同规则预构了不同的历史书写类型。在历史书写内在地隶属历史本身这一本体论的意义上，历史书写的不同类型及其演变历程形塑了人类的总体历史进程。从这样一个角度讲，语言三维的复杂组合及其交互发生关系就为人类历史的总体叙事提供了一种本源性的动力和依据。

问题是，语言三维究竟是如何组合起来的，它们又具有什么样的交互发生关系呢？对此，海登·怀特除了隐约地意识到它的存在之外，并未加以太多注意。正是在这一意义上，耶鲁学派的语言三维直观和对其转换生成机制的发现，就在历史诗学或总体历史叙事的建构方面，体现出了它的奠基性意义。

如前所述，面对无所不在的修辞现象，耶鲁学派文论家们领悟到了言说的内在困难并发现了言说的双重属性：言说总是在对指称的高度依赖中表现出对指称的极度不信任。言说的这种悖论状况促使人类发明了一系列言说的策略，其中"虚构"这一策略具有某种核心的地位。

虚构使言说游走于语法、逻辑和修辞之间。它使人类获得了空前的自由，可以脱离具体时空的有限性的束缚，可以自由自在地讲述一切，可以使不在场在场，可以使已经消逝的和尚未到来的直接降临，可以使非现实的世界成为现实。

虚构何以具有如此奇幻的功能呢？根本的原因在于，它巧妙地利用了语言的指称性与施为性的分离与交织。这种对语言自身内部的不同维度之间的交互关系的自觉利用，使语言生成了一个个错综复杂的意义世界，进而打破了世界的同质化谬识和单维度迷思。

然而，虚构的奇妙性还在于，它不仅使人可以自由地讲述一切，它同时还可以自由地否定自己所讲述的一切。而这一否定对于言说本身来讲，并不是灾难，相反倒使言说充满了生机：因为它使言说获得了重新言说的无限可能。这样，语言至少就具有三个维度，言说就是在这三个维度的转换交织中生成。从这样一个角度讲，虚构就并非真实的对立面，是真实的大敌；相反，倒是使真实得以呈现的前提，是人类言说和生存的基底。

值得注意的是，耶鲁学派文论家不仅直观到了语言三维的转换生成机制，而且还将这一机制植入言说的原初（终极）悖论中，从本源性的高度揭示了言说的如下原初发生的场景：审美的精致化、陌生化、悖论式表达、空间化、重复、隐藏或沉默、给出符号、隐喻的隐喻、将不可说主题化、悬而未决、生成性、见证、自我赋予……从而极大地推进了西方思想史对可说—不可说这一难题的裁决。从这样一个角度讲，尽管耶鲁学派文论家并没有直接讨论过海登·怀特的历史诗学问题，但其互文性关系表明，耶鲁学派文论家的语言论直观，无疑为怀特的修辞性的历史观念提供了更本源的合法性论证。

四　总体历史的生成机制

在传统的史学理论中，我们常遇到这样一种老生常谈：历史书写必然将历史行为经历的时间缩减为讲述的时间。海登·怀特对这一老生常谈颇为不满。在他看来，事实上，"如果某人有兴趣构思一部史学史，也就是说，如果他有兴趣阐明那些在时间中经历的变迁，以及诸种变迁在不同处境下表现出来的差异，而在那些处境中，'过去'已经被解释成了系统性和自反性认知的可能对象，那么，他必然采用一种元史学观点"。① 换句话说，就是由于历史和历史书写内在地涉及"时间"，因此，任何一种历史书写，都必然要依赖一种时间哲学预设，通过它，我们才能"阐明那些在时间中经历的变迁"，才能预构出一种"历史"来。

具体而言，19 世纪欧洲的历史想象，都预设了什么样的"时间"观念，采纳了哪些元史学的观点呢？根据曼海姆对历史叙述的各种意识形态模式的时间定位的分析，海登·怀特总结出了如下几种相互冲突或对立的模式。比如，"保守主义者倾向于将历史演进想像成一种当前通行的制度结构逐步建立的过程。他们将这种制度结构视为一种'乌托邦'，即人们目前能够'现实地'期望或合法追求的最好的社会形式。相比之下，自由主义者想像了一种未来时，到那时这种结构将有所改进。但他们将这种乌托邦状态置于遥远的未来，并阻止当前以激进主义者那种猛烈的方式实现它的任何努力。激进主义者则相反，他们认为乌托邦状态即将来临，因而促使他们用心准备革命方式，以便使乌托邦社会现在就到来。最后，无政府主义者倾向于理想化远古自然人的那种纯洁，从而区别于所发现的自己身陷其中的堕落'社会'状态。这样，他们把这种乌托邦设定在一个事实上在时间之外的平台上，将它视为一种人类在任何时刻都能实现的可能性，只要人们愿意通过意志行为抑或意识行为，控制住自己基本的人性就能做到。这些行为将在当前社会机制的合法性之内摧毁社会业已确立的信念"。②

海登·怀特认为，由于各种"时间"模式的选择不过是一种意识形态，因此，各种元史学观点的冲突似乎是不可避免的事。然而，假如各种讲述历史的"时间"哲学预设本身也内在地隶属"历史"，那么，各种相互矛盾冲突的"时间（历史）"模式预设，是否内在地交

---

① 海登·怀特：《元史学：十九世纪欧洲的历史想像》，陈新译，译林出版社，2004，"中译本前言"，第 8~9 页。
② 海登·怀特：《元史学：十九世纪欧洲的历史想像》，陈新译，译林出版社，2004，"导论"，第32 页。

织成了一种"总体"的历史或历史本身呢？在这种总体的历史或历史本身背后，是否对应着某种超越了意识形态对立的本源性的时间或"时间"本身？

海登·怀特的历史诗学似乎缺乏了这种对时间本体的反思。正是在这一意义上，我们再次看到了耶鲁学派的语言—时间诗学的超越性：由于发现了时间乃语言的生成性基底，因此，耶鲁学派文论家的理论反思就并没有止步于语言论诗学，而是深入到了时间诗学的层次，从故事时间和叙述时间的错综复杂的意向性关系出发，将自己对时间的反思溯源至原初起源和终极无限的高度，重新揭示了"时间"的内部结构与时间的本体属性——时间是差异错置的，从而建构了一种新的时间哲学。将这一时间哲学与斯科尔斯和凯洛格的叙事的总体历史以及海登·怀特的历史的总体叙事理论并置在一起，无疑，我们就将发现，它已为总体历史叙事提供了一种更加彻底的本源性论证：历史的演变遵循一种层垒地叠加的、差异错置的生成机制。

具体而言，耶鲁学派文论家是如何提出他们的新历史哲学的呢？最初的契机来自对文学现代性的反思。他们不再把文学现代性问题当成一个一般的编年史问题或文学社会学的问题，而把它当成一个存在论的问题，因此，他们很快便发现了文学现代性的悖论性，并由此推及文学史的悖论性和历史的悖论性。这一悖论性即来自时间体验的悖论性或时间本身的悖论性：对即刻性的不可遏制的欲望，最终使现代人既失去了历史，又失去了现在。

时间不只是线性的，单维度的；时间具有一种悖论结构。这一悖论结构与言说的悖论结构具有本体同构性。把握住这一本体同构性，我们就找到了言说时间的可能：将时间修辞化，从修辞的层面观察时间的内在构成。由是，耶鲁学派便发现了时间由三重向度构成：活生生的现时、分裂的绵延和自反的共在。时间并不是由现在这一单一时刻的连续相加构成的，而是一个多重时刻相叠加而成的过程。时间是层垒地叠加的、多维并进的，它具有一种差异错置的发生机制。时间是突然开始的，它没有本源，而是互为本源。

耶鲁学派的时间诗学直观的确开创了一种新的时间哲学。这一时间哲学的确为一种新的历史哲学提供了一种理论依据。这一新的历史哲学，就是认为历史具有一种层垒地叠加的、差异错置的生成机制。尽管耶鲁学派文论家没有为这一新历史哲学提供正面的论证，但是，透过他们对传统历史观念的批判，不难发现他们的新历史观所具有的内涵及现实意义。

以希利斯·米勒为例。在《叙事与历史》一文中，米勒指出，西方小说观和西方历史观有着一整套共同的设定："始源和结局（'考古学'与'目的论'）；统一性和整体性或是'整体化'；潜在的'理性'或是'基础'；自我、意识或是'人类的本性'；时间的同质性、直线性和连续性；必要的进展；'天数'、'命运'或是'天命'；因果关系；逐渐显现的'意义'；再现和真实"；① 等等。正是依据此预设，"人们通常想象，一部小说的形式结构是其意义逐渐显现的过程，它同小说的结局（目的论的实现）相吻合。结局就是整体的连贯性的回顾性显现，是它的'有机统一体'。作品最后一页就是它一直不停地移向的终点，总是处在'感觉是结局了'的地方。这种感觉连接了所有部分，成了叙事的脊椎。与此同时，逐渐显现的意义之意象，将被用于主人公'命运'的概念之中。他们的生活作为一个整体逐渐显现的时候才有'意义'，即'他们生活的意义'。小说结局是主人公命运的最终揭示，也是文本的形式统一体的最终揭示。小说中的所有概念：叙事的、人物的、形式统一体的，都与形成西方历史观的概念体系和谐一致"。②

然而，用不着等到小说家或后现代哲学家的质疑，如里奥·布罗迪、海登·海特等人所说，早在18世纪和19世纪，写作历史对历史学家来说已经成了疑难事业。甚至从一开始，历史写作就是如此。"所

① J. 希利斯·米勒：《重申解构主义》，郭英剑等译，中国社会科学出版社，2011，第53页。
② J. 希利斯·米勒：《重申解构主义》，郭英剑等译，中国社会科学出版社，2011，第54页。

有的历史学家都有意识地戴上了'历史的面具'，很像演员穿上戏装、粉饰化妆一般。"这么说并不意味着历史学家相信某个历史人物是个神话，或某个历史事实是个虚构，"而是说他们已经意识到，用这样或那样的方式叙述历史的先后顺序，实际上涉及了一个建构性的、阐释性的和虚构的行为。历史学家早已知道，在历史和叙述历史之间，从来就不可能完全吻合"。①

同样的道理，当"一部小说就讲故事的一些重要的设定提出疑问——比方说，提出了始源和结局的概念、意识和自我、因果关系或者逐渐显现的意义等等这样一些问题"时，"这种对叙事形式的质询，同样间接成为一种对历史或是写作历史的质询。写作小说使用的类推方法，看上去似乎是确认的地位，到头来却以讲故事的行为削弱了自身的基础。一部小说'解构'了虚构'现实'的设定，就此而言，它最终同样要'解构'有关历史或是有关历史写作的朴实的观念"。②《叙事与历史》一文的主旨就在于：提醒人们重视小说中这种破坏自身基石的、自我拆解性的复归。

米勒认为，在历史的真实性和修辞的虚拟性的相互（自我）解构中，"历史、讲故事以及人类的个体生命这些形而上学的概念被不同的观念取而代之。始源、结局、连续这些概念，都被下列范畴所取代：重复性、差异性、非连续性、开放性以及个人能量的自由、对立的争斗，等等，而每一个范畴都被视为一个阐释的中心，其实这个阐释是误释"。③

历史依赖阐释。阐释是历史的内在组成部分。一方面，"对乔治·艾略特来说，历史并非无序，但控制它的并不是有序化的原则或是目的。历史是一整套行为，而不是一个消极的、必然的进程。它是那些创造了历史的人所附加的结果，就像他们将阐释强加于历史之上一样，

---

① J. 希利斯·米勒：《重申解构主义》，郭英剑等译，中国社会科学出版社，2011，第55页。
② J. 希利斯·米勒：《重申解构主义》，郭英剑等译，中国社会科学出版社，2011，第56页。
③ J. 希利斯·米勒：《重申解构主义》，郭英剑等译，中国社会科学出版社，2011，第62~63页。

对艾略特来说，历史是分层的，总是在运动之中，总是在一种行进的中间阶段，总是不断地对后来者进行重组。说罗马是'世界的核心'，并不是因为它有着神秘的始源，而是因为它是'世界的阐释者'。罗马是一块土地，千百年来它聚合了最富热情的阐释行为"。①

另一方面，"唯一的始源就是一种阐释的行为，就是说，一种通向权力意志的行为强加在了一个已经存在的'文本'上，它也许就是被当作文本看待的世界本身，是一组符号。这样的符号，并不是了无生气的。它们只不过是问题而已，就像罗马的'惊人的碎片'一般。然而，与此同时，它们早已背上了先期阐释的包袱。因此，多萝西娅（艾略特《米德尔马契》中的主人公）对罗马的反应，只不过是在它先前已经存在的一层又一层的阐释上附加了一层而已"。②

历史的阐释性意味着，人们总是通过理解、书写、预构历史来参与历史、创构历史、生成历史。因此，有多少种叙事类型，就可以对历史做多少种构型，就有多少种历史。那种单一叙事的世界历史，本质上不过是将不同区域、民族、文化传统的历史（时空一体的历史）整合为单一的时间化历史的不同阶段的一种阐释而已。事实上，只要存在多种阐释，就存在多重叙事和多维度的历史。换言之，不同区域、民族、文化传统的历史（时空一体的历史）各有自身的发生、发展的前提、限制、自身可能性，各有自身的历史。从生成性的双重性角度看，它们层垒错置地造成了总体的历史。③

---

① J. 希利斯·米勒：《重申解构主义》，郭英剑等译，中国社会科学出版社，2011，第63页。

② J. 希利斯·米勒：《重申解构主义》，郭英剑等译，中国社会科学出版社，2011，第63页。

③ 早在《乔治·布莱的"认同批评"》一文中，米勒就批判了现象学意识批评家布莱的两个假定。一个是有关历史或人类意识（史）的统一性假定："一个时代的意识自成一封闭的整体，一个与个体思想相似的水晶般的球体。通过掌握一个作家思想的意识可以掌握这一集体思想，而且还可以通过其结构以同样的辩证思路仿效它。"（米勒：《重申解构主义》，郭英剑等译，中国社会科学出版社，2011，第26页）一个是有关历史的连续性的假定。这一假定承认，"人类精神所具有的潜在多样性是不可穷尽的，它的发展总是不完整的，总是在力图实现其无限的可能性"（米勒：《重申解构主义》，郭英剑等译，中国社会科学出版社，2011，第27页）。但如果是这样，米勒指出，那么文学评论家就永远也无法达到与上帝的"整体共时"的对应地步了。对此矛盾，布莱的化解方式是，"历史不是线性地发展，而是球体般扩展"的。因此，一种重建历史的批评是球状的，而非渐进的，但它也同样朝着无限远处行进。

历史的层垒地错置的生成性意味着，任何单维度的历史进步论或终结论之类的论断，都不过是一种意识形态的独断。我们应该用一种新的眼光来看待我们的历史、看待过去、看待未来。

借助于本雅明，米勒指出，"救世主的停止发生，并不是一个'现在'。它不是现实的在场。它是作为重复的时间的现代，也许是特殊的犹太人的一种真实可信的人类时间的直觉。时间成了挖空一切现实的东西，其方法是通过它对过去的永恒的反复。而在那个过去里，救世主还没有到来，而是正在一个现在之中向我们走来，而在这个现在之中，他还是没有到来，而只是在向我们走来。……它是一个现在、是一个过去（这个过去它从来都不在场）空空荡荡重复的现在，而与此同时，它又是未来（作为一种'今后将要成为什么的某种东西'）预期的叙述。……时间的乏味的种子——是由被理解为重复的历史果实释放的——并不是作为同质的连续的时间，而是作为一切'确认的地位'永恒的缺席的时间"。①

"重复的间断，从同质的历史进程中毁灭了一个孤立的单元凝结成为固定，只是为了在一个并不存在的现实中占有它。正是在一个对过去的'进一步的转喻法'的预设中发生的停止，才既保存了它，同时又废除了它。在蜘蛛网重新编织以前，这种重复致使逻辑的脊柱断裂，暂时解放了历史和小说，使之从始源的虚幻和连续性导向目的、导向结局。"②

总之，在我们看来，斯科尔斯、海登·怀特、耶鲁学派的互文性为一种新的总体历史叙事提供了一种本源性的论证。这一论证如若成立，它必将在线性化的、碎片化的历史预设之间，为历史的演进开辟出一种新的可能。

---

① J. 希利斯·米勒：《重申解构主义》，郭英剑等译，中国社会科学出版社，2011，第68页。
② J. 希利斯·米勒：《重申解构主义》，郭英剑等译，中国社会科学出版社，2011，第68~69页。

第三节　审美的双重功能

一　公正与完善

对于人类来讲，许多价值都是可欲的和应当的。然而，由于这些价值往往相互冲突，于是我们便不得不为它们排定一个先后顺序。当代文学研究中的审美与政治之争，有时便以一种极端对立的形式，从一个侧面彰显了人类价值诉求的悖论性处境。

一般认为，文学研究的审美诉求与政治功能之争，与文学研究的内部/外部、形式/内容二分法有紧密联系。因为找不到沟通文学的内部—外部、形式—内容的"中介"，我们无法妥当地处理文学的审美效应和政治功能的冲突和歧异。然而深究起来，其中更隐秘的原因，乃在于我们还无法妥当地处理政治哲学中不同价值诉求的矛盾。当代政治哲学的价值诉求的对立，严重地制约了我们对文学的双重功能的理论认知和反思。因此，为了更有效地讨论问题，有必要迂回一步，先讨论一下当代政治哲学的根本缺失，然后从中寻找某种启示。

通常认为，当代政治哲学之价值诉求的分裂，主要表现为自由主义和社群主义的对立。而自由主义和社群主义论争的核心，则是个人价值和社群价值究竟何者具有优先性。可是，若抛开这些流行的论断，认真追究一下相关事实，我们马上就会发现，自由主义在强调个体的自由时，并没有忽视秩序井然的、公平的正义社会这一公民的共同目标的重要性。而社群主义在强调社群的重要性时，也没有认为为了共同的利益，可以牺牲某些个体的权利。由是，那些坚持认为自由主义和社群主义的对立就是个体至上与社群至上两种观念的对立的人，就未免有点不顾事实。

个体权利和社群价值不可偏废。只不过，在具体地看待这二者的关系时，自由主义和社群主义有着截然相反的理论假定。自由主义者认为，只有共同的有关公正或正义的观点，才能充当一个社群的基础。而这个观点必须对具有不同宗教或准宗教的完善观念的个人一视同仁。在此前提下，所谓个体性，就是指人人都有在不同的完善观念之间做出选择的自由。

与此不同，社群主义者认为，只有一个共同的完善观念，才能把一个社群联合起来。而这个共同的完善观念本身又必须建立在对人性及人在世界中的地位之宗教的或准宗教的观点之上。在这种前提下，所谓个体性，就体现在他与社会的共同完善之独特关系之中。

基于上述事实，有学者认为，自由主义和社群主义之争的真正核心，其实是公正（the right）与完善（the good）的优先性之争。① 自由主义者认为，在一个多元社会，由于人们对世界这个根本实在的看法是如此不同且不相容，因此，道德哲学的任务，就是提出一个普遍适用的"公正"观，这个"公正"观不仅不依赖"完善"的观念，而且还要作为一条准绳来调节不同的"完善"观念。

与此相对照，社群主义者的主张是，由于对什么是公正存在完全不同的看法，因此，我们首先需要对世界这个终极实在以及人类生活的本质有一个深入的理解，才能根据这种理解来判定有关公正的哪种看法是恰当的。

自由主义和社群主义的论争引发了广泛的关注。只不过，学者们所关注的与其说是它们的洞见，倒不如说是它们共同的盲视。这一盲视在黄勇看来，即都试图把社会建立在一个单一的基础之上。"正是这种基础主义的共同假设，使得他们之间的争论无法产生其应有的重大成就，而走进了'公正先于完善'还是'完善先于公正'之间的死胡同。"②

---

① 黄勇：《全球化时代的政治》，台北：台湾大学出版中心，2011，第185页。
② 黄勇：《全球化时代的政治》，台北：台湾大学出版中心，2011，第193页。

公正与完善皆是人类的可欲与应当。如果优先选择任何一方都会给人类带来困难，那么，当代政治哲学的根本任务之一，或许就是重新思考这二者的关系，以走出论争的绝境。对此，黄勇的《超越自由主义与社群主义之争：新儒家朱熹仁爱观的启示》（1996）① 一文提出了一种特别的思路，但却未引起学界足够的重视。

黄勇认为，如同"完善"和"公正"这两个概念是当代西方政治哲学的中心概念一样，"仁"和"爱"的观念也是中国古代儒家思想的核心。表面上，二者相距遥远，判若云泥。然而，若细心揣摩，二者不仅根本可比，而且后者还体现出了一种对前者的超越性。

先谈"完善"和"仁"。朱熹认为，"仁"不仅是人之心的根本特性，也是天地之心的根本特性。在西方政治哲学中，"完善"意指一个具有本体论性质的关于人类生活自身的道德理想。据此，黄勇认为，朱熹的"仁"就与西方政治哲学的"完善"观念非常接近，所体现的都是一种纵向的超越性。

再谈"公正"与"爱"。在儒家那里，"爱"是有感而生的情，且爱有差等。表面上，这与西方政治哲学的理性的"公正"概念根本不可比。但是，假若我们接受了理查德·罗蒂（Richard Rorty）和女权主义者的看法，认为正义观念的来源不仅有理性，而且还有感情（对群体之爱），同时领会到朱熹的"爱""情"观的真义——普遍之爱并不是无感情之爱，那么，我们就会抛弃"普遍的理性"与"局部的感情"这样一种二元对立的预设，而认识到"公正"概念与儒家之"爱"的相通性：所关注的都是横向的人与人之间的关系。

"仁"和"爱"不仅与"完善"和"公正"可比，而且还体现出了一种超越性。这一超越性即与"完善"和"公正"概念的竞争性关

---

① 该文的英文版最初以 "Zhu Xi on 'Ren'（Humanity）and Love：A Neo‑Confucian Way out of the Liberal‑Communitarian Impasse" 为题发表于 *Journal of Chinese Philosophy* 23（1996），pp. 213–235；中译文发表于上海中西哲学与文化比较研究会编《20世纪末的文化审视》（《时代与思潮》第7辑），徐汝庄译，学林出版社，2000。后收入黄勇《全球化时代的政治》，台北：台湾大学出版中心，2011。

系不同，在朱熹那里，"仁"和"爱"处于一种动态的中和状态之中。

朱熹认为，古之学者全不知有"仁"字，凡圣贤说"仁"处，均被说成了"爱"字。自二程（程颢、程颐）强调仁是性、爱是情，仁与爱有分别以来，学者们又产生了另一种偏向，只知理会"仁"字，而忘了"爱"字。事实上，"仁离爱不得"，"爱是仁之情，仁是爱之性"。①

朱熹一方面主张由情知性："因这情，便见得这性。因今日有这情，便见得本来有这性。性不可言。所以言性善者，只看他恻隐、辞逊四端之善则可以见其性之善，如见水流之清，则知源头必清矣。"② 另一方面，他又主张仁是爱的根源："仁义礼智，性也。性无形影可以摸索，只是有这理耳。惟情乃可得而见。"③ 于是，"仁"与"爱"就既不可分离，又相分别。对它们任何一方的理解都必然离不开对另一方的理解。"在这无限循环的过程中，尽管我们对仁和爱绝不可能获得一个最终的、绝对的认识，但我们确实能愈来愈好地认识仁和爱。"④

在黄勇看来，"仁"和"爱"之动态的中和状态即"完善"与"公正"之动态的平衡状态。在这一比较思想史的视野下，朱熹的"仁爱观"就体现出了与当代西方政治哲学中的基础主义者和绝对主义者的差别，从而超越了"公正先于完善"和"完善先于公正"的尖锐对立。

黄勇的看法是否真有所见？要阐明这一点，恐怕就必须提及他对自由主义和社群主义的系统批判。

众所周知，在《正义论》（1971）一书中，约翰·罗尔斯（John Rawls）提出，"正义是社会制度的首要价值，正像真理是思想体系的首要价值一样"。⑤ 可问题偏偏就在于：对于究竟何谓正义，何谓不正义，人们的意见总是充满分歧，难于一致。于是，为了避免继续陷入

---

① 朱熹：《朱子语类》卷 6，岳麓书社，1997，第 108 页。
② 朱熹：《朱子语类》卷 5，岳麓书社，1997，第 81 页。
③ 朱熹：《朱子语类》卷 6，岳麓书社，1997，第 98 页。
④ 黄勇：《全球化时代的政治》，台北：台湾大学出版中心，2011，第 210 页。
⑤ 罗尔斯：《正义论》，何怀宏等译，中国社会科学出版社，1988，第 3 页。

这样的分歧，罗尔斯便假定了一种"原初状态"。这种"原初状态"设定了某些旨在达到一种有关正义原则的原初契约的程序限制条件，以使人们在做出选择时，必然选择他心目中的那种"作为公平的正义观念"。

罗尔斯认为，一个政治共同体可以葆有宗教和形而上学的完善观念的多样性，但是，它却不可以根据多种相互冲突的政治公正原则来达成自身的政治公正。因此，在一个价值观念多元的社会，首要的问题就是如何提出和论证一种普遍的政治公正的原则或程序。通常人们认为，一个政治原则是否公正，主要看它是否有助于人性的完善。反过来，一个有关完善的观念，同样有助于促进某种政治的公正。但是，考虑到完善观念的多样性，把政治的公正原则建立在它们之中的任何一个之上都是不合理的，因此，我们就只能将这些完善观念暂时悬置起来，而致力于寻求一种超语境的、无条件性的正义程序，从而保证实现某种实质正义。

罗尔斯的正义论本来以古典的功利主义和直觉主义为批判对象，结果却引起了社群主义的激烈反应。比如，迈克尔·J. 桑德尔（Michael J. Sandel）就认为，在构建公正或正义观念时，由于人们诉诸的理由是如此不同，以致我们构建的正义原则总是相互冲突、相互矛盾的。面对这种情景，仅仅依靠一种中立的程序设计是无济于事的，必须依靠一种大家都同意的、从理性上证明了的人类完善的终极依据。为了回应社群主义者的批评，在《政治自由主义》（1993）一书中，罗尔斯采取了一种以退为进的策略，将他的自由主义限定为一种仅诉诸公共理性的"政治自由主义"，以区别于社群主义所批判的那种"一般的或哲学的自由主义"。

而麦金泰尔则把自由主义看成一种横向的超越论，把社群主义看成一种纵向的超越论。基于这一比拟，人们很容易看出，自由主义和社群主义的论争，确实存在某种理论的"错位"，即它们关注的焦点根本就不在事情的同一个层面。如此论争如何不陷入困境？

于是，学界提出了多种新政治哲学方案，意图超越自由主义和社群主义（之争）。其中，罗蒂的方案是：放弃这两种超越论，以社群主义的洞见来修正自由主义。从其语境化的、具体化的新实用主义立场出发，罗蒂认为，在一个多元社会，要像自由主义者那样通过超越所有局部的道德来建立起该社会所必需的普遍的政治公正原则，或通过停留于其中的一种来实现这一目标，都是不可能的。与此同时，对于这样一个普遍的政治公正原则而言，社群主义者所设想的那种普遍的、终极的完善概念同样也是不可能、不可取甚至是不必要的。因为假若我们已经具有了一幅秩序良好的、具体的政治图景，我们何必还要那种形而上学的论证？如果我们还没有这样一幅社会图景，一种形而上学的论证显然不能帮助我们获得这样一种图景。众多形而上学论证的存在都没有实现这一点，就是明证。因此，唯一可能的出路，就是放弃两种超越论主张，而致力于寻求那种由扎根于具体历史时期的、拥有具体视野的和具体社群的信念之网的局部道德所形成的"重叠共识"。

罗蒂认为，罗尔斯的正义论的根本缺失有二：一是割裂了超语境的、无条件的视野与语境化的、具体的视野的内在联系；二是预设了宗教的或形而上学的完善观念与普遍的公正概念的二元对立。在罗蒂的批判的基础上，黄勇认为，罗尔斯的根本缺陷，就是他的中立立场的不可能和公共理性概念的虚假预设。

在《宗教之善与政治正义：超越自由主义与社群主义之争》（2001）[①] 一书中，黄勇指出，为了避免因各种宗教和形而上学的终极实在观念的不同而造成的冲突，自由主义者主张，政治的公正概念必须对它们保持中立。可事实上，自由主义的公正概念不仅在政治上和道德上不中立，在宗教和形而上学上也如是。为了反驳这一观点，自

---

① Yong Huang, *Religious Goodness and Political Rightness*：*Beyond the Liberal - Communitarian Debate*, Harrisburg：Trinity Press International, 2001.

由主义者区分了结果的中立、目标的中立和程序的中立；并坚持认为，虽然自由主义的政治公正原则作为结果，并不对不同的宗教和形而上学的完善概念保持中立，但这并不妨碍它对它们保持目标和程序上的中立。

罗尔斯认为，一个国家在提出其政治公正原则时，不能有意地推广或妨碍任何特定的宗教和形而上学的完善概念，也就是说，必须对它们保持目标的中立。可是，在黄勇看来，这一观点无疑继承了一个与传统的政治学说类似的错误区分。这一区分，即在政府的创造者与政府的被管辖者、政府的行为主体与行为对象和政府的生产者与政府的消费者之间的本质主义的二元区分与对立。事实上，公民不仅是政府的被管辖者、政府的行为对象和政府的消费者，还是政府的创造者、政府的行为主体和政府的生产者。作为政府的创造者、行为主体和生产者，公民们在参与制定其政治公正原则时，必然会以其各自的宗教和形而上学观念为出发点和依据。因为，这些涉及纵向的人与终极实在之间的关系的宗教和形而上学的完善人生观念，必然隐含某种人与人之间的横向联系的政治公正原则。

由此推论，罗尔斯就分享了一个与宗教激进主义类似的错误，即都假定了各种宗教形而上学立场与其政治立场的同一性或同质性，夸大了不同的政治立场及其背后的宗教和形而上学立场的冲突的不可调和性。可事实上，对某些特定的政治问题持相同立场的人，其背后所持的宗教或形而上学的理由往往是很不相同的；而某些持相同的宗教或形而上学立场的人，其政治立场往往不相一致甚至对立。

因此，事情的真相毋宁是，政治公正原则是植根于宗教和形而上学的完善观念的，反过来，宗教和形而上学的完善观念也植根于政治公正原则。只不过，若想从理论上证明这一点，其任务无疑极为艰巨。因此罗尔斯才试图走捷径，通过一种原初状态的假设（原初状态中的人除了缺乏有关他们自己的所有特定讯息之外，却几乎知道有关社会的一般状况的一切），使人们在构造政治的公正原则时，必然做出他们所论证的正确选择。殊不知，当做出这样的假定时，罗尔斯又在不知不觉之间陷入了新的悖论：假定了政治立场与宗教立场可绝对分离。

除了目标的中立，自由主义者还认为，由于具有不同社会地位、天赋和宗教定向的人们通常具有相互冲突的政治主张，而我们对于恰当的政治公正原则又缺乏独立的标准，因此，我们就"需要一种其公正性可以得到确定的公正程序，从而使我们相信，由这个公正程序产生的任何政治原则一定公正"。①然而，这种程序的中立又是否可能呢？

对此，黄勇的看法是，确实如自由主义者所指出的那样，如果一个程序假定了某种或某些实质性的理论，而这种实质性的理论之正当性正需要这个程序来确定，那么这个程序就不可能公正。但是，当罗尔斯强调事情的这一面时，却忽视了事情的另面，即如果一个程序对所有实质性的观念都保持中立，那么这个程序就无疑与用抛硬币的方法来做决定一样，从而因极具任意性而让人无法断定它是否公正。

黄勇认为，要超越罗尔斯的中立概念，必须向前走出两步。第一步是指出政治的公正概念不仅不应当对不同的宗教和形而上学的完善观念保持中立，而且还要植根于这样的观念之中。其具体的做法是，当我们在构建政治的公正原则时，我们应尽可能设身处地地考虑到每一种可能的情况（以避免任意性）而不带上自己的偏见（以避免自己特殊的利益考量），从而形成交叉共识。

然而，在现实生活中，这种现成的交叉共识无疑是很少的。因此，为了使具有不同宗教、形而上学、种族、社会、阶级、性别、辈分、年龄、身份、天赋的人达至最低限度的共识，就需要他们通过相互对话，对自己的立场和其他人的立场加以修正。如何才能做到这一点呢？

这就是计划中的第二步："完全取消原初状态的资讯限制，而代之

---

① 黄勇：《全球化时代的政治》，台北：台湾大学出版中心，2011，第 83 页。

以某种动机限制。"① "这样，在原初状态中发生的就不是斯甘龙（T. M. Scanlon）所谓的单个理性个体的独白，试图设身处地地将自己置于所有可能的立场和观点之中。相反，它将是具有各种不同立场的真实的人之间活生生的对话。"② 这个对话的过程也就是反思互动的过程。这才是我们所本来具有的原初实际。

当然，由于实际上存在永远也达不成共识的可能，因此我们才须要提出一种动机制约，即"原初状态中的人应该有参与与其他人对话的动机，并通过有准备的、非强制的和启发性的对话，制定每一个人都有很好理由加以接受的政治原则"。③

总之，通过反思的互动以获得一种处于动态平衡过程之中的交叉共识，这就是黄勇对自由主义和社群主义的超越。如果把自由主义视为一种空无内容的简单的程序主义，把社群主义视为一种简单的实质主义，那么，黄勇所主张的就是一种复杂的程序主义和复杂的实质主义。概括起来说，就是实质化了的程序主义和程序化了的实质主义。④ 这就是在公正与完善之间的多重的动态平衡，⑤ 也就是仁与爱的中和状态。⑥

二　存在与他者

如前所述，当代政治哲学的论争之所以引发广泛关注，这主要不

---

① 黄勇：《全球化时代的政治》，台北：台湾大学出版中心，2011，第 91 页。
② 黄勇：《全球化时代的政治》，台北：台湾大学出版中心，2011，第 95 页。
③ 黄勇：《全球化时代的政治》，台北：台湾大学出版中心，2011，第 96 页。
④ 就哈贝马斯而言，也可以说是一种新文化行为理论。
⑤ 在《政治自由主义》一书中，罗尔斯指出，所谓公共理性，也就是作为公民本身的理性。它有三个特点：一是它的主体是公众；二是它的主题是公众的福祉和重大的正义问题；三是它的性质和内容是公共的（约翰·罗尔斯：《政治自由主义》，万俊人译，译林出版社，2000，第 226 页）。据此，黄勇将公共理性概括为："公民用来讨论政治社会之根本问题的、可以为其他公民理解、评价甚至接受的理性。"（黄勇：《全球化时代的政治》，台北：台湾大学出版中心，2011，第 103 页）以此为前提，黄勇批判了罗尔斯的公共理性概念的如下缺失：预设了宗教理性和公共理性、公民身份与教会身份的二元对立，划定了公共领域与私人领域的绝对疆界，预设了不同宗教和形而上学的不可通约性，没有把握住外在批评与内在批评的根本差异，混淆了政治原则和人们用来支持或者批评这样的政治原则的理由，夸大了被普遍接受的理由的存在及其正当性，无视被部分人共享的理由的广泛存在及其正当性。
⑥ 黄勇的这一观点颇契合了当代中国学界试图援用儒家思想资源来解决当代政治哲学困难的某种潮流。

是因为它们的洞见，而倒是因为它们的盲视。这一通例对黄勇来讲同样如是。

黄勇极有见地地指出了政治公正原则与宗教和形而上学的完善观念的相互奠基性。但是，这一结论究竟是来自经验的直观呢？还是来自对当代政治哲学论争的批判性反省？如果罗尔斯的确既假定了某种宗教和形而上学立场与政治立场的二元对立，又假定了其同一性和同质性；那么，从罗尔斯这一在逻辑层面上的矛盾预设出发，就可以直接反向推论出二者在实质上的相互奠基性这一结论吗？如何保证这一结论不是一种新的理论预设（或期待）呢？在现实生活中，某一个体或某一特定共同体的政治主张与其宗教和形而上学立场的确有可能是相互奠基的；但是，我们能够从这一小范围的事实出发，推论出（或期待）在一个更大的范围内，人们的政治立场与宗教和形而上学立场也必将达至同样的协调状态吗？在一种良好动机的制约下，人们通过反思的互动就必然可以获得某种处于动态平衡过程之中的交叉共识？

通常来讲，要批判一种理论主张的局限性、瓦解其合法性，最好的办法，就是揭示其理论预设的内在悖论，而不是指出其例外或其与实际情况的不一致。但是，正因为此，要超越一种理论主张，其基本的前提，就是重构出一种更合理的假定或揭示出一种更本源的前提。要满足这一要求，就必须做系统的方法论反省。反之，如果未做到这一点就遽然提出一种替代性的结论，就必然会出现某种逻辑的僭越或脱节。

与此同时，若想从一些有限事实的经验直观中推论出一种普遍性的结论，若缺了对自身的理论预设的合法性的澄清，就很有可能产生如下悖论：将有待论证的结论当成了某种不言自明的论证的出发点或前提。显然，由于缺了上述方法论的反省，黄勇的反思就大体处于某种主体阐释学的层次，没有意识到在其理论主张与反对前提、经验直观与一般性结论之间存在多重错位与非法跨越。

从方法论的角度讲，自由主义也好，社群主义也罢；实用主义也好，儒家思想也罢，它们的根本缺失究竟在哪里呢？概而言之，即某种现象学还原的不彻底性。比如，自由主义者准确地把握住了这样一种现象，即在一个多元社会，人们对世界这个根本实在的看法是很不相同且不相容的。这些互不相容的观念会极大地妨碍我们达成一个有关世界的良好秩序的共识。因此，若要（讨论如何）建立一个良好的社会秩序，就有必要对这些实质性的看法保持中立。然而，这一中立是暂时性的、策略性的还是永久性的呢？显然应该是前者。可自由主义者却选择了后者。于是，罗尔斯便只能通过"无知之幕"的原初状态的假定，以推论出他心目中预设的"作为公平的正义"。罗尔斯的现象学还原止步于有关公正的纯粹形式。

又比如，社群主义者正确地直观到，若要对什么是公正达成基本的共识，就必然要以对世界这个终极实在以及人类生活的本质特征的共识为前提。然而，究竟该如何达至对世界和人类生活的终极共识，以及如何根据这一共识建立一种良好的政治秩序呢？社群主义者却应对乏力。社群主义者因坚执一种绝对主义的至善理想而阻断了（对自己的预设前提）做任何现象学还原的可能。

实用主义者深刻地领会到，一种政治秩序的建立，需以一定的社会的和历史的条件为前提。自由主义和社群主义的根本失误，一方面在于没有考虑到这一前提，一方面在于没有走出政治立场与宗教和形而上学立场的"同一性/差异性"二元对立的逻辑。然而，一种良好的政治秩序的建立，是否意味着在接受某种现成的社会历史前提的同时，质疑和颠覆这样一种前提呢？实用主义者拒绝对这一问题作出反省。因此，实用主义者仅对自由主义和社群主义（的局限）做了进一步的还原，却傲慢地豁免了自己。

在实用主义者反思的基础上，黄勇进一步认识到，一种善好的政治秩序的建立，依赖无数具有不同身份、不同立场、不同观念的政治个体的共同参与。因此，一种善好的政治秩序的建立基础，就是无数差异的个体基于一套可调适的商谈原则而有效实施或开展的对话行为。

黄勇的这一还原不但重新定义了自由——自由的真义即对话的自由，也重新定义了共同体——一个完善的共同体即一个反思的共同体。只不过，由于忽视了对话和反思的错综复杂性，这使他过于轻巧地得出了公正与完善得兼的理想结论，从而过早地认同了具有同样缺失的儒家政治哲学。

黄勇的还原仍不够彻底。因为，若遵循一种彻底的返本穷源精神，我们是不难从其"对话性的政治哲学"中，进一步看出如下基本事实的，即所有政治哲学论争所关涉的核心问题，在更本源的层面上讲，就是如何处理自我和他者的关系问题。据此，政治哲学的重新奠基，就必然要以对自我和他者关系的有效裁决为理论前提。

然而，如何在现有的政治哲学论争的基础上，展开对自我和他者的关系之思呢？一个颇值得参考的思想资源，便是列维纳斯。

我们知道，自古希腊以来，西方哲学的主流传统是没有"他者"的位置的。这一状况一直到黑格尔才有所改变。黑格尔之后，西方哲学虽然开始意识到了"他者"的存在，但只给了"他者"以从属的地位。这一传统引起了列维纳斯极大的不满。他彻底地颠倒了传统哲学的预设，将他者问题提升到本体论的高度去讨论，从原初起源的空间化维度和存在的终极—未来维度"之外"的角度去看待"他者"，从而论证了"他者"对于"自我"（对于"存在"、对于"这个世界"）的绝对本源性。

在《总体与无限：论外在性》（1961）一书中，列维纳斯反复论述道，无限作为欲望者的绝对他者，与终有一死的欲望者有着绝对的他异性，有不可逾越的绝对裂隙。然而，对于这一绝对差异的他者的欲求，对自我同一性的超越，却是此在在世的基本生存结构。由是，奠基在无限观念中的主体，把外在于自我、总体的不在场和无限纳入了总体、历史和经验的内部加以反思，于是，存在的终极事件便在这种外在性的完全绽放中上演。

列维纳斯认为，植根于古希腊传统的西方哲学史，始终局限在同一性即总体的内部来讨论问题，从而使外部的"他者"消失，使内部的个体意义同质化为整体，或服从于整体。唯一能与之抗衡的，是希伯来的末世论传统。因为末世论并不像通常所理解的那样，是在总体中引入目的论系统，给历史指定方向；相反，"它使我们与超出于总体或历史的存在发生关系，而不是与超出于过去和当前的存在发生关系"。[①] 由于这总体或历史之外的存在并不是一种虚空，而只是一种"总是外在于总体的盈余"，因此，只有它才能将个体从总体中解救出来，直接与自己发生对话。这一总体之外就是绝对他者，就是无限。

列维纳斯从存在对自身的"逾出"这一独特角度出发，重新揭示了世界与外在、存在与无限、自我与他者的发生性关联，从而彻底颠覆了希腊哲学传统将"世界"、"无限"和"他者"客体化、对象化的预设，将自己的本体论的伦理学建构成了一种发生哲学。

尽管列维纳斯没有直接讨论政治哲学的问题，但是，既然他的他者思想为我们反思战争之类的人类存在的非伦理化的极端状况，亦即，在西方人眼中的人类存在的基本状况——对他者的残酷暴力——提供了超越性的思想资源，也就为我们反思良好的自我与他者的政治秩序提供了超越性的思想资源。

自我与他者互为根据、交互发生、相互共在。这是一切良好的政治秩序建构所必须遵循的基本原则和出发点。自由主义者将自我原子化、将他者从属化，从而将自我与他者的本源关系与形式化的公正程序本末倒置了。社群主义者将完善绝对化、总体化和内在化，从而盲视了自我与他者的本源关系，结果导致了自我和他者的同质化。

列维纳斯对德里达产生了深刻的影响。在他的启发下，德里达提出了著名的"没有救世主降临的救世主降临"说（没有弥赛亚的弥赛

---

① 伊曼纽尔·列维纳斯：《总体与无限：论外在性》，朱刚译，北京大学出版社，2016，"前言"，第3页。

亚性），从而为后现代伦理学或政治哲学划定了浪子回头的最终边界。① 以此为参照，耶鲁学派文论家米勒详细深入地阐释了文学中自我和他者的复杂关系，极大地丰富了西方学界对他者的认知，为现实世界的理想政治范型提供了一幅生动的镜像。

比如，在《他者种种》（2001）一书中，米勒就以众多案例阐释了德里达在《心灵：他者的发明》（1987）一书中所提出的这样一个观点："除非以多重声音，他者召唤（某物）到来这样的事情将不会发生。"②

米勒认为，不只是有种族的、性别的和族群的他者，还有居于同一自我、家庭和文化内部的"亲密自我"，即作为一个完整他者内部之构成要素的"他者"。这样的他者对于它们自身来讲，就正如我对于"我"一样，其自身内部是分化的、分裂的。

他者多种多样，概括起来，可以分为两类。一类是把他者视为一个同一体的另一个版本，一类是把他者视为真正的、激进的他者。后者是不可被透明地理解、主导和掌控的、完整的他者。他者是多重的，我们必须坚决抵制这样的假定：他者必然是且肯定是统一的、单一的和整体的。

他者的多重性特别契合我们的文学阅读经验。事实上，一个文本就是一个他者，或是一个完整他者的媒介和证言。每一次阅读都是抵达一个他者（事实上，也只有通过阅读才能抵达他者）。从这样一个角度讲，他者就不是一个概念而是一个难以名状的特殊的语言结构，在每种情况下其面目都不相同。

归根结底，文学中的他者意味着，除了自然的他者、伦理的他者和绝对的他者之外，我们还拥有一个独特的他者，即语言。或者以一种激进的方式来说，所有的他者，都可归结为语言。

---

① 参德里达《马克思的幽灵们》第五章"隐形者的显形"。
② J. Hillis Miller, *Others*, Princeton：Princeton University Press, 2001, p. 1. 该引文的英译由米勒自己翻译。

既然所有的他者都可归结为语言这一根本的他者，那么，语言自身的本体属性就必然规范着自我和他者的本源关系。由是，语言（或文本）的交错叠加、转换生成（一个更大的意义境域）的复杂机制就应该成为自我与他者的政治关系的典范形式。

三　政治与审美

米勒对语言这一他者（或语言的他者性）的发现极具理论生发的潜能。把它纳入当代政治哲学的论争语境，将不难发现，它不但为我们解决自我和他者的关系难题提供了新的思路，更加深入地推进了政治哲学的语言论转向，而且为政治哲学的重构奠定了新的理论基础。

因为米勒不只发现了语言的他者性，而且揭示了语言三维（所指性之维、间性之维和自反关涉之维）的转换生成机制。根据语言三维的转换生成理论，我们不仅可以将他者区分为作为对象的他者、作为交互主体的他者和作为反身性参照的他者，[①]而且可以揭示自我和他者的隐秘关系。因为从语言三维的转换生成论出发，我们可以得出如下结论：语言（的内部秩序）是一错综交织的关系总体，由是，我们便可推论出自我和他者的关系也是一错综交织的关系总体。

自我和他者的关系是一错综交织的关系总体意味着，自我和他者的关系从来就不是单维度的，处于同一逻辑层面的。传统政治哲学的根本失误，就在于试图把社会建立在一个单维度的、同质性的假定之上。

自我和他者的关系必然是一错综交织的关系总体，根源在于，作为一种语言的建构，世界本身就是一个差异错置的体系。然而，基于一种单维度语言论预设，传统政治哲学和现代政治哲学始终未能发现这一秘密。

---

① 对自我的区分也如是。

　　米勒不只提出了语言他者论和语言三维的转换生成论，而且还揭示了语言的本体论基底——时间的秘密：时间在时间三矢（活生生的现时、分裂的绵延和自反的共在）的多线并进中交错生成。时间三矢揭示了一般历史的生成机制，也揭示了政治秩序建构的社会历史前提。因为时间三矢论证明，历史是多线并进、时代错位、层垒地叠加而成的。

　　语言他者论、语言三维转换生成论和时间三矢论不只是米勒的个人发明，而且是整个耶鲁学派的理论共识。这样，语言他者论、语言三维转换生成论和时间三矢论就不只标志了耶鲁学派的语言诗学和时间诗学直观，更表征了耶鲁学派的政治哲学和文学政治学洞识。遗憾的是，受制于传统政治哲学的理论预设，当代文学政治学研究，几乎没有关注到耶鲁学派诗学的如是价值。

　　耶鲁学派之所以能够重构政治哲学的理论基础，并开创一种新形态的文学政治学，根本的原因在于，他们把文学世界视为现实世界的理想范型。文学世界本来就是一差异错置的时空体系，在这一体系中，不仅语言的秩序不断得以重组，自我与他者的关系也不断得以重构和安顿。在文学的世界里，语词与语词的关系变更必然导致自我和他者的关系变更。而自我和他者的关系变更又必将导致个体生命的安顿与文化共同体的整合之间的张力关系的变更。用文学政治学的术语来讲，这就是文学的审美功能与政治效应之双重属性的对立冲突和交错共生。

　　经验告诉我们，文学的审美功能与政治效应总是错综复杂地交织在一起，难分彼此。可是，传统的文学政治学却认为，审美属于个人精神体验，偏向于关注内部形式；政治属于公共领域，偏向于讨论外部现实；由此造成了审美与政治的二元对立。这一论断还可以得到现实案例的支持。因为在现实生活中，总是充满了政治对审美的宰治从而必然导致审美对政治的抗拒。

　　然而，审美与政治的关系必然如此且只能如此吗？在解读卢梭的

《论人类不平等的起源和基础》《社会契约论》等著作时，[①] 德·曼发现，有关文学与政治、政治与宗教、政治与自我等话题，其实都依赖一个共通的修辞学基底。全部有关这些论题的形而上学内涵和预设（的合法性），都是建立在对这一修辞学基底的盲视或遮蔽基础之上的。因此，揭示了这一修辞学基底，就不仅实施了对这些论题的形而上学内涵和预设的解构；倒过来，也可从这一新的修辞学基础出发，重构这些领域的结构、边界及其关系。

德·曼发现，语法语言与比喻语言之间的张力与政治模式的两面性具有某种对应性：法律的公式和法律的运用之间的不相容性、作为主动原则的主权者和作为固定原则的国家之间所存在的分离、政治规定和政治行为之间的区别、作为明确的实体的国家和作为行为原则的国家（主权者）之间的区别、法律机制预想的和理论的输入功率与实际的输出功率的差异——所有这些要素的二项式对立，都与语法领域和比喻领域的矛盾冲突、理论的生成力量和语法的生成力量的差别若合符契。因此，我们不仅可以从修辞学的角度来看待文学，还可以从修辞学的角度来看待政治（哲学）。

从修辞学的角度出发看待政治和文学，我们不仅可以看到政治的文学性（政治的双重性）和文学的政治性（文学的双重性），还可以看到政治的文学性和文学的政治性的双重叠加与错综交织。可是，以往的政治哲学和文学政治学的特点却是从认识论的角度来看待文学和政治，分别将文学和政治看成一个同质性的实体，从而必然导致政治与审美的二元对立。

德·曼从修辞学的角度发现了文学与政治的共通属性，哈特曼则主要从批评的存在状态出发，逐步深入地揭示了审美与政治的共生结构与内在张力。在《荒野中的批评——关于当代文学的研究》第三章中，通过对本雅明的文学批评的批判性分析，他先是确定了批评的首

---

① 参保罗·德·曼《阅读的寓言》第十一章"允诺（《社会契约论》）"。

要任务："批评探讨结构形式、思想或者寓言：它创造了新的文本，这种新的文本恶作剧地反对一种一定将重新占有它的先前文本，这时，它既昂扬向上又结结巴巴地谈论自己的看法。"①

然后指出了批评的自我审视的本体特征："我们能否发现一个创造奇迹的矮子、发现一种超凡的语言游戏或者只不过发现一种在我们所说的批评中的'权力意志'呢？批评这个词的流传似乎否定了这一点。它指出了一种深思熟虑的、反思的和自我暴露的细察。"②

接着揭示了批评的悲剧性处境："批评家总是一个值得怜悯和进行审美游戏的人物。他是一个现代的丑角，对于身材矮小的驼背者来说，他是亲密的老朋友。就其一切方面来说，浪漫主义的或宗教的激情可能是他所不能加以摆脱的驼背者。"③

接下来就是审美的艺术或批评所逃不掉的悖论结构："用不遵守一种已经建立起来的或好或坏的制度的方法，艺术诋毁了这种制度。就是艺术的存在也常常是一个反抗，它揭露了每一个由国家的倡导力量把一个事实强加于人的企图的虚伪性。……但是在另一种程度上则可以说，是存在着一种奥秘的。无论艺术可能怎样反对宗教、神权政治或者神圣这个概念，艺术也仍然展现了力量、集中和强制性的结构，而我们则把它们与艺术的专横的反对者联系在一起。"④

艺术是永远具有政治效应和意识形态性的，哪怕它明确地反对后者，但也正因为此，它以一种反向的姿态体现出了一种政治效应和意识形态性。"艺术不可能避开阴暗和含糊；但是一旦问世了，它也就不可能停止揭示它自身。根本没有什么公式可以预料它的公开所产生的

---

① 杰弗里·哈特曼：《荒野中的批评——关于当代文学的研究》，张德兴译，天津人民出版社，2008，第96页。
② 杰弗里·哈特曼：《荒野中的批评——关于当代文学的研究》，张德兴译，天津人民出版社，2008，第98页。
③ 杰弗里·哈特曼：《荒野中的批评——关于当代文学的研究》，张德兴译，天津人民出版社，2008，第98页。
④ 杰弗里·哈特曼：《荒野中的批评——关于当代文学的研究》，张德兴译，天津人民出版社，2008，第115页。

效果将会是什么。读者——批评家被深深地卷入那样一种活动之中，即不允许艺术被最新的意识形态撇在一边，或者被其所同化。"①

艺术的双重属性表明，任何关于艺术的纯正理想都是一种幻觉，任何一种解释都是一个"偏见"的表达，是无意识或半无意识的文化政治。这一看法直接挑战了康德的审美无目的性、中立性和自主性的观点，从而与批判理论和文化研究保持了一致。从这样一个角度看，耶鲁学派内部好像出现了分歧，因为布鲁姆的立场明显与此观念相反。

然而，布鲁姆的修正诗学真的没有政治关怀吗？表明上看起来似乎如此。比如，在《影响的焦虑》的"再版前言"中，他说，"高雅文学乃是不折不扣的美学成就，而不是什么国家宣传品"。② 然而，该书未做任何修订的正文表明，他依然认可他曾经的说法："诗歌可能——或许不可能——给一个人带来自我的拯救，但只有其痛苦的想象力极端需要拯救的人才能写出诗歌，虽然这样的诗歌或许是一种恐怖。"③

我们认为，很难将自我拯救视为一种单纯的审美诉求。因为布鲁姆认为，诗人是通过对前驱的对抗和修正来确立自我、获得自我救赎的。而对传统的对抗和修正意味着对传统的在先性的认可和承认。由是，个体的自我救赎就在先地被整合进了一个文化的共同体。文学史和文学传统就是这样生成的。因此，只要我们探讨文学的救赎可能，我们就触及了文学批评、文学书写和文学史的文化整合功能与个体精神救赎功能的复杂机制问题，而这就涉及政治。

说到底，个体精神的救赎问题不是某一个"个体"的精神需要救赎的问题，而是落实到每一个个体身上的人类精神的救赎问题。正因为此，布鲁姆才会毫无障碍地一边谈论诗人的自我救赎问题，一边谈

---

① 杰弗里·哈特曼：《荒野中的批评——关于当代文学的研究》，张德兴译，天津人民出版社，2008，第116页。
② 哈罗德·布鲁姆：《影响的焦虑：一种诗歌理论》，徐文博译，江苏教育出版社，2006，"再版前言"，第8页。
③ 哈罗德·布鲁姆：《影响的焦虑》，徐文博译，生活·读书·新知三联书店，1989，第36页。

论美国式的崇高精神。

在《美国本土宗教：后基督教国家的非常时刻》一书中，布鲁姆指出，通过对《圣经》的创造性误读，摩门教的创始人约瑟夫·史密斯修正了西方宗教的神圣源头，重新创造了一个上帝的幻象和概念，把一种最为人性的上帝和最为神性的人施与我们一身。

"史密斯的上帝在一开始是以人的形象出现的，且一直在时间和空间中英勇地同时间和空间做斗争，这颇有点像殖民和革命时期的美国人。"① 换句话说，史密斯重新创造上帝的秘密，在于他根本性地颠倒了神道成肉身的逻辑，而伸张了人升华为神的逻辑。"摩门教使美国式的崇高精神具体化了，这表明，摩门教实际上就是美国的本土宗教。"②

美国本土宗教遵循三个基本原则："第一，存在于我们身上最好最古老的东西可回溯到创世之前，因此它不是创世的一部分。第二，那使我们获得自由的东西就是知识，以及事件和事实的历史，而不是建立在单纯的赞成基础上的信仰。第三，这种自由本身具有一种独特的要素，这一要素为迟来的美国时间的孤独感和地狱般的空间的美国经验所充满。把这些原则结合为一体的东西就是美国信念——不论它是多么的难以言传或晦涩难辨，这信念就是：我们是终有一死的神灵，我们注定会在迄今尚未发现的世界上又一次发现我们自己。"③

摩门教具有一种现实主义的崇高精神。尽管它提出并实践了饱受争议的一夫多妻制，但布鲁姆认为，这自有它自身的内在逻辑。这一内在的逻辑就是要把现实的城邦和人民一起带到天上。这一逻辑内含了对自我和他者关系的全新的理解。这使得摩门教做出了另一个著名

① Harold Bloom, *The American Religion*: *The Emergence of the Post – Christian Nation*, New York: Simon & Schuster Inc., 1992, p.101. 中译文参哈罗德·布鲁姆《批评、正典结构与预言》，吴琼译，中国社会科学出版社，2000，第27页。

② Harold Bloom, *The American Religion*: *The Emergence of the Post – Christian Nation*, New York: Simon & Schuster Inc., 1992, p.107.

③ Harold Bloom, *The American Religion*: *The Emergence of the Post – Christian Nation*, New York: Simon & Schuster Inc., 1992, p.103.

的创造性误读：为死者施洗，使未来者的精神进入生命之中。

"显然，一夫多妻制作为天上的婚姻的最高形式，与为死者施洗和为未出生者赋予精神形体这两个明显古怪的教义之间存在必然的联系。如果否定了原罪和任何爱的拯救，如果把上帝加以物化和有限化，这时，你可能就是把一个特殊的责任强加给人类精神的宗教能力。"①

这一对个体精神救赎的内在逻辑的全新理解，使布鲁姆发现了"自由和孤独的自我"的救赎与"我们共同的命运和希望"的内在关联。只不过，到了《西方正典：伟大作家和不朽作品》一书中，联结这两极的中介不再是某种整体的"救赎"，而成了"复活"。

"传统告诉我们，自由和孤独的自我从事写作是为了克服死亡。我认为自我在寻求自由和孤独时最终只是为了一个目的去阅读：去面对伟大。这种面对难以遮蔽加入伟大行列的欲望，而这一欲望正是我们称为崇高的审美体验的基础，即超越极限的渴求。我们共同的命运是衰老、疾病、死亡和销声匿迹。我们共同希望的就是某种形式的复活，这希望虽然渺茫却从未停息过。"②

正因为此，《西方正典：伟大作家和不朽作品》一书一边高擎审美主义的大旗，一边又承认文学政治的合法性。比如，布鲁姆一边说，"审美批评使我们回到文学想像的自主性上去，回到孤独的心灵中去，于是读者不再是社会的一员，而是作为深层的自我，作为我们终极的内在性"；③ 一边又马上补充解释："我本人坚持认为，个体的自我是理解审美价值的唯一方法和全部标准。不过，我也不得不承认，'个体的自我'只有相对于社会才能被界定，两者之间的冲突不可避免地牵涉到社会的和经济的阶级之间的冲突。作为一位制衣工人的儿子，我一直有无尽的时间来阅读和思考。我所工作的耶鲁大学当然属于美国

① Harold Bloom, *The American Religion: The Emergence of the Post - Christian Nation*, New York: Simon & Schuster Inc., 1992, pp. 125 - 126.
② 哈罗德·布鲁姆：《西方正典：伟大作家和不朽作品》，江宁康译，译林出版社，2011，第 434 页。
③ 哈罗德·布鲁姆：《西方正典：伟大作家和不朽作品》，江宁康译，译林出版社，2011，第 9 页。

体制的一部分，因此我对文学的长期思考易于受到最传统的马克思主义阶级分析方法的批评。热烈宣扬孤独自我的审美价值势必使人们要提醒我：思考的闲暇必须向社会去购买。"①

　　不过，布鲁姆始终没有忘记审美与政治的区别："领悟审美价值的自由也许是阶级冲突的产物，但价值本身并不等于自由，即令价值没有那种领悟便不能把握。就定义来说，审美价值产生于艺术家之间的交流，一种诠释性的相互影响。做艺术家或批评家的自由必然来自社会冲突。但与审美价值有关的自由感受的来源并不等同于社会冲突。已获得的个体性里总有一份负疚感；这种负疚感来自于个体只是一个生存于世却对审美价值没有贡献的人。"②

　　或许，布鲁姆真正想表达的意思是，文化政治和世俗政治处于不同的领域，它们所遵循的关系类型是不一样的。如果说，后者必然导致一种同质化，那么，前者则导致一种差异的自我。布鲁姆说，"我认为，为了服膺意识形态而阅读根本不能算阅读。获得审美力量能让我们知道如何对自己说话和怎样承受自己。莎士比亚或塞万提斯，荷马或但丁，乔叟或拉伯雷，阅读他们作品的真正作用是增进内在自我的成长。深入研读经典不会使人变好或变坏，也不会使公民变得更有用或更有害。心灵的自我对话本质上不是一种社会现实。西方经典的全部意义在于使人善用自己的孤独，这一孤独的最终形式是一个人和自己死亡的相遇"。③

　　在布鲁姆看来，这种自我内部的（自我与他者的）本源关系（新型关系）就是生命的本体结构："人们读和写的动机大多不尽相同，这常常使最有自我意识的读者和作者都迷惑不已。也许，隐喻或读写形象语言的最终动机就是与众不同的欲望，就是置身他处的欲望。"④

---

① 哈罗德·布鲁姆：《西方正典：伟大作家和不朽作品》，江宁康译，译林出版社，2011，第19页。
② 哈罗德·布鲁姆：《西方正典：伟大作家和不朽作品》，江宁康译，译林出版社，2011，第19页。
③ 哈罗德·布鲁姆：《西方正典：伟大作家和不朽作品》，江宁康译，译林出版社，2011，第23～24页。
④ 哈罗德·布鲁姆：《西方正典：伟大作家和不朽作品》，江宁康译，译林出版社，2011，第434页。

这或许也是许多人继续背诵诗的理由。"因为他们意识到拥有诗和被诗拥有，能帮助他们生活下去。"①

"诗歌在最好的时候，确能给予我们一种散文虚构作品难得尝试或达至的猛烈。浪漫派诗人明白这点，把它视为诗歌的真正效力：使我们从死亡的睡眠中惊醒过来，进入一种更宽广的生命感。"②

四　现代政治的理想范型及现实可能

现代政治哲学论争与耶鲁学派诗学的互文性在于：一方面，耶鲁学派的语言他者论等论断为现代政治哲学论争奠定了新的理论基础；另一方面，从经过重构了的政治哲学新视野出发回望耶鲁学派，我们又发现了耶鲁学派诗学的文学政治学价值。这一价值不仅在于它巧妙地化解了文学的审美与政治功能的二元对立，更重要的是，它为现代政治确立了理想的范型并揭示了其现实可能。

众所周知，全球化使不同地域、不同语言、不同文化、不同传统、不同信仰、不同意识形态和不同形而上学立场的人更加紧密地联系在一起。于是，如何超越这些不同语言或文化价值立场的冲突，构建出一种为全球化时代的所有人所普遍遵循的政治原则，就成了当今时代的一个紧迫问题。由于当代西方的政治哲学论争至今尚未提出有效的解决方案，因此，人们才试图转换视野，从文学研究中寻求某种启迪。

就当代学界而言，通常人们是如何从文学研究的角度介入政治学或文学政治学之思的呢？大体无外乎三种路径。一是揭露文学的意识形态性，二是对文学与政治的关系做历史性的描述，三是对文学制度的文化研究。三种路径各有所见，但由于缺乏对政治哲学的基础问题

---

① 哈罗德·布鲁姆：《如何读，为什么读》，黄灿然译，译林出版社，2011，第152页。
② 哈罗德·布鲁姆：《如何读，为什么读》，黄灿然译，译林出版社，2011，第152页。

的批判性考察，这样一些研究就很难得出具有哲学深度的理论洞见。①

与此不同，耶鲁学派的文学政治学首先关注的则是文学与世界的某种本体同构性。这一本体同构性在德·曼看来即植根于文学或世界内部的根深蒂固的"虚无"或"虚无的虚无性"。早在《批评与危机》一文中，德·曼就指出了这一点。他说，"文学总是反对作家这一清楚明白的断言：读者总是通过混淆作品永远想离开的现实而降低作品的虚构性。……如果有人认为文学是对现实的不足或缺点的替补性表达，那么他就完全误解了虚构优先于现实、想象优先于直觉这一断言。了解一个被认为是虚构的人物的一切，就是去了解人类的幸福并打算像苏格拉底一样平静地面对死亡。它超越了怀旧或欲望的概念，因为它发现欲望作为存在的一个基本模式抛弃了任何满足的可能性。在别的地方，卢梭用相似的术语表达了虚构的虚无性：'如果我的所有梦想都变成了现实，我依然会不满足：我将继续保持梦想、想象和欲望。对我来讲，我发现一个无法解释的虚空，没有什么能将它填满。一颗渴望的心总是朝向另一种满足，这种满足我无法想象但仍然被它吸引'（Letter to Malesherbes，Pléiade ed. I，1140）"。②

德·曼所说的"虚无"超越了西方的在场形而上学（的辩证法），它实际上意指存在的某种本体的匮乏，同时也意味着存在向另外的可能的无限开放，以及面向未来的无限可能等："所有怀旧或欲望都是对某些事或某些人的欲望。这种意识不是某种不在场的结果，而是由某种在场的虚无所构成的。诗歌语言把这叫作不断被重新理解的虚空。像卢梭的渴望一样，不知疲倦地反复命名它。这一永久的命名就是我

---

① 大体而言，可以将文学政治学的研究划分为三个层次。一是对文学与政治之关系的研究。这种研究将文学和政治分别看成一个可以区隔的对象化实体，然后对二者的关系做出某种历史性的描述或辩证性的反思。二是将文学看成一种人类社会的制度性建构，然后从文化学层面对之加以研究，以揭示文学这一社会建制的政治意义。三是对文学政治的本源性反思。它所追问的问题是：文学如何可能促进个人德性的完善和社会的正义与公正？从这样一个层面上讲，文学政治学所关注的，就是文学对于个体精神的救赎可能与文学如何有助于实现人间的诗性正义？

② Paul de Man, *Blindness and Insight*, Minneapolis：University of Minnesota Press，1983，pp. 17 – 18.

们所说的文学。"① "在想象中，人类自我经验了虚空内部的虚空并发明了虚构。这一发明远不是为了填满虚空，而是断言虚空本身作为纯粹的虚无，我们的虚无，由一个作为它自己不稳定的代理人的主体反复陈述。从这样一个角度讲，没有对作为知识的首要源泉的文学的深思熟虑，哲学人类学将是不可构想的。"②

　　这种匮乏性和可能性同时兼具的特点无疑是一种双重的无底深渊。沟通它们的中介和桥梁只能是一种本体化的修辞或语言。在这样一个（双重的）世界里，主体和主体、一和一切、个人和群体被一个个（或无数个）隐喻系统和换喻系统统一起来，从而产生了人、民族、国家在本质上的同一，自我同社会的统一，群体、家庭同国家的最自然的和谐，道德的善与经济的富裕相和谐，个人幸福和集体幸福相连，等等。然而，让人惊愕不已的是，所有隐喻的总体化却产生了一个逆反性的效果：解构了他所建构的一切社会（政治）关系的同一性和和谐性。

　　于是，德·曼指出，"社会契约的最大特征不是它的正式定义的概念语言，而是双重的关系"。履行契约的个别的公民和履行契约的主权者在程度上的不同，"个人的私人利益恰恰不是源于他的政治的、公共的利益，虽然部分源于整体；'自己对自己订约和自己与对自己是构成其中的一部分的全体订约，这两者之间是大有区别的'。这句话之所以是正确的，是因为隐喻的总体化没有被允许介入。从而个人对于国家的双重关系是建立在两个不同的修辞模式共存的基础上的，第一个修辞模式是自我反映的或反射的，另一个修辞模式是疏远的。但是，个人所被疏远的东西恰恰是他自己的作为主权者的国家的执行活动。这个权力之所以与他不同并与他不相干，是因为它没有同样的双重的、自相矛盾的结构，因而不会共同具有他的问题和张力。主权者可以

---

① Paul de Man, *Blindness and Insight*, Minneapolis: University of Minnesota Press, 1983, p. 18.

② Paul de Man, *Blindness and Insight*, Minneapolis: University of Minnesota Press, 1983, p. 19.

'在一个单一的、同一的关系之下'来考虑自己，并且对于包括个人的公民在内的任何一个陌生人来说，它都可以变为'一个单一的存在或个人'。与在他自己的内部总是存在着分裂的'个人'不同，主权者确实是不可分割、不可分裂的"。①

概括起来，通过对卢梭的《社会契约论》的解构，德·曼发现，所有政治体系的内部结构，都是由双重（甚或多重）政治关系交错叠加而成的。换言之，即其内部发生机制是差异错置的。如果说，现实的政治建构的基本倾向是要抹平这一差异错置性，文学的存在就是这一基本倾向的反动。

正因为文学竭力维护各种政治关系之生成机制的差异错置性，文学才发挥了独特的社会功能。哈特曼特别看重这　点，② 因此他才会相信诗歌是弥补自然与文化之间裂缝的最佳选择；相信文学希望解放人类的抽象性；相信文学以其对话性或多声部结构能够抵抗文化的统一性。

由此我们才可理解，哈特曼对大屠杀和创伤记忆的研究，为何与其坚决反总体性、系统性、统一性以及纯净性的一贯立场，和其坚决捍卫艺术审美的中间立场，既反对艺术审美的政治化，也反对政治的艺术审美化的理论姿态具有一种内在的关联。

哈特曼也看到了批评随笔的社会功能与批评的公共或交际性问题、艺术中的审美意识形态问题和人文学者的社会责任问题的紧密关系。他认为，艺术在塑造文化话语和文化意识中扮演着一个公共角色。艺术话语能够促使人们缩小与他人以及自我疏离的距离，从而形成新的文化整合形态。

哈特曼还认为，文学（包括文学研究）虽然具有异质性和不确定

---

① 保罗·德·曼：《阅读的寓言》，沈勇译，天津人民出版社，2008，第283页。
② 杰弗里·哈特曼说，"文学形式是功能性的，其功能在于让我们发挥功能，帮助我们解决某些问题，将生活带进与自己的和谐之中"。详参 Geoffrey H. Hartman, *Beyond Formalism：Literary Essays 1958—1970*, New Haven and London：Yale University Press, 1970, p. 366。

性特征，但并没有排斥那些对立的东西，相反，它培育了一种辩证的理想。这样一来，作为一种复杂调节体的文学文本或批评文本，为创建一种包容的文化提供了范式，为寻求一种和平的而非战争性的文化概念提供了栖息之所。

概括起来，哈特曼的文学政治学理想就是，在文化的不一致中制造一种和谐。正因为此，他才把华兹华斯视为一个典范：在自然与想象之间由对立走向统一，由统一走向相互超越，两者之间既互为支配，又呈现一种慷慨、友爱、开放的特点。

在《理论的今与昔》（1991）一书的"序言"中，米勒表达了与哈特曼类似的观点，只不过姿态略为低调而已。他说，"解构论在其所有的多样性中实现了对'逻各斯中心主义'的解放性批判，其目的并不只是拆除和毁坏，而是一种意在指向新的体制形式和文化形式的肯定性吁求。这种'前瞻性肯定'（prospective affirmation）就是话语行为。它们呼唤有待成形的学科研究、新型的民主、新型的义务和创造性责任"。①

到了《土著与数码冲浪者》，米勒则忍不住公开地吁求建立一种"全球文学共同体"。在该文中，他一方面承认了全球资本主义、美国大众文化和新的电传技术对本土文化的毁灭性的入侵；但同时也揭示了"土著"这一起源于西方的概念的虚构性（构建性）、神话性（意识形态性）。因为"土著"是西方文化资本主义的产物。在西方文化中，"土著"（indigene）这一概念的意思是指"在内部出生"。它强烈地暗示了"高尚的野蛮人"这一说法，意指在出生地不自觉地生活着。土著永远植根于"一片故土"。成为土著就是成为集体的一员，分享集体的经验。因而，一个"本地社区"也就意味着它与外界隔绝，与"异国他乡"、与"怪异"之地，几乎可以说与神秘陌生之地、一个不像家的地方隔绝。土著是"体魄康健"的大地之子。他们属于

① J. Hillis Miller, *Theory Now and Then*, New York：Harvester Wheatsheaf, 1991, p. ix.

大地，属于岩石、河流、树木、土壤和当地的生活方式。作为土著就是要天真、幼稚，不辨善恶。土著缺乏自我意识和内省的习惯。土著也不注意周围的环境，不对其进行观察和分析。总之，土著拥有一种同质的文化，讲一种"少数"的语言。土著用一种相同的习语相互思念。

然而，"土著"的上述形象不过是基于西方世界"自我与他者"二元对立观念的一个想象的产物。它与卢梭、马克思、荷尔德林、海德格尔，西方文学、人类学，纳粹、美国国家安全政策存在紧密的关联。正因为此，我们才要消解本土社区这一神话，而呼求另一种共同体观念，即巴塔耶、布朗肖、阿甘本、林吉斯、德里达和南希等人所主张的"无效的"、"未公开的"或"秘密的"共同体。这一共同体以独体、绝对的他者、有限性和必死性为本质标志。它就是用比喻的语言而非直义的语言加以描述的、隐喻或"语义混乱的"的"文学共同体"（文学表达了社区的无效用性）。它没有主体、没有交互主体的交往、没有社会"契约"、没有集体意识。它以某种共同体的存在来表明某种共同体的不可能性。

米勒的无效用的共同体思想打破了快乐的土著与数码冲浪者之间的二元对立，也与南希等人的激进主张保持了审慎的距离。他认为有两种全球共同体的模式。第一种适度肯定一些小规模的地方文化以习俗和独体的名义对全球资本主义的同质性的抵抗的积极性，同时利用与西方文化资本主义相伴而生的西方批评理论和文学来抵制全球化。第二种就是由毫无共同之处的人组成的共同体（绝对差异者所组成的"文学共同体"）。米勒说，"这两种模式并不是对立或相互否定的，就是说，不是黑格尔所说的允许对立的升华的那种确定的否定。一旦你要单独表达哪一个，它们就相互决定，相互纠缠，相互生成，……"①

两种模式的交织将形成一种什么样的共同体范型呢？即以自我和

---

① 易晓明编《土著与数码冲浪者——米勒中国演讲集》，吉林人民出版社，2011，第20页。

他者的在先存在的意向性关联为前提，以共同在世的原初境域（生活世界）为前提来重新处理现代政治冲突的理想范型，超越同质性和差异性既对立又同质的悖论。从文明史的形态来看，这样一种理想范型只可能允诺在未来出现。

可是，布鲁姆的观点与此相反。他认为，人类文明史已经涌现出了这样一种范型，那就是文学经典。因为经典开创了一种精神的共同体。在《西方正典：伟大作家和不朽作品》中，他说，"文学最深层次的焦虑是文学性的，我认为，确实是此种焦虑定义了文学并几乎与之一体。一首诗、一部小说或一部戏剧包含有人性骚动的所有内容，包括对死亡的恐惧，这种恐惧在文学艺术中会转化成对经典性的企求，乞求存在于群体或社会的记忆之中。即使是莎士比亚，在其最有感染力的十四行诗中也徘徊于这一执著的愿望或冲动。不朽的修辞学也是一种生存心理学和一种宇宙观"。[1]

经典具有如下特征。

陌生性：究竟是什么原因使作家及作品成为经典的呢？"答案常常在于陌生性（strangeness），这是一种无法同化的原创性，或是一种我们完全认同而不再视为异端的原创性。"[2]

故乡感：与怪异与陌生相对，伟大作家又常"让我们不论在外地还是在异国都有回乡之感"。[3]

"神性与人性的爱恨纠葛"：这是"那种持续久远以致我们难以察觉的原创性的又一标志"。[4]

误读："任何强有力的作品都会创造地误读并因此而误释前人的文本"，强有力的作品本身就是那种焦虑。[5]

---

[1]　哈罗德·布鲁姆：《西方正典：伟大作家和不朽作品》，江宁康译，译林出版社，2011，第15～16页。

[2]　哈罗德·布鲁姆：《西方正典：伟大作家和不朽作品》，江宁康译，译林出版社，2011，第2页。

[3]　哈罗德·布鲁姆：《西方正典：伟大作家和不朽作品》，江宁康译，译林出版社，2011，第3页。

[4]　哈罗德·布鲁姆：《西方正典：伟大作家和不朽作品》，江宁康译，译林出版社，2011，第5页。

[5]　哈罗德·布鲁姆：《西方正典：伟大作家和不朽作品》，江宁康译，译林出版社，2011，第6页。

修正："一位大作家，其内在性的深度就是一种力量，可以避开前人成就造成的重负，以免原创性的苗头刚刚崭露就被摧毁。伟大的作品不是重写即为修正。"①

总之，由于经典代表了人类最高的审美范型、文化范型和精神样态，因此，理想的政治关系类型，就应该谦卑地向文学学习，以获得其经典的经典性。

---

① 哈罗德·布鲁姆：《西方正典：伟大作家和不朽作品》，江宁康译，译林出版社，2011，第 8 页。

走向全球文学共同体的生成诗学：

耶鲁学派文论的当代启示

一 "生成诗学"出场的必然性及其方法论要求

或许，事情确实如齐格蒙特·鲍曼（Zygmunt Bauman）所言，作为思想史上的后来者，当代思想家已经在先地被褫夺了为世界立法的时运与权能，而只能勉力地做一个思想前驱的阐释者。[①]

然而，从思想的原发生成角度看，前驱之前（一定）还有（更前的）前驱，或者说，从来就没有所谓绝对的始作者；因此，前驱不过是一个相对的命名，要追溯绝对的起源根本不可能。[②] 从这样一个角度讲，思想史这回事情的本来真相就一定是：所有的人都是后来者！

就思想的原发生成来说，所有的人都是思想史上的后来者。所有的人都来迟了，而所有迟来者却又都被要求：必须做出原创性的思。这样，思想史的生成就一定遵循了如下一种双重机制：通过阐释来立法，通过寄生而创生。我们把这种双重性的阐释机制叫作寄

[①] 在《立法者与阐释者：论现代性、后现代性与知识分子》（洪涛译，上海人民出版社，2000）一书中，鲍曼详细讨论了西方知识分子之身份功能从"立法者"到"阐释者"的转变历程。

[②] 就思想史的生成实际而言，既然我们无法把思想的原初发生看成一个尚待发现的考古学事实，那么，我们就只能在逻辑的层面将之视为一个存在论事件。作为一个存在论事件，显然，我们是无法为之确定一个原初起源的点的。因为假如存在这样一个原初起源的点，也就意味着我们在逻辑上已经假定了存在本身有其原初起源。这样，我们就将陷入彻底的悖谬：存在必将终结。

生性改写。①

从表面上看，这种双重性的阐释机制与那种单向度的对象化阐释具有相同的面容，即都是对思想前驱的重释，都要带上思想前驱的面具。然而实际上，二者有着根本的差别：对象性阐释的基本着力点在于更好地刻画思想前驱的原意和丰富性；而寄生性改写的根本目的则是通过重释，重新确立思想的首要问题，并提供更充分的理据和更完备的裁决。显然，二者对究竟何谓思想、何谓阐释、何谓思想史（即思想前驱与迟来者的关系究竟为何），有着完全不同的洞见和预设，遵循完全不同的阐释学原则。

大体而言，对象化的阐释假定"太阳底下无新事"，所有的思想格局都已由思想前驱所奠定。在思想史的前驱和迟来者之间，基本可以忽略体验、语言、语境、文化边界和历史时空的阻隔与差异，而获得（某种观念的）透明的和本质的一致。而双重性的阐释则认为，从来就没有所谓凝固不变的思想（观念）。不同的阐释主体总会具有不同的阐释体验，总会披上不同的语言甲胄，总会受到不同的文化或历史语境的制约。思想只可能在跨语际和跨语境的双重书写中原发生成。由是，思想史的迟来者和前驱者的真正关系，就不会是那种对"某种已经完成、已经终结的本质观念"的单向度阐释，而是思想的双方（多方）在不断的对观互视中让思想持续地原发生成。对于思想史的后来者来讲，只有当他的思想史重释同时成为思想本身的敞开事件或生发进程时，他才可能进入思想史。

如是，双重性阐释就好像是思想生成的一种易容术。它总是要经历一个先是"让迟来者带上思想前驱的面具"再到"让思想前驱带上迟来者的面具"的转换过程。大体而言，这一转换过程包含如下一些思想进阶或程序。

---

① 古代中国的经学传统，就是这种双重性阐释的经典形态之一。就现代西方思想而言，德里达的解构式写作，则是这种寄生性写作的极端例子。

一是交互对话。即通过跨语际跨语境的双向"转译"，将自我（的思想）他者化，将他者（的思想）自我化。这是一个不断递进和回环往复的过程。

二是双重改写。在深入对方思想的内部，发现对方的内在困难的同时，又深入到自己的思想内部，以清理自身的根本缺失。由此强力地修正彼此双方的首要问题、问题谱系、基本预设和方法论程序，从而确立起新的首要问题、问题谱系、基本预设和方法论程序。

三是交互发生。通过语境的重构和思想资源的重组，在相互的参照下，让新的思想貌似在对方的内部升起的同时，在自己的心中真实地发生。

这样，作为双重性阐释的寄生性改写，它就体现出了一种独特的方法论要求，并召唤出一种独特的思想类型。这一方法论要求的核心，就是必须遵循一种思想的转换生成逻辑。这种转换生成逻辑，即一种思想本身所具有的发生逻辑。而与这一发生逻辑相匹配的思想类型，则可以称为发生哲学。所谓发生逻辑，抽象地讲，指这样一种逻辑：它吸纳、包容了形式逻辑、辩证逻辑、实证逻辑、还原逻辑和异延逻辑的所有形式及其有效性，但又异于所有这些逻辑或超逾于所有这些逻辑的逻辑。[①] 由于目前我们还无法用一种精确的逻辑语言来展现它的复杂与深邃，因此，我们只能暂时将它描述为：通过对某种具体的思想质料和思想形式的把握，以领悟和进入思想本身的自我显现、自我肯定、自我否定与无穷衍生的逻辑进程。它虽然从理论上来讲还有待证成，但事实上，它早已经自在自为地运行发生。它是不断地发生的，因而其未来的理论证成也永远不会完结。据此，所谓发生哲学，就不仅是指将（原初）发生问题视为全部哲学的首要问题的形而上学，而必须是同时自觉地遵循了发生逻辑来思考哲学的首要问题的第

---

① 粗略地讲，胡塞尔、皮亚杰、乔姆斯基、德里达等人，已经从不同角度、不同层面出发，触及了发生逻辑的问题。巴迪欧甚至想为发生逻辑提供精确的数学表达式。但是从总体上来看，发生逻辑还有待证明。

一哲学。

什么样的哲学思考才能同时满足这一双重要求呢？正如本书的导论已经指出的那样，首先，从问题意识的层面讲，它必将是把"语言和时间的复杂交织"确定为哲学的首要问题的哲学。其次，从方法路径的层面讲，它必将表现为对言说本身的生成机制做现象学直观或语法分析的哲学。

之所以必然如此，原因在于，既然对原初起源（或发生）的追溯是不可能的，但我们又必须思及原初发生，那么，能够思及原初发生的最佳处所，或许就只有语言本身（世界、思维、意识或真理、存在等，都需要经过语言这一媒介来呈现自己）。不仅对原初发生的思要借助于语言这一他者，原初发生之思只能在语言中发生；语言自身也有自己的原初发生，语言只有在不断的原初发生中才能成为自身。再说清楚点，世界的原初发生即语言的原初发生；反过来，只有在语言的原初发生中，世界才可能原初发生（当然，这时的"语言"，已经是一种本体论意义上的语言，而不只是一种语言学的事实）。

然而，什么是语言的原初发生呢？语言的原初发生即语言的自我显现本身。如前所述，语言只有在原初发生中才能成为语言自身。

语言只有在原初发生中才能成为语言自身表明，语言与时间先天地交织在了一起。言说与时间须臾不可分离。这样，时间就成了语言的存在论基底。语言论反思只有推进到时间本体的层次，才能完全显示自身的存在论意义。反过来，倘若离开了对言说本身的生成机制的现象学直观或语法分析，我们也无法找到时间分析的最佳途径。如是，语言成了通往时间的通道本身。

总之，思想史的一般生成史（即思想史的历史哲学）告诉我们，所有的思都应该遵循一种思想的发生学机制，这样才可能成为原创性的思；所有的思要成为最高的思（在哲学史上，这种最高的思被称为形而上学或第一哲学），就必须自觉地成为一种发生哲学。这种思想的发生学机制，即语言或言说本身的原初发生机制；这种发生哲学，即以语言和时间的复杂交织为首要问题的形而上学。以这一论断为前提，我们便可看出全部形而上学史的复杂性和艰难曲折。

以西方思想为例，一方面，我们看到，全部形而上学的历史，的确就是一部通过强力地修正思想前驱的问题意识、重新确立思的自明性起点、重新提供问题的解决方案而形成的思想论争（竞争）史。这一事实表明，全部西方形而上学的重建方案，它们在事实上都已触及并进入了思想史的某种生成机制；否则，它们不可能成为原创性的思，亦即不可能成为新的思想前驱。

但是，另一方面，事实又确乎是，全部西方形而上学，至今还未成为某种真正的发生哲学。这表明，尽管从一开始，西方哲学就意识到了发生问题的重要性，但是，它们至今仍未找到思及原初发生的正确通道和可能。

以现代西方思想为例，虽然现象学还原已经将思的自明性起点重新确定为"意向性"，"语言论转向"已经将全部思想的首要问题确立为"语言"，"存在论转向"已经将全部思想的首要问题确立为"时间"，"伦理学转向"已经将全部思想的最终指向指明为"他者"；但是，由于诸多原因，现代西方思想并未很好地实现所有这些原创性发现的融汇。

首先，从问题意识的确立方面而言，尽管"语言论转向"澄清了语言的本体论地位，但是，由于没有意识到所有的原初命名或言说的原发生成都是一个现象学直观事件，因而，现代西方的语言论转向就并未洞察到语言的原初发生所具有的存在论缘起，即某种错综复杂的意向性关系，就更别说将对这一缘起的反思推进到时间哲学的层次了。

反过来，虽然"存在论转向"敞现了"时间"的至高无上的地位，并将时间之思推进到了差异论的层次（如列维纳斯就已指出，时间是他者），但是，对"时间"的内时间意识的、存在论式的或辩证法式的反思，始终不是"时间"分析的最佳路径（因为它始终无法触及自身反思的时间性基底）。

　　事实上，只要我们意识到，所有的差异都只能在语言中呈现，那么，我们马上就可以发现，语言对于思的双重性，其实也就是对于时间的双重性：对于思这回事情本身来讲，语言既是最陌生的他者，又是最切己的自身。对于时间来讲，情况也如是。这样，我们就找到了时间分析的最佳切入点：虽然时间是不可对象化的（不能切分、无法停驻的），但是，言说可以充当它的替代品——因为言说虽在时间本体（差异）中生成，但是言说同时也是时间的一个留存物或客体（因而可以分析）。这就是思想史何以必然要走上"语言和时间的复杂交织"之途的原因之一。

　　其次，从思想的论证路径来看，自索绪尔发现能指与所指的非同一性以来，语言内部的不同维度的分离与转换机制，既是各家原创性思想最重要的理论发现，又成了这些思想体系最根本的思想方法。比如，在反对语言图像论的过程中，维特根斯坦发现了（哲学意义上的）语法规则的重要性。在此基础上，奥斯丁和塞尔进一步发现了语言的以言行事功能。而福柯则发现了权力话语对语言的再现与表征功能的分离及其转换机制的操纵，从而揭露了权力话语建构统治性话语秩序的秘密。稍后，德里达发现了语言的自我发生、自我消解性（异延）；电子时代的到来让我们领会到了语言的媒介性；现代修辞学揭示了语言（思维）的修辞性；等等。

　　然而，真所谓"成也萧何，败也萧何"。当现代西方思想发现，传统西方的同质性思想的合法性理据全都来源于某种单维度的语言论预设（如语言图像论、语言的及物性、再现性或语言的能指与所指的一一对应性）时，为反对传统西方思想的同质性霸权，现代西方思想家又激进地否定了言说所必须具备的最低限度的指涉性要求，纷纷将自己的理论主张和思想发现空间建立在了某种新的单维度的语言论预设之上——不是建立在语言的述行性维度之上，就是建立在语言的自反关涉维度之上。这样，现代西方思想就陷入了某种新的片面性之中，而必将面临自我解构：述行性语言马上就会遭遇述事与述行的分离，自我异延的语言必将陷入自我异延之中。

不过，思与诗比邻而居。当形而上学遭遇困难之时，我们完全有正当的理由期待，诗或文学之思可能为我们走出思想的困境提供别样的启示或选择。因为，诗或文学之思的主要职责，就是专门与语言打交道。诗人与文学家，是对语言的丰富性、复杂性最为敏感的人。他们进入思想史或文学史的根本途径，就是通过各种新异性的言说，使言说成为言说本身。这样，对诗或文学的思，或者说，对诗学或文学理论的思，就必将承担起某种形而上学的职责，从而成为最高的思，直接召唤某种真理的显灵。

然而不幸的是，就西方思想而言，诗学或文学理论之思与形而上学的天然联系在成就诗学或文学理论的最高品质的同时，也极大地限制了人们对诗或文学的形而上之思。比如，像西方哲学那样，西方诗学也认为，每一个文学文本，广义言之，全部的文学作品，都有着一个独一无二的本原或原型。文学批评（书写）的任务和目的，就是揭示这一本原或原型。基于这一预设，文学作品也就像一个物那样，成了一个具有自身之本质同一性的、对象化的实体。

然而，一部文学作品，怎么就成了一个观念性的实体呢？一部文学作品，若没有读者的参与，它怎么可能成为一部完整的文学作品？全部文学作品，更不可能具有同一个独一无二的本原或原型。因为一部作品所想象的世界，与另一个作品所想象的世界，完全有可能是时空隔绝的。

西方诗学一直未处理好这种矛盾性。哪怕是各种反传统的现代西方诗学，它们在分享各种反传统的现代哲学所带来的思想洞见的同时，也深深地被这些思想洞见所蒙蔽。像现代西方哲学一样，现代西方诗学也大都未能超越某种新的单维度语言论预设和时间哲学预设。

现代西方诗学并未实现自身的理想。在如是背景下，一种遵循了思的一般生成机制的新诗学思想的出场，就显得异常迫切。由于这种

新诗学思想与发生哲学比邻，因此我们把它叫作"生成诗学"（gener-
ative poetics）。

　　参照发生哲学，所谓生成诗学，即这样一种诗学：自觉地遵从一
般思想史的生成机制，以一种彻底的返本穷源的精神，直面文学的基
本事实——"语言"与"时间"的错综交织本身，将反思的目光溯源
至这一交织的原初起源处，深入揭示"语言"和"时间"的多维面相
及其交互发生机制，从而发现文学或意义的发生学动力与生成秘密。

二　耶鲁学派的"生成诗学"建构

　　以"语言论转向"和"时间哲学转向"为形而上理据的现代西方
诗学体系，大多未成为一种真正的"语言-时间诗学"。这表明，现
代西方诗学对语言和时间的认知，存在某种根本性的缺失。

　　然而，凡事皆有例外。其中之一即20世纪七八十年代之交盛极一
时的耶鲁学派诗学。

　　作为当今各种反理论、理论之后或"后理论"的主要批判对象
之一，① 一般来讲，耶鲁学派诗学是属于"理论"阵营的。② 具体来
讲，不管它能不能被称为一个"学派"，③ 人们一般都把它视为一种解
构主义诗学。

---

① 1982年，斯蒂芬·克莱普和瓦尔特·B. 迈克尔斯在《批评探索》联合发表了《反对理论》一文。
　　文章从实用主义的角度出发，认为从本体论上讲，意义和意图、语言和言语行为是不能分离的。从
　　认识论上讲，知识和真正的信仰也是不可分割的。然而，解构理论或耶鲁批评却试图将它们分离开
　　来。从这样一个角度讲，理论只是逃离实践的企图，应该被终结。因此，该文被视为美国文论界
　　反理论的起点。See Steven Knapp, Walter Benn Michaels, "Against Theory," *Critical Inquiry*, Vol. 8,
　　No. 4（Summer 1982），pp. 723 – 742.（该文后来被收入 W. J. T. Mitchell, ed., *Against Theory*: *Lit-
　　erary Studies and the New Pragmatism*, Chicago: The University of Chicago Press, 1985 一书中。）
② 如今，"理论"这个词既是一个理论的术语，又是一个理论史的专有名词。它特指20世纪以来各
　　种立基于语言论转向之上的思想体系，如结构主义、后结构主义、精神分析、解构主义、女权主
　　义、后殖民批评等。
③ 相关意见可参林塞·沃特斯《美学权威主义批判》，昂智慧译，北京大学出版社，2000，第122
　　页；张龙海《哈罗德·布鲁姆教授访谈》，《外国文学》2004年第4期，第103～106页；昂智慧
　　《保尔·德·曼、"耶鲁学派"与"解构主义"》，《外国文学》2003年第6期，第90～95页；陆
　　扬《重读"耶鲁学派"》，《文艺争鸣》2013年第5期，第21～26页。

然而，若我们超越文论史的学科樊篱，[①] 从形而上学重建与诗学的重建这一双重视角来看待耶鲁学派文论，那么，我们将不难发现，耶鲁学派文论其实已经逾出了解构诗学的范畴，非常接近一种颇具雏形的"语言—时间"诗学即生成诗学。

耶鲁学派文论之所以开创出了一种颇为隐蔽的"语言—时间"诗学，根本的原因在于，在反对新批评、充分吸纳现代欧陆思想资源的过程中，凭着自身对文学语言和审美时间的天才敏感，在文学书写中重新发现了语言的多个维度的重聚及其转换生成机制，以及语言和时间的交织与时间的多维度生成动力。这使得耶鲁学派文论挣脱了解构主义的面具，更生动、更深刻地发现了语言和时间相交织的秘密。我们把这一秘密表述为：语言三维及其转换生成，时间三矢及其交错发生。

所谓语言三维，即所指性之维——言说总要有所指，哪怕言说什么也不指，而只指向自身；间性之维——语言之所以能够以言行事，文本与文本之所以能够形成文本间性，言说之所以具有公共性即主体间性，全都依赖语言"间"性；自反关涉之维——语言可以什么也不指，而只指向自身。其他事物都需要语言来证明自己，语言无须别的事物来证明自己，语言自身就是自己的证明。而语言三维的转换生成，则指在具体的文学言说中，将语言的三个维度分离开来又使之在新的意义上得以重聚的各种修辞（表意）手段所具有的隐秘机制。

所谓时间三矢，即活生生的现时——它无法凝驻和拆分，它是反思的空无但却使一切时间和存在体验得以可能；差异的绵延——它是时间得以分裂的可能，是使时间既线性化又去线性化的地基；自反的共在——它使差异的重复和重复的差异得以可能，是存在本体的永恒显现。而时间三矢的错综交织，则使时间多线并进、层叠叠加、交错

[①] 通常的文论史研究，除了具有单维度阐释的所有特点之外，还给自己划定了一个"文学理论"的边界范围。

发生、大时不齐。

　　耶鲁学派文论家是如何获得对语言和时间的上述形而上学直观的呢？在我看来，这首先是因为一种反思性视角的获得。

　　众所周知，反思性是现代西方思想最根本的特征之一。这种反思性不是一般意义上的反思，而是对（自身）思想之所以可能的自明性起点的自反追问，即思想的原初起源何以可能？耶鲁学派文论家在吸纳欧陆思想资源的过程中，普遍获得了这种反思性自觉。这使耶鲁学派文论家在反叛新批评的过程中，首先发现了新批评的同一性预设（作家与作品、文本与读者的同一性）的虚假性，进而发现了批评的双重性：文学批评是一种不可能的可能。用德·曼的话来说，就是批评总是盲视与洞见并存。布鲁姆说得更极端：没有误读，就没有批评。

　　耶鲁学派文论家不只发现了批评的双重性，循此思路，他们还洞察到了一般文学史、思想史和阐释史的双重生成机制。布鲁姆说，由于前辈诗人总会让后辈诗人产生"影响的焦虑"，因此，在后辈诗人看来，前辈诗人就好比是阻挡新人的声音进入"诗人的乐园"的遮护天使，是后辈诗人在可能性（创造性）的道路上遇到的伪装的斯芬克斯。而后辈诗人通过创造性误读来摆脱影响的焦虑，就好像是一出弗洛伊德所谓的俄狄浦斯式的弑父悲剧。

　　"双目失明的俄狄浦斯在走向神谕指明的神性境界。强力诗人们跟随俄狄浦斯的方式则是把他们对前驱的盲目性转化成应用在他们自己作品中的修正比。"①在《影响的焦虑》中，布鲁姆认为，这六种修正比依次为：一、"克里纳门"，对前驱的偏离，使事情可能产生一种变化；二、"苔瑟拉"，对前驱的原创性推进；三、"克诺西斯"，通过倾空自己的灵性来成就自己；四、"魔鬼化"，将自己凌驾于前驱之上；五、"阿斯克西斯"，达到孤独状态的自我净化或唯我主义；六、"阿波弗里达斯"，死者的回归，使死者戴上了新的面具而成为一个新人。

①　哈罗德·布鲁姆：《影响的焦虑》，徐文博译，生活·读书·新知三联书店，1989，第9页。

　　"强者诗人窥视着他那堕落了的前驱者的镜鉴，但在里面既看不到前驱者，也看不到他自己。他看到的是一个诺斯替式的重影——是他和他的前驱者久已渴望，但又害怕变成为的黑森林的'他性'或'对偶性'。"① 基于这种对阐释的双重性或文学史的一般生成机制的领悟，耶鲁学派文论家们强力地修正了文学批评首要的、核心的问题意识。

　　耶鲁学派文论家发现，批评或文学文本、文学史之所以具有双重性，根本的原因在于，批评或文学言说永远也无法逃避修辞。正是因为修辞，诗才成了修辞的修辞或隐喻的隐喻。

　　修辞的力量来自文本的字面义和隐喻义的张力。传统修辞学仅把它视为一种言说技巧或艺术策略。可是，在语言论转向的背景下，耶鲁学派文论家却从中发现了语言三维的分离机制及其转换生成的秘密：从能指—所指关系的确立到指称的丧失，从主体间性维度的建立到该维度的瓦解和重建，从自反关涉的语言游戏到能指—所指关系的回归。换句话说，尽管语言的三个维度可以相互分离，以致有时竟相互冲突、彼此错位；但是，其中任何一个维度的存在，都为另外两个维度的存在提供了基础——相应地，其中任何一个维度的存在，都以另外两个维度的存在为前提。不只如此，语言三维的任一维度的存在，既意味着另一维度的功能的自我瓦解，也意味着这一维度向另一维度转化的可能。在我们实际的文学性（修辞性）言说中，语言三维的任一维度，彼此都具有向对方转化的可能。

　　用德·曼的话来讲，则是："正如没有语法，文本是不可想象的一样，没有指称意义的悬置，语法也是不可想象的。"②

　　"没有语法就不可能有文本：虽然语法逻辑只有在指称意义不存在的情况下才产生文本，但是每个文本又产生颠覆语法规则的指称，尽

---

① 哈罗德·布鲁姆：《影响的焦虑》，徐文博译，生活·读书·新知三联书店，1989，第161页。
② 保罗·德·曼：《阅读的寓言》，沈勇译，天津人民出版社，2008，第287页。

管文本将他的构成归功于语法规则。"①

"一篇文本是根据把一个陈述同时看作既是行为的又是表述的这样一种必要性来确定的，因而修辞手段和语法之间的逻辑张力是在不可能区分两个不一定和谐一致的语言功能中得到重复的。"②

语言三维及其转换生成机制不仅使书页上的词句由想象的虚构转变成真实的现实得以可能，它还从一个独特的角度，化解了人类思想史的原初难题——说不可说的悖论。

语言三维及其转换生成何以能化解说不可说的原初悖论呢？根本原因在于，它使如下精致化的审美表达得以可能：奇异性、扭曲或变形，悖论式表达，空间化；重复，隐藏或沉默，给出符号；隐喻的隐喻，将不可说主题化；悬而未决，生成性，见证，自我赋予；等等。所有这些表达手段错综复杂地汇聚在一起，将不可指的本源、整体与无限，甚至语言自身召唤至某个恰到好处的位置，从而以一种未言及它们的方式，让它们自己言说了自身。

耶鲁文论家牢牢地把握住了"对语言的质疑所形成的'自我'与'语言'的'意向性关系'的瞬间"，③ 这使他们很早就自觉地从现象学的层面，把握住了语言背后的时间基底，进而把握住了语言和时间的交织。

众所周知，自古以来，时间就是一个难题。面对这一难题，耶鲁学派文论家是如何开创出新的裁决路径的呢？他们没有直接介入现代西方思想的时间哲学论争，而是从对阐释学的本体存身处境、时间对

---

① 保罗·德·曼：《阅读的寓言》，沈勇译，天津人民出版社，2008，第287页。
② 保罗·德·曼：《阅读的寓言》，沈勇译，天津人民出版社，2008，第289页。
③ 在《作为"寄主"的批评家》一文中，米勒指出，"为了拆除雪莱的理想主义，就必须拆除语言上的种种假设，但是，这样做决不能凭借还原理想主义的办法，绝不能诉诸把两者都包括在内的某种'元语言'，而只能通过修辞分析、转喻分析及诉诸词源这样一种运动，从而触及到某种'超越'语言的东西，而达到这一步则只能通过承认在这一运动的反理想主义或反逻各斯中心形而上学的反向动量中的语言学契机才有可能。所谓'语言学契机'，我指的是一件文学作品在自身的媒体受到质疑的时候所出现的瞬间"。详参米勒《重申解构主义》，郭英剑等译，中国社会科学出版社，2011，第148页。

诗人创作所构成的压力以及文学文本中无所不在的时间现象的直观出发，发现了如下一个存在论事实：时间的修辞化。

时间的修辞化现象是无所不在的。这样，我们就可以克服不可将时间对象化的难题，借助时间性的修辞现象本身，去偷窥时间的秘密。循此思路，耶鲁学派文论家发现了语言三维与时间三矢的某种对应性。

从时间本体的角度看，小说叙事总是首先表现为对某些活生生的瞬间现时的把握；其次表现为分裂的绵延或差异的重复——否则，叙事是无法向前推进并形成叠加效应的；最后表现为自反的共在——它打破年代学上的先后顺序，将不同的时空自由地并置起来，把无数虚构的世界安置进同一世界。

这三个向度交织在一起，就形成了（小说叙事）奇妙的时间结构：首先，叙述的开放性预示了时间的无限性；其次，在这一开放性内部，无数次地回溯过去、前瞻未来的可能性意味着时间的不断重临、重复，以及重复的重复或重复的叠加；最后，要找到一个稳固的基点是无望的。与语言三维的转换生成相对应，我们把这一结构称为时间三矢的交错发生。

时间的奇妙结构意味着，时间没有起源，没有终结。时间只能在自己的肉身形式——语言中显现自身。语言的原初发生即时间的原初发生。语言的多维演进必将伴随时间的多线并进、交错重叠、交互发生。时间自我发生自身。

时间不仅是思想的难题，更是生存的压力。就像布鲁姆所说，渴望不朽之所以是人类最伟大的幻想，恰因速朽是人类生存最基本的现实。因此，当我们发现耶鲁学派文论家的时间之思超越了流俗的时间观（过去、现在、未来）、现象学的内时间意识（原印象、滞留、前摄）和存在论的时间思辨（时间即他者）时，我们有理由认为，这一时间观为我们抵抗时间的压力提供了可能。

以上就是经过我们的理论重构所呈现的耶鲁学派"语言—时间"

诗学或"生成诗学"的核心。①

须要指出的是，耶鲁学派的语言—时间诗学主要是通过修辞的手段来建构的，因此，在对他们的具体研究中，我们不得不采用一种对象化和生成性相结合的双重策略。

将"对象化"和"生成性"融为一体的双重策略，即寄生性的书写策略。它把耶鲁学派所揭示的诗或思的生成机制诉诸耶鲁学派文论本身，以期做出比"耶鲁学派"更具本源性的思。

三 "生成诗学"对当代文论的超越

为克服"理论"给自身所带来的"影响的焦虑"，自 20 世纪 80 年代起，西方文论界便逐渐兴起了反理论、理论之后和"后理论"的论争。这些"后理论"思潮，是否如其所示，成功地修正了"理论"的问题意识并有效地克服了"理论"的根本缺失呢？学界的看法充满分歧。

从"后理论"成功实现了从"话语政治"到"生命政治"、从"人类"到"后人类"、从"文化"到"后审美"的问题意识的重心转移来看，至少在表面上，作为思想史上的又一波后来者，"后理论"的确承担起了自己的思想使命。但是，若我们意识到，现今流行的诸种后理论的问题核心，就是追问随着信息技术时代的到来，人们究竟

---

① 说耶鲁学派是一种"生成诗学"，这并不是一种人为的强制性误读。在某种程度上，耶鲁学派成员的自我认知、自我定位也是这样的。比如，早在《当前修辞研究的功能》（1979）一文中，米勒就曾断言说，如今，"文学理论"的内涵已经发生了某种转变。如今，文学理论已"从判别文学作品之意义的阐释学过程到注重意义是如何发生的"（米勒：《重申解构主义》，郭英剑等译，中国社会科学出版社，2011，第 91 页）。在《小说与重复——七部英国小说》一书中，他进一步指出，"我读解的焦点在于'意义'是'怎样'的而不在于它是'什么'；我们的问题不是'意义是什么'，而是'意义怎样从读者与页面上这些词语的交接中衍生而出'"（米勒：《小说与重复——七部英国小说》，王宏图译，天津人民出版社，2008，第 4 页）。而在《抵制理论》（1982）一文中，德·曼也认为，20 世纪六七十年代的文学"理论"诞生于这样的时刻，即其讨论对象从"非语言学的即历史的和审美的意义和价值"转向"其意义和价值确定之前的语言学的生产和接受方式"的时候。See Paul de Man, *The Resistance to Theory*, Minneapolis: University of Minnesota Press, 1986, p. 7.

该如何重塑我们的身体，重新谋划人类事务的各种关系，那么，我们对"后理论"的超越性就将表示审慎的质疑。

确实，随着生活世界的信息符码化进程的加剧，随着生物技术对身体的改造和嵌入日益成为现实，世界的实在性与建构性、真实性与虚拟性的界限日渐消融，身体本身的自然性、不透明性边界逐渐失守，重新思考自然与文化、人与动物、男性与女性、正常与异常、生命与政治、生命与身体、生命与资本、生命与社会、生命与技术、身体与机器、肉体与精神、主体权利与社会制约、审美与政治、形式与历史、整体性与互文性、跨文本与跨文明……的关系，不仅得以可能，而且成为必需，在某种程度上还显得异常急迫。然而，从形而上学的角度看，所有对人类事务的关系形态的反思，如若未能抵达到"关系"本体的层次，那么，这样的反思就是缺乏本源性的。

什么是"关系"本体呢？显然，它不是各种具体形态的"关系"，而是使各种具体"关系"得以可能的存在论基底。由于它不可对象化，因此，认识论的探讨、存在论的领悟和辩证性的反思，都不是接近它的最佳方式。接近它，最好诉诸语言批判，即通过某种具有原创性的语言解析。因为，尽管"关系"本身不可对象化，但"关系"有显现自己的最佳的具身化形式。这一形式即语言：言说之所以可能，乃是以语言（事物）自身内部的彼此差异又普遍联系为前提的。换句话说，言说（世界）之所以可能，乃是以语言（世界）存在普遍关系为前提的。这样，语言就成了各种关系的集合，又成了关系本身的替身。而文学语言呈现了最为丰富复杂的语言"关系"。如是，对各种具体关系的思考，如要获得本源性，就必须回到"语言的原点"，回到语言和时间的交织。

从这样一个角度讲，尽管各种"后理论"思潮的研究重点，已经从话语领域、身份领域推进到技术领域和身体（生命）领域，但他们的问题意识，却需重新圈定、重新论证。

除了问题意识需要重新圈定，诸"后理论"所遵循的思想路径，也需要重新厘定。

如前所述，现代西方思潮（在某种程度上与作为理论史概念的"理论"一语的内涵高度重叠）的根本洞见之一，就是发现了"语言三维"的分离转换机制。然而，正因为此，现代西方思想产生了根本的缺失：在破除了传统的单维度语言论预设（即语言与实在一一对应）的迷思之后，又陷入了某种新的单维度语言论预设（要么强调语言的述行性，要么强调语言的自反关涉）。作为"理论"之超越的"后理论"，是否自觉地意识到了这一点并已有所超越呢？限于篇幅，我们仅以凯瑟琳·海勒（Katherine Hayles）的"后人类"理论为例，稍做分析。

在《我们何以成为后人类：文学、信息科学和控制论中的虚拟身体》（1999）一书中，海勒指出，信息控制之所以得以可能的前提，是语言行为与具体现实的分离。就人的具身化身体（表现的身体）而言，在信息化的分离大潮中，他/她将不可避免地变得越来越虚拟（从而成为再现的身体）。然而，当这一越来越虚拟的身体形象（计算机信息）以人机互动的形式重新植入我们的生活的时候，他/她又将变得越来越具体。由于在信息时代，离开了电子媒介，我们便无法通过电脑终端与其他具身化的人交流，甚至，我们已经越发只与虚拟的身体形象相交流，因此，在这样一种背景下，我们所有人都成了电子人，"人类"从此成了"后人类"。人的存在状态从在场/缺席的辩证或悖论转向了模式/随机的辩证或悖论。①

海勒为这一转换进程建构了一套完整的历史叙事。大体而言，它与控制论的三个演变阶段相对应：首先是以（信息传递与反馈回路的）动态平衡为核心，其次是关注反身性，最后是强调虚拟性。海勒

---

① "后人类"假定：信息化比物质重要；意识/观念只是一种偶然现象；人的身体是我们要学会操控的假肢；必须重新塑造人类，以便与智能机器无缝链接。参凯瑟琳·海勒《我们何以成为后人类：文学、信息科学和控制论中的虚拟身体》，刘宇清译，北京大学出版社，2017，第3~4页。

认为，对于人类生存来讲，具身性具有不可替代的重要意义。因此她极力主张，理想的世界，应该是物质性与信息性的共生共存。

从思想路径与方法论程序的角度看，海勒对"后人类"转化进程的分析，乃是以"具体现实与语言行为""表现的身体和再现的身体"① 这一基本区分为出发点的。从语言论的角度讲，此思路即能指与所指、述事与述行的分离。所谓控制论的第一阶段——以动态平衡为核心，即以这一分离为前提；而第二阶段则转向了信息（即语言）的自反特征；第三阶段实现了"语言行为与具体现实""再现的身体和表现的身体"的重聚。只不过，由于这一重聚是建立在分离的基础之上的，也就是说，其结果并非对先前的具体现实的重返，而成了某种新的虚拟现实，因此，它为人类的生存带来了一系列新的悖论或困难。

凯瑟琳·海勒的这一思想范式颇具有代表性。大体上，除了像斯蒂芬·克莱普（Steven Knapp）和瓦尔特·B. 迈克尔斯（Walter Benn Michaels）等少数早期的实用主义的反理论者曾固守过传统的能指所指——对应的语言论预设之外，② 各种以"后理论"相标榜的激进理论，几乎都继承了"理论"的理论遗产：语言三维的分离及其转换生成。③ 只不过，"后理论"大多不再将这一分离及其转换生成机制当作"理论"问题来加以讨论，而是将之转化成了一种方法论，一种分析现实问题的策略，广泛运用于审美政治、身份政治和生命政治等领域；然后以触目惊心的方式，深刻揭露、反思和批判了在这些领

---

① 凯瑟琳·海勒：《我们何以成为后人类：文学、信息科学和控制论中的虚拟身体》，刘宇清译，北京大学出版社，2017，"序言"，第6页。

② See Steven Knapp, Walter Benn Michaels, "Against Theory," *Critical Inquiry*, Vol. 8, No. 4（Summer 1982），pp. 723 – 742.

③ 在有关"后理论"研究的系列论文中，刘阳深刻地揭示了各种后理论的思维范式，即对语言之及物/不及物、指涉/表征、述事/述行、指称意义/评价意义的分岔机制的自觉运用。同时他也准确指出了这种思想范式的后果：否定了及物、指称、述事之后的言说，必然陷入自我重复、自我分裂、自我瓦解的悖论。相关讨论请参刘阳《福柯理性批判话语的深层路径及其"后理论"引题》（《文艺理论研究》2019 年第 1 期）、《福柯对"后理论"的学理奠基及其意义》（《杭州师范大学学报》2019 年第 2 期）、《"理论"之后的新型写作及其汉语因缘》（《文学评论》2019 年第 1 期）等。

域所广泛存在的"语言三维"之某一维度内部的进一步的分离与转换操控机制（如能指内部的能指与所指的进一步分离），以及背后的"权力"性，因而显得更"激进"。①

　　然而，由于它们的兴趣点主要在于揭露语言三维的分离及其转换操控机制在各现实政治领域的实践形态，而较少对这一"机制"本身做系统的理论提升，因而普遍未能发现，语言三维的分离及其转换生成机制（其深层表现为语言三维与时间三矢的交织），在理论上已为一种新的形而上学（发生哲学）的开创奠定了基础，为一种新的诗学范式（生成诗学）的建立提供了可能。

　　如果这一判断是成立的，那么，各种"后理论"与其思想前驱的复杂关系，就须要重新审视。或许，事情的真相反倒在于，试图超越"理论"的"后理论"，在某种意义上仍行进在"理论"所开创的路上，而理论对语言和时间的沉思，至今仍具有某种超越性。

　　如此看来，对当代中国文论而言，为摆脱现代西方"理论"为我们所带来的"影响的焦虑"，急切地步西方"后理论"的后尘，亦步亦趋地批判文化政治领域的各种话语操控现象，就是远远不够的。以一种理论史的方式，梳理总结出现代西方从"文学理论"到"理论"再到"后理论"的演进轨迹，并揭示其内在缺失，也无济于事。恰当的做法，是像耶鲁学派那样，以一种思想史上的迟来者姿态，毅然地投身于思想史的双重生成机制之中，通过对思想前驱的阐释，通过与思想前驱的交互对话，通过寄生于思想前驱来改写思想前驱，直至摆脱思想前驱的影响，使自身也成为思想史的内在环节之一。否则，将不可能实现新的思想或文论的创生。

---

① 其具体表现形态异常丰富多样，但都表征出了"后理论"的家族相似特征。比如，阿甘本通过对（作为能指的）肉体生命/赤裸生命与（作为所指的）形式生命/文化身份，以及身体的实际功能和展示功能的分离、悬置与转换操控机制的考古学式的追溯与分析，来探讨反抗的可能性；酷儿理论通过对"酷儿"一词由贬到褒的语义变迁历程的详尽勾勒，来揭示语言的述行维度内部的暴力性与对抗性、稳定性和变动性的张力；而朗西埃则试图通过对言词的肉身与言词的出离、言词的石化与新意指体制的复杂关系的重新把握，来重构感知的象征秩序进而重构言词的共同体；如此种种，不一而足，需要专门的篇幅才能做详尽的讨论。

众所周知，自晚清西方文论东渐以来，中国的文论研究便遭遇了一种新的存在论境遇："中西古今之争。"① 正是因为对这一存在论境遇的应对失据，现代中国文论似乎从一开始就遭遇了一种坦塔罗斯式的苦难，至今仍深陷某种"原创的焦虑"。②

从存在论的角度看，由于西方文论的东渐使得现代中国文论"历史"地被置入了一种全新的"中西古今"的"关系"境域之中，因此，若缺乏对这一关系境域的本体论自觉，想借鉴中西古今文论的思想资源而实现当代中国文论的原创，就徒然是一个"善良的愿望"，是根本不可能的事。然而，如何才能实现对"中西古今"文论"关系"的本体自觉呢？从"关系"本体论的角度看，有事实性的关系，即作为客观事实的中西古今文论关系；有事态性的关系，即作为情感或价值认同的中西古今文论关系（包含个体认同、民族国家认同和人类认同等不同层次）；还有事质性的关系，即作为发生着的、既具有本源性又具有可能性的中西古今文论关系。这些不同层次、不同阶段的"关系"错综复杂地交织在一起，使得中西古今文论关系成了一个差异错置的超大体系。这一差异错置的超大体系意味着，当今世界，至少当代历史（思想史）已经成了一个错综复杂的混杂体。对于这一混杂体，任何置身事外的对象化认知，都是无法把握住其基本事实的。

然而，由于反思得不彻底，百余年来的中国文论界，对中西古今文论关系或互文性的把握，大多仍持一种单维度的同质性预设，大都采取某种经验论的、认识论的视角，或主观性的、价值论的立场，要么将中西古今误认为彼此独立的实体，将其相互关系看成一个外在的对象，要么将价值认同等同于客观现实。这种状况不仅制约了我们的

---

① 所谓中西古今之争，具体来讲，它指这样一种历史和现实的规约语境，在这一语境中，各种不同语际、不同语境和不同时空的相互矛盾冲突的现实力量与学术思想资源以一种时代错置的方式错综复杂地交织在一起，竞相争夺着现实的主导权和阐释的话语权而又只能发挥片面的有效性，从而形成的历史的和思想的复杂情形。

② 此语借自顾明栋。参顾明栋《原创的焦虑——语言、文学、文化研究的多元途径》，南京大学出版社，2009。

思想创新，也制约了我们对自身的学术实践的合法性证成。

比如，王元化就曾指出，由于急于化解中西古今的冲突，"五四"学术思潮普遍患上了"庸俗进化论"、"激进主义"、"功利主义"和"意图伦理"的毛病。① 胡伟希也注意到了现代中国学界在处理古今中西关系时所面临的"认识论"与"价值论"相分离的悖论。在《中国本土文化视野下的西方哲学》一书中，他指出，20 世纪的中国学人们在引进西方思想时，具有极强的中国问题意识，表现出了强烈的"价值论"取向。可在如何看待西方思想时，却又表现出强烈的"知识论"态度，将之视为一个外在的对象。这使得中国学人们对西方思想的引进与介绍便具有了如下特点：一是强烈的工具化与实用化倾向，二是意识形态化倾向与政治主宰意识，三是狭隘的"本土"意识，四是泛文化意识。② 从"五四"后"将中国还给中国"的中国文化本位立场或中国学术思想的本土意识到今天的"西方文论的中国化""古代文论的现代转化"，情况大体如是。③

从这样一个角度讲，当我们以一种新思想史的眼光来重新审视古今中西的关系，就显出了其超越性的意义。而这种新思想史的眼光，既来自我们对耶鲁学派的重构，又来自耶鲁学派对我们的启示。它本身就呈现了一种交互关系。

总之，作为对以往各种本质主义诗学、宏大理论、后理论或小理论的超越性努力，生成诗学不是简单地回归文学发生学研究，对文学文本进行传记学或版本目录学之类的考证，而是召唤我们以一种现象学的态度，重新直面中国文学的基本事实本身——汉语及其与时间的

---

① 王元化：《对"五四"的思考》，《清园文存》（第 2 卷），江西教育出版社，2001，第 263 页。
② 胡伟希：《中国本土文化视野下的西方哲学》，首都师范大学出版社，2002，"第八章"，第 353～362 页。
③ 百年中国学术思想始终深陷某种整体主义的、本质主义的和二元对立的"中西古今之争"的陷阱，始终无法直面事实和问题本身，因而只能不断地、反复地做着某种立场选择。这些立场包括：从"化西"到"西化"、"以中拒西"、"以中学摄西学"、"援西学入中学"、"西体中用"、"中西会通"等。参阅胡伟希《中国本土文化视野下的西方哲学》，首都师范大学出版社，2002，"第一章第二节"，第 9～29 页。

交织，从发生哲学的高度，对文学文本、文学世界和文学史的生成原理进行返本穷源式的追溯，直至揭示精神史或一般思想史的生成机制。

为此，生成诗学便要求我们，不仅要对古今中西的语言—时间诗学之思的独特性与超越性做系统的反思，而且要以更加自觉的姿态，对中国文学（史）那无穷无尽的表意实践进行理论的提升，直至建构出当代的汉语诗学或汉语文论。此新形态的汉语文论，即立基于汉语表意实践而又与其他语言的表意实践构成对话关系的一般语言—时间诗学。

四　走向全球文学共同体的新诗学范式

每一次原初命名（言说行为）都是一次现象学直观，是对存在之诸要素（神与人、世界与社会、物质与信息、符号与意义）的原初关系的召唤，是对存在之关系总体的建构与参与，也是存在之关系总体的重复显灵。它由"语言三维"转换生成，而不只是简单地在词与物之间建立某种一一对应的透明联系。

因此，每一次原初命名，就既是一次言说主体与指称对象的意向性关系的发现与生发；又是一次主体间性的相遇与交会，一次集体意向性的敞现与赋予；还是一次语言与语言自身的意向性关联（即某种符号的关系总体）的涌现与生生不息。

而每一次具有原创性的文学言说，都是一次原初命名。因此，每一次具有原创性的文学言说，就与每一次原初性的言说行为一样，既是人类的存在行为本身，又是人类存在的根本见证。对于人类存在事件的开创来讲，原创性的文学书写就与其他创世行为一样，具有了某种不可或缺的意义。

明白了以上道理，也就明白了语言建构自我、语言建构世界、语言建构秩序、语言建构历史这样一些说法的真正含义。因此，重构语言—时间诗学，其真正的价值关怀，就不是要回到文学形式、文学内部或文学审美"本身"，① 而是要为未来全球文学共同体的建构，提供某种具有真正本源性的形而上学理据。

为了有效地讨论这一问题，我们不妨举一个例子，稍做简要的阐释。

为了应对当代精神的危机，当代中国哲学界也在做着自己的努力。哲学家们一边承受着"中国哲学的合法性"之惑，一边谋求对西方形而上学的超越。其中，杨立华所重构的理一元论，可谓较具原创性和代表性的尝试之一。

在《一本与生生：理一元论纲要》一书中，杨立华首先确立了（重新肯定和论证了）一个基本的原理：世界是生生不已的。"然而，生生何以能够不已，或者说，变化之永恒不变是如何可能的"，② 以往的研究，几乎都未揭示其概念的必然性。

从逻辑上讲，世界之所以是生生不已的，是因为若非如此，那么，世界的变化就将停止。而世界的变化一旦停止，那么，世界就将终结。有终结就有开端。这一开端要么是一个无分别者，要么就是某种有分别的僵死状态。前者在逻辑上不可能，后者与事实相悖。因此，世界是没有开端的。没有开端的世界不可能终结。③ 没有开端和终结的世界只能是生生不已的。

生生不已的世界是一个有分别的、变化的世界。由于使分别和变化得以可能的根源，不可能只是有分别的要素之间的相互作用，④ 而只可能是有分别的、变化着的现象背后的无分别的、永恒的实体；这样，那无分别的实体就贯通于这世界的所有分别和变化之中。而这无分别的实体，即太极诚体，或理本体。

生生不已意味着差异的不断发生。而差异以否定为根源。这样，

---

① 因为生成诗学的建构，早就超越了文学的形式—内容、内部—外部、审美—政治的二元对立。
② 杨立华：《一本与生生：理一元论纲要》，生活·读书·新知三联书店，2018，"绪言"，第 2 页。
③ 没有开端的世界意味着世界的存在已经无限久远，无限久远意味着凡有可能的都已经发生。而世界至今尚未终结。因此，世界不具备终结的可能。
④ 如果世界只是有分别的要素之间的相互作用的结果，那么，世界最终将耗损为某种混沌的、无分别的均质状态。

太极诚体在自我肯定的同时，也持续地自我否定，从而化生出各种对立的两极。这就是世界所有的分别皆可化约为对立着的两体的根本原因，也就是理一元论的第二个基本原理的确然性理据："天地万物之理，无独必有对。"这些基本的对立有：主动与被动、有限与无限、时间与空间、体与用、聚与散、始与终、虚与实、形式与质料、道与器，等等。通过相互依存、相互对立、相互肯定、相互否定的辩证运动，它们"不断地产生出有分别的有限的存在"。①

在给出了最高的理本体化生万物的必然性理据之后，杨立华继续以一种思辨的方式，重建了理本体化生万物的宇宙论模式。

根据一种根深蒂固的（西方）哲学传统，人们总是习惯于从质料与形式的二项式关系入手观察世界万物的具体存有。假定这一观察方式是有效的，那么，我们便可以区分出世界万有的不同层级。

最基础的层级即绝对的质料，最高的层级即绝对的形式，而中间层级则是（其内部又表现为无数更小的层级）质料化的形式和形式化的质料。所谓绝对的质料，即无形式的纯质料；所谓绝对的形式，即只能作为形式的形式；而所谓具有无数层级的质料化的形式和形式化的质料，则指从无机物到有机物再到生命的递进层次。

最基础的质料即不再是由其他（更小的）质料转化而来的形式化质料。由于它是最惰性的，因此，它只能被动地被更主动、更高级的形式所吸纳，作为形式化的质料而成为后者的组成部分。而这更高级的形式又将（被动或逐渐主动地）被更主动、更高级的形式质料化，成为后者的组成部分；直至生命以及心灵的出现（心灵已经属无形的形式，无限接近于最高的形式），直至被最高的形式所涵纳和转化。

这最高的形式，即囊括了所有质料—形式的无形式的形式，即诚体或理本体。而那最基础的质料，由于从理论上来讲它是无限小的，

---

① 杨立华：《一本与生生：理一元论纲要》，生活·读书·新知三联书店，2018，第21页。

而"无限意味着无法完成和不确定",① 这样，它就成了无法完成和不确定的。而无法完成和不确定，也就不可确定。这样，那最基础的质料，无形式的纯质料，就既是有，又是无。这样，它就与那最高的形式具有相同的形态了。区别只在于前者只具有被动性，而后者具有最高的能动性。从这样一个角度讲，"一直以来被认为是无可置疑的"质料概念，"就成了全无根据的多余的假设"。②

确立了理本体化生万物的宇宙论模式，也就确定了心的本体论地位。作为理本体在个体存有层面上的最高实现，心灵与理本体就具有了内在的相通性，因而也就拥有了诚体的所有属性。这样，儒家所主张的心性论或价值哲学（如德性之知、四端之心、圣人性格等），也就有了内在的依据。

初看起来，杨立华的哲学写作确乎实现了他的初衷："接续程子'自明吾理'的路向，以思辨的方式为中国价值重建形上学基础。"③然而，在古今中西哲学的关系语境中，这一努力是否获得了绝对的超越性，恐怕还需要通过多种方式、多种路径的严格盘问来验证。

比如，若"天地万物之理，无独必有对"这一基本原理是自明的，那么，将这一原理贯彻到底，我们就只能得出这一结论：世界是一关系的总体；所谓诚体或理本体，就是关系本体的生生不已。然而，在整部"理一元论"中，我们都找不到这样的结论。这表明，论者对这一原理的反思，可能就是不够彻底的。这种不彻底性，使得论者的体系性建构，潜藏了一系列根本性的缺失。

首先是对某种本源性的哲学追问所必然要置身的意向性关系结构/境域的失察。根据"无独必有对"的基本原理，任何对世界的原初起源的追问，都必然处于这一意向性关系结构之中：在对最高原理进行本源性追问的同时，我们一定还须追问对本源的追问何以可能这一问

① 杨立华：《一本与生生：理一元论纲要》，生活·读书·新知三联书店，2018，第38页。
② 杨立华：《一本与生生：理一元论纲要》，生活·读书·新知三联书店，2018，"绪言"，第2页。
③ 杨立华：《一本与生生：理一元论纲要》，生活·读书·新知三联书店，2018，"绪言"，第1页。

题。二者互为前提。否则，我们的追问就必将产生某种非法的跳跃/断裂。

然而，论者的理一元论建构，却是直接从最高的本源——诚体的生生不已谈起的，几乎祛除了对这一最高本源的追问何以可能的追问。这使得论者的哲学建构，在不知不觉中就陷入了悖谬：哲学家谈论理本体之生生不已，可是，谈论这一生生不已之理本体的哲学家，却仿佛置身于这一最高范畴之外。这一悖谬情形具体表现为如下几个方面。

一是在谈论原初起源之初，便完全隐匿了作为哲学家的个体在讨论这一问题时所可能遭遇的全部困难；二是在讨论最高的理本体如何化生自然万物时，几乎没有意识到，从最高的理本体到最基础的物质质料的演变关系，一定是双向度的；① 三是在确立心灵或意识的本体论地位时，彻底抹除了心灵或意识在其个体性与无限性之间的无穷张力。尽管论者已经明确地直观到，心灵或意识是具有双重性的。

这一"外在"的言说姿态，使得论者可以毫无障碍地论证一个没有身体、没有历史、没有共同体的必然性世界的存在，同时可以绝对正当地证明心本来就是最高的理在个体层面的实现。

我们并不是要否定儒家价值的合理性。我们只是说，对这一价值之合理性的论证，恐怕不能采取这样一种方式。因为，就彻底的形而上学反思而言，我们并非找不到这样一种途径，使我们一方面既能面对形而上学反思所必须面对的全部困难，又能为我们的某种价值诉求提供本源性的论证。这一途径即反思和揭示沟通心灵或意识的个体性与无限性之距离或鸿沟的中介与媒介——语言（以及语言背后的时间）的生成机制。因为，从根本上讲，世界万有的一切，皆可视为理本身自我言说自身的"语言"。

---

① 虽然论者既讨论了从最高的理本体到最基础的存有的演变逻辑，又讨论了从最基础的物质质料到最高的无形式之形式的转化理据——这种讨论看起来具有了双向性；但是，论者并没有讨论这二者之间所具有的意向性关系。

然而，《一本与生生：理一元论纲要》并没有赋予语言（以及时间）如此重要的位置。这使得该书与西方哲学的对话，就主要只是呈现了一种"古典性"。

以上述例证为参照，可以发现，作为一种形式指引或分析策略，语言三维和时间三矢之转换生成机制，就的确为某种新形而上学的重构提供了理论的依据。因为，只有从语言三维和时间三矢之转换生成的层面出发，才能为世界究竟为何是生生不息的提供本源性的论证。意识到这一点，我们就有可能，从形而上学的高度来化解始终困扰我们的如下思想史难题和文学难题。这些难题包括：一个非同质化的世界视野究竟是怎样的；一种非线性化的总体历史叙事何以可能；文化整合与精神救赎的共生机制是同质化的还是差异错置的；如何看待文学世界与生活世界的本体同构性；义学是如何超越哲学，在可说和不可说之间游刃有余的；文学如何超越政治哲学，为人类社会提供了超越性的整合机制；等等。

在展开对中西语言—时间诗学的系统重释之前，在对中西不同的表意范式做出有效的理论阐发之前，对于上述问题，我们只能做出如下简要的回应。

众所周知，西方现代世界视野的同质性假定根源于语言的"能指—所指"一一对应的单维度预设。因此，一旦人们意识到，"语言"的本来真相乃是三个维度的交织及其转换生成，那么，那种同质性的世界视野就有了改写的可能。

因为，假如语言不是单维度的，那么，由语言所创建出的世界就必定不是同质性的。相反，由于语言是多维度的，语言的内部具有一种不同维度之间的转换生成机制，因此，由语言所创建的意义世界必定是一个不断生成着的、差异错置的世界体系。

世界必定是一个不断生成着的、差异错置的体系意味着，世界这一共同体不应该成为一个同质性的共同体，也不可能是一个异质性的共同体（否定的共同体或没有共通性的共同体），而只能是一个天下共同体。[①] 只不过，历史条件的制约和权力话语的操控，使得这一天下共同体至今仍隐匿不明。

如何才能使这种具有本源性的天下共同体成为真正的现实呢？如何创制这样的天下共同体呢？如前所述，语言的发生即时间的开端或历史的诞生。创制语言即让时间得以绽放，让历史得以生成。根据耶鲁学派的时间三矢直观，时间或历史的生成体现为一种悖论结构：一方面，语言的创世行为体现出一种强烈的与活生生的现时同在的愿望；另一方面，时间自身的无限分裂又在瞬间掏空了现时，使现时成为虚无的现时。然而，奇妙的是，如此悖论性地发生着的时间，如此无限分裂以致虚空的瞬间现时，却可以一再地重复自己，让自己重新显形。这一瞬间现时既可能属于过去，也可能属于未来。如是，在时间的内部，就形成了一种差异错置的悖论结构。时间就是在这一差异错置的悖论结构中，一层一层地转换、叠加而成的。这使时间呈现为一种层垒地叠加的、多维并进的奇迹。

时间的层垒地叠加的、多维并进的特性意味着，由人的创世行为而衍化生成的总体历史，也必然遵循一种层垒地叠加的、差异错置的生成机制。所谓天下共同体，就是这一历史生成机制的自觉实现形式。

概括起来，在当代中西思想的交互启发下，通过语言—时间诗学的反思，我们初步在理论上得出了如下结论：第一，（人类的生活）世界是一个差异错置的体系；第二，历史具有一种层垒地叠加的、差异错置的生成机制。从这样一种总体视野出发，反观当今世界的现实，我们认为，一个理性的理想的世界体系，一定是对他者保持开放性的、即自我和他者差异错置却又共同在世的世界体系。这个世界体系一方面竭力促进个人德性的完善，另一方面又尽可能实现社会的公正与正义。

从这样一个角度讲，文学世界早就为现代政治提供了一种理想的

---

① 即"天下"内含"区域"，"区域"内含"天下"的共同体。

范型。因为任何一个文本都是一个他者，创作一个文本就是创造一个他者，阅读一个文本就是面对一个他者。文本与文本的关系就是他者与他者所形成的差异错置的共生关系。这一共生关系一方面促进了社会的文化整合，另一方面又为个体的审美救赎提供了可能。

总之，在当代中西古今冲突的思想语境中，一种新的语言—时间诗学即生成诗学不仅将为一种生成性的文学观和文学史观提供一种本源性的论证，[①] 而且也将为某种新的世界视野、新的总体历史叙事和新的文化整合与个体精神救赎的共生机制的重构提供超越性的理据。然而，由于种种因素的限制，当代中国学界的"语言—时间"之思，大多处于某种现成的理论史概述、观念史梳理或思想史重释的层次，而尚未推进到表意范式的层面，从各种具体的汉语表意策略中，发现种种克服和超越种种言说悖论的可能性。

从这样一个角度讲，当代中国的文论言说，如要真正摆脱一个多世纪以来由西方文论的东渐所带来的"影响的焦虑"，就必须摆脱各种现成的路径依赖，以一种大无畏的精神，返本穷源，重新走向语言与时间的交织之途。

非如此，我们恐难真正地获得某种汉语文论的原创性。

---

① 这一文学观即（文学）文本是一种错综交织的话语触媒，它能将所有人召唤进一个真实与虚拟相交织的意义世界。这一文学史观即文学史就是创世史，文学（表意）范式的转型即文明史的转型。它们都遵循一种层垒地叠加的、差异错置的生成机制。

耶鲁学派"生成诗学"研究：

现状、思路和方法

一 "生成诗学"研究的内在要求

"耶鲁学派"到底能不能称为一个"学派"？学界始终有不同意见。一方面，耶鲁四位文论家与德里达的确没有发表过什么共同宣言，也没有什么共同纲领。他们的理论起点很不一样，个人风格也迥异。更何况，"耶鲁学派"这一说法本身还遭到了"学派"内部成员的明确否认。因此，说"耶鲁学派"是一个学派，就很可能对耶鲁文论家的原创性和独特个性造成遮蔽。可是，我们显然也无法否认如下事实，即耶鲁文论家不仅与德里达的早期思想有着紧密的关联，他们彼此之间也有着某种惊人的"家族相似"性。更何况，"耶鲁学派"早已经成为一个约定俗成的命名。因此，我们很难有理由抗拒这样的诱惑，即将他们放到一起或当作一个"集体"来谈论。不管这种做法是基于否定，还是基于肯定。①

---

① 早在 1975 年，威廉姆·H. 普理查德就将耶鲁四位最有名气的批评家并称为"阐释学黑手党"，从而开启了对耶鲁文论家的负面评价，详见 William H. Pritchard. "The Hermeneutical Mafia or, after Strange Gods at Yale," *Hudson Review* 28（Winter 1975 – 1976），pp. 601 – 610。（转下页注）

　　更为奇特的是，尽管学界对"耶鲁学派"究竟能不能称为一个学派始终有不同看法，但论争各方的理论出发点却有着某种惊人的一致。这种一致性即他们都共同分享了某种对"解构"的如下流行认知：所谓解构，就是反逻各斯中心主义、反在场形而上学、反语音中心主义、反结构主义，就是拆解各种传统的形而上学的二元对立。

　　从同样的认知前提出发，对同一对象竟得出了截然相反的结论！这究竟是人们的价值观有别使然：人们对解构有着完全不同的情感态度？还是人们对"耶鲁学派"贴错了标签："耶鲁学派"根本就不是解构主义？抑或，人们的预设前提——对解构主义的流行认知——根本就是错的：解构完全是另一回事？

　　众所周知，为反对各种对解构理论的流行误解，德里达曾反复指出，只存在一种活生生的"解构精神"，不存在一种"解构方法"或"解构主义"。而解构理论所使用的"理论"一词，也不再是指那种传统的逻各斯中心的、同质化的观念统一体，而是指一种面对人类生存的难题（aporia，绝境），从言说的内部生发出的一种差异化的踪迹。①

　　再说详细点，正如我们在别处已经阐明的那样，如果我们超越传

（接上页注①）1985 年，W. 米切尔将 12 篇争论文章编辑在一起，以《反对理论：文学研究与新实用主义》（W. J. T. Mitchell ed. , *Against Theory: Literary Studies and the New Pragmatism*, Chicago: The University of Chicago Press, 1985）为题出版，可谓此派代表。1980 年，伦特里奇亚在《新批评之后》（Frank Lentricchia, *After the New Criticism*, Chicago: The University of Chicago Press, 1980）一书中提出了"耶鲁集团"（Yale Group）这一说法，开启了对耶鲁学派较正面的评价。此后，乔纳森·阿拉克与人合编的《耶鲁批评家：解构主义在美国》（Jonathan Arac, Wlad Godzich, Wallace Martin, eds. , *The Yale Critics: Deconstruction in America*, Minneapolis: University of Minnesota Press, 1983）、罗伯特·康·戴维斯与人合编的《修辞与形式：耶鲁解构主义》（Robert Con Davis, Oklahoma, eds. , *Rhretoric and Form: Deconstruction at Yale*, Oklahoma: University of Oklahoma Press, 1985）、罗伯特·莫伊尼罕与耶鲁四位文论家的学术访谈集（Robert Moynihan, *A Recent Imagining: Interviews with Harold Bloom, Geoffrey Hartman, J. Hillis Miller, Paul de Man*, Hamden: Archon Books, 1986）以及文森特·里奇的《20 世纪 30 年代至 80 年代的美国文学批评》（Vincent B. Leitch, *American Literary Criticism from the Thirties to the Eighties*, Warrenton: Columbia University Press, 1988）则为此类评价的代表。

①　相关文献请参迪埃·卡昂（Didier Cahen）对德里达所做的学术访谈"不存在一种自恋"（文见包亚明主编《一种疯狂守护着思想——德里达访谈录》，何佩群译，上海人民出版社，1997，第 6 页）；张宁对德里达所做的学术访谈"访谈代序"（文见雅克·德里达《书写与差异》，张宁译，生活·读书·新知三联书店，2001，第 14 页）等。

统的原意重述的阐释学模式，将解构理论放到一种本源性的思想史视野中，那么，我们是不难看出其"解构"背后的核心意旨来的。这一核心意旨即在整个现代西方思想与文明已深陷某种同质化困境的情况下，通过对西方文明体制的同质化的思想根源——各种根深蒂固的二元对立秩序的拆解和批判，重新激发出西方思想对原初起源悖论（发生—生成、可说—不可说、永恒—非永恒、自我—他者）的敏感，从西方思想与文明的内部发现某种多样性和异质性的思想资源，在本源处实现对整个西方思想和文明的再造与重构。为此，德里达将他反思的触角溯源到语言一般的先天可能性和时间本体的先天动力的高度，对原初起源的发生学机制进行了全新的领悟。只不过，由于不得不用西方形而上学的语言来超越形而上学，德里达在超越西方形而上学的困境的同时，仍不可避免地陷入了某种"言说"（思）的"绝境"。①

如果上述论断是成立的，那么，以此为前提，当我们重新面对解构理论时，我们或许就不会有那么多情绪化的抵触和理论的偏见了。我们再也不会认为"解构"就是一种让西方学界整体蒙羞的、浅薄时尚的、虚无主义的文字游戏。对于"耶鲁学派"本身，我们也将破除流行的"解构主义文论"标签所带来的遮蔽，超越各种无效论争，以获得某种全新的认识。

在反叛新批评的过程中，凭着自身对文学语言和文学时间的错综复杂性的独特敏感，耶鲁学派文论家们从不同的角度和层面广泛吸纳自现代西方哲学和诗学的"存在论转向"、"语言论转向"和"修辞学转向"以来的所有思想成果，一举打破那种对象化的、本质化的和单维度化的诗学研究方式或批评模式，从本源性的高度对语言的多维度和时间的多向度的本体属性及其错综交织做出了全方位的直观和领悟。这种领悟极大地推进了西方学界对原初起源悖论问题的裁决，从而在相当程度上揭示了文学世界和意义世界的生成秘密。

---

① 参见戴登云《解构的难题：德里达再研究》，人民出版社，2013。

认识到这一点，我们就很难否认解构理论与耶鲁学派文论的某种精神契合性了。认识到这一点，我们也很难承认德里达和耶鲁学派文论家的关系，就是那种"理论宗师—学派门徒"的关系。综合考虑，我们更倾向于认为，耶鲁学派文论的最好标识不应该是某种显性的"解构主义"，而应该是一种隐性的"生成诗学"。如果一定要保守一点，至少也可以把它叫作"解构—生成"诗学。

"生成诗学"这一命名重新勘定了耶鲁学派文论的范式特征。可惜的是，囿于某种现成的文学理论学科的狭隘视野，学界至今未能对之作出很好的总结。本书的主要任务之一，就是从生成诗学的立场出发，去重新阐发耶鲁学派文论尚不为人知的秘密，并通过阐发去透视当代文论演进的必然趋势及其艰难曲折。

然而，假若耶鲁学派最主要的学术贡献在于全方位地实现了从新批评到生成诗学的范式转型，那么，在我们谈论耶鲁学派或生成诗学的秘密之前，我们首先面临的一个方法论问题，就是我们对耶鲁学派的研究是否也应该采取一种相应的策略——生成诗学的策略呢？具体一点说，就是我们是否应该用一种生成诗学的方法，去处理耶鲁学派的解读可能性、批评或修正的可能性以及某种批评的自反关涉策略呢？答案显然是肯定的。道理很简单：如果我们的研究本身不成为一种生成诗学，那么我们研究生成诗学如何可能？

问题是，究竟何谓生成诗学？我们的研究当如何努力，才能使自身也成为一种生成诗学？

为了更好地谈论这一问题，有必要树立一个参照点，那就是，先厘清生成诗学所批判和超越的对立面——西方传统诗学，究竟具有什么样的特点和缺失？

西方传统诗学主要是一种什么样的诗学呢？一言以蔽之，即追求"诗（文学）之为诗（文学）的本质究竟为何"的"（分）科（之）学"。发展到今天，它已演变成一种旨在揭示文学批评的"科学性"、文学文本的"文学性"和文学史的"事实性"的"诗学"。因此我们把它叫作"本质诗学"（essential poetics）。①

西方传统诗学研究为什么大多选择了一种"本质诗学"的范式呢？众所周知，最先引发诗与哲学之争的柏拉图，早在《斐德罗篇》中就已指出，（好的）"诗"或"文章"具有如下两个特征：一、每一个文学文本都是一个有着自身生命的有机统一体；二、每一个文学文本都是一个有着开头、中间、结尾的线性序列。这两个特征后来成了西方诗学所信奉的基本教条之一。不仅如此，柏拉图还认为，每一个文学文本，广义言之，全部的文学作品都有着一个独一无二的本原或原型。文学批评（书写）的任务和目的，就是揭示这一本原或原型。本来柏拉图的这一文学观念极具超越性。因为，当我们追溯一个事物自身的法则时，如果不把这种追溯溯源到本源的层次，那么，我们的追溯就是缺乏某种彻底性的。可是，一旦我们把这样一种本源假定为一种永恒不变的观念实体（本原），那么，我们的追溯就会遭遇难题：从此，我们将再也无法把握事物的原初发生动力。由是，后世西方思想便把柏拉图视为西方形而上学的起源之一。

柏拉图之后，为重新探讨本源问题，在《形而上学》中，亚里士多德引入了一个新的概念："本质"（*to ti en einai*，即"一物之是其所是"）。"本质"概念与系词"是"相关，意指某种已在的、持久的、永恒的东西。②

亚里士多德认为，本质乃第一本体，等同于形式。事物要是没有了它便不可能是原来所是的样子。从这样一个角度讲，尽管亚里士多德修正了柏拉图对本源的理解，但却沿袭了柏拉图的思维方式，即"本质主义"。从此，追寻事物成为其事物自身的某种永恒不变的本质，就成了西方思想史最基本的思维方式之一。

---

① 这么说，并不是想否认西方诗学存在一种人文主义的传统。而只是说，两千多年的西方文论史，其主流大多是一种受本质主义思维主宰的"本质诗学"。

② 吴寿彭将"本质"译为"怎是"。参见亚里士多德《形而上学》卷（Z）七"第四章"，吴寿彭译，商务印书馆，1997，第132页。

有本质主义，就有反本质主义。自近代以来，为揭露本质主义的局限，各路思想家对之发起了一轮又一轮的攻击。[①] 比如，海德格尔就将西方传统形而上学不断地将本源假定成各种稀奇古怪的实体、法则或精神的历程视为一个存在的降解过程。在《形而上学导论》一书中，他指出，古希腊哲学自开端之后就终结了。从此，存在就被西方哲学和神学所遮蔽和遗忘。从表面上看，西方哲学对存在的遗忘经历了这样一个过程：即从相型（Idea）→范畴→在场→实体→理念→……→纯粹主观化的思。而实际上，这种遗忘具有某种一以贯之的根本性特征，即将无所不在的在降解为一种对象化的实体，一种现成的物，一种可无限分析、分解的东西。由是，西方传统形而上学所追寻的本原就和真正的本源隔了遥远的距离。为此，必须回到古希腊，回到哲学的原初开端，回到对存在的本源之思。[②]

海德格尔揭示了本质主义的思想根源——西方传统形而上学的根本缺失。海德格尔的老师埃胡塞尔则揭露了本质主义的极致形态之一——认识论领域的唯科学主义的危害。在《欧洲科学的危机与超越论的现象学》（写于 1934～1937 年，1954 年出版）一书中，胡塞尔指出，当代欧洲精神陷入了危机。这一危机即由只知道事实的科学所造成的只知道事实的人性的危机。当代欧洲精神之所以陷入了这种危机，根本的原因在于，西方思想遗忘了生活世界，陷入了某种唯科学主义的迷执。这种唯科学主义迷执具有巨大的影响。它继承并"实现"了西方哲学一以贯之的伟大理想：对某种永恒真理或确定性的诉求和渴望。然而，这种理想的实现却是以某种素朴的自然主义的存在设定为前提

---

① 一般来讲，学者们认为，本质主义起源于巴门尼德、柏拉图，特别是亚里士多德。在 17 世纪，它遭遇到了英国经验论的批判，由此开始衰微。20 世纪中叶，它曾有短暂的复兴，代表者为克里普克等的逻辑实证论。然而，作为一种思想传统，它普遍遭到现代西方思想的质疑。其代表者有维特根斯坦的分析哲学、波普尔的科学哲学和德法现象学、存在主义、解释学、解构理论等。

② 海德格尔认为，存在与形成相分离且对立、存在与表象相区分又统一（同一）、存在作为思的"对象"与思（逻各斯、言说）既相区分又原始相属、存在与应当既相区别又相关涉。存在就是在这四个方面的原初开端中的原始的区分、原始的争执。因此，所谓对存在的遗忘，就是遗忘了这些原始的区分。

的。基于这一设定，西方思想在未经对"我们究竟何以存在"这一问题彻底反思的情况下，便通过对自然现象的归纳总结、数学化、抽象化和无限化，倒果为因地宣称自己发现了世界的本原——世界的终极实在和宇宙的绝对规律。胡塞尔认为，欧洲精神若要疗救自己，就必须重新回到科学的出发点和归宿地——生活世界，重建某种超越论的现象学。①

姑且不论胡塞尔和海德格尔是否成功地揭示世界的原初起源或世界的原初发生动力，通过胡塞尔和海德格尔的批判，至少我们可以明白生成诗学必然出场的原因。

由于西方传统形而上学倒果为因地将那种尚未实现的、有待追问的终极真理当成了某种现成的、对象化的和同质化的本原，整个西方思想史都把语言当成了传达真理的工具，把时间当成了永恒的外显或沉沦，从而彻底遗忘了语言和时间的本体属性。因此，当我们意识到这种本质主义思维方式的僭越时，语言和时间的复杂交织就必然会走向西方思想史和诗学史的前台，重新成为思想史和诗学史的首要问题之一。

明白了生成诗学的出场背景，也就大体可以看出它的范式特征。这一范式特征即以一种彻底的返本穷源的精神，直面文学的事实——语言与时间的错综交织——本身，将反思的目光溯源至这一交织的源初起源处，深入揭示语言和时间的多维面相及其交互发生机制，从而为文学或意义的生成找到新的发生学动力或生成秘密。

明白了生成诗学的基本范式特征，也就明白了我们对耶鲁学派的研究要抛弃那种单一的"对象化"式的研究方法，而应采取一种将"对象化"和"生成性"融为一体的双重策略。

所谓将"对象化"和"生成性"融为一体的双重策略，就是将"耶鲁学派"文论思想视为一个不断生成着的开放体，而不是一个已

① 参见胡塞尔《欧洲科学的危机与超越论的现象学》，王炳文译，商务印书馆，2001，第一、二部分。

经完结封闭的既成事实。对它的研究既要从文本的层面梳理其历史的生成，又要从思想的层面考察其逻辑的发生。换言之，就是去考察其自觉不自觉地触及的文学生成和文学史生成的先天机制，并对这一先天机制做出比耶鲁学派更具本源性的思。

二 国外耶鲁学派诗学研究现状及其不足

大体而言，整个 20 世纪美国的文学批评，都是在"批评实践—理论反思"、"欧陆思潮影响—美国本土意识"这一张力结构中转化演进的。在这一大的学术背景之下，20 世纪美国的文论界兴起了各种理论思潮和文学批评实践。它们大都翻转于如下两相对立的问题极之间，或围绕它们不断地发生重心位移，而持久地展开对文学的沉思或推动文学批评的范式转型。这些两相对立的问题极包括："内部研究—外部研究"、"美学诉求—政治批判"、"保守立场—激进姿态"、"资本主义—马克思主义"、"英美经验主义—大陆思辨哲学"、"欧洲经典传统—非欧洲族裔亚文学"、"现代主义—后现代主义"、"男权中心—女权主义"和"全球化—地方性"等等。其中，只有个别理论思潮所关注的核心问题比较单一，大多数的问题意识是多重叠加的。它们相互竞争甚至彼此对立，但最终基本上都体现出了某种共通的意旨：其表层是重构某种具有美国话语主导权的新文学观；其深层则是从美国文学探寻美国精神，从美国精神的原初本源的高度出发化解美国现实的精神危机。①

在这一中观的演进脉络中，耶鲁学派文论家的文学批评和理论探讨占据了什么样的位置呢？批评界是如何看待他们的历史位置的？批评界的看法和他们的自我认知又构成了什么样的格局？

很显然，耶鲁学派文论家对自身的历史定位，是有着极为清醒的

---

① 详细情形请参文森特·里奇《20 世纪 30 年代至 80 年代的美国文学批评》，王顺珠译，北京大学出版社，2013。

认识的。这一认识包括：打破欧陆理论和英美新批评的隔绝状态，从文学形式的意向性关系出发，建构出一种非同质性的新文学观和差异错置的文学共同体观、文学史观，以超越传统的内部研究与外部研究、审美自主性与政治功利性的二元对立；解构传统的文学作品与理论批评的等级观念，从文学批评的修辞性入手，揭示批评的寄生性与原创性、科学性与文学性兼具的双重性特征；颠覆传统的单维度的语言论预设（能指所指一一对应）和时间哲学预设（过去、现在、未来的线性隐喻），从语言与时间的错综复杂的交织状况中，发现文学存在与人类存在的内在悖论，最终在这一悖论中敞现文学（世界）的生成秘密，克服欧陆思潮的影响的焦虑，反叛美国的实用主义传统，以原创性的姿态重建美国精神；等等。

然而，从耶鲁学派的反对者、追随者和研究者的不同反应来看，学界的认知和耶鲁学派文论家的自我定位，似存在较大的差距。

首先，就追随者的情况来看，文森特·B.里奇（Vincent B. Leitch）发现，由于代际变迁，不同年代成长起来的学者具有了完全不同的学术训练、知识结构和问题意识。比如，与美国第一代"解构主义"批评家相比，20世纪40年代以后出生的相对年轻的解构批评家在20世纪七八十年代，大多是以学生的身份直接成为解构主义者的，因而缺乏前辈们所具有的深厚的现象学素养、语言论转向的背景、精神分析的视野、文本细读的功夫和现代修辞学意识。这使得他们的学术研究，大多不具备耶鲁学派文论家所具有的那种宏阔的视野，即能够从诸种现代欧美哲学思潮与美国本土学术思想传统交互去蔽、交互发生的机制中发现某种新的理论生长的可能，因而就难以对前辈们产生感同身受的体认，而只能从事某种类型化的"解构批评"。①

---

① 文森特·里奇：《20世纪30年代至80年代的美国文学批评》，王顺珠译，北京大学出版社，2013，第270页。

其次，就反对者的情形而言，由于所持立场大多是耶鲁学派文论家所反对和批判过的新批评、人本主义①和实用主义的立场，因此，其批评自然就难以公允持平。

仅以实用主义批评为例，众所周知，美国学界的那种根深蒂固的实用主义思想传统，对耶鲁学派文论有着天然的抵触情绪。实用主义思想传统的根本特征之一，就是悖论性地以文化总是历史的、具体的和独特的为由，以论证其本来极具偶然性的、历史性的和特殊性的美国文化的普适性，从而实现对美国本土精神（包括宗教精神）的肯定。在这样一种实用主义精神的传统下，美国本土学者对欧陆学界对整个欧洲思想传统的解构倾向似还有着一定程度的认可，但对各种可能危及美国本土精神基础的解构倾向，则坚决地抵制。与耶鲁学派文论家总是喜欢让对美国思想传统的批判回溯到某种原初起源的悖论这样一种本体论倾向相比，他们更愿意从事某种语境性的、实践性的批判分析。即使偶尔有那样的回溯，其结果也常常是走向对某种既成的（其实是预设的）美国精神的原初形态的阐释，而不是走向某种对人类精神的原初起源的理论反省。②

最后，就研究者的情况而论，奇怪的是，尽管学界经常将耶鲁学派当成一个整体来谈论，然而事实上，对耶鲁学派的研究大多是个案式的，③ 少有的例外是文森特·里奇、马克·瑞德菲尔德（Marc Red-

① 其中最著名的有杰拉尔德·格拉夫（Gerald Graff）、M. H. 艾布拉姆斯（M. H. Abrams）、W. 杰克逊·贝特（W. Jackson Bate）等。

② 斯蒂芬·克莱普和瓦尔特·B. 迈克尔斯之所以主张"反对理论"，其理论依据就在于，从实用主义的角度出发，从本体论上讲，意义和意图、语言和言语行为是不能分离的。从认识论上讲，知识和真正的信仰也是不可分割的。然而，解构理论或耶鲁批评却试图将它们分离开来。从这样一个角度讲，理论只是逃离实践的企图，应该被终结。参见 Steven Knapp, Walter Benn Michaels, "Against Theory," *Critical Inquiry* 8：4（Summer 1982），pp. 723 - 742。该文后来被收入 W. J. T. Mitchell ed., *Against Theory: Literary Studies and the New Pragmatism*, Chicago：The University of Chicago Press, 1985 一书中。在该书中，还可看到其他实用主义者反对耶鲁学派的理由。

③ 其中以弗兰克·伦特里奇亚（Frank Lentricchia）、鲁道夫·加谢（Rodolphe Gasche）、苏珊·吉哈特（Suzanne Gearhar）、马丁·麦奎兰（Martin McQuillan）对德·曼的研究，弗兰克·伦特里奇亚、拉曼·塞尔登（Raman Selden）、彼得·德·波拉（Peter de Bolla）、格雷厄姆·艾伦（Graham Allen）对布鲁姆的研究，伊蒙·邓恩（Eamonn Dunne）对米勒的评论等较有代表性。

field）等。①

以文森特·里奇为例，在《20 世纪 30 年代至 80 年代的美国文学批评》（1988）的第十章"解构主义批评"中，他不仅揭示了耶鲁学派文论家的共同特征、耶鲁学派文论家与德里达的相同之处和不同之处、耶鲁文论家的个性及彼此之间的差异，而且还敏锐地注意到了耶鲁学派对语言的指涉意义和修辞意义的区分，以及语言的自我解构性和与主体间的相互依存性，② 其视野广阔而深刻。

尽管如此，与其他大多数学者一样，里奇对耶鲁学派的研究，也是理论性的而非修辞性的。换句话说，就是尽管他们都指出了耶鲁学派文论所具有的双重书写的特征，但是，却很少有人主动回应这种双重属性对研究者所提出的独特的方法论要求。这使得学者们对耶鲁学派的批评或研究依然采取了一种传统的、对象化的和理论化的方式，而未采取一种修辞性的、双重性的书写策略。事实上，只要我们意识到，对一种具有双重性的批评文本的解读如果自身不同时成为双重性的，将很难具有方法论上的对应性，那么，我们马上就会意识到，耶鲁学派研究将面临的挑战或难题：该如何把握好对耶鲁学派的指涉性陈述和修辞性表达的分寸呢？若进一步深究之，则是语言的指涉性和修辞性的张力关系究竟是怎样的？从理论上讲，这种反思很可能会产生如下两种结果：一是要么完全认同耶鲁学派的语言观；二是要么将之视为一种理论预设，然后追本溯源，通过批判其局限性而敞开对语言的全新认知。

然而，由于依然沿袭了传统的单向度的文本阐释方法，相当多的学者尽管已经敏锐地意识到了耶鲁学派独特的"语言"观对于其文论思想的生成与批评实践的至关重要性，但在以"解构"为核心意识的

---

① 马克·瑞德菲尔德只对耶鲁学派做了一种文化研究式的考察，较少有深度的分析。参见 Marc Redfield, *Theory at Yale : The Strange Case of Deconstruction in America*, New York：Fordham University Press，2016。

② 文森特·里奇：《20 世纪 30 年代至 80 年代的美国文学批评》第十章"解构主义批评"，王顺珠译，北京大学出版社，2013，第 260～299 页。

研究中，这一"语言"的"独特性"和"重要性"大都处于边缘地位，而未成为关注的重心。最多将之当作一种既成的"事实"来加以梳理，而从未想到要将之放到现代西方语言学、修辞学、叙事学、符号学、语言哲学、欧陆哲学乃至整个西方思想史的背景中，去分析其超越性，就更别说深入到其"语言"观的背后——"时间"观的深处，去进一步揭示"时间"究竟有何本性了。于是，耶鲁学派便只具有了"历史"的价值。

从语言论的角度看，所有这些缺失，归结起来，都是由坚执某种单维度的语言观造成的。比如，斯蒂芬·克莱普和瓦尔特·B. 迈克尔斯反对耶鲁学派的主要理由之一——"文本意义等同于作者意图"，就是建立在某种传统的单维度的语言观——语言是传达作者的思想意图的透明工具、语言与思想具有完全的对应性——的基础之上的。① 对此，德·曼在《对理论的抵制》（1982）一文中，从他一贯的修辞论立场出发，给予了坚决的反击。

德·曼指出，评论家之所以认为（解构）理论业已成为学术发展的障碍，而要坚决反对的根本原因，就在于"理论对根深蒂固的意识形态构成了挑战，因为它揭示了意识形态的运作模式；理论也违反了美学家们的哲学传统，对文学经典提出了疑问，模糊了文学和非文学话语的界限"。②

理论之所以具有如此效应，最根本的原因在于，（解构）理论认为（文学）语言并非只具有一种指涉功能，从根本上讲，它是修辞性的。它不仅会产生一种言说的效果，还会自己反对（抵制）自身。语言是多维度的。从传统的立场来看，语言的科学由语法、修辞和逻辑（或辩证术）三门学问构成。只不过，由于传统的语言科学首先确认

---

① Steven Knapp, Walter Benn Michaels, "Against Theory," *Critical Inquiry* 8：4（Summer 1982），pp. 723 – 742.

② Paul de Man, *The Resistance to Theory*, Minneapolis and London：University of Minnesota Press, 1986, p. 11.

了语法的基础地位，且认为语法服务于逻辑，语法和逻辑具有一种天然的契合关系，修辞不过是语法研究的一部分，只具有从属的地位。因此，传统的语言科学就将语言单维度化了，无法从语法与修辞的潜在张力中发现语言的真正奥秘。从这样一个角度讲，耶鲁学派与耶鲁学派的反对者以及耶鲁学派之后的美国文论研究的区别，就在于大都无视耶鲁学派对语言的多维度属性的原创性发现，而重新回归到一种单维度的语言论预设。怪不得德·曼认为，"对于理论的抵制，是一种对关于语言的语言之使用的抵制。因而也是对语言本身的抵制，或对语言所内含的、无法简约为直觉的要素或功能之可能性的抵制"。①

　　德·曼的观点得到了哈特曼和米勒等人的响应。借助于他们的批判，可以看到，由于未能领会到耶鲁学派对语言的多维度直观的超越性，由于偏执地坚持对语言的指涉性、话语间性（意图性、语境性或历史性）或自我解构性的单维度误用，耶鲁学派之后的美国文论研究始终未能在耶鲁学派研究的基础上开创出一种具有新的理论整合性的"生成诗学"。相反，倒是以恢复文学的伦理的、政治的和审美的价值为由（所谓历史和文化研究转向），重新陷入某种内部研究—外部研究的二元对立。这种情况，就像当初在爱德华·萨丕尔（Edward Sapir）、本杰明·李·华夫（Benjamin Lee Whorf）、列昂纳德·布鲁姆菲尔德（Leonard Bloomfield）和诺姆·乔姆斯基（Noam Chomsky）之后，美国的思想理论界没有人想到，要进一步发掘"语言"这一块活化石中所蕴藏的人类思维积淀，必须把语言学引入人类社会意识结构这一更为广阔的领域中，从而开创出像法国同行所开创出的结构主义思想那样的思想。② 历史总是有惊人的相似性。

---

① Paul de Man, *The Resistance to Theory*, Minneapolis and London：University of Minnesota Press, 1986, pp. 12 – 13.

② 盛宁：《二十世纪美国文论》，北京大学出版社，1994，第165页。

三　国内耶鲁学派诗学研究现状及其启示

21 世纪初以来，国内文论界发生了一场持续至今的反本质主义的论争。① 反本质主义者认为，新中国成立以来，我国"学科体制化的文艺学知识生产与传授体系，特别是'文学理论'教科书，总是把文学视作一种具有'普遍规律'、'固定本质'的实体，它不是在特定的语境中提出并讨论文学理论的具体问题，而是先验地假定了'问题'及其'答案'，并相信只要掌握了正确、科学的方法，就可以把握这种'普遍规律'、'固有本质'，从而生产出普遍有效的文艺学'绝对真理'"。② 论者认为，这种知识生产所遵循的思维方式，就是典型的本质主义的思维方式。

所谓本质主义，按作者的理解，"乃指一种僵化、封闭、独断的思维方式与知识生产模式"。③ 它在本体论上假定了事物具有超历史的、不因时空条件的变化而变化的、普遍的永恒本质；在知识论上假定了"绝对的主体"，设置了以现象/本质为核心的一系列二元对立，相信只要掌握了普遍的认识方法，就可以获得绝对真理，因而热衷于建构各种"宏大叙事"。受这种思维方式的影响，我们的"文学理论"所建构的"文学"，实际上就成了一个虚构的神话；所揭示的"文学规律"，实际上就成了一种虚构的权力话语。

反本质主义者的上述论断的确抓住了当代中国体制性的文艺学知识生产的某些要害。从这一论断出发，如果我们能够将反思的视野从批判理论的层面提升到思想史的层面，从思想史的高度出发，对现代

---

① 2001 年 9 月，陶东风在《文学评论》（2001 年第 5 期）发表《大学文艺学的学科反思》一文，提出了反本质主义的主张。此后，随着他主编的《文学理论基本问题》一书（北京大学出版社，2004）的出版，反本质主义的主张引发了学界持久的争论。相关学术史描述请参陶东风、和磊《当代中国文艺学研究（1949—2009）》第二十五章"新时期文艺学的历史反思与教材建设"，中国社会科学出版社，2011，第 671～706 页。
② 陶东风：《大学文艺学的学科反思》，《文学评论》2001 年第 5 期，第 97～105 页。
③ 陶东风：《大学文艺学的学科反思》，《文学评论》2001 年第 5 期，第 97～105 页。

西方反本质主义的知识（思想）谱系做一系统清理，将本质主义的思想根源追溯至西方思想（史）的开端处，以揭示其原初的预设及发生学机制，然后根据自身对原初起源悖论的重新裁决，在语言（本体）论的层面，充分揭示反本质主义的逻辑可能性和不可能性；那么，我们确实是有可能从这一场争论中打开中国文学理论建构的想象空间，真正把握住当代中国文论研究的未来走向的。可惜的是，到目前为止，无论是反本质主义的主张者、支持者，还是反本质主义的反对者、质疑者，抑或因自感被定义成了"本质主义者"因而要极力申辩者，以及冷静反思的旁观者，除极个别的例外，几乎都把"本质主义"当成了一个不言自明的前提，根本没有想到要超越"文学理论"的学科边界，去系统地清理现代西方的反本质主义的知识谱系及其思想根源，①就更别说将批判的视野提升到原初起源的层面，去追溯反本质主义的逻辑可能性和不可能性了。由是，无论是反本质主义者所提出的"建构主义"②和"关系主义"③，还是反反本质主义者所提出的"重新追求个性本质主义"④，无论是本质主义论争的反思者所提出的"穿越主义"⑤，还是自感被当成了攻击的靶子的"本质主义"者所提出的"以往的本质主义本来就是历史化的、语境化的本质主义"⑥，等等，无一例外，都仍处于本质—反本质辩证融合的批判理论层次，都陷入了一种"非本质主义的本质论"的言说窘境或逻辑陷阱，从而未能抵达某种思之原初起源的境地。⑦

　　对现代西方反本质主义、反形而上学的思想谱系稍做梳理，就可

---

① 李俊的《反本质主义与艺术本质问题》一文（《贵州师范大学学报》2002 年第 1 期，第 69~74 页）对西方本质主义、反本质主义的知识谱系做了初步的清理，可参阅。

② 陶东风：《大学文艺学的学科反思》，《文学评论》2001 年第 5 期，第 97~105 页。

③ 南帆：《文学研究：本质主义，抑或关系主义》，《文艺研究》2007 年第 8 期，第 4~13 页。

④ 支宇：《"反本质主义"文艺学是否可能》，《文艺理论研究》2006 年第 6 期，第 15~23 页。

⑤ 吴炫：《论文学的"中国式现代理解"——穿越本质和反本质主义》，《文艺争鸣》2009 年第 3 期，第 6~18 页。

⑥ 童庆炳：《反本质主义与当代文学理论建设》，《文艺争鸣》2009 年第 7 期，第 6~11 页。

⑦ 单小曦：《"反本质主义"之后的文学本质论反思——文学存在论研究（一）》，《社会科学研究》2010 年第 4 期，第 171~177 页。

以发现，在西方思想史内部，"本质"和"本质主义"之类的问题，从一开始就是与本原问题紧密相关的。因此，像维特根斯坦和卡尔·波普尔（Karl Popper）之类的思想家，由于拒绝承认本原问题的合法性，拒绝对"本质"（主义）问题做本源性的反思，因此，其思想便陷入了"反无所反"或"连所有的本质都一起反"的悖论境地。① 从这样一个角度讲，反本质主义的正确出路，或许便是像德法现象学、存在论和解构主义思想那样，在充分吸纳英美思想资源的同时，重新走向本源，通过对原初起源悖论的重新裁决，重新开辟出一条关乎人事与天命、关于文学本身的探索路径。

这究竟是一条什么样的路径呢？从对等性的角度讲，由于本质主义的知识学建构乃是一种整体主义的知识学建构，因此，这一条道路就必然是既能帮助我们重新提出一种整体性的知识学建构但又不至于陷入本质主义的独断逻辑之路。如何才能开辟出这样一条道路呢？如果凭空地构建一种包罗万象的、基础主义的知识视野已根本不可能，那么，唯一的可能，就是不断地进行语境的跨越，反复地出入于各种现成的、极具差异性的知识和思想视野之中，去敞现它们彼此之间所存在的交互去蔽、交互发生的发生学机制。②

这一任务除了要求我们必须悬置一切先入为主的判断，从各种不同的知识视野内部出发，去揭示其预设前提之外，更重要的，是必须将这些预设前提溯源至原初起源的高度，去发现它们彼此之间的交织点及差异，然后敞现出一种更具明见性、更少偏至的原初直观，并从这一新的直观出发，针对当下语境，重新着手对困扰人类思想史的基本问题（问题谱系）逐一裁决。

---

① 相关分析请参姜延军《波普反本质主义的理论困境》，《南京政治学院学报》2003 年第 1 期，第 47~50 页；赵汀阳《第一哲学的支点》第一部分第 5~7 节，生活·读书·新知三联书店，2013，第 48~83 页。
② 余虹的《文学理论的生死性——兼谈陶东风主编的〈文学理论基本问题〉》（《首都师范大学学报》2005 年第 1 期，第 82~84 页）和张法的《走向前卫的文学理论的时空位置——从三本文学理论新著看中国文学理论的走向》（《文艺争鸣》2007 年第 11 期，第 22~33 页）等文章在一定程度上触及了这里所说的问题，可参阅。

从思想史的实际来看，由于各种思想视野的原初交织点只可能是语言本身，因此，对各种思想视野的预设前提的反思，就必然要归结为对其语言论预设的反思。对一种新的思想视野的重构，也必然意味着一种新的语言论直观的发明。由是，当代中国的文论研究，就势必要走上一种致力于揭示处于不同语境和语际的（简称"跨语际的"）思想视野的交互发生机制的"语言诗学"——说得更准确些，叫"语言论的发生诗学"。①

回过头去看，也只有"语言论的生成诗学"才能满足这样的要求，即既能成为一种整体性的知识学建构，同时又能成为具体的和差异的批评。因为，只有语言本身才具有这样的双重属性：它既是整体的、普遍的和本质的，同时又是具体的、历史的和语境的。

然而，由于未做这样的前提性反省，当代中国文论研究界的反本质主义者，大都采取了一种现成的后现代主义的、知识社会学的视角，以一种具体的、历史化的和语境化的本质，来反对普遍的、整体的和永恒的本质，由是陷入了这样一种悖论，即只要将那些超历史超语境的本质主义视为一种特定历史语境下的理论建构，它马上就获得了某种反本质主义视野下的具体本质的合法性。② 由此可以理解，为何那些反本质主义者大多未能走向允诺中的"理论建构"，而只走向某种揭露和批判本质主义思维的政治或意识形态效应的文化研究。

或许是因为反本质主义的争论及其教材写作实践并未取得理想中的实绩，因而无法发挥更广泛的示范效应，也或许是因为在国内从事

---

① 主张对文学作"中国式现代理解"的吴炫表达了一种超越本质主义—反本质主义、走向生成诗学的诉求。只是，由于很多与"中国式现代理解"相关的基础问题还未被敞开或被澄清，因此，他的生成诗学建构，就尚需假以时日。参吴炫《论文学的"中国式现代理解"——穿越本质和反本质主义》，《文艺争鸣》2009 年第 3 期，第 6~18 页。单小曦通过哲学观念的线性连缀的方式，梳理了西方哲学从存在论简化为本体论再简化为本质论的历程。由于未能揭示西方哲学何以必然会发生如此简化的思想根源，因此，他在此基础上提出的用文学存在论取代文学本质论的主张，就还缺乏某种坚实的依据。参单小曦《"反本质主义"之后的文学本质论反思——文学存在论研究（一）》，《社会科学研究》2010 年第 4 期，第 171~177 页。

② 那些被攻击的"本质主义者"，就是从这一角度来反驳的。

耶鲁学派研究的学者，根本就没有注意到国内文论研究的论争语境；总之，当代中国的耶鲁学派研究，基本没有表现出对文论研究的某种范式转型的敏感，也缺乏对当代中国文论研究的未来走向的自觉认识。这使得当代中国学界的耶鲁学派研究大都缺乏某种方法论的反省，大都沿袭了那种传统的对象化的、逻各斯中心的、理论观点转述的和单向度的（换一句话说，即本质主义的）"研究"方式。这种方式所带来的结果，就是使当代中国的耶鲁学派研究大多未能产生"通过耶鲁学派研究去把握当代美国文论和中国文论研究的基本走向"这样的问题意识，从而学会"像耶鲁学派那样思考"，使自己的研究也成为一种超越本质主义的生成诗学。[①]

除上述方法论的缺失之外，在一些具体问题的研究方面，国内的耶鲁学派文论研究也存在一定的不足。

首先，在梳理耶鲁学派成员各自的理论渊源和耶鲁学派成员彼此之间的"互文性"时，国内学者大都将"互文性"预设为各种思想观念在同一个"本质"层面的相关性，而没有直观到"互文性"往往还意味着处于不同层面、不同领域、不同时空的思想观念经过跨层面、跨领域、跨时空的位移、挪用、扭曲之后的交互生发关系。换一句话说，就是国内学界在处理耶鲁学派的"互文性"时，常常将"互文性"纳入同一个平面上去考察，而没有将之植入一个差异错置的背景或视野中去审视，从而未能真正揭示使各种理论交互汇聚的生发机制。以对哈特曼的思想来源的考察为例，论者很好地考察了哈特曼思想来源的诸方面，如浪漫派哲学、现象学、布伯的"我—你"对话关系理论、黑格尔的精神现象学，但就是未揭示使上述诸家理论交织在一起的结合点。

其次，在耶鲁学派的学派特征和理论内核的梳理方面，虽然学者

[①] 需要说明的是，这一批评仅针对国内反本质主义论争之后的耶鲁学派研究。对此前的相关研究，我们则应抱以某种历史的了解之同情。

们都看到了修辞学思想对于耶鲁学派文论的重要性，然而，由于对耶鲁学派批评的修辞特征的研究本身缺乏一种思维的本体性转换，以致国内学界的耶鲁学派研究大都未能把握住耶鲁学派将传统意义上的工具论的修辞学转化成本体论意义上的修辞学的关键点，从而未能充分领会到耶鲁学派的修辞实践所具有的复杂的双重效应，因而也就未能成功地跟随耶鲁学派，将我们对耶鲁学派的对象化的、事实性的、结构性的静态分析转化成一种双重性的、生成着的思。

以对耶鲁学派的"阅读理论"的研究为例，尽管已有的研究都给予了耶鲁学派的"误读"理论以充分的重视，但大多将"误读"视为一个阐释学层面上的问题，而没有意识到，其实，耶鲁学派已经将阐释学层面的误读现象转换成了本体论层面上的文学创造和文学史的生成机制：误读即一种（层垒地叠加的）双重书写！

再次，尽管有相当多的学者已经注意到，某种语言论或语言哲学在耶鲁学派文论中的基础性地位，但是，由于缺乏一种宏阔的知识视野和思想视野，这些学者大多将之当成一种对象化的事实来陈述，而未能揭示耶鲁学派对语言（和时间）的直观领悟所具有的思想史意义。①

---

① 到目前为止，国内学界的耶鲁学派研究主要有专题书评、个案研究和整体分析三种形式。这些研究不仅揭示了耶鲁学派文论家的共同特征、耶鲁学派文论家与德里达的相同之处和不同之处、耶鲁学派文论家的个性及彼此之间的差异，还在一定程度上把握住了"语言"问题在耶鲁学派文论中的核心地位。就专题书评而言，朱立元为"耶鲁学派解构主义批评译丛"所写的"总序"（2008）无疑最具有代表性。在该序中，朱立元提纲挈领地指出，德·曼的《阅读的寓言》"提出了其独特的修辞学阅读理论，认为文学文本的语言存在着内在修辞性结构和矛盾，这决定了文本的自我解构特征；也因此导致文学文本阅读的不可能性即'阅读的寓言'"。哈特曼的《荒野中的批评——关于当代文学的研究》"结合作品分析强调指出，语言必定是隐喻式的，因而其意义是不确定的、多义的、变化的，文学文本的语言更是在不断破坏、消解自身的意义，因此是一种'持久的变项'"。米勒的《小说与重复——七部英国小说》"抓住各部作品中重复现象不同的运作方式，进行细致的分析，并着力探索'意义怎样从读者与页面上这些词语的交接中衍生而出'"。布鲁姆的《误读图示》"吸收了德里达的'延异'概念和德·曼的解构思路，认为阅读总是一种延异行为，在某种意义上也就是写作和创造意义，所以'阅读总是一种误读'"（参保罗·德·曼《阅读的寓言》，沈勇译，天津人民出版社，2008，"总序"，第 1~2 页）。就个案研究而言，昂智慧在《文本与世界——保尔·德曼文学批评理论研究》（上海人民出版社，2009）一书中认真梳理了德·曼对各种传统批评模式的质疑和对批评本身的反思，发现"语言"问题才是"德·曼审视文学批评理论的焦点"，从而将"德·曼的批评理论总结为一种语言哲学"。申屠云峰、（转下页注）

如前所述，耶鲁学派对语言（和时间）的直观领悟，超越了西方语言学、修辞学、叙事学、符号学、语言哲学、欧陆哲学的学科边界，而抵达了某种源初起源的层次。由于缺乏这样一种思想史视野，国内学界的耶鲁学派研究，至今未涌现出对耶鲁学派文论的"语言"（和"时间"）观念进行分析的专题论文，就更别说将之视为一种批判的前提，重新提出某种新的语言论（和时间哲学）直观了。

最后，由于未能意识到耶鲁学派的语言和时间直观所具有的超越性意义，当代中国的耶鲁学派研究，也就未能意识到耶鲁学派的语言观和时间观所具有的建构性，从而也就未能充分揭示耶鲁学派诗学的文化政治效应。

耶鲁学派从事文本细读的目的，是要反抗前驱，重新提出一种全新的阅读观、文学观和文学史观。与此不同，国内学界的耶鲁学派研究，则显然缺乏这样的理论抱负或问题意识。① 由于这种问题意识的匮乏，国内学界的耶鲁学派研究，至今未超越解构主义文论的既定认知，将耶鲁学派揭示为一种生成诗学。

四 耶鲁学派研究的中国语境与发生学视野

在国内的耶鲁学派研究中，罗杰鹦的《本土化视野下的"耶鲁学

(接上页注①)曹艳的《在理论和实践之间——J. 希利斯·米勒解构主义文论管窥》（光明日报出版社，2011）把握住了米勒的原创性文学观念的生成基底——异质性语言观。肖锦龙的《意识批评、语言分析、行为研究——希利斯·米勒的文学批评之批评》（高等教育出版社，2011）对米勒的语言分析也有专门的讨论。王凤的《杰弗里·哈特曼文学批评思想研究》（中国社会科学出版社，2013）分析了哈特曼超越传统的同质性、统一性的文本观和语言观的努力。就整体分析而言，虽然学界出版或发表过这方面的文章，但实际上仍是个案研究的合成，较少有深度的分析。

① 当然，国内学者并非完全没有注意到"文学观念的重构"这一问题对于当代文学批评的重要性。比如，王凤在《杰弗里·哈特曼文学批评思想研究》（中国社会科学出版社，2013）一书中就曾指出："对于'什么是文学'这一问题的重新审视和解答，成为当代文学研究中一个最根本的问题"（第26页）。然而，令人遗憾的是，作者接下来马上就把这一本体论意义上的"问题意识"降解成一理论事实，仅指出这一根本问题"也成为众多理论流派建立自己理论的出发点"，而未能顺势地将之转化成自己的理论思考和追问的"起点"。

派"研究》（2012）一书最为自觉地表达了某种"本土意识"。① 然而，由于论者并未对百余年来的中国学术思想语境做系统的清理，也未介入当代中国学界有关西学研究的合法性论争、西学研究的学术史反思和方法论总结，因此，论者所谓的"本土化视野"就还只是一个立场、主张、愿景和口号而已，还未获得某种历史的和理论的具体内涵及其规定性。

当代中国的西学研究当然应该体现出某种中国的本土意识。然而究竟何谓"中国的本土意识"呢？如果"本土意识"并不只是意味着某种抽象的和空泛的"主体意识"，也不是指某种拿来主义的实用主义或工具主义，更不是指某种意识形态化的政治宰治或价值过滤，②那么，所谓的"本土意识"，其第一个含义，就是指某种对百年中国学术思想演进的历史处境和历史实际的自觉。

问题是，究竟何谓百年中国学术思想演进的历史处境和历史实际呢？一言以蔽之，即古今中西的冲突与对立。换言之，即百余年来的中国学术思想史遭遇了这样一种历史和现实的规约语境。在这一语境中，各种不同语际、不同语境和不同时空的、相互矛盾冲突的学术思想资源以一种时代错置的方式错综复杂地交织在一起，竞相争夺着阐释的话语权而又只能发挥片面的有效性，由此产生了延续至今的中西古今之争。

如果上述判断成立，那么，所谓中国学术的"本土意识"，其第

---

① 在该书的"绪论"中，作者是这样来界定"本土化视野"的："本书书名中的本土化（localization）视野，即'在地化'，指中国学者的批评研究视角。它相对全球化的中国学者'主体意识'下的研究。叶维廉曾说过，所谓本土化，'指的是摆脱依赖情结，对自己已经不假思索地内在化的外来思想的反思，认识到外来思想体系里根源性的问题和困境，以及自己传统中根源性的解困能力'（叶维廉：《被迫承受文化的错位》，《创世纪》1969 年第 1 期，第 18～22 页）。那么，耶鲁学派的本土化研究，就不仅仅是要发挥探索的主体意识，向本土文学理论求索的单向过程，还需要我们反向观照，探索西方解构理论模式、内涵及其精神实质，以此意识到中西文化的根本差异与中国学者研究的思路。"参见罗杰鹦《本土化视野下的"耶鲁学派"研究》，浙江大学出版社，2012，第 1 页。
② 胡伟希认为，20 世纪中国哲学家们引进西方哲学的动力根源于极强的中国问题意识，表现出强烈的"价值论"取向。而在如何看待西方哲学时，却又表现出同样强烈的"知识论"态度。参见胡伟希《中国本土文化视野下的西方哲学》，首都师范大学出版社，2002，第 353～362 页。

二个题中应有之义就是对如下问题意识的自觉，即现代中国学术思想的根本使命就是超越各种现成的中西古今的思想视野的局限性，重构一种具有全球有效性的思想视野。

而第三个题中应有之义，则无疑是对现代中国学术的如下本体属性的理论自觉，即现代中国的人文学术研究，不管它持什么样的价值立场，从本体论上讲，都是双重性的，即都是一种跨语际的、跨语境的双重书写。

现代中国学术的历史语境、问题意识和本体属性对现代中国人文学术的研究提出了独特的方法论要求。现代中国学术的"本土意识"的第四个含义，即体现为这样一种方法论的自觉：由于各种在先地预设的现成思想视野均丧失了历史的合法性，而凭空地构建一种新的思想视野又不具备埋论的可能；因此，现代中国的人文学术研究就只能以一种跨语际、跨语境的方式，不断地深入各种现成的思想视野，去发现它们各自的有效性和局限性，以及彼此之间的关系，最终从中找到某种新的思想视野的建构可能。由是，现代中国的学术思想研究，就必须采取一种"返本穷源"式的方法论程序或研究策略。

为什么现代中国的学术思想研究必须采取一种返本穷源式的方法论策略呢？原因在于，如果要发现各种跨语际、跨语境的学术思想视野的交互去蔽、交互发生的可能性，那么，我们就必须深入各种学术思想视野的内部，去发现它们种种不言自明的预设。而为了使这种发现具有可比性，最终，我们必将把反思的触角溯源至某种原初起源的高度，以敞现某种更加合理的预设。否则，我们的反思便将缺乏某种思的彻底性。

经过这样一种返本穷源式的研究，当代中国学术思想将呈现一种什么样的形态，并建构出一种什么样的思想视野呢？现代中国学术的跨语际、跨语境的双重书写的本体属性已经内在地给出了可能性。首先，一种跨语际、跨语境的研究（写作）方式必然意味着一种新的表意范式。其次，一种跨语际、跨语境的研究（写作）方式还必然意味着一种新的学科谱系、世界视野和总体历史叙事。为什么？因为一种跨语际、跨语境的双重研究（写作）范式，必然与那种单维度的写作范式迥然有别；一种跨语际、跨语境的双重研究（写作）范式，必然挑战现有的学科边界，必然与现今流行的同质化的世界视野格格不入，必然无法被纳入某种现成的线性历史预设。事实上，正是因为我们未能成功地找到一种新的表意范式，未能成功地重构出一种新的学科谱系、世界视野和总体历史叙事，百年中国学术思想才始终深陷某种整体主义的、本质主义的和二元对立的"中西古今之争"的陷阱，始终无法直面事实和问题本身，只是不断地、反复地做着某种立场选择。

可是，我们如何才能找到一种新的表意范式，并成功地重构出一种新的学科谱系、世界视野和总体历史叙事呢？唯一的、最佳的切入点就是对"语言"（以及"语言"背后的"时间"）本身做出某种新的认识。事实上，正是因为认信了一种指涉性的、单维度的语言论预设，现代中国学术思想才陷入了某种整体性的、本质主义的"中西古今"之争。因此，如果我们领会到了"语言"（"时间"）的多维度属性，那么，我们不仅将领会到"学术"（书写）本身的多维度性，而且将看清现代中国学术的学科谱系、世界视野和总体历史叙事的实际。如果我们再将对"语言"（"时间"）的反思彻底地溯源至"原初起源的悖论"的高度，那么，我们就将获得一种本源性的思想视野。这种本源性的思想视野，必然是发生学的。

总之，无论是为了满足耶鲁学派研究的内在要求，还是为了实现当代中国文论研究的话语创新；无论是为了促进现代中国学术的"本土意识"的自觉，还是为了走向中西思想史的通途，当代中国的耶鲁学派研究，都必须走向一种生成诗学。为了走向这种生成诗学，具体而言，我们的耶鲁学派研究，应该遵循如下一种方法论程序，并突出如下一些问题意识。

首先，由于语言充当了沟通各种跨语际、跨语境的学术思想资源的媒介、桥梁，因此，以一种略带距离和陌生的眼光去审视耶鲁学派批评所具有的区别于通常的文论言说所具有的形式化特征（其核心即对各种修辞手段的应用），将不失为一种值得考虑的优先选择。

对耶鲁学派的文学批评作修辞学分析，其目的当然不只是响应耶鲁学派"返回文本本身"的理论主张，① 从而在方法上与耶鲁学派的文论言说方式相匹配；更主要的，乃是为解决"解读文本、言说文学究竟何以可能"这一问题提供一种新的可能。

因为，耶鲁学派念兹在兹的一个问题，就是批评究竟何以可能？用耶鲁学派的话来说，就是如果一切阅读都是误读，那么，文学批评还有何作为？如果文学最终是不可言说的，那么，文学研究还有何合法性？正是为了化解这一难题，耶鲁学派才提出了一种本体化的修辞论，并采取了一种与之相匹配的言说或书写策略。正因为如此，当我们以耶鲁学派文论言说的形式化特征为分析的切入点时，我们就以一种最佳的姿态，切入了耶鲁学派的问题意识。如果我们再将这一问题意识内化成我们自己的问题的意识，将耶鲁学派的思维方式内化成我们的思维方式，那么，我们对耶鲁学派文本的深入细读，就可能在充分领会其丰富性和复杂性的同时，成功地祛除各种先入为主的成见，以耶鲁学派所具备的知识眼光和运思方式来谈论耶鲁学派所谈论的一切，并从其错综复杂的互文性中把握住其思想的核心或秘密。

其次，从其本体化的修辞论出发，耶鲁学派提出了独特的批评观、文学观和文学史观。如果我们不把这些观念当成一种现成的结论或教条，而只是当成一种批判和反思的前提，那么，我们一边在梳理这些观念的生成机制或秘密的同时，一边就必然要揭示其局限，并敞现某种新的可能。而揭示一种现成的思想理论的优点和局限，其最现成的捷径，无疑就是深入它的论争语境，以把握住论争双方（多方）的对

---

① 在《探寻文学研究的依据》一文中，米勒曾说，"每一位读者都要亲自从事艰苦、审慎的慢读工作，力图发现文本实际上说些什么，而不是将他或她想要它们说的或希望它们说的强加于文本。文学研究的前进并不是靠随意地发明新的概念或历史方案（这在任何情况下都不过是旧方案的改头换面），而是靠每一位新的读者都必须重做的那种与文本的格斗"。参见米勒《重申解构主义》，郭英剑等译，中国社会科学出版社，2011，第81~82页。

立、误解、错位以及其交互去蔽、交互发生的关键点。而找到了这一关键点，也就是找到了新的理论生发的几微。

最后，耶鲁学派的修辞论的核心，是对语言和时间的本体属性的某种新的认识。为了准确评价这一认识的超越性，除非将它放入一个更广阔的思想史语境中，给予其思想史的定位，否则，我们将缺乏某种有效的参照系。为此，我们就要重新考察中西思想史的语言观和时间观的独特内涵，并提出对语言和时间问题的新的阐释。

而一旦我们提出了对语言和时间的新的认识，最终，我们就将实现对困扰我们的一系列思想史难题和文学问题的重释。这些问题包括：一个非同质化的世界视野究竟是怎样的；一种非线性化的总体历史叙事何以可能；文化整合与精神救赎的共生机制是同质化的还是差异错置的；如何看待文学世界与生活世界的本体同构性；文学是如何超越哲学，在可说和不可说之间游刃自如的；文学如何超越政治哲学，为人类社会提供了超越性的整合机制；等等。

总之，一种生成诗学研究的方法论体系必然要求我们自觉地遵循文本细读、问题还原、语境重构、先验反思、现实批判等步骤和策略。这也就是所谓返本穷源的方法论程序或策略的精髓。要彻底地做到这一点，一方面，我们要在进入耶鲁学派的文本和问题域的过程中，逐步具备耶鲁学派文论家所具备的学术素养，即完成耶鲁学派文论家所曾完成的学术训练；另一方面，我们要在细读了耶鲁学派文本并深入他们所置身的学术语境之后，跳出他们的无知之幕，看穿他们的理论预设的有效性及局限，并着手新的理论体系的重构。换言之，就是我们对耶鲁学派的研究，一方面必须做到对耶鲁学派的研究范式的自觉遵从，另一方面，又必须在深入把握西方乃至全球学术演变的大势的基础上，实现对耶鲁学派研究范式的有限性的自觉突破。

这或许是耶鲁学派研究的中国本土意识与耶鲁学派生成诗学的发生学视野"对观互视"的理想结局。

参考文献

一 耶鲁学派著作（按出版时间排序）

1. 保罗·德·曼（Paul de Man）的著作

Blindness and Insight，New York：Oxford University Press，1971.

Allegories of Reading，New Haven and London：Yale University Press，1979.

The Rhetoric of Romanticism，New York：Columbia University Press，1986.

The Resistance to Theory，Minneapolis and London：University of Minnesota Press，1986.

Critical Writings，*1953 – 1978*，Minneapolis and London：University of Minnesota Press，1989.

Romanticism and Contemporary Criticism：*The Gauss Seminar and Other Papers*，Baltimore and London：Johns Hopkins University Press，1993.

Aesthetic Ideology，Minneapolis：University of Minnesota Press，1996.

《解构之图》，李自修等译，中国社会科学出版社，1998。

《阅读的寓言》，沈勇译，天津人民出版社，2008。

2. J. 希利斯・米勒（J. Hillis Miller）的著作

Charles Dickens：*The World of His Novels*，Cambridge：Harvard University Press，1965.

Poets of Reality：*Six Twentieth – century Writers*，Cambridge：Belknap Press of Harvard University Press，1965.

Thomas Hardy：*Distance and Desire*，Cambridge：Belknap Press of Harvard University Press，1970.

The Disappearance of God：*Five Nineteenth – century Writers*，Cambridge：Belknap Press of Harvard University Press，1975.

The Form of Victorian Fiction：*Thackery*，*Dickens*，*Trollope*，*George Eliot*，*Meredith*，*and Hardy*，Cleveland：Arete Press，1979.

Fiction and Repetition：*Seven English Novels*，Cambridge：Harvard University Press，1982.

The Ethics of Reading：*Kant*，*de Man*，*Eliot*，*Trollope*，*James*，*and Benjamin*，New York：Columbia University Press，1987.

Tropes，*Parables*，*Performatives*：*Essays on Twentieth – century Literature*，New York：Harvester Wheatsheaf，1990.

Versions of Pygmalion，Cambridge：Harvard University Press，1990.

Theory Now and Then，New York：Harvester Wheatsheaf，1991.

Victorian Subjects，Durham：Duke University Press，1991.

Illustration，Cambridge：Harvard University Press，1992.

Ariadne's Thread：*Story Lines*，New Haven and London：Yale University Press，1992.

New Starts：*Performative Topographies in Literature and Criticism*，Taipei：Institute of European and American Studies，Academia Sinica，1993.

Topographies，Stanford：Stanford University Press，1995.

Others，Princeton and Oxford：Princeton University Press，2001.

On Literature，London and New York：Routledge，2002.

The J. Hillis Miller Reader，Edinburgh：Edinburgh University Press，2005.

For Derrida，New York：Fordham University Press，2009.

The Medium Is the Maker：*Browning*，*Freud*，*Derrida and the New Telepathic Ecotechnologies*，Brighton：Sussex Academic Press，2009.

《解读叙事》，申丹译，北京大学出版社，2002。

《文学死了吗？》，秦立彦译，广西师范大学出版社，2007。

《小说与重复——七部英国小说》，王宏图译，天津人民出版社，2008。

《重申解构主义》，郭英剑等译，中国社会科学出版社，2011。

易晓明编《土著与数码冲浪者——米勒中国演讲集》，吉林人民出版社，2011。

3. 杰弗里·H. 哈特曼（Geoffrey H. Hartman）的著作

Beyond Formalism：*Literary Essays 1958 – 1970*，New Haven and London：Yale University Press，1970.

The Fate of Reading and Other Essays，Chicago and London：University of Chicago Press，1975.

Criticism in the Wilderness：*The Study of Literature Today*，New Haven and London：Yale University Press，1980.

Easy Pieces，New York：Columbia University Press，1985.

Midrash and Literature，New Haven and London：Yale University Press，1986.

Minor Prophecies：*The Literary Essay in the Culture Wars*，Cambridge：Harvard University Press，1991.

The Longest Shadow：*In the Aftermath of the Holocaust*，Bloomington and Indianapolis：Indiana University Press，1996.

The Fateful Question of Culture，New York：Columbia University Press，1997.

A Critic's Journey：*Literary Reflections*，*1958 - 1998*　，New Haven and London：Yale University Press，1999.

《荒野中的批评——关于当代文学的研究》，张德兴译，天津人民出版社，2008。

4. 哈罗德·布鲁姆（Harold Bloom）的著作

The Visionary Company：*A Reading of English Romantic Poetry*，New York：Cornell University Press，1961，1971.

Yeats，London and New York：Oxford University Press，1970，1972.

The Anxiety of Influence：*A Theory of Poetry*，New York：Oxford University Press，1973.

Poetry and Repression：*Revisionism from Blake to Stevens*，New Haven and London：Yale University Press，1976.

Wallace Stevens：*The Poems of Our Climate*，New York：Cornell University Press，1977.

The Breaking of the Vessels，Chicago and London：University of Chicago Press，1982.

Agon：*Towards a Thory of Revisionism*，Oxford and New York：Oxford University Press，1982.

Poetics of Influence：*New and Selected Criticism*，New Haven：Henry R. Schwab Inc. ，1988.

Ahab，New York：Chelsea House Publishers，1991.

The American Religion：*The Emergence of the Post - Christian Nation*，New York：Simon & Schuster Inc. ，1992.

The Western Canon：*The Books and School of the Ages*，New York：Harcourt Brace & Company，1994.

Omens of Millennium：*The Gnosis of Angels*，*Dreams*，*and Resurrection*，New York：Riverhead Books，1996.

The Anxiety of Influence：*A Theory of Poetry*（Second Edition），New

York：Oxford University Press，1997.

Shakespeare：The Invention of the Human，New York：Riverhead Books，1998.

A Map of Misreading，*with a New Preface*，New York：Oxford University Press，2003.

Genius：A Mosaic of One Hundred Exemplary Creative Minds，New York：Warner Books，2003.

Where Shall Wisdom Be Found?，New York：Riverhead Books，2004.

Kabbalah and Criticism，London and New York：Continuum，2005.

The Anatomy of Influence：Literature as a Way of Life，New Haven and London：Yale University Press，2011.

《影响的焦虑》，徐文博译，生活·读书·新知三联书店，1989。

《批评、正典结构与预言》，吴琼译，中国社会科学出版社，2000。

《影响的焦虑：一种诗歌理论》（增订版），徐文博译，江苏教育出版社，2006。

《误读图示》，朱立元、陈克明译，天津人民出版社，2008。

《读诗的艺术》，王敖译，南京大学出版社，2010。

《西方正典：伟大作家和不朽作品》，江宁康译，译林出版社，2011。

《如何读，为什么读》，黄灿然译，译林出版社，2011。

《神圣真理的毁灭：〈圣经〉以来的诗歌与信仰》，刘佳林译，上海人民出版社，2013。

《影响的剖析：文学作为生活方式》，金雯译，译林出版社，2016。

5. 集体著作

Harold Bloom，Paul de Man，Jacques Derrida，Geoffrey Hartman，J. Hillis Miller，*Deconstruction and Criticism*，London and Henley：Routledge & Kegan Paul，1979.

二　研究著作（按作者姓名首字母排序）

Art Berman, *From the New Criticism to Deconstruction*：*The Reception of Structuralism and Post – structuralism*, Urbana and Chicago：University of Illinois Press, 1988.

Daniel R. Schwarz, *The Humanistic Heritage*：*Critical Theories of the English Novel from James to Hillis Miller*, London：Macmillan, 1986.

Graham Allen, *Harold Bloom*：*Poetics of Conflict*, New York：Harvester Wheatsheaf, 1994.

Lindsay Waters, ed., *Reading de Man Reading*, Minneapolis：University of Minnesota Press, 1989.

Marc Redfield, ed., *Legacies of Paul de Man*, New York：Fordham University Press, 2007.

Martin McQuillan, *Paul de Man*, London and New York：Routledge, 2001.

Peter V. Zima, *The Philosophy of Modern Literary Theory*, London and New Brunswick NJ：Athlone Press, 1999.

Tom Cohen, Barbara Cohen, eds., *Material Events*, Minneapolis and London：University of Minnesota Press, 2001.

Tom Cohen, *Theory and the Disappearing Future*：*On De Man on Benjamin*, London and New York：Routledge, 2012.

昂智慧：《文本与世界：保尔·德曼文学批评理论研究》，上海人民出版社，2009。

德里达：《多义的记忆——为保罗·德曼而作》，蒋梓骅译，中央编译出版社，1999。

林塞·沃特斯：《美学权威主义批判》，昂智慧译，北京大学出版社，2000。

申屠云峰、曹艳：《在理论和实践之间——J. 希利斯·米勒解构主义文论管窥》，光明日报出版社，2011。

肖锦龙：《意识批评、语言分析、行为研究——希利斯·米勒的文学批评之批评》，高等教育出版社，2011。

王凤：《杰弗里·哈特曼文学批评思想研究》，中国社会科学出版社，2013。

文森特·里奇：《20 世纪 30 年代至 80 年代的美国文学批评》，王顺珠译，北京大学出版社，2013。

翟乃海：《哈罗德·布鲁姆诗学研究》，山东大学出版社，2013。

三　其他相关著作（按作者姓名首字母排序）

David Wood, *Time after Time*, Bloomington and Indianapolis: Indiana University Press, 2007.

Eugene Goodheart, *Does Literary Studies Have a Future?*, Madison: University of Wisconsin Press, 1999.

Eve Tavor Bannet, *Postcultural Theory*: *Critical Theory after the Marxist Paradigm*, London: MacMillan, 1993.

Jane Elliott, ed. , *Theory after 'Theory'*, London and New York: Routledge, 2011.

Jeffrey T. Nealon, *Double Reading*: *Postmodernism after Reconstruction*, Ithaca and London: Cornell University Press, 1993.

Jim Merod, *The Political Responsibility of the Critic*, Ithaca and London: Cornell University Press, 1987.

Judith Butler, ed. , *What's Left of Theory?*: *New Work on the Politics of Literary Theory*, New York and London: Routledge, 2000.

Keith W. Faulkner, *The Force of Time*, Lanham: University Press of America, 2008.

Michael W. Clune, *Writing Against Time*, Stanford: Stanford University Press, 2013.

Morris Dickstein, *Double Agent: The Critic and Society*, New York: Oxford University Press, 1992.

Nicolas Tredell, *The Critical Decade: Culture in Crisis*, Manchester: Carcanet Press, 1993.

Paul Gordon, *The Critical Double: Figurative Meaning in Aesthetic Discourse*, Tuscaloosa and London: University of Alabama Press, 1995.

Paul Jay, *Global Matters: The Transnational Turn in Literary Studies*, Ithaca and London: Cornell University Press, 2010.

Peter Conrad, *Modern Times, Modern Places*, New York: Alfred A. Knopf, 1999.

Wayne C. Booth, *The Rhetoric of Rhetoric: The Quest for Effective Communication*, Malden: Blackwell Pub., 2004.

埃德蒙德·胡塞尔:《欧洲科学的危机与超越论的现象学》,王炳文译,商务印书馆,2001。

埃德蒙德·胡塞尔:《内时间意识现象学》,倪梁康译,商务印书馆,2009。

埃德蒙德·胡塞尔:《关于时间意识的贝尔瑙手稿(1917—1918)》,肖德生译,商务印书馆,2016。

巴里·布赞、理查德·利特尔:《世界历史中的国际体系》,刘德斌主译,高等教育出版社,2004。

才清华:《言意之辨与语言哲学的基本问题:对魏晋言意之辨的再诠释》,上海人民出版社,2013。

陈嘉映:《语言哲学》,北京大学出版社,2003。

陈思和主编《中国当代文论选》,上海教育出版社,2010。

戴卫·赫尔曼:《新叙事学》,马海良译,北京大学出版社,2002。

方向红:《时间与存在——胡塞尔与海德格尔现象学的基本问

题》，商务印书馆，2014。

高友工：《美典：中国文学研究论集》，生活·读书·新知三联书店，2008。

顾明栋：《原创的焦虑——语言、文学、文化研究的多元途径》，南京大学出版社，2009。

海登·怀特：《元史学：十九世纪欧洲的历史想像》，陈新译，译林出版社，2004。

海登·怀特：《话语的转义——文化批评文集》，董立河译，大象出版社，2011。

郝大维、安乐哲：《期望中国——对中西文化的哲学思考》，施忠连、何锡蓉等译，学林出版社，2005。

黄勇：《全球化时代的政治》，台北：台湾大学出版中心，2011。

纪克之：《现代世界之道》，刘平、谢燕译，北京大学出版社，2010。

马克·柯里：《后现代叙事理论》，宁一中译，北京大学出版社，2003。

米勒德·J. 艾利克森：《后现代主义的承诺与危险》，叶丽贤、苏欲晓译，北京大学出版社，2006。

让－弗朗索瓦·利奥塔尔：《后现代状态：关于知识的报告》，车槿山译，生活·读书·新知三联书店，1997。

理查德·罗蒂：《哲学和自然之镜》李幼蒸译，商务印书馆，2003。

理查德·罗蒂：《后哲学文化》，黄勇编译，上海译文出版社，2004。

刘锋杰等：《文学政治学的创构——百年来文学与政治关系论争研究》，复旦大学出版社，2013。

刘彦顺：《时间性——美学关键词研究》，人民出版社，2013。

马丁·海德格尔：《形而上学导论》，熊伟、王庆节译，商务印书馆，1996。

马丁·海德格尔：《在通向语言的途中》，孙周兴译，商务印书馆，1997。

马丁·海德格尔：《面向思的事情》，陈小文、孙周兴译，商务印书馆，1999。

马丁·海德格尔：《现象学之基本问题》，丁耘译，上海译文出版社，2008。

马丁·海德格尔：《时间概念史导论》，欧东明译，商务印书馆，2009。

马丁·海德格尔：《存在与时间》，陈嘉映、王庆节译，熊伟校，生活·读书·新知三联书店，2014。

M. H. 艾布拉姆斯：《镜与灯：浪漫主义文论及批评传统》，郦稚牛、张照进、童庆生译，北京大学出版社，2004。

M. H. 艾布拉姆斯《以文行事：艾布拉姆斯精选集》，赵毅衡、周劲松等译，译林出版社，2010。

罗伯特·斯科尔斯、詹姆斯·费伦、罗伯特·凯洛格：《叙事的本质》，于雷译，南京大学出版社，2015。

乔治·莱考夫、马克·约翰逊：《我们赖以生存的隐喻》，何文忠译，浙江大学出版社，2015。

乔治·斯坦纳：《语言与沉默——论语言、文学与非人道》，李小均译，上海人民出版社，2013。

让·贝西埃：《当代小说或世界的问题性》，史忠义译，北京大学出版社，2012。

让·贝西埃：《文学理论的原理》，史忠义译，暨南大学出版社，2012。

让·贝西埃：《文学与其修辞：20世纪文学性中的庸常性》，史忠义译，中国社会科学出版社，2014。

尚杰：《中西：语言与思想制度》，北京大学出版社，2010。

申丹：《叙事、文体与潜文本——重读英美经典短篇小说》，北京大学出版社，2009。

盛宁：《二十世纪美国文论》，北京大学出版社，1994。

孙向晨：《面对他者——莱维纳斯哲学思想研究》，上海三联书店，2008。

孙周兴：《后哲学的哲学问题》，商务印书馆，2009。

陶东风、和磊：《当代中国文艺学研究（1949—2009）》，中国社会科学出版社，2011。

特里·伊格尔顿：《理论之后》，商正译，商务印书馆，2009。

王恒：《时间性：自身与他者——从胡塞尔、海德格尔到列维纳斯》，江苏人民出版社，2008。

王路：《走进分析哲学》，生活·读书·新知三联书店，1999。

王浩：《超越分析哲学：尽显我们所知领域的本相》，徐英瑾译，浙江大学出版社，2010。

维特根斯坦：《哲学研究》，李步楼译，商务印书馆，1996。

伊曼纽尔·沃勒斯坦：《现代世界体系》（三卷），罗荣渠、庞卓恒等译，高等教育出版社，1998、2000。

伍非百：《中国古名家言》，四川大学出版社，2009。

沃尔夫冈·伊瑟尔：《虚构与想像：文学人类学疆界》，陈定家等译，吉林人民出版社，2003。

徐友渔、周国平、陈嘉映、尚杰：《语言与哲学——当代英美与德法传统比较研究》，生活·读书·新知三联书店，1996。

亚里士多德：《形而上学》，吴寿彭译，商务印书馆，1997。

杨大春：《语言·身体·他者：当代法国哲学的三大主题》，生活·读书·新知三联书店，2007。

杨河：《时间概念史研究》，北京大学出版社，1998。

杨立华：《一本与生生：理一元论纲要》，生活·读书·新知三联书店，2018。

俞志慧：《君子儒与诗教：先秦儒家文学思想考论》，生活·读书·新知三联书店，2005。

约翰·罗尔斯：《正义论》，何怀宏、何包钢、廖申白译，中国社会科学出版社，1988。

约翰·罗尔斯：《政治自由主义》，万俊人译，译林出版社，2000。

约翰·塞尔：《人类文明的结构：社会世界的构造》，文学平、盈俐译，中国人民大学出版社，2015。

伊曼纽尔·列维纳斯：《总体与无限：论外在性》，朱刚译，北京大学出版社，2016。

詹姆斯·费伦：《作为修辞的叙事》，陈永国译，北京大学出版社，2002。

张法：《走向全球化时代的中国哲学：从世界思想史看中国哲学的现代转型与当代重建》，北京大学出版社，2011。

张祥龙：《海德格尔思想与中国天道：终极视域的开启与交融》，生活·读书·新知三联书店，1996。

赵汀阳：《第一哲学的支点》，生活·读书·新知三联书店，2013。

赵汀阳：《四种分叉》，华东师范大学出版社，2017。

赵汀阳：《天下的当代性：世界秩序的实践与想象》，中信出版社，2016。

赵毅衡：《哲学符号学：意义世界的形成》，四川大学出版社，2017。

朱刚：《开端与未来——从现象学到解构》，商务印书馆，2012。

后　记

　　2013年8月14日清晨，我9岁的儿子跟着他妈妈，满怀喜悦，带着大箱小箱的行李，陪同我这个中山大学中文系的新生到学校报到，同时开启他的假期南方之旅。我们出发时，晨光未熹，但这一点也不影响我们的轻快和急迫。没想到，当我们兴冲冲地抵达机场值机柜台，准备办理登机手续时，却被工作人员告知：一场早已预谋好的台风已经临时吹停了包括我们预订的航班在内的所有后序航班。我们的心情随之跌入谷底，我看着儿子沉浸在突如其来的沮丧乃至悲伤中，无可奈何，无能为力。好在航空公司及时发现，另一班飞机即将起飞，机上尚有三个座位，于是马上给我们办理了签转手续，我们的旅行竟戏剧性地得以继续，且比预定的航班早了一个多小时。

　　飞机起飞后，那种既庆幸又提心吊胆的感觉一直伴随着我们，生怕台风提前到达，把我们的航班吹返航，导致我不能如期报到，儿子也不得不取消他期盼已久的旅行计划。果不其然，当飞机飞临广州上空的时候，机上广播告知，由于广州白云机场不具备降落条件，因此，航班需要备降深圳。我们的担心进一步加剧。当飞机飞临深圳的时候，机上广播又突然通知说，广州机场具备降落条件了。于是，飞机折返，平安落地。

　　儿子一到中山大学，便发现了我的一个羞于告人的"秘密"：我居然和我曾经教过的一名本科学生成了"同班同学"。于是，离开中山大学之后，儿子逢人便讲起我这件有点滑稽的"丑（趣）闻"：我教的本科学生都考上博士研究生了，我才考上博士研究生。

除了陪我到中山大学报到，考察一下校园环境，实现筹划已久的旅行计划，儿子这次到广州，还有一个更主要的目的，那就是想趁此机会，去看看台风长什么样子。好几次，他都很认真地对不同的长辈说，当台风过境之后，他要去追赶台风，逐风而行。

而我则没有那么天真豪情了。正如我儿子的"意外"发现那样，我始终觉得，我是一个落伍于时代或与时代错位的人。与同龄人相比，我的成长总是慢了一拍。这一拍不是一步、两步，一年、两年，而是长达一个年代，乃至两个十年。以求学这件事情为例。1991年，当初中时期最要好的同学因为读了高中而纷纷升入大学的时候，我却从中师毕业，参加了工作。2000年，身边的同龄朋友早已成家立业，我才艰难地挣脱单位人事档案管理权的束缚，以同等学力身份考入北京大学。2003年，当研究生同学顺利考上博士或争相留在北京工作的时候，我又半无奈半主动地放弃了继续读博的机会和即将签约的工作，去了西部一所大学教书。等重新考上博士，一晃又过了十年。

在我已经过去的半生历程中，诸如此类的错位不甚枚举。在这里专门提及这一点，倒不是为了表达自己内心的"哀怨"与"愤懑"，而是想借机反思一下这些错位给我带来的人生经历和时间体验。我强烈地感觉到，这些经历和体验让我长时期地被迫又自觉地处于一种"疏离"状况之中，疏离于时代，疏离于主流，疏离于中心，而甘居边缘。这种疏离感让我深刻地体会到了命运的捉弄，也让我获得了一种旁观者的眼光，来审视一切。我惊异于个体的生命轨迹和时代的运行轨迹竟有如此大的落差，所谓赶上时代的节奏不过是生逢其时的表象和偶然，生不逢时才是生活的本来和常态。或许，这就是我一接触解构理论，就感到特别亲切的主要原因之一吧。毕竟，据说反传统、反主流和反常规，是解构理论最核心的精神旨趣之一。而我的体会则是，这种反叛姿态，并非从一种同质性滑入另一种同质性，从而造成新的二元对立；而是重新进入时代错位、时空错置的本真状态中，重构存在的关系形态和关系境域。有了这样一种体验，本书对语言三维的转换生成机制和时间三矢的交错叠加机制的分析，就并非单纯来自对耶鲁学派的解读，也来自对自身存在状况的反思。

这么说，并不意味着当初我到中山大学的时候，只剩下"来迟了"的感觉，因而只是想混个文凭，相反，倒颇有些"中年变法"的雄心。我想，一定要珍惜此次来之不易的学习机会，在南国温暖而笃实的学术氛围中，彻底而系统地清理一下以往习得的学术思想观念，变更学术门径，抵达学术新境，让笔下的文字承载起如浮萍般的肉身，而不至于湮没无闻。

然而，那时我对时间本体的分裂结构与错位状态的认知，大体处于对既成事实的无奈接受层次，还非常肤浅；远不及我的导师王坤教授经验丰富，目光透彻，乃至先知先觉。因此，记得我甫一入学，王坤老师便告诫我，"博士学位论文只是一篇学位论文，千万别想着写得惊世骇俗"，"学位论文一定要写得中规中矩，因为外审是缺席审判，你没有申辩的机会"；而我则难以领会其中真义。后来的遭遇果然应验了老师的预言，让我再次惊异于人与人之间的错位，竟是如此的"精微"。

有一本我多次引用的耶鲁学派著作的中译本，有两个印刷版本。再版和初版的开本不同，排版完全不一样，以致页码总数也不一样。相同的内容，出现在完全不同的页码上，几乎就是两个不同的版本。可是出版社却将之视为是同一版，只在再版的版权页上标注了"第2次印刷"的字样。有一位非常认真的匿名评审专家，可能对这本著作非常熟悉，但估计使用的是初版，且不知道该书后来出版了排版完全不一样的"第2次印刷"版，而我使用的恰就是这"第2次印刷"版，以致该专家在比对了我对那本书的全部引文之后，很自然地就发现了我所标注的引文页码"无一处正确"，因而直接判定了我"学风不端正"。好在该专家并没有因此将我"一棍子打死"，仍给了我一个可以顺利参加答辩的不高不低的分数。

　　从博士入学至今，一晃又是十年。其间所经历的无数人事，让人唏嘘。值得在此提及的，大体有两点。一是因为我是在职读博，因此只脱产在中山大学待了一年，此后便被原单位的行政事务缠身，很难再有整块的阅读写作时间，以致当初"气倍辞前"的写作构想，再一次"半折心始"了，充满了遗憾和无奈。本书初步提出的关系本体论、发生哲学和生成诗学的构想，只能期待通过今后的写作来论证了。二是在这十年间，我得到了许多前辈师长的提携和同辈师友的帮助，让我没齿难忘，本想在此一一致谢，留下文字的见证，可是，考虑到他们大多是学界名家宿儒，在这里致谢，会让人觉得有攀附之嫌，因此只好将之藏在心底，与其见之于言辞，不如见之于行事。这大概又是一个人不得不接受的人生错位之一吧。

　　不过，也有两个特别的例外，必须在此道及。一是我在中山大学的导师王坤老师。我在北大读研究生的时候，导师是王岳川教授。王坤老师和王岳川老师是北大同门同级的师兄弟，因此，从学缘上讲，王坤老师本是我的师叔。或许是因为有此前缘，我 2010 年在南京第一次见到王坤老师的时候，便倍感亲切，就像与一位心灵相契的长辈和亲人久别重逢一样，那种意外的惊喜至今依然清晰、强烈。南京会议结束后，我们一起游历了镇江、金山寺、焦山及昭明太子故居，怅然于江南帝王气息的销蚀殆尽，以及江南千年文脉的萧瑟和冷清。

　　那时，我虽已有了条件，可以腾出精力来报考博士研究生了，可是，北京大学和其他一些知名高校早已不招收在职博士研究生，以致好长一段时间我都处于投考无门的状态。直到有一天，我突然灵机一动，何不报考中山大学王坤老师的博士研究生呢？于是，蒙王坤老师不弃，2013 年，我顺利考进了中山大学。而 2014 年还是 2015 年以后，中山大学也不再招收在职博士研究生。这大约是我这半辈子少有的几次终于踩上了时代的某段华章的最后一个拍子的惊险经历之一。为此，我特别感激王坤老师。

　　另外两个我可以公开感谢而又必须感谢的人，一个是我的妻子，另一个是我的儿子。我感激我的妻子黄莉，无论我身处何种境遇，她都给予了我最充分的理解和全力的支持。特别是 2020 年疫情肆虐之初，我突发脑卒，从入院抢救到出院疗养、艰难康复的那大半年至暗时刻，她一个人不动声色地承担起一切，包括所有的孤独、所有的恐惧和所有的压力！我感谢我的儿子戴予言，感谢他在我们陪伴他成长的过程中，带给我们的令人沉醉的欢欣。他们所带给我的温暖足以让我忘怀所有人生的失意与孤寂。

本书纳入西南民族大学"中国语言文学学术文丛"出版计划的时候，我还在西南民族大学工作。等书面世，我已调入广州大学。我曾经魂牵梦萦北方的燕园，却最终选择了寄居南方的岛屿，或许这又是我人生的阴差阳错之一。但也正是因为如此，我才更加深刻地感觉到，我在西南民族大学工作近二十年所留下的美好记忆，以及和同事结下的深厚友谊，是多么弥足珍贵。基于同样的原因，我对广州大学给予我的工作机会，也就倍加珍惜，因为这是我新的人生旅程的开始！

2023 年 2 月 21 日于广州大学

图书在版编目（CIP）数据

语言与时间的交织：从耶鲁学派到生成诗学 / 戴登
云著. -- 北京：社会科学文献出版社，2023.6
（西南民族大学中国语言文学学术文丛）
ISBN 978 - 7 - 5228 - 0727 - 0

Ⅰ.①语⋯　Ⅱ.①戴⋯　Ⅲ.①文学流派研究 - 美国
Ⅳ.①I712.095

中国版本图书馆 CIP 数据核字（2022）第 171705 号

·西南民族大学中国语言文学学术文丛·
语言与时间的交织：从耶鲁学派到生成诗学

著　　者／戴登云

出 版 人／王利民
责任编辑／罗卫平
责任印制／王京美

出　　版／社会科学文献出版社
　　　　　　地址：北京市北三环中路甲 29 号院华龙大厦　邮编：100029
　　　　　　网址：www. ssap. com. cn
发　　行／社会科学文献出版社（010）59367028
印　　装／三河市龙林印务有限公司

规　　格／开 本：787mm × 1092mm　1/16
　　　　　　印 张：26.5　字 数：369 千字
版　　次／2023 年 6 月第 1 版　2023 年 6 月第 1 次印刷
书　　号／ISBN 978 - 7 - 5228 - 0727 - 0
定　　价／128.00 元

读者服务电话：4008918866